Die Fallada-Edition bei rororo:

«Bauern, Bonzen und Bomben» *(1931)*

«Kleiner Mann – was nun?» *(1932)*

«Wer einmal aus dem Blechnapf frisst» *(1934)*

«Wolf unter Wölfen» *(1937)*

«Ein Mann will nach oben» *(1943)*

«Jeder stirbt für sich allein» *(1947)*

Hans Fallada

Bauern, Bonzen und Bomben

Roman

Mit einem Nachwort von
Michael Töteberg

Rowohlt Taschenbuch Verlag

Neuausgabe Februar 2018
Veröffentlicht im Rowohlt Taschenbuch Verlag,
Reinbek bei Hamburg
Erstveröffentlichung im Rowohlt Verlag, Berlin 1931
Umschlaggestaltung any.way, Barbara Hanke / Cordula Schmidt
Umschlagabbildung bpk / Germin
Buchinnengestaltung Joachim Düster
Satz aus der Karmina und Nexa
Gesamtherstellung CPI books GmbH, Leck, Germany
ISBN 978 3 499 27377 3

Bauern, Bonzen
und Bomben

Dieses Buch ist ein Roman, also ein Werk der Phantasie. Wohl hat der Verfasser Ereignisse, die sich in einer bestimmten Gegend Deutschlands abspielten, benutzt, aber er hat sie, wie es der Gang der Handlung zu fordern schien, willkürlich verändert. Wie man aus den Steinen eines abgebrochenen Hauses ein neues bauen kann, das dem alten in nichts gleicht außer dem Material, so ist beim Bau dieses Werkes verfahren.

Die Gestalten des Romans sind keine Fotografien, sie sind Versuche, Menschengesichter unter Verzicht auf billige Ähnlichkeit sichtbar zu machen.

Bei der Wiedergabe der Atmosphäre, des Parteihaders, des Kampfes aller gegen alle, ist höchste Naturtreue erstrebt. Meine kleine Stadt steht für tausend andere und für jede große auch.

H. F.

Ein kleiner Zirkus namens Monte

1

Ein junger Mann stürmt den Burstah entlang. Während des Laufens schießt er wütende, schiefe Blicke nach den Schaufenstern der Läden, die in dieser Hauptstraße von Altholm dicht an dicht liegen.

Der junge Mann, um die fünfundzwanzig, verheiratet und nicht hässlich, trägt einen alten schwarzen Rockpaletot, blankgescheuert, einen breitkrempigen schwarzen Filz und schwarz umränderte Brille. Sein blasses Gesicht dazu – und er scheint ein Leichenbitter, würdig jeder «Pietät» und «Ruhe sanft».

Wenn schon der Burstah der Broadway von Altholm ist, lang ist er nicht. Nach drei Minuten ist der junge Mann am letzten Haus, direkt am Bahnhofsplatz. Er spuckt kräftig aus und verschwindet nach dieser neuen Äußerung seiner Stinkwut im Hause der «Pommerschen Chronik für Altholm und Umgebung, Heimatblatt für alle Stände».

Hinter der Barre der Expedition hockt eine gelangweilte Tippöse, die das Manuskript eines Zeitungsromans wegstecken will. Sie bremst diese Bewegung ab, als sie sieht, es ist nur der Annoncenwerber Tredup.

Er schmeißt einen Papierfetzen auf den Tisch. «Da! Das ist alles. Geben Sie's in die Setzerei. – Sind die andern drinnen?»

«Wo sollen die denn sonst sein?», fragt die Schöne dagegen. «Wird das berechnet?»

«Natürlich wird das nicht berechnet. Haben Sie schon mal gesehen, dass ein Affe uns Anzeigen bezahlt hat?! Neun Mark kostet sie. War der Chef schon unten?»

«Der Chef erfindet schon wieder seit fünf.»

«Gott soll schützen! Und die Chefin? Dun?»

«Weiß nicht. Denke. Fritz hat ihr um acht eine Pulle Kognak holen müssen.»

«Dann ist ja alles in schönster Ordnung. – O Gott, was mich dieser Stall ankotzt! – Sind die drinnen?»

«Das haben Sie schon mal gefragt.»

«Haben Sie sich nicht, Klara, Klärchen, Klarissa. Ich hab Sie heute Nacht um halber eins aus der Grotte kommen sehen.»

«Wenn ich von meinem Gehalt leben sollte ...»

«Weiß ich, weiß ich. Ob der Chef Geld hat?»

«Ausgeschlossen.»

«Und der Wenk, hat der was in der Kasse?»

«Ostseekino hat gestern Abend bezahlt.»

«Also hole ich mir Vorschuss. Drinnen ist er doch?»

«Ich glaube, Sie haben ...»

«Das schon einmal gefragt. Mehr als eine Walze, bitte, meine Holde. Vergessen Sie nicht das Inserat.»

«Gott. Und wennschon.»

2

Tredup zieht die Schiebetür zum Redaktionszimmer mit einem Ruck auf, geht durch und drückt sie sachte wieder zu. Der lange Geschäftsführer Wenk hockt in einem Sessel und pult an den Nägeln. Redakteur Stuff schmiert irgendeinen Mist.

Tredup feuert seine Mappe in ein Schrankfach, hängt Hut und Mantel beim Ofen auf und setzt sich an seinen Schreibtisch. Er zieht gleichgültig, als fühle er nicht die fragenden Blicke, einen Kartothekkasten hervor und beginnt Karten zu sortieren. Wenk hält mit Nägelschneiden inne, betrachtet sorgend die Klinge im Licht der Sonne, wischt sie an seinem Bürolüsterjackett ab, klappt das Messer zu und sieht Tredup an. Stuff schreibt weiter.

Es erfolgt nichts. Wenk nimmt ein Bein von der Sessellehne und fragt wohlwollend: «Na, Tredup?»

«Bitte, *Herr* Tredup!»

«Na, *Herr* Tredup?»

«Du kannst mir mal mit deinem ‹Na›!»

Wenk wendet sich an Stuff. «Er hat nichts, Stuff, sage ich dir. Nichts hat er.»

Stuff glupscht unter seinem Klemmer auf Tredup, zieht seinen grau melierten Walrossbart durch die Zähne und bestätigt: «Natürlich hat er nichts.»

Tredup springt wütend auf. Der Kartothekkasten fliegt mit einem Knall auf die Erde. «Was heißt ‹natürlich›? Ich verbitte mir ‹natürlich›! In dreißig Geschäften bin ich gewesen! Kann ich die Leute notzüchtigen? Soll ich ihnen die Inserate aus der Nase ziehen? Wenn sie nicht wollen, wollen sie nicht. Ich bettele schon … Und so ein Schreibknecht sagt ‹natürlich›. Lächerlich!»

«Reg dich bloß nicht künstlich auf, Tredup. Was hat denn das für einen Sinn?»

«Natürlich rege ich mich auf über dein ‹Natürlich›. Geh du doch selber einmal los Annoncen sammeln. Diese Affen! Diese Krämer! Diese drehstierige Bande! ‹Ich inseriere vorläufig nicht.› – ‹Ich habe keine Meinung für Ihr Blatt.› – ‹Besteht die „Chronik“ überhaupt noch? Ich dachte, sie wäre längst eingegangen.› – ‹Kommen Sie morgen wieder.› – Es ist zum Kotzen!»

Wenk murmelt aus seinem Sessel: «Ich traf heute früh den Maschinenmeister von den ‹Nachrichten›. *Die* kommen heute mit fünf Seiten Anzeigen raus.»

Stuff spuckt verächtlich. «Das Mistblatt. Kunststück. Wenn man fünfzehntausend Auflage hat.»

«Die haben ebenso gut fünfzehntausend, wie wir siebentausend haben wollen.»

«Bitte, wir haben eine notarielle Bescheinigung über siebentausend.»

«Du musst die Stelle mal radieren, wo das Datum steht. Die ist schon ganz schwarz vom Zuhalten mit deinem Daumen, all die drei Jahre, seit die Zahl mal richtig war.»

«Ich spucke auf die notarielle Bescheinigung. Aber den ‹Nachrichten› wischt ich für mein Leben gern was aus.»

«Geht nicht. Der Chef will es nicht haben.»

«Natürlich, weil sich der Chef von den Fritzen Geld pumpt, müssen wir uns anstinken lassen.»

Wenk setzt den Bohrer neu an. «Also gar nichts hast du, Tredup?»

«Eine achtel Seite von Braun. Für neun Mark.»

Stuff stöhnt. «Neun Mark? Tiefer geht es nicht mehr.»

«Und sonst nichts?»

«Die Ausverkaufsanzeige vom verkrachten Uhrenschlosser hätt ich kriegen können, aber wir sollen Ware dafür abnehmen.»

«Bloß das nicht. Was mach ich mit Weckern? Ich steh doch nicht auf, wenn die Dinger klingeln.»

«Und der Zirkus Monte?»

Tredup bleibt im Auf-und-ab-Rennen stehen. «Ich hab dir doch gesagt, es ist nichts, Wenk. Nun lass gefälligst auch das Meckern sein.»

«Aber den Monte haben wir doch jedes Jahr gehabt! Bist du überhaupt da gewesen, Tredup?»

«Ich will dir was sagen, Wenk. Ich will dir in aller Ruhe und Freundschaft mal was sagen, Wenk. Wenn du noch einmal so was sagst von ‹überhaupt da gewesen›, dann klebe ich dir eine ...»

«Aber wir haben ihn doch jedes Jahr gehabt, Tredup!»

«So, haben wir ...? Und ich will dir was sagen, dann werden wir ihn dieses Jahr eben mal nicht haben. Und du kannst es mir sagen, und der Chef kann es mir sagen, und Stuff kann mir's sagen: Ich gehe nicht wieder in diesen Scheißzirkus vorfragen.»

«Was war denn?»

«Was war? Mist war. Frechheit war. Zigeunerfrechheit, semitisches, widerliches Gehabe war. Vorgestern war die Voranzeige in den ‹Nachrichten›. Ich töffele hin, ganz auf den Jugendspielplatz. Der Zirkus war überhaupt noch nicht da.»

«Dann hat der Manager in den ‹Nachrichten› die Anzeige aufgegeben.»

«Und bei uns ist er vorbeigelaufen. Eben. Gestern früh wieder hin. Die sind beim Aufbau. Wo ist der Manager? Über Land. Plakate in die Kuhdörfer kleben. Als ob die Bauern jetzt in Stimmung wären! Soll um eins wiederkommen. Um eins isst der Manager. Gut, ich warte eine Stunde. Der Manager, so ein verfluchter gelber Zigeuner, will mit seinem Chef reden. Ich soll um sechs wiederkommen. Ich bin um sechs da. Hat den Chef noch nicht sprechen können, soll heute früh wiederkommen.»

«Alle Achtung, immer nach dem Jugendspielplatz raus!»

«Das denke ich auch. Heute früh lerne ich den großkotzigen Chef kennen, diesen Herrn über anderthalb Affen, eine spatkranke Kracke und ein vermottetes Kamel. Hut in der Hand, Diener bis auf die Erde.

Und dieses Mistvieh, dieses Stinktier sagt, es lohnt sich ihm nicht, in der ‹Chronik› zu inserieren! Kein Mensch lese unser Käseblättchen!»

«Was hast du ihm gesagt?»

«Am liebsten hätt ich ihm ein paar lackiert. Nun, ich dachte an meine Familie und habe Leine gezogen. Schließlich will meine Frau am Ersten auch ihr Wirtschaftsgeld haben.»

Stuff nimmt den Klemmer ab und fragt: «Hat er ‹Käseblättchen› gesagt? Hat er wirklich ‹Käseblättchen› gesagt?»

«So wahr ich hier stehe, Stuff!»

Und Wenk hetzt: «Das sollte ihm nicht so hingehen. Das wäre doch etwas für dich, Stuff. Du solltest ihn anmisten, nach Noten.»

«Tät ich. Tät ich. Aber der Chef will es doch nicht ...»

«Das wäre mal eine schöne Gelegenheit, den Inserenten Angst zu machen. Kriegt einer was auf den Deckel, inserieren die andern wieder ein Weilchen aus Angst.»

«Aber der Chef ...»

«Ach was, der Chef! Wir gehen alle drei zu ihm hin und sagen, dass was geschehen muss.»

«Anmisten tät ich ihn brennend gerne», murmelt Stuff.

«Halt!», schreit Tredup. «Ich weiß was. Du verlangst, dass du die Roten anmisten darfst, dann erlaubt er dir wenigstens den Monte.»

«Nicht übel», nickt Stuff. «Ich weiß da grade eine Geschichte mit dem Polizeimeister ...»

«Na also, gehen wir ins Labor ...»

«Jetzt gleich?»

«Na, natürlich gleich. Du musst doch die Eröffnungsvorstellung von gestern Abend runterreißen.»

«Also gehen wir zum Chef.»

3

In der Setzerei gab es einen Aufenthalt. Die beiden Linotypes waren verlassen, und die Maschinensetzer standen mit den Akzidenzsetzern und dem Metteur am Fenster. Sie starrten auf den Hof. Es war still im Raum, ein ungewohntes Atemanhalten.

Wenk fragte: «Ist jetzt Frühstück? Was gibt es?»

Ein wenig zögernd tat sich der Haufe am Fenster auseinander. Der Metteur, ehrliche Kümmernis im faltigen Gesicht, sagte: «Jetzt liegt sie draußen.»

Die drei gingen durch die Gasse Pausierender vor die Scheibe, taten einen Blick, auch ihnen verschlug es die Rede.

Es ist nur ein kleiner Hof, rings von Häusern umstanden, mit Fliesen belegt, einem spärlichen Grünfleck in der Mitte. Um sein schütteres Gras läuft ein Gitter, eines jener niedrigen gusseisernen Gitter, die nichts schützen. Fußfallen im Dunkel.

Aber jetzt war heller Tag, und sie war doch darüber gefallen. Sie lag dort auf dem Gras, wie sie hingestürzt, die schwarzen halblangen Röcke hatten sich verschoben, man sah unordentlich angezogene Strümpfe, schwarz gestrickt, weiße Wäsche.

«Sie wird über den Hof hinten zum Krüger gegangen sein, sich neuen Schnaps holen.»

«Der Fritz hat ihr um acht schon eine Pulle gebracht.»

«Sie ist ohne Besinnung.»

«Nein, sie weiß schon, sie will so liegen vor all den Fenstern.»

«Es ist, seit sich der Junge totgetrunken hat.»

Plötzlich sprechen alle auf einmal. Alle stehen sie und starren auf den schwarzen, hingestürzten Schatten.

Stuff schiebt die Schultern vor, drückt den Klemmer fest. «Das geht nicht. Komm, Tredup, wir holen sie.»

Wenk blickt den Fortgehenden nach. Er fragt besorgt: «Ob das richtig ist? Der Chef sieht das auch vom Labor.»

Der alte Metteur sagt giftig: «Seien Sie man sicher, Herr Wenk, wenn der seine Frau *so* sieht, dann sieht er sie nicht.»

Wenk geht den beiden nach. Er merkt auf dem Hof an allen Fenstern zurückfahrende Köpfe, die bei ihrer Neugierde nicht erwischt werden wollen.

Morgen ist es durch die ganze Stadt. Die Frau hat so viel Geld und sielt sich im Dreck. Ich sollte ihr Geld haben ...

So ist das Leben, denkt der Annoncenjäger. Na ja, der übliche Salat … Nicht der Sohn, der sich totsoff, hat ihr den Rest gegeben, aber dass es alle Leute wissen, dass er *so* umkam … So 'ne kleine Stadt.

«Kommen Sie, gnädige Frau. Setzen Sie sich auf.»

Es ist ein verwüstetes Gesicht – blutleer, graugelb, mit hängenden Falten –, das verdrossen zur Sonne blinzelt. «Macht das Licht aus», murrt sie. «Stuff, mach es aus. Noch ist Nacht.»

«Kommen Sie man, Frau Schabbelt. Wir trinken auf der Redaktion einen Grog, und ich erzähle Ihnen Witze.»

«O du Schwein», sagt die Betrunkene, «glauben Sie, es ist mir um Witze?» Und plötzlich lebhaft: «Ja, erzähle Witze. Er hört sie immer gern. Ich darf an seinem Bett sitzen, er ist mir nicht mehr bös.»

Und plötzlich, im Aufstehen, im Gehen zwischen den beiden (Wenk folgt, schlenkert die Kognakflasche verächtlich zwischen den Fingern), plötzlich scheint sie in die Ferne zu horchen. «Keine Witze mehr, Herr Stuff. Ich weiß schon, Herbert ist tot. Aber auf Ihrem Sofa will ich liegen, wenn das Telefon geht und der Radiobericht kommt und die Zeitung läuft durch die Maschine. Es ist dann wie richtiges Leben.»

In der Setzerei ist ein hastiger, verlegener Arbeitsanfang. Niemand blickt hoch.

«Vergesst den Kognak nicht!», ruft plötzlich die Frau.

Auf dem Sofa bekommt sie noch ein Glas voll, und schon schläft sie mit offenem Munde, schlaffem Kiefer, besinnungslos.

«Wer bleibt bei ihr?», fragt Stuff. «Einer muss bleiben.»

«Wollt ihr jetzt noch zum Chef?»

«Wer so fragt, bleibt. Komm, Tredup.»

Sie gehen. Wenk sieht ihnen nach. Sieht auf die schlafende Frau, horcht nach der Expedition, fasst die Kognakflasche und gießt sich kräftig einen hinter die Binde.

Das Laboratorium ist kein modernes Labor aus Glas, mit Sauberkeit, Helle und Luft, es ist der Spelunkenwinkel eines tüterigen Erfinders, der in einem Wust von Geräten, Ideen, Schutt und Schmutz ertrinkt.

An einem Tisch mit säurezerfressenem Linoleum sitzt eine Art Gnom mit weißem Strubbelbart, ein fettes, kugeliges Geschöpf, eine Art rot lackierter Zwerg. Er hat die sehr gewölbten, hellblauen schwachen Augen gegen die Eintretenden gehoben. «Bin nicht zu sprechen. Macht euern Mist alleine.»

Stuff sagt: «Grade anmisten möcht ich jemand, Herr Schabbelt. – Wenn Sie erlauben.»

Der Zwerg hebt eine Zinkplatte gegen das Licht, prüft sie sorgenvoll. «Die Autotypie kommt nicht.»

«Vielleicht ist der Raster zu fein, Herr Schabbelt?»

«Was verstehen Sie davon? Hinaus, habe ich gesagt! Was stinkt der Tredup hier herum? Raus! – Sieh da, zu fein. Dumm bist du nicht, Stuff. Das mag angehen. – Wen willst du anmisten?»

«Die Roten.»

«Nein. Fünfundfünfzig Prozent unserer Leser sind Arbeiter und kleine Beamte. Die Roten? Nie! Wenn wir auch rechts sind.»

«Es ist eine sehr gute Geschichte, Herr Schabbelt.»

«Erzähle sie, Stuff. Sieh, wo du Platz findest. Aber der Tredup muss raus. Er stinkt nach Akquisition.»

«Ich möchte schon gerne was andres tun», murrt Tredup.

«Quatsch! Du tust es gern. Raus mit dir!»

«Wir brauchen ihn noch. Nachher zu der Geschichte.»

«Also stellen Sie sich dort ins Dunkel. Erzähle los, Stuff.»

«Sie kennen Kallene, den Polizeimeister? Natürlich. Nach der Revolution war er rot. SPD oder USPD, jedenfalls wurde er belohnt. Der dümmste aller Polizeidiener wurde Polizeimeister.»

«Weiß ich.»

«Und als er's war, trat er aus der Partei aus, gab das Parteibuch zurück, wurde streng deutschnational, wie er vorher gewesen.»

«Und ...?»

«Na, der macht abends auf dem Rathaus Aufsicht über die Reinemachefrauen. Wenn die Büros leer sind, Herr Schabbelt!»

«Und ...?»

«Da sind so ein paar junge Weiber dabei, einfach Klasse. Man kann es sich ja denken, wenn sie so rutschen über den Boden, man bekommt da Einblicke ...»

«*Du* kannst es dir jedenfalls denken, Stuff.»

«Na natürlich, nicht nur der Kallene kommt bei so was auf andere Ideen.»

«Mach's kurz, Stuff. Wer hat ihn erwischt?»

«Der rote Bürgermeister!», schreit Stuff. «Der dicke Gareis. Auf seinem Schreibtisch haben sie's gemacht.»

«Und?»

«Na, Herr Schabbelt! So eine Frage! Jetzt hat der Kallene wieder das Parteibuch.»

«Es ließe sich etwas daraus machen», meint Schabbelt. «Aber nicht für uns. Etwa für die KPD. Tredup kann es weiterquatschen.»

«Herr Schabbelt!»

«Ich kann Ihnen nicht helfen, Stuff. Sehen Sie, wie Sie sonst Ihre Spalten vollkriegen mit Lokalem.»

«Aber wenn wir nie stänkern dürfen! Das Blatt wird so doof. Man nennt uns schon ‹Käseblättchen›.»

«Wer?»

«Ist es nicht wahr, Tredup?»

Tredup enttritt dem Schatten, ganz gallig: «Schmierblättchen. Stinkmakulatur. Hakenkreuzruh. Scheißhausklappe. Unter Ausschluss der Öffentlichkeit.»

Stuff hebt seine Stimme: «Tante vom Kuhdorf. Der Langeweiler über alle Wände. Der Treppenfurz. Die Gakelei. Der Blinddarm. Der Maulwurf. Lies und schlaf.»

Tredup wieder: «Ich beeide es, Herr Schabbelt. Heute Morgen erst hat mir ein Inserent gesagt ...»

Der Chef ist zu seinen Zinkplatten zurückgekehrt. «Wen wollt ihr also anstänkern?»

Beide: «Den Zirkus Monte.»

Und Schabbelt: «Meinetwegen. Dass die Nicht-Inserenten wieder einmal Angst kriegen. Und zur Belohnung wegen des zu feinen Rasters.»

«Schönen Dank, Herr Schabbelt.»

«Schon gut. Aber diese Woche lasst ihr mich nun gefälligst in Frieden. Ich habe keine Zeit.»

«Wir kommen schon nicht her. Guten Morgen.»

5

Stuff sitzt am Schreibtisch und sieht auf die immer noch schlafende Frau. Ihr Gesicht hat sich etwas gerötet, ihre eisgrauen Haarzotteln liegen um den Kopf, hängen in ihr Gesicht. Er denkt: Die Kognakflasche ist beinahe leer. Als ich den Wenk rausschickte, stank er nach Schnaps. Jetzt säuft er sogar der besoffenen Chefin den Schnaps weg. Ich werde es ihm stecken.

Wieder nach der Frau hin: Ich werde ihr einen Kaffee machen lassen, einen heißen Mokka, dass sie ihn trinkt, wenn sie aufwacht. Ich werde nach der Grete klingeln.

Er sieht auf den Klingelknopf neben der Tür, dann auf das weiße Papier vor sich auf dem Pult. Schließlich, was hilft ihr ein Mokka? Gar nichts.

Er dreht an den Knöpfen des Radios. Eine Stimme ertönt:

«Achtung! Achtung! Achtung! Hier ist der sozialdemokratische Pressedienst! Achtung!»

Äh, scheiß! Werde ich meinen Riemen schreiben.

Er setzt an, denkt nach und schreibt dieses:

«*Ein kleiner Zirkus namens Monte* hat auf dem Jugendspielplatz sein Domizil aufgeschlagen und gab gestern Abend seine Eröffnungsvorstellung. Die Leistungen sind in keinem Punkte überragend, und sie kommen nirgends über ein Mittelmaß hinaus. Nach den Darbietungen, die unsere Vaterstadt vor noch nicht langer Zeit im Zirkus Kreno und im Zirkus Stern bewundern durfte, sind die Nummern des Monte-Programms klägliches Surrogat, das allenfalls für Kindervorstellungen ausreicht.»

Er überliest noch einmal das Geschriebene. Das wird es tun, denke ich. Er klingelt. Der Lehrling Fritz kommt. «Das soll gleich gesetzt werden. Und sag dem Metteur, er soll es als lokale Spitze bringen. Ich geh jetzt erst auf die Kriminalpolizei und dann aufs Schöffengericht. Wenn noch was ist, rufe ich an. Gut. – Halt, sage der Grete, sie soll der Frau Schabbelt einen Mokka machen.»

Der Junge geht ab. Stuff sieht auf die schlafende Frau, dann nach der Kognakbuddel. Er hebt die Buddel und trinkt den Rest aus. Er schüttelt sich.

Heute Abend werde ich mich besaufen. Heute Abend werde ich Amok laufen, denkt er. Mich betäuben, weg sein, vergessen. Das schweinischste Handwerk auf der Welt: Lokalredakteur sein in der Provinz.

Er sieht betrübt durch seine Klemmergläser und schiebt ab, zur Krimpo und zu den Schöffen.

Erstes Buch

Die Bauern

Erstes Kapitel

Eine Pfändung auf dem Lande

1

Auf der Station Haselhorst steigen zwei Männer aus dem Personenzug, der von Altholm nach Stolpe fährt. Beide sind städtisch gekleidet, tragen aber über dem Arm Regenmäntel, in der Hand derbe Knotenstöcke. Der eine ist ein Vierziger und sieht verdrossen aus, der junge dürre Zwanziger blickt sich lebhaft nach allen Seiten um. Alles interessiert ihn.

Sie durchqueren Haselhorst auf der Dorfstraße. Überall schauen aus dem Grün die Dächer der Bauernhäuser, bald mit Stroh, bald mit Reet, bald mit Ziegeln, bald mit Zink gedeckt. Jeder Hof liegt für sich, wendet, meistens von Bäumen umstanden, nur die Schmalseite seines Wohnhauses der Landstraße zu.

Sie haben Haselhorst hinter sich und gehen nun unter Ebereschen auf der Chaussee nach Gramzow. In den Koppeln steht Vieh, schwarzbunt und rotbunt, sieht sich auch einmal, langsam weiterkäuend, nach den Wanderern um.

«Es ist schön, einmal aus dem Büro herauszukommen», sagt der Junge.

«Das habe ich auch einmal gedacht», widersetzt der Alte.

«Immer und ewig nur Zahlen, es ist nicht auszuhalten.»

«Zahlen sind bequemer als Menschen. Man weiß, was man von ihnen zu erwarten hat.»

«Meinen Sie denn wirklich, Herr Kalübbe, dass etwas passieren kann?»

«Reden Sie keinen Quatsch. Selbstverständlich passiert nichts.»

Der Junge fühlt nach der Gesäßtasche. «Jedenfalls habe ich meine Pistole parat.»

Der Ältere bleibt mit einem Ruck stehen, schüttelt wütend die Arme, sein Gesicht läuft blaurot an. «Sie Idiot, Sie! Sie gottgeschlagener Querkopf!»

Seine Wut steigert sich noch. Er wirft Mantel und Stock auf die Chaussee, seine Aktentasche, die er unterm Mantel trug, dazu.

«Da! Da haben Sie es! Machen Sie den Dreck alleine! So eine Hirnverbranntheit! Und solch ein Bulle ...» Er kann nicht weiterreden.

Der Jüngere ist weiß geworden, aus Kränkung, Ärger, Schreck. Aber er kann sich beherrschen. «Ich bitte Sie, Herr Kalübbe, was habe ich gesagt, dass Sie derart erregt sind!»

«Wenn ich schon so etwas höre! Die Pistole parat! Wollen Sie unter die Bauern mit einer Pistole gehen? Ich habe Frau und drei Kinder.»

«Aber ich bin heute früh noch einmal vom Finanzrat über den Gebrauch der Waffe belehrt worden.»

Kalübbe ist ganz Verachtung. «Der! Sitzt hinter seinem Schreibtisch. Kennt nur Papier. Einen Tag sollte er hier draußen mit mir pfänden gehen, nach Poseritz oder Dülmen oder auch heute nach Gramzow ... Er würde keine Belehrungen mehr erteilen!!»

Kalübbe grinst schadenfroh schon bei dem Gedanken, dass der Herr Finanzrat ihn bei seinen Pfändungsgängen begleiten könnte.

Plötzlich lacht er. «Da, ich werde Ihnen was zeigen.» Er holt aus der Gesäßtasche seine Pistole, richtet sie auf den Kollegen.

«Machen Sie keine Geschichten», ruft der und springt zur Seite.

Kalübbe drückt los. «Sehen Sie: nichts! Gar nicht geladen. Das halte ich von dieser Art Schutz.»

Er steckt seine Pistole wieder ein. «Und nun geben Sie mir Ihre.» Er zieht den Lauf kräftig zurück, wirft Patrone auf Patrone aus. Der Junge sammelt sie schweigend auf. «Stecken Sie die Dinger in die Westentasche und geben Sie sie heute Abend dem Finanzrat zurück. Das ist *meine* Belehrung über den Waffengebrauch, Thiel.»

Thiel hat auch Stock und Mantel und Tasche schweigend aufgehoben und reicht alles dem Kollegen. Sie gehen weiter. Kalübbe sieht über die Wiesen, die von Hahnenfuß gelb, von Schaumkraut weißrosa sind. «Sehen Sie, Thiel, Sie müssen mir das nicht übelnehmen. Kommen Sie, geben Sie mir Ihre Hand. – Das ist recht. Alle, die ihr dort drinnen sitzt auf dem Finanzamt, ihr habt ja keine Ahnung, was das heißt, hier draußen Dienst tun.

Habe mich auch gefreut, als ich Vollstreckungsbeamter wurde. Nicht nur die Diäten und die Bewegungsgelder. Ich kann sie wahrhaftig brauchen mit der Frau und den drei Kindern. Sondern draußen sein, hier, an einem Frühlingstag, und alles ist frisch und lebendig. Nicht so bloß Steine. Und man geht durch.

Und jetzt – jetzt ist man der schändlichste, schmählichste Dreck am Stecken des Staates.»

«Herr Kalübbe, Sie, der so gelobt werden!»

«Ja, die drinnen! Wenn ein Bauer zu euch kommt und wenn zehn Bauern zu euch kommen, so sind es Bauern in der Stadt. Und wenn sie wirklich einmal frech werden, wie ihr es nennt, so seid ihr viele. Und hinter der Barre. Und der Fernsprecher zur Polizei an der Wand.

Hier aber, wo wir jetzt gehen, da hat der Bauer gesessen vor hundert Jahren und vor tausend Jahren. Hier sind wir die Fremden. Und ich gehe mit meiner Aktentasche und mit meinen blauen Piepmatzmarken ganz allein zwischen ihnen herum. Und ich bin der Staat, und wenn es gutgeht, nehme ich ihnen eine Ecke von ihrem Stolz und die Kuh aus dem Stall, und geht es schlimm an, dann mache ich sie heimatlos, wo sie seit tausend Jahren saßen.»

«Können sie denn wirklich nicht zahlen?»

«Manchmal können sie nicht, und manchmal wollen sie nicht.

Und in letzter Zeit wollen sie überhaupt nicht. – Sehen Sie, Thiel, es sind immer reiche Bauern gewesen, sie haben immer aus dem Vollen gelebt, und nun will es ihnen nicht eingehen, dass sie Fastenbrot essen müssen. Und dann sollen sie ja auch nicht richtig rationell wirtschaften ...

Aber was verstehen wir davon? Es geht uns nichts an. Was gehen uns die Bauern an! Sie essen ihr Brot, und wir essen unseres. Aber was mich angeht, das ist, dass ich zwischen ihnen umhergehe wie ein unehrlicher Mensch, wie ein Scharfrichter aus dem Mittelalter, der geächtet war, wie ein Hurenmädchen mit dem Rädchen auf dem Arm, vor dem sie alle ausspucken, mit dem keiner an einem Tisch sitzen mag.»

«Halt! Einen Augenblick!», ruft Thiel und hält den Kollegen am Arm. Im Staub sitzt ein Schmetterling, ein braunbuntes Pfauenauge, mit zitternden Flügeln. Seine Fühler bewegen sich tastend in der Sonne, im Licht, in der Wärme.

Und Kalübbe zieht den Fuß zurück, der schon über dem Tier schwebte. Zieht ihn zurück und bleibt stehen, sieht hinab auf den beseelten farbigen Staub.

«Ja, auch das gibt es, Thiel», sagt er erleichtert. «Weiß Gott, Sie haben recht. Auch das gibt es. Und manchmal wird der Fuß zurückgezogen. – Und nun bitte ich Sie nur um eines.»

«Ja?», fragt Thiel.

«Sie sind eben der Beherrschte gewesen und ich der Schreier. Mag angehen, dass sich heute noch einmal unsere Rolle ändert. Dann denken Sie daran, dass Sie jede Schmähung, jede Beleidigung ohne Widerspruch ertragen *müssen*, hören Sie, müssen. Dass ein guter Vollstreckungsbeamter keine Strafanträge wegen Beleidigung stellt, sondern vollstreckt. Dass Sie nie die Hand heben dürfen, selbst wenn ein anderer die Hand hebt. Es gibt immer zu viel Zeugen gegen Sie. Es gibt nur Zeugen gegen Sie. Wollen Sie daran denken? Wollen Sie mir das versprechen?»

Thiel hebt die Hand.

«Können Sie es auch halten?»

«Ja», sagt Thiel.

«Dann also: Gehen wir dem Päplow in Gramzow seine beiden Ochsen versteigern.»

2

Die Uhr geht auf elf. Es ist immer noch Vormittag, und die beiden Finanzbeamten haben sich eben die Hand gegeben auf der Chaussee nach Gramzow.

Im Krug von Gramzow ist es drangvoll. Alle Tische sind besetzt. Die Bauern sitzen vor Bier und Grog, auch die Schnapsgläser fehlen nicht. Aber es ist fast still im Gastzimmer, kaum ein Wort wird laut. Es ist, als horchten alle nach hinten.

Hinten in der Wirtsstube sitzen auch Bauern, um den Tisch mit der Häkeldecke, unter dem Nussbaumregulator. Sieben Bauern sitzen dort, einer steht an der Tür, der achte. Im Sofa sitzt hinter seinem Grog ein Langer mit scharfgeschnittenem Gesicht voll unzähliger Falten, mit kalten Augen und schmalen Lippen. «Also», spricht er und bleibt sitzen, «ihr, eingesessene Bauern von Gramzow, habt gehört, was der Bauer Päplow vorzubringen hat gegen den Entscheid des Finanzamtes in Altholm. Wer für ihn ist, hebe die Hand. Wer gegen den Bauern ist, lasse sie ungekränkt unten. Jeder tue, wie ihm dünkt, aber nur, wie ihm dünkt. – Stimmt ab.»

Sieben Hände erheben sich.

Der lange Bartlose steht aus dem Sofa auf. «Stoß die Tür auf, Päplow, zum Gastzimmer, dass alle hören. Ich verkünde den Beschluss der Bauern von Gramzow.»

Die Tür geht auf, und im gleichen Augenblick erheben sich die

Bauern draußen. Der Lange fragt durchs Lokal zu einem weiß-
bärtigen Bauern an der Außentür: «Sind die Wachen besetzt?»

«Sie sind besetzt, Vorsteher.»

Der Lange fragt nach der Tonbank mit dem kleinen wiesel-
artigen Wirt: «Ist kein Weibervolk in der Nähe, Krüger?»

«Kein Weibervolk, Vorsteher.»

«So verkünde ich, der Gemeindevorsteher Reimers von Gramzow, den Beschluss der Bauernschaft, gefasst von ihren erwähl-
ten Vertretern:

Es liegt ein Entscheid des Finanzamts Altholm vom zweiten
März vor gegen den Bauern Päplow, dass er zu zahlen hat an rück-
ständiger Einkommensteuer aus dem Jahre 1928 vierhundertund-
dreiundsechzig Mark.

Wir haben zu diesem Entscheid den Bauern Päplow gehört.
Er hat geltend gemacht, dass dem Entscheid die Durchschnitts-
ertragsberechnung für Höfe dieser Gegend zugrunde liegt. Dass
dieser Durchschnittsertrag auf sein Anwesen aber keine Anwendung finden könne, weil er im Jahre 1928 außerordentliche
Schädigungen erlitten hat. Zwei Pferde sind ihm eingegangen an
Kolik. Eine Sterke ist beim Kalben verreckt. Seinen Vater, den Al-
tenteiler, hat er ins Krankenhaus nach Altholm schaffen müssen
und dort über ein Jahr erhalten.

Diese Gründe zum Steuernachlass sind dem Finanzamt bekannt gemacht, sowohl direkt, durch den Bauern Päplow, wie
durch mich, den Gemeindevorsteher. Das Finanzamt hat die Ver-
anlagung aufrechterhalten.

Wir Bauern von Gramzow erklären den Beschluss des Finanzamtes Altholm für null und nichtig, weil er einen Eingriff in die
Substanz des Hofes bedeutet. Wir verweigern dem Finanzamt
und seinem Auftraggeber, dem Staat, jede Mithilfe in dieser Sache, es geschehe uns Liebes oder Leides.

Die vor fünfzehn Tagen vorgenommene Pfändung zweier gut

angegraster Ochsen des Bauern Päplow ist nichtig. Wer bei der heute angesetzten Versteigerung dieser Ochsen ein Gebot auf sie abgibt, soll von Stund an nicht mehr Glied der Bauernschaft sein. Geächtet soll er sein, niemand darf ihm Hilfe leisten, sei es in Nöten der Wirtschaft, des Leibes oder der Seele. In Acht soll er sein, in Gramzow, im Kreise Lohstedt, im Lande Pommern, im Staate Preußen, im ganzen Deutschen Reiche. Niemand darf zu ihm sprechen, niemand darf ihm die Tageszeit bieten. Unsere Kinder sollen nicht mit seinen Kindern sprechen, und unsere Frauen sollen nicht mit seiner Frau reden. Er lebe allein, er sterbe allein. Wer gegen einen von uns handelt, hat gegen uns alle gehandelt. Der ist heute schon tot.

Habt ihr alle gehört, Bauern von Gramzow?»

«Wir haben gehört, Vorsteher.»

«So handelt danach. Ich schließe die Bauernversammlung. Die Wachen sind zurückzuziehen.»

Die Tür zwischen Gast- und Wirtsstube geht wieder zu. Der Gemeindevorsteher Reimers setzt sich, wischt sich die Stirn ab und tut einen Zug vom kalt gewordenen Grog. Dann sieht er auf die Uhr. «Fünf Minuten bis elf. Es wird Zeit, dass du verschwindest, Päplow, sonst kann dir der Knecht vom Finanzamt das Protokoll vorlesen.»

«Ja, Reimers. Aber wie wird es, wenn sie die Ochsen forttreiben?»

«Sie werden die Ochsen nicht forttreiben, Päplow.»

«Wie willst du es hindern? Mit Gewalt?»

«Keine Gewalt. Nie Gewalt gegen diesen Staat und seinen Verwaltungsapparat. Ich weiß etwas anderes.»

«Wenn du etwas anderes weißt … Es müsste nur sicher sein. Ich brauche das Geld für die Ochsen.»

«Es ist sicher. Morgen wissen alle Bauern im Land, wie man in Gramzow mit dem Finanzamt fertig wird. Geh nur ruhig.»

Der Bauer Päplow geht durch die Hintertür über den Hof hinaus, verschwindet an einem Knick. Die sieben Bauern gehen in die volle Gaststube.

3

Vor den Fenstern der Wirtschaft entsteht Bewegung: Die beiden Beamten vom Finanzamt kommen. Jeder führt einen rotbunten Stier am Halfter.

Sie sind auf dem Hof von Päplow gewesen. Irgendein Knecht war da und hat sie in den Stall gelassen zu den gepfändeten Tieren. Kein Bauer war zu sehen, keine Bäuerin, niemand, der Auftrag gehabt hätte, die Pfandsumme zu erlegen. So haben sie die Tiere aufgehalftert und sind mit ihnen zum Krug gekommen, die angesetzte und bekanntgemachte Versteigerung abzuhalten.

Sie binden die Tiere ans Reek vor der Tür und treten in die Wirtschaft. Im Gastzimmer ist Gerede gewesen, halblauter Meinungsaustausch, auch ein Fluch vielleicht, als man die Männer sah mit den beiden Tieren. Nun ist es still. Aber dreißig, vierzig Bauern sehen stur auf die Beamten, sehen ihnen ins Gesicht und verziehen nicht das eigene.

«Ist hier vielleicht Herr Päplow aus Gramzow?», fragt Kalübbe in die Stille.

Die Bauern sehen auf ihn und den Jungen, keiner spricht.

«Herr Päplow hier?», fragt Kalübbe mit erhobener Stimme.

Keine Antwort.

Kalübbe geht durch den Mittelgang der Gaststube zur Tonbank hin. Unter all den feindlichen Blicken geht er gehemmt und unbeholfen. Einen Stock, der über einer Lehne hängt, stößt er um. Er fällt polternd hin. Kalübbe bückt sich danach, hebt ihn auf, hängt ihn über die Lehne, sagt: «Pardon.»

Der Bauer sieht ihn an, stur, dann zum Fenster hinaus, verzieht nicht das Gesicht.

Kalübbe sagt zum Krüger: «Ich soll hier eine Versteigerung abhalten, wie Sie wissen. Wollen Sie mir einen Tisch hersetzen lassen?»

Der Krüger murrt: «Hier ist kein Tisch und kein Raum für einen Tisch.»

«Sie wissen, dass Sie Platz zu machen haben.»

«Wie soll ich es machen, Herr? Wen soll ich fortschicken? Vielleicht machen Sie sich Platz, Herr?»

Kalübbe sagt mit Nachdruck: «Sie wissen ...»

Und der wieselige Krüger eilfertig: «Ich weiß. Ich weiß. Aber geben Sie mir einen Rat. Kein Gesetz, verstehen Sie, einen brauchbaren Rat.»

Eine Stimme ruft befehlend durchs Lokal: «Setz einen Tisch vor die Tür.»

Plötzlich ist der kleine Krüger ganz Beweglichkeit, Höflichkeit. «Einen Tisch vor die Tür. Selbstverständlich. Die beste Idee. Man kann dann auch das Vieh sehen.»

Der Tisch wird nach draußen gebracht. Der Krüger trägt eigenhändig zwei Stühle herbei.

«Und nun zwei Glas Helles für uns, Krüger.»

Der Krüger bleibt stehen, sein Gesicht legt sich in Falten, Kummer ist darin. Er schielt zu den offenen Fenstern, hinter denen die Bauern sitzen. «Meine Herren, ich bitte Sie ...»

«Zwei Glas Helles! Was soll das ...?»

Der Krüger hebt ganz schnell die Hände zu einer Bitte. «Meine Herren, verlangen Sie nicht von mir ...»

Kalübbe sieht rasch zu Thiel hin, der das Gesicht über die Tischplatte gesenkt hält. «Sehen Sie, Thiel!» Und zum Krüger: «Sie *müssen* uns Bier ausschenken. Wenn Sie's nicht tun und ich zeige Sie an, sind Sie die Konzession los.»

Und der Krüger vollendet im gleichen Ton: «Und wenn ich's tue, bin ich meine Gäste los. So kaputt und so kaputt, Herr.»

Kalübbe und der Krüger sehen sich an, eine lange Zeit, scheint es.

«Also sagen Sie drinnen, dass die Auktion beginnt.»

Der Krüger macht eine halbe Verbeugung. «Solange es geht, soll der Mensch Mensch bleiben.»

Er geht. Der Beamte nimmt aus seiner Aktentasche Protokoll und Bedingungen, legt sie vor sich auf den Tisch. Thiel möchte gern, dass er ihn jetzt einmal ansähe, darum sagt er: «Ich habe eben an die Pistole gedacht. Ich glaube, ich lerne schon, dass Waffen nichts helfen.»

Kalübbe sagt trocken und blättert in seinem Protokoll: «Es ist noch nicht Abend. Wenn wir zu Haus sind, haben Sie mehr gelernt.»

Ein Schatten fällt auf den Tisch. Ein junger Mensch, schwarz gekleidet, eine schwarze Hornbrille auf der Nase, über der Schulter den Lederriemen eines Fotoapparates, tritt hutlüftend heran. «Gestatten Sie, meine Herren, mein Name ist Tredup, von der ‹Chronik für Altholm›. Ich war eben in Podejuch, den Kirchenneubau für unser Blatt zu fotografieren. Im Vorbeiradeln sehe ich, hier soll eine Auktion abgehalten werden.»

«Das Inserat stand auch in Ihrem Blatt.»

«Und das ist das gepfändete Vieh? – Man hört so viel von Schwierigkeiten bei Pfändungen. Hatten Sie welche?»

«Erlaubnis zu dienstlichen Auskünften erteilt Herr Finanzrat Berg.»

«Also Sie hatten keine Schwierigkeiten? Würden Sie etwas dagegen haben, wenn ich die Auktion fotografierte?»

Und Kalübbe, barsch: «Stören Sie mich nicht länger. Ich habe keine Zeit für Ihr Geschwätz!»

Tredup zuckt überlegen die Achseln. «Wie Sie meinen. Jedenfalls werde ich fotografieren. – Jeder hat seine Art Brot, und besonders süß scheint Ihres auch nicht zu schmecken.»

Er geht auf die andere Seite der Dorfstraße und beginnt seinen Apparat fertig zu machen.

Kalübbe zuckt die Achseln. «Er hat ja im Grunde recht. Es ist sein Beruf, und es war albern von mir, ihn anzugrobsen. Aber ich habe eine Wut auf die von der ‹Chronik›. Das ist schon Revolverjournalismus, was die treiben. Haben Sie vor ein paar Tagen die Kritik über den Zirkus Monte gelesen?»

«Doch. Ja.»

«Die reine Erpressung. Dabei weiß ganz Altholm, dass kein Mensch von der ‹Chronik› zur Vorstellung war. Der Besitzer wollte wegen Geschäftsschädigung klagen, aber das hat ja alles keinen Zweck bei denen. Der Schabbelt verdreht, die Frau versoffen, der Kerl, der das Blatt schreibt, der Stuff, kriegt auch so seine periodischen Touren ... Und was da sonst so rumläuft ...»

«Gott! Wer liest denn die ‹Chronik›? Ich lese die ‹Nachrichten›.»

«Soll mich wundern, was der Kerl über die Auktion zusammenschmiert. Mittlerweile scheint niemand zu kommen.»

Sie sehen nach den Fenstern der Gaststube. Soviel sie erkennen können, ist es leerer dort geworden, trotzdem noch genug Bauern dasitzen.

«Gehen Sie noch einmal in die Tür und rufen Sie aus, dass die Auktion beginnt. Und dann sagen Sie dem Krüger, dass er zu mir kommen möchte.»

Thiel steht auf, geht in die Tür. Kalübbe hört ihn rufen, irgendjemand antwortet. Es entsteht Gelächter, dann gebietet eine scharfe Stimme Ruhe. Nach einer Weile kommt Thiel zurück.

«Was war da eben?», fragt Kalübbe gleichmütig.

«Der Krüger wird sofort kommen. – Ach ja, irgendein Witzbold rief mir zu: ‹Jung, goh no Hus, dien Mudder will di waschen!› Aber ein Langer hieß ihn Maul halten.»

Der Krüger tritt an den Tisch. «Bitte, meine Herren?»

«Waren keine Viehhändler heute Morgen da?»

«Doch. Viehhändler waren da.»

«Wer?»

Der Krüger zögert. «Ich weiß nicht. Ich kenne sie nicht.»

«Natürlich kennen Sie sie nicht. Und die sind wieder fortgefahren?»

«Die sind wieder fortgefahren.»

«Danke. Das war alles.» Der Krüger geht, und Kalübbe sagt zu Thiel: «Nun rufe ich noch den Fleischer Storm an. Bei dem kaufe ich selbst mein Fleisch. Vielleicht, dass der die Courage hat und kauft das Vieh zur Taxe. Das ist halb geschenkt.»

«Und wenn nicht?»

«Gott, dann rufe ich den Finanzrat an. Mag der mal entscheiden, was geschehen soll.»

Thiel sitzt und schaut auf die besonnte Dorfstraße. Ein paar Hühner suchen in Pferdeäpfeln unverdautes Korn, über den nächsten Hofeingang streicht sacht mit aufrechtem Schwanz eine Katze. Es wäre ganz schön hier, denkt er. Es ist alles beieinander, aber es ist Unrat in der Luft. Dem Kerl von der «Chronik» scheint auch klargeworden, dass aus der Auktion nichts wird. Da streicht er ab. Hat den Apparat noch in der Hand, vielleicht hat er was Besseres gefunden zu fotografieren. – Muhe nicht, Ochs. Ich habe auch Durst und kriege nichts, trotzdem hier Hof bei Hof Brunnen sind. – Kalübbe ist hübsch vergrätzt, aber er nimmt es zu tragisch. Bauern sind Bauern. Ein dickes Fell und seinen Dienst tun, nichts denken. Mittelalter und Scharfrichter – wo er das her hat? Er muss richtig darauf lesen. Ich habe meinen Skat und er seine Familie und wir beide Altholm, was brauchen wir da Bauern? Und hübsch ist es doch hier, wenn auch Unheil …

Er döst ein bisschen in der Mittagssonne vor sich hin. Die Ochsen werfen die Köpfe und wehren mit dem Schwanz die Fliegen.

Kalübbe steht wieder am Tisch. «Geschlafen? Ja, es ist ganz, als könnte ein Gewitter kommen. Heut ist ein Tag, an dem die Milch zusammenläuft. – Also, der Fleischer Storm will nicht. Er hat Angst. Denkt, er bekommt landauf, landab kein Vieh mehr zu kaufen. Lass ihn. Wird meine Frau ihr Fleisch bei einem andern Fleischer kaufen.»

«Und der Finanzrat?»

«Ja, der Finanzrat, der hohe Herr, der Herr Berg verstehen das natürlich nicht. Die Sache ist ihm einfach unverständlich. Aber jedenfalls soll heute einmal ein Exempel statuiert werden, und die Bauern nicht mit dem Kopf durch die Wand. Wir sollen die Ochsen nach Haselhorst treiben und nach Stettin verladen. Vergnügen, was? Einen Wagen habe ich eben auch gleich bestellt. Also denke ich, wir machen los. Je eher wir dort sind, umso eher kriegen wir ein Glas Bier. Der Bahnhofswirt *muss* ausschenken.»

«Also denn los! Welchen nehmen Sie?»

«Lassen Sie mir den mit dem krummen Horn. Der ist zappelig. Und wenn er abhauen will, den Zaum nicht loslassen und feste mit dem Stock auf die Nase. Dann vergeht ihm schon das Rennen.»

Sie haben die Stricke vom Reek losgeknotet und machen sich an den Aufbruch. Die Tür von der Wirtschaft geht auf, und Bauer auf Bauer, ein Dutzend, zwei Dutzend, drei Dutzend treten aus der Gaststube. Sie stellen sich längs des Weges auf, wortlos stehen sie da, sehen den Abmarsch an.

Die beiden treiben die Dorfstraße entlang. Die Tiere gehen ruhig. Kalübbe wendet sich nach Thiel um und fragt: «Gemütlich, solch ein Spießrutenlaufen?»

«Wenn es denen Vergnügen macht!»

«Natürlich! – Was ist das?»

Das Dorf ist zu Ende. Die Straße hat einen scharfen Knick gemacht, und zwischen Ebereschen liegt die Chaussee nach Haselhorst vor ihnen. Auf beiden Seiten breite, wasserreiche Vorflutgräben, und vor ihnen, dreihundert Meter weiter, haben sie ein helldunkles Gewimmel, ein Hindernis.

«Was ist das?»

«Ich kann es nicht schlaukriegen. Bauen die eine Barriere?»

«Es sieht so hell aus. Und locker. Wie Stroh. Jedenfalls kümmern wir uns um nichts. Gehen grade durch.»

«Und wenn wir nicht vorbeikommen? Die Gräben sind zu breit.»

«So warten wir. Es wird ja irgendein Wagen oder ein Auto kommen.»

Sie sind nahe, und nun ruft Thiel erleichtert aus: «Es ist nichts. Da hat einer ein Strohfuder umgeschmissen.»

«Ja. Es scheint so.»

Aber, als sie noch näher sind: «Da stimmt doch was nicht. Die laden nicht wieder auf. Die führen ja Wagen und Pferde fort!»

«Egal! Wir gehen durch. So ein Strohbund schmeißt man mit dem Fuß beiseite.»

Jetzt sind sie ganz nahe. Drei, vier Leute stehen dort beim Stroh, das quer über die Chaussee liegt. Einer bückt sich, und plötzlich züngelt es auf, hier, dort. Eine Flamme tanzt. Zehn. Hundert. Rauch, weißer dicker Qualm wallt empor.

Die Stiere werfen die Köpfe hoch, sperren sich breitbeinig. Reißen den Leib herum.

Und plötzlich wirft sich der Wind in die Flammen, sengende Glut schlägt ihnen entgegen, sie stehen ganz im Rauch ...

«Los! Los! Zurück ins Dorf!», schreit Kalübbe und hämmert wild mit dem Knüppel auf die Nase seines Stiers. Dumpf dröhnt der Nasenknorpel.

Fast Seite an Seite, taumelnd, fallend, vom Strick wieder hochgerissen, rasen sie dem Dorf zu.

Dann, hundert Schritte weiter, geht das Vieh ruhiger. Atemlos ruft Kalübbe: «Diesmal muss ich einen Bericht schreiben, es hilft nichts.»

«Und was machen wir nun?»

«Nach Haselhorst lassen uns die nicht. Das ist zwecklos. Aber nun grade! Wissen Sie was, jetzt spielen wir ihnen einen Streich und treiben über Nippmerow, Banz, Eggermühle nach Lohstedt.»

«Vierzehn Kilometer!»

«Und wenn! Wollen Sie die Stiere dem Päplow wieder in den Stall stellen?»

«Ausgeschlossen!»

«Also!»

Jetzt sind sie wieder am Krug. Dort stehen die Bauern, sehen ihnen entgegen.

«Die haben auf uns gewartet. Na, eure Stiere sollt ihr deswegen doch nicht haben. – Glatt und möglichst rasch vorbeitreiben.»

Alle Gesichter sehen auf sie. Es sind junge und alte, sehr weißblonde, mehlige, glatte und ganz zerfurchte mit grauen und schwarzen Bärten und mit der Lederhaut der Herbststürme und Winterregen. Als sie sich nähern, löst sich der Schwarm auf. Ein Teil tritt auf die andere Seite der Dorfstraße, und nun, als sie vorbei wollen, setzen sich alle in Bewegung, gehen stumm und dicht neben ihnen her, ein Geleit. Mit gesenkten und erhobenen Gesichtern, die nichts ansehen, Handstöcke in der Hand.

Das gibt noch etwas. Das geht nicht glatt, denkt Kalübbe. Wenn ich nur an den Thiel heran könnte, dass er nicht die Ruhe verliert.

Aber die Bauern gehen zu eng, und jetzt laufen die Stiere fast, sie riechen den Päplow'schen Stall.

Doch Kalübbe passt auf. Im Augenblick, da sein Stier in die heimische Hoffahrt einbiegen will, gibt er ihm einen dröhnenden Schlag aufs rechte Horn, stößt gleich darauf die Stockspitze in die

Weiche, und der Stier rast los, blindlings gradeaus, die Dorfstraße entlang.

Das ging gut, denkt Kalübbe laufend und wundert sich, dass die Bauern noch nicht nachgeben, weiter nebenhertraben. Aber da ist auch schon Thiel dicht neben ihm. Vom Rennen atemlos, flüstert er dem zu: «Kümmere dich um nichts, Thiel. Strick fest ums Handgelenk. Lass dir das Tier nicht klauen. Das gehört dem Staat, und das muss jetzt nach Lohstedt, koste es, was es wolle.»

Die Bauern laufen nebenher. Es ist so viel Getrapps auf dem Weg und die Aussicht beengt. Und doch! Da vorn ist wieder das Hellgelbe, auch auf diesem Wege.

Aber nun gibt es kein Halten mehr. Durch müssen wir, denkt Kalübbe.

Das geängstete Tier rast nur so, Kalübbe kann sich nicht umdrehen. Er hört, wie die Stockschläge der Bauern hageldicht auf seinen Ochsen prasseln, er schreit: «Achtung, Thiel! Auf die Wiese!»

Und da ist das Feuer schon. Er sieht irr-deutlich sechs, acht Gesichter, er sieht plötzlich den Kerl von der «Chronik» mit dem Fotoapparat in der Hand, er sieht noch, wie ein Bauer mit dem Stock nach dem Apparat schlägt ...

Dann ist die Glut da, die Hitze, stechender Qualm.

Er sieht nichts mehr. Der Stier reißt ihm die Hand ab, so zerrt er am Strick.

Und nun steht er an einem Baum. Er ist durch, die Straße vor ihm ist frei, er atmet schwer mit versagenden Lungen.

Dann schaut er sich um. Dicke weißgelbe Qualmschwaden wälzen sich über Wiese und Weide. Schatten huschen darin.

Wo ist Thiel?

Dann sieht er den andern Stier über eine Wiese rasen, führerlos, mit hocherhobenem Schwanz und gesenktem Kopf.

Er wartet eine Viertelstunde, eine halbe. Er kann nicht fort von dem Tier, es gehört dem Staat. Schließlich gibt er das Warten auf. Der Thiel wird sich schon wieder anfinden. Die Bauern tun niemand nichts.

Kalübbe nimmt mit seinem Ochsen den Weg nach Lohstedt unter die Füße.

Zweites Kapitel

Jagd nach einem Foto

1

Es ist abends gegen elf. Stuff ist eben aus dem Kino gekommen und hat sich im Tucher zu Wenk an den Tisch gesetzt.

«Was trinkst du? Nur Bier? Nee, das genügt nicht, bei mir burren die trüben Fliegen heut wieder. – Franz, einen halben Liter Helles und eine Kömbuddel.»

«Wie war's im Kino?»

«Mist, verdammter. So was muss man morgen loben, bloß weil die Affen inserieren.»

«Was war's denn?»

«So ein erotischer Schmarren. Was Ausgezogenes.»

«Das ist doch was für dich?»

«Hau ab, Wenk! Was die heute schon Erotik nennen! Wozu ausziehen? Man weiß ja schon alles vorher.»

Stuff trinkt. Erst einen Schnaps. Dann einen langen Schluck Bier. Dann wieder einen Schnaps.

«Das ist das Richtige. Solltest du auch tun. Das macht Stimmung.»

«Geht nicht. Darf nicht. Mein Wachtmeister schimpft, wenn ich nach Schnaps stinke.»

«Gott ja, deine Olle. Komisch muss das sein, immer dieselbe. So gar keine Überraschung. Macht das denn noch Spaß?»

«Spaß? Ehe ist doch kein Spaß.»

«Eben. Hab ich mir immer schon gedacht. Und ohne Überraschungen. Nee, danke. Weißt du, das ist ja der Mist bei der modernen Frauenkleidung: Man weiß alles schon vorher. Diese blöden Schlüpfer! Früher, die weiten, weißen offenen Hosen!» Er versinkt in Schwärmerei.

«Wo sitzt eigentlich dein Mann?», stört ihn Wenk.

«Wieso? Mein Mann? Ach so, der Kalübbe! Dort. Der übernächste Tisch. Der Griese, der Skat spielt, so ein bisschen dick.»

«So, das ist Kalübbe», sagt Wenk enttäuscht. «Den hätt ich mir anders gedacht.»

«Anders gedacht. Der ist gut so, wie er ist. Schon die beiden Kerle, die mit ihm spielen. Das muss die reine Freude sein für den Herrn Finanzrat.»

«Wer ist denn das?»

«Na, den in der grauen Uniform musst du doch kennen. Den kennt doch jedes Kind. Nicht? Das ist der Hilfswachtmeister Gruen aus dem Kittchen. Mall-Gruen nennen sie ihn, weil er verrückt ist, seit ihn die Muschkoten November achtzehn an die Wand gestellt haben.»

«Warum denn?»

«Weil er sie zu sehr gezwiebelt hat, wahrscheinlich. Sie haben nach ihm Scheibenschießen gemacht, und dass er dabei leben geblieben ist, das hat er, glaub ich, selber noch nicht kapiert. – Du musst mal aufpassen, wenn die Rechten schwarz-weiß-rot flaggen, dann kann er an keiner Flagge vorüber. Zieht den Hut und verkündet: ‹Unter dieser Fahne haben wir nicht gehungert.› Die Kinder laufen ihm in Scharen nach.»

«Und so was ist Beamter?»

«Warum nicht? Zellen wird er wohl noch auf- und zuschließen können.»

«Und der dritte?»

«Das ist der Lokomotivführer Thienelt. Dienstältester Lokomotivführer im Bezirk. Hinter dem ist schon die ganze Reichsbahndirektion her gewesen, er soll Dienstuniform anziehen. Er tut es nicht. Warum wohl?»

«Keine Ahnung. Sag schon.»

«Na, sehr einfach. Er tut es nicht, weil er dann die Dienstmütze aufsetzen müsste. – Du bist zu doof, Wenk. Saufen kannst du gut, aber zu doof bist du doch. – Weil an der Dienstuniform ein neumodischer Adler ist, und er ist noch für die altmodischen ...»

«Und er tut's nicht?»

«Er tut's nicht. Nun haben sie ihn auf 'ne Rangierlokomotive gesetzt, aber er denkt: Meine zwei Jahre bis zur Pension halt ich's noch aus. Die Oberen lassen ihn jetzt in Ruhe, aber die Kollegen. Kollegen sind immer das Schlimmste.»

Pause. Stuff trinkt ausgiebig.

«Mittlerweile könnte der Kalübbe endlich mal pinkeln gehen, dass ich ihn draußen unauffällig sprechen kann.»

«Glaubst du denn, er tut es?»

«Wenn man es richtig anpackt, tut er es.»

«Du riskierst was dabei.»

«Wieso? Wenn es rauskommt, bin ich besoffen gewesen.»

«Du, Stuff, der Einzeljüngling am Ecktisch fixiert dich immer.»

«Wenn's ihm Spaß macht. Nee, den kenne ich nicht. Ehemaliger Offizier, taxiere ich. Reist jetzt in Ölen und technischen Fetten.»

«Sieht ganz so aus, als möcht er mit dir reden.»

«Vielleicht kennt er mich. – Prost! Prost!», schreit Stuff durch das ganze Lokal dem unbekannten jungen Mann zu, der das Bierglas grüßend gegen ihn erhob.

«Kennst du ihn doch?»

«Keine Ahnung. Der will was. Na, er wird schon kommen.»

«Komisch eigentlich, dir so zuzuprosten.»

«Warum komisch? Wenn ihm meine Kartoffelnase gefällt? Na, ich will erst noch mal einen Schnaps verlöten, Kalübbe sitzt ordentlich fest.»

«Du, Stuff», fängt Wenk wieder an. «Der Tredup hat sich heute über dich beklagt. Du lässt ihn nichts verdienen.»

«Tredup kann mir. Mit Tredup rede ich schon vierzehn Tage nichts.»

«Wegen der Ochsen?»

«Wegen der Ochsen! Glaubt der Ochse, ich bringe seinen Artikel über die Ochsenpfändung, bloß damit er seine fünf Pfennig die Zeile kriegt?!»

«Geld hat er, glaube ich, nötig.»

«Haben wir alle. Ich will dir was sagen, Wenk, alle Leute, die zu wenig Geld haben, taugen nichts. Tredup ist scharf auf Geld wie die Katze auf Baldrian.»

«Vielleicht schiebt er Kohldampf mit seiner Familie.»

«Soll ich deswegen alle mit seinem blöden Bericht vor den Kopf stoßen? Bring ich was *für* die Bauern, dann freu dich für deinen Annoncenteil: Finanzamt, Polizei, Regierung mit ihren Bekanntmachungen, alles schnappt ab.»

«Aber er sagt, er hat dir einen zweiten Bericht *gegen* die Bauern geschrieben.»

«Und ...? Soll ich gegen die Bauern sein? Nee, so ein bisschen Sympathie hat man doch noch. Säße ich sonst hier und lauerte auf den Kalübbe, der partout nicht aus den Hosen will? – Na, endlich! Wenn man den Esel nennt ... Bis nachher!»

Und Stuff geht schwerfällig dem Kalübbe nach.

2

Stuff stellt sich im Pissoir an das Becken neben Kalübbe. Der stiert tiefsinnig in das rinnende Wasser. Stuff sagt: «'n Abend, Kalübbe!»

«'n Abend! Ach so ja, du, Stuff. Es geht so, nicht wahr?»

«So wie immer: beschissen.»

«Wie kann es auch anders gehen?»

«Na so was! Klagen jetzt auch schon die Beamten?»

«Beamter, na ja, Beamter ...»

«Etwa nicht? Wenn mein Schabbelt was in den Kopf kriegt, macht er die Bude zu, und ich sitze auf der Straße.»

«Wer's glaubt. Wo dich die ganze Provinz kennt.»

«Eher schon dich. Seit den Ochsen ...»

«Entschuldige, Stuff, ich muss wieder zum Skat ...»

«Natürlich. – Ist es wahr, dass morgen Lokaltermin ist?»

«Möglich. – Der Thienelt und der Gruen warten.»

«Und dass *du* die Täter identifizieren sollst?»

«Ich muss jetzt zum Skat!»

«Und dass deine Hilfe, der Thiel, ohne Kündigung auf die Straße gesetzt ist?»

«Wenn du doch alles weißt, warum fragst du noch? Also 'n Abend, Stuff!»

«Ich will dir etwas verraten, Kalübbe. Du wirst strafversetzt. Aber halt's Maul.»

Kalübbe starrt ihn an, ohne zu reden. Das Wasser läuft und rinnt und gurgelt in dem Becken. Die beiden Männer stehen einander gegenüber.

«Ich? Du meinst mich? Ich und strafversetzt? Dir haben sie ja ins Gehirn geschissen! Lass mich zufrieden mit deinem Quatsch. Ich habe meinen Ochsen nach Haus gebracht.»

«Grade weil. In den Stall vom Gemeindevorsteher hättest du sie stellen sollen. Dann hätt's keinen Klamauk gegeben.»

«Der Finanzrat sagt, ich hätt's gut gemacht.»

«Der Finanzrat! In der Suppe rühren schon viel goldenere Löffel.»

«Ich werde nicht strafversetzt.»

«Doch wirst du. Höre zu, Kalübbe ...»

Drei Mann dringen in die Schifferade. Kalübbe dreht sich zum Spiegel und fängt umständlich an, sich die Hände zu waschen. Die drei Mann begrüßen Stuff lebhaft und lärmend. Er stellt sich an ein Becken und tut sehr beschäftigt, schielt dabei nach Kalübbe. Der macht keine Anläufe mehr zu gehen. Stuff grinst vor sich hin.

Nach einer Weile ziehen die Leute ab und lassen Stuff und Kalübbe wieder allein.

Kalübbe sagt brüsk: «Ich will dir was sagen, Stuff. Ich habe es mir überlegt: Vielleicht werde ich wirklich strafversetzt. Die machen das heute so. Verantwortung haben nur wir Untern. Aber dich geht das nichts an, und wenn du in deiner gottverdammten ‹Chronik› ein Wort davon schreibst ...»

«Kein Wort. Du wirst strafversetzt. Da beißt keine Maus einen Faden ab. Fragt sich nur, ob du nun auch noch andere reinreißen willst?»

«Reinreißen? Ach so! – Es kommt darauf an, was für andere?»

«Da sind diese Bauern. Morgen ist Lokaltermin. Wenn du welche erkennst, schieben die Knast, Monate und Monate.»

«Ich hab keinen Grund, den Bauern grün zu sein.»

«Aber warum feind? Tätest du's nicht auch so, wenn du vom Hofe müsstest?»

«Sie haben es an dem Morgen zu schlimm getrieben.»

«Und du machst den Speckjägern oben die Geschäfte. Dein Finanzrat freut sich einen Ast, wenn er möglichst viel Bauern einspunden kann. Dann kann er doch wieder eine Weile drauflospfänden.»

«Das Aas! Höre, Stuff, ist das anständig? Er gibt mir telefonisch den Auftrag, die Ochsen unter allen Umständen nach Haselhorst zu bringen, und nun wird mir ein Strick daraus gedreht, dass ich meinen nach Lohstedt gebracht habe! Ist das anständig?»

«Das ist die Art heute.» Stuff spuckt in ein Becken. «Willst du dich strafversetzen lassen und doch erkennen?»

Kalübbe zögert. «Es war ja alles nur ein Augenblick. Wenn ich die Bauern nicht erkennen würde ... Aber da ist der Thiel!»

«Das lass meine Sorge sein! Glaubst du, der Thiel wird reden? In einen Graben gefallen, Ochse ausgerissen, Zeug verdorben, Knochen zerschunden, dafür auf die Straße gesetzt, fristlos, weil er den Ochsen laufen ließ, glaubst du, der erkennt? Glaubst du, der ist so doof?»

«Man müsste es wissen.»

«Man weiß es. Unter uns: Der Thiel hat eine Stellung. Bei einer Zeitung. Ich sage nicht, wo.»

Die beiden Männer schweigen eine Weile, dann sagt Kalübbe: «Na, ich glaube, Stuff, das ging alles zu schnell. Ich weiß es wirklich nicht, welche Bauern ich im Krug und welche am Strohfeuer sah.»

«Siehst du, Kalübbe. Und wenn du einmal keine Lust mehr hast mit dem Vollstrecken, schreibst du mir eine Karte ...»

Sie wenden sich zur Tür ...

3

Eine Stimme ertönt hinter ihnen: «Einen Augenblick, meine Herren. Es war sehr interessant.»

In der Tür zum Klosett steht der junge Mann, dem Stuff vor einer Viertelstunde zutrank.

«Wirklich. Fabelhaft interessant. – Ja, ich war da drin beschäftigt, meine Herren. Und dann wollte ich nicht unterbrechen. Der hübscheste Fall von Zeugenbeeinflussung, den ich persönlich erlebt habe. Wirklich ganz reizend.»

Er steht in der Tür zum Lokus, vor der Brille, und knöpft

ganz unnötig an seinen Hosenträgern herum. Um seine Augen spielen tausend Fältchen, und in all seiner Malesche denkt Stuff: Ein Junge? Uralt ist das Aas. Ausgekocht. Ein ganz gemeiner Hund!

Laut knurrt er: «Bilden Sie sich nur nichts ein. Was Sie schon hören können! Wo ewig das Wasser läuft.»

Der junge Mann greift in seine Tasche und zieht einen Haufen Papier hervor. «Entschuldigen Sie das Material. Es ist Klopapier. Aber ich stenographiere. Ihre Unterhaltung schien mir des Festhaltens würdig.»

«Sie lügen ja. Das ist weißes Papier. Glauben Sie, Sie bluffen mich? Zeigen Sie doch mal her!»

Der dicke Stuff macht eine unglaublich rasche Bewegung, einen Griff nach dem linken Arm des Jünglings, der das Papier hält. Aber wie ein Hammer schlägt dessen rechte Faust auf Stuffs Arm. Stuff stößt links vor, stößt nach der Magengrube des Jünglings, der nach der Brille retiriert.

Stuff grunzt: «Los, Kalübbe, das Papier müssen wir haben!»

Und der Jüngling, völlig ruhig, jetzt auf dem Klosettdeckel stehend: «Es ist sehr amüsant, meine Herren ...»

Die Toilettentür geht auf, und ein paar Herren erscheinen. Die drei Kämpfer nehmen unbeteiligte Posen ein. Kalübbe probiert den Seifenautomaten. Stuff lehnt in der Klosettür und scheint dem Schlanken, der den Spülungskasten befingert, Ratschläge zu geben: «Es muss am Schwimmer liegen.»

Endlich sind die Herren fertig. Einer möchte noch eine Unterhaltung mit Stuff anspinnen, aber der grobst ihn an: «Lass mich zufrieden. Ich will hier kotzen!» Und der Herr entschwindet.

Noch schlägt die Tür nicht an, da macht Stuff einen blitzschnellen Vorstoß gegen ein Bein des Unbekannten, fasst es, reißt daran, und mit Getöse stürzt der Jüngling vom Klosettdeckel. Sein Kopf schlägt mehrmals gegen die Wand. Dann liegt er im Winkel, etwas blass, etwas blutend, während Stuff ihm die Hand, die den Papierwust hält, aufzubrechen sucht.

«Die kriegen Sie nicht auf. Die hat schon manchen Handgranatenstiel festgehalten, Stuff ...»

«Das wusste ich, dass Sie mich kennen ...» Stuff lässt ihn los und betrachtet ihn prüfend. Kalübbe schaut schweigend, noch immer schneeweiß, über seine Schulter.

Der Jüngling steht auf und verbeugt sich. «Gestatten Sie, Henning. Georg Henning. Und entschuldigen Sie den kleinen Scherz, ich bin noch etwas kindlich.»

«Wahrscheinlich», sagt Stuff. Und zu Kalübbe gewendet: «Keine Angst mehr. Der schwatzt nicht.»

«Sehen Sie hier, das Stenogramm. Es wandere in den Orkus. Und nun spülen wir kräftig nach. Unwiederbringlich!»

«Und was möchten Sie nun?», fragt Stuff. «Denn dass Sie so ganz ohne ...?»

«Nein, natürlich nicht. Aber anders. Wie Sie sich's denken, geht es nicht. Wenigstens nicht so allein. Es gibt nämlich eine Fotografie von dem Strohfeuer und den ausbrechenden Ochsen.»

«Unmöglich!»

«Vielleicht gibt es sogar zwei Aufnahmen!»

«Ich sollte das nicht wissen?!», fragt Stuff empört.

«Warte!», ruft Kalübbe erregt. «Warte einmal. Er hat recht. Dass ich nie mehr daran gedacht habe! Da war ein Kerl von einer Zeitung, wollte schon die Auktion knipsen. Dann sah ich ihn wieder, hinter einem Baum, beim Strohfeuer nach Haselhorst zu. Und schließlich, grade als es durch die Flammen ging ... Ein Bauer, ein schwarzbärtiger Kerl, schlug ihm den Kasten aus der Hand.»

«Und dieser junge Mann», sagt Herr Georg Henning, «dieser junge Mann ist Mitglied Ihrer Zeitung, Herr Stuff, und heißt Tredup.»

Stuff starrt Henning an, wendet sich dann zu Kalübbe, der

bejahend mit dem Kopf nickt. Stuff senkt den seinen, greift in die Tasche, spielt mit Schlüsseln. Sieht sich um, fängt an mit der Uhrkette zu spielen.

Alle drei schweigen.

«Ich will Ihnen etwas sagen, meine Herren. Ich kenne Sie nicht, Herr Henning, und brauche Sie auch nicht weiter zu kennen. Ich weiß Bescheid.

Also am Abend nach der Ochsenpfändung kommt der Tredup erregt zu mir, will einen Bericht schreiben. Eine halbe Spalte. Es werden zwei. Nun ist die Sache so, dass der Tredup kein Gehalt kriegt, nur Prozente von den Annoncen, und wenn er was schreibt, fünf Pfennig für die Zeile.

Ich sage zu ihm: ‹Tredup, Ihr Bericht ist gut, aber er ist Mist. Ich weiß, es geht Ihnen dreckig, Sie haben Frau und Kinder, aber diesen Bericht nehme ich Ihnen nicht ab. Diesen Bericht stecke ich eigenhändig in den Bleiofen. Dies ist eine Bauernsache und eine Regierungssache und geht die Stadt Altholm und die Leser der Altholm'schen „Chronik" einen Dreck an.›»

«Und was tat Tredup? Schimpfte er?»

«Nein, das tat er grade nicht. Er sagte nur, immer, wenn er was Gutes hätte, nähme ich es nicht. Und ging ab. Und spricht seitdem kein Wort mit mir, schreibt mir keine Zeile, hilft mir bei keiner Arbeit.»

Henning fragt: «Und er hat nichts gesagt, dass er geknipst hat?»

«Das ist es ja grade. Kein Wort.»

«Dann hat er was vor.»

«Oder die Fotos sind nichts geworden?»

«Warum hätte er dann davon geschwiegen. An dem Abend hatte er sie doch noch gar nicht entwickelt!»

Henning sagt: «Morgen ist der Lokaltermin, und bis dahin müssen wir wissen, ob es Fotografien gibt oder nicht. Sie, Kalübbe, sind außen vor. Der Zug fährt um halb zehn. Bis dahin haben

Sie Bescheid wegen Ihrer Aussage. Sie gehen jetzt los, Stuff, und wir treffen uns dann Ecke Stolper Straße und Burstah. Der Tredup wohnt Stolper Straße 72. Gegen halb eins werden wir da sein. Da kommt er aus dem Schlaf und lässt sich leichter bluffen.»

«Der reine Feldherr! – Sie waren draußen? Natürlich.»

«Nur das letzte halbe Jahr. Ich war zu jung. Aber nachher noch: Baltikum, Ruhr, Oberschlesien, wo was los war.»

«Merkt man. Also denn vorläufig!»

Endlich wird die Toilette frei.

4

In der Stolper Straße brennen nachts nach zwölf kaum noch Laternen. Die beiden Männer gesellen sich schweigend zueinander und machen sich auf den Weg.

Dann fragt Stuff: «Was wurde übrigens mit dem Ochsen von Thiel?»

«Eingefangen und geschlachtet.»

«Natürlich. Aufstallen wäre zu gefährlich.»

«Natürlich. Es gibt immer Verräter.»

Sie gehen schweigend weiter.

Wieder fängt Stuff an: «Ich war nur ein halbes Jahr an der Front. Sonst die ganzen vier Jahre Etappenschwein. Aber ich habe nie etwas dazu getan, mich zu drücken. Es kam daher, weil ich Setzer gelernt habe und man Setzer brauchte.»

«Im Baltikum war es am besten», sagt der andere nachdenklich. «Gott! So im fremden Land Herr sein! Keine Zivilbevölkerung, auf die man Rücksicht zu nehmen braucht. Und all die Mädchen!»

«Gehen Sie mir ab mit den Weibern! In solchen Geschichten und dabei Weiber!»

«Ich reise», sprach Georg Henning ruhig, «für eine Berliner

Firma in Melkmaschinen und Zentrifugen. Keine Frau weiß mehr von mir.»

«Trinken Sie nicht?»

«Ich betrinke mich nie.»

«Dann geht es.»

Sie gehen schweigend weiter.

«Ich weiß nicht, was Sie für einen Plan haben», fängt Georg Henning an, «aber ich habe hier einen echten Krimpoausweis mit Lichtbild. Und ein Krimposchild.»

Er schlägt den Aufschlag des Sommermantels zurück und zeigt das Blechschild der Kriminalpolizei.

«Nein, das geht nicht. Tredup wird unsere paar Kriminalbeamten wohl kennen. Und geht die Sache schief, gibt es einen Riesenkrach. So etwas ist für später gut. Dies geht so, mit Geld.»

«Wie Sie meinen, Kamerad», sagt der Junge und berührt flüchtig seinen Hut. Stuff tut das gut. Er geht rascher und sieht unternehmungslustig auf die kleinen zweistöckigen Buden.

«Es ist die nächste Ecke», sagt Henning. «Nach dem Hof hin. Wir brauchen nur über das Gatter zu klettern.»

«Sie wissen Bescheid.»

«Ich jage seit fünf Tagen nach ihm. Aber er ist vorsichtig. Geht nie in eine Schenke. Trinkt nichts, raucht nichts, hat nichts mit Mädeln.»

«Der Mann hat kein Geld.»

«Eben. Das sind die Schwierigsten.»

«Oder die Bequemsten.»

«Der nicht.»

Sie klettern leise über ein Torgatter, biegen um einen Schuppen, und der kleine Hinterhof, an zwei Seiten von Gärten begrenzt, liegt vor ihnen.

In einem verhangenen Fenster ist Licht. «Da wohnt er. Lassen Sie sehen.»

Sie versuchen, Einblick zu bekommen. «Nein, nichts? Warum hat er noch Licht? Warum schläft er um eins noch nicht? – Warten Sie. Treten Sie an die Seite, dass er Sie nicht gleich sieht. Ich klopfe jetzt an die Scheibe.»

Stuff klopft leise.

Sein Klopfen ist kaum verhallt, so fällt schon ein Schatten auf die Gardine, als hätte der drin auf das Klopfen gewartet.

«Den überrumpeln wir nicht», murmelt Stuff, und sein Hintermann legt ihm die Hand bestätigend auf die Schulter.

Die Gardine geht zurück, das Fenster öffnet sich, und ein dunkler Kopf fragt leise: «Ja? Wer ist da?»

«Ich. Stuff. Kann ich dich mal sprechen, Tredup?»

«Warum nicht? Wenn es dich drinnen nicht geniert? Komm nur rein. Ich mache auf.»

Das Fenster schließt sich wieder, die Gardine geht zu.

«Soll ich gleich mitkommen?», fragt Henning.

«Natürlich. Mit dem macht man doch keine Umstände.»

Eine Tür nach dem Hof geht leise auf. Tredup steht darin. «Komm nur rein, Stuff. Ach, Sie sind zwei? Bitte schön.»

Es ist kein großes Zimmer, in das sie direkt vom Hof kommen. Auf einem Spind brennt eine beschattete Petroleumlampe, beleuchtet Stöße von Briefumschlägen, ein Adressbuch, Tinte und Feder. An der Wand zwei Betten, Gestalten darin. Tiefes, gleichmäßiges Atmen.

«Sie können ruhig halblaut sprechen. Die Kinder schlafen fest, und meine Frau hört nie, was sie nicht hören soll.»

«Was machst du noch so spät, Tredup?» Stuff deutet auf die Kommode. «Übrigens: Herr Henning – Herr Tredup.»

«Ich schreibe Adressen. Für einen Münchener Verlag. Fünf Mark das Tausend. Die ‹Chronik› bezahlt nicht sehr viel, nicht wahr, Stuff?»

«Es hat mir leidgetan, Tredup, mit deinem Artikel. Aber ich

habe hier etwas Besseres. Deshalb bringe ich den Herrn gleich zu dir, weil er hier nur auf der Durchreise ist. Der Herr kauft Bilder für eine Illustrierte und hat Interesse für deine Bilder von der Ochsenpfändung. Er würde fünfzig Mark für das Bild zahlen.»

Tredup hat den etwas gehemmten Vortrag Stuffs still lächelnd angehört. «Ich habe keine Bilder von der Ochsenpfändung.»

«Tredup! Ich weiß bestimmt. Es ist doch ein schönes Geld für dich!»

«Und ich würde es mitnehmen, wahrhaftig! Ich bin nicht wählerisch. Ja, ich habe geknipst. Aber es ist nichts geworden. So ein Aas von Bauer schlug mir den Apparat aus der Hand.»

«Ich weiß das, Herr Tredup», sagt Henning. «Ich habe davon gehört. Aber Sie haben schon vorher fotografiert. Einmal. Vielleicht zweimal.»

«Einmal.»

«Gut, einmal. Ich zahle Ihnen für jede Aufnahme, wenn Sie den Film und sämtliche Abzüge mir verkaufen, einhundert Mark.»

Tredup grinst. «Das sind zwanzigtausend Adressen. Einhundertundsechzig Nachtstunden Arbeit. An uns Pechvögeln gehen alle guten Geschäfte vorbei. Die erste Aufnahme ist nur Qualm.»

Stuff sagt beschwörend: «Tredup ...!»

Tredup lächelt wieder. «Nun, Sie glauben mir nicht. Sie halten mich für einen Millionär, der aus Sport Adressen kliert. Das ist zu reparieren.»

Er zieht eine Schublade aus dem Spind und beginnt zu suchen. «Es war ein Rollfilm mit zwölf Aufnahmen. Drei Aufnahmen vom Kirchenneubau in Podejuch. Zwei innen, eine außen, bitte. Zwei Aufnahmen von der Ochsenpfändung. Hier die mit dem Qualm. Halt den Film ruhig gegen die Lampe, dann siehst du, dass es Rauch ist. Hier die misslungene, als der Bauer mir hundert Mark aus der Hand schlug. Nun kommt eine, die du mir abgekauft hast, Stuff: das verunglückte Auto auf der Chaussee nach Stettin. Sechs. Sieben bis zehn: vier Bilder vom Wochenmarkt. Elf und zwölf die Einweihung der Großtankstelle. Stimmt es?»

«Gott, Tredup, wir glauben dir auch so.»

«Eben nicht.»

«Es tut mir leid», sagt Henning. «Ich hätte Ihnen das Geschäft gegönnt. Aber vielleicht verkaufen Sie mir die drei Aufnahmen von der Podejucher Kirche. Ich kann sie für meine Illustrierte gebrauchen. Fünf Mark für jede. Einverstanden?»

«Bitte sehr.»

«So, und nun wollen wir Sie nicht länger stören. Sie sollten auch ins Bett.»

«Ja, ich denke, ich darf heute Schluss machen. Ich bin höllisch müde. Fallen Sie nicht. Warten Sie, ich schließe Ihnen das Gatter auf. Gute Nacht und schönen Dank, die Herren.»

Die beiden gehen die Straße hinunter.

«Glauben Sie», fragt Stuff zögernd, «dass es so stimmt?»

«Ich weiß nicht recht. Die zwölf Aufnahmen lagen ein bisschen sehr parat und abgezählt zurecht.»

«Oh, was das angeht, Tredup ist ein Muster an Pedanterie und Ordnung. Und bei hundert Mark ...»

«Das ist auch mein Trost. Sie sagen dann morgen Kalübbe Bescheid, dass er niemanden zu erkennen braucht.»

«Ja. Also denn auf Wiedersehen, Herr Henning.»

«Wir sehen uns schon irgendwo wieder. Hier entlang komme ich zu meinem Hotel. Gute Nacht.»

«Gute Nacht.»

Tredup hat das Licht ausgemacht und legt sich zu seiner Frau. «Ich will dir etwas sagen, Elise. Wir haben hier zwei Bürgermeister. Der Ober ist rechts, der taugt nichts und hat nichts zu bestellen. Und der Bürgermeister ist links und Polizeichef. Zu dem gehe ich morgen.»

«Du musst wissen, was du tust, Max», sagt die Frau. «Sieh nur zu, dass ein bisschen Geld reinkommt. Der Hans braucht Schuhsohlen, und die Grete muss unbedingt zwei Hemden haben.»

«Erst einmal haben wir fünfzehn Mark. Aber für fünfzehn Mark bin ich nicht zu kaufen. Auch nicht für hundert. Fünfhundert, das ginge eher.»

Und dann schlafen sie ein.

5

Tredup geht jeden Morgen gegen zehn auf das Rathaus, wo er beim Bürodirektor nachfragt, ob städtische Bekanntmachungen für den Anzeigenteil der «Chronik» da sind.

Heute steigt er, nachdem er zwei oder drei Blätter in seine Aktentasche geschoben hat, aus dem Erdgeschoss in den ersten Stock hinauf. Er geht durch eine Flügeltür, ein langer weißer Gang mit roten Türen liegt vor ihm. Er weiß, hier irgendwo residiert Bürgermeister Gareis, der Polizeiherr von Altholm.

Er beginnt die Schilder an den Türen zu lesen: «Marktpolizei», «Verkehrspolizei», «Kriminalpolizei», «Kriminalkommissar», «Polizeioberinspektor». Da ist es: «Bürgermeister». Aber ein roter Pfeil verweist auf die nächste Tür: «Vorzimmer des Bürgermeisters. Anmeldungen nur hier.»

An das Vorzimmer hat er nicht gedacht! Er wird dort sitzen und warten müssen, andere Leute sitzen auch dort, einer erkennt ihn, und Stuff erfährt, dass Tredup, der Werber der rechten «Chronik», beim linken Bürgermeister war.

Zögernd macht er kehrt. Er darf seine Stellung, Basis der Existenz von vier Personen, nicht gefährden.

Schon auf der Treppe, kehrt er wieder um. In der Nacht sind aus fünfhundert tausend Mark geworden. Solche Belohnungen zahlen Polizei und Staatsanwaltschaft oft. Und tausend Mark scheinen Sicherheit zu verbürgen, gedeihliches Auskommen ... vielleicht ein kleiner Laden.

Aber das Vorzimmer kommt nicht in Frage. Er muss es wagen. Und mit einem plötzlichen Ruck öffnet er die Tür zum Allerheiligsten. Es ist aber eine Doppeltür, und die zweite macht er viel sachter auf.

Er hat Glück. Der Bürgermeister ist allein, er sitzt an seinem Schreibtisch und telefoniert. Beim Geräusch der sich öffnenden Tür wendet er den Kopf nach dem Besucher. Er kneift die Augen ein wenig zusammen, um ihn zu erkennen, und macht dann eine Geste nach dem Nebenzimmer.

Tredup zieht die Tür leise hinter sich zu und bleibt stehen an ihr, vorgebeugt, aufmerksam und beflissen.

Bürgermeister Gareis telefoniert weiter.

Tredup hat gehört, dass der Bürgermeister der längste Mann von Altholm ist. Aber dieser Mann ist nicht lang, dieser Mann ist ein Elefant, ein Koloss. Ungeheure Glieder, Fleischmassen, kaum vom Tuch zusammengehalten, ein Gesicht mit doppeltem Kinn, hängenden Wangen, dicke fleischige Hände.

Nach seiner ersten abwehrenden Gebärde beachtet der Bürgermeister den Besucher nicht mehr. Er telefoniert ruhig weiter, wann eine Sitzung stattfinden soll, ein uninteressantes Gespräch.

Tredup fängt an, sich im Zimmer umzusehen.

Plötzlich merkt er, dass auch ihn der Bürgermeister beschaut, und ein quälendes Gefühl beschleicht ihn, dass diese klaren hellen Augen – unter einem schwarzen glatten Scheitel – alles sehen: die ungebügelten Hosen, die schmutzigen Schuhe, die schlecht gewaschenen Hände, den fahlen Teint.

Aber nun ist es nicht mehr zu verkennen: Über den Hörer weg lächelt ihm Bürgermeister Gareis zu. Und nun weist er auf einen Stuhl, der vor dem Schreibtisch steht, macht eine einladende

Geste, und jetzt, mitten im Gespräch, sagt er: «Einen Augenblick noch. Ich bin gleich für Sie frei.»

Tredup sitzt, der Bürgermeister legt den Hörer auf, lächelt wieder und fragt rasch: «Also, wo brennt es?»

Plötzlich hat Tredup das Gefühl, dass er diesem Mann alles sagen kann, dass der für alles Verständnis hat. Ein Gefühl wie Rührung, eine heiße, begeisterte Bewunderung wallt in ihm auf. Er sagt: «Wo es brennt? In Gramzow, auf den Straßen nach Haselhorst und Lohstedt.»

Der Bürgermeister ist ernst, er nickt ein paarmal, sieht nachdenklich auf einen Mammutbleistift, mit dem seine Hände spielen, und sagt: «Da hat's gebrannt.»

«Und die Polizei interessiert sich für die Brandstifter?»

«Vielleicht. Kennen Sie die?»

«Ein Freund von mir. Vielleicht.»

«Ein Freund ist mir zu weitläufig. Sagen wir: Sie. Ein Unbekannter. Größe X.»

«Also mein Freund X.»

Der Bürgermeister bewegt die Schultern. «Sie sind aus Gramzow?»

«Mein Freund? Nein. Aus der Stadt.»

«Dieser Stadt?»

«Wohl möglich.»

Der Bürgermeister steht auf. Tredup bekommt einen Schreck. Es ist, als bewege sich ein Berg. Er steht auf und steht auf und ist immer noch nicht alle. Ganz von oben tönt die Stimme auf den im Sessel zusammengesunkenen Tredup: «Für alle Vernunft habe ich beliebig viel Zeit, für Unvernunft keine Minute. Wir spielen hier nicht Detektivroman. Sie wollen etwas von mir, wahrscheinlich Geld. Eine Nachricht verkaufen. Ich bin nicht interessiert.»

Tredup will Einspruch erheben. Die Stimme geht darüber fort. «Bitte, ich bin nicht interessiert. Gramzow ist nicht mein Bezirk.

In Frage käme der Landrat in Lohstedt. Womöglich auch die Regierung.»

Der Bürgermeister setzt sich wieder. Plötzlich lächelt er. «Vielleicht aber kann ich Ihnen helfen. – Reden Sie also keinen Unsinn, Mann. Raus mit der Sprache. Ich habe in meinem Leben schweigen gelernt.»

Der zerschmetterte Tredup belebt sich wieder. Er sagt eifrig: «Ich war dort, an jenem Nachmittag. Ich habe alles gesehen: die Beamten, die Bauern, die Ochsen.»

«Sie würden sie wiedererkennen, bestimmt?»

Tredup nickt eifrig. «Mehr noch.»

«Sie wissen die Namen?»

«Nein, keine Namen. Aber ...»

«Aber ...?»

«Aber ich habe zwei Aufnahmen gemacht, die eine vom Feuer nach Haselhorst zu, die andere vom Feuer auf der Lohstedter Straße. Die Bauern sind darauf, die angesteckt haben, die Stroh gestreut haben, die dabeistehen, alle ...»

Der Bürgermeister, ganz Nachdenken, fragt: «Ich kenne die Vernehmungsprotokolle nicht. Aber soviel ich weiß, steht in keinem, dass ein Fremder mit einem Fotoapparat dabei war.»

Flüchtig denkt es in Tredup: Es ist seine Sache nicht? Er kennt die Protokolle nicht? Und doch weiß er ... Etwas warnt, und darum sagt er nur: «Die Bilder gibt es.»

«Keine gestellten? Wir sehen es sofort.»

«Die andere Seite weiß von ihnen. Heute Nacht um eins wurden mir fünfhundert Mark dafür geboten.»

«Ein guter Preis», bestätigt der Bürgermeister. «Vielleicht sind sie zur Stunde das Zelluloid nicht mehr wert. Jetzt ist Lokaltermin in Gramzow. Wenn die Beamten die Bauern bestimmt erkennen, sind Ihre Bilder wertlos.»

«Wenn ... Der mir fünfhundert bot, wird auch an die Beamten gedacht haben.»

Der Bürgermeister betrachtet sein Gegenüber lange und nachdenklich. «Sie sind nicht unbrauchbar. Was kosten die Bilder?»

«Heute eintausend.»

«Und morgen? Nun, lassen wir das. Es wird nicht unmöglich sein. Sie haben die Bilder hier?»

Tredup weicht aus: «Die Bilder stehen jederzeit zur Verfügung.»

«Ich glaube schon, dass sie existieren. Und sie sind scharf, deutlich? Man erkennt die Leute?»

«Wie ich vor Ihnen sitze, Herr Bürgermeister.»

«Es ist gut, Herr X. Sie warten vielleicht draußen zehn Minuten. Wie gesagt, *ich* habe kein Interesse. Aber es mag sein, dass Stolpe will. Sie warten also. Und vorläufig besten Dank.»

Tredup ist kaum aus der Tür, schon klingelt der Bürgermeister.

«Hören Sie, Piekbusch, Sie nehmen drei Akten in die Hand. Gehen unauffällig über den Gang. Da steht ein junger Mann, schwarzer Schlapphut, verbeulte Knie, Aktentasche, käsig, die Schuhbänder am rechten Schuh sind auf. Unauffällig ansehen, ob Sie ihn kennen. Gleich zurückkommen.»

Sekretär Piekbusch geht.

Der Bürgermeister am Apparat: «Verbinden Sie mich sofort mit dem Regierungspräsidenten. Persönlich und dringlich. Geben Sie mir, bis das Gespräch kommt, den Polizeioberinspektor. Und dann den Amtsrichter Grumbach. Sind Sie dort, Frerksen? Ja, kommen Sie bitte sofort zu mir. Und lassen Sie den Dienstwagen vorfahren. Sie müssen in einer Viertelstunde mit jemand nach Stolpe. Ja bitte, gleich. – Nun, wie ist es, Piekbusch, kennen Sie ihn?»

«Gesehen habe ich ihn schon, Herr Bürgermeister, aber ...»

«Also Sie kennen ihn nicht. Gehen Sie zur Krimpo herum. Die Beamten, die da sind, sollen unauffällig den Gang entlanggehen, nach verschiedenen Dienstzimmern, auf die Toilette. Sobald ihn einer erkannt hat, anrufen. Nein, besser persönliche Meldung.

Ja, wer ist dort? Herr Amtsrichter Grumbach? – Ja, Herr Amtsrichter, hier Bürgermeister Gareis. Ich wollte bitten, den Lokaltermin in Gramzow, wenn irgend möglich, um zwei Stunden zu verschieben. – Dickes neues Material. – Lokaltermin wahrscheinlich vollkommen überflüssig. – Wieso? Nun, Sie werden sehen. – Man hat auch so seine Quellen. – Ich kann noch nichts sagen, ich spreche aber sofort mit Stolpe. – Ja, meinethalben auf meine Verantwortung. – Das Finanzamt? Ach, was die Beamten schon aussagen! Das reicht doch nicht zu einer Verurteilung, vielleicht nicht einmal zu einer Anklageerhebung. – Entweder alles oder nichts. – Also, Sie hören von mir. Oder vom Regierungspräsidenten. – Was Temborius damit zu tun hat? Weil er Geld bezahlen soll. Geld kostet es. Geld, Geld und noch mal Geld. – Richtig, das lass ich ihm, ich begnüge mich mit dem Ruhm. Also, denn!»

Er hängt ab. Der Sekretär kommt ins Zimmer.

«Gehen Sie nur wieder, Piekbusch. Wenn er erkannt ist, habe ich gesagt.»

«Der junge Mann ist verschwunden, Herr Bürgermeister.»

«Verschwunden?! Das heißt: weggegangen?» Der Bürgermeister starrt. Er denkt: Wenn mich irgendein Feind gebluff hat! Dann bin ich grenzenlos blamiert. Es kann ein Spion gewesen sein, der horchen wollte, was die Regierung vorhat. Dann bin ich erledigt. Ah bah, das war kein Spion. Er wird Angst bekommen haben. Und laut: «Sehen Sie auf der Toilette nach, Piekbusch. Der Mann ist nur mal aus den Hosen.»

Piekbusch will gehen. «Halt! Und Frerksen soll kommen. Wo bleibt er denn? – Ach, da sind Sie ja, Frerksen. – Hallo, Piekbusch, was im Vorzimmer sitzt, soll zu Assessor Stein zur Abfertigung. Er soll vertrösten, aufschieben. Ganz Wichtiges zu mir in einer Viertelstunde. – Und nun setzen Sie sich, Frerksen, wir haben eine dicke Sache, wir werden uns in Stolpe bei dem Genossen Temborius endlich mal einen weißen Fuß machen.»

Drittes Kapitel

Die erste Bombe

1

Das Allerheiligste des Regierungspräsidenten Temborius ist ein langer, dunkelgetäfelter Raum. Immer ist dort das Licht gedämpft. Die mit Wappenschildern und bunten Putten gezierten Scheiben schwächen den hellsten Sommertag.

Dieser von der Gunst seiner Partei, ein wenig Verwaltungskenntnis und viel Beziehungen emporgetragene Beamte liebt nicht das Laute. Leises, Gedämpftes, Halbhelles liegt seinem Wesen. Leise, gedämpft und halbhell hat der Genosse Temborius die Geschicke seines Bezirkes verwaltet, und leise, gedämpft und halblaut ist auch die Unterhaltung zwischen ihm, dem Kommandierenden der Schutzpolizei und dem Geheimen Finanzrat Andersson. Irgendwo in einem dunkelsten Winkel notiert ein kleiner fetter Assessor die Bemerkungen der drei Herren, für einen Aktenvermerk, zur Sicherung seines Vorgesetzten.

«Bedauerlich bleibt», flüstert der leise Provinzialvertreter des Ministers des Innern, «bedauerlich bleibt, dass die Staatsanwaltschaft in solcher Kürze nicht erreichbar war. Der Fall Gramzow ist kein beliebiger Fall, er ist ein Signum.»

Polizeioberst Senkpiel sehnt sich nach einer Zigarre. «Jetzt muss eben durchgegriffen werden.»

«Wenn die Bilder halten, was Gareis versprach, wird man endlich einmal die Unruhestifter kennen.»

«Aus *einem* Orte. Die Bewegung ist längst nicht mehr lokal.»

«Eben! Man wird sehen, ob Emissäre anderer Ortschaften dabei waren.»

«Meine Herren ...» Der Präsident setzt an, stockt, bricht ab. Von neuem, mit einem irritierten Rucken der Schultern: «Die Meinung der Staatsanwaltschaft wäre mir außerordentlich wertvoll gewesen.»

«Es ist alles im Klaren», tröstet Geheimrat Andersson. «Wenn die Täter auf den Bildern erkenntlich sind, wird es hohe Gefängnisstrafen setzen.»

Temborius bleibt missvergnügt. «Und wird es helfen? Wird es die andern schrecken?»

Der Oberst betrachtet den Geheimrat, der Geheimrat den Oberst.

Dann wenden die beiden Herren die Köpfe und starren in die Ecke, wo der gänzlich bedeutungslose Assessor sitzt.

Der Oberst spricht zuerst: «Schrecken? Man sollte es denken. Wenn die Kerle ein halbes Jahr oder ein Jahr brummen, werden sie schon zur Besinnung kommen.»

Der Präsident hebt seine Hand, eine schmale, knochige, langfingrige Hand mit dicken Adern. «Sie sagen: ja. Aber ist es wirklich ‹ja›? Meine Herren, ich muss Ihnen gestehen, ich halte diese Bewegung für sehr gefährlich, für äußerst gefährlich, für viel gefährlicher als KPD und NSAP. Das Schlimmste, was geschehen kann, geschieht: Der Verwaltungsapparat kommt ins Stocken. Ich sage Ihnen, ich sehe den Tag, da es unmöglich sein wird, das flache Land zu verwalten.»

Die Herren sind bestürzt. «Herr Präsident.»

«Bitte! Unsere Gemeindevorsteher waren nie sehr gut. Kaum einer hat sich auch früher um Fristen im Dienstverkehr gekümmert. Der Amtsverkehr lief stets nur zögernd. Heute ist aus Zögern passiver Widerstand geworden. Akten bleiben wochen-, monatelang auf den Dörfern. Mahnungen sind zwecklos, verhängte Geldstrafen nur im Zwangsvollstreckungswege ...» Er bricht ab.

Von neuem: «Es gibt im Bezirk schon reichlich zwei Dutzend

Gemeindevorsteher, die Steuerbescheide an ihre Gemeindemitglieder nicht zustellen, nein, zurückschicken. Da ungerecht. Hören Sie, da ungerecht! Die Mithilfe der Gemeindevorsteher bei Vollstreckungen fällt ganz fort, siehe Gramzow. Und die Bewegung greift um sich. Die Maschine knarrt, stockt. Und dass es grade mein Bezirk sein muss ...!»

«Der Minister weiß, was er an Ihnen hat», sagt Andersson.

«Nein, nein, auch der Minister ... Ich habe den Eindruck, dass man in Berlin sehr unzufrieden mit der hiesigen Entwicklung ist.»

Der Oberst sagt: «Das Bild wird mit einem Schlage anders, sobald die Leute vom passiven zum aktiven Widerstand übergehen. Gramzow war der erste Fehler der Bauern. Wir werden – lassen die Bilder den Täter erkennen – heute noch hart zufassen. Das wird andere Fehler der Bauern verursachen. Geben Sie mir die Erlaubnis, meine Leute einzusetzen. Zusammenstöße werden nicht ausbleiben, und wo erst Zusammenstöße sind, da ist unser Sieg gewiss.»

«Sie sind ein Optimist, Senkpiel», bemerkt Temborius. «Nichts ungewisser als der Ausgang eines derartigen Prozesses. – Die Staatsanwaltschaft fehlt heute hier.»

«Nichts gewisser», betont der Oberst. «Wenn die Bilder gut sind.»

«Die Bilder machen es nicht allein. Auch die beiden Beamten des Finanzamtes werden auszusagen haben. Sind Sie deren sicher, Herr Kollege?»

Andersson verzieht das Gesicht. «Richtig. Richtig. Ich habe da heute früh etwas von Berg in Altholm gehört, was mich verblüfft hat. In Altholm kursiert das Gerücht, dass Kalübbe – Sie erinnern sich, jener tüchtige Beamte, der seinen Ochsen nach Lohstedt brachte –, dass also Kalübbe strafversetzt werden soll. Dass der andere, Thiel, der nur aushilfsweise bei uns beschäftigt war, fristlos entlassen worden sei.»

Der Regierungspräsident bewegt die Schultern. «Was ist das nun wieder?»

Andersson strafft sich. «Jedenfalls keine Bauern. Es ist kein Zweifel, dass andere Leute ihre Finger in diesem Spiel haben. Ich vermute ...» – geheimnisvoll, vor gespannten Gesichtern –, «Berlin. Diese Karte ist fabelhaft geschickt gespielt. Mein Kollege Berg versichert mir, dass Kalübbe vollständig verändert ist, nichts mit ihm aufzustellen. Eine in Aussicht gestellte Beförderung nahm er mit Skepsis auf, zweiflerisch, kurz, glaubte sie einfach nicht.»

«Aber warum befördert man ihn nicht gleich!», ruft der Regierungspräsident aus.

«Jetzt, vor dem Prozess?», gibt Andersson zu bedenken.

«Erlauben Sie», sagt der Polizeichef eifrig. «Ich erinnere mich, seinerzeit beförderten Majestät einen Wachtposten, der Leute, die ihn geneckt, erschossen hatte, *sofort* zum Gefreiten.»

Ein ungemütliches Schweigen entsteht. Diesmal tauschen Andersson und Temborius Blicke, während der Oberst sich mehrere Male kräftig räuspert.

«Immerhin», sagt kühl der Finanzrat. «Eine Beförderung im Moment ist ausgeschlossen. Auch wenn der Beamte nicht mit der Freudigkeit aussagen sollte, die erwünscht ist. Für viel bedenklicher halte ich es übrigens, dass der andere, Thiel, völlig verschwunden ist.»

«Verschwunden? Wie denn verschwunden? Man verschwindet doch nicht! Er wird doch eine Wohnung haben? Eltern?»

«Er wohnte möbliert. Die Sachen sind noch dort. Er bleibt, trotz unauffälligen Forschens der Kriminalpolizei, verschwunden.»

Der Oberst will die Scharte wieder auswetzen: «Nach ihm zu forschen ist vielleicht nicht richtig. Man suche den Mann, der dies Gerücht aufgebracht hat. Es ist doch nur ein Gerücht?»

«Gerücht ...», sagt Andersson gereizt. «Nun ja. Es ist natürlich untersucht worden, ob die beiden nicht ihre Befugnisse übertreten haben, als sie die Ochsen statt nach Haselhorst nach Lohstedt brachten. Jedenfalls werden wir bei der jetzigen Sachlage weder strafversetzen noch entlassen.»

Der Oberst triumphiert: «Dacht ich mir! Es haben also doch Erwägungen geschwebt ... Suchen Sie die Leute, die nicht dichthielten.»

Das Telefon schrillt.

Temborius dreht sich um. «Herr Assessor Meier, wollen Sie sehen. Ich habe ausdrücklich verboten, dass ich jetzt angerufen werde. Stellen Sie fest, wer mein Verbot übertreten hat.»

Der Assessor geht an den Apparat. Die drei Herren sprechen nicht. Irgendetwas hängt in der Luft. Sie starren gespannt auf den Assessor, der hört, ein «Ja» sagt, wieder hört, ein «Nein» spricht, immer noch hört ...

Der Regierungspräsident: «Bitte, Herr Assessor ...»

Der Assessor hält, durch die Weite des Zimmers, dem Präsidenten den Hörer hin. Er sieht etwas weiß aus, auf seiner Stirn stehen Schweißtropfen. «Ich glaube ...», flüstert er, «... es scheint sehr wichtig ... Sie selber ...»

Irgendwie bezwungen erhebt sich Temborius. Er geht zum Apparat, vor sich hin murmelnd: «Was ist denn das nun wieder?» Den Hörer in der Hand: «Ja, hier Regierungspräsident Temborius ... ja doch, ich selbst ... wer ist denn dort?» Ganz ungeduldig: «Was wollen Sie denn, Mann?!»

Eine Männerstimme sagt im Apparat: «Soeben hat der Bilderverkäufer Tredup mit Polizeioberinspektor Frerksen das Haus betreten. In fünf Minuten fliegt das Regierungspräsidium in die Luft.»

Der lange, dürre, trockene, leise, bürokratische Herr, den Hörer in der Hand, plötzlich brüllt er, mit schreiender Stimme: «Was? Was?! Mein Herr, Ihre Witze ...» Und flehend: «Wer ist denn dort? Sagen Sie mir doch wenigstens Ihren Namen! Wer?»

Er lässt den Hörer sinken, stiert die Herren an. «Was sagen Sie nun? Was in aller Welt sagen Sie nun? In fünf Minuten fliegt das Regierungspräsidium in die Luft.»

«Ein Bluff», sagt der Oberst, schreitet auf den Apparat zu und nimmt dem Präsidenten den Hörer formlos aus der Hand. «Fräulein! Fräulein! Sofort die Schupokaserne! Wer dort? Oberleutnant Wrede? Äh, Kamerad, umgehend alle Mannschaften, alle, zum Regierungspräsidium. Ich erwarte Sie an der Auffahrt. Überfall! – Fräulein, schnellstens alle Büros anrufen: Sämtliche Personen haben sofort das Präsidium zu verlassen. *Sofort.* Ihre Kollegin sucht unterdes festzustellen, von wo der Anruf eben kam. – Nicht wahr, Sie haben mitgehört? Sie wissen Bescheid. Ich dachte mir das schon.»

Er lässt den Hörer sinken. Lächelt. «So, meine Herren, noch vier Minuten. Aber ich sage Ihnen: Bluff!»

«Aber das ist Wahnsinn», schreit Temborius. «Wie kann man wagen ...?»

Die Tür öffnet sich. Hinter Polizeioberinspektor Frerksen betritt in seinen zerdrückten Kleidern, blass und beklommen, Tredup das Zimmer. Frerksen grüßt militärisch: «Zur Stelle, Herr Regierungspräsident.»

Der zwinkert mit den Augen. «Von Altholm? Wegen der Bilder?»

Frerksen bejaht mit einem Nicken.

Der Präsident flüstert: «Das ist ihr Bürgermeister! Das ist der Gareis, der uns dies eingebrockt hat! Sie Mensch mit Ihren unseligen Bildern! Machen Sie, dass Sie ...»

Andersson greift ein. «Herr Präsident, darf ich vielleicht ...? Sie entschuldigen ...» Zu den ganz Verblüfften gewendet: «Das Regierungspräsidium fliegt nämlich in drei Minuten in die Luft ... Sie sehen uns etwas erregt ...»

Wieder der Präsident: «Meine Herren, Sie entschuldigen mich. Da sind wichtige Papiere, Staatsdokumente ... Ich muss erst ... Herr Assessor Meier, ich bevollmächtige Sie ... Sie werden kaufen, die Belohnung geben ... meine Herren, Dokumente ...»

Eine dunkle Flügeltür schließt sich lautlos.

Der Oberst sagt eilig: «Also, Herr Assessor, jetzt sind Sie der Mann an der Spritze. Sie entschuldigen mich. Ich muss zu meinen Mannschaften.»

Und der Polizeioberinspektor Frerksen: «Herr Kamerad, wenn Sie gestatten. Die Lösung dieser polizeitaktischen Aufgabe interessiert mich ...»

Und Andersson: «Da Sie Vollmacht haben, bin ich hier überflüssig. Auf Wiedersehen.»

Sein Abgang ist eilig.

In dem Riesenzimmer stehen zwei: Assessor Meier, klein, bleich, sehr jüdisch, etwas schwitzend. Tredup, langschinkig, blass, schmuddelig, unrasiert.

Der Assessor mustert den an der Tür. «Haben Sie eigentlich Angst?», fragt er.

«Ich möchte mein Geld», sagt Tredup unberührt von allem. «Hier sind die Bilder.»

Er zieht sie aus der Brusttasche, wickelt sie aus, hält sie dem Assessor hin, in jeder Hand eines.

Der Assessor wirft einen flüchtigen Blick darauf, sieht Männer, etwas Rauch, ein langer, glattrasierter, scharffaltiger Bauer schürt Feuer.

«Gut, legen Sie dort hin. Haben Sie eigentlich keine Angst?»

«Erst das Geld. – Übrigens sind Sie ja auch noch hier.»

«Richtig. War das nicht ...?» Er horcht nach dem Fenster. Draußen Trillerpfeifen, Gerenne, etwas wie das vielstimmige Brausen einer Menge. «Wissen Sie was, holen Sie sich Ihr Geld morgen.»

Tredup beharrt: «Nein. Jetzt.»

Und der Assessor, eilig: «Wir sind vermutlich die beiden einzigen Menschen im Bau. Woher soll ich Geld kriegen?»

Tredup schlägt vor: «Wenn wir zur Kasse gingen?»

Und der Assessor Meier: «Muss es sein?»

«Natürlich. Ohne Geld keine Bilder.»

«Also gehen wir.»

Er geht vorauf, klein, etwas schiefbeinig, plattfüßig, aber er geht. Auf den Gängen stehen alle Türen auf, von einem Stuhl sind eilig abgelegte Akten hinuntergeglitten. Mitten auf dem Gang liegt eine Puderquaste. Die Paternosteraufzüge bewegen sich gespenstisch.

Der Assessor zögert. «Nein, wir nehmen lieber die Treppe. Hat der Kerl eine Bombe gelegt, so sicher in den Fahrstuhlschacht. – Na, das ist auch Unsinn. Explodiert es, sind wir so und so hin. Kommen Sie man.»

Im Erdgeschoss, die Eisentür zur Kasse steht angelehnt. Sie treten ein. Der Assessor murmelt: «Toll ist das.»

Der große Kassenschrank steht ellenweit offen. Der fahrbare Kassentisch hinter der Schranke sperrt sein Gitter auf. Geldpakete häufen sich dort.

«Also bitte», sagt der Assessor. «Bedienen Sie sich. Aber wenn Sie es möglich machen können, ein bisschen rasch.» Tredup blickt fragend. «Soll ich selbst ...?»

Ungeduldig: «Ja, nur zu, Mann! Glauben Sie, ich bin ein Held?»

Und Tredup: «Wenn Sie gestatten, nehme ich es in Zehnmarkscheinen.»

Assessor Meier stöhnt: «Auch das noch!»

Und Tredup: «Es fällt beim Ausgeben weniger auf.»

«Stimmt. Falls Sie noch zum Ausgeben kommen.»

Tredup zählt ab, langsam und sorgfältig. Es geht nicht sehr rasch, aber schließlich ist er bei tausend.

«Aber nun kommen Sie auch, Mensch.»

«Wollen Sie keine Quittung?»

«Nein, kommen Sie schon.»

Das Regierungspräsidium ist von der Polizei abgeriegelt. An den Enden des Marktplatzes, fern, wogt die Menge.

Auf den Granitstufen der Freitreppe erscheinen nebeneinander zwei Gestalten und überschreiten langsam, unter dem atemlosen Schweigen der Menge, den Marktplatz.

Oberst Senkpiel tritt ihnen mit erhobener Uhr entgegen. «Was habe ich Ihnen gesagt, meine Herren? Zwölf Minuten! Kindischer Bluff!»

Assessor Meier schüttelt dem Annoncenakquisiteur der «Chronik» die Hand. «Es hat mich sehr gefreut. Wenn Sie mich einmal brauchen können, kommen Sie ruhig zu mir.»

Er hat seinen Chef erspäht und steuert auf ihn los.

Auch Tredup drängt sich in die Menge. Etwas fällt ihm ein. Er schiebt sich zurück, erreicht nach Verhandeln, dass er durch die Sperrkette gelassen wird.

Dort steht Assessor Meier, im Kreise von sechs, acht Herren. Tredup legt ihm die Hand auf die Schulter. «Entschuldigen Sie, Herr Assessor. Aber wir haben die Bilder ganz vergessen. Hier sind sie.»

Und der Regierungspräsident, entsetzt: «Aber, Herr Assessor, ich verstehe Sie einfach nicht! Wenn man nur einmal was nicht selbst macht ...»

3

Auf der Straße von Stolpe nach Gramzow fährt durch den hellen Sommervormittag ein Motorrad. Georg Henning steuert es, der Vertreter aus Berlin in Melkmaschinen und Zentrifugen. Siebzig Kilometer Fahrt hat er darauf und die Aufgabe dazu, schneller zu sein als ein Telefongespräch, das in jeder Minute die Verhaftung des Gemeindevorstehers Reimers dem Landjäger in Haselhorst anbefehlen kann.

Aber er rechnet mit der Verwirrung in Stolpe, er hofft, rechtzeitig bei Reimers zu sein. Er ist immer rechtzeitig gewesen in solchen Fällen.

Die Straße hebt sich, senkt sich, hebt sich. Eine Kurve. Und wieder: auf – ab – auf. Knicks. Felder. Wiesen. Weiden. Ein paar Bäume. Eine Ecke Wald. Felder. Ein Dorf. Und wieder freie Fahrt.

Unklar denkt Henning: Das Leben lässt sich gut an. Ich fühle mich.

Haselhorst!

Er weiß nicht, in welchem Hause der Oberlandjäger wohnt, aber er hält scharf Ausschau nach dem Schild mit dem gerupften Geier. Vielleicht sieht er ihn. Alles ist still im Dorf, kaum ein Mensch zu sehen, auch der Bahnhof liegt ausgestorben.

Treffe ich den Gendarm auf seiner Tretkarre kurz vor Gramzow, rassele ich ihn einfach über den Haufen, denkt Henning. Franz Reimers muss Zeit haben, Sachen zu packen, sich mit Geld zu versorgen, Papiere zu zerreißen.

Etwas später: Sachen packen kann fortfallen. – Den Stuff muss ich am Abend unbedingt noch erwischen. – Und dann zur «Bauernschaft». Die sind bis acht oder neun auf der Redaktion. Dann zum Thiel. Na, ihr werdet staunen heute Nacht, ihr Stolper!

Die ersten Häuser Gramzows tauchen vor ihm auf. Im Vorbeisausen schaut er in die Hecken, in den Graben, ob dort noch

Stroh hängt. Kaum noch etwas zu sehen. Helleres Gras ist nachgewachsen, wo das Strohfeuer sengte. Hier nahm es seinen Anfang. Wartet, ihr Bonzen, ich will euch schon ...

Endlich der Hof. Er lehnt das Rad gegen das Stallgebäude, springt eilig die Stufen zum Haus empor. Im dunklen Vorraum prallt aufkreischend eine Magd zurück. «Sachte, Marie», ruft er, fasst sie um und drückt ihr einen Kuss auf.

Dann klopft er kurz und tritt in die Stube des Bauern.

Es ist nicht mehr die Vorkriegsstube mit Mahagonimöbeln, Säulchen und Muschelaufsatz und einem spiegelgeschmückten Vertiko. Es ist das Bauernzimmer aus der Inflationszeit. Schwere, moderne Möbel mit unruhigen Maserungen, große Klubsessel, ein Ledersofa, ein Schreibtisch, eine Bibliothek, aus deren Mittelabteil ein Gewehrschrank wurde.

Der Bauer sitzt in seinem großen Schreibtischstuhl und raucht nach dem Mittagessen langsam seine Zigarre. Vor ihm steht Kaffee und Kognak.

Er grüßt: «Tag, Georg.»

«Tag, Franz. Ah, du hast Kaffee. Lass mir auch eine Tasse geben. Und wenn du noch Mittagessen hast ...»

Der Bauer geht hinaus und sagt Bescheid. Die Tasse bringt er selbst mit. «Da. Misch dir, wie du magst.» Und während Henning die Mischung vollzieht: «Es lässt sich gut an, in diesem Jahr zur Heuernte.»

«Ach leck! Es lässt sich schlecht an in diesem Jahr mit dem Melkmaschinengeschäft. – Übrigens wirst du heute noch verhaftet.»

Der Bauer sieht auf seine Zigarre. «Wegen der Ochsen?»

«Ja, wegen der.»

«Also hat das Aas von der ‹Chronik› doch Bilder gemacht?»

«Hat er», bestätigt Henning.

«Man hätte mehr Geld bieten müssen.»

«Weiß ich. Aber auf Stottern hätt er die Bilder nicht verkauft.»

«Immer das Geld. Wir wären zehnmal weiter … na ja …»

Der Bauer geht auf und ab, auf und ab. Raucht. Die Magd kommt, stellt auf den Schreibtisch das Essen, verschwindet. Henning beginnt zu essen, langsam, mit Genuss. Einmal steht er auf, holt sich selbst aus der Küche Senf, man hört draußen die Mägde juchzen. Der Bauer geht auf und ab.

Schließlich ist Henning fertig, er gießt sich noch einen Kaffee ein, trinkt, brennt eine Zigarette an. «Willst du eigentlich nicht packen, Franz?»

«Nein.»

«Oder für Geld sorgen? Oder Papiere verbrennen?»

«Bei mir können die immer kommen.»

«Richtig.»

«Wieso weißt du es überhaupt, und wieso sind die noch nicht da?»

«Als ich heute Nacht von dir fortfuhr, fing es wieder an zu bohren: Doch hat er Bilder. Gleich heute früh rief ich den Stuff an, der hatte den Tredup nicht gesehen.»

«Lass dich nicht mit dem Stuff ein.»

«Ich erzähle ihm schon nichts, was er nicht wissen darf. – Dann überlege ich mir: Wer kann die Bilder kaufen? Die Staatsanwaltschaft gibt kein Geld, die lädt einfach als Zeugen vor. Der rote Gareis von Altholm, der darf nicht so mit dem Geld, wie er möchte. Dem schauen die Bürgerlichen zu sehr auf die Finger. Bleibt der Wallach in Stolpe.

Ich nach Stolpe. Richtig, kurz nach zwölf kommen sie angerasselt. Weißt du, der hochnäsige Frerksen, der sich von der Klippschule zum Oberinspektor raufgeleckt hat. Und der Tredup. Der Tredup sieht mich noch, wie ich grade um die Ecke will.»

«Pass auf, dass *du* nicht verhaftet wirst.»

«Morgen sicher. Heute Nacht steigt eine ganz große Sache.

Aber morgen bin ich weg. – Ich warte fünf Minuten, dann klingele ich den Temborius an. Von so 'nem Automaten im Postamt. Erst sollte ich ihn nicht kriegen, aber dann sagte ich, sein Leben wäre bedroht, und da bekam ich ihn.»

«Und was sagtest du?»

«Machte gehorsamst Meldung, dass sein Bilderlieferant und sein Polizeikater gekommen seien, antichambrierten ...»

«Und?»

«Und dass in fünf Minuten die Bude in die Luft fliegen würde. Du, ich sage dir, ich habe ihn schnaufen hören durch den Draht. Ich hab's gerochen, wie sich seine Hosen füllten.»

«Und dann?»

«Na, als ich die Maschine zu dir startete, zog grade die gesamte Schupo aus.»

«Nicht schlecht. Aber es gibt wieder Krakeel in den Zeitungen, und du weißt, diese Art Krakeel wollen die Bauern nicht.»

«In den Zeitungen? Ich fresse einen Besen, dass in den Zeitungen höchstens fünf Zeilen davon stehen. Etwa so, dass sich ein Witzbold einen Scherz erlaubt hat ... Oder nein, dass das Ganze nur eine Übung war für den Fall eines Falles ...»

«Möglich. Aber nimm dich in Acht, Georg, lass diese Dinger. Wir haben eine gute Sache, wir wollen keinen Klamauk.»

«Ihr nicht. Aber glaub's schon, Franz, es geht nicht ganz ohne Klamauk.» Hastig, als der andere unterbrechen will: «Keiner von euch soll damit zu tun haben. Niemand soll etwas wissen. Ich mach es allein.»

Pause. Dann: «Und noch ein paar. Ganz allein funkt es nicht. Aber du wirst sie nie kennen.»

Der Bauer steht da. «Vielleicht hast du recht. Ich bitte dich nicht, ich hindere dich nicht. Aber ...» – mit erhobener Stimme – «liegst du im Dreck, ich hebe dich nicht auf. Keiner von uns soll dir helfen. Es geht um die Sache.»

Henning sagt trocken: «Ich habe nie einen um Hilfe gebeten. Wenn einmal einer über mir lag, habe ich eben meine Dresche bezogen. Erledigt. – Wann türmst du?»

«Ich reiße nicht aus.»

«Du hast es bequem. Ich fahre dich mit meiner Karre nach Stolpermünde. Du fährst acht Wochen, ein Vierteljahr auf einem Fischkutter als Fischerknecht. Dann ist so viel geschehen, dass du zurückkommen kannst.»

«Aber ich darf nicht verschwinden. Die Bewegung braucht mich.»

«Nutzt du ihr im Kittchen?»

«Viel. Mehr vielleicht, als wenn ich draußen bin. Ich will dir etwas sagen: Mich verhaftet *heute* kein Landjäger. Heute kommt die Schupo selbst. Sorge, dass die Bauern Bescheid wissen. Telefoniere von den umliegenden Dörfern heran, was Beine hat. Sag den Sendboten Bescheid, dass sie es im Bezirk erfahren. O Georg, wenn sie mich fesseln würden, wenn sie mich in Ketten ins Auto schaffen würden! Einen Fotografen her und Bilder in die nächste Ausgabe der ‹Bauernschaft›!»

«Du hast recht. Nach heute Mittag kommt die Schupo selbst.»

Der Bauer denkt nach. «Ich werde hier im Zimmer sitzen und Gewehre putzen. Vielleicht schicken sie einen jungen Leutnant, der wird gleich wild, wenn er sieht: Andere haben auch Waffen. Die von der Schupo haben heute alle deswegen einen Fimmel. Wild müssen sie werden! Du weißt es nicht, wie schwer es ist, die Bauern in Gang zu bringen. Sie knirschen mit den Zähnen, wenn ihnen der Hof Stück bei Stück aus der Hand gewunden wird, aber sie ducken sich. Das ist die Obrigkeit, das liegt ihnen im Blute. Aber wenn so was kommt, dann wirkt es vielleicht doch …»

«Ob es wirkt!»

«Noch eins, Georg. Sprich heute mit dem Rehder aus Karolinenhorst, der wird mein Nachfolger in der Führung. Lass am

Sonntag Burschen aus vier, fünf Dörfern durchs Land reiten, die den Rechtsbruch kundtun. Den Wortlaut setzt dir der Padberg von der ‹Bauernschaft› auf. Sie sollen Things einberufen und eine große Protestversammlung nach Altholm. Vor dem Gefängnis müsst ihr demonstrieren. Ich werde euch hören in meiner Zelle.»

«Alles wird geschehen.»

«Und vergiss nicht, lass Geld sammeln. Wir brauchen Geld. Die ‹Bauernschaft› muss zu einem Notopfer aufrufen. Ich muss den ersten Verteidiger von der Welt haben. Es muss ein politischer Prozess werden.»

«Ich weiß einen. Ich werde in Berlin anfragen.»

«Den ersten! Georg, ich sage dir, wenn sie mit Schupo kommen, wenn sie mich in Ketten legen, wenn sie mich schlagen: Es wird der schönste Tag meines Lebens!»

4

Henning hat nur die Verhaftung von Reimers abgewartet. Dann ist er nach Altholm gefahren, um Stuff zu sprechen.

Als er dort ankommt, ist es dunkel geworden, aber er findet Stuff rasch. Altholm hat vierzig bis fünfzig Kneipen, in einer von ihnen wird Stuff schon sitzen. Er findet ihn in der dritten.

Stuff ist trübe und wortkarg. Henning hat ihm von Tredup erzählt, aber Stuff scheint heute nichts zu stören. Er trinkt hastig, und Henning hat das Gefühl, als höre er nicht recht zu. Die Ereignisse in Stolpe quittiert er nur mit den Worten: «Fauler Witz!» Er fragt ungeduldig: «Sonst noch was?»

Henning beginnt neu. Erzählt von der Verhaftung von Reimers. «Ich habe nicht selbst dabei sein dürfen, ich sollte mich nicht sehen lassen, aber ich habe vom Knick aus beobachtet, hinterher die Leute befragt und die Frau Reimers.»

«Na, was war das schon groß! Eine gewöhnliche Verhaftung! Und zu Recht.»

«Erlauben Sie mal: zu Recht! Besteht denn Fluchtverdacht?»

«Verdunklungsgefahr.»

«Wo die Bilder vorliegen. Was ist denn da zu verdunkeln? – Aber egal.» Henning lenkt ein. «Wozu sollen wir uns streiten? – Kurz nach sechs kamen sie, zwei von der Kriminalpolizei und ein Lastauto mit Schupo. Solch ein Aufgebot! Die Regierung macht sich ja lächerlich. Um *einen* Mann. Na, ich hatte vorgesorgt. Die Dorfstraße war gleich voll von Leuten. Und immerzu kamen noch frische.»

«Also nicht um *einen* Mann.»

«Aber ich bitte Sie! Das sind doch friedliche Bauern. Die sehen zu, da hebt nicht einer die Hand. – Die Schupos zogen eine Kette um den Hof. Ein halb Dutzend gingen in das Haus, mit dem Offizier und der Schmiere.»

«Welcher Offizier?»

«Ja, denken Sie, wir hatten gehofft, es würde ein Leutnant kommen. Da war es Oberst Senkpiel selbst. – Das andere weiß ich von der Frau und den Leuten. Die kommen ins Zimmer, da steht Franz, der Reimers, am Tisch und hat ein Gewehr in der Hand. Und fünf Gewehre liegen vor ihm auf dem Tisch. Es fuhr ihnen nicht schlecht in die Knochen. Die jungen Kerls griffen gleich nach ihrer Kanone, und die Krimpo nahm Deckung hinter dem Ofen.»

«Keiner lässt sich gern die Knochen zerschießen.»

«Sechs gegen einen!»

«Ändert das was? – Und?»

«Der Oberst blieb ruhig. Er machte einen Witz und setzte sich in den Sessel. Reimers nahm ihm den Sessel weg, weil er ihn nicht zum Sitzen gebeten hatte, und verlangte, alle hätten die Hüte und Mützen abzunehmen in seinem Zimmer.»

«So ein Quatsch. Soldaten und Mützen abnehmen!»

«Grade darum. – Na, der Oberst wurde auch so langsam warm, und die Krimpos wollten erst einmal den Waffenschein für die vielen Waffen sehen. Der Reimers sagt: ‹Den hat der Franz.›

‹Wer ist der Franz?›, fragen die.

‹Das ist mein Sekretär›, antwortet Reimers.

Er soll ihn rufen. Aber er kann ihn nur selber holen. Das wollen sie nicht, haben Angst, dass er türmt, sie wollen ihn holen.

Wo der Franz ist? – Auf dem Boden. – Auf welchem Boden? Auf dem Futterboden? – Nein, auf dem Hausboden. – Ob er ihn nicht rufen kann? – Wenn sie meinen, dass es Zweck hat, kann er das. – Ja, er soll es nur tun.

Alle gehen auf den Vorplatz, und da steht der Reimers und brüllt auf den Boden: ‹Der Franz soll runterkommen. Die Polizei will es.› Na, nichts rührt sich. Reimers brüllt und brüllt, hat dabei immer noch seine Knarre im Arm, aber nichts rührt sich.

‹Ob der Franz vielleicht schläft?›

Und Reimers: Das weiß er nicht, ob der Franz schläft oder ob er wach ist.

Sie wollen einen raufschicken. Welche Tür es ist?

‹Die gradezu, wenn man auf den Boden kommt.›

Ein Schupo turnt rauf und kriecht rum und kommt wieder: Vor der Tür wäre ein Vorhängeschloss. Und der Reimers tut mächtig erstaunt, ob sie das denn nicht gewusst hätten, Böden ließe man doch überall nicht so offen stehen.

Nun merken sie doch, dass er sie zum Narren hat, und die Mädchen in der Küche, die den Bauern haben ‹Franz› schreien hören, lachen auch so laut.

Sie gehen wieder mit ihm in die Stube und fragen grob und kurz, was das für ein Franz ist, den er da unter Verschluss hat.

‹Nun, meinen Sekretär Franz.›

Wieso? Man schließt doch keine Menschen ein? – Wohl, das

tut man auch. Darum sind sie doch grade hier, die Herren. – Ob er hier Gefangene hält? – Gefangene? Kann man auch einen Sekretär gefangen nehmen, einen Schreibsekretär? Einen rot gestrichenen? Den er schon seit eh und je Franz genannt hat?

Und das ist wahr. Der Reimers hat Namen für seine Anzüge, für seine Möbel, für seine Ackerwagen und für jedes Gerät, das wissen alle.»

«Ein blöder Witz! Wenn die Bauern damit was werden wollen!»

«Sie meckern heute immerzu. Aber es macht Ihnen doch Spaß, Sie haben mich eben reden und reden lassen.»

«Spaß? Wo Sie sich nun mal an meinen Tisch gesetzt haben und nicht fortgehen wollen?»

«Sie können sich denken, wie wild die waren. Zwei Mann müssen vortreten und nehmen ihm die Büchse ab. Und die andern müssen die Verschlüsse zusammensetzen, die er grade auseinandergenommen und geölt hat. Und drei Mann müssen mit ihm auf den Boden und schauen ihm über die Schulter, wie er den ganzen Sekretär umdreht, Schublade für Schublade. Bis ihm einfällt, dass er den Waffenschein doch unten hat, in seinem Schreibtisch.

Da erklären sie ihm dann, der Waffenschein interessiert sie nicht mehr. Die Waffen sind sowieso beschlagnahmt. Netter Rechtsbruch, was?»

«Sie sind ein Äffchen», sagt Stuff.

«Na ja, so sagt man doch. Ein Rechtsbruch ist es jedenfalls. Und dann fangen sie mit der Vernehmung an und wollen wissen, wer die Strohfuhre gefahren hat. Und er antwortet ihnen, da sollen sie sich an den Otsche wenden. Nun, sie sind ja misstrauisch geworden, der Otsche interessiert sie nicht, er soll erzählen, was er weiß. Und er sagt: Nein, sie sollen erzählen, was sie wissen, dann wird er sagen, was stimmt. Nun, das wollen sie auch wieder nicht. Und nun sagen sie ihm, dass er verhaftet ist, dass er mitkommen soll. Und er sagt: ‹Gleich kann ich nicht. Ich muss erst meine

Umsatzsteuererklärung schreiben. Und die Gemeindekasse muss auch übergeben werden.›

Und sie werden immer wilder. Und das ganze Dorf ist schwarz von Leuten, und auf der Koppel parken schon Autos, und Fotografen machen Aufnahmen. Und Reimers sitzt in seinem Schreibtischsessel und rührt sich nicht. Er solle ihnen die Kasse übergeben. – Das will er nicht. Es ist schon mehr Geld weggekommen. Und ob sie nicht von den Unterschlagungen gehört haben bei der Reichswehr und der Schupo und von den Munitionsschiebungen und all dem Dreck.»

«Na und ...»

«Ja, nun müssen Sie sich das so denken. Ich sehe das alles vor mir. Ich bin nicht dabei gewesen, aber so sehe ich es. Da stehen nun die Schupowachtmeister an der Wand lang und an der Tür, mit dem Gummiknüttel in der Hand und die Pistolentasche schon aufgeknöpft. Und die Krimpos stehen da und der Herr Oberst Senkpiel, und sie kochen vor Wut. Und wenn sie ihn allein gehabt hätten, ich sage Ihnen, kein Knochen wäre in seinem Leibe heil geblieben. Aber draußen stehen Hunderte von Bauern ...»

«Fünfzig.»

«Hunderte und aber Hunderte. Keine Frau, nur Männer. Keine Frau haben die Bauern auf die Straße gelassen. Ohne ein Wort, stumm. Und die Kette von dreißig Schupos. Und drinnen sitzt der eine, einzige Mann und zieht sie seit einer Stunde durch den Kakao, und sie sind wehrlos.»

«Hübsche Phantasie, die Sie haben. Aber Schupo und Krimpo sind so was gewöhnt, das trifft jeder Ganove.»

«Gekocht haben sie vor Wut. Schwarzblau angelaufen war der Oberst.

‹Kommen Sie mit!›

‹Rufen Sie meinen Stellvertreter an, dass ich die Kasse übergeben kann!›

‹Mitkommen sollen Sie! Wenn Sie jetzt nicht aufstehen, müssen wir Sie mit Gewalt transportieren.›

Und drei Mann stellen sich zu ihm, zwei an seinen Seiten, einer im Rücken.»

«Und ist er gegangen?»

«Da spielt der Reimers seinen Trumpf aus. Er kommt gutwillig mit, aber erst will er den Verhaftbefehl sehen. Und nun die Riesenblamage: Die Krimpo hat sich auf den Oberst verlassen, und der Oberst hat sich auf die Krimpo verlassen, und alle haben keinen roten Schein.

Und sie kriegen das Streiten miteinander, und die jungen Kerls, die Schupos, die sind kreideweiß gewesen vor Wut, und der Reimers hat in seinem Schreibtischsessel gehockt und hat die Beine angezogen und hat mit den Händen geklatscht und hat ‹Ksst! Ksst!› gemacht, um sie aufeinanderzuhetzen, und hat sich ausgeschüttet vor Lachen.»

«Na und? Haben sie ihn mitgenommen?»

«Sie sind gleich still geworden, und der Oberst hat gesagt, es ist egal. Die Verhaftung ist rechtsgültig, und er hat mitzukommen.

Und er hat geantwortet, er weiß auch, was Recht im deutschen Land ist, und er kann seinen Verhaftbefehl verlangen. Und wenn sie etwas verbockt haben, dann müssen sie es eben machen wie die ganz gewöhnlichen Zivilisten und müssen noch mal gehen nach dem Wort: Was man nicht im Kopf hat, das muss man in den Beinen haben.

Und der Oberst hat angefangen zu toben: Er soll mitkommen. – Ohne Verhaftbefehl kommt er nicht. – Und sie haben ihn aufgefordert zweimal, dreimal, aber er ist nicht aufgestanden. Da haben sie zugefasst und haben ihn hochgerissen.

Und er hat geschrien – und ich sage Ihnen, es ist mir draußen am Knick durch Mark und Bein gegangen –, da hat er geschrien: ‹Wehe Recht in deutschen Landen! Wehe Recht!› Und dann haben sie ihm die Handfessel angelegt und haben ihn an der Kette geführt zu den Autos.

Reimers ist gutwillig mit ihnen gegangen durch die Bauernmassen durch. Und kein Mensch hat ein Wort gesprochen, aber die Hüte haben sie abgerissen vor ihm. Und dann haben sie ihn fortgebracht.»

«Und dann? Und Sie?»

«Ich? Dann bin ich hierhergefahren und habe Ihnen dies alles erzählt und habe keinen Dank, scheint's, dafür geerntet.»

«Dank! Sie kommen doch nicht um Dank, Sie kommen, weil Sie was wollen. – Aber das ist egal. Nur eine Frage: Wäre es nicht schlauer gewesen, Sie wären hinter der Schupo dreingefahren und hätten aufgepasst, ob die ihn nicht an einer hübschen dunklen Stelle so solo ein bisschen vertrimmt haben?»

Henning ist blass geworden. Er beugt sich über den Tisch, und sein Gesicht ist Falten und Falten. «Gott verdamme mich!», knirscht er. «Gott verdamme mich und meine Alten. Die Krätze soll ich kriegen und das große S, dass ich daran nicht gedacht habe!»

«Sie sind jung», sagt Stuff und ist plötzlich alt und weise. «Sie denken, es sind alles Husarenstückchen. Auch in dieser Branche muss gearbeitet und nachgedacht werden, so ein bisschen Tollkühnheit, das ist Mist. Alles, was Sie heute gemacht haben, ist Mist. Ihr Reimers ist schon nicht schlecht, da gehört etwas zu, solchen Hass, wie der im Bauch hat, und bezähmt sich eine Stunde und macht sie toben und bleibt kalt. Ich möchte ihn nicht heulen hören heute Nacht in seiner Zelle vor Scham, dass er den Affen die Fresse nicht lackiert hat. – Nein, Ihr Reimers ist schon gut, aber Sie haben Mist gemacht.»

«Es war gut, dass ich den Präsidenten anrief. Hätte er sonst Zeit gehabt zur Vorbereitung?»

«Was braucht so ein Mann für Vorbereitung? Der hat seinen

Hass immer auf Lager. – Und Mist ist es auch, dass Sie zu mir gefahren sind. Was soll ich mit den Geschichten? Das sind Bauerngeschichten, keine Sachen für Städter.»

«Ich dachte», sagt leise Henning, «Sie würden heute Nacht noch mit mir nach Stolpe fahren. Wir haben da eine Besprechung mit der Redaktion der ‹Bauernschaft›.»

«Was gehen mich die Revolverjournalisten von der ‹Bauernschaft› an! Altholm ist eine Industriestadt! Bringen Sie mir Material gegen die Roten, gut!»

«Aber dies ist Material gegen die Roten!»

«Mist! Dies ist gegen die Regierung, gegen die Staatsautorität. Glauben Sie, meine Abonnenten lesen gern, dass das Haus, in dem sie sitzen, gleich einstürzen wird? Sie haben mir mal was gesagt von Oberschlesien und dem Baltikum, aber Sie sind ...» Stuff besinnt sich. «Also, Sie haben gedacht, Sie können mich vorspannen. Ich will Ihnen was sagen! Ich werde Sie vorspannen, wenn ich Sie brauchen kann. Damit werde ich Ihnen auch 'nen Dienst tun. Und nun für heute atjüs. Ich sehe, Sie haben noch 'ne Masse vor. Wenn Sie zehn Gramm Vernunft im Hirn hätten, würde ich Ihnen sagen: Fassen Sie heute nichts an, Sie haben heute keinen guten Tag. Aber Sie werden heute noch mehr Mist machen.»

Henning verbeugt sich und geht aus der Gaststube.

Stuff sieht ihm trübe nach, trinkt hastig ein Glas Bier und einen Schnaps und beginnt zu schreiben: «Unglaubliche Blamage der Regierung. – Die Bombe im Präsidium. – Polizei verhaftet ohne Haftbefehl.»

Er schreibt und schreibt.

Für die Provinz ist das nicht zu brauchen, denkt er. Aber Berlin nimmt es schon. Hundert Mark bringt das mindestens. Netter Junge, dieser Henning, er kann so bleiben. Na, ich will den Salm erst mal telefonisch durchgeben auf die Nachtredaktionen.

In dieser Nacht kommt die Wirtschafterin des Regierungspräsidenten Temborius erst gegen halb eins nach Haus. Sie ist am
Abend im Kino gewesen, dort hat sie Bekannte getroffen, und mit
denen war man noch Stunden im Café Koopmann zusammen.

Wirtschafterin Klara Gehl ist in Stolpe eine bekannte und
angesehene Persönlichkeit. Jedermann weiß, dass sie einmal ein
ganz einfaches Küchenmädchen war. Tüchtigkeit und Klugheit
im Umgang mit Menschen haben sie emporgeführt, sodass sie
jetzt den großen Haushalt des Junggesellen Temborius leitet.
Und jeder in der Stadt und auf dem Lande weiß, dass über die
Gehl der inoffizielle Weg zu Temborius geht: Wenn der Bürokra-
tismus seine Siege feiert, weiß sie ihm immer noch das eine oder
andere Zeichen von Menschlichkeit abzulocken.

Sie hat sich im Café verschwätzt. Immer wieder hat sie erzählen müssen, wie der rohe Scherz am Morgen auf den Regierungspräsidenten gewirkt hat, dass er schwer erkrankt gleich zu Bett
gegangen ist und mindestens drei Pyramidon genommen hat.

«Ich habe ihn schwitzen lassen. Lindenblütentee hat er mir
trinken müssen, und um acht habe ich dunkel bei ihm gemacht
und gesagt, dass ich weg muss. Sonst klingelt er den ganzen
Abend nach mir.» –

Nun geht sie nach Haus, es ist gegen halb eins. Aber sie fürch-
tet sich nicht, trotzdem sie der Weg in eine wenig beleuchtete
Villenstraße führt. Hier stehen Bäume, an der Straße und in den
Gärten, an manchen Stellen ist der Weg fast ganz dunkel.

Zweihundert Schritt vor ihrem Heim gehen zwei Männer an
ihr vorbei. Der eine lüftet den Hut und sagt höflich und halblaut:
«Guten Abend.»

Sie dankt ihm und geht weiter. Als sie die Tür zum Vorgarten
aufklinkt, hat sie ein Gefühl, als werde sie beobachtet, und sie

schaut auf die Straße zurück. Undeutlich sieht sie zwei Schatten, die Männer sind nicht weitergegangen.

Immer steht nur, denkt sie. Ich bin nichts mehr für euch. Als ich zwanzig Jahre jünger war …

Sie geht über den knirschenden Kies des Vorgartens und macht sich leise und vorsichtig an der Haustür zu schaffen, denn das Schlafzimmer des Präsidenten mündet auf den Vorplatz. Sie will ihn nicht stören.

Überraschend geht die Tür auf. Sie ist gar nicht verschlossen gewesen. Diese Mädchen, denkt sie. Sie brauchen mal wieder eine Kopfwäsche. Und die Erna muss mir aus dem Haus und ihren Willem umgehend heiraten. Noch zwei Wochen, und selbst Temborius sieht, was da in seinem Stubenmädchen wächst.

Als sie vorsichtig das Licht auf dem Flur anknipst, hat sie neuen Grund, mit den Mädchen unzufrieden zu sein. Mitten auf dem Vorplatz steht eine Kiste, eine schlichte weiße Margarinekiste. Also hat der Mahlmann doch noch die Konserven geschickt! Dass die Mädchen das hier stehenlassen!

Die Gehl nimmt die Kiste unter ihren Arm und geht den langen Gang hinter zur Küche, die in einem Anbau liegt. Sie stellt die Kiste in die Speisekammer, sieht nach, ob der Gashahn gut geschlossen ist, knipst auf dem Rückweg überall das Licht aus und steigt die Treppe hinauf zu ihrem Schlafzimmer.

Als sie den Vorhang zuzieht, schaut sie noch einmal auf die Straße. Seltsam, die beiden Männer sind zurückgekommen, sie kann sie deutlich drüben im Schatten der Bäume stehen sehen, dunklere Schatten.

Ob eines von den Mädchen einen neuen Kerl hat? Sie ist überzeugt, dass sie keinen von den beiden kennt, obgleich sie die Gesichter nicht sah.

Dann geht sie ins Zimmer zurück, schaltet das Licht ein und will das Bett aufdecken.

In diesem Augenblick ist ihr, als bräche ein Sturmwind ins Zimmer. Sie fühlt sich bei geschlossenen Augen wie hochgehoben, hoch ... hoch ...

Gleich muss die Zimmerdecke kommen ...

Aber nun fällt sie ... Es kracht, als wolle die Welt untergehen. Es ist ihr, als höre sie ihr eigenes Geschrei ...

Aber nun weiß sie, dass sie daliegt. Es ist so totenstill ...

Und dann rieselt es immerzu, in den Wänden, in ihren Ohren ...

Und nun ist alles schwarz. Dumpfes, bitteres Schwarz.

Viertes Kapitel

Ein Gewitter zieht sich zusammen

1

Ein Mann tippelt auf dem Sandweg von Dülmen nach Bandekow-Ausbau. Eigentlich ist an Kleidung und Schuhwerk alles beisammen, dass dieser Mann ein Herr sein könnte. Aber irgendwo fehlt es doch: Kein Dienstmädchen, das ihn anzumelden hätte, hielte ihn für einen Herrn.

Es ist heiß, und der Mann lässt sich Zeit. Er schlendert so dahin, bleibt dann und wann stehen und betrachtet tiefsinnig die Spuren im Sande.

Reinwärts ist ein Motorrad gefahren, denkt er. Das ist klar. Und wieder rückwärts nicht. Nach der Karte gibt's überhaupt nur diesen einen Weg zum Hof. Eine nette gottverlassene Gegend. Fünfzehn Kilometer zur nächsten Bahnstation.

Der Mann bleibt stehen und betrachtet schnaufend die Gegend. Sie ist nichts Besonderes, eine powere Dreckgegend aus Sand, Kiefernkuscheln, Heidelbeerkraut und genügend Wacholder.

Eigentlich hab ich mir immer gedacht, dass so Grafen wohnen müssten. Ich glaube, das ist auch so ein Graf von Habenichts, der vor Hunger nicht in Schlaf kommt. – Neugierig bin ich, was ich ausrichte.

Ist man zweiundfünfzig und immer noch Kriminalassistent, trotz Tüchtigkeit, so knüpfen sich an solche Erwägungen leicht Hoffnungen. Kriminalassistent Perduzke (Altholm) hat seit der Revolution viele Kollegen Kriminalsekretär, Kriminalobersekretär, sogar Kriminalkommissar werden sehen. Er blieb, was er war, trotz Tüchtigkeit.

Und wenn ich diesen Bombenschwindel aufdecke, so müssen sie mich befördern, und wenn ich zehnmal das Parteibuch nicht habe.

Er glotzt. Quatsch! Wenn die täten, was die müssten, hätte ich schon nach dem Kapp-Putsch Kommissar sein sollen. Die scheißen einem was, die Gareis und Frerksen, die rote Kumpelbande.

Perduzke ist der geborene Jagdhund. Jagen ist seine Leidenschaft. Die Aussicht auf Ausbleiben der ihm gebührenden Wurst kann ihm nicht die Lust für die Spur nehmen. Er ist schon bei dem Zettel, der heute in seinem Briefkasten steckte, mit nur zwei Worten: «Bomben – Bandekow.»

Er hat seinen Vorgesetzten nichts von dieser Spur gesagt. Kriegt er was raus, so macht er direkt Bericht an die Regierung oder den Minister, sonst unterschlagen die seine Berichte und rühmen sich mit seinen Verdiensten. Er geht hier offiziell-inoffiziell auf den Spuren eines Viehdiebstahls. Beste Einführung bei dem Bandekow, diesem Habenichts!

Es ist Juli, stille Zeit für den Landmann. Auf den Feldern, die jetzt die Heide ablösen, ist kein Mensch zu sehen. Die Wiesen sind verödet. Mit dem Roggenschnitt hat es noch vierzehn Tage Zeit, und die Heuernte ist vorbei.

Blöd, dass man niemand sieht. Von den Mädels hört man immer das meiste.

Nun kommt ein Auto hinter ihm des Wegs, ein offener Opel-Viersitzer. Perduzke tritt gegen den Straßenrand, aber es staubt nicht sehr. Der Wagen schleicht, kriecht, der Sand ist zu locker. So kann der Kriminalist gemütsruhig die vier Herren anschauen.

Hinten sitzen zwei, das sind Bauern, so viel ist heraus, und die kennt er nicht. Bauern aus dieser Gegend kennt er nicht. Aber vorn …

Und nun wird ihm warm. Es war Dusel, es war Glück, dass er gleich losgelaufen ist auf diesen Zettel hin! Wer hätte auf Bandekow geraten! Aber dass es in Bandekow stinkt, so viel ist jetzt sicher.

Den am Steuer kannte er schon gut, das war der Padberg, der Hauptschriftleiter von der Zeitung ‹Bauernschaft›, die so herrlich schimpfen konnte und es den Roten faustdick gab. (Nur las sie kein Mensch.)

Und der andere daneben, der Junge, das war der Thiel, und wenn er zehnmal das Gesicht wegwandte. Das war der Thiel, nach dem seit fünf Wochen netto die ganze Provinz still umgedreht wurde. Der Ochsenführer vom Finanzamt Altholm, verschwunden und wieder aufgetaucht im Auto bei «Bauernschaft» und Bauern.

Stolper Wagen, notiert sich Perduzke. Die Erkennungsmarke kennen wir. Wird dem Padberg seiner sein. Also die haben sich den Jungen gekauft! Komisch das, hätte ich nie drauf geraten. Erst ihn verhöhnen, anbraten, in einen Graben schmeißen und nun im Auto mit ihm auf Kopp und Arsch. – So was gab's nicht vor dem Kriege.

Er tippelt weiter und überlegt, wie er das Ding drehen soll.

Vielleicht haben die mich erkannt. So einer wie der Zeitungshengst, der Padberg, die wissen immer, wie ein Krimscher ausschaut. In der halben Stunde, bis ich auf dem Hof bin, ist der Junge natürlich längst fort. Aber die Spur weiß ich nun.

Mühsam mahlt er sich durch den Sand weiter zum Hoftor, an dem das Schild hängt: «Hier wohnt Graf Bandekow. Kauft nichts. Verkauft nichts. Und empfängt auch keine Besuche.»

Perduzke nickt anerkennend. Hübsch ist das! Und wenn man dazu die Hunde rasen hört, die lieben Viecher ...

Die drängen sich mit offenen Mäulern, hängenden Lefzen hinter dem Gitter, entschieden entschlossen, den Besucher zu zerreißen.

Hier geht es nicht durch, erkennt Perduzke. Da hat das Auto

für gesorgt. Also vielleicht auf der andern Seite. Er klettert über den Graben.

2

Der Hof Bandekow-Ausbau ist nur ein kleiner Ableger vom Rittergute Bandekow. Und sein Besitzer, Ernst Graf Bandekow, ist seinem älteren Bruder, Bodo Graf Bandekow auf Rittergut Bandekow, aus mancherlei Gründen, unter denen die materiellen nicht unwichtig sind, nicht sonderlich grün. Er lebt, ein alter Junggeselle, als Einsiedler auf dem Hof, hat sich ganz zu den Bauern geschlagen und fühlt sich als Bauer.

Es ist auch kaum mehr als ein Bauernhaus, in dem die Herren jetzt sitzen: die vier aus dem Auto, der Graf mit dem grau melierten Teppichbart und der schlanke Henning.

Die Herren sind eben gekommen. Das Auto steht auf dem Hof, neben der Dunggrube, und die Hunde sind aus dem Zwinger gelassen worden. Dann hat Graf Bandekow zwei Mädchen und die Haushälterin in den Garten geschickt und hat für Schnaps und einen Mosel gesorgt.

«Nun kann niemand lauschen», erklärt er. «Also legen Sie los, Padberg.»

«Dann das Letzte zuerst: Henning, du wirst abhauen müssen. Krimpo ist im Anmarsch.»

«Ach was! Wie soll Krimpo hierherkommen?»

«Drei Kilometer vorm Hof strolchte so ein Hund uns vors Auto. Am liebsten hätte ich ihn überfahren.»

«Das wird ein Viehhändler gewesen sein. Die sehen meistens so aus wie die Krimschen.»

Thiel lässt sich vernehmen: «Und es war doch ein Krimpo! Es war der Perduzke aus Altholm!»

«Gott!», spottet Henning. «Gießt doch dem Jungen einen Kognak ein. Er hat eine ganz weiße Nase.»

«Sie können tun, was Sie wollen», beharrt Thiel. «Ich ziehe Leine.»

«Warum eigentlich? Glauben Sie, dass hier ein Mensch lebend durch die Hundemeute kommt?»

«Und wenn er die Hunde abknallt?»

«Dann knalle ich ihn ab», erklärt der Graf. «Aber all das ist Mumpitz. Wieso kommt der auf Bandekow, Padberg?»

«Sehen Sie! Wieso kommt der auf Bandekow? Das ist die Frage. Und das ist der zweite Punkt. – Heute Morgen komme ich auf die Redaktion, steht mein Schreibtisch offen. Abgeschlossen hatte ich ihn. Ich sehe alles nach, nichts fehlt. Nur die Karte, die Sie mir geschrieben, Herr Graf, dass wir heute Morgen zu Ihnen kommen sollten, die fehlt.»

Bauer Rehder-Karolinenhorst: «Sie werden nicht abgeschlossen haben. Und die Karte liegt irgendwo anders.»

«Wenn ich mir in meinem Leben etwas habe angewöhnen müssen, so war es, auf Papiere aufzupassen.»

«Also hat die Krimpo nachts revidiert. Die sind ja aus der Tüt wegen der Bombe.»

«I wo, die machen so was offiziell und verderben die Schlösser und schmeißen alles durcheinander.»

Henning erklärt gelangweilt: «Also schieß schon los. Du hast doch längst deine Vermutung, Padberg. – Übrigens prost!»

«Ja. Wir können alle ruhig mal anstoßen. Prost!»

Padberg holt einen Brief aus der Tasche und lässt ihn zirkulieren. «Bitte, sehen Sie sich diesen Brief an. Der Text tut nichts zur Sache. Irgend so ein verhungerter Journalist. Aber sehen Sie sich den Brief gut an. Was meinen Sie?»

Alle betrachten den Brief, zögernd, unentschlossen, verlegen.

«Na, nun sagen Sie doch!», drängt Padberg.

«Mach dich nicht wichtig, Padberg», sagt Henning. «Wir haben anderes zu tun, als den Meisterdetektiv zu spielen.»

«Na, keiner?», fragt Padberg.

«Halt! Einen Augenblick!», fängt Thiel an. «Ich will nur fragen. Vielleicht ist es blöd. Ist der Brief in der Setzerei gewesen?»

«Na also!», sagt Padberg anerkennend. «Wenigstens einer. – Nein, der Brief ist nicht in der Setzerei gewesen, mein Sohn.»

«Aber ein Setzer hat ihn in den Pfoten gehabt?»

«Offiziell nicht.»

«Dann hat der Brief obenauf in Ihrer Schublade gelegen?»

«Richtig, mein Sohn, bei der verschwundenen Karte.»

«Dann hat», sagt Thiel atemholend, «auch ein Setzer die Karte geklaut. Da sind Fingerabdrücke drauf auf dem Brief von Druckerschwärze.»

«Wenn es weiter nichts ist», sagt Henning. «Das hätte ich dir längst sagen können, dass alle Setzer rot sind. Die sind alle in so einer Gewerkschaft.»

«O du Goldjunge!», spottet Padberg. «Was du nicht alles weißt. Im Buchdruckerverband sind sie. Aber deswegen klauen sie noch lange keine Postkarte, noch dazu eine so bedeutungslose, auf der mir irgendein Herr schreibt, er möchte mich mal sprechen.»

Der Graf kämmt seinen Fußsack mit den Nägeln. «Also, ich denke, wir haben auch noch anderes zu reden. Machen Sie's kurz, Herr Padberg.»

«Also kurz und schlecht: Wir haben in der Setzerei einen Kerl, der auf Anweisung mit tadellosen Nachschlüsseln bestimmte Schriftstücke stiehlt. Der Kerl ist ein bisschen doof, sonst hätte er erstens an die Fingerspuren gedacht und zweitens nicht vergessen, das Fach abzuschließen.

Der die Anweisung erteilt hat, muss genau Bescheid wissen. Sonst wäre nicht heute schon der Perduzke in Anmarsch.»

Langsam sagt der Bauer Rehder in die beklommene Stille: «Ich weiß, der Franz Reimers wäre dagegen gewesen. Ich bin dagegen gewesen. Der Rohwer ist dagegen gewesen. Wir drei bestellten Führer von der Bewegung sind dagegen gewesen. Und du hast es doch getan, Henning!»

«Gut, dass ich es getan habe! Was glaubst du, denen geht der Arsch mit Grundeis!», sagt rasch und trotzig Henning.

«Wir haben eine gute Sache», sagt langsam der Bauer Rohwer aus Nippmerow. «Du hast Krach um sie gemacht und Gestank. Was meinst du, wie das Land voll ist von Gerede, seit die Küche in die Luft flog?»

«Und du hast gelogen», sagt Rehder wieder. «Es war nur Glück, dass nichts wie die Küche in die Luft ging. Du hattest es anders gewollt.»

Henning sieht böse auf Thiel. «Es gibt eben Weiber, die den Sabbel nicht halten können.»

Thiel wird rot und wendet das Gesicht ab.

«Ich bin anderer Ansicht», sagt Padberg geläufig. «Ich bin Zeitungsmensch. Zeitung ist Reklame, von der ersten bis zur letzten Zeile. Reklame für eine bestimmte Sorte Politik oder Waschseife. Aber immer Reklame. Ich verstehe etwas von Reklame. Ihre Bewegung war gut, aber sie war im Luftleeren. Es geschah nichts, sie hatte keine Wirkung. Der Regierung war sie piepe. Dem Finanzamt war sie piepe. Der Schupo war sie piepe. Dem Bürger in der Stadt war sie schnurz.

Henning hat Reklame gemacht. Es hat geknallt. Ich gebe zu, es war große Reklame, hundertprozentige, es hat sehr laut geknallt. Aber plötzlich ist Leben um die Bewegung, alle horchen: Was tun die Bauern? Ihre Bewegung wird beachtet. Ihre Bewegung wird gefürchtet. Ihre Bewegung kann etwas durchsetzen.»

«Wir Bauern wollen das nicht», sagt Rohwer. «Wir mögen so etwas nicht.»

Der Graf sagt: «Und Sie haben nichts damit zu tun. Keiner von

Ihnen war beteiligt, keiner hat etwas gewusst. Es sind Fremde», sagt er mit erhobener Stimme, «wenn es zum Schlimmsten kommt, sind es Fremde gewesen, Abenteurer, Dunkelmänner.»

«Es ist», sagt Padberg beifällig und grinsend, «das unvermeidliche Geschmeiß, von dem nicht energisch genug abgerückt werden kann.»

«Wir danken», sagt Henning und grinst ebenfalls. «Das Geschmeiß schmeißt weiter. Bomben.»

«Aber was machen wir mit dem Krimpo?»

«Ich», erklärt Henning, «habe im Augenblick keine Zeit, mich verhaften zu lassen. Ich muss zur Demonstration.»

«Was du nicht denkst», höhnt Padberg. «Offen im Demonstrationszug auf Altholms Straßen. Dass wir eine hübsche Verhaftung am Tageslicht haben? Nein, mein Jungchen, du bleibst hier.»

«Und ich gehe mit. Und ihr braucht mich.»

«Wieso brauchen? Keiner ist unersetzlich.»

«Kommt. Ich werde euch was zeigen.»

«Was denn?»

«Ihr werdet schon sehen. Kommt nur.»

3

Henning führt die fünf Mann über den Hof in die Scheune. Auf der halbdunklen Tenne, in die von außen ein breiter Streifen Sonnenlichts schießt, zeigt er das Machwerk seiner Tage freiwilliger Haft: eine Fahne.

Es ist ein weißer ungehobelter Schaft, ein Stiel, wie für eine Heugabel, sehr lang, der in eine aufrechtstehende Sense ausläuft. Das Fahnentuch ...

Henning erklärt eifrig: «Ich habe mir alles überlegt. Das Fahnentuch ist schwarz. Das ist das Zeichen unserer Trauer über diese Judenrepublik. Drin ist ein weißer Pflug: Symbol unserer friedlichen Arbeit. Aber, dass wir auch wehrhaft sein können: ein rotes Schwert. Alles zusammen die alten Farben: Schwarz-weißrot.»

«Was für ein Junge du bist», sagt Padberg spöttisch.

«Wieso Junge?», fragt Henning eifrig. «Ist das nicht gut? Sagen Sie, Rehder! Was meinen Sie, Rohwer? Machen Sie doch den Mund auf, Thiel! Wie denken Sie, Herr Graf? Es ist eigentlich, natürlich mit Abänderungen, die Fahne von Florian Geyer. Ihr wisst», sagt er erläuternd zu den Bauern, die es nicht wissen, «Florian Geyer war der Führer in den Bauernaufständen. Im Mittelalter.»

«Gegen den Großgrundbesitz, freilich», spottet Padberg. «Aber das alles ist Unsinn. Womit vertrödeln wir unsere Zeit?»

«Erlauben Sie mal», sagt Rohwer. «Die Fahne ist gut. Schwenke sie mal, Henning.»

«Nein, nicht auf dem Hof», sagt der Graf hastig. «Hört!» Das rasende Gebell der Hunde ertönt.

«Das ist der Perduzke, lasst sehen.» Thiel schielt durch einen Türspalt auf der anderen Seite der Tenne.

Unterdes schwenkt Henning die Fahne. Flatternd, knatternd entfaltet sie sich. Stolz steht er da. Schwenkt sie, lässt sie kreisen.

«Du musst», sagt begeistert Rehder, «unser Fahnenträger sein am Montag.»

Thiel berichtet: «Der Perduzke streicht über den Graben.»

«Wo ich doch verhaftet werden soll», sagt Henning.

«Der kann lange suchen, bis er einen Eingang auf den Hof findet», bemerkt spöttisch Graf Bandekow.

«Diese Fahne im Zug», erklärt energisch Padberg. «Und ihr seid in fünf Minuten aufgelöst.»

Rehder: «Wir stellen Jungbauern in die Spitzengruppe. Wehe dem, der die Fahne antastet.»

Rohwer: «Aber die Sense muss stumpf gemacht werden. Sonst richtet sie Unheil an.»

Henning: «Meinethalben. Ich nehme die Schneide mit einer Blechschere weg.»

Und Padberg, erstaunt: «Ihr Bauern scheint ja für dieses Requisit zu sein?»

Der Graf: «Ich finde es sehr gut. Das macht kolossale Wirkung.»

Und Thiel: «Ich glaube, es wird fabelhaft wirken.»

Und wieder Padberg: «Wer trägt sie? Da doch der Henning verhaftet wird.»

Rehder, energisch: «Henning ist unser Fahnenträger.»

Padberg, sehr ungeduldig: «Aber seid nicht blöd. Den Henning verhaften sie doch in der ersten Minute. Sie wissen doch, er hat die Bilder kaufen wollen von dem Tredup. Und war vorm Präsidium, als der Tredup mit dem Frerksen reinging. Und wird schon der gewesen sein, der angerufen hat und von der Bombe gequatscht. Und wer von der falschen Bombe weiß, wird auch die echte gelegt haben. – Also?»

«Ich wüsste schon einen Ausweg», sagt der Henning langsam. «Dass ich dabei sein kann und nicht verhaftet werde.»

«Na bitte? Aber sag's rasch, sonst bist du schon verhaftet, eh du's gesagt hast.»

«Auf den Hof kommt keiner. Hier ist er sicher», beharrt der Graf.

«Wenn einer ...», beginnt Henning und besinnt sich. Dann langsam, direkt zu Thiel: «Sagen wir mal, du packtest so um acht dein Köfferchen und tippeltest los im Halbdunkel. Und kämst in die Nähe von diesem Perdauzke-Perduzke-Perdummske. Und rissest aus wie Schafleder. Und ließest dich verhaften. Und, sagen wir, morgen geständest du. Und sagtest, dein Komplice, das wäre, nun, der Bilderidiot von der ‹Chronik›, und bliebest dabei bis zum Montag ...»

Alle sehen auf Thiel, der zögernd sagt: «Na, ich weiß nicht ... Ich schliddere hier so rein ... Wissen Sie, ich kenne mich nicht so recht aus ... Bin ich der Affe eigentlich, der die Kastanien aus dem Feuer holt?»

«Ich will Ihnen was sagen», fängt Henning wieder an. «Ich habe einen Freund, den Strafanstaltshilfswachtmeister Gruen in Altholm. Der ist halb verdreht, dem kann nie was passieren. Und wenn der nun mal so eine Leiter an der Gefängnismauer stehen lässt? Und dann sind da die Fischer in Stolpermünde. Und nach der Insel Möen segelt man bei gutem Wind höchstens sechs, sieben Stunden. Und Möen ist Dänemark. Und die Bombe politisch.»

Plötzlich ganz rasch: «Sagen Sie ja!»

Thiel steht unschlüssig, verlegen. «Nein, ich möchte doch lieber nicht ... Sehen Sie, meine Eltern ... Und warum soll ich den Tredup in die Pfanne hauen? Das ist doch auch nur so ein armes Aas ...»

Padberg sagt: «Na, jedenfalls sind noch zwei Stunden bis zum Dunkelwerden. Bis dahin können wir uns das ja überlegen. Gehen wir jetzt wieder in die Stube und besprechen die Demonstration? Tausend Bauern kommen sicher.»

«Dreitausend.»

4

Morgens, gegen halb zehn, zehn Uhr, wenn Stuff die Politik und den Spiegel seiner Zeitung gemacht hat, geht er auf die Jagd nach lokalen Neuigkeiten.

Auf seinen immer schmerzenden Plattfüßen trabt er, ein kleines, unförmiges Walross, den Burstah entlang, sieht, durch seine Klemmergläser blinzelnd, jede Veränderung, bis zum neuen Firmenschild, spricht Bekannte an, wird angesprochen und bleibt stehen, Notizen machend.

Altholm hat vierzigtausend Einwohner, und drei, mindestens zweieinhalb Spalten «Lokales» muss er bringen, dazu zwingt ihn schon die Konkurrenz. Und eine Zeile in seinen Spalten ist lang, die «Chronik» bricht noch dreispaltig um.

Ist Stuff den Burstah hinunter, so kommt er auf den Marktplatz, einen langen, mit zwei Alleen gezierten Ort, Kriegerdenkmal 1870/71, Post, Bedürfnisanstalt und das Rathaus liegen daran.

Es ist zehn und schon verdammt heiß, als er an diesem Julivormittag das Rathaus betritt. Stuff trieft. Zum soundsovielten Male beschließt er, von jetzt an zweimal wöchentlich frische Socken anzuziehen. Die Füße brennen vor Schweiß. Und waschen tu ich sie jetzt auch einmal.

Stuff klopft kurz und tritt in die Rathauswache, durch die Tür «Eintritt verboten». Es ist der Ruheraum der Stadtsoldaten. (Altholm hat keine Schupo, hat städtische Polizei.) Ein paar Beamte aalen sich auf ihren Pritschen und begrüßen Stuff mit dem Zuruf: «Na, Männe, gibst du einen aus?»

«Ihr mir! Was gibt's Neues?»

«Neues? Einen Berg. Aber erst ...»

«Maurer, ich habe euch neulich erst eine Lage bezahlt! Was glaubt ihr denn, wie der Wenk seinen Daumen auf die Kasse hält? Wenn ich im Monat zwanzig Mark Spesen habe, fällt er in Ohnmacht.»

«Wendest du dich an Schabbelt!»

«Schabbelt? Ich höre immer Schabbelt. Wer ist Schabbelt?»

«Witz! Was ist mit dem Chef?»

«Glaubst du, ich habe den gesehen seit Mai?»

«Sollte auf seine Frau mehr aufpassen. Vorgestern hat sie am hellen Tage gesungen auf dem Burstah. Man kann's bald nicht mehr übersehen.»

«Die säuft sich auch noch zu Tode.»

«Schade um so 'ne Frau.»

«Na, wir sterben alle einmal, so oder so. Und totgesoffen ist besser als totgehungert.»

«Deine Ansicht. – Also, was gibt es Neues?»

«Mensch, Männe, wie sollen wir das wissen? Frag drinnen in der Wachtstube den Maak. Der sieht im Buch nach.»

«Ist der Rote nicht um den Strich?»

«Herr Polizeioberinspektor Frerksen ist bei seiner roten Herrlichkeit, Herrn Bürgermeister Gareis. Die Luft ist rein. Der Perduzke ist auch oben. Die brüten was.»

«Also los! – Tjüs derweilen. Wir trinken bald einen zusammen.»

«Vergiss dein Wort nicht, Männe.»

«Neues?», knurrt Maak. «Weiß nichts. Will mal im Wachtbuch nachsehen. Und, ach ja, Männe, eh ich das vergesse. In Stettin ist doch so ein Schulkurs für uns. Kannst ja mal anfragen unter ‹Eingesandt›, warum da nur Herren mit dem Parteibuch hingeschickt sind. Wir andern dürfen Dienst machen und sind Neese.»

«Wird gemacht. Hilft zwar nichts, ärgert aber doch. Also los, dass der Rote nicht kommt.»

«Schreib zu, ein Autozusammenstoß. Die alte Gefahrenecke. Das Nähere kann dir Soldin erzählen, der war dabei. Dann heute Nacht wieder mal Schlägerei im Bananenkeller, wir waren mit sechs Mann da. Sprich mit dem Wirt, der inseriert ja wohl, dass du nichts schreibst, was ihn ärgert. Und ein Kinderwagen mit Kind gefunden. Na, weißt du ...»

Die Tür geht auf. Beide fahren herum. Herr Polizeioberinspektor Frerksen steht in der Tür.

«Stuff! Stuff! Ich habe dich mindestens ein Dutzend Mal gebeten, dir Nachrichten von mir und nicht von den Subalternbeamten zu holen!»

«Und wenn ich komme, hast du keine Zeit.»

«Es ist für deine Leser vollkommen unwichtig, ob sie die Sachen einen Tag früher oder später erfahren.»

«Das verstehst du nicht.»

«Jedenfalls ersuche ich dich, den Wachtraum sofort zu verlassen und nicht wieder zu betreten. – Sie, Maak, werde ich Herrn Bürgermeister melden.»

«Ich habe Herrn Stuff nichts gesagt!»

«Er hat mich an dich verwiesen.»

«Selbstverständlich, die ‹Chronik› verrät ihre Gewährsleute nicht. Sollte bei ihren Angestellten lieber ein bisschen auf Sauberkeit ...»

«Frerksen, ich verbitte mir!»

«Erledigt! Also, du verlässt sofort die Wachtstube.» Und die Tür schließt sich hinter dem Polizeioberinspektor.

Stuff tobt los: «Das Schwein! Die eingebildete Sau! Der Bengel hat bei mir das Fußballspielen gelernt! Diese stakige Schreiberseele, seine Brille schlage ich ihm kaputt!»

Und Maak: «Da siehst du mal wieder! Ich habe meinen Wischer weg.»

«Aber ich besorge es dir, Freundchen, warte nur! Du kommst mir auch mal. Kein Mensch mag diesen eingebildeten Laffen leiden. Dem ist das zu Kopf gestiegen, dass er vom Schreiber zum Oberinspektor raufgefallen ist.»

«Männe, es ist besser, du gehst jetzt. Ich fresse die Suppe nachher aus.»

«Ja, ich gehe schon, Maak. Aber warte, dem besorgen wir's.»

Eine Treppe höher, vor der Tür zur Kriminalpolizei: Hier müsste er mich noch mal erwischen, dann wäre erst der Topp entzwei. – Na, egal, meine Nachrichten muss ich haben. – «Guten Morgen, die Herren Kriminalisten! Nun, warum strahlst du so, Perduzke?»

Perduzke strahlt schon nicht mehr, und sein wie seiner Kollegen «Guten Morgen» klingt kühl.

Stuff zieht sich einen Stuhl an den Tisch und greift nach einem Bündel Akten.

Eine Hand hält es fest.

«Nanu, was habt ihr denn heute? Ihr seid wohl von euerm Chef angesteckt?»

«Wieso Chef? Was hast du mit dem Chef? Welchen Chef meinst du überhaupt, Gareis oder Frerksen?»

«Frerksen natürlich. Was geht mich Gareis an?»

«Und was ist mit Frerksen?»

«Also ...» Und Stuff berichtet.

«Das sieht ihm ähnlich, dem eingebildeten Narren!»

«Seine Arbeit soll er machen, statt Leute schikanieren.»

«Vor den Chefs katzbuckeln und uns treten! Aber ich habe es ihm gegeben», sagt Perduzke. «Habe ich dir schon erzählt, wie er reingefallen ist, neulich, als die Kommission mit den großen Tieren kam?»

«Ja. Aber erzähl es nur noch mal. So was höre ich immer wieder gerne.»

«Also du weißt Bescheid: die große Kommission aus Stettin, alle die großen Tiere. Der Oberbürgermeister führt. Kommen sie auch hier herein. Ich sitze allein beim Schreiben. Ich stehe auf, sage: ‹Guten Morgen› und setze mich wieder an meine Arbeit. Der Ober erzählt irgendetwas. Ich schreibe. Da kommt der rote Filou zu mir: ‹Herr Perduzke, warten Sie so lange auf dem Gang vor der Tür.›

‹Herr Oberinspektor›, sage ich. ‹Ich mache hier meine Arbeit und störe niemanden.›

‹Herr Perduzke, ich befehle Ihnen hiermit dienstlich, auf den Gang zu treten.›

‹Ich habe keine Zeit. Der Bericht muss zur Staatsanwaltschaft.›

Na, mein Frerksen schwillt rot an. ‹Herr Oberbürgermeister! Herr Oberbürgermeister! Herr Perduzke befolgt meine dienstlichen Anweisungen nicht!›

‹Nun, Herr Frerksen, was tut er denn nicht?›

‹Er soll auf den Gang treten.›

‹Lassen Sie den Mann doch sitzen. Der stört ja niemanden.›»

Beifälliges Gelächter: «Gib ihm Saures!»

«So Kattun muss er öfters haben.»

«Na, Stuff, dass er heute auf euch eine Stinkwut hat ...», fängt der Kriminalsekretär Bering an.

«Halt's Maul, Karl, du weißt doch, der Männe kann den Sabbel nicht halten.»

Und Stuff, erstaunt durch den Klemmer blinzelnd: «Also was ist los? Dass etwas los ist, habe ich lange gemerkt.»

Und Perduzke: «Lieber Männe, es ist wirklich besser, du erfährst es noch nicht.»

«Morgen kann er's erfahren, nicht wahr?», sagt Obersekretär Reinbrecht.

«Dass es die Konkurrenz wieder früher erfährt!», protestiert Stuff.

«Ich gebe dir mein heiliges Ehrenwort, weder Pinkus von der ‹Volkszeitung› noch Blöcker von den ‹Nachrichten› erfahren es früher als du.»

«Na ja. Aber kannst du es wirklich nicht gleich sagen?»

«Ausgeschlossen!», schneidet Perduzke kurz ab.

Und von der andern Seite sagt Hebel: «Was anderes! Ihr habt doch da auf der ‹Chronik› so einen Kerl, wie heißt er doch? Tretloch – Tretab – Tredup. Was ist das für eine Nummer?»

Es ist ein bisschen still nach dieser Frage, zu still, scheint Stuff. Er denkt, müde blinzelnd, nach. Plötzlich fängt er an zu lachen. «Oh, ihr Affen! Ihr Idioten! Jetzt kapiere ich. Wütend seid ihr, wegen der Bilder. Dass ihr nicht die große Entdeckung gemacht habt, mit dem Ochsenstrohfeuer, sondern unser Annoncenwerber. Das hätte ich euch lange sagen können.»

Die andern sehen sich an. «Na also, wenn du es schon weißt, Männe. Wie ist er denn, der Tredup?»

«Na, soweit er Geld hat», fängt Stuff bereitwillig an, «ist er ein ganz anständiger Kerl ...»

5

Eine Stunde später ist es dem Stuff klargeworden, dass sie doch nicht stimmt, seine Lösung mit den Bildern. Und zwei Stunden später, am Mittagstisch, sagt er: Die Brüder haben mich angeschissen, so viel ist klar. Der Frerksen weiß doch seit Wochen, dass die Bilder vom Tredup stammen. Warum sagen die denn, dass er *heute* eine Stinkwut auf uns hat?

Er grübelt. Und das Ergebnis: Irgendwas muss der Tredup ausgefressen haben, wovon die Polizei weiß. Ich werde ihn mir heute Abend kaufen. Mit ihm saufen gehen.

Aber Tredup hat keine Lust, muss arbeiten.

«Adressen schreiben? Du hast doch das Geld für die Bilder. Das hat doch eine Masse Moos gegeben.»

«Die Bilder? Sei mir von den Bildern ruhig, Stuff! Kein Wort auch heute Abend davon.»

«Also um neun im Tucher?»

«Neun ist mir zu spät. Da ist es schon dunkel. Sagen wir acht.»

«Also schön, um acht. Acht ist auch viel besser. Da bummeln wir erst noch mal über den Strich und sehen uns die kleinen Mädchen an.»

Stuff entwirft sich einen Schlachtplan: Ich werde Tredup zu trinken geben, bis er schwätzt, und ihn aushorchen.

Aber am Nachmittag kommt Stuff mit Landwirtschaftsrat Feinbube vom Verband der schwarzbunten Rindviehzüchter und dem Syndikus Plosch vom Kreishandwerkerbund zusammen und ins Saufen. Stuff findet nicht fort. Er schickt einen Jungen zum Tucher: Tredup soll zu ihm kommen.

Doch Tredup kommt nicht, und Stuff trinkt weiter.

Nach einer Weile erinnert er sich wieder an die Verabredung und ruft den Kellnerjungen vom Büfett. «Was sagt der Tredup?»

«Er kommt nicht rein. Er steht vorm Lokal.»

«Und das sagst du mir erst jetzt? – Also, meine Herren, dann am Montag wieder. Sie sehen sich doch auch die Bauerndemonstration an?»

Tredup geht draußen auf und ab, auf und ab.

Der Burstah und der Bahnhofsplatz sind um diese frühe und milde Abendstunde voller Menschen. Viele helle Kleider, und in jedem Türgang stehen Pärchen, natürlich auch bei der «Chronik».

«Sieh mal, Tredup», sagt Stuff und hängt sich schwerfällig bei ihm ein. «Da im Gang an der ‹Chronik›, da steht die Jüngste von unserer Reinemachefrau, die Grete Schade, und hat wahrhaftig wieder ihren Kavalier.»

«Was der Mensch braucht ...»

«Ja, stramm ist die, aber noch keine fünfzehn ...»

«Sie wird es ihrem Kavalier nicht erzählen ...»

«Der weiß doch auch, dass die erst zu Ostern aus der Schule gekommen ist. Da gibt es nichts, wenn es schnappt, fällt der rein.»

«Deine Sorge.»

«Meine? Vielleicht schon. Wenn sie lügt. Man weiß ja nicht. Ich will es dir erzählen, aber du musst deinen Sabbel halten.»

«Natürlich.»

«Ehrenwort?»

«Ehrenwort!»

«Also vor einem Vierteljahr – wir heizten noch – komme ich morgens direkt vom Suff auf die Redaktion. Nicht aus den Augen konnte ich sehen. Die Grete ist grade beim Reinemachen, und plötzlich sitzt mir die Kröte auf dem Schoß. Ich sage dir: eine Wärme! Mir wurde ganz anders. Über ihrem Hemd hatte sie nur ein Jumperkleidchen. Eine Wärme! Und eine Brust hat das Mädel!»

«Du wirst doch nicht, Stuff? Oder doch?»

«Na und wenn? Kann mir das einer verdenken? Und ist das gerecht, wenn ich dann wegen Verführung Minderjähriger ...? So angesoffen, wie ich war, und diese Formen. Nein, aber ...» Und Stuff geht unvermittelt in eine andere Tonart über: «Aber man muss Mann sein, man muss sich beherrschen können. Nichts, sage ich dir, nichts ist passiert. Weggestoßen habe ich sie. – So, und jetzt gehen wir in die Grotte.»

«In die Grotte? Da möchte ich aber nicht gerne hin. Das ist mir wegen meiner Frau nicht recht.»

«Stehst du unter dem Pantoffel?»

«Und wenn? Jeder vernünftige Mann ist froh, wenn er unter dem Pantoffel ist, unter einem vernünftigen, natürlich.»

«Der Mann muss immer der Herr sein», doziert Stuff.

«Quatsch, sei du mal zehn Jahre verheiratet! Sei du nur ein Jahr verheiratet! Immer der Herr! Solltest dich umsehen, wie das dir und deiner Frau bekommt!»

«Weißt du, was du bist!», schreit Stuff. «Dekadent bist du!»

«Ach was», sagt Tredup verächtlich. «Du redest eben wie ein Blinder von der Farbe! Wenn du verheiratet wärst, würdest du auch anders reden. Dich hat eben keine gewollt.»

«Keine gewollt!», knurrt Stuff empört. «Willst du nun eigentlich mit mir ausgehen oder nicht?»

«Ich mit dir? Du mit mir! Du hast mich aufgefordert!» Sie bleiben stehen, grade auf der Brücke, und sehen einander herausfordernd an.

Links liegt der Teich, in den die Blosse mündet, rechts rauscht auf dem Wehr leise und eindringlich das Wasser. Es ist dunkel hier unter den Bäumen. Ein paar Gaslaternen werfen ihren Schein auf die Fahrbahn, malen glimmende, zitternde Reflexe auf die schwarze Fläche des Teichs. Im Hintergrunde leuchtet die bunte Lichtreklame über dem Eingang zur Grotte.

«Ich dich aufgefordert», sagt Stuff verächtlich. «Ich dich!» Und plötzlich wütend: «Willst du, dass ich dich ins Wasser schmeiße?! Du Lump, du! Du Verräterchen!»

Tredup sieht auf Stuff, auf die leere Straße, die ins Dunkel der Baumgänge sich verliert. Er schiebt seinen Arm wieder in den Stuffs. «Komm man, Stuff, was machst du für Geschichten? Da ist die Grotte.»

Und Stuff erinnert sich plötzlich, dass er von diesem Manne was wollte. Irgendwie hatte es mit der Krimpo zu tun und mit diesen verfluchten Bildern. Oder grade nicht mit den Bildern. Er weiß es nicht mehr recht. Es wird ihm einfallen, wenn er erst vor seinem Biere sitzt.

Und nun geht drüben auch die Tür zur Grotte auf. Jazzmusik klingt in die Sommernacht. Die Wasser rauschen plötzlich leiser.

Stuff fasst den Tredup fester. «Komm, mein Junge. Jetzt wollen wir aber tüchtig einen heben. Ich habe einen schrecklichen Durst.»

6

Nach zwei Stunden sitzen die beiden noch immer in der Grotte. Sie haben stramm getrunken, und Stuffs Gesicht glüht dunkelrot gedunsen, Tredup ist blass und muss häufig raus.

Stuff, der dicke illusionslose Stuff, kaut noch immer an einer Bemerkung von Tredup, die ihn ins Herz getroffen hat: dass ihn keine gewollt habe. Darum ist er jetzt dabei, Tredup von seinen Siegen zu erzählen, seinen früheren Siegen.

«Ich sage dir, Tredup, da ist keine Bank im Stadtpark und kein

Gebüsch, wo ich nicht mal ein Mädchen gehabt habe. Und der dunkle Bürgermeistergang ... Ach, ich muss dir erzählen, wie ich da einmal überrascht worden bin ...»

Und er erzählt seine Geschichte, verweilt bei den Details und schließlich: «Das waren damals noch Mädchen, Tredup. Nicht solche verhungerten Spatzen wie heute! Und die schöne weiße Wäsche, die im Dunkeln leuchtete! Wenn ich heute diese beige und lila Schinkenbeutel sehe, ist der ganze Reiz weg.»

«Was ich fragen wollte», beginnt Tredup zerstreut. «Du hast da vorhin was von Verräter gesagt. Richtig: Verräterchen. Hast du damit die Bilder gemeint?»

«Lass das, Tredup. Lass das!», ruft Stuff gerührt. «Wir sind alle keine Engel. Wenn bekannt wäre, was ich alles ausgefressen habe, ich säße Jahre und Jahre im Zuchthaus.»

«Es wird halb so schlimm sein. – Glaubst du, dass noch jemand was davon weiß, dass ich die Bilder verkauft habe?»

«Halb so schlimm! Ich sage dir, Tredup, in Stettin, auf der Kleinen Lastadie, in einem Hinterhaus, wohnt eine Frau, wenn die reden wollte und meinen Namen wüsste! Da war damals ...»

Stuff verliert sich, und Tredup findet Zeit zu fragen: «Glaubst du, dass die Bauern von meinen Bildern wissen? Da ist seit ein paar Tagen einer ...»

«Zum ersten Male bin ich mit der Henni bei ihr gewesen. Henni wollte und wollte nicht. Ich sollte sie nicht heiraten, ich sollte kein Geld zugeben, sie würde das Kind schon alleine großziehen. Ich gehe natürlich doch mit ihr hin. Wir kommen rein. – Ich hatte der Henni gesagt, mit meiner Liebe wäre es aus, wenn sie es nicht täte. ‹Lass mir das Kind, Männe›, hat sie geflennt.

Wir kommen rein, nur so eine Wohnküche, weißt du, zwei große Söhne von ihr. Die gehen raus, weißt du, wie wir kommen, ohne ein Wort. Sie ist so eine kleine gelbe Person, früher Hebammenschwester gewesen. Hat schon ein paarmal deswegen

Zuchthaus gehabt. Man braucht gar nichts zu sagen, sie weiß sofort Bescheid. ‹Legen Sie sich mal da über den Tisch!› Und zu mir: ‹Fünfundzwanzig Mark.›»

Stuff schnauft und sieht vor sich hin.

«Na, es geht ganz schnell. Sie macht es mit Wasser und einer Spritze, nur der richtige Zeitpunkt muss es sein. Zwei Tage oder vierundzwanzig Stunden später ist das Kind da. Keiner hat's bei der Henni gemerkt. Sie hat es nachts abgemacht und am nächsten Tage ihren Dienst getan. Dienstmädchen.

Aber wie sie mir davon erzählt hat, Tredup, ich träume heute noch nachts davon. ‹Ich habe nachgesehen, ehe ich es weggeworfen habe›, sagt sie. ‹Es wäre ein Mädchen gewesen.› Ich habe geheult, Tredup, richtig geheult, wie sie mir das gesagt hat.»

«Na, das ist sicher schon lange her», horcht Tredup.

«Gar nicht so lange», prahlt Stuff. «Und seitdem bin ich noch dreimal bei der Frau gewesen. – Und einmal habe ich auch eine dazu gebracht, dass sie falsch geschworen hat ...

Ja, wir sind Schweine, Tredup, wir alle sind Schweine. Am Tage läuft man so rum und macht denselben Schweinkram wie die andern, aber nachts, wenn man lange in den Lokalen gesessen hat und der Pint steigt einem grade nicht zu Hirn, da sieht man, was man für ein Schwein ist: ich, du, alle.»

«Stuff», sagt Tredup plötzlich entschlossen, ganz bleich vor Erregung. «Stuff, mir geht immer einer nach.»

«I wo, das bildest du dir ein.»

«Es ist, glaube ich, wegen der Bilder ...»

«Wegen welcher Bilder? Ach so, wegen der Bilder? Nee, das ist erledigt, da geschieht dir nichts. Lieber gehst du aber am Montag, wenn die Bauern demonstrieren, nicht dazwischen. Aber sonst, da geschieht dir nichts.»

«Nein, nein, so ist das nicht. Es ist auch die Bombe losgegangen beim Präsidenten.»

«Wegen der Bilder? Du Idiot!», lacht Stuff. «Wegen der Steuern ist die losgegangen, dass die Regierung Angst kriegt. Und die haben auch schon die Hosen randvoll, da sei man sicher.»

«Und es geht mir doch einer nach.» Tredup beharrt. «Nicht schon damals. In den letzten Tagen erst.»

«Weiß jemand vielleicht was von dem Gelde? Wie viel hast du übrigens gekriegt?»

«Dreihundert. – Nein, da weiß niemand von.»

«Also fünfhundert. Du hast viel davon ausgegeben?»

«Zehn Mark!»

«Und deine Frau?»

«Weiß auch nichts. Das Geld ist nicht im Haus.»

«Dann sage man lieber rechtzeitig jemandem, wo das Geld ist. Es kann einem schließlich mal was passieren.»

«Siehst du, du glaubst es auch! Siehst du! Nein, das erfährt niemand, das ist eingegraben. Und wenn du mich totschlägst, ich verrate es nicht.»

«Schwätz nicht. Du bist ja besoffen. Wer soll dich totschlagen?»

«Nun, der Kerl von der Illustrierten, der mit dir bei mir war, nachts. Oder der mir immer nachläuft.»

«Wer läuft dir denn immer nach?»

«So ein kleiner Dicker. Mit krausem Haar. Schwarz.» Stuff fällt plötzlich was ein: «Sag mal, kennst du Perduzke?»

«Perduzke? Nein. Wer soll das sein?»

«Höre mal, Tredup», sagt Stuff und lehnt sich über den Tisch. «Hast du vielleicht in letzter Zeit was ausgefressen? Irgendetwas Großes, meine ich, nicht so etwas Kleines mit der la main, wenn du allein im Laden bist, Annoncen werben.»

«Du bist ein Schwein», sagt Tredup, «du bist wirklich ein Schwein. Aber, damit du es weißt: weder was Kleines mit der la main noch was Großes.»

«Todsicher nicht?» Stuff glotzt beschwörend.

«Todsicher nicht. Weder geklaut noch Verführung zum Meineid, noch Abtreibung, noch Bomben, noch sonst was.»

«Ich glaube, er lügt diesmal wirklich nicht», sagt Stuff. «Dann ist Perduzke ein Idiot. Lass ihn ruhig nachlaufen, Tredup, der tut dir nichts. Der meint wen anders.»

«Aber ich habe Angst, Stuff. Immer, wenn ich mich umdrehe, ist da jemand. Und am schlimmsten ist es, wenn keiner da ist, dann habe ich den Kopf ewig im Nacken, bis ich ihn wiedersehe.»

«Feigling! Du solltest bei uns im Felde ...»

Aber Tredup fährt unbeirrt fort: «Es ist da eine Stelle auf meinem Hinterkopf, die fühle ich ständig. Weißt du, quer über den Schädel, ein schmaler Streifen. Hier, vom Wirbel ab. Das ist kein Scherz. Da sitzt ewig ein Druck, und ich weiß, da kriege ich mal einen mit der Hacke über den Schädel. Das fühl ich schon. So von hinten über den Schädel. Und dann liege ich da und bin weg.»

Er starrt Stuff erwartungsvoll an.

«Wir hatten da einen Vizefeldwebel im Felde», setzt Stuff ein. «Mit dem fing es auch so an.»

«Rede nicht», unterbricht Tredup. «Du sollst mir sagen, was ich tun kann. So werde ich noch verrückt.»

«Der Vizefeldwebel», widerspricht Stuff hartnäckig, «kam auch in eine Anstalt ...»

Tredup steht brüsk auf. «Guten Abend, Stuff. Du machst wohl die Zeche in Ordnung.» Nimmt seinen Hut und geht.

Es ist immer noch Sommernacht draußen, eine dunkle, mondlose Sommernacht, in der sich die Baumblätter leise bewegen. Das Wasser über dem Wehr rauscht noch immer, und auf der schwarzen Fläche des Teichs liegen die glänzenden Reflexe der Gaslaternen.

Tredup lehnt mit seinem Rücken gegen einen Baum und mustert aufmerksam den Weg in die Stadt. Die Fahrbahn liegt unbewegt und klar im Schein der Laternen da, und auch der Bürgersteig ist leer und fast schattenlos.

Aber die Bäume stehen auf jeder Seite in zwei Reihen, und hinter den starken Lindenstämmen kann ein Mann sich verstecken, oder zwei, man weiß es nicht. Und dann springen sie zu, und da ist die Stelle am Hinterkopf ... Haben sie erst geschlagen, dann ist es nicht so schlimm, aber der Augenblick der Erwartung muss grauenhaft sein.

Am besten ginge ich noch mal ins Lokal und telefonierte mir eine Taxe vom Bahnhof her, überlegt er. Aber nein, da ist Stuff. Und ich komme nicht los von ihm, und das Saufen fängt wieder an und die Weibergeschichten ...

Tredup tritt in die Mitte der Fahrbahn und beginnt langsam und zögernd vorwärtszugehen. Ist er auf der Stammhöhe zweier Bäume, so späht er erst lange und vorsichtig hinter sie. Dann geht er weiter.

Zehn, zwölf Bäume sind schon vorbei, und vor ihm tauchen am Ende der Allee die Lichter des Marktplatzes auf, da bewegt sich rasch aus dem schwärzesten Schatten ein kleiner, kugliger, bärtiger Mann auf ihn zu ... jener, den er gestern schon sah, heute ...

Tredup sieht etwas wie eine ausgestreckte Hand auf sich zu ... Er macht einen ungeheuren Satz, nach dem Marktplatz hin, stößt einen Schrei aus, beginnt zu laufen.

Hinter sich hört er eiliges Schrittetrapsen, nun sind es schon zwei. Einer ruft: «Stehenbleiben, oder ich schieße!»

Tredup rast.

Eine andere Stimme ruft: «Lass, Perduzke. Den kriegen wir auch so.»

Perduzke?, denkt Tredup flüchtig. Perduzke? Wer ist Perduzke? Aber er muss laufen, sie kriegen ihn sonst, sie schlagen ihn sonst auf die schmerzende Stelle am Hinterkopf.

Er ist über den erleuchteten Marktplatz fortgelaufen, der jetzt, nach Mitternacht, menschenleer liegt. Dann gegenüber in die Probstenstraße.

Das ist ein Umweg nach Haus, denkt er. Ach, wäre ich doch bei Elise! Und läuft rascher.

Hinter ihm scheint jetzt nur noch einer zu sein, Tredup bekommt Hoffnung zu entrinnen, der Mann keucht so. Und ganz in der Nähe von hier sind die städtischen Anlagen, wenn er dahin kommt, da ist es dunkel, da finden sie ihn nicht.

Er schlägt einen Haken. Der Verfolger ist mindestens zwanzig Schritt hinter ihm.

Dann knirscht der Kies unter seinen Füßen. Hier ist es herrlich schwarz und Nacht. Tredup überspringt einen Rasenstreifen, wirft sich prasselnd durch ein Gebüsch, läuft ein Stück lautlos auf Gras – und sieht, während er auf der andern Seite in die Calvinstraße einbiegt, ganz hinten den Verfolger mit einer Taschenlampe suchen.

Als Tredup eine Viertelstunde später seine Wohnungstür öffnet, sitzt auf dem Stuhl an der Kommode der schwarzbärtige Dicke. Elise hockt verweint, in ihre Decke geschlagen, auf der Bettkante. Die Köpfe der Kinder zeigen sich und verschwinden wieder.

«Kommen Sie man rein, Herr Tredup», sagt der Dicke. «Draußen ist noch einer. Jetzt hauen Sie mir nicht wieder ab. Mein

Name ist Perduzke von der Kriminalpolizei. Es sollte mich wundern, wenn Herr Stuff Ihnen heute nicht von mir erzählt hätte.»

«Sie waren es doch», fragt Tredup gespannt, «der mir vorhin bei der Grotte nachlief?»

«Ich und mein Kollege», bestätigt Perduzke. «Meinen Kollegen scheinen Sie ja wieder losgeworden zu sein.»

«Und Sie sind es gewesen, der mir auch in den letzten Tagen nachgelaufen ist?»

«Seit vorgestern Abend.»

«Na, wenn ich das gewusst hätte», sagt Tredup aufatmend. «Dann hätte ich mir diesen Dauerlauf erspart.»

«Na, na», meint Perduzke ungläubig. «Das sagen Sie jetzt, wo wir Sie haben. – Jedenfalls muss ich Sie verhaften.»

«Und warum?»

«Warum? Überlegen Sie sich mal.»

«Ich weiß nichts.»

Perduzke sagt bestätigend: «Jeder stellt sich so dumm, wie er kann. Aber darüber sprechen wir dann morgen. Das sieht alles ganz anders aus, wenn man erst einmal eine Nacht in der Zelle gesessen hat.»

«Max», flüstert Frau Tredup. «Max, wenn du etwas getan hast, vielleicht, wenn du gleich gestehst, dass der Herr dich hierlässt.»

«Überlegen Sie es sich», sagt Perduzke. «Ihre Frau ist vernünftig.»

«Nichts, Elise, sorge dich nicht. Es ist Unsinn. Aber geh morgen gleich auf das Rathaus zu Bürgermeister Gareis und sage ihm, dass ich verhaftet bin und ihn sprechen müsste.»

«Gareis? Was haben Sie mit dem Bürgermeister?»

«Also, nicht wahr, Elise, du tust es bestimmt? Nicht vergessen, nicht aufschieben, dann bin ich morgen Abend wieder bei dir.»

«Das bringt nun nicht einmal ein roter Bürgermeister fertig. Dann kommen Sie man, Herr Tredup.»

«Und dem Stuff Bescheid sagen. Nicht dem Wenk. Dem Stuff. Gute Nacht, Elise.»

«Gute Nacht, Max. Ach, Max, wie werde ich denn schlafen können ... und die Kinder ... Ach, Max.»

«Nichts. Nichts, Elise. Es ist sogar gut, dass er mich verhaftet hat. Hab ich doch wieder eine ruhige Nacht.»

«Ach, Max ...»

8

Bei Bürgermeister Gareis sitzen an einem klaren, sonnigen Julinachmittag des folgenden Tages vier Herren beisammen. Durch die großen Fenster brechen Fluten fröhlichen Lichtes und beleuchten das liebenswürdige fette Gesicht des schwersten Mannes von Altholm, die beweglichen, jetzt etwas betrübten Züge von Assessor Meier, Vertreter der Regierung in Stolpe, das recht verkniffene, unzufriedene Gesicht von Polizeioberst Senkpiel und die beflissen aufmerksame Miene des Polizeioberinspektors Frerksen.

Gareis sieht noch liebenswürdiger aus, lächelt noch freundlicher. «Aber, meine sehr verehrten Herren aus Stolpe, warum in aller Welt soll ich diese Bauernkundgebung verbieten?»

Und Assessor Meier, etwas gereizt: «Ich sagte Ihnen schon mehrfach: weil Zusammenstöße zu befürchten sind.»

«Bei unsern Bauern? Die denken nicht daran, tätlich zu werden.»

Assessor Meier sagt betont: «Die Bewegung Bauernschaft ist gefährlicher als KPD und NSAP zusammen. Ich wiederhole wörtlich einen Ausspruch des Präsidenten, nicht wahr, Herr Oberst?»

Oberst Senkpiel nickt brummig. «Hier muss am Montag Schupo her.»

Gareis lächelt noch strahlender. «Doch nicht gegen meinen Willen, Herr Oberst?»

Und Assessor Meier, eilig: «Was ich Ihnen vortrug, sind Wünsche des Präsidenten. Aber ich muss Sie doch auf die erhöhte Verantwortung aufmerksam machen, wenn Sie diese Wünsche außer Acht lassen.»

Meier fingert in seiner Westentasche und befördert einen Zettel ans Licht. «Bei allen ...», beginnt er und schielt kurzsichtig durch sein Klemmerglas. Der Bürgermeister lehnt sich zurück und faltet gottergeben die Hände über seinem Bauch. «Bei allen Demonstrationen sind zwei Gesichtspunkte zu beachten: die Stimmung der Demonstrierenden und die Stimmung der Bevölkerung.

Im hier vorliegenden Falle ist die Bauernschaft entschieden erregt, wenn nicht gar aggressiv gestimmt. Ich darf an die Ochsenpfändung in Gramzow erinnern, an die Bombe in der Villa des Regierungspräsidenten ...

Dieses Gefahrenmoment wird dadurch erhöht, dass die Bauernschaft kein festes Gebilde ist, sondern etwas Fließendes, Ungreifbares. Sie kennt keine eingeschriebenen Mitglieder, keine Führer.

Bei andern Demonstrationen lassen Sie sich, Herr Bürgermeister, die Führer kommen. Sie besprechen mit ihnen das Nötige, vereinbaren Route, Aufmarschart. Sie haben Verantwortliche. Hier nichts. Jeder ist autorisiert und keiner.

Kommt Punkt zwei: die Stimmung der Bevölkerung. Stark sind hier am Orte nur die Parteien SPD und KPD. Dass diese Leute einem Bauernaufmarsch nicht sympathisch gegenüberstehen, versteht sich. Es gibt tausend Reibungsmöglichkeiten, unabsehbare. Ein Zuruf kann eine Schlägerei entfesseln, eine Schlägerei eine Schlacht.

Sie haben hier etwa achtzig kommunale Polizeibeamte ...»

«Achtundsiebzig», sagt der Polizeioberinspektor.

«Eben. Achtundsiebzig. Zwanzig davon dürften auf Urlaub sein.»

«Einundzwanzig.»

«Schon gut, Herr Frerksen. Es kommt mir wirklich nicht auf die Einser an.»

Frerksen knickt zusammen.

«Also ... ich subtrahiere ... Wie war das doch? Ich bitte Sie, Herr Oberinspektor ... einundzwanzig weniger ...»

«Es würden siebenundfünfzig Mann zur Verfügung sein.»

«Richtig. Siebenundfünfzig. Das heißt praktisch höchstens fünfzig, denn Sie können nicht alle Verkehrsposten aufheben.»

«Nur vierzig», sagt der Bürgermeister.

«Also vierzig. Vierzig! Herr Bürgermeister, Herr Gareis, ich bitte Sie! Da sind dreitausend, da sind ihrer viertausend, da sind vielleicht fünftausend Bauern, die demonstrieren, und in einer feindlichen Umgebung, in einer roten Stadt – Verzeihung! Ich gehöre ja selbst der Partei an! –, und Sie wollen mit vierzig Mann kommunaler, ungeübter Polizei ... Wenn das nicht Wahnsinn ist! Sagen Sie selbst, Herr Gareis, sagen Sie selbst!»

«Ich will Ihnen kurz und klar antworten: Ich verbiete die Demonstration nicht!

Ich verbiete sie erstens nicht, weil ich keine rechtliche Handhabe besitze. Ich erlaube hier jeden Tag Umzüge aller Parteien, ich kann keiner Partei eine Sonderstellung einräumen ...

Ich verbiete sie zum Zweiten nicht, weil ich keine Gründe für ein Verbot sehe. Die Bewegung Bauernschaft mag sein, wie sie will: Ihre Mitglieder sind *nicht* aggressiv. Gramzow ist grade ein Beweis dafür. Man hat passiven Widerstand geübt, man hat auch Ochsen geschlagen, keinem Menschen ist ein Haar gekrümmt worden.

Ich verstehe ja, dass man wegen der Bombengeschichte in Stolpe nervös ist ...»

«Nervös, Herr Bürgermeister ...»

«Also nicht nervös ist. Nichts spricht dafür, dass dies Attentat von der Bauernschaft ausgeht. Der erste Verhaftete ist ein Angestellter des Finanzamts, der angegeben hat, sich an dem Regierungspräsidenten rächen zu wollen, den er aus idiotischen Gründen für schuldig an seiner Entlassung hält. Der zweite Verhaftete – nun, der ist erst recht kein Bauernschaftsmann, wie grade Sie wissen sollten, Herr Assessor.»

«Auch ich halte diese Verhaftung für einen Missgriff.»

«Wir sind einig. Darin. Also: Die Bauernschaft ist nicht aggressiv. Bleibt die Haltung unserer Arbeiterschaft. Die Demonstration findet wahrscheinlich zu einer Zeit, wo unsere Arbeiter in den Fabriken sind, statt.

Und zum Schluss, grundsätzlich: Man muss Demonstrationen ins Leere stoßen lassen. Je mehr Aufwand, je mehr Reibungsmöglichkeiten. Stellen Sie zwei Hundertschaften auf, und den Bauern fällt erst ein, dass sie gefährlich werden könnten. Vierzig Mann sind nicht viel, aber vierzig Mann sind vollkommen ausreichend. Ich sage Ihnen: Es passiert nichts.

Und ich sage Ihnen: Ich tue nichts.»

Der Bürgermeister macht eine rasche Bewegung. «Ins Leere stoßen. So. Ich bin fertig. Ich bedaure: Es ist etwas lang geworden. Aber ich denke, jetzt ist alles geklärt.»

Und Gareis sieht strahlend auf die andern Herren. Dabei tastet seine Hand nach hinten. In seinem Rücken hängt vom Schreibtisch die Birne einer Klingel. Er drückt einmal, zweimal, dreimal.

Assessor Meier gibt sich einen Ruck: «Nein, Herr Bürgermeister, ich muss Ihnen wiederholen: Es ist noch nichts geklärt. Ihre Entscheidung ist unmöglich. Ihre Entscheidung nehme ich nicht nach Stolpe mit. Herr Regierungspräsident hat mich angewiesen ...»

Die Tür tut sich auf, und Sekretär Piekbusch erscheint eilig und erregt. «Herr Bürgermeister! Herr Oberbürgermeister lässt fragen, ob Sie einen Augenblick abkommen können. Es ist dringend wichtig.»

Der Bürgermeister erhebt sich. «Sie hören, meine Herren. Sie entschuldigen mich. Ich bin sofort zurück. Vielleicht sprechen Sie mit Frerksen über die Lage. Herr Frerksen kann Ihnen auch jede Auskunft geben.»

Und Gareis verschwindet.

9

Gareis steht prustend im Vorzimmer. «Lass sie schwätzen drinnen, Genosse Piekbusch, es war höchste Zeit, dass ich den Klingelknopf zu fassen kriegte. Diese Stolper – ein Knallbonbon geht los, und bloß weil ihr bisschen Leben in Gefahr war, möchten sie gegen alle Welt Ausnahmegesetze machen.»

«Drüben bei Assessor Stein sitzt auch der Bauer Benthin. Ich hab ihn drüben hingesetzt, dass die hier ihn nicht zu sehen kriegen.»

«Gut. Das passt grade.»

Und Gareis läuft über den Gang, schwankend, prustend, zum Zimmer des Assessors.

Auf dem Gang steht unschlüssig eine Frau, deren Gesicht bei seinem Anblick heller wird. Der Bürgermeister, in dessen Vorzimmer alles sitzt, was Hilfe braucht – er hat auch das Wohlfahrtsdezernat –, der Bürgermeister bleibt stehen und fragt: «Na, wollen Sie zu mir, junge Frau?»

«Ja, Herr Bürgermeister. Ja doch. Und dann hörte ich, Sie wären nicht zu sprechen. Und sie haben doch meinen Mann verhaftet.»

«Ihren Mann? Das ist schlimm. Wer ist denn Ihr Mann?»

«Der Tredup, Herr Bürgermeister, der Tredup von der ‹Chronik›, der bei Ihnen war wegen der Bilder.» Rasch und sich überstürzend: «Und wenn er jetzt vielleicht auch was ausgefressen hat und wenn das mit den Bildern nicht recht war: Er ist doch ein guter Mann. Es ist ja doch nur, dass wir kein Glück haben und dass immer was Neues bei uns kommt. Und fleißig ist er und trinkt nicht und spielt nicht, und nach jeder Annonce läuft er zehnmal, und abends sitzt er bis in die Nacht und schreibt Adressen. Nur, dass alles nichts hilft und die zwei Kinder da sind, und man kommt nicht vorwärts.»

«Na, jetzt muss es Ihnen doch aber bessergehen, wo er die tausend Mark für die Bilder bekommen hat?»

«Tausend Mark? Mein Max? Aber Herr Bürgermeister, das ist doch wohl nicht möglich, davon müsste ich doch wissen. Wo die letzten Tage kaum Geld im Haus war, bis ihm Wenk, das ist der Geschäftsführer, zehn Mark Vorschuss gab.»

Gareis blinzelt ein wenig. «Na, vielleicht hat er das Geld auch noch nicht bekommen. Aber er bekommt es gewiss. Ich werde mich mal erkundigen.»

Und die Frau: «Ist es denn sicher mit den tausend Mark? O Herr Bürgermeister, wenn das wahr ist! Tausend Mark … Und man könnte endlich einmal Wäsche kaufen für die Kinder und Schuhe, und Max braucht auch so viel …»

«Es ist ganz bestimmt, Frau Tredup. Und jetzt hat man also Ihren Mann verhaftet?»

«Ja, Gott, ich vergesse es ja. Es ist nur, weil ich so aufgeregt bin. Und Sie möchten so gut sein und ihn besuchen. Wenn Sie es tun wollten? Wenn es keine Frechheit wäre zu bitten?»

«Nein, nein, ich werde ihn schon besuchen. Wahrscheinlich heute noch. Und dann ängstigen Sie sich nicht. Ihr Mann hat nichts ausgefressen. Ihr Mann ist bald wieder bei Ihnen.»

«Ich danke auch schön, Herr Bürgermeister. Und die tausend Mark?»

«Sind Ihnen sicher. – Also dann, ich werde ihn grüßen, Ihren Max.»

«Ich danke auch schön, Herr Bürgermeister. Und dann ...»

Aber Gareis ist schon drinnen im Zimmer vom Assessor Stein, die Tür klappt grade hinter ihm zu.

Am Fenster steht der Bauer Benthin, der einzige Landwirt in Altholm, bekannt unter dem Namen «Mottenkopp», weil in seinen grau und blond gescheckten Haarwuchs eine Flechte runde «Mottenlöcher» gefressen hat. Er dampft aus einem urmächtigen Knösel.

«Behalten Sie die Piep im Mund, Vadder Benthin, immer dampfen Sie ruhig weiter. Nun, was macht das liebe Leben? Frau munter? Ist der Junge schon da?»

«Danke der Nachfrage, Herr Burgemeister. Das geht ja alles so weit. Auf den Stammhalter warten wir noch. Das kann ja nun wohl jeden Tag losgehen.»

«Na, bei uns hier auch, nicht wahr?»

«Bei uns auch? Wie meinen Sie denn das, Herr Burgemeister?»

«Ich habe so was gehört, ihr wollt hier großes Trara machen. Massendemonstrationen. Zehntausend Bauern. Widerstand gegen die Staatsgewalt. Aufruhr. Revolution.»

«Gott, Herr Burgemeister, seh ich so aus? Ich bin man auch ein ruhiger Mann.»

«Und die andern? Die Bauernschaft? Die Bewegung?»

«Das sind doch auch alles Leute wie ich, Herr Burgemeister.»

«Aber was wollt ihr denn? Ihr müsst doch hier was wollen? Umsonst zieht ihr hier doch nicht auf die Straße?»

«Wir wollen doch unserm Franz Reimers unsere Sympathie kundgeben. Sehen Sie mal, Herr Burgemeister, da sitzt der Mann nun, und alles wegen der verfluchten Steuern. Es ist schwer mit den Steuern, Herr Burgemeister, glauben Sie mir das.»

«Weiß ich, weiß ich, Vadder Benthin. Wir müssen mal wieder

eine feine Ausstellung machen, wie wir beide sie voriges Jahr ge-deichselt haben. Das bringt Leben in die Bude.»

«Die Ausstellung war gut, Herr Burgemeister, da gibt es nur eine Stimme.»

«Na ja, und am Montag, wird es da auch gut?»

«Gott, warum soll es nicht gut werden? Wir sind friedlich. Da wird ein Lied gesungen, und da werden ja dann wohl Reden ge-halten. Und sehen Sie, Herr Burgemeister, es sind auch Junge un-ter uns und Verbitterte, manchen geht es sehr dreckig. Nun, Sie brauchen ja nicht zuzuhören, was da geredet wird. Es wird so viel geredet. Darum fällt noch lange nichts um.»

«Ich will Ihnen mal was sagen, Benthin, und darum habe ich Sie kommen lassen. Sie sind ein oller Altholmischer, und ich denke, Sie haben was übrig für die Stadt, wenn es auch nur ein olles Fabriknest ist. Also, Vadder Benthin, wir haben zusammen die schöne Ausstellung gemacht, und nun sehen Sie mich an und sagen mir ins Gesicht, dass am Montag nicht gestänkert werden soll und nichts zerschlagen.»

«Herr Burgemeister, es wird eine ruhige Sache, ich kenne doch uns Bauern.»

«Und Sie versprechen mir in die Hand, Vadder Benthin, dass Sie am Montagvormittag noch mal mit den Führern zu mir kom-men, damit wir besprechen, wie und wann und wo marschiert wird?»

«Versprech ich, Herr Burgemeister.»

«Und Sie versprechen mir auch heilig, dass Sie am Montag von selbst zu mir kommen, wenn Sie merken, es soll gestänkert wer-den? Es wäre doch eine Schande, wenn es hieße, in Altholm hat es Stänkerei gegeben mit den Bauern!»

«Versprech ich, Herr Burgemeister.»

«Na, dann ist ja alles in Ordnung, Vadder Benthin. Und grüßen Sie die Frau. Und dass der Stammhalter bald und gut kommt.»

«Dank auch schön, Herr Burgemeister.»

«Und Sie versprechen, dass ich ruhig schlafen kann, Vadder Benthin, und ohne Sorgen?»

«Wie mein Sohn in seiner Wiege schlafen soll, Herr Burgemeister, wie mein Sohn.»

10

«Ich will Ihnen etwas sagen», erklärt unterdes Assessor Meier mit ungewöhnlichem Nachdruck. «Ich denke gar nicht daran, mit diesem dickköpfigen Bescheid von Gareis nach Stolpe zurückzukommen. Sie wissen Bescheid, Herr Oberst. Mein verehrter Herr Chef, die Ohren reißt er mir ab.»

Meier steht auf, der Klemmer fällt von seiner Nase und schlägt am Bande schaukelnd ein paarmal gegen die Weste. «Ohren abreißen? Ich bin erledigt, einfach erledigt, wenn ich mit diesem Bescheid nach Stolpe komme. Und ich werde es Ihrem Bürgermeister sagen, Herr Polizeioberinspektor, ich werde es ihm mit aller Deutlichkeit sagen: Die Demonstration wird verboten!»

Er stand da, sein fettes Gesicht zitterte, Haare hingen ihm in die Stirn.

«Auch ich bin der Ansicht ...», begann der Oberst.

Aber Meier war von Energie ergriffen, er sah seine Karriere bedroht, er rief: «Es handelt sich hier nicht um Ansichten, es handelt sich hier um Staatsnotwendigkeiten. Die Demonstration wird verboten!»

«Soweit ich meinen Chef kenne ...», beginnt vorsichtig und verbindlich der Polizeioberinspektor.

«Auch ich kenne meinen Chef!», ruft der Assessor. «Glauben Sie, er vergisst je die Bombengeschichte? Die haben Sie uns eingebrockt! Sie, Herr Frerksen, und Ihr famoser Chef, Genosse Gareis. Glaubt er, er ist Mussolini? ‹Ich sehe keine Bedenken.› Herrlich, vorzüglich, da *mein* Chef ...»

Er bricht ab und starrt vor sich hin. Mit neuer Kraft: «Sie haben diesen Bilderonkel zu uns gebracht, mit diesem Bilderonkel fing das Unheil an. Ohne die Bilder keine Bombe. Temborius verzeiht nie! Und er hat Verbindungen im Ministerium!»

Der Polizeioberst räuspert sich missbilligend.

Der Assessor, eilig und leise: «Wir sind unter uns. Herr Frerksen, wenn Sie auch diese Uniform tragen: Sie sind ein ziviler Mensch. Im Vertrauen gesagt: Herr Regierungspräsident hat mir vor meiner Abreise hierher gesagt: Ich verlange ein exzeptionell scharfes Vorgehen gegen diese Bauernlümmel.»

Der Oberst räuspert sich stärker.

Und der Assessor, noch eiliger und leiser: «Wir sind unter uns, Herr Oberst. Wollen Sie, dass hier Blut fließt? Die Bauern sind übermütig ...» – mit Elan –, «sie spotten des Staates! Schlimmeres bleibt verhütet, wenn die Demonstration unterbleibt. Zwei Hundertschaften Schupo, unter bewährter Führung, und die ankommenden Demonstranten werden sofort aufgelöst. Herr Oberinspektor!»

Frerksen bewegt bedauernd den Kopf. «Ich bin einflusslos, Herr Assessor.»

«Sie sind *nicht* einflusslos. Ich bin im Bilde! Sie sind der Mann seiner Wahl, seines Vertrauens. Er hat Sie zum Oberinspektor gemacht, gegen die Bürgerlichen, gegen den Oberbürgermeister, gegen den Magistrat, fast gegen die eigenen Genossen. Er hört auf Sie.»

«Er hört nur auf sich.»

«Sagen Sie ihm: Die kommunale Polizei ist zu schwach. Sagen Sie ihm, dass Sie die Verantwortung nicht tragen können. Setzen Sie ihm die Pistole auf die Brust, gehen Sie auf Urlaub – nur, verhindern Sie die Demonstration. Gareis braucht Sie zur Ausführung seiner Befehle. Verweigern Sie ihm die Hilfe, und verhindern Sie diese wahnwitzige, staatsfeindliche Demonstration.»

«Es liegt außer meiner Macht ...»

«Wer ist schon Gareis? Ein zufällig gewählter Vertreter einer zufällig gewählten kommunalen Mehrheit. In diesem Herbst sind neue Wahlen. Die Verbindungen des Oberpräsidenten ...»

«Meine Herren», sagt Polizeioberst Senkpiel und erhebt sich mit einem Ruck. «Dies geht nicht.»

Die beiden andern starren ihn an.

«Außerdem ist Gareis, soviel ich weiß, eng mit dem Minister befreundet.»

«Wir sind unter uns, Herr Oberst, seien Sie ganz unbesorgt, wir sind unter uns. Was ist schon ein Bürgermeister? Nicht wahr, Sie wollen doch weiter, Herr Oberinspektor? Verhindern Sie diese Demonstration!»

«Meine Herren», beginnt flüsternd und hastig der Polizeiober-inspektor und schaut scheu zur Tür. «Ich verstehe Ihren Stand-punkt, ich kann fast sagen: Ich teile ihn. Aber Ihre Voraussetzung ist falsch. Ich bin machtlos, ich bin ohne Einfluss. Suchen Sie ihn zu überzeugen, Herr Assessor, ich will gerne, soweit es meine Stellung erlaubt, in die gleiche Kerbe hauen. Mehr zu tun ist mir unmöglich.»

«Soweit es Ihre Stellung erlaubt!» Des Assessors Stimme klingt verärgert. «Man muss sich manchmal entscheiden können, mein lieber Oberinspektor. Man muss manchmal Opfer bringen, wenn man etwas erreichen will.»

«Trotzdem! Trotzdem! Meine Stellung hier. Ich bin nicht be-liebt in der Stadt.»

Senkpiel trommelt gegen die Scheiben. «Sind Sie nun bald fer-tig, meine Herren? Es hört sich nicht sehr hübsch an. Außerdem kann Gareis jeden Augenblick wiederkommen.»

Der Assessor springt auf, läuft erregt hin und her. «Und es soll bei dieser Entscheidung bleiben? Unmöglich! Vollkommen unmöglich! Es muss ...» Er bleibt stehen, seine Züge erhellen sich. «Kommen Sie her, meine Herren. Auch Sie bitte, Herr Oberst. Ein anderer Vorschlag: Die Demonstration findet statt. Sie wird gestattet. Sie staunen, meine Herren? Sie wundern sich? Ja, wir gestatten die Demonstration der Bauern, wir sind großzügig. Aber ...

Aber Sie, Herr Oberinspektor Frerksen, Sie haben die Führung der kommunalen Polizei. Sie ordnen den Zug, Sie besichtigen ihn. Sie haben ein Auge auf ihn, ein exzeptionell scharfes Auge.»

Ganz langsam: «Und wenn Sie irgendetwas merken, etwas Anstößiges, Aufreizendes, Staatsfeindliches – ein Zuruf, ein Lied schon kann es sein –, so schreiten Sie ein, so lösen Sie den Zug auf.»

Der Assessor schaut triumphierend, der Oberst meint skeptisch: «Mit vierzig Mann kommunaler Polizei? Ich beglückwünsche Sie zu dieser Aufgabe, Herr Frerksen.»

Der Assessor lächelt. «Richtig, das sagte ich noch nicht. Eine ganz kleine Konzession wird mir unser lieber Gareis doch machen, da ich ihm so weit entgegenkomme. Zwei Hundertschaften legen wir hier in Bereitschaft, ganz unter Ausschluss der Öffentlichkeit. Etwa auf den Rathaushof, in der Marbedeschule, die ja auch zur Hand ist. Das tut er doch, nicht wahr, Herr Frerksen?»

«Ich weiß nicht ... Es ist schon möglich ... Ich zweifele allerdings ...»

«Die Leute sollen ja nicht zum Einsatz kommen. Nur für den äußersten Fall der Not, Herr Oberinspektor, das muss ihm doch recht sein!»

Er wendet sich rasch zu dem eintretenden Gareis: «Also, Herr Bürgermeister. Wir haben alles noch einmal durchgesprochen. Herr Frerksen hat mir wertvolle Aufschlüsse gegeben: Unsere Bedenken sind nicht zerstreut, aber wir wollen sie zurückstellen. Sie mögen den besseren Kontakt mit den Bauern haben seit Ihrer vorzüglich gelungenen landwirtschaftlichen Ausstellung. Also, die Demonstration findet statt, sie wird freigegeben.»

«Ich habe das bereits eben einem Führer der Bauernschaft mitgeteilt.»

Meier verzieht das Gesicht ein wenig. «Nun also. Ist auch das in Ordnung. Nur eine Konzession müssen Sie uns machen: Für den schlimmsten Fall legen wir Ihnen ein oder zwei Hundertschaften Schupo her, auf den Rathaushof, in eine Schule.» Sehr rasch: «Nein, nein, niemand erfährt davon, die Leute kommen nachts. Es ist nur, dass Sie Hilfe zur Hand haben. Ich würde sogar, nun, ich will es verantworten, die Leute unter Ihren Befehl stellen.»

Der Oberst grunzt.

Der Assessor lächelt nervös.

«Unser lieber Oberst Senkpiel scheint zu protestieren. Aber Sie verstehen doch, Herr Oberst, so schwierig, wie der Fall gelagert scheint. Nicht wahr, Herr Bürgermeister, wir sind einig?»

Der Bürgermeister lächelt. «Ich bin längst einig, und zwar mit mir selber. Schupo kommt nicht nach Altholm. Was Sie da sagen von ‹heimlich›, ‹niemand erfährt davon›, ist, entschuldigen Sie, Herr Assessor. Unsinn. Auf den Rathaushof gehen hundert Fenster, ganz abgesehen davon, dass auch in Altholm Leute manchmal nachts auf sind und die Schupo kommen sehen.

Nein, all das kommt nicht in Frage. Es gibt keine Zusammenstöße.»

«Herr Bürgermeister, ich bitte Sie, der Regierungspräsident ...»

«Auch der Regierungspräsident kann an meiner Entscheidung nichts ändern.»

«Wir werden Ihnen einen Befehl geben!»

«Ich wende mich dann an den Minister. – Aber, lieber Herr Assessor, was erregen wir uns? *Ich* trage die Verantwortung, ich allein. Der Fall ist erledigt.»

«Er ist *nicht* erledigt. Er kann und darf nicht so erledigt sein.»

«Ich versichere Ihnen, er ist erledigt.»

«Dann», ruft der Assessor verzweifelt aus, «dann bleibt uns nichts, als die Schupo nach Grünhof zu legen, nach Ernsttal. In die Vororte.»

«Was außerhalb meines Amtsbezirks geschieht, kann ich nicht hindern. Gut ist es nicht, denn auch dort wird die Schupo gesehen.»

«Und Sie werden diese Schupo benutzen, Herr Bürgermeister. Ich prophezeie Ihnen ...»

«Prophezeien Sie nicht, Herr Assessor, man hat nie den Propheten geglaubt. – Eine andere Frage: Wissen Sie zufällig, ob der Tredup seine tausend Mark bekommen hat?»

«Gewiss doch», sagt der Assessor übellaunig.

«Sie sind sicher?»

«Wo ich doch dabeigestanden habe, wie er sich das Geld genommen hat!»

«Genommen hat, ist gut. Aber das ist wirklich seltsam ...»

«Ja, Herr Bürgermeister, meine Obliegenheiten sind also dann erledigt. Ich verhehle Ihnen nicht, ich gehe mit sehr schwerem Herzen. Herr Regierungspräsident wird äußerst ungehalten sein.»

«Sie werden am Dienstag wissen, dass ich recht hatte.»

«Ich hoffe es, aber ich kann nicht daran glauben. Adieu, Herr Bürgermeister.»

«Adieu, Herr Assessor. Es hat mich sehr gefreut.»

Der Assessor schüttelt dem Oberinspektor die Hand. «Adieu, Herr Frerksen.» Leise: «Wir verlassen uns ganz auf Sie.»

Die Herren von der Regierung gehen ab.

Der Bürgermeister, sehr scharf: «In was verlässt sich Stolpe ganz auf Sie, Herr Frerksen?»

Frerksen fährt zusammen. «Oh, die haben mir nur die Ohren vollgeblasen, dass ich Ihnen wegen der Schupo zureden soll.»

Gareis mustert seinen Oberinspektor lange. «Na ja, Frerksen, wie Sie meinen. Das mit der Schupo war ja wohl schon erledigt. Nein, bitte, erzählen Sie mir nichts. Aber ...» – sehr scharf – «... hier gelten *meine* Befehle.»

Plötzlicher Übergang, sanft lächelnd: «Und Sie haben ja wohl aus der Bildergeschichte gelernt, was für Dank man sich aus Stolpe holt. Ich bin nur ein kleines Pferd» – er bewegt seinen ungeheuren Körper –, «aber vielleicht mache ich doch das Rennen.»

11

Das Zentralgefängnis der Provinz liegt etwas außerhalb Altholms. Mit seiner roten Backsteinarchitektur, dem Grauweiß der zementgeputzten Mauern, nur unterbrochen von den monotonen vergitterten Fensterlöchern der Zellen, macht es selbst an einem strahlenden Julinachmittag einen trostlosen Eindruck.

Bürgermeister Gareis weiß Bescheid, er ist schon öfter dort gewesen. Als auf sein Klingeln ihm ein Wachtmeister die Tür des Einfahrthauses aufschließt, sagt er kurz: «Zu Direktor Greve. Ich weiß den Weg.»

Der Wachtmeister sieht ihm nach, wie er langsam und ohne Hast, schwerfällig aus dem Torhaus hinaustritt, auf den Hof, in die Sonne. Der sollte man gleich hierbleiben, der rote Bonze, denkt er und schiebt krachend die Riegel wieder zu.

Auf dem Hof ist mit zwanzig Quadratmetern Rasen, zwei Beeten Geranium und vier Rosenstöcken ein schüchterner Versuch gemacht worden, Anlagen zu schaffen, aber es bleibt ein Steinhof, eine trostlose Häufung von Granit, Ziegelsteinen, Zement und Eisen. Links das Untersuchungsgefängnis, rechts das Jugendgefängnis, gradezu der Bürobau, in dessen oberem Stockwerk, gekrönt von einem goldenen Kreuz, der «Betraum», die Kirche, untergebracht ist.

Gareis kann nicht anders, als er dieses blitzende goldene Kreuz betrachtet, muss er die Unterlippe vorschieben, die Schultern bewegen und «Na ja» sagen.

Ein Wortwechsel, laute und polternde Stimmen ziehen seinen Blick vom Kreuz auf ein Auto, einen geschlossenen Privatwagen, der vor dem Untersuchungsgefängnis hält. An dem Wagen stehen zwei uniformierte Wachtmeister, ein Zivilist, in dem er seinen eigenen Kriminalkommissar Katzenstein erkennt, und ein zweiter Zivilist, auf den von den andern dreien heftig eingeredet wird.

Der Zivilist soll irgendetwas tun, scheinbar den Wagen besteigen, aber er steht dort, den Rücken fest gegen die Mauer gelehnt, die Hände schlagbereit vor sich. Die Wachtmeister schelten auf ihn ein; abwartend, ruhiger redend, mehr im Hintergrund Kommissar Katzenstein.

Einen Augenblick steht Gareis unschlüssig, da erinnert er sich plötzlich, wer der Zivilist ist. Er überquert den Steinplatz, geht eilig auf den Bedrängten zu und streckt ihm die Hand hin. «Guten Tag, Herr Reimers. Freut mich, Sie zu sehen. Ausfahrt machen, was?»

Reimers sieht ihn mit seinen kalten grauen Augen prüfend, aber nicht ganz missbilligend an. «Ganz zufällig, Herr Bürgermeister, was, dass wir uns hier wiedersehen?»

Gareis lacht. «Man wird misstrauisch, wenn man in so einem Käfig tagaus, tagein mit seinem eigenen Ich zusammenhockt? Alle andern draußen halten gegen einen zusammen wie?»

«Sie reden aus Erfahrung?»

«Als ob ich auch schon gesessen hätte? Hab ich, hab ich. Pressevergehen. Aber man konnte mir nichts beweisen, und so durfte ich denn noch Bürgermeister von Altholm werden.»

«Sie haben Schwein gehabt. Mir kann man was beweisen.»

«Aber Sie haben mildernde Umstände. Schlimm wird es nicht. Und Bürgermeister wollen Sie ja nicht werden.»

«Ich bin Bauer.»

«Das Beste», bestätigt Gareis. «Übrigens, was macht Ihr schwarzbunter Stier, der auf unserer Ausstellung den ersten Preis bekam?»

Reimers lächelt, er lächelt wirklich. «War in diesem Frühjahr auf der Großen Landwirtschaftlichen Ausstellung in Stettin, hat den Ehrenpreis der Landwirtschaftskammer bekommen.»

«Nun also», sagt Gareis. «Übrigens sehe ich Sie wirklich zufällig, Herr Reimers. Ich will hier jemand anders besuchen, der übrigens auch mit Ihnen – vielleicht – zusammenhängt. Einen Tredup. Einen gewissen Tredup.»

«Tredup …? Dieses Schwein, das die Bilder verraten hat! Zu dem gehen Sie?!»

«Richtig! Zu dem gehe ich.» Gareis lächelt. «Er steht nämlich in dem Verdacht, die Bombe gelegt zu haben, in der Nacht, als Sie verhaftet wurden.»

«Der …?? Die Polizei …»

Reimers kommt nicht weiter. Einer der Wachtmeister hat die Unterredung des Bürgermeisters mit dem Häftling unter steigender Missbilligung angehört. Jetzt explodiert er fast: «Es ist verboten, mit den Gefangenen ohne Sprecherlaubnis zu reden. Gehen Sie weg!»

Der Bürgermeister strahlt. «Richtig, Sie sind ein pflichttreuer Beamter. Sagen Sie mal, hat Ihnen der da, der Katzenstein, auch seine Sprecherlaubnis vorgezeigt?»

«Das geht mich nichts an. Das ist ein Kriminalbeamter.»

«Richtig. Und ich bin der Vorgesetzte dieses Kriminalbeamten. Also …?»

Der andere Wachtmeister, da sein Kollege wortlos dasteht, beginnt: «Es ist etwas anderes. Herr Bürgermeister, verzeihen Sie, aber, nicht wahr, es ist doch etwas anderes? Die Form?»

«Richtig. Die Form. Und deshalb bitte ich Sie oder Ihren

pflichtgetreuen Kollegen, sich einmal zu Herrn Direktor Greve zu bemühen und ihm zu melden, dass ich hier mit einem Untersuchungsgefangenen rede.»

Die Beamten sehen einander an, flüstern miteinander. Der Barsche entfernt sich. Unterdes hat sich der Bürgermeister längst wieder an den Gefangenen gewendet. «Und was war das für ein Disput, der gerade losging, als ich vorbeikam?»

Für den Gefangenen, der schweigt, antwortet Kriminalkommissar Katzenstein: «Herr Reimers sollte von mir zu einer Vernehmung in der Bombensache nach Stolpe gebracht werden. Er will nicht ins Auto.»

«Vernehmung in der Bombensache ist lächerlich. Ich soll nicht hier sein, wenn die Bauernschaft demonstriert.»

«Das glaube ich auch», sagt Gareis bieder. «Man will Sie gerne von hier weg haben. Finden Sie das so dumm?»

«Nein, schlau sind die. Aber ich bin ebenso schlau.»

«Schließlich», beginnt der Bürgermeister langsam, «könnte man Sie mit Gewalt abtransportieren. Hier sind viele, Sie sind einer. Sie könnten schreien, hier ist schon mehr geschrien worden. Es ist immer dumm, sich aussichtslos zur Wehr zu setzen, weil es zwecklos ist.»

«Aber man soll sich nicht fügen, man soll sich zur Wehr setzen.»

Plötzlich kommt Leben in Gareis. «Selbstverständlich soll man kämpfen, Herr Reimers. Kämpfen Sie um Ihren Hof, für die Bauernschaft, gegen den Staat meinethalben, wenn Sie müssen – das ist Kampf. Aber einer gegen zwanzig körperlich sich rumhauen – das ist Idiotie.»

«Ich gehe nicht weg», sagt trotzig der Bauer.

«Natürlich gehen Sie weg» sagt Gareis wieder sanft. «Natürlich gehen Sie. In diesem Gefängnis», er sieht an den Mauern empor, «liegen achthundert bis tausend Gefangene. Am Montag ist Demonstration unter diesen Fenstern, Musikkapellen, Reden, Gebrüll – glauben Sie, Mann, ich bin der Narr, das zu gestatten, damit achthundert Gefangene nächtelang toben, weinen, brüllen, sich verzweifelt raussehnen? Bloß weil es Ihre Eitelkeit kitzelt?»

«Ich bin nicht eitel.»

«Dann sind Sie dumm. Haben Sie geglaubt, unter Ihren Fenstern wird demonstriert?»

«Sie verbieten die Demonstration?!»

«Ich will Ihnen etwas sagen, Reimers. Man hat von zehn Seiten verlangt, dass ich diese Demonstration verbiete. Ich erlaube sie, weil ich euch Bauern kenne. Ich erlaube Sammlung auf dem Marktplatz. Marsch durch die Stadt, jedwede Rede in Ihrer Auktionshalle, aber – unter die Mauern dieses Gefängnisses stellt sich kein Bauer, dafür stehe ich Ihnen!»

«Sie werden sich nicht abhalten lassen. Sie werden doch kommen.»

«Sie werden nicht kommen. Ich werde am Montagmorgen verbreiten lassen durch die Stadt, dass Sie nicht mehr hier sind. Ganz gleich, ob Sie nun hier sind oder nicht.»

«Das ist eine Gemeinheit!»

«Eine Gemeinheit gegen Sie und eine Wohltat für siebenhundertundneunundneunzig. Seien Sie doch vernünftig, Mann, kämpfen Sie, schlagen Sie mich ins Gesicht, auch ich bin ein Bonze. Ich werde Sie wiederschlagen, ich werde gegen Sie ankämpfen. Aber seien Sie kein Narr. Seien Sie kein Flachkopf.»

Gareis steht noch einen Augenblick, als überlegte er sich etwas. Dann zieht er den Hut, drückt dem Bauern überraschend die Hand, sagt: «Guten Tag, Herr Reimers», und geht auf einen Herrn zu, der vor einigen Minuten mit dem Wachtmeister in die Nähe trat und zuhörend stehen blieb.

Der Bauer sieht ihm einen Augenblick nach, dann zum Himmel hoch, dann auf die Gesichter um sich.

«Also fahren wir», sagt er und steigt in den Wagen.

12

Gefängnisdirektor Greve und Bürgermeister Gareis schütteln einander die Hand, kühl und doch vertraut.

Der Direktor sagt lächelnd: «Wo Sie hinkommen, Herr Bürgermeister, schlichtet sich das Widerhaarige, das Unebene wird glatt. Nun, jedenfalls haben Sie mir einen großen Dienst getan, es wäre nicht angenehm gewesen, gegen den Mann Gewalt anzuwenden.»

«Wie macht er sich denn?»

«Gott, was soll man sagen, nach den paar Tagen! Alle diese Leute sind ja ein Problem. Behandelt man sie so oder so: Allemal wird ein Märtyrer daraus. Also behandele ich sie gar nicht.»

«Und er ist nicht aufsässig?»

«Nein, noch nicht.»

«Und was werden Sie später mit ihm machen, wenn er erst verurteilt ist? Tüten kleben? Matten flechten? Netze stricken?»

Der Direktor zögert. «Ich weiß noch nicht. Es bleibt kaum was anderes.»

«Aber Sie haben eine Gartenarbeiterkolonne?»

«Ja, mein Lieber, aber da gibt es Vorschriften. Zur Gartenarbeit darf ich nur Leute abordnen, die mindestens ein halbes Jahr Strafhaft sich einwandfrei geführt haben. Gartenarbeit ist Belohnung.»

«Ich würde da ein Auge zudrücken.»

«Ich nicht. Ich danke, mein lieber Herr Gareis. Zu Anfang macht man in meinem Beruf mal Ausnahmen. Aber das lässt man rasch. Nicht nur, weil keiner dem andern so sehr Vergünstigungen missgönnt wie der Gefangene selbst. Auch dem Wachtpersonal ist nichts recht, und die sind die Ersten, die bei der Vollzugsbehörde Klage führen. Grade auch Ihre Leute aus der Partei, Herr Bürgermeister.»

«Ja, gewiss. Es gibt immer Übereifrige. Dabei fällt mir ein ...»

Die Herren bleiben stehen. Gareis taucht in die Tasche seines Jacketts und holt ein Stück Papier hervor, einen Brief, wie sich zeigt.

«Das hat auch ein Übereifriger auf meinen Tisch gelegt, anonym natürlich, und es stammt aus Ihrem Haus, Herr Direktor.»

Der Direktor entfaltet den Brief. Es ist ein Schreiben auf den Vordrucken des Gefängnisses mit Zellennummer und Absendernamen. Absender ist der Untersuchungsgefangene Franz Reimers. Zelle U 317. Es ist kein unwichtiges Schreiben, nein, es ist ein Brief, der den Direktor sehr interessiert. Reimers gibt aus der Haft heraus einem gewissen Georg Anweisungen für die Demonstration am Montag. «Filmapparate, Geldsammlungen. Sich nicht schrecken lassen. Kalter Hohn. Wir müssen zur Macht, diese Regierung ist unmöglich.»

«Nun ja», sagt der Direktor. «Dies ist auch als Brief nicht uninteressant. Interessanter ist freilich die Frage, wie dieser Brief statt auf meinen auf Ihren Schreibtisch kam.»

«Es scheint», sagt der Bürgermeister, «ein Original zu sein. Den Empfänger hat der Brief also nicht erreicht. Sie müssten feststellen, Herr Direktor, wo dieser Brief in Ihrem Betriebe verschwand.»

«Er trägt keinen Zensurvermerk. Ist also nicht in die Büros gekommen. Entweder hat ihn ein Wachtmeister unterschlagen, oder ein Gefangener hat ihn gestohlen. Es gibt viele Möglichkeiten. Leichter wäre es vielleicht festzustellen, wer ihn auf Ihren Schreibtisch legte.»

«Er kam mit der Post. In einem gewöhnlichen, an mich persönlich adressierten Umschlage. Heute Morgen.»

«Und der Umschlag? Haben Sie ihn vielleicht auch hier?»

«Nein. Eine Schreibmaschinenschrift. Daraus ist nichts zu sehen.»

Eine Pause entsteht.

«Jedenfalls muss ich der Sache nachgehen. Es ist schon wieder eine bildschöne Schweinerei. Ich sage Ihnen, dieses ganze Haus, gedrängt voll Menschen, ist eine einzige Hölle von Lügen, Missgunst, Verrat, Unzucht, Neid. Hier», sagt er und lächelt trübe, «bessern wir die Gefährdeten.»

«Und Sie werden den Brief dem Empfänger noch zustellen?»

«Sicher. Da er unversehrt in meine Hände gelegt ist.»

«Es bleibt die Möglichkeit, dass der Dieb sich eine Abschrift nahm.»

«Was sollte er damit? Hat es viel Sinn? Empfänger ist ein Georg Henning auf Bandekow-Ausbau. Mir ganz unbekannt.»

«Ein Bauer», rät der Bürgermeister.

«Sicher ein Bauer. Also es bleibt mir, Ihnen ein zweites Mal zu danken.»

«Sie können rasch mit mir quitt werden, Herr Greve. Ich habe den Wunsch, einen gewissen Tredup, der heute Nacht ins Untersuchungsgefängnis eingeliefert wurde, einen Augenblick zu sprechen.»

Der Direktor verzieht sein Gesicht. «Sie wissen, Herr Bürgermeister, es liegt außer meiner Kompetenz. Untersuchungsgefangene dürfen nur mit Erlaubnis des Untersuchungsrichters gesprochen werden.»

«Es handelt sich um den Übereifer eines meiner Kriminalbeamten. Es ist ein Irrtum, den ich in zehn Worten aufklären kann. Es ist ein menschlich bedauerlicher Fall. Frau und zwei Kinder des Verhafteten vergehen vor Angst.»

Der Direktor: «Warum wenden Sie sich nicht an den Untersuchungsrichter?»

«Es lag außer meiner Kompetenz, Reimers zum Abtransport zuzureden, Herr Direktor. Es lag außer meiner Kompetenz, Ihnen diesen Brief zurückzubringen.»

«Ich weiß. Ich weiß. Ich bin Ihnen auch sehr dankbar.»

«Das ist ein Wort. Sie sind kein Mann der Redensarten ...»

«Nein. Aber Sie ahnen nicht, wie diese blödsinnige Bombe bis nach Berlin erregt hat. Rund um Ihren Tredup habe ich alle Zellen ausräumen müssen. Unter seinem Fenster steht ein Posten.»

«Sie könnten der Unterredung beiwohnen, Herr Direktor.»

«Nein. Auch dann nicht. Ich bin fest entschlossen. Es ist unmöglich. Nein.»

«Also, dann muss ich verzichten. Armer Tredup, er wird ein paar ungemütliche Tage verleben. – Und im Übrigen, also auf Wiedersehen, Herr Direktor.»

«Auf Wiedersehen, Herr Bürgermeister. – Es tut mir leid. – Warten Sie, ich bringe Sie noch zum Tor.»

«Ich möchte Sie nicht bemühen, Herr Direktor.»

«Es ist mir wirklich keine Mühe, Herr Bürgermeister.»

13

In seinem Amtszimmer angekommen, setzt sich der Bürgermeister einen Augenblick in seinen Sessel und denkt nach. Er stützt den Kopf in die Hände und bewegt sich nicht. Das große Haus ist totenstill, Bürozeit längst vorbei. Er denkt nach, denkt nach.

Er hat Wünsche, Hemmungen. Er sieht die Szenen eben wieder vor sich: den Wortwechsel mit Reimers, dann kam der Greve. Der ist von oben gekommen, aus gutem Bürgerhause. Er selbst hat sich seinen Weg von unten bahnen müssen. Wer von unten kommt, darf nicht empfindlich sein gegen Schmutz.

Der Bürgermeister geht an einen Wandschrank, lässt das Wasser aus dem Leitungshahn in das Becken laufen. Er lässt es lange laufen. Das Geräusch tut ihm gut. Es schläfert seine Gedanken ein, er braucht nicht mehr nachzudenken. Dann trinkt er ein Glas Wasser, und nun geht er auf und ab, auf und ab und denkt wieder nach.

Er hat nie bedingungslos an den Satz geglaubt, dass der Zweck die Mittel heiligt, heute meint er beinahe, dass er nie richtig ist. Gleichgültig, er kann nicht mehr umlernen. Was schlimmer ist: Er will es nicht mehr.

Er geht zum Telefon und greift nach dem Hörer.

Und hebt ihn nicht ab, geht wieder hin und her, lange, lange.

Der Himmel draußen vor den Fenstern wird durchsichtig grün, und die Vögel lärmen nicht mehr in den Baumkronen.

Dann nimmt er den Hörer ab und verlangt eine Verbindung. «Hier der Bürgermeister. – Ist Pinkus dort, von der ‹Volkszeitung›? – Nein? Aber er kommt doch noch? – Schön. Sagen Sie ihm, er kann den Brief morgen bringen. Auf der ersten Seite. – Den Brief. – Jawohl. – Den Brief, er weiß schon. – Und er soll zu mir kommen in meine Wohnung, heute Abend noch. – Ich will die Aufmachung mit ihm besprechen.»

Der Bürgermeister legt den Hörer zurück.

In seinem Amtszimmer ist es dunkel geworden.

Fünftes Kapitel

Der Blitz ist in der Wolke

1

Es ist Sonntag gewesen, und nun ist es Montag geworden, auch in Altholm. Die Sonne ist um vier Uhr vierzehn aufgegangen, der Himmel ist hellblau. Es verspricht, ein schöner Tag zu werden, auch in Altholm.

Für Stuff ist der Montag ein schlimmer Tag, nicht nur dieser, jeder Montag. Am Sonntag wird es stets später, als es werden soll, und sein Herz hält das Trinken nicht mehr recht aus. Trotzdem ist es kaum sechs vorbei, als er den Burstah entlangschlurft, zuerst zum Hauptbahnhof, um dort die Stettiner Blätter zu kaufen, aus denen er mit seinem «Solinger Mitarbeiter» den Sportteil der «Chronik» zusammenstellt: reine Scherenarbeit.

Hoffentlich ist nicht zu viel los, denkt er, als er die Tür zur «Chronik» aufschließt und noch einmal den Burstah hinunterschaut. Die Straße ist fast menschenleer, sie sieht so kümmerlich aus im frischen jungen Morgenlicht. Die Reklamen an den Läden alt und verwittert. Als hätten wir alle zu sterben vergessen, denkt Stuff.

Polizeihauptwachtmeister Maak kommt von der Bahnhofswache, wo er wohl Nachtdienst gehabt hat. Stuff winkt ihm. Vielleicht kann er ein paar Neuigkeiten aus der Sonntagnacht erfahren, irgendeinen fetten Lokalriemen.

Aber Maak hat nichts. Es ist alles still gewesen. Vielleicht auf der Rathauswache?

«Da komme ich noch um zehn hin. Au verdammt, wie mein Schädel schmerzt! Was wird das heute mit den Bauern?»

«Nichts. Vielleicht demonstrieren sie gar nicht. Der Reimers ist noch am Freitagabend nach Stolpe gebracht worden.»

«Ist das sicher? Woher weißt du das? Wer hat das gemacht? Euer dickes Schwein von Bonzen?»

«Sicher ist es. Katzenstein hat ihn selber im Auto fortgefahren. Und der Bürgermeister war am Freitagabend im Gefängnis, das weiß ich bestimmt.»

«Die Woche fängt gut an. Denkt man, es ist endlich ein bisschen Leben in Altholm bei diesen bescheidenen Zeiten, jagen die Bürgermeister noch die Kundschaft aus dem Laden. Nun, zu einer Lokalnotiz langt es.»

«Ich hab sie dir aber nicht gegeben.»

«Nee, natürlich nicht. Ich weiß Bescheid. Morgen.»

Der Stadtsoldat schlendert weiter die Straße hinunter. Die Verkehrsposten sind noch nicht besetzt, nur ein paar Milchwagen sind unterwegs. Er ist herrlich müde und freut sich erstens auf sein Bett, zweitens auf den Morgenkaffee vorher mit frischen Semmeln und Honig, drittens, dass er die Kinder noch zu sehen bekommt, ehe sie in die Schule gehen.

Stuff erschrickt, als er auf die Redaktion kommt, und dort sitzt ein weißschopfiger rot glänzender Zwerg: sein Chef.

«Guten Morgen, Herr Schabbelt.»

«Quatsch. Was ist mit dem Tredup?»

«Der sitzt. Er soll die Bombe gelegt haben bei dem Präsidenten.»

«Quatsch. Und was ist mit den Bauern?»

«Fällt aus. Die haben heimlich den Oberbauern am Freitag nach Stolpe gebracht.»

«Hör mal, die wollen uns die Anzeigen wegnehmen vom Magistrat. Es lohnt sich nicht mehr, haben die geschrieben, und sie müssen sparen.»

«Wer hat es unterschrieben?»

«Der Gareis.»

«Definitiv?»

«Es lässt sich vielleicht noch einrenken. Geh heute Morgen mal zum Bürgermeister und sag ihm, dass wir fromm sein wollen. Vielleicht lässt er uns dann noch die Anzeigen.»

«Kann das der Wenk nicht?»

«Der kann nicht. Das ist kein Mann, das ist ein besoffener Kleiderständer.»

«Gerne tue ich es nun grade nicht, Herr Schabbelt.»

«Gerne verkauf ich den Käse auch nicht und muss doch.»

«Welchen Käse?»

«Nun, den hier!» Der Gnom schlägt erbost auf die Schreibtischplatte. «Den ganzen Käse hier. Mit Rupps und Stupps. Setzerei, Redaktion – eben alles!»

«Herr Schabbelt!»

«Ich weiß. Ich weiß. Da sind Wechsel, und die Schweine haben mir die Hypotheken gekündigt, das ist ein Komplott.»

«Und wer kauft?»

«Meier aus Berlin oder Schulze aus Stettin oder Müller aus Pforzheim.»

«Irgendwer?»

«Natürlich irgendwer, für den kleinen Intriganten von den ‹Nachrichten›, den Gebhardt, der so nach Geld stinkt.»

«Herr Schabbelt!»

«Tut mir leid, Stuff. Ist bitter, von der Konkurrenz geschluckt zu werden, ich weiß das. Musst sehen, dass du noch ein bisschen in letzter Stunde vor denen kriechst, damit sie dich übernehmen. Deswegen hab ich es dir gesagt. Morgen.»

«Na, diese Woche ...», sagt Stuff und starrt vor sich hin.

Auch der Hauptwachtmeister Maak hat seine Überraschung auf der Wache.

Polizeimeister Kallene empfängt ihn. «Sie können heute nicht nach Haus. Wir liegen in Alarmbereitschaft. Schlafen Sie ein paar Stunden nebenan auf der Pritsche. Um neun Uhr ist Dienstausgabe.»

Auf der Mannschaftsstube sind schon mehr vergrätzte Kollegen.

«Weswegen ist denn das? So eine verfluchte Sauerei!»

«Nun, weswegen denn? Auf dem Arbeitsamt wollen die Kommunisten stänkern.»

«Quatsch! Das ist wegen der Bauern.»

«Bauern kommen heute nicht in Frage. Gareis hat den Reimers höchstselbst nach Stolpe expediert.»

«Wer hat diesen Scheiß angerührt?»

«Ich wollte Frühkartoffeln aufnehmen in meinem Garten.»

«Und meine Frau sitzt und wartet mit dem Kaffee.»

«Wer soll das gemacht haben wie dieser Affe Frerksen? Dieser Hund mit seinen ewigen Schikanen.»

«Seine eigenen Eltern besucht er nicht mehr, so fein ist der Schreiberstift geworden. Weil der Vater mit Lumpen rumgezogen ist.»

«Mist. Knöppe hat er verkauft auf den Dörfern, und Hosenträger.»

«Wer soll denn hier schlafen, wenn ihr alle so sabbelt? Haltet den Rand gefälligst!»

«Du kommst noch früh genug zum Schlaf bei deiner Ollen.»

«Ruhe endlich!»

«Ruhe!»

«Halt doch selber die Fresse!»

«Ruhe!!!!»

Polizeioberinspektor Frerksen steht auf. Es ist kurz nach sieben Uhr. Die Frau hat ihm schon Rasierwasser bereitgesetzt. Der Zivilanzug vom Sonntag ist weggehängt, die Uniform liegt überm Stuhl.

Er ist grämlich, mürrisch. Geärgert sieht er in den Sonnenschein. Als die Kinder nebenan lärmen, stößt er einen Fluch aus und wirft den Schuh gegen die Tür.

Dann fängt er langsam mit dem Anziehen an.

Die Frau kommt.

«Warum hast du mir die Uniform rausgehängt? Ich gehe in Zivil.»

«Aber ...»

«Zum Donnerwetter, ich will Zivil tragen!»

Es wird ihm hingehängt.

Frerksen fängt an sich zu rasieren. Dazwischen murrt er: «Am liebsten meldete ich mich krank.»

«Krank! Bist du krank?»

«Wieso soll ich krank sein? Solch ein Unsinn! Krankmelden möchte ich mich.»

«Was hast du heute? Hast du dich geärgert, Fritz?»

Frerksen wirft den Rasierapparat hin, schreit: «Frag mich nicht! Ich sage dir, frag mich nicht! Geh raus in deine Küche!» Frau Frerksen geht lautlos ab.

Die Vögel lärmen in den Bäumen, und nun kommt auch noch so ein Aas von Motorradfahrer mit knatterndem Auspuff vorbei. Schade, die Nummer ist nicht zu erkennen. Dem hätte ich es gerne besorgt. – Wäre ich doch erst auf Urlaub!

Am Kaffeetisch wird kein Wort gesprochen. Bub und Mädel, durch die Mutter gewarnt, sitzen lautlos da und sehen nicht von ihren Tellern auf. Die Frau legt dem Mann Semmel auf Semmel gestrichen vor. Er isst gedankenlos, den Blick zum Fenster hinaus, eine senkrechte Falte auf der Stirn.

Die schüchterne Stimme der Frau: «Möchtest du noch Kaffee?»

«Wie? Ja, natürlich. – Übrigens kannst du mir doch lieber die Uniform hinhängen.»

Die Frau will es sofort tun.

«Nein. Das hat Zeit. Nachher.» – Pause. – «Übrigens, heute geht es schief.»

«Schief …?»

«Ja, schief! Heute setze ich mich zwischen zwei Stühle.»

«Fritz … sag mir doch …»

«Der Bürgermeister will hü, und der Präsident will hott. Wie ich's mache, mach ich's falsch.»

«Wo wir doch dem Bürgermeister alles verdanken?»

«Himmelherrgott, dieser verfluchte Weiberklatsch. Diese elende Sentimentalität! Was hat das damit zu tun? Ja, bitte, bitte, nun noch Tränen. Statt, dass man eine Hilfe hat …» Und plötzlich: «Kinder, in die Schule, macht, dass ihr fortkommt!» Als sie allein sind: «Verzeih mir doch, Anna, verzeih! Meine Nerven, du weißt. Und heute, wenn die Bauern kommen … Und ich soll womöglich mit dem Säbel oder der Pistole … Die haben mich doch so gedrängt von der Regierung. Ich habe davon geträumt. So was kann ich doch nicht. Nein, du hast natürlich recht. Ich tue, was Gareis will. Ich kann gar nicht anders.»

3

Das Zimmer des Oberpräsidenten ist halbdunkel und kühl, wie immer. Es gibt keine Welt außer dieser, der dunklen Bücherschränke, der schalldämpfenden Teppiche, der schwarzbraunen Eichenmöbel.

Assessor Meier hat eben die Reinmacheweiber hinausgejagt. Schon kommt Temborius, es ist noch nicht acht.

«Wo bleibt denn der Tunk?»

«Muss sofort kommen. Es ist noch nicht ganz acht.»

«Es ist acht. Meine Uhr ist acht. – Was haben die Landräte gemeldet?»

«In allen Kreisen gestern Versammlungen. Viel junge Burschen auf schwarzen Pferden in schwarzer Kleidung mit schwarzen Trauerflören unterwegs, die zum Landthing in Altholm aufriefen.»

«Diese Versammlungsfreiheit für Staatsverbrecher ist ein Wahnsinn. Ich muss mit dem Minister sprechen.»

Meier verbeugt sich.

«Nun, berichten Sie schon! Was sonst? Hat der Brief in der ‹Volkszeitung› nicht gewirkt?»

«Die Bauern lesen nicht die ‹Volkszeitung›. Und wenn sie sie lesen, sagen sie, es ist alles erlogen.»

«Woher stammt er?»

«Von Gareis.»

«Von Gareis? Ausgeschlossen!»

«Ich weiß es von Pinkus. Gareis hat ihm den Brief selbst gegeben.»

«Verstehen Sie das? Die Demonstration erlaubt er, und dann hetzt er dagegen?»

«Vielleicht ist ihm doch etwas schwül. Will sorgen, dass sie ihm nicht zu stark wird.»

«Schwül? Das ist ein Bulle, sage ich Ihnen! Siebzehn Landräte aller Parteischattierungen machen mir nicht so viel Sorgen wie dieser Gareis, der mein Parteigenosse ist. Das ist ein Bauernfreund!»

Kriminalkommissar Tunk wird gemeldet.

«Soll reinkommen. – Sie kommen reichlich spät, Herr Tunk. Es ist fünf Minuten nach acht.»

«Die Uhr auf dem Präsidium wird gleich schlagen.»

«Es ist fünf Minuten nach acht.»

Die Uhr auf dem Präsidium schlägt.

«Herr Assessor, sagen Sie dem Hausmeister, dass er die Uhr richtig stellt. Eine schöne Bummelei reißt da ein. Ja, bitte sofort ... Herr Kommissar, Sie kennen Ihren Auftrag?»

«Zu Befehl, Herr Präsident. Ich habe mit dem Neunuhrzuge nach Altholm zu fahren und die Bauern zu beobachten.»

«Beobachten ...! Sie mischen sich unter die Bauern. Machen sich bekannt mit den Führern. Erfahren ihre Namen. Merken sich ihre Reden. Man kann das. Jawohl, man kann das, man kann immer unauffällig mal rausgehen, um sich Notizen zu machen. Sie begleiten den Zug. Sind in der Halle. Merken sich Reden und Redner. Vor allen Dingen auch, was vor dem Gefängnis geschieht.»

Der Kommissar verbeugt sich.

«Das alles ist aber erst in zweiter Linie wichtig. Wichtig ist vor allen Dingen, dass Sie ... Sie kennen die Haltung von Bürgermeister Gareis?»

«Jawohl, Herr Präsident.»

«Gareis ist der Ansicht, dass die Bauern nichts Staatsgefährliches planen, ich bin – anderer Ansicht. Ich habe ihm Schupo zur Verfügung gestellt, er hat sie abgelehnt. Von zehn Uhr an liegen zwei Hundertschaften in Grünhof.»

«Jawohl, Herr Präsident.»

«Sie sind ein alter Kriminalbeamter, Herr Tunk. Sie haben seit Jahren in der politischen Abteilung gearbeitet.»

Der Kommissar sieht seinen Chef erwartungsvoll an.

«Sie können beurteilen, wann eine Lage gefährlich wird. Der Staat, hören Sie gut zu, der Staat darf keine Schlappe erleiden. Herr Kommissar, Sie stehen mir dafür, dass die Schupo nicht untätig in Grünhof liegt, wenn die Lage gefährlich wird.»

«Jawohl, Herr Präsident.»

«Sie haben mich *gut* verstanden, Herr Kommissar?»

«Ich habe Sie *gut* verstanden, Herr Präsident.»

«Sie nehmen weder mit dem Polizeiherrn noch mit Ihren Kollegen in Altholm Verbindung auf. Sie sind dort als mein Spezialbeobachter. – Nun, Herr Assessor, geht die Uhr jetzt richtig?»

«Jawohl, Herr Präsident.»

Und der Präsident, freundlich lächelnd: «Finden Sie nicht auch, Herr Assessor, dass unser Kommissar in diesem grünen Loden mit den Stulpenstiefeln und dem Gamsbarthütchen eine vorzügliche Figur macht? Was kosten die Eier, Bauer?»

Und die drei Herren lachen herzlich.

4

Auf Bandekow-Ausbau sind die Leute früh auf an diesem Morgen. Sie sitzen am offenen Fenster, das nach dem Garten geht, einem kleinen, ein bisschen spaßigen Bauerngarten mit Buchsbaum, Beerenobst, Schwertlilien und brennender Liebe. In der Mitte steht eine Art Regal, mit Schilf bekleidet, etwa zwanzig strohgeflochtene Bienenstöcke darauf. Die Bienen schwirren scharenweise herein zum Fenster, angelockt vom Duft der Kreude, eines Obstmuses aus Äpfeln und Zuckerrüben.

«Die Bienen summen hoch», sagt Bauer Rohwer. «Das gibt ein gutes Wetter heute.»

«Berufen Sie es bitte noch», sagt Henning. «Das können wir grade noch brauchen bei dieser misslungenen Demonstration.»

Und der Rohwer: «Wo die Bienen hoch summen, was ist da zu berufen?»

«Wollen wir», sagt Padberg ziemlich nervös, «uns eigentlich über das Wetter unterhalten oder klarwerden, ob der Henning heute mitkommt oder nicht?»

Rohwer: «Der Henning kommt mit.»

Und Rehder: «Kommt mit.»

Und Henning: «Selbstverständlich trage ich die Fahne.»

Und Graf Bandekow: «Wer denn sonst?»

«Ich», sagt Padberg, «scheine überstimmt zu sein. Trotzdem rede ich weiter. Was ihr machen wollt, ist Mist. Von vornherein Mist. Wenn es Schlägerei gibt, wenn es Blut gibt, springen uns die Bauern ab. Ihr wisst, wie schon die eine Unglücksbombe gewirkt hat.»

«Es ist möglich, dass es Schlägerei gibt ...», beginnt Graf Bandekow.

«Ihr seht!», triumphiert Padberg. «Geben Sie mir noch mal die Eier, Rehder.»

«... aber nicht», vollendet der Graf, «weil der Henning die Fahne trägt, sondern weil die Regierung nervös ist. Ich hab horchen lassen: Der Henning ist ganz unverdächtig, weil sie den Thiel haben und den Tredup.»

«Und das glauben Sie?»

«Das weiß ich. Die liebe gottverfluchte Regierung will ja nun mal, dass die Bombe *nicht* von den Bauern stammt, denn dann könnte Deutschland doch aufhorchen. Das sind Abenteurer, das müssen Abenteurer sein. Darum, solange Henning bei uns ist, ist er auch unverdächtig.»

«Warum soll es Blut geben?», fragt Bauer Rohwer aus Nippmerow. «Wir schlagen nicht.»

«Das ist es eben», bestätigt der Graf. «Wir schlagen nicht. Warum sollen uns da die andern schlagen?»

Henning sagt: «Ich weiß, es wird überhaupt nicht geschlagen. Der dicke Gareis ist viel zu bequem. Ol Vadder Benthin in Altholm hat mir erzählt, der Gareis hat nur eine Angst, dass was passieren könnte.»

«Dass ihr für dreitausend Bauern einstehen wollt!», spöttelt Padberg. «Drei Stänker dazwischen, und es fließt Blut.»

«Jawohl. Wir verhauen die Stänker», sagt Rehder.

«Na ja. Ihr seid Kinder. Ihr wisst gar nicht, was da Unvorhergesehenes alles passieren kann.»

«Nun hören Sie bloß auf mit Ihrem Unken, Padberg.»

«Wie ihr meint. Wie ihr meint. Ich sage nichts mehr. Ich verlange nur ein Versprechen von dir, Henning, du gehst ohne Waffe, du wehrst dich nicht.»

«Wieso ohne Waffe? Soll ich mir wehrlos in die Fresse schlagen lassen?»

«Grade das sollst du.»

«Eher fresse ich einen Besen.»

«Diesmal hat Padberg recht», sagt der Graf. «Wenn Sie eine Waffe haben, geben Sie sie her, Henning.»

«Ich denke ja nicht daran.»

«Ich verlange dein Versprechen. Sonst bleibst du hier.»

«Ihr seid alle flau», sagt Henning. «Ich tue und ich tue es nicht.»

«Hier wird pariert», sagt der Graf.

«I wo, warum wird denn hier pariert? Ich denke, es gibt keine Führer?»

«Im Namen der Bauernschaft verlange ich von Ihnen die Waffe», sagt Rehder.

Henning steckt die Hände in die Tasche und schweigt. «Was», sagt Bauer Rohwer, «wollen Sie eigentlich mit einer Pistole? Die Fahne ist doch groß und schwer. Wollen Sie die Fahne wegschmeißen und knallen?»

«Das ist», bemerkt der Graf, «richtig. Ein Fahnenträger steht und fällt mit seiner Fahne. Ihre Waffe wäre nutzlos.»

«Na also», und Henning wirft die Pistole auf den Tisch, «da habt ihr sie. Aber das sage ich euch, rührt mich so ein Männeken an, ich renne ihm die Fahne durch und durch.»

«Grade deswegen möchte ich nun noch dein Wort.»

«Das ist nun wirklich ausgeschlossen.»

«Lassen Sie ihn schon. Er wird mit seiner Fahne genug zu tun haben.»

Sie fahren los. Das Land ist still und friedlich.

«Wenig Betrieb eigentlich.»

«Die meisten kommen mit der Bahn.»

«Wer von den Bauern hat denn noch ein Auto?»

«Bitte, viele. Aber sie haben Angst vor der Heimfahrt, wenn sie dun sind.»

Die vier Männer lachen, nur Henning bleibt mürrisch. Dafür ist er aber elektrisiert, als sie durch Grünhof kommen. «Was ist das? Schupo? Vier Wagen!» Und sich zurücklehnend, triumphierend: «Da seht ihr! Heute machen sie aus uns Rollfleisch!»

Auch die andern sind aufgeregt, doch schließlich meint der Graf: «Warum liegt die Schupo in Grünhof und nicht in Altholm? Reine Reserve. Vorsicht. Aber dass wir Ihre Pistole haben, Henning, ist ein wahrer Segen. Und nun geben Sie mir auch noch Ihr Wort, dass Sie nicht tätlich werden.»

5

Bürgermeister Gareis sitzt auf seiner Amtsstube. Er ist in Feiertagsstimmung. Morgen beginnt sein Urlaub, morgen fährt er mit dem Schiff ans Nordkap.

Heute ...: «Die Demonstration fällt ins Wasser. Ich habe eben mit dem Landwirtschaftsrat, diesem Feinbube, telefoniert, er ist verzweifelt, dass der Reimers fort ist.»

«Aber die Bauern wissen das nicht», meint Frerksen.

«So erfahren sie es. Die ‹Volkszeitung› und die ‹Nachrichten› bringen es.»

«Bleibt die ‹Chronik›, die am frühesten herauskommt und die die Bauern noch am meisten lesen.»

«Ich werde mit dem Stuff sprechen. Ich denke, auch er wird zu haben sein.»

«Stuff ist ein gefährlicher Mensch.»

«I wo, Sie mögen ihn nur nicht leiden, weil er Sie ein paarmal angegriffen hat.»

Frerksen macht eine Bewegung.

«Na ja. Schon gut. Übrigens mag ich ihn auch nicht. Sein Gefühl läuft ihm immer mit seinem Verstand fort. Trotzdem wird etwas zu machen sein. Grade jetzt. Nun, das später. – Haben Sie schon gehört, wann Benthin mit den Führern kommen will?»

«Nein. Nichts.»

«Bis ein Uhr bin ich noch hier. Nachmittags bin ich für den höchsten Notfall in meiner Wohnung zu erreichen.»

«Jawohl, Herr Bürgermeister.»

«Die Kriminalpolizei soll in den Wirtschaften unauffällig beobachten. Sieht irgendetwas gefährlich aus, so berichtet sie sofort.»

«Ach, Herr Gareis, auf die meisten Herren ist auch kein Verlass. Die sind genauso rechts wie die Bauern.»

«Die machen schon ihren Dienst. – Der Zug wird unter allen Umständen geschützt, Frerksen, verstehen Sie mich? Unter allen Umständen!»

«Jawohl, Herr Bürgermeister.»

«Aufstellung der Kräfte, wie ich angeordnet. Polizei gänzlich im Hintergrunde, nur beobachtend. Vor dem Gefängnis darf keine Ansammlung sein.»

«Ja – aber wie? Meine Polizeikräfte ...»

«Keine Polizeikräfte. Das machen wir so: Sie nehmen sechs, acht Leute, Zivilisten aus Altholm, die nicht so bekannt sind. Ein paar kriegen Strafanstaltsbeamten-Uniform an. Kommen zufällig aus dem Tor, erzählen den Bauern, die sich sammeln, dass Reimers nicht da ist. Ein paar andere werden wie Gefangene entlassen, erzählen dasselbe. Immer neue Gesichter, nie dieselben Gestalten, dass kein Verdacht kommt bei den Bauern.»

«Dazu brauchen wir das Einverständnis von Direktor Greve.»

«Jawohl. Sie rufen ihn in einer halben Stunde an und erzählen ihm davon. Der Vorschlag kommt von Ihnen. Ich bin seit Sonnabend auf Urlaub. Verstanden?»

«Nicht ganz.»

«Sie möchten Gründe wissen? Nun, denken Sie an einen gewissen Brief, der in der ‹Volkszeitung› erschien. Kapiert?»

Frerksen lächelt etwas verlegen. «Ja, so ungefähr.»

«Ungefähr ist gut. Kapieren Sie halb? – Was ist los, Piekbusch?»

«Oberleutnant Wrede von der Schupo ist draußen.»

«Wrede ...? Na ja, der liebe Genosse Temborius. Ich sage Ihnen, Frerksen, der hat schon jetzt seine Schupo in Grünhof und zieht daheim in Stolpe rastlos die Leine am Klo.»

Der Polizeioberleutnant tritt ein.

«Nun, lieber Herr Wrede, was verschafft uns das Vergnügen?»

«Ich habe zuerst zu melden, dass zwei Hundertschaften Schupo in Grünhof zu Ihrer Verfügung liegen, Herr Bürgermeister.»

«Hoffentlich wird Ihnen die Zeit nicht lang.»

«Ich habe ferner hier einen Geheimbefehl für Sie. Der Geheimbefehl ist nur in dem Falle zu öffnen, dass Sie die Hilfe der Schupo benötigen.»

«Ich danke Ihnen, Herr Oberleutnant. Holen Sie sich das Briefchen heute Abend wieder ab?»

«Wenn es nicht benutzt wird?»

«Es liegt hier. Jedenfalls, damit Sie Bescheid wissen. Ich sage es auch Piekbusch. Ich selbst gehe heute Mittag in Urlaub. So viel gebe ich auf diese Demonstration.»

Wrede verbeugt sich lächelnd.

«Na, also dann auf Wiedersehen nach meinem Urlaub. – Was ist schon wieder, Piekbusch?»

«Herr Stuff von der ‹Chronik› möchte Herrn Bürgermeister sprechen.»

«Stuff? Kommt wie gerufen. Verschwinden Sie hier durch, Frerksen. Ihr Anblick soll dem Stuff nicht die Stimmung verderben.»

6

«Nun, Herr Stuff, was ist geschehen, das die Leserschaft der ‹Chronik› unbedingt wissen muss und das nur von mir zu erfahren ist?»

Stuff sagt mürrisch: «Ich sah eben Ihren Herrn Frerksen. Würden Sie vielleicht einmal diesem hohen Herrn sagen, dass er die Presse etwas besser behandelt? Auch Kollege Blöcker von den ‹Nachrichten› klagt. Wenn wir etwas wissen wollen, hat er nie Zeit, winkt hochmütig ab. Nächstens sind wir auch mal nicht zu finden, wenn die Polizeiverwaltung etwas von uns will.»

«Frerksen hochmütig? Das habe ich nie gefunden. Ich fand ihn immer diensteifrig, freundlich.»

«Ihnen gegenüber.»

«Nein, nicht nur mir gegenüber. Aber ich verstehe schon, man kann in Altholm nicht verzeihen, dass der Volksschüler Polizeioffizier geworden ist. Man denkt noch immer an seinen Vater, der ja wohl städtischer Gartenarbeiter war.»

«Hausierer.»

«Sehen Sie. Man denkt immer daran.»

«Andere sind mehr geworden, und es ist recht. Dieser Frerksen ist nicht recht, weil er weder moralisch noch fachlich zum Offizier geeignet ist.»

«Er hat alle ihm auferlegten Aufgaben vorzüglich erledigt.»

«Auf glatter Straße können wir alle fahren. Warten Sie, bis es einmal holprig wird. Lassen Sie es heute bei der Bauerndemonstration nicht gutgehen ...»

«Es wird keine Bauerndemonstration geben. Der Reimers ist nicht mehr hier im Zentralgefängnis, kann ich Ihnen vertraulich sagen. Ich gehe heute Mittag in Urlaub.»

«Und wer vertritt Sie?»

«Frerksen!»

«Na ja. Ich kann Ihnen vertraulich oder nicht vertraulich sagen, Herr Bürgermeister, dass trotz des von Ihnen abtransportierten Führers demonstriert wird.»

«Katzenstein hat den Transport gemacht. Das nebenbei. Und wird die ‹Chronik› nun heute Mittag die Nachricht bringen, dass Reimers nicht mehr hier und die Demonstration zwecklos geworden ist?»

«Reimers ist jedenfalls im Gefängnis. Wo, ist gleichgültig, ob in Altholm oder Stolpe – dass man dagegen demonstriert, ist wichtig. Auch diese Auffassung ist vertretbar.»

«Was haben Sie von den Bauern? Ihre Leserschaft ist das nicht. Übrigens, wie kann man mit Bombenlegern sympathisieren?»

«Man kann alles. Aber vorläufig ist durch nichts erwiesen, dass es Bauern waren.»

Der Bürgermeister sagt rasch und warm: «Herr Stuff, warum sind Sie mein Feind?»

Und Stuff, überrumpelt: «Ich bin Ihr Feind nicht.»

«Doch. Sie sind es seit immer gewesen. Ich habe Sie stets geachtet als Mensch, wenn wir auch politisch oft verschiedener Ansicht gewesen sind. Seien Sie gerecht gegen mich. Sagen Sie, was Sie gegen mich haben.»

«Zeitungsleute haben mit Gerechtigkeit nichts zu tun. Im Übrigen habe ich nichts gegen Sie.»

«Dann bin ich beruhigt.»

Der Bürgermeister lehnt sich zurück.

«Man muss klarsehen. Ich hatte den Eindruck, als seien Sie von vorneherein überzeugt, ich sei gegen die Bauerndemonstration. Ich bin für sie, nicht weil es eine Bauerndemonstration ist, sondern weil es eine Demonstration ist und gleiches Recht für alle gilt.»

«Man kann offiziell etwas sein und inoffiziell etwas anderes tun. Der Abtransport von Reimers ...»

«Geschah im Auftrag der Justizverwaltung durch Katzenstein. Wenn ich Reimers zuredete, so nur dann, um ihm die Anwendung von Gewalt zu ersparen.»

«Und der Brief in der ‹Volkszeitung›?»

«Was geht mich die ‹Volkszeitung› an! Übrigens sollte auch Sie dieser Brief bedenklich machen. Für die Führer der Bauernschaft ist alles schließlich nur Geschäft, Geld.»

«Der Brief ist gefälscht.»

«Kaum. Die Erklärung der Zeitung ‹Bauernschaft› war nur Verlegenheit.»

«Wir sehen alles verschieden», sagt Stuff. «Über keine Kleinigkeit sind wir einig.»

Und der Bürgermeister: «Wir können im Sachlichen differieren, wenn wir im Menschlichen einig sind. Ich habe Ihre Zusicherung, dass keinerlei persönliche Animosität mitspricht?»

«Spricht nicht mit.»

«Also! Und wie stellt sich die ‹Chronik› heute Mittag ein?»

«Ich kann es noch nicht sagen. Ich muss erst mit Herrn Schabbelt sprechen.»

«Schabbelt! Die ‹Chronik› sind Sie, Herr Stuff!»

«Sie irren, Herr Bürgermeister. Aber davon abgesehen, wundert es mich doch, dass Sie solchen Wert auf die ‹Chronik› legen. Ein Blatt, in dem die Stadtverwaltung ihre Bekanntmachungen nicht mehr veröffentlichen will, weil es zu unbedeutend ist!»

«Nicht darum! Um Gottes willen, nicht darum! Aber wir müssen sparen. Unsere Stadtväter, na, Sie wissen ja ... Sparen. Sparen. Sparen. Das sind auch ein paar tausend Mark. Und die ‹Chronik› ist nun einmal die kleinste Zeitung am Ort. Es tut mir leid, aber das kann ich nicht ändern.»

«Unsere Auflage ist siebentausendeinhundertundsechzig. Die ‹Volkszeitung› wird in Altholm nur in fünftausend Exemplaren ausgegeben.»

«Sie irren, Herr Stuff. Sie irren wirklich. Fünftausend? Neuntausend!»

«Ich würde Ihnen raten, Herr Bürgermeister, sich einmal mittags um halb zwölf auf den Burstah zu stellen und die Zeitungspakete nachzuzählen, die aus dem Stettiner Auto der ‹Volkszeitung› an der Auslieferung abgegeben werden. Ich sage Ihnen: fünftausend, inklusive Propagandamaterial.»

«Sie müssen sich irren, Herr Stuff, ich bin genau unterrichtet. Aber wie prüfe ich die siebentausend der ‹Chronik› nach?»

«Indem ich Ihnen eine notarielle Bescheinigung von Notar Pepper vorlege, die diese Auflage aufgrund der Bücher und der Abonnentenlisten bestätigt.»

«Diese notarielle Bescheinigung existiert, Herr Stuff?»

«Ich schicke Sie Ihnen zur Einsicht.»

«Das ist unnötig. Ihr Wort genügt mir. Also die ‹Chronik› hat siebentausend Auflage?»

«Siebentausendeinhundertundsechzig.»

«Gut. Sie bestätigen mir das noch schriftlich und erhalten weiter die Anzeigen der Stadtverwaltung.» Mit Nachdruck: «Natürlich setzt das voraus, dass die Stadtverwaltung nicht direkt von der ‹Chronik› angegriffen wird. Unser Veröffentlichungsorgan kann nicht unser Feind sein.»

«Wir können nicht alles blanko im Voraus billigen.»

«Lieber Herr Stuff! Wir verstehen uns doch. Sachliche Kritik ist uns immer recht.» Lächelnd: «Und wie denken Sie über die heutige Bauerndemonstration?»

Und Stuff, ebenfalls lächelnd: «Ich vertrat schon vorhin Feinbube gegenüber die Ansicht, dass sie ins Wasser fällt.»

Der Bürgermeister, ganz sanft: «Sie sehen, Berührungspunkte finden sich immer. Auf gedeihliche Zusammenarbeit, Herr Stuff!»

«Wir wollen es hoffen. Guten Morgen, Herr Bürgermeister.»

7

Herr Gebhardt, der kleine Zeitungsnapoleon von Hinterpommern, wie ihn seine Freunde – er hat aber keine – spöttisch nennen, ist wie immer um neun Uhr auf seinem Büro. Prokurist Trautmann steht schon bereit, denn das Wichtigste ist, jeden Tag über Zahl und Umfang der fälligen Anzeigen Bericht zu erstatten.

«Wissen Sie», pflegt Gebhardt zu äußern, «ich lese meine Zeitung von hinten. Was vorne drin steht, ist mir ganz egal. Die Anzeigen, die machen's.»

Heute ist Montag, ein schlechter Tag, zwei Seiten Anzeigen kaum, man wird stopfen müssen. «Nehmen wir noch mal die halbe Seite Persil mit. Wenn wir doch füllen müssen ...»

Trautmann ist anderer Ansicht: «Nein, wenn wir stopfen, dann etwas, was der Inserent selbst nicht zu Gesicht bekommt. Wir verderben uns sonst die Preise. Nehmen wir Ford, die haben keinen Vertreter hier.»

Der Chef ist einverstanden. «Übrigens, Herr Trautmann, mit der ‹Chronik› ist es nun auch so weit. Der Kauf ist perfekt. Schabbelt hat heute Nacht unterschrieben.»

«Was für Bedingungen?»

«Nichts haben wir konzediert. Ich bitte Sie, wo ihm das Wasser so weit steht! Er kann froh sein, wenn ich ihm die Wohnung lasse.»

Und Trautmann: «Außerdem ginge es nicht ohne Wohnungsamt, ihn hinauszusetzen.»

«Eben. Was machen wir nun? Bestellen wir Stuff her?»

«I wo. Der kann uns kommen.»

«Wir behalten ihn doch?», erkundigt sich der Chef.

«Natürlich behalten wir ihn. Keiner hat so viele Verbindungen hier. Und er kann schreiben.»

«Wie viel Gehalt meinen Sie, Trautmann?», fragt ängstlich der Chef.

«Bisher hat er, glaube ich, fünfhundert bekommen.»

«Fünfhundert! Was denken Sie sich denn! Fünfhundert trägt die ‹Chronik› nie.»

«Nein. Vielleicht trägt sie es, aber jedenfalls geben wir das dem Stuff nicht. Dreihundertundfünfzig und, damit wir ihm die Pille versüßen, zwanzig Mark Spesen im Monat.»

«Aber wenn er dazu nicht abschließt?»

«Was will er machen? Er ist bald fünfzig und geht nicht mehr aus Altholm fort.»

«Jedenfalls muss alles so gemacht werden, dass die Leute nicht merken, dass uns jetzt die ‹Chronik› gehört. Das schadet sonst dem Absatz.»

«Nein, eben. Aber dem Heinsius und dem Blöcker müssen wir es sagen.»

«Meinen Sie? Wollen Sie das tun, oder tu ich es?»

«Natürlich Sie! Sie haben die Zeitung doch gekauft.»

«Also, Herr Trautmann, rufen Sie dann die beiden. – Bitte.»

«Gut. Ich schicke sie Ihnen.»

Heinsius, der Hauptschriftleiter der größten Zeitung Altholms, ein großer kahlköpfiger Mann in einem Lüsterjackett, kommt zuerst gestürmt, ein paar Druckfahnen in der Hand.

«Guten Morgen, Herr Gebhardt! Gut geruht? Gut geruht? Wir haben da heute eine lokale Spitze zum fünfundzwanzigjährigen Jubiläum der Glaserinnung ... Ich habe einige Worte geschrieben, im vaterstädtischen Interesse ... Wenn Sie hören möchten, wenn Sie Zeit haben ...»

«Nicht jetzt. Was macht die Bauerndemonstration?»

«Die Bauern!» Heinsius ist Verachtung. «Ich bitte Sie, die Bauern demonstrieren doch nicht. Wo der Reimers in Stolpe ist. Sie wissen doch, dass der Reimers nach Stolpe ist?»

«Ja. Aber der Oberbürgermeister ist heute früh verreist, auf drei Tage, höre ich ...»

«Und ...?»

«Ob da nicht was im Busch ist? Ob er sich nicht drücken will?»

«Glauben Sie, Herr Gebhardt? Ich werde mich erkundigen, werde horchen. Und wenn – werde ich etwas schreiben, etwas Bissiges, Satirisches. Wir hier werden es Herrn Oberbürgermeister Niederdahl schon nicht vergessen, dass er Sie nicht zum Festessen bei der Einweihung des Säuglingsheimes eingeladen hat.»

«Er hat es vielleicht doch vergessen?»

«Er hat es nicht vergessen. Mir ist hinterbracht ... Nein, ich sage es doch lieber nicht, es ist zu hässlich ...»

«Was denn nun schon wieder! Nein, bitte, sagen Sie es gleich. Ich kann diese Andeutungen nicht vertragen. Reden Sie schon.»

«Er soll gesagt haben, ich weiß es aus bester Quelle, dass der Gebhardt, und wenn er hundert Zeitungen kauft, ein kleiner Mann bleibt, der gerne groß sein möchte.»

«Das ist ...! Zu wem hat er das gesagt?»

«Ich habe zwar mein Ehrenwort gegeben, den Namen nicht zu nennen, aber das gilt natürlich nicht für Sie.»

Und der Zeitungskönig, gequält: «Sagen Sie es doch schon!»

«Stadtrat Meisel.»

«Gut. Wir werden uns das merken. Dieser Akademikerdünkel! –

Herr Heinsius, wir kommen in eine immer schwierigere Lage. Die Politik von Niederdahl können wir nach all den Kränkungen, die er mir angetan, unmöglich unterstützen. Mit dem roten Gareis können wir nicht gehen, sonst springen unsere Inserenten, die Mittelständler, ab, und den Mittelstand können wir unmöglich vertreten, weil die Mehrzahl unserer Abonnenten Arbeiter sind. Was machen wir bloß?»

Der Hauptschriftleiter tröstet: «Wir winden uns durch. Von Fall zu Fall. Überlassen Sie das mir. Ich habe das im Gefühl. Ich stoße nirgends an. Und die Spitze heute gegen den Niederdahl – ich werde mich erkundigen, warum er verreist ist. Wenn aus Verantwortungsscheu, dann soll er was erleben!»

«Erkundigen Sie sich bei Stuff. Der weiß alles.»

«Bei Stuff ...? Außerdem weiß er längst nicht alles.»

«Doch! Bei Stuff.»

«Sie meinen doch Stuff von der ‹Chronik›?»

«Eben.»

«Aber Herr Gebhardt!»

«Herr Stuff ist ab heute mein Angestellter.»

«Ihr ...? So ist ...?»

«Die ‹Chronik› ist heute Nacht in meinen Besitz übergegangen.»

Die Fahnen flattern zu Boden. Heinsius hebt die Arme, die stets geröteten Augen zum Himmel. «Herr Gebhardt! Herr Gebhardt! Dass ich das erlebe! Die Konkurrenz ist besiegt. Stuff ist unser Angestellter! Herr Gebhardt! Ich danke Ihnen. Ich danke Ihnen. Unser Angestellter Stuff ...»

Er schüttelt dem Chef immer wieder die Hand.

«Aber es bleibt geheim, Herr Heinsius. Das Publikum erfährt vorläufig nichts. Es könnte dem Absatz der ‹Chronik› schaden, die natürlich streng rechts bleibt.»

«Geheim? Das ist schade. Immerhin, man wird dem Stuff Anordnungen geben können. Sein Material dürfen wir verwerten. Er kommt zwei Stunden früher heraus. Ich schneide ihn ab heute ständig aus. Und wir schicken ihn vor. In allen bedenklichen Fällen ...»

Heinsius ist in einem Taumel des Entzückens. Er schwelgt in Träumen. «Ich werde es ihm anstreichen, dem Stuff, dass er auf dem letzten Michaelismarkt zweihundert Exemplare von meinem Roman ‹Deutsches Blut und deutsche Not› mit fünfzig Pfennigen verramschen ließ.»

Gebhardt räuspert sich. «Immerhin werden wir sachlich bleiben. Sie sind jetzt Kollegen, die nur den Vorteil des Betriebes im Auge haben.»

«Ihren Vorteil, selbstverständlich, Herr Gebhardt. Bei mir kommen nur sachliche Erwägungen in Frage. Sie werden sehen, welchen neuen Aufschwung jetzt die ‹Nachrichten› nehmen.»

«Sagen Sie auch vertraulich dem Blöcker Bescheid. Warum ist er übrigens nicht gekommen, der Blöcker? Er kommt etwas selten zu mir. Ich sehe meine Herren gerne täglich.»

«Ich weiß nicht. Er hatte da jemanden sitzen in seinem Zimmer. Immerhin. Sie wissen ja, er sollte nicht so viel abends ausgehen, Herr Gebhardt, in seinen Gesangverein. Ein Redakteur führt kein Privatleben.»

«Blöcker trifft ja heute irgendwo sicher den Stuff. Er soll ihn zu acht hierherbestellen. Der Stuff wird schon wissen, warum. Er soll durch den Hofeingang kommen, damit die Leute nichts merken.»

«Jawohl, Herr Gebhardt.»

«Und die Spitze gegen den Ober lassen Sie heute noch. Wir wollen erst die Bestätigung abwarten.»

«Ich erkundige mich schon.»

«Gut. Und jetzt rufen Sie mir Trautmann.»

Trautmann kommt. Der Chef, ihm entgegen: «Hören Sie zu, Trautmann, Sie haben mich eingeführt in den Zeitungsbetrieb.

Sie haben mich vom ersten Tage an beraten. Eben erzählt mir das Klatschweib, der Heinsius, der Ober hätte von mir gesagt, ich bliebe ein kleiner Mann und wenn ich hundertmal groß sein wollte. Wie erledigen wir den Ober?»

«Den kriegen wir auch noch. Aber zu wem soll er das gesagt haben? Dem Heinsius darf man auch nicht alles glauben.»

8

Als Stuff gegen halb zwölf Uhr aus dem Rathaus auf den Marktplatz tritt, herrscht dort nicht mehr der gewöhnliche spärliche Vormittagsverkehr mit wenigen Fußgängern und ein paar Autos, die auf dem Wege von Stettin nach Stolpe die Stadt eilig durchqueren.

Überall stehen Gruppen von Menschen, und ihre Kleidung, die Art, sich bedachtsam mit schweren Knochen zu bewegen, laut und langsam zu reden, lässt sie als Bauern erkennen, selbst wenn Stuff nicht ein ganz Teil von ihnen bei Namen rufen könnte.

Aber er hat jetzt keine Lust, einen anzusprechen, er ist müde und lebenssatt, die Freundschaftsversicherungen mit dem dicken Schmuser, dem Gareis, kotzen ihn an. Er sehnt sich nach dem dunklen Winkel bei Tante Lieschen, nach Bier und Schnaps, nach Vergessen.

Im Weitertrotten denkt Stuff: Ich werde doch mal hingehen, wenn die Bauern demonstrieren. Man kann nie wissen. Um drei soll er losgehen, der Zug, das sind noch vier Stunden. Da lässt sich noch was saufen. Und jetzt sehe ich mir erst mal die Aushängebilder am Ostseekino an, damit ich noch meine achtzehn Zeilen Kritik zusammenphantasieren kann über den neuesten Film.

Vor den Bilderkästen steht ein bekannter Rücken. «Blöcker,

was machst du hier? Altes Aas, gestern auch nicht im Kino gewesen?»

Die feindlichen Kollegen von «Nachrichten» und «Chronik» schütteln sich die Hände.

Zeitungen mögen sich befeinden, Zeitungsbesitzer mögen einander anspeien, Chefredakteure mögen sich hassen: Unzerstörbar ist die Freundschaft zwischen Lokalreportern. Sie tauschen Nachrichten untereinander aus, sie stehlen sich «Neueste», sie helfen einander: «Geh für mich zum Schöffengericht.» – «Gib mir dein Schadenfeuer in Juliusruh.»

«Auf der Krimpo gewesen, Männe? Was Neues?»

«Ein Laubeneinbruch. In der Gastwirtschaft von Krüger eine Schlägerei. Ein Besoffener auf dem Hofe vom Kaufhaus mit blutigem Schädel. Na, ich geb es dir dann. Und du?»

«Zwei Autos auf der Stolper Chaussee zusammengerannt.»

«Tote?»

«Nee.»

«Mist. Verletzte?»

«Zwei schwer.»

«Hiesige?»

«Nein, Stettiner.»

«Dann kann ich es nicht brauchen. Aber du kannst es mir immer geben.»

«Zehn Zeilen werden es doch.»

«Fünf, mehr mach ich nicht draus. – Wie ist das, bringt ihr heute was von den Bauern?»

Der Mann von den «Nachrichten» blinzelt. «Bauern? Danke. Kein Interesse. Das wird nichts.»

«Denke ich auch. Höchstens fünfhundert Mann hier.»

«Dreihundert.»

«Vielleicht auch nur. Ich gehe um drei nicht hin», verkündet Stuff.

«Um drei? Du bist blöd. Um drei schlafe ich.»

«Siehst du! Ich auch.»

Und Blöcker: «Wie ist es? Trinken wir noch einen? Ich gebe einen aus.»

«Du gibst einen aus? Am Vormittag? Du bist doch nicht krank?»

«Heiß ist es, und ich habe Durst.»

«Komisch. Heute ist ein komischer Tag. Na, du erzählst mir schon, was du willst.»

«Nein, nicht hier herein. Da ist jetzt alles voll Bauern. Wir gehen in die Weinstube von Krüger. Da ist es kühl und ruhig, und er kann uns von seiner Schlägerei erzählen.»

Sie gehen schweigend weiter, Blöcker druckst, wie er dem Stuff beibringt, dass er zu Gebhardt zu kommen hat.

«Na, Vadder Benthin, wen suchst du denn?», ruft Stuff den mottenköpfigen Bauern an.

«Dag ok, Stuff. Hast du den Rohwer aus Nippmerow nicht gesehen?»

«Keine Ahnung. Ist ja alles voll Bauern. Was soll er denn? Soll ich ihm was sagen, wenn ich ihn sehe?»

«Ich habe doch dem Bürgermeister versprochen, ich will heute mit den Führern zu ihm kommen. Nun finde ich ihn nicht.»

«Zum Bürgermeister? Was wollt ihr Bauern bei dem Roten?»

«Der Gareis ist nicht schlecht, wenn er auch rot ist. Ich muss Rohwer finden.»

«Na, ich werde ihm sagen, dass du ihn suchst, Vadder Benthin.»

«Schön, Stuff, hör dir heute Nachmittag man unsere Reden an. Das wird schlimm für Finanzamt und Staat.»

«Ich bring euch auf die erste Seite!», spottet Stuff. «Ihr Bauern! Und nun komm, Blöcker.»

Sie treten in das Lokal von Krüger.

9

Es gibt einen Hof Stolpermünde-Abbau, sieben Kilometer vom
Fischerdorf Stolpermünde entfernt. Der Weg, ein jämmerlicher
Sandweg, zieht sich durch Dünen und über brackige Wiesen, auf
denen mehr Rohr und Schachtelhalm als Gras wächst. Hier sind
die Möwen zu Haus und die wilden Kaninchen. Es kann nichts
Verlasseneres und Abgelegeneres geben als Stolpermünde-Abbau.

Es ist auch eigentlich kein Hof, mehr eine Kätnerstelle mit
vierzig, fünfzig Morgen magersten Bodens. Von dem bisschen
Korn und Hafer, die gebaut werden, bekommen die Kaninchen
das meiste. Die Familie des Bauern lebt von Kartoffeln.

Dort gibt es keine Knechte und Mägde. Bauer Banz und Frau
und neun Kinder besorgen alle Arbeit allein. Wenn die Frau
manchmal, vier-, fünfmal im Jahre, nach Stolpermünde kommt,
mit ihren Kindern, so klagt sie wohl, dass die so klein geblieben
sind: «Das macht die schwere Arbeit von früh auf und dass sie
nicht satt zu essen kriegen.»

Der Bauer ist groß und stattlich, die Frau groß und hager, aber
die Kinder sind breite knorrige Zwerge, schweigsame Zwerge mit
ungeheuren Händen.

Manchmal hat der Bauer ein Pferd, manchmal hat er keines.
Dann werden Frau und Kinder vor Pflug, Egge und Kartoffelhäuf-
ler gespannt. All so etwas gibt es noch.

Zur Schule kommen die Kinder fast nie. Welches Kind kann
vierzehn Kilometer Schulweg gehen? Aber einmal vor anderthalb
Jahren fand ein Vollstreckungsbeamter den Weg nach Stolpermünde-Abbau: Seitdem gibt es dort auch nicht mehr periodisch
ein Pferd. Damals verschwand auch der Bauer für einige Zeit, es
war nicht glatt abgegangen bei der Pfändung, so durfte er sich
ausruhen ein paar Monate im Gefängnis.

Als er wiederkam, hängte er ein Schild an die Hauswand: «Dieser Hof wurde im Winter 1927 von Landjägern und Vollstreckungsbeamten der deutschen Republik räuberisch überfallen.»

Ein lächerliches Schild, es hing dort, rein für niemanden.

Das nächste große Ereignis war, dass ein Auto ein paar Male den Weg nach dem Abbauhof gemacht hat, in der letzten Zeit, des Nachts. Die Frau und die Kinder haben es nicht gehört, aber sie sahen die Spur am andern Tage im Sandweg. Waren es Leute, die etwas vom Bauern wollten, nun, der Vater hat sie selbst abgefertigt. Der Vater ist viel nachts unterwegs.

Seitdem ist die Scheune verschlossen mit einem Vorhängeschloss. Wenn der Bauer es so will, man wird nicht fragen. Wer viel fragt, bekommt viel Antwort.

«Ich brauche auch Stroh für die Kuh», sagt an diesem Morgen die Frau zum Bauern.

«Mach mir Brot auf den Weg», sagt der Bauer und geht aus der Küche.

Nach einer Weile kommt er wieder. «Wo ist das Brot? Das ist alles? Ich brauche Brot für den ganzen Tag.»

«Die Kuh kommt zum Kalben heute», sagt die Frau.

«Die Kuh kommt nicht zum Kalben heute», sagt Bauer Banz.

«Schließ die Scheune auf. Ich hole mir das Stroh selbst.»

«Wenn der Franz», sagt jähzornig der Bauer, «sich noch einmal an der Scheune zu schaffen macht, schlage ich ihn über den Brägen.»

Der Bauer geht wieder hinaus und klopft die Sense. Nach einer Weile stellt sich die Frau vor den Dengelamboss. «Was ist das für eine Art, die Scheune abzuschließen?»

«Du mähst nachher Klee für die Sau», sagt der Bauer und wetzt die Schneide.

«Du treibst es so lange, bis sie dich tot nach Haus bringen.»

«Hast du auch viel verloren. Zu zehnen verhungert es sich nicht schlechter als zu elfen.»

«Was ist in der Scheune?», fragt die Frau böse.

«Was dich nicht beißt.»

«Ich breche das Tor mit der Axt auf.»

«Wer in die Scheune kommt, ist tot. Dann ist der Hof weg mit allem, was darauf lebt.»

«Ich will nicht, dass du ins Zuchthaus kommst, Banz.»

«Lies in der Bibel, dass du untertan zu sein hast, Frau.»

«Auch du hast untertan zu sein deiner Obrigkeit.»

«Diese Obrigkeit ist nicht von Gott.»

«Und was tue ich allein hier, wenn du tot bist?»

Der Bauer sieht auf, fährt noch einmal mit dem harten Daumen über die Schneide. «Eine Karre Klee für die Sau, nicht mehr. Und in der Futterkiste steht ein Sack Weizenschrot. Mach ihr das Futter fertig für einen Tag. Es ist möglich, dass ich erst morgen früh komme.»

«Ich will wissen, wohin du gehst.»

«Jetzt komm mit.»

Der Bauer geht voran, die Frau zwei Schritte hintennach. Er geht durch zwischen Scheune und Haus, gradeaus, den Feldrain entlang, zwischen Roggen und Kartoffeln. In den Kartoffeln jäten die Kinder.

«Neun», zählt der Bauer.

Als sie am Waldrand sind: «Sieh dich um und zähle, ob uns auch keiner nachkam.»

«Neun», sagt die Frau.

Sie gehen weiter. Der Boden ist glatt von Kiefernnadeln, die Brandung der See wird lauter. Unter einer alten Föhre bleibt der Bauer stehen.

«Wenn ich nicht wiederkomme und sie halten mich nur fest, kommt einer und sagt es dir. Dann lebt ihr so weiter. Fremde nimmst du nicht auf den Hof. Was in der Scheune ist, bekommt der Mann, der die Botschaft brachte.»

«Ja.»

«Wenn ich gar nicht wiederkomme, ziehst du fort vom Hof, in eine Stadt, möglichst weit von hier. Du kannst nähen oder Aufwartung tun, und die Kinder können auch arbeiten. Was hier liegt, im Kaninchenloch, gibst du nicht aus. Erst in der Stadt. Und langsam, dass kein Verdacht kommt. Es sind neunhundertneunzig Mark. Alles Zehnmarkscheine.»

«Wie kommst du zu dem Gelde?», fragt die Frau. «Gefunden», sagt der Bauer. «Es ist in Wachstuch. Die Kaninchen hatten es vorgewühlt.»

«Gefunden, Banz ...?»

«Es ist, wie ich sage. Einer hat's hier versteckt, vielleicht für einen Notfall. Es bleibt liegen. Ist Notgeld. Nur wenn du in Not kommst, rührst du es an.»

«Ich will kein Geld, ich will dich», sagt die Frau.

«Und pass auf den Franz auf, dass er nicht in die Scheune geht. Der Franz ist neugierig.»

«Er kommt nicht in die Scheune.»

«Geh gleich zurück, dass er es jetzt nicht tut. Ich mache mich hier unten am Strand lang.»

«Gehst du gleich?»

Der Bauer Banz geht schon, zwischen den Stämmen durch, nach den weißen Dünen hin.

Die Frau sieht ihm nach. Eine Minute. Zwei Minuten. Sie macht eine Bewegung, einen Schritt. Dann dreht sie um und geht langsam nach dem Hof Stolpermünde-Abbau zurück.

10

Vadder Benthin hat den Rohwer doch noch gefunden, an der The-ke bei Tante Lieschen stand er und liebäugelte mit der Mamsell. Er findet, alles ist Unsinn, was Benthin mit Gareis besprochen hat.

«Ich will dir was sagen, Benthin, was sollen wir bei dem Roten? Sollen wir seine Arbeit machen? Demonstrieren dürfen wir, das ist Gesetz. Und wie er mit der Demonstration fertig wird, das ist seine Arbeit, dafür wird er bezahlt.»

«Da hast du nicht unrecht», nickt Vadder Benthin.

«Mit den Führern zu ihm kommen», fragt Rohwer. «Ich will dir was sagen, Benthin, wer ist denn hier Führer? Du oder ich oder der Junge da mit der Schülermütze von der landwirtschaftlichen Schule?»

«Du», sagt Benthin.

«Quatsch. Wieso ich? Bin ich gewählt?»

«Nein. Gewählt bist du nicht.»

«Oder hat mich jemand ernannt? Der rote Gareis vielleicht? Oder der Hampelmann aus Papier in Stolpe?»

«Das nun auch nicht.»

«Wir sind keine Partei, Benthin, lass dir sagen, wir sind kein Verein. Und Führer gibt es schon gar nicht.»

«Aber wo ich es ihm in die Hand versprochen habe, dass ich mit den Führern zu ihm komme? Tu mir den Gefallen. Rohwer, es dauert nur zehn Minuten.»

«Was hast du ihm in die Hand versprochen?»

«Dass ich mit den Führern zu ihm komme.»

«Und wenn es keine Führer gibt ...?»

Benthin betrachtet ihn unruhig.

«Dann kannst du auch nicht mit den Führern zu ihm kommen, das ist doch klar. Dann hast du dein Wort nicht gebrochen.»

«Aber wenn er mich suchen lässt?»

«Das wollen wir schon kriegen. Der soll dich nicht finden. Bleib du man hier hübsch bei Tante Lieschen, im Dunkeln hinter der Theke. – Jungbauer!»

«Ja, Bauer?»

«Geh mal in die Lokale und sag Bescheid, dass, wenn einer von den Polizeileuten kommt und nach Vadder Benthin hier aus Altholm fragt, dass ihm dann gesagt wird: Er ist grade ins nächste Lokal gegangen. Verstehst du, Jungbauer!»

«Wird gemacht, Bauer», und der Jungbauer verschwindet.

Am Tisch an der Tür sitzen zwei Männer in schlichten halbstädtischen Anzügen, ohne weiße Wäsche, Handwerksmeister oder so was.

«Hast du das gehört?», fragt Perduzke den Kriminalsekretär Bering.

«Ich höre überhaupt gar nichts», sagt der. «Ich trinke hier Bier.»

«Die wollen uns von der Polizei in den April schicken.»

«Lass sie doch. Dafür schicken wir das fette Schwein, den Gareis, und den Frerksen in die Hölle, wenn wir unsere Spesenrechnung einreichen, und haben nichts gehört.»

«Recht hast du», bestätigt Perduzke. «Dem Frerksen, dem Schwein, gönne ich den Rotlauf. Tante Lieschen, bring uns noch einen Halben.»

Die Männer trinken weiter.

Auf geht die Tür, und hastig tritt in voller Uniform der Oberinspektor Frerksen ein. Sein helles Haar kommt wirr und feucht unter der Dienstmütze hervor, sein Gesicht ist gerötet, seine Augen blicken ärgerlich hinter der Brille. Er streift seine beiden Kriminalbeamten mit einem Blick, sieht in das Gewühl von Bauern, umwölkt vom Dampf zahlloser Pfeifen und Zigarren, er setzt an, will sprechen, setzt wieder ab. Er ruft: «Ist hier vielleicht der Landstellenbesitzer Benthin aus Altholm?»

Eine Art Stille entsteht, die Bauern drehen sich um nach dem Polizeioffizier und beglotzen ihn. Aber niemand antwortet.

«Ich frage», ruft Frerksen von neuem, «ob hier der Landstellenbesitzer Albert Benthin ist.»

Weiter Schweigen.

Dann ruft eine ganz hohe Stimme: «Hier gibt es keinen Benthin.»

Und eine andere knarrt langsam: «Vadder Benthin ist eben in 'nen Bananenkeller gestolpert!»

«Von da komme ich», ruft ärgerlich Frerksen.

«Dann ist er im roten Kabuff!»

«Nee, im Tucher!»

«Bei Krüger!»

«Nee, bei Tante Lieschen!»

«Der hat seine Kleine in der Grotte!»

«Seine Alte hat eben 'nen Zwilling hintennach gekriegt.»

«Ruhe!», brüllt eine Stimme. Es wird still.

Frerksen steht auf der Schwelle und sieht in das Gewühl. Er ist blass geworden. Dann dreht er sich kurz um und geht aus dem Lokal.

In das Gesumme der wieder einsetzenden Unterhaltung sagt Bering: «Junge, Mensch, Perduzke, diesmal haben wir es verschissen. Das durften wir unserm Chef nicht bieten lassen.»

«Was du nur willst! Wir sind doch hier geheim, zur Beobachtung. Da dürfen wir doch nicht mit einem Schutzmann in Uniform sprechen!»

«Na, hast du gesehen, wie er käsig wurde? Die Bauern haben einen hübschen Groll auf die Polizei.»

An der Theke sagt Rohwer zum erregten Benthin: «Jawohl, Vadder Benthin, sie haben es zu toll gemacht.»

«Gemein sind sie gewesen», ruft Vadder Benthin. «Frerksen ist auch ein guter Altholmischer.»

«Das macht, du bist die blaue Stadtsoldatenuniform gewöhnt. Unsereiner vom Lande, was ein richtiger Bauer ist, dem wird von dem Blau gleich rot vor den Augen.»

«Die Schweine sollen meine Frau in Ruhe lassen! Der Junge ist meiner.»

«Wissen wir alle, Vadder Benthin. Du hast 'ne gute Frau. Und nun komm mit ins Tucher. Da haben wir jetzt Führerbesprechung.»

«Führerbesprechung?»

«Na ja, was man so nennt. Richtige Führer sind das nicht. Also mach schon. Komm!»

11

Rohwer und Benthin gehen still und langsam nebeneinanderher, ihre schweren Arme hängen ungeschickt herunter.

«Hast du eigentlich einen Handstock?», fragt Rohwer.

«Nein, ich ...», fängt Benthin an.

«Nun weiß ich nicht», setzt Rohwer fort, «habe ich meinen mitgenommen heute früh oder nicht? Dann hängt er in einer Kneipe. Aber in welcher?»

«Ich habe keinen mitgenommen, weil ...»

«Ein Bauer ohne Stock ist ein Mädchen ohne Rock. Wollen uns einen kaufen beim Schirmmacher Zemlin.»

«Im Zuge dürfen wir keine Stöcke tragen.»

«Dürfen wir nicht? Was du nicht alles weißt! Wer verbietet denn das?»

«Die Regierung. Die Polizei. Stöcke im Zuge sind verboten.»

«Aber doch nicht für die Bauern? Wenn ein Arbeiter mit einem Stock geht, dann will er sich prügeln. Wenn ein Bauer mit einem Stock geht, dann will er was in der Hand haben. Also komm schon.»

«Ich kauf keinen.»

«Wie du willst. Geh immer schon voran ins Tucher.»

Und Rohwer geht in den Laden.

Benthin wandert vor dem Laden auf und ab. Er sieht alle Bauern an, die vorbeikommen: Fast alle tragen Stöcke. Das dürfen wir doch nicht, denkt er. Aber wenn es alle tun? Es ist wirklich nichts so ohne was in der Hand.

Er möchte sich auch einen kaufen.

«Da sind Sie ja, Herr Benthin», sagt eine Stimme hinter ihm, und Polizeioberinspektor Frerksen reicht ihm die Hand.

Benthin erschrickt tüchtig. «Ja, hier bin ich ... Ich war nur mal ...»

«Bei der jungen Frau? Beim Jungen?»

«Nein. Nicht. Ich war ...»

«Also, Herr Benthin, warum sind Sie nicht aufs Rathaus gekommen, zum Bürgermeister?»

«Weil keine Führer da sind.»

«Keine Führer?»

«Nein. Keiner. Der Reimers sitzt ja.»

«Also, der Reimers ist doch ein Führer?»

«Nein, nein, das habe ich nicht gesagt, Herr Oberinspektor. Der Reimers ist auch nicht Führer. Keiner ist Führer.»

«Aber Sie sagten doch ...»

Vadder Benthin ist sehr erregt. «Fangen dürfen Sie mich nicht wollen, Herr Oberinspektor. Das ist nicht anständig. Fangen, das gilt nicht.»

«Keiner will Sie fangen. Ich frage nur so. Wer lässt denn antreten?»

«Das weiß ich nicht.»

«Lauft ihr denn so los? Wie eine Herde? Bald ein paar und dann wieder ein paar?»

«Wir haben doch», sagt Benthin gekränkt, «die Stahlhelmkapelle aus Stettin. Und dann haben wir eine Fahne, und wenn die Fahne herauskommt, dann treten wir an.»

«Eine Fahne habt ihr auch?»

«Eine feine Fahne haben wir. Da werden die Altholmschen glotzen.»

«Dann ist der Fahnenträger wohl der Führer? Wer ist es denn?»

«Das weiß ich nicht. Fragen Sie mich nicht, Herr Oberinspektor, ich weiß gar nichts. Da habt ihr mich schon aufs Rathaus geholt, aber ich bin gar nichts, ich habe nichts zu melden bei den Bauern.»

«Das hast du auch nicht», sagt Bauer Rohwer und stellt sich daneben.

«Vielleicht Sie?», fragt Frerksen. «Wie heißen Sie denn?»

«Danach fragen Sie mich man, wenn der Hahn Eier legt. Ich hab Sie auch nicht nach Ihrem Namen gefragt.»

«Sie haben doch vorhin an der Theke gestanden, als ich nach Herrn Benthin fragte?»

«Ich seh mich nicht um, wenn ein Blauer schreit. Da guck ich weg, und da geh ich weg. – Komm denn auch bald, Vadder Benthin.»

Bauer Rohwer geht langsam weiter. Frerksen lächelt mühsam. «Das sind erregte Leute, Ihre Freunde, Herr Benthin. Das sind unsere Freunde nicht.»

«Das sind Bauern. Die meinen das nicht so. Und sie mögen die Uniform nicht sehr gerne.»

«Aber ich habe ihnen doch nichts getan!»

«Sie?! Alle Uniform hat uns was getan. Der ganze Staat hat uns was getan. Früher hatten wir zu leben, heute ... Ich möchte mal wissen, wie Ihnen das ist, wenn einer kommt in Uniform und holt Ihnen das Vieh aus dem Stall.»

«Ich hab noch keinem sein Vieh aus dem Stall geholt.»

«Aber Sie haben ihn nach seinem Namen gefragt auf der Straße, so was tut ein anständiger Mensch nicht.»

«Ich habe es nicht so gemeint. Aber alle sind heute so schrecklich aufgeregt.»

«Sie sind so aufgeregt, Herr Oberinspektor.»

«Ich? Keine Spur. Ich gehe morgen in Urlaub, ich denke überhaupt nur an meine Reise.»

«Das merkt man nicht, Herr Oberinspektor.»

«Das ist aber so. – Also, Herr Benthin, wir sind doch zwei alte Altholmer, und wir wollen doch beide nicht, dass in unserer Vaterstadt was passiert?»

«Das wollen wir nicht.»

«Also, Vadder Benthin, kommen Sie, wir geben uns hier offen die Hand darauf, dass wir alles tun wollen, damit es glattgeht.»

«Das kann ich wohl versprechen. Wir Bauern machen keinen Stank.»

«Und wenn Sie was hören, Herr Benthin, dass es nicht glattgeht, dass da welche sind, die wollen stänkern, dann kommen Sie zu mir. Dann machen wir es ohne Aufheben schlicht, dass kein Krach wird.»

«Das kann ich sagen. – Wenn ich Sie finde.»

«Also», sagt Oberinspektor Frerksen und atmet tief auf, «also haben wir uns hier unser Versprechen gegeben als Altholmer und wollen's halten. Für unsere Vaterstadt.»

«Woll, woll, Herr Oberinspektor. Und nun laufen Sie nicht mehr so in der Sonne rum, das bekommt Ihnen nicht. Trinken Sie ein Bier, das kühlt schön ab. Herrgott, Mann, was schwitzen Sie!»

«Also denn alles Gute, Herr Benthin!»

«Auf Wiedersehen, Herr Oberinspektor!»

Es ist die ruhige Stunde im Zentralgefängnis Altholm, mittags eine Weile nach dem Essen. Die Eisenstege in den ungeheuren fünfstöckigen Schächten der vier Zellengefängnisflügel liegen verödet da. Der Hauptwachtmeister sitzt in seinem Glaskäfig und schreibt, jetzt hebt er nicht den Blick. Um diese Stunde ist nichts zu beaufsichtigen in all den Gängen, die man von seinem Bauer aus übersehen kann: Das Gefängnis schläft.

Aus der Wachtmeisterstube von Station C 4 kommt sachte ein Wachtmeister gegangen. Er bleibt ein Weilchen am Gitter seines Steges stehen, schaut in den Schacht hinunter, nach dem Hauptwachtmeister hin. Nichts rührt sich.

Er steht da, er ist kalt entschlossen, auch wenn der Hauptwachtmeister aufsieht, wird er in Zelle 357 gehen. Hilfswachtmeister Gruen geht zehn Schritt weiter, bleibt vor der Tür von Zelle 357 stehen. Er macht eine jämmerliche Figur, ein Hering mit dem rosaweißen Gesicht eines Säuglings, hellblauen Basedowaugen, einem viel zu blonden Spitzbärtchen, und auf dem blanken Eischädel kein Haar. Wegen seiner schlechten Uniform kotzt ihn der Hauptwachtmeister jeden Tag an, in seinen Schuhen sind Risse, die Schnürsenkel sind Bindfäden, die von der Schuhwichse nur stellenweise gefärbt sind.

Da steht er, Hilfswachtmeister in Diensten der preußischen Justizverwaltung, Empfänger von hundertfünfundachtzig Mark monatlich, von denen er sich, die Frau und drei Kinder zu ernähren hat, zurzeit Herr über Wohl und Wehe von Station C 4, das sind vierzig Zellengefangene. Unter ihnen liegt der Untersuchungsgefangene Tredup, den Gruen für einen Bombenleger hält. Man hat ihn aus dem Untersuchungsgefängnis ins Strafgefängnis verlegt, damit jede Verständigung mit der Außenwelt unmöglich ist.

Gruen wirft noch einen Blick auf das Glasbauer mit seinem Feind, dem dicken Hauptwachtmeister. Ihm ist etwas wirr im Kopfe, er weiß noch nicht, was er tun will, aber er hat wohl gesehen, was am Tor geschieht. Wenn sie auch denken, er ist mall, er weiß doch: Sie wollen wieder den Bauern eins auswischen, es ist wieder etwas Rotes im Gang, wie damals, als sie ihn an die Wand stellten.

Er schiebt den Riegel von Zelle 357 ganz leise zurück. Dann schaut er durch den Spion: Der Gefangene liegt auf dem Bett und pennt. Gruen nickt vor sich hin und lacht. Er schließt vorsichtig das Schloss, einmal, zweimal. Nun macht er die Tür auf.

Jetzt kann er den Hauptwachtmeister nicht mehr sehen, wenn der aber jetzt dreimal mit seinem Schlüssel auf das Eisengitter klopft, hat er gemerkt, dass der Wachtmeister trotz des Verbots die Zelle aufgeschlossen hat.

Es bleibt alles still. Es ist, als atme das Haus ruhig weiter. Gruen lacht wieder, tritt in die Zelle und zieht die Tür sachte hinter sich zu.

Draußen vor dem Gefängnis ist den ganzen Vormittag ein lebhaftes Kommen und Gehen gewesen. Wohl ist am Vormittag von Feinbube, von Rehder und Rohwer, von Benthin und Bandekow in den Lokalen immer wieder die Parole ausgegeben worden: Der Reimers ist nicht mehr in Altholm, die Demonstration vor dem Gefängnis fällt fort.

Aber da sind Bauern, die neugierig sind, sie wollen das Haus sehen, in dem ihr Führer geschmachtet hat. Und dann ist da ein fremder Bauer aus dem Hannöverschen gewesen, einer mit Stulpenstiefeln und einem Gamsbart auf dem Hut, ein Delegierter, ein ganz Eingeweihter in die Bauernschaft, der hat hinter der Hand geflüstert: Es ist alles nicht wahr, der Reimers ist doch hier in Altholm, und sie halten ihn wie einen Hund.

Manche von den Bauern haben einfach am Tor geklingelt und

haben den Reimers zu sprechen verlangt. Andere haben auf dem Platz gestanden und haben hinübergeschaut, wo sich jenseits der hohen roten Mauer die graue Zementfassade des Gefängnisses auftürmt, eine glatte, trostlose graue Wand, nur gegliedert von dem Einerlei der Gitterlöcher.

Sie haben davon gesprochen, hinter welchem dieser Hunderte von Löchern der Franz wohl sitzen mag. Dann hat das Gefängnistor geknarrt, und ein Beamter ist herausgekommen, mit seinem Kaffeetopf unterm Arm, nach beendigtem Dienst, oder so ein blasser, halbverhungerter Gefangener mit einem Pappkarton, in dem er wohl seine sieben Zwetschgen hat, am Bändel.

Jetzt ist wieder eine Gruppe von Bauern da, die stehen stumm und sehen nach der grauen Wand hin. Es sieht alles so tot aus, unmöglich sich vorzustellen, dass darin Leben ist, hinter jedem Loch ein Mensch, der in die Freiheit will.

Die großen Schlösser am Tor krachen, die Bauern sehen sich um. Es kommt ein Mann heraus, ein großer starkknochiger Mann in Manchester mit geschmierten Schuhen. Er redet noch ein paar Worte mit dem Wachtmeister, der ihn hinauslässt. Dann geht das Tor zu, und der Mann steht da mit seinem braunen Pappkarton an der Schnur und sieht auf den weiten Platz, der blendend in der grellen Julinachmittagssonne liegt.

Er schiebt das Paket unter den Arm, macht ein paar Schritte, schaut sich um und bemerkt die Bauern. Er zögert wieder, dann geht er piel auf sie los.

«Tach ook, ji Buern», sagt er und zieht an der Mütze. «Braucht keiner von euch einen Dienstknecht?»

Die Bauern betrachten ihn stumm.

«Es ist nicht», sagt der Große, Starkknochige, «dass ich nicht arbeiten kann. Ich hab vorgemäht im Wickgemenge beim Grafen Bandekow und trage meine zwei Zentner auf den Boden wie 'nen Klacks.»

Die Bauern sagen nichts.

«Dass ich geklaut habe», sagt der Mann, «das ist nicht an dem. Ich klaue nicht. Es war wegen einem kleinen Mädchen. Sie wollte. Aber weil zufällig Leute dazukamen, fing sie an zu kreischen. Und da musste sie ja dabei bleiben, dass ich ihr Gewalt angetan hätte.»

«Da bist du», fragt der Bauer Banz, «wohl lange im Kittchen gewesen?»

«Es geht an», sagt der Mann. «Neun Monate. Wie ist's, will keiner von euch einen starken Mann haben zur Roggenernte?»

«Da kennst du wohl alle drinnen im Bau?», fragt wieder Bauer Banz.

Der Mann lacht schallend. «Alle kennen? Na, du bist gut. Die von meiner Station, und auch die noch nicht mal alle.»

«Ich weiß nicht Bescheid von solchen Dingen», sagt der Bauer verlegen. «Aber kennst du wohl einen Franz Reimers?»

«Reimers?», fragt der Mann. «Warte mal. Da waren so viele. Lange ist der nicht drin gewesen, was?»

«Ist er denn nicht mehr drin?»

«Jetzt weiß ich. Das ist so ein Langer, bartlos, schon mit grauem Haar?»

Die Bauern nicken eifrig.

«Der hat irgendetwas gemacht, mit Steuern, er hat es mir erzählt in der Freistunde. Es war etwas mit Ochsen, was?»

Die Bauern nicken eifrig. «Das ist er», sagt Banz.

«Ja, liebe Leute. Der Mann ist aber weg. Der ist nicht mehr hier. Der ist in Stolpe.»

«Weißt du das sicher?», fragt nach einer Weile des Schweigens Banz.

«Wenn ich es dir sage», widersetzt der Lange. «Er hat in der Zelle neben mir gelegen, noch vor einer Woche. Dann kam er nach Stolpe.»

«Hat er es dir gesagt, dass er nach Stolpe geht?», fragt wieder Banz.

«Sie wollen mich befragen in Stolpe, hat er gesagt, weil es in Stolpe geknallt hat. Dabei war ich schon drin, hat er gesagt, als es knallte.»

Die Bauern sehen sich untereinander an, auf den Langen, auf die graue öde Zellenwand.

In diesem Augenblick kommt von dort oben ein Geräusch. Eines der Klappfenster hat sich schräg gestellt, ist aufgegangen. Etwas Weißes erscheint: eine Hand, die von drinnen um die Gitterstäbe fasst. Etwas größeres Weißes, etwas rundes Weißes: in der Ecke, gegen die Wand gepresst, ein Gesicht.

Sie sehen es deutlich, die Bauern, von unten: Ein Loch tut sich im Weißen, Runden auf, ein kleines schwarzes Loch, und nun schreit es zu ihnen herunter, eine grelle, atemlose Stimme: «Helft mir, ihr Bauern! Sie bringen mich um! Helft, ihr Bauern!»

Die Bauern machen einen hastigen Schritt gegen die Umfassungsmauer, dann sehen sie auf den Langen – von oben gellt weiter die Stimme um Hilfe –, auf den Langen, der fassungslos glotzt.

«Was ist das?», schreit Banz. «Du Räuber, ich frage dich, was ist das?»

«Das ist er nicht. Das kann der Reimers nicht sein. Der Reimers ist doch fort im Auto!»

«Doch, das ist der Reimers!»

«Wer soll es sonst sein?!»

«Das ist Franz!»

«Du Lügner!»

Und Banz plötzlich: «Du Spitzel! Du Räuber, warte, ich will dir ...»

Die Stimme von oben schreit, kreischt: «Hilfe, ihr Bauern! Hilfe! Ich hab's für euch getan. Helft mir auch! Helft!»

Und plötzlich ist es, als erbrauste das Haus, das tote. In allen

Gitteröffnungen stellen sich die Scheiben schräg, überall weiße Hände, weiße Gesichter mit schwarzen Mundlöchern, ein Gebrüll der Hölle: «Helft uns, ihr Bauern! Helft uns, ihr Bauern!»

Dahinein gellt unaufhörlich eine Glocke, Pfiffe, Gejohl, scharfes Klingeln.

Der Lange rafft sich zusammen, flieht vor den Händen von Banz zu dem Gefängnistor, hämmert dagegen. Zwei, drei Bauern laufen ihm nach, halten ihn sinnlos fest, heben die Fäuste gegen ihn.

Zwei starren auf die Wand, auf die Brüllenden, auf den weißen Fleck, der zuerst schrie.

«Kommt rasch. In die Stadt. Alle müssen hierher!»

Und Banz: «Alle müssen kommen! Schrecklich, was hier geschieht!»

«Alle müssen hierher. Alle!»

Und im Laufen: «War das der Franz wirklich?»

«Wie kannst du das sagen aus der Entfernung! Aber er wird es schon gewesen sein.»

Sie stürzen zur Stadt.

13

Das Tucher ist das Lokal in Altholm mit dem größten Saal. Hunderte von Bauern sitzen hier, stehen herum, trinken, rauchen oder lehnen abwartend an der Wand.

Eine dichte Gruppe umsteht Henning und Bandekow, die dabei sind, die für den Transport auseinandergenommene Fahne wieder zusammenzusetzen. Henning hantiert, ohne aufzusehen, mit einer Zange, er dreht die Muttern an, die eine Blechschlaufe um den Schaft zusammenziehen. An ihr sitzt die Sense.

«So. Das mag halten.»

«Es sitzt noch ein bisschen wacklig», meint Bandekow.

«Weil ich den Schraubenschlüssel vergessen habe. Aber es hält.»

«Gestatten Sie», ertönt eine Stimme, «gestatten Sie, dass ich mich vorstelle: Landwirt Megger aus dem Hannöverschen. Bei Stade her. Meggerkoog.»

Vor Henning steht ein untersetzter Mann, in Stulpenstiefeln, mit grünem Flausch, einem Gamsbart auf dem Hut.

Henning will seinen Namen nennen, als er von hinten einen Stoß bekommt. «Was soll denn das?!»

Er dreht sich um. Hinter ihm steht Padberg, sieht ihn bedeutungsvoll an, sein Mund formt das Wort: «Schmiere!»

Henning lächelt. «Haben Sie vielleicht den Schraubenschlüssel? Würden Sie vielleicht dem Friedrich sagen ... Ach, richtig ja, verzeihen Sie, die Sense will nicht festsitzen.»

«Sie haben da eine Fahne ...», sagt der Landwirt aus dem Hannöverschen, freundlich lächelnd.

«Ja? Meinen Sie? Richtig, eine Fahne», sagt mit Ernst Henning.

«Eine ungewöhnliche Fahne. Eine symbolische Fahne. Würden Sie sie erklären? Wir Hannoveraner Bauern nehmen starken Anteil daran.»

«Ja? Ich erkläre sie am besten, indem ich sie Ihnen zeige. – Platz, ihr Bauern, Platz!»

Ein freier Raum entsteht um Henning. Er hebt die Fahne hoch, schwenkt sie mit einer Hand, fängt sie mit der andern wieder. Brausend entfaltet sich das Fahnentuch: der weiße Pflug, das rote Schwert im schwarzen Felde.

«Antreten! Antreten!», rufen viele Stimmen. «Antreten! Es geht los. Antreten!»

Sechstes Kapitel

Das Gewitter bricht los

1

Aus allen Lokalen strömen die Bauern. Die weite Fläche des Marktplatzes ist voll von ihnen, manche laufen noch hin und her, aber andere formen sich schon zur Masse, zum Zug, einem Zug, dessen Spitze achtgliedrig vor dem Eingang des Tucher Aufstellung genommen hat.

Dahinter wird angeschlossen. Dörfer bleiben zusammen, es regelt sich von selbst, Padberg, der hin und wider eilt, braucht kaum ein Wort zu sagen.

Auf den Bürgersteigen bleiben Neugierige stehen, nicht eben viele, aber doch alle, die in einer Industriestadt von vierzigtausend Einwohnern an einem wolkenlosen heißen Julinachmittag unterwegs sind: Arbeitslose, Kinder, Frauen, ein paar Geschäftsleute. Die Fenster, die auf den Marktplatz gehen, öffnen sich, drin liegen die Dienstmädchen, ein Fenster weiter die Hausfrauen. Sie tauschen miteinander Eindrücke und Beobachtungen aus.

«Kiek es! Da kommt auch noch die Fahne!»

«God, so swatt!»

«Die reine Seeräuberflagge!»

Alles reckt die Hälse.

«Das geht nicht, Henning», sagt Padberg, «die Sense wackelt ja. Wenn sie runterfällt, haben wir zum Schaden den Spott.»

«Herr Haas», sagt Henning zum Wirt des Tuchers, «wo bleibt Ihr gottverfluchter Friedrich mit seinem Schraubenschlüssel? Mit der Zange kriege ich die Muttern nicht fester.»

«Gleich. Gleich, Herr. Treten Sie nur in den Gang. Ich habe den Franzosen zur Hand.»

Henning verschwindet wieder mit der Fahne.

«Der hat Angst gekriegt mit seinem schwarzen Lappen», verkündet ein Arbeitsloser.

«Na, so rot wie der Lappen, dem du am Abend nachläufst, kann nicht alles sein.»

«Besser als euer schwarzscheißgelber Fetzen.»

«Wenn du ...!»

«Ruhe, meine Herren», sagt Perduzke, der sich durchs Gewühl schiebt. «Warum sich erhitzen? Es ist doch schon heiß genug!»

Alle lachen.

Unterdes hantiert Henning an der Fahne.

«Sag mal, Padberg, wo bleibt eigentlich die Musik?»

Padberg grunzt. «Hab ich die ganz vergessen! Die Brüder sitzen beim Obermeister Besen am Teich und saufen sich voll, die Löcher.»

«Schick doch einen Jungbauern.»

«Natürlich. – Sie da! Wollen Sie mal so gut sein und dem Kapellmeister von der Stahlhelmkapelle sagen, er soll sofort kommen mit seinen Leuten? Sitzt bei Besen am Teich. Sie kennen das? Und wenn Sie ein wenig laufen wollten ...?»

Der Jungbauer läuft.

«Du, der von der Schmiere, der wollte nur deinen Namen wissen.»

«Als du mir den Stups gabst und ich seine dreckige Visage ansah, wusste ich schon Bescheid.»

«Beinahe hätte er das Fahnentuch in die Fresse gekriegt.»

«War die Absicht. – So, die sitzt jetzt fest, und wenn ich sie zehn Leuten durch den Bauch renne.»

«Du solltest solchen Stuss nicht einmal denken.»

«Tu ich auch nicht. So was redet sich von alleine.»

«Jedenfalls haben wir dein Wort.»

«Das habt ihr. Leider. Ich hebe keine Hand.»

Sie treten wieder hinaus auf den Marktplatz. Der Zug ist endlos geworden, nicht mehr abzusehen, weit in der Stolper Straße noch stehen die Bauern.

«Nun, das tut gut, wenn man so was sieht.»

«Dreitausend! Und wie viele sitzen noch in den Lokalen am Burstah!»

«Die nehmen wir mit, wenn wir vorbeiziehen. – Du hast doch recht gehabt, Henning, ohne die Fahne wäre es nichts.»

«Die macht Laune!»

Sie sehen beide hinauf zur Fahne, die im leichten Sommerwinde sich entfaltet. Der Pflug scheint sich zu bewegen, regungslos schwebt das rote Schwert darüber.

«Lass doch abrücken jetzt», drängt Henning.

«Wieso? Erst die Musike!»

«Die Leute werden ungeduldig.»

«I wo. Bauern werden nicht ungeduldig.»

Durch die Leute auf dem Bürgersteig drängt ein ganzer Trupp Stadtpolizei, voran ein Uniformierter mit dicken Epauletten und Schnauzbart. Die Mannschaften haben den Riemen der Tschakos unter dem Kinn.

«Wollen die was von uns?», fragt Henning.

«Abwarten! Was sollen die denn wollen? Wir sind doch friedlich.»

«Gewiss doch», sagt Henning.

Aber die Stadtpolizei ist schon vorbei. Alle Mann haben zur Fahne emporgeschaut, der Führer hat etwas gesagt, und die Nachbarn haben gegrinst.

«Siehst du», sagt wiederum Henning und meint diesmal die Fahne.

«Man kann nie wissen», sagt Padberg trocken. «Grzesinskis Wege sind wunderbar.»

2

Über den Marktplatz kommt ein Mann geschritten, in blauer Uniform, die Brille auf der Nase, die Dienstmütze etwas zurückgeschoben, sodass eine Strähne des rotblonden Haares sichtbar wird.

Polizeioberinspektor Frerksen geht nach dem Mittagessen seinem Dienstzimmer zu. Er ist ruhig, entschlossen, die Anordnungen seines Bürgermeisters zu befolgen, die Bauern demonstrieren zu lassen und morgen in die Sommerfrische zu fahren.

Er sieht die Ansammlung, den Zug, die Zuschauer. Er bleibt stehen.

Es ist ein ungeheurer Haufen Menschen, ein Heer, er hat nie gedacht, dass es so viele sein könnten.

Er sieht die Fahne. Langsam, mit den kurzsichtigen Augen blinzelnd, kommt er näher. Es ist ein schwarzes Tuch, es sieht düster aus. Rot darauf und irgendetwas Weißes. Langsam flattert die Fahne im leichten Winde, enthüllt sich nicht ganz, bleibt irgendwo immer in Falten.

Der Inspektor bleibt auf der Kante des Bürgersteiges stehen. Er sieht hinüber zu der Fahne, zu dem jungen Mann, der sie hält, einem älteren Bebrillten, der danebensteht.

Er sieht auf zu den Fenstern, in denen Leute liegen. Altholm hat sein Ereignis, Altholm hat eine Sensation. Jemand sagt in dem Gedränge hinter ihm, und er fühlt, dies war nur für ihn gesprochen: «So 'ne Störtebekerfahne, das sollte man gar nicht dulden!»

Und eine andere Stimme lässt sich, auch für die Öffentlichkeit bestimmt, vernehmen: «Es geht ja immer nur auf die Arbeiter!»

184

Plötzlich fängt sein Herz heftig an zu klopfen. Er schwitzt, fühlt er.

Schade, denkt es in ihm, hätte ich fünf Minuten länger geschlafen, wäre der Zug vorbei gewesen.

Er sieht zum Rathaus, das mit seinen roten Giebeln dort hinten liegt: Dort könnte ich sitzen, denkt er. Schade! Und denkt schon an ein anderes Dienstzimmer, dunkel, mit Butzenscheiben, schweren Eichenmöbeln. Ihr Gareis hat mir diese Suppe eingebrockt – hatte es nicht so geklungen?

So. Oder ähnlich.

Auf dem Fahrdamm, acht Meter ab, stehen Henning und Padberg.

«Was ist das für ein Laffe?», fragt Padberg.

«Das ist der Polizeiobermuckermuck von Altholm. Ein Riesenross.»

«So sieht er auch aus.»

«Du, der will was von uns.»

«Aber wir nichts von ihm.»

Der Oberinspektor kommt langsam die acht Meter Weg auf sie zu. So langsam er geht, seine Stimme klingt atemlos, als er zu den beiden sagt: «Meine Herren, diese Fahne ... das geht doch nicht.»

Und Henning: «Was geht nicht?»

Aber der Oberinspektor: «Sie sehen ein ... Wollen Sie die Fahne nicht in das Lokal zurückbringen?»

Frerksen spricht leise, bemüht, jedes Wort sorgfältig zu artikulieren.

«Die Fahne ist im Zug. Die Fahne bleibt im Zug», sagt Padberg grob.

Der Inspektor streckt die Hand gegen die Fahne aus.

Henning hebt sie mit beiden Händen hoch an der Brust empor. Einmal. Zweimal. Dreimal.

Die vordersten Bauern heben das linke Bein und setzen es

wieder nieder, machten den ersten Schritt. Alles setzt sich in Bewegung.

Frerksen sieht, wie der Abstand zwischen seiner Hand und dem Fahnenschaft größer wird und größer. Er fühlt sich geschoben, gestoßen. Große, geschlossene Gesichter kommen nahe auf ihn zu, Schultern stoßen ihn an.

Hätt ich, denkt er atemlos ...

Er findet sich auf der freien Fahrbahn wieder.

«Hätten Sie uns nicht rufen können?», fragt vorwurfsvoll Oberwachtmeister Maurer, der unter den Bäumen mit seinem Kollegen Schmidt patrouilliert.

«Ja, natürlich», sagt der Oberinspektor und starrt auf die Fahne, die schon zehn Meter weiter ist.

«Drauflos! Laufschritt!», schreit er plötzlich. «Wir müssen die Fahne haben.»

3

Der Zug ist noch nicht zwanzig Schritte weitergekommen, als Frerksen sich mit seinen beiden Leuten in Trab setzt. Verständnislos starren die Bauern auf die vorbeilaufenden Polizisten. Nur die vordersten acht oder zehn Mann haben den Zwischenfall gesehen, aber auch die haben kaum verstanden, um was es sich handelte, so leise hat der Oberinspektor gesprochen.

Frerksen hält beim Laufen den Griff des Säbels in der Hand, damit ihm die Scheide nicht zwischen die Beine kommt. Die Uniform behindert ihn. Er hat das Gefühl, als sähen alle Leute ihn an, der da auf der Fahrbahn läuft: die Bauern, die Leute auf den Gehsteigen, die Bürger Altholms in den Fenstern ihrer Wohnungen. Er glaubt, er sehe sehr weiß aus, und versucht im Laufen sein Gesicht zu befühlen (es ist rot), ihn friert. Plötzlich erinnert er sich, dass ihn die ganze Stadt nicht ausstehen kann, dass ihn nur Gareis hält.

Dass Gareis schon in Urlaub ist! Dass er in seiner Wohnung sitzt! Er sollte mich nur so sehen, er würde mir helfen.

Und, immer im Laufen, versucht er sich vorzustellen, wie Gareis diese Aufgabe lösen würde: Dieser Dickbauch, würde er so laufen? Dieses fette Schwein, da sitzt er in seiner Wohnung. Klugscheißen würde er, die Leute mit dem Schmus kriegen ... Ich, ich schmuse nicht. Ich mag so was nicht ...

Hinter seinem Vorgesetzten läuft Oberwachtmeister Maurer. Was für ein Blödsinn!, meditiert er. Frerksen macht doch immer solchen Käse. Wo sind denn die andern? Sollen wir drei etwa alleine ...? Schmidt ist auch nicht mehr hinter mir. Na, jetzt ist es schon egal. Diese Dickköpfe ... Die Fahne wollen wir schon kriegen.

Und Oberwachtmeister Schmidt, dick und maßlos schwitzend, in weitem Abstand hinterdrein. Natürlich ich, ausgerechnet ich darf wieder so laufen. Die Herren Kollegen lassen es sich auf dem Burstah wohl sein, und ich renne, dass ich einen Herzschlag kriege. Der dürre Langschinken Maurer kann so was mit seinen einhundertdreißig Pfunden, aber ich mit zwei Zentnern zehn. Ich muss was für mein Gewicht tun, eine Zitronenkur ...

Überraschend taucht an der Spitze des Zuges Frerksen auf. Er schaut sich nicht um, stürzt auf Henning zu, fasst den Schaft der Fahne, schreit atemlos: «Ich beschlagnahme die Fahne! Hören Sie, ich beschlagnahme die Fahne!»

Henning hört kaum hin, er hält mit beiden Händen die Fahne fest vor der Brust.

«Die Fahne gehört uns!»

Die Gruppe vorne will anhalten, aber der Zug ist in Marsch, drückt nach. Die nächsten Glieder wollen auch sehen, was da eigentlich los ist, die Fahne schwankt, alles strömt über, ein

Gedränge, durch das sich grade noch Oberwachtmeister Maurer pressen kann. Er greift instinktiv nach dem Fahnenschaft, den Frerksen hält, die Fahne kommt ins Schwanken, neigt sich, fällt. Blechern klirrt auf dem Pflaster die aufschlagende Sense.

Frerksen bekommt von hinten einen Stoß, dreht sich halb um, zwei zornglühende Augen starren ihn an, zwei Fäuste drohen, eine Stimme droht: «Weg mit deinen dreckigen Händen von unserer Fahne!»

Wieder ein Stoß. Ein Schlag. Viele Schläge auf die Schulter. Da ist Maurer, er zerrt vorne an der Fahne, die Henning hinten hält. Nun fällt er über ein Bein. Maurer liegt am Boden, immer noch den Fahnenschaft, an dem mit Henning drei, vier Bauern hängen, in den Händen. Halb fällt das Fahnentuch über ihn.

Wo ist Schmidt? Wo ist die Kriminalpolizei? Dies geht schief, denkt Frerksen. Schläge fallen auf ihn.

Er wirft sich mit dem Rücken gegen die Andrängenden, bekommt einen Augenblick Luft, reißt den Säbel aus der Scheide ...

Eine Hand umklammert seinen Arm, er sieht in das wutweiße Gesicht jenes Mannes, der ihn vorhin vom Fahnenträger wegjagte, wegstieß. Padberg befiehlt: «Weg mit der Plempe, Mann!»

Sie zerren. Frerksen will den Arm freibekommen, um zuzuschlagen. All diese Gesichter sind voll Hass, und drüben die Gesichter in den Fenstern voll Neugier. Der Mann dreht an seinem Gelenk, die Knochen knacken: Der Säbel klirrt auf dem Pflaster. Noch sieht er ihn blinken zwischen den Füßen, nun tritt ein Fuß darauf, ein Bein schiebt sich davor.

Frerksen hat die Hand freibekommen. Er greift in die Pistolentasche. Drüben steht Maurer mit gerötetem Antlitz. «Pistolen raus!», schreit Frerksen mit überschlagender Stimme. «Bahn frei!»

Irgendwie öffnet sich eine Gasse vor ihm, er stolpert entlang, halb blind hinter der verrutschten, beschlagenen Brille, keuchend vom Kampf. Nun ist er auf dem Bürgersteig der andern

Seite, die Leute treten auseinander. Ihre Gesichter werden scheu, wenn sie ihn ansehen ...

Er lehnt gegen eine Hauswand ...

Zu ihm kommt Maurer. «Das ging schief. Wir sind zu wenige.»

«Wo ist Schmidt?», keucht der Inspektor.

«Den hat hinten schon einer in der Mache gehabt. Da geht er. Ach, er hat mit Perduzke einen verhaftet, einen Bauern, sie gehen zur Wache.»

Über dem Bauernzuge erscheint, hoch, mit flatterndem schwarzem Tuch, die Fahne. Verbogen die Sense, aber die Fahne weht. Und der Zug marschiert weiter.

4

«Sie haben», schreit der Bauer Rohwer erregt, «Sie haben mich loszulassen, Herr! Sie haben mich geschlagen, ich werde mich beschweren über Sie, bei Ihrer Behörde.»

«Beruhigen Sie sich nur erst», sagt Perduzke höflich. «Trinken Sie ein Glas Wasser bei uns auf der Wache.»

«Ich scheiße auf Ihr Wasser. Sie haben kein Recht, mich fest-zuhalten.»

«Hast du gesehen», sagt der dicke Schmidt zu Perduzke, «wie er mir beinahe den Arm gebrochen hätte am Laternenpfahl? Junge, Junge, das ist auch nicht die erste Klopperei, die du mitmachst.»

«Glauben Sie, ich lasse mich von Ihnen schlagen? Wenn Sie mich schlagen, wehre ich mich!»

«Ich habe», keucht der dicke Wachtmeister, unendlich schwitzend, «mehrfach ‹Bahn frei› gerufen. Wenn Sie da nicht weggehen, müssen Sie eben mal an meinem Gummiknüppel riechen.»

«Wo soll ich denn weggehen, wenn alles vollsteht? Konnten Sie denn weggehen?»

«Sie haben», bemerkt weise Schmidt, «Platz zu machen, wenn die Polizei ‹Bahn frei› ruft. Wie Sie das machen, ist Ihre Sache.»

«Das nächste Mal, wenn ich in euer verfluchtes Altholm komme, lasse ich mir Augen in den Arsch setzen, damit ich dich von hinten sehe, mein Junge», knirscht wütend Rohwer.

«Immer ruhig», sagt gelassen Perduzke. «Auf der Wache schreiben wir das alles schön auf, dann wollen wir die Köppe wohl klarkriegen.»

«Kiek mal», sagt ein Bauer zum andern im Zuge. «Da führen sie einen Kommunisten ab.»

«Die roten Hunde wollen uns unsere Fahne nicht lassen.»

«Hast du gesehen, eben war die Fahne weg. Aber jetzt ist sie wieder da.»

«Die Polizei schützt den Zug.»

«Was ist da groß zu schützen! Die Sowjetbrüder sollen nur mit uns anfangen!»

Durch das Gewühl drängt eifrig der kleine Pinkus von der «Volkszeitung».

«Sag mal, Genosse Erdmann, was war da eben? Ich bin zu spät gekommen.»

«Ich weiß auch nicht. Frerksen hatte was mit dem Fahnenträger. Dann gab es Gedränge und Schlägerei. Und dann, ich weiß nicht. Dort steht er an der Wand, frag ihn doch.»

Pinkus drängt sich durch die Leute, die den Zug anschauen. An der Wand, in einem Winkel, fast unbeachtet, steht Frerksen, immer noch keuchend, die leere Säbelscheide in der Hand.

«Was war da eben, Frerksen? Was war da los?»

«Du, Pinkus? Ich beschlagnahme die Fahne. Sie ist aufreizend, ihr Mitführen im Zuge ist nicht gestattet.»

«Aber sie sind weg mit der Fahne»

«Trotzdem. Ich beschlagnahme sie trotzdem. Wo bleibt der Entsatz? Ich habe Maurer nach Entsatz geschickt.»

«Wo sind die andern?»

«Auf dem Burstah.»

«Warte, ich schicke einen Radler. – Und auch du, wenn du die Fahne noch haben willst, solltest dem Zuge vorauslaufen. – Was ist mit deinem Säbel?»

Frerksen steht da. Er hat das Koppel losgeschnallt, sieht darauf: die leere Scheide.

«Was ist mit dem Säbel?»

«Sie haben mir den Säbel weggenommen, die Hunde! – Warte, schicke den Radler.»

Frerksen sieht sich um, er weiß nicht genau, was er tun soll, aber diese leere, lächerliche Scheide, Symbol seiner Schande vor der ganzen Vaterstadt, muss er loswerden.

Er steht vor einer Ladentür. Vorsichtig klinkt er die Tür auf, späht in den Laden. Er scheint leer zu sein. Strickwaren. Trikotagen, denkt Frerksen mechanisch.

Mit einem plötzlichen Ruck schleudert er die Scheide in den leeren Laden, hört, wie sie klirrend niederfällt. Er schließt die Tür, er atmet auf.

Dann setzt er sich in Trab. Läuft am Zuge entlang, an Gesichtern vorbei, gleichgültigen, neugierigen, bekannten. Er, der ruhige, gesetzte Beamte, läuft im Hundetrab durch die Stadt. Die Fahne, denkt er. Die Fahne!

5

Der Oberinspektor läuft durch die Stadt. Zuerst den Marktplatz entlang, den der Zug der Demonstranten fast leer von Bürgern der Stadt gesaugt hat, dann am Burstah, an der Seite des Zuges, beglotzt und belächelt, gleichgültig angesehen und betuschelt. Seit seinen Jungenjahren hat er keinen solchen Dauerlauf mehr gemacht, seine Brust keucht, sein Herz hämmert. Hinter der schmutzigen, beschlagenen Brille kann er kaum noch etwas sehen, er rennt Leute an, stößt sie, und sie fahren hoch, setzen mit Schimpfen an und verstummen, wenn sie ihn erkennen.

Bauern über Bauern, ein seltsamer Demonstrationszug, ohne Takt, ohne Musik immer noch. Sie gehen nebeneinander, in Gliedern zu achten, doch geht jeder für sich allein, langsam, schwer, als ginge es durch gepflügten losen Boden.

Sie sehen nicht auf ihn. Noch ist er am Ende, noch in der Mitte des Zuges, dort weiß man noch gar nicht, was vorgefallen ist. Wer ihn sieht, sagt höchstens: «Kiek, der Polizeibrillenmensch läuft. Was der sich wichtig hat! Wir sorgen für uns selber!»

Nun geht es gegen die Zugspitze. Er hat sie lange schon wehen sehen darüber, entfaltet vom Wind und der Bewegung des Marsches: schwarzes Feld, weißer Pflug, rotes Schwert. Und die mattglänzende Sense darüber, zweimal umgeknickt, doch immer noch mit der Spitze aufwärts weisend, ein aufrührerisches Signal.

Unmöglich, diese Sense, denkt er fieberhaft im Laufen, ich durfte sie nicht dulden, das kann Gareis gar nicht wollen. Außerdem gibt es eine Ortspolizeiverordnung, nach der ungeschützte Sensen nicht im Stadtgebiet getragen werden dürfen. Ich muss diese Verordnung nachsehen, ehe ich mit Gareis spreche. – Da sind die …

Durch eine Menschenlücke sieht er den Fahnenträger und den bebrillten Mann daneben. Plötzlich kommt es ihm vor, als lache einer dem andern zu.

Sie haben mich gesehen. Sie verhöhnen mich. Weil ich die Fahne nicht gekriegt habe. Wartet, ihr!

Sie haben ihn nicht gesehen, die beiden an der Spitze des Zuges. Henning ist voll beschäftigt, die Fahne, die er ganz ohne Bandelier trägt, zu halten. Sie lehnt sich gegen seine Brust, er fühlt, wie der Wind an ihr reißt, manchmal kommt sie leise ins Schwanken.

Er sieht hinauf an ihr, kann die verbogene Sense sehen und denkt flüchtig: So sieht sie eigentlich noch besser aus. Nach Kampf. Dieser Polizeikuli! Denkt sich, er kann so eine Fahne einfach wegnehmen wie ein Kegelklubbanner oder ein KPD-Plakat. Er wird die Neese plein haben.

Padberg ist mit der Ansprache beschäftigt, die er in der Auktionshalle halten wird. Diesen Übergriff der Polizei kann ich verwenden, denkt er. Das charakterisiert die heutige Regierung. Die Ultraroten und die Nazis dürfen alles, wir Bauern stehen unter Ausnahmerecht.

6

Dort, wo die Grünhofer Straße den Burstah schneidet, steht ein Verkehrsposten. Von neun Uhr morgens bis acht Uhr abends ist die Kreuzung besetzt. Der Burstah erweitert sich hier: Es ist ein Grünplatz da, der Stolper Torplatz, mit dem obligaten Heldenmal.

Gewöhnlich sehen Verkehrsposten und nackter Heros einander an. Heute, der Hauptwachtmeister Hart sieht den Burstah abwärts, dem nahenden Zuge entgegen. Vor einer Viertelstunde sind zwanzig seiner Kollegen unter Führung von Polizeimeister Kallene vorbeigezogen, sie werden den Bahnhof besetzen und die Straßen vom Bahnhof zur Auktionshalle, an denen die Fabriken liegen.

Dann, vor fünf Minuten, ist ein Radler angeprescht gekommen, schwitzend, im Vorbeitrampeln schreit er: «Deine Kameraden haben die Bauern niedergeschlagen. Ich hole die andern.»

Und der Mann ist vorbei. Hart versucht, sich vorzustellen, was geschehen ist: Haben die Bauern, hat die Polizei niedergeschlagen? Oder ist es einfach so ein Arbeiter gewesen, der ihn hat foppen wollen?

Er möchte fort, möchte helfen, vielleicht geht es den Kameraden schlecht? Wer hat auf dem Marktplatz Dienst? Mechanisch gibt er den paar Autos Signale und ist immer froh, wenn er sich so stellen kann, dass er den Burstah abwärts sieht.

Dort erscheint, ganz ferne noch, ein dunkles Gewimmel.

Ein Herr mit einem Lodenhütchen, einen Gamsbart darauf, kommt eilig anmarschiert. Seine eisenbeschlagenen Stulpenstiefel hauen knallend auf das Pflaster. Er stürmt auf Hart zu.

«Wachtmeister, geht es hier heraus zur Auktionshalle? – Danke schön. Soso. Ja, danke schön. Finde schon. – Na, machen Sie sich man auch dünne wie Ihre Kollegen.»

In zehn Schritten Abstand: «Sonst kriegen Sie auch die Schnauze lackiert wie Ihre Kollegen.»

In zwanzig Schritten Abstand, grölend: «Von uns Bauern! Bauern!»

«Halt!», schreit Hart. «Halt! Bleiben Sie stehen! Ich befehle es Ihnen!»

Er will ihm nach, aber zwei Autos kommen, er schwenkt die Arme, und als er sich wieder umsieht, ist der Herr mit dem Gamsbart verschwunden.

Der ist doch nicht zum Bahnhof raufgegangen! Sonst müsste ich ihn noch sehen. Wenn ich dich wiederfinde! Diese Mistbauern! Fresse lackieren, warte, mein Junge, ob wir euch nicht die Fresse lackieren! So ein Mistbauer, gottverdammter, beschissener!

Ein Mann kommt angelaufen, mit den letzten Kräften, keuchend, stolpernd, läuft grade auf ihn zu. Hart erkennt, tief erstaunt, seinen Vorgesetzten, Frerksen.

«Die Leute!», keucht er. «Kallene soll kommen mit den Leuten! Die Bauern ...»

Er steht da und ist zu nichts mehr imstande.

«Zu Befehl, Herr Oberinspektor! Melde, dass ich hier Verkehrsposten bin. Ein Radfahrer holt, glaube ich, schon die Mannschaften.»

«Holen Sie die Leute!», schreit Frerksen. Seine Stimme versagt. «Laufen Sie, Hart, rennen Sie. Die Bauern ... Die Fahne ...»

Hauptwachtmeister Hart wirft einen letzten Blick in das fahle, verzerrte Gesicht seines Vorgesetzten, läuft schon, trabt schon, dem Bahnhof zu. Fresse lackieren ..., denkt er. Wem heute wohl die Fresse lackiert worden ist ...

Frerksen steht da, auf der Verkehrsinsel des Burstah, breitet die Arme aus, gibt Signale. Wenn die Leute nur kommen, denkt er. Die Bauern sind ganz nahe. Keine drei Minuten ...

Ein Radfahrer kommt den Burstah hinauf, vom Marktplatze her. Vor der Verkehrsinsel bremst er scharf, springt ab. Frerksen erkennt ihn: Es ist Matthies, Funktionär der KPD, ein ewiger Stänkerbold.

«Herr Inspektor», sagt der, freundlich lächelnd. «Herr Oberinspektor, ich wollte ihn Ihnen doch bringen. Ich habe ihn gefunden. Ich bringe ihn Ihnen ...»

Und er reicht Frerksen den Säbel, den verbogenen, beschmutzten, nackten Säbel.

Frerksen starrt darauf. Er steht auf der Verkehrsinsel. Schon sammeln sich Leute, die Bauern sind nahe. Vor ihm steht Matthies, die verdreckte Plempe in der Hand, schleimig grinsend.

«Worein soll ich ihn denn stecken?», fragt Frerksen ängstlich und verwirrt. «Ich habe doch keine Scheide.»

«Stecken Sie ihn fort», flüstert er. «Stecken Sie ihn fort, sogleich. Dort, hinter den Sockel vom Denkmal. Stecken Sie ihn hin ...» Und seine Augen folgen gequält dem Kommunisten, der, gewollt langsam, den Säbel wie ein Gewehr über der Schulter, nach den Leuten sich mit Grinsen umschauend, über die Einfassung steigt, langsam mit Genuss den Fuß in ein Geraniumbeet setzt, weitergeht, sorgfältig die Blumen zermatschend, und mit einem höhnischen Grinsen hinter dem Sockel verschwindet, als wolle er dort, unter den Augen der Polizei, aus den Hosen.

Ich kann das nicht mehr, denkt Frerksen verzweifelt. Ich halte das nicht mehr aus. Das ist nicht menschlich. Über die Kraft. Wäre ich doch fünf Minuten später von Haus fort. Wo bleiben die Leute?

7

Sie kommen schon.

Im Laufschritt traben über zwanzig Blaue vom Bahnhof her. Auf die ersten verwirrten Nachrichten hat Polizeimeister Kallene alles an Leuten zusammengeholt, was im nördlichen Stadtteil Dienst machte.

Aber auch die Bauern sind nahe. Hundert Meter, achtzig Meter ist der Zug nur noch entfernt, in Achterreihen geordnet. Die schwarze Fahne an der Spitze, immer noch ohne Musik, kommen sie angerückt.

Polizeimeister Kallene macht Meldung, aber Frerksen hört nicht zu. «Die Bauern haben uns überfallen. Ihre Kollegen sind niedergeschlagen worden. Jetzt muss die Fahne geholt werden. Sie ist beschlagnahmt. Sie, Soldin, Meierfeld, Geier haben die Fahne zu holen. Die andern helfen.»

Er sieht noch einmal die kurze Strecke, die ihn von der Zugspitze trennt. Von der erhöhten Verkehrsinsel springt er hinunter auf das Pflaster. «Los, Leute! Los!»

Er hebt die Hände. Waffenlos läuft er gegen den Trupp, seine Leute neben ihm, schon vor ihm. Manche haben den erhobenen Arm des Führers für ein Zeichen zum Säbelziehen gehalten, im

Laufen bemühen sie sich, die Waffe – ungewohnte Arbeit – aus der Scheide zu reißen. Andere haben den Polizeiknüttel vom Koppel losgemacht und schwingen ihn drohend. Drohend sitzen eng über den Brauen die vom Sturmband gehaltenen Tschakos.

Nur die vordersten Bauern bemerken den Ansturm, stutzen, wollen halten, werden von hinten geschoben.

Henning verhält jäh den Schritt. Und in einem Gefühl spottenden Trotzes hebt er die Fahne noch höher, lehnt mit dem Rücken gegen die Nachdrängenden. Während er stehen bleibt, quellen sie vor.

Die anstürmende Polizei sieht ihn entschwinden, das vorderste Glied schloss sich schon vor ihm. Nun ist er hinter der zweiten, hinter der dritten Reihe.

«Die Fahne!», schreit Frerksen. «Die Fahne!»

Der erste Polizist, der auf die Bauern prallt, ist Geier. Wie eine Wand sind sie vor ihm, eine Wand von drohenden, gleichgültigen, finsteren, weißen, braunen Gesichtern. Hände heben sich gegen seine erhobenen Hände, Stöcke werden hochgehalten; ob zur Abwehr, ob zum Angriff, wer weiß es.

«Straße frei!», brüllt er.

Dort weht die Fahne, nicht weit ab, zehn Meter, zwanzig Meter. Er muss sie haben. Wo sind die Kollegen? Gleichgültig, die Bauern geben nach, sein Gummiknüttel schlägt gegen die erhobenen Hände. Irgendwie entsteht eine Gasse vor ihm, ein kürzestes Stück freier Weg, in das er eindrängt. Und wieder gibt der Mann vor ihm nach, entschwindet nach der Seite. Er kann weiter, er kommt der Fahne näher.

Halb von hinten schlägt etwas dumpf knallend auf seinen Tschako, dann trifft ein Schlag seine linke Schulter.

Umso entschlossener schlägt er ein auf die vor ihm. Wollen sie nicht nachgeben, diese doofen Bauern, diese Scheißkerle, diese Hunde, gottverdammten! Die Fahne …

Er stößt seinen linken Ellbogen mit voller Wucht einem Dicken in den Bauch. Der fällt rückwärts, die Leute weichen, pressen sich fester gegen die Nachbarn. Mit einem Satz, halb stolpernd, halb schon fallend, ist Polizeihauptwachtmeister Geier bei der Fahne, greift taumelnd nach dem Fahnenschaft, lehnt einen Augenblick Brust an Brust mit dem Fahnenträger und reißt mit dem Schrei: «Fahne her!» die Fahne an sich.

Henning schaut ihn an. Sein Blick loht. «Die Fahne ist unser», sagt er. Reißt sie zu sich.

Die linke Hand am Fahnenschaft, führt Geier einen Schlag mit dem Gummiknüttel gegen die haltenden Hände Hennings.

Der hält fest.

Und Geier will zum zweiten Male schlagen, als eine Hand von hinten um seine fasst. Ein kurzer Kampf, ein stechender Schmerz, und die halb ausgedrehte Hand gibt den Gummiknüttel frei.

Drinnen im dichtesten Gewirr der Bauern zerren sie an der Fahne. Henning und Geier, stoßend, fallend, in einem ständig sich bewegenden Wirbel von Leibern, gestoßen, schon an der Erde.

«Nimm den Säbel, Oskar!», schreit es über Geier. «Die Schweine verdienen es nicht anders.»

Der riesenhafte Soldin ist da und mit ihm der wieselhafte Meierfeld. Mit der flachen Plempe verteilen sie knallend Schläge an die Umstehenden, auf ihre Rücken, ihre Gesichter, ihre Hände. Die Masse weicht, ein kleiner freier Kreis entsteht, und taumelnd steht Geier auf, der Fahne einen gewaltigen Ruck gebend.

An ihrem anderen Ende hängt Henning, auf dem Pflaster liegend, aber sein weißes Gesicht, die fest verkrampften Kinnbacken verraten: Er lässt nicht los.

«Lass los, du!», schreit Meierfeld wütend und führt einen Säbelhieb gegen den Liegenden.

Am andern Ende zerren Soldin und Geier vereint an der Spitze.

Die Fahne bekommt einen gewaltigen Ruck, zwei Meter rutscht, fest an ihr hängend, über das Pflaster, Henning. Der Säbel streift seinen Arm. Der dunkle Stoff des Anzuges tut sich auf wie ein Mund, der weiße Hemdenstoff – und nun, sich langsam ausbreitend, Rot, helles strömendes Rot.

Fester nur die Hände um den Schaft, führt Henning einen wütenden Fußtritt gegen den Schläger.

Der hebt wieder den Säbel. «Ob du loslässt, du Schwein!» Und er schlägt zu, über die haltende Hand, die sofort nichts ist wie ein purpurner Fleck.

Und auch Soldin, auch Geier lassen die Fahne los, heben die Säbel, schlagen zu. Henning hat sich auf die Seite gewälzt, mit seinem Körper deckt er die Hand, die noch halten kann, in die andere dringen die Hiebe.

Die Polizisten schlagen zu, atemlos, wutbleich, und um dies kleine Zirkusrund treibt immer wechselnd, dreht sich der Strom der Bauern, nachdrückend, weitermarschierend, immer neue.

8

Den weiten Weg vom Zentralgefängnis in die Stadt läuft hastig ein Mann. Er hat vor der grauen toten Wand gestanden, die plötzlich Stimme bekam, ein weißes Gesicht erschien, Hilfegeschrei ertönte: Sie martern den Reimers, die Schergen dieser Regierung, die Büttel der Republik, die Gott verdammen möge, alle!

Banz läuft, als gelte es sein Leben: Es gilt das Leben eines andern. Die befreundeten Bauern hat er längst verloren. Wo sind sie abgeblieben?

Aber hier tun es nicht zwei, nicht zehn, nicht hundert Bauern. Im Laufen hat er eine Vision von Tausenden von Bauern, die vor der toten Zementwand mit ihren Gitterlöchern stehen. Und wenn diese Tausende den Mund auftun werden zu einem gewaltigen Geschrei, dann wird es nicht sein um Hilfe, nicht aus Schwäche, sondern die Tore werden sich auftun, die Mauern werden fallen, heraus werden kommen die Verdammten der Republik.

Er läuft – und dazwischen huscht durch sein Hirn die Erinnerung an die drei Margarinekisten mit Sprengstoff in der verschlossenen Scheune daheim. Auch diese Kisten haben die Kraft von zehntausend Bauern, sie öffnen Tore, ändern den Sinn der Köpfe, machen aus Bonzen feige, kriechende Tiere, sind wahre Wegbereiter.

Jetzt aber holt er die Bauern. Er wird es ihnen zuschreien, wie man ihnen mitspielt, wie sie wieder einmal betrogen worden sind, dass der Reimers doch hier sitzt.

Der Marktplatz ist leer, als er ihn keuchend erreicht. Banz sieht sofort: Sie sind schon auf dem Marsch, verödet die Gehsteige, leer die Stühle hinter den Glasscheiben der Bierlokale.

Er läuft, erreicht den Knick des Burstah und sieht die Straße angefüllt von einer strudelnden, endlosen Menge.

«Was ist los?», ruft er atemlos. «Warum marschiert ihr nicht?»

«Vorn ist eine Stockung.»

«Es soll Keilerei sein mit den Kommunisten.»

«Wo ist Rohwer? Wo ist Padberg? Wo ist Henning?»

«Keine Ahnung, die werden doch wohl an der Spitze sein.»

Zu ihnen muss Banz. Er überlegt einen Augenblick. Die Schlucht Burstah ist nicht passierbar. Hier steckt alles voll, rettungslos verkrampft mit Autos, Wagen, Passanten. Aber es gibt eine Parallelstraße, und durch eine Torfahrt, durch einen Garten, über einen Hof, durch eine neue Torfahrt erreicht er sie.

Nun hat er wieder freie Bahn. Er läuft, und er hält den Knotenstock fester in der Hand: Diese Kommunisten, er wird es ihnen besorgen!

Er biegt in die Grünhofer Straße ein, erreicht den Stolper Torplatz, sieht den Engpass Burstah nun von der andern Seite, blickt auf die Spitze des Zuges.

Er steht bewegungslos, sein Atem stockt.

Durch den Aufprall der Polizei sind die vordersten Glieder zum Halten gekommen, aber die nachdrückenden haben sich seitlich geschoben: Die ganze Breite der Straße ist erfüllt von einem Bauerngewimmel, dicht wie eine Wand.

Und vor dieser Wand, in Abständen von zwei bis drei Metern, steht eine blaue Kette von Polizisten, schlägt mit Gummiknüttel und Säbel auf die Leute ein, versucht die Vordersten zurückzutreiben, die doch immer wieder von den Hinteren vorgedrückt werden.

Mit erhobenen Händen, mit vorgehaltenen Stöcken schützen sich die Bauern gegen die Schläge, versuchen sich an den Hauswänden entlangzudrücken, um die freien Ausgänge nach der Grünhofer Straße zu erreichen, und werden immer wieder zurückgedrängt, mit neuen Schlägen zu neuen Schlägen.

Banz stößt einen Wutschrei aus. Das ist der Staat! Das ist dieser Staat, da sieht man ihn, so hat er ihn sich immer gedacht.

Bluthunde!, denkt er. Bluthunde! Sinnlos eintrommeln auf Wehrlose.

Banz ist schon viel weiter. An der Straßenseite hat er einen riesenhaften Polizisten aufs Korn genommen, der mit seinem flachen Säbel auf die Köpfe der Leute von oben eindrischt, wobei er immer wieder den sinnlosen Ruf: «Straße frei!», ausstößt.

Er ist schon ganz nahe an ihm, erreicht ihn von hinten, den umgedrehten Knüppel in der Faust. Da dünkt es ihm feige, den Mann von hinten niederzuschlagen, er versetzt ihm einen kräftigen Tritt gegen das Schienbein.

Der Polizist fährt herum, sieht ihn wild an. «Straße frei!», blökt er.

«Straße frei!», höhnt Banz zurück. «Du Bluthund! Straße frei ...»

Und trifft ihn mit der Stockkrücke gegen die Schläfe, dass der Mann, mit hocherhobenen Armen, sich wild um die eigene Achse dreht und dann krachend niederstürzt.

Seltsam ernüchtert schaut Banz auf ihn nieder. Er sieht auf die Gesichter um sich, durch einen leichten Schleier bemerkt er, dass sie ihn anschauen, wie vorwurfsvoll.

«Na ja», murmelt er, «das hätte er auch nicht tun sollen, das mit dem Säbel.»

Und schleicht fort, gegen die Gastwirtschaft von Tante Lieschen zu.

Ich werde mich, denkt er bedrückt, hier nicht mehr einmengen. Ich werde ein Glas Bier trinken.

Er hebt den Fuß, um ihn auf die erste Stufe zu setzen. Der Lärm, das Toben sind hinter ihm.

Da trifft ihn etwas mit voller Schärfe, dringt in sein Hirn wie ein glühendes Eisen. Feurige Funken wirbeln, und er stürzt vornüber mit zerschlagenem Schädel.

9

Das Postamt Altholms liegt am Burstah, in nächster Nähe des Stolper Torplatzes. Sein Souterrain ist hoch, und in zwei Absätzen führt eine Außentreppe zu den Schalterräumen hinauf.

Auf dieser Treppe stehen zur Stunde des Kampfes dicht gedrängt Neugierige, blicken über das Gewoge und erleben was. Auch im Schalterraum steht es dicht an dicht, man hat die Fenster zur Straße geöffnet und schaut hinaus. Diskutierend, erregt, spricht alles durcheinander, Postbeamte und Publikum.

Zum Publikum gehört auch der ländliche Mann mit dem Gamsbarthut, den er übrigens jetzt abgenommen hat. Der geheime Gesandte der Regierung in Stolpe hat den günstigsten

Platz erobert, mit dem halben Leib liegt er zum Fenster hinaus und sieht so das, was die andern nicht sehen können, schräg von oben, in hundert Meter Abstand: den Kampf um die Fahne.

Er ist beinahe vorbei jetzt. Man hat Henning, der den Schaft noch immer nicht losließ, an der Fahne hängend über das Pflaster gegen den Bürgersteig geschleift, hat weiter auf ihn eingeschlagen, bis die zehnfach durchschlagenen Arm- und Handmuskeln nachgaben.

Dann hat man ihm die Fahne entrissen, und nun stehen Polizeimeister Kallene, ein paar Polizisten und Kriminalsekretär Hebel mit der Beute auf dem Bürgersteig, umbrandet von dem sinn- und ratlosen Hinundhertreiben der Bauern.

Vom Bahnhof her kommt ein kleiner bärtiger Mann in grauem Straßenanzuge, ein Köfferchen in der Hand. Der Stolper sieht ihn, das rastlose Männchen amüsiert ihn, das nichts mit dem Getriebe anzufangen weiß, sich hier hineinschiebt, dort wieder zurückläuft, hier vordringt, dort stecken bleibt.

Das Männchen läuft unermüdlich Sturm gegen die eingekeilten Massen, wie eine Ameise versucht er unermattet stets von neuem den Durchbruch, der ihm doch nicht gelingt, diesmal aber in die Nähe der Fahnengruppe bringt.

Kriminalkommissar Tunk verfolgt den weichen, breitrandigen grauen Filzhut, der nun plötzlich zielbewusst auf die Gruppe zuhält. Es ist eine Zone freier Luft um diese Schar, schweigend stehen die Bauern und glotzen und werden wieder vorbeigedrängt.

In den freien Raum stürzt der Kleine, lüftet schon den Filzhut, bewegt schon die Lippen. – Tunk meint ihn sprechen zu hören, eine höfliche Frage, mit piepsiger Stimme. Aber niemand beachtet ihn, die Beamten stehen mit dem Rücken gegen das Volk, um ihre Siegesbeute geschart.

Da fasst der kleine Bärtige Mut, er streckt die Hand aus und zupft von hinten einen Beamten am Rock.

Was geschieht, ist wie das Einschlagen eines Blitzes.

Der Beamte, ein Polizist, fährt herum, als sei ihm ein Messer durch den Leib gestoßen. In seiner Hand blitzt es, weiß und glänzend. Der Säbel fährt durch die Luft, quer in das Gesicht des Kleinen. Einen Augenblick meint Tunk, den breiten, klaffenden Riss zu sehen, der schräg über Nase und beide Backen läuft. Dann hebt das Männchen die Hände zum Gesicht, sein gurgelndes tiefes «Oh» ist über alles Geräusch hin bis zum Fenster des Postamtes zu hören. Und der Mann stürzt vornüber, verschwindet im Getriebe der Leiber.

Zugleich ziehen sich die Beamten mit ihrer Fahne weiter gegen die Hauswand zurück, in der Ferne wird Musik laut, ein lauteres Gemurmel läuft durch die Reihen.

Tunk mit dem Gamsbart wirft sich mit seinem Rücken gegen die Leute hinter ihm. «Platz hier!», schreit er, sich Bahn brechend. «Ist das hier ein Postamt oder ein Theater? Platz! Ich muss telefonieren!»

Die Tiefe der Schalterhalle ist leer, alles steht an den Fenstern. Der Kommissar eilt auf die nächste Telefonzelle zu. «Jetzt wird es Zeit», murmelt er.

Die Tür schlägt hinter ihm zu, er legt einen Groschen bereit, nimmt den Hörer ab. Wirklich meldet sich ein Fräulein.

«372. Aber rasch. Es brennt.»

«Bitte zahlen!»

Der Apparat läutet, es meldet sich das Mädchen von Bürgermeister Gareis.

«Schnell, der Bürgermeister! Es geht um Leben und Tod!»

«Herr Bürgermeister ist in Urlaub.»

«Sie Pute, Sie! Sie Idiotin, Sie!», schreit der Kommissar. «Hören Sie nicht, dass es um Leben und Tod geht!?! Wollen Sie den Bürgermeister rufen, Sie Gans, Sie verfluchte!»

«Einen Augenblick, bitte! Einen Augenblick, ich rufe Herrn Bürgermeister sofort», haucht es drüben.

«Aber ein bisschen dalli, ja, hören Sie!»

Der Kommissar grinst wie ein Affe, den Hörer in der Hand fängt er plötzlich an, Kniebeugen zu machen, in irrem Tempo, auf, ab, auf, ab, immer rascher, immer wilder, während das Herz schneller klopft, die Lunge hastig, versagend atmet.

So gelingt es ihm, als der Bürgermeister sich fett, verschlafen (und sehr ungehalten) meldet, mit atemloser Stimme, aussetzend, völlig naturgetreu zu stammeln: «Herr Bürgermeister! Herr Bürgermeister! Genosse Gareis! Die Bauern kämpfen mit der Polizei! Der Inspektor ist niedergeschlagen, zwei Wachtmeister sind gefallen. Eben ziehen zehn, zwölf Bauern ihre Pistolen. Retten Sie ...»

Seine Stimme ist weg. Und während am andern Ende der Strippe Gareis tobt, legt Tunk sachte den Hörer auf den Telefonkasten, hängt nicht ab, schleicht leise aus der Zelle, schließt leise die Tür.

Und er betritt die Zelle daneben, fordert mit seiner gewöhnlichen Stimme Nummer 785.

Es meldet sich der Gastwirt Mendel in Grünhof.

«Hier Kriminalpolizei. Rufen Sie mir sofort den Oberleutnant Wrede an den Apparat. Er sitzt in Ihrem Gastzimmer.»

Und dann: «Also, Wrede, ich ... ja, Sie wissen schon ..., lieber keine Namen. Ich habe es also geschafft. Lassen Sie Ihre Leute sich fertig machen. In fünf Minuten fordert Sie der Gareis an. Sie wissen natürlich von nichts.»

Ruhig tritt Kriminalkommissar Tunk aus der Zelle. Aus der Nebenzelle, in der er vor drei Minuten telefonierte, taucht ein Postbeamter auf, sieht ihn zögernd an.

«Was ist denn?», fragt ermunternd Tunk.

«Sie haben wohl nicht», fragt der Postbeamte zögernd, «von dieser Zelle aus telefoniert?»

«Ich? Haben Sie nicht gesehen, aus welcher Zelle ich kam?»

«Natürlich. Entschuldigen Sie bitte. Aber vielleicht haben Sie gesehen, wer eben in dieser Zelle war?»

«Gesehen? Warten Sie. Ja, die Zelle war besetzt, als ich kam. Bin noch reingerammelt aus Versehen. Das war so irgendwas. Ein Arbeiter, ja, ein Arbeiter in blauer Jacke. Schien schrecklich aufgeregt.»

«Also ein Arbeiter? In blauer Jacke? Ich danke Ihnen. Ich will gleich Bescheid sagen. Danke schön.»

Und der Postmensch taucht in der Zelle, der Kriminalist in der Menge unter.

10

Die Einhorn-Apotheke hat in Altholm keinen guten Ruf. Lieber gehen die Leute, und sei der Weg noch dreimal weiter, in die Salomon-Apotheke oder in die Apotheke zum Wassermann.

Das kommt daher, weil der Apotheker Heilborn jener milden Art von Verrücktheit verfallen ist, die man in plattdeutschen Gegenden Mallheit nennt. Er denkt gar nicht daran, den Leuten das zu geben, was sie haben wollen, sondern er verkauft nur, was er für richtig hält. Will Frau Marbede Pyramidon für ihre rasenden, mordenden Kopfschmerzen, so verabfolgt er ihr einen Irrigator, «damit Sie endlich mal den Dreck aus Ihren Därmen loswerden». Und den jungen Männern und Mädchen legt er gern zu ihren Einkäufen Präservativs. «Dann kommt ihr wenigstens nicht ewig nach Gonosan und Tripperspritzen bei mir angelaufen.»

In der letzten Zeit ist die Einhorn-Apotheke fast völlig verödet. Apotheker Heilborn hat seine erzieherische Tätigkeit auch auf die Ärzte Altholms ausgedehnt: Er genehmigt noch lange nicht jedes Rezept, verstärkt und schwächt ab, wie er es für gut hält, und ist darum angezeigt worden.

Lange wird er seine «Abdeckerei», wie Altholm rachegierig sagt, nicht mehr haben. Aber bis sie ihm das Privileg entziehen, steigt er noch in seinem Laden herum und füllt seine Zeit damit aus, immer konzentriertere Morphinlösungen für sich anzusetzen. Er ist voll beschäftigt, denn die Nadeln seiner Injektionsspritzen müssen stets ausgekocht werden, und dann sind die langen schönen Dämmerzustände da ...

Nicht immer ist er allein. Im Provisorzimmer sitzt oft stundenlang neben ihm Frau Schabbelt. Zwei haben sich gefunden.

Dort sitzen sie beide, alt, schmierig, schmutzig, mit grauen, ungekämmten Haarzotteln, verdreckten Fingern, blass, graugelb, mit zitternden Lippen. Manchmal legt Frau Schabbelt den Kopf auf den Tisch und schläft ihren tiefen Totenschlaf nach den schweren Schnäpsen, die ihr Heilborn braut. Manchmal sinkt sein Kopf vornüber auf die Brust, der Speichel tropft fädig auf Weste und Hemd: Sie sind fort aus Altholm, beide, haben keine Familie mehr, keine Freunde, kein bekanntes, verhasstes Bett, kein Grab, gekauft und schon eingezäunt, auf dem Friedhof.

Er sagt zu ihr: «Nein, gehen Sie jetzt noch nicht. Jetzt trinken Sie noch einen, und ich nehme eine schöne vierprozentige Lösung.» Er geht in die Apotheke.

Sie starrt auf den Hof, auf das faulende, grau gewordene Stroh der Verpackungen, das hässliche Kistenholz, aus dem rostige Nägel starren.

Nach einer Weile fällt ihr auf, dass er gar nicht wiederkommt, sie fängt an, nach ihm zu rufen: «Herr Heilborn!, Herr Heilborn!»

Aber sie wird dessen müde, sie versucht aus den Neigen der Flasche und des Glases einen vollen Geschmack in den Mund zu bekommen, und dann steht sie auf und geht mühsam, taumelnd, sich an Tisch, Stuhl, Schrank und Wand haltend, gegen den Laden hin.

Dort steht Heilborn, an die Wand gelehnt, und lauscht nach draußen. Die hohen Fensteraufbauten verwehren den Blick, aber es dringt herein ein wildes, drohendes Brausen.

«Pssst!», flüstert Heilborn und legt den Finger auf den Mund. «Pssst! Ganz leise sein! Sie wollen mich holen, in die Klapsmühle, aber sie finden mich nicht.»

Auch die Frau lauscht. «Unsinn», sagt sie mit schwerer Zunge. «Das sind viele. Da ist etwas passiert.»

Sie geht zur Ladentür und öffnet sie.

Grade vor dem Schaufenster der Apotheke steht die Gruppe der Beamten mit der eroberten Fahne. Die Menge ist weit ab, und so sieht Frau Schabbelt den Henning im Rinnstein liegen, blutend, blass, mit geschlossenen Augen.

Fünf Schritte weiter sitzt auf dem Kantstein ein kleines Männchen, das Gesicht in den Händen, zwischen deren Fingern unaufhörlich Blut hervorströmt.

Leute stehen umher, in größerem Abstand, denn noch immer patrouillieren die Polizisten mit blanker Waffe auf und ab und rufen: «Weitergehen! – Nicht stehen bleiben! – Weitergehen!»

Frau Schabbelt läuft eilig und torkelnd über die Stufen zu dem liegenden Verletzten. Sie beugt sich über ihn, sie ruft ihn, in ihrem Hirn hat es sich verwirrt: Sie meint, ihren gestorbenen Sohn zu sehen.

«Was hast du gemacht, Herbert? Warum liegst du hier? Du sollst hier nicht liegen!»

Sie sieht böse zu dem Apotheker hin, der versucht, den kleinen grauen Mann auf die Beine zu bekommen. «Kommen Sie hierher. Der ist nicht wichtig. Hier ist Herbert. Herbert hat sich verletzt.»

Jetzt bekommen auch Bauern Mut, einige treten heran, helfen der Betrunkenen, Henning aufzuheben. Sie hält seinen Kopf.

«Dorthin», sagt sie eifrig, «dorthin, in die Apotheke!»

Die Leute schleppen los. Zwei andere führen den kleinen Bärtigen, den der Apotheker von hinten hält.

Durch die Menge drängt der Polizeioberinspektor. «Halt!», ruft er. «Diese Leute sind verhaftet. Keiner darf mit ihnen sprechen. Halt, sage ich!»

Die alte Frau dreht sich um. Aus dem grauen Gesicht mit den tausend Falten leuchten die grauen Augen.

«Gehst du weg, du Rotzjunge», sagt sie. «Dein Vater hat die Bauern betrogen, und du wirst dein Lebtage auch nur ein Leutebetrüger sein!»

Von dem Stolper Torplatz her ertönt fröhliche Marschmusik. Die Kapelle hat endlich auf Umwegen die Spitze des Zuges erreicht, der sich neu sammelt, wieder in Bewegung kommt.

«Los! Marschiert! In die Auktionshalle!», schreit Padberg. «Alles andere findet sich nachher. Nur erst fort von hier!»

In der Tür der Apotheke verschwinden die Träger mit den Verletzten.

Siebentes Kapitel

Die Regierung greift durch

1

Die Musik an der Spitze des Zuges spielt den Fridericus Rex, dann das Deutschlandlied, dann das Lied von der Judenrepublik, die wir nicht brauchen.

Die Bauern trotten stumm hinterdrein, zuerst über den Burstah, am Bahnhof vorbei und weiter durch die locker bebauten Vorstadtstraßen, wo zwischen Gärten und Villen die großen Fabriken liegen.

Polizei eskortiert den Zug rechts und links, vorn und hinten. Es ist, als führten diese dreißig, vierzig Polizeibeamten die drei-, viertausend Bauern ihren Zellen zu.

Padberg, wieder an der Spitze des Zuges, neben Graf Bandekow, Rehder und Vadder Benthin, empfindet es bitter. Wie schmählich ist das alles!, denkt er. Wenn wir Bauern die Hand gehoben hätten, die paar Stadtsoldaten hätten in der Blosse gelegen. Wie das Land über uns lachen wird! Das hätte die Polizei der Roten Front, Hitlerleuten, selbst dem Reichsbanner bieten sollen: Weggefegt wäre sie! Und wir ... Es ist nichts mit den Bauern!

«Heiliger Himmel!», sagt er laut. «Ich möchte nur wissen, was ich morgen über dies in meiner Zeitung schreiben soll!»

«Sie müssen mit Ihren Kollegen hier reden», sagt Bandekow vorsichtig.

«Kollegen ...? Wer für die ‹Bauernschaft› schreibt, hat keine Kollegen. Ich allein sitze in der Tinte, die andern kümmert es nicht, die haben wenigstens Stoff!! Soll ich schildern, wie wir uns die Fahne von drei Männekens haben klauen lassen?! Es ist schmählich.»

«Ihr lieben Leute», jammert Vadder Benthin. «Wie soll ich noch durch Altholm gehen hiernach?»

«Konnten Sie denn nicht», fragt Graf Bandekow, «versuchen, die Fahne durchzubekommen? Oder sie zurückzubringen ins Lokal? Warum haben Sie sich auf einen Kampf eingelassen?»

«Habe ich nicht von der ersten Minute an gegen die Fahne geredet?», fragt Padberg böse. «Nun bin ich natürlich schuld. Übrigens war ich gar nicht vorn, als das passierte.»

«Wo waren Sie denn?», fragt Rehder. «Ausgemacht war, Sie sollten auf Henning aufpassen.»

«Aufpassen! Wer denkt denn, dass diese Bullen solch irrsinnige Attacke machen! Ich war hinten, wollte erfahren, was mit Rohwer los war.»

«Natürlich», sagt der Graf spitz. «So ein bisschen erkundigen. In der kritischsten Minute. Damit man nur nicht dazwischenkommt, was?»

«Ich will Ihnen etwas sagen», erklärt Padberg erregt. «Bin ich Führer? Oder ist es Rohwer und Rehder? Und auch Sie, Herr Graf, wo waren Sie denn alle, wenn ich fragen darf? Ja, bitte! Landfremde vorschicken und sich die Kastanien aus dem Feuer holen lassen, was?»

«Männer!», sagt Vadder Benthin verwirrt. «Streitet euch doch nicht. Der Graf war aus mit mir und hat die Kapelle holen wollen.»

«Nein», sagt Rehder. «Der Graf hat recht. Du hattest den Henning übernommen, du trägst allein die Schuld.»

«Ich die Schuld? Ich will euch was sagen! Scheißen will ich euch was! Glaubt ihr, ich räume euern Mist nach? Erst lasst ihr Briefe von euerm Reimers veröffentlichen, die zum Himmel stinken ...»

«Der Brief ist eine Fälschung!»

«Die Berichtigung stammt von mir, *ich* weiß Bescheid! – Dann setzt ihr eine Demonstration an und wisst nicht einmal, dass der Führer längst abtransportiert ist ...»

«Haben Sie es denn gewusst?»

«Dann nehmt ihr eine blödsinnige Fahne mit, trotzdem jeder Affe sieht, dass es Stank gibt ...»

«Sie haben ja die Sense selbst mit raufgeschraubt.»

«Dann lasst ihr eure Leute in den Klumpatsch hauen, und ich, ausgerechnet ich, bin an allem schuld. Wenn ihr glaubt, ich mache das mit – nee, ich scheiße euch was! Am Arsch könnt ihr mir lecken, alle, wie ihr da hinschusselt. Ich gehe! Ich lege die Redaktion nieder! Ich will nichts mehr mit euch zu tun haben. Da gibt es noch ganz andere Sachen in deutschen Landen, wo der Laden klappt, wo man sich nicht von solchen Stadtsoldaten mit ihren Stinkefingern in die Fresse schlagen lässt. – Danke schön! Guten Morgen, meine Herren! Ich empfehle mich. Versammelt euch alleine, ihr Arschlöcher allesamt!»

Und Padberg, wutgeschwollen, drängt nach rechts, hinaus aus dem Zug, auf den Bürgersteig.

«Halt!», sagt ein Polizist zu ihm. «Treten Sie in den Zug zurück. Hier darf keiner ausscheiden.»

«Was?», brüllt Padberg. «Ich soll hier nicht fortgehen dürfen? Wo ich freier Staatsbürger bin in eurer gebenedeiten Republik? Habe ich meine Steuern bezahlt? Ist dies ein öffentlicher Weg? Wollen Sie mich durchlassen, Herr!!!»

«Gehen Sie zurück», sagt der Stadtsoldat. «Es ist eine Anordnung, dass keiner weg darf. Gehen Sie weiter.»

«Wer gibt denn hier solche Anordnungen? Wer ist das? Zeigen Sie mir mal den Mann! – Ich will zur Bahn. Ich muss meinen Zug erreichen. Ich bin überhaupt Presse! Hier ist mein Ausweis! Wollen Sie jetzt ...»

«Einen Augenblick doch nur! Gehen Sie doch nur die zwei Minuten zur Halle mit. Es findet sich dann schon alles.»

«Komm doch, Padberg», ruft Rehder. «Wir müssen dir was sagen.»

Und Padberg, ganz wild: «Habt ihr das gehört? Wir werden hier eskortiert wie die Zuchthäusler. Solche Schande ...»

«Hier ist ein Herr», sagt Rehder, «der alles mit angesehen hat, den Kampf um die Fahne. Er ist empört über die Polizei. Er will es den Bauern schildern in der Versammlung ...»

Padberg dreht sich um nach dem Herrn, der ihm das bittere Referat in der Auktionshalle abnehmen will. Er schaut sich den Herrn an.

Plötzlich ist seine Wut fort, er grinst höhnisch.

«Ach, der Herr Kommissar von der Politischen Abteilung hat Anstoß genommen? Darf ich die Herren vielleicht bekannt machen? Herr Kriminalkommissar Tunk aus Stolpe. Herr Müller, Herr Meier, Herr Schmidt, Herr Schulze. Und Sie haben Anstoß genommen, Herr Kommissar? Da haben Sie verdammt recht getan!»

«Mein Name ist Megger. Aus dem Hannöverschen. Sie müssen mich verwechseln.»

«O nein, ich verwechsele Sie nicht. Sie kann man nicht verwechseln, Herr Kommissar.»

«Auch ich kämpfe um die Sache der Bauernschaft!»

«Ja», sagt Padberg. «Nur auf der andern Seite. – Gehen Sie weg!», brüllt er plötzlich wütend. «Sie gewöhnlicher Achtgroschenjunge, Sie! Sie Spitzel, gehen Sie weg!»

«Es muss ...», beharrt mit eiserner Stirn der andere.

«Sie dort, Padberg», ruft Rehder erregt, «der Gareis!»

Der Bürgermeister von Altholm fährt im offenen Auto vorbei. An seiner Seite sitzt blass, eifrig redend, der Polizeioberinspektor.

«Na, da sind sie ja wieder beisammen, die roten Bonzen», konstatiert Padberg.

Hupend, summend drückt sich der Wagen vorbei.

«Die brüten noch ein Kuckucksei aus, diese Herzchen», erklärt Padberg. «Na, wo ist denn unser Biedermann aus dem Hannöverschen?»

Aber der Biedermann ist fort.

2

Man kann Bürgermeister Gareis totschlagen, seine Aktivität lähmen kann man nicht.

Einen Augenblick hat er im Sessel gesessen am Telefon. Die Bauern gehen mit Pistolen auf die Polizei los? Was ist das? Das ist unmöglich!

Doch schon sein nächster Gedanke ist: Wer hat da Mist gemacht?

Und sein folgender: Erst einmal Schlimmeres verhüten.

Er ruft die Rathauswache an. «Wer ist dort? Hart? Hier ist Gareis. Sagen Sie mir kurz, was passiert ist.»

«Herr Bürgermeister, es ist schrecklich. Eben bringen sie den Kollegen Soldin, schwer verletzt ... Die Bauern ...»

«Danke», sagt der Bürgermeister und hängt ab. «Fräulein! Fräulein, geben Sie mir sofort den Piekbusch! Und dann passen Sie auf: Sobald ich das Gespräch trenne, verbinden Sie mich mit der Gastwirtschaft von Mendel in Grünhof. – Noch eins, Ihre Kollegin soll unterdes die Bahnhofswache anrufen und dort Bescheid sagen, dass Frerksen oder Kallene mich in zehn Minuten erwarten. Und dann recherchieren Sie, wer mich eben angerufen hat. – Alles verstanden? Also los!

Piekbusch? Sind Sie dort? Gut. Schicken Sie sofort den nächsten Besten, der im Vorzimmer sitzt, zum Chauffeur. Der Wagen hat in drei Minuten vor meinem Haus zu halten. – Keine Quackelei, wörtlich ausführen. Ich warte am Apparat. – Erledigt? Im linken oberen Fach meines Schreibtischs liegt ein gelber Brief vom Regierungspräsidenten, holen Sie den mal an den Apparat ...

Haben Sie ihn? Gut, lesen Sie ihn vor. Sie sollen vorlesen! Mensch, wo sind Sie?! Was machen Sie für Sachen, Fräulein?! Verfluchter Idiotenkram! – Wer ist dort? Oberleutnant Wrede?

Also, mein lieber Herr Oberleutnant, fahren Sie los mit Ihren Männekens. In zehn Minuten auf dem Jugendspielplatz. Nicht vorher eingreifen, ehe ich mit Ihnen gesprochen habe. – Der Geheimbefehl? – Ja, den lese ich auch noch. – Ja, natürlich. Fahren Sie nur schon.

Fräulein! Fräulein! – Na, da hupt das Auto schon. – Also los. Der Geheimbefehl scheint geheim bleiben zu sollen.»

Er steht ächzend auf, sieht sich noch einmal um. «Na ja», seufzt er schwer. «Morgen zum Nordkap? Wir werden ja sehen.»

Fett und langsam schiebt er seine Masse durch die Tür, steigt stöhnend die Treppe hinab. «Los, Wertheim, Bahnhofswache.»

Die Straßen sind leer. Der Wagen stürmt los.

«Halt!»

Der Sanitätswagen der Feuerwehr fährt vorbei, Gareis stoppt ihn mit Winken.

«Wen haben Sie drin?»

«Zwei schwerverletzte Bauern.»

«Wie verletzt?»

«Säbelhiebe. Arme und Gesicht.»

«Noch mehr Verletzte?»

«Noch ein Bauer. Und ein Wachtmeister.»

«Schwer?»

«Der Wachtmeister wahrscheinlich eine Gehirnerschütterung, meint Doktor Zenker. Der Bauer einen Säbelhieb über den Arm.»

«Noch mehr?»

«So viel uns bekannt ist, nein, Herr Bürgermeister.»

«Keine Schussverletzungen?»

«Davon haben wir nichts gehört.»

«Gut, fahren Sie weiter.»

Gareis klettert prustend wieder in sein Auto, senkt die Lider, dreht über dem Bauch die Daumen.

Die Leute auf der Straße sagen: «Kiek es, unser Bürgermeister. Er ist zu fett, er schläft schon wieder. Freilich ist es heute heiß.»

Gareis denkt: Drei schwerverletzte Bauern, ein leichtverletzter Polizist. – Die Bauern sind nicht sehr aggressiv gewesen. – Ich hätte den Wrede noch in Grünhof lassen sollen. Vielleicht habe ich eben auch Mist gemacht.

Als er in die Bahnhofswache tritt, sieht er am Tisch hinten, im Halbdunkel, seinen Oberinspektor hocken, das Gesicht in den Händen, mit hochgezogenen Schultern.

Na also!, denkt er.

Und ganz strahlend: «Nun, Kinder, erzählt mal. Möglichst der Reihe nach. Sie zuerst, Kallene!»

Aber der Oberinspektor springt auf. «Ich melde gehorsamst, Herr Bürgermeister, wir haben die Fahne! Die Fahne ist beschlagnahmt und zur Hauptwache abtransportiert.»

«Was für 'ne Fahne?»

«Die Bauernfahne. Die schwarze Fahne mit der Sense darauf.»

«Eine Sense darauf?»

«Eine hochgeschmiedete Sense darauf. Ein Aufruhrzeichen. Ich habe sie beschlagnahmt.»

«Also, berichten Sie, Frerksen, der Reihe nach.»

Und Frerksen berichtet.

«Die Fahne war bedenklich. Das Publikum nahm Anstoß. Die Sense war gefährlich.»

Er schildert, wie er vorging. Einmal bat, ein zweites Mal forderte. Wie man ihn wegstieß, prügelte, den Säbel entriss.

«Sollte ich da nachgeben? Sollten die Bauern sie nun behalten dürfen? Ich habe sie dann holen lassen. Die Bauern leisteten erbitterten Widerstand. Soldin ist schwer verletzt ...»

«Ich weiß.»

«Nun, erzählen Sie, Polizeimeister. Haben Sie die Fahne auch gesehen? Vor dem Kampfe, meine ich.»

«Ja.»

«Schien sie Ihnen bedenklich?»

«Ich habe sie, offen gestanden, gar nicht beachtet. Sie hing da so runter, als ich mit meinen Leuten vorbeikam am Tucher. Man sieht ja so viele Fahnen ...»

«Na ja. Und wie ist das mit Ihnen, Pinkus? Herr Pressemensch, was sagt das Publikum?»

«Die Arbeiterschaft ist empört. Was wollen die Bauern bei uns! Sie waren derartig aggressiv, diese Bombenschmeißer! Genosse Gareis, ich sage Ihnen, die Arbeiterschaft wird sich das nicht bieten lassen. Wir sind links hier in Altholm, hier ist kein Platz für rechtsradikale Demonstrationen ...»

«Gut. Gut. Danke schön. Also ...» Der Dicke versinkt in Nachdenken. Die Uhr in der Wache geht laut: Tick ... ticke ... tacke ... So still ist es.

Sie haben die Suppe angerührt, denkt der Bürgermeister. Wir müssen weiter davon essen. Stehenbleiben darf sie jetzt nicht.

Trübe: Was soll ich untersuchen, ob alles richtig war? Wir machen alle Fehler. Was ist es schließlich? Ein kleiner Zwischenfall bei einer Demonstration, eine Holzerei. Berlin hat das alle Tage. Es darf kein Pressegeschrei geben, dann ist es in einer Woche vergessen. Aber das Angefangene muss zu Ende geführt werden. Ich kann die Schupo nicht zurückpfeifen.

Er fragt: «Wo sind die Bauern jetzt?»

«Sie werden grade in die Auktionshalle einrücken. Zu ihrer Versammlung. Ich lasse den Zug polizeilich eskortieren.»

«Schön. Schön.»

Tick ... ticke ... tacke geht die Uhr.

Sie glotzen auf mich, als wäre ich der Weihnachtsmann. Frerksen starrt wie ein abgestochenes Kalb. Dabei ist es so einfach. Man muss nur immer weitergehen. Wer stehen bleibt, hat schon unrecht gehabt ...

Und laut: «Ich werde die Versammlung auflösen, da sie unfriedlich geworden ist. Wir schicken die Bauern nach Haus. Schupo trifft jetzt grade auf dem Jugendspielplatz ein. – Sie, Kallene, fahren sofort dorthin, setzen sich mit Oberleutnant Wrede in Verbindung und riegeln die Auktionshalle ab. – Wir fahren direkt. Kommen Sie, Frerksen.»

3

Das Viehhofgelände des Verbandes schwarzbunter Rindviehzüchter ist von einer hohen Backsteinmauer umgeben. Ein breites Tor führt hindurch, und an diesem Tor nimmt die Polizei Aufstellung, während der Zug, die Kapelle an der Spitze, einrückt. An diesem Tore hört die Gewalt der Polizei auf. In der Viehhalle, auf dem Hof herum haben die Bauern Hausrecht, das ist ihr Eigen. Die Polizisten stehen dort am Tor, rechts und links, in Gruppen oder einzeln. Je weiter der Zug einrückt, umso mehr werden ihrer.

Die Bauern gehen ein, manche mit gesenkten Köpfen, andere sehen die Polizisten herausfordernd an und fassen die Handstöcke fester. Die Kunde von der Beschlagnahme der Fahne, von dem Zusammenstoß hat sich verbreitet. Alle Bauern haben die Gruppe der Polizeibeamten mit der erbeuteten Fahne auf dem Burstah stehen sehen. Man spricht von Schwerverletzten, von Toten, der Name Hennings, vor kurzem in der Masse noch unbekannt, ist in aller Munde.

Ein paarmal fliegen Schimpfworte zu den Polizisten. «Bluthunde», «Mörder», «Räuber» werden sie genannt, aber das Stillesein überwiegt.

Die dunkle, düstere Auktionshalle ist sofort überfüllt. Hier, in ihren vier Wänden, fühlen sich die Bauern unter sich. Eine Welle von Lauten brandet, ein babylonisches Durcheinandergeschwätz.

Dann leuchten die Bogenlampen auf und werfen ihr Licht auf die Versammlung.

Es ist kein Saal, diese Halle, die zum Vorführen von Rindvieh erbaut wurde, eher ein Zirkus, mit einem sandgefüllten Rund in der Mitte, mit aufsteigenden Seitenrampen, mit Galerien und Treppchen und einer Empore an der Stirnwand, wo sonst die Körkommission, oder die Versteigerer sitzen.

Zu dieser Empore, vor der die Stahlhelmkapelle sich aufgebaut hat, schauen die Bauern. Aber sie bleibt noch leer. Im Zimmer dahinter steht eine Gruppe von Männern, unentschlossen, was zu tun sei, unentschlossen, welche Parole auszugeben sei, was über das Geschehene berichtet werden kann.

Sie reden alle durcheinander, wieder überhäufen sie sich mit Vorwürfen.

«Und ich spreche kein Wort!», schreit Padberg. «Was soll man über diesen Bockmist sagen? Alles ist falsch angefangen, falsch durchgeführt. Und ich soll es jetzt decken? Danke nein.»

«Es handelt sich nur darum, den Bauern über das Geschehene zu berichten», sagt Graf Bandekow. «Dafür sind Sie der Mann. Sie werden es morgen in Ihrer Zeitung auch müssen.»

«Hier berichten? Öl ins Feuer gießen? Ich danke! Hat einer von euch Ahnung, was die dreitausend tun werden, wenn sie hören, wie wir überfallen, niedergeschlagen, beraubt worden sind? Ich danke. Ich habe ein Verfahren wegen Rädelsführerschaft hinter mir, mein Bedarf ist gedeckt.»

Er dreht sich um und sieht sich einem Mann gegenüber, der, ein Pinselhütchen auf dem Haupt, im Gedränge der Versammelten aufmerksam zuhört.

«Gott verdamme uns alle!», tobt Padberg. «Hat denn keiner von uns Murr in den Knochen und schmeißt die Schmiere raus? Feinbube, Sie haben hier Hausrecht, wollen Sie dem Herrn den Weg zeigen?»

Landwirtschaftsrat Feinbube ist etwas verlegen. «Ja, bitte, Sie dürfen hier wirklich nicht sein. Nicht wahr, bitte, Sie sind von der Kriminalpolizei? Wollen Sie mir folgen, oder haben Sie einen speziellen schriftlichen Auftrag?»

«Auch noch Höflichkeiten», brüllt Padberg. «Raus mit dem Sch...»

«Sie haben ‹Schwein› gesagt», stellt der Stulpenstiefel fest. «Sämtliche Herren sind Zeugen.»

«Ich habe ‹Sch› gesagt, das ist keine Beleidigung. Und nun machen Sie, dass wir Sie nicht mehr sehen, Sie Sch..., Sch..., Sch...!»

«Also gehen wir. Eine beleidigende Absicht liegt zweifelsohne vor. Kommen Sie, Herr Landwirtschaftsrat. Ich habe genug gehört. Mehr als genug.»

Der dürre Feinbube und der unechte Agrarier gehen nebeneinander einen Gang entlang, eine Treppe hinunter, wieder einen Gang entlang.

«Ich weiß schon Bescheid», sagt der Eindringling. «Jetzt noch über die Treppe dort hinten und der lange Gang ... Ich möchte Sie nicht länger bemühen ...»

«Ich bringe Sie schon», sagt trocken Feinbube.

«Ein schönes Haus, das sich hier die Landwirtschaft geschaffen hat. Das Ministerium gab Zuschüsse?»

«Das möchten Sie wissen», stellt der Rat fest.

«Ganz belanglos. – Ob man hier irgendwo austreten kann? Diese Tür ...»

«Halt!», ruft Feinbube. «Da geht es in den Saal.»

Aber der Eskortierte ist ihm schon entschlüpft. Feinbube will ihm nach, aber der Saal ist gedrängt voll, in den Massen ist der Kriminalist untergetaucht, und als Feinbube nach ihm fragen will, rufen die Bauern empört nach Ruhe.

Auf der Bühne steht einer und spricht ...

Es ist Vadder Benthin, ol Mottenkopp, wie sie ihn nennen, der den Sprecher macht. Da steht er, mit seinem scheckigen Schädel, einer schmutzigen Joppe, einer Zwirnhose, schmierige Stiefel an den Füßen. Er ist ein alter Mann, und die Leute lachen über ihn, weil seine junge Frau noch ein Baby gekriegt hat, das sicher nicht von ihm ist.

Aber er spricht.

Er ist der Einzige, der sich hinausgewagt hat, vor die dreitausend Bauern. Er spricht langsam und mühsam, in kurzen Sätzen, zwischen denen er mit halbgeschlossenen Augen dasteht und nachzudenken scheint oder zu schlafen. Aber er spricht grade recht für sein Auditorium, das Eile nicht liebt.

«Er hat mir», sagt er grade, als Feinbube in den Saal kommt, «die Hand geschüttelt, er hat mir gesagt: ‹Wir wollen uns beide als Altholm'sche in die Hand versprechen, dass nichts geschieht.› Dann hat er es so gemacht.

Den jungen Mann haben sie zum Krüppel gehauen. Und andere haben sie auch blutig gehauen. Und warum? Um eine Fahne.

Liebe Bauersleute, ich wohne nun mein Leben in Altholm, und Altholm ist vor dem Kriege schon rot gewesen. Na, lass sie, habe ich gedacht, jeder muss wissen, wohin er gehört ...

Und in diesen letzten Jahren nach der Revolution habe ich viele Fahnen gesehen. Rote ... andere ...

Und was die Kommunisten sind, die haben Strohpuppen

rumgetragen. Die eine war der Oberbürgermeister und eine unser Feldmarschall Hindenburg. An einem Galgen haben sie die getragen.

Wir haben hier eine schwarze Fahne gehabt. Und schwarz war sie, weil wir trauern um unser liebes deutsches Vaterland. Und ein weißer Pflug ist darauf, weil wir Bauern sind und pflügen das Land, und der Pflug ist das Beste auf der Welt. Und ein rotes Schwert, weil nur vom Kampf der Sieg kommen kann ...

Die mit dem Galgen sind frei rumgezogen, aber uns haben sie die Fahne genommen.

Ja, fragt ihr mich, liebe Landleute, warum haben wir denn unsere Fahne nicht verteidigt? Wir sind doch so viele, und Polizei sind so wenige, und Jungbauern mit starken Knochen haben wir auch genug.

Bauern von Pommern, ich sage euch, wir haben uns die Fahne wegnehmen lassen, weil wir gehorsam sind unserer lieben Regierung. Weil wir uns alles wegnehmen lassen von ihr.

Unsern Bruder Reimers haben sie uns genommen und heute auch den Rohwer weggeführt ins Kittchen.

Und das Vieh holen sie aus den Ställen und die Pferde. Und die Ernte auf dem Halm pfänden sie, und von unsern Höfen jagen sie uns fort.

Ja, fragt ihr wieder, warum lassen wir denn das zu? Haben wir nicht Vertreter? Kreistagsabgeordnete? Landtagsabgeordnete? Reichstagsabgeordnete? Eine Landwirtschaftskammer und einen Deutschen Landwirtschaftsrat? Warum wehren sich die denn nicht? Warum schreien die denn nicht?

Liebe Bauern, die schreien schon. Wenn sie hier sind. Aber dann gehen sie nach Berlin. Und dann kommen sie wieder. Und dann ist plötzlich alles ganz anders geworden. Wir müssen es dann einsehen, dass es so nicht geht, wie wir es uns gedacht haben. Und dass die Steuern sein müssen und noch viel mehr Steuern.

Und wir sehen es ja dann auch ein ...

Und wenn ihr mich fragt, so sage ich euch: Liebe Landleute, Steuern müsst ihr zahlen, und noch viel mehr Steuern müsst ihr zahlen. Freuen müsst ihr euch, dass ihr so viel Steuern zahlen dürft und dass sie euch euer Vieh fortnehmen und die Höfe ...

Je weniger ihr habt, umso geringer wird dann auch eure Steuerlast. Und wenn ihr gar nichts mehr habt, dann sorgt die liebe Regierung für euch, wie sie für eure Eltern gesorgt hat, die sich ein paar Tausend gespart hatten und die jetzt aufs Wohlfahrtsamt gehen und sich einen feinen Titel erworben haben: Sozialrentner!

Zahlen müsst ihr Steuern bis zum Weißbluten, das sage ich euch. Bis ihr nicht mehr könnt, bis ihr keinen Murr habt in den Knochen, bis ihr halb verhungert seid. Dann macht ihr der lieben Regierung in Berlin keinen Kummer mehr, dann seid ihr fromm ...

Und darum hat sie nur recht gehabt, die Polizei in Altholm, euch die Fahne wegzunehmen. Arbeiter dürfen Fahnen haben.

Aber ihr, ihr Bauern, ihr dürft gar nichts haben.

Blutig schlagen lassen dürft ihr euch vom Verwaltungsapparat.»

Er steht da, Vadder Benthin, und augenblicklich scheint er nicht weiterreden zu wollen. Er wischt sich die Stirn ab. Hinter ihm stehen die Führer, mit gesenkten Köpfen oder in die Menge spähend, von der es aufbraust, lauter, brüllender, immer wilder ...

Und in diesem Moment tut sich die Tür links auf der Estrade auf: Polizeimeister Kallene mit der Hindenburgfigur tritt ein, im blauen Waffenrock mit roten Aufschlägen ...

Er geht die Bühne längs, bis er neben Vadder Benthin steht, und macht gegen die tobende Versammlung ein Zeichen, dass sie ihn anhören soll.

Es ist ein Moment – den Männern auf der Bühne bleibt das Herz stehen.

Vielleicht ist dieser Polizeimensch nur dumm, aber vielleicht ist er auch mutig.

Jedenfalls ...

Plötzlich heben sich Hunderte von Stöcken gegen ihn, man hört wilde, drohende Ausrufe aus dem Gelärm gellen, gleich werden die ersten Stöcke gegen die Bühne fliegen ...

Der Kapellmeister vom Stahlhelmtrupp hat schon manche wilde Versammlung mitgemacht. In diesem Augenblick gibt er ein Zeichen mit dem Taktstock, die Kapelle setzt ein, und das Deutschlandlied ertönt.

Durch die Versammelten geht ein Ruck. Plötzlich stehen alle Bauern, sie singen es mit, sie sind begeistert, sie schleudern es dem Polizeimenschen dort, dem Vertreter der deutschen Regierung, ins Gesicht:

«Deutschland, Deutschland über alles ...»

Polizeimeister Kallene steht mit gesenktem Kopf da. Er sieht nicht um sich. Vielleicht fühlt er den Gegensatz gar nicht: der kleine, dreckige, verbrauchte Bauer an seiner Seite mit dem hässlichen Kopf, und er, der Zweizentnermann, wohlgenährt, mit rosigen Wangen, sauber und heil gekleidet.

Als der erste Vers fertig ist, entsteht eine kleine Pause. Kallene macht wieder seine Bewegung, will wieder reden, aber der zweite Vers beginnt.

Er wartet weiter.

Nach dem zweiten Vers dasselbe.

Nach dem dritten Vers dasselbe.

Nach dem vierten Vers, als der erste neu beginnt, geht Polizeimeister Kallene langsam und gemächlich ab. Er gibt es auf, sie lassen ihn doch nicht zu Worte kommen.

Die Bauern sehen ihm nach.

Nun tritt eine Stille ein. Die Kapelle spielt nicht weiter. Die Bauern sehen auf Vadder Benthin, wird der weitersprechen?

Und wieder tut sich die linke Tür zur Estrade auf, aber diesmal kommt ein Bauer hindurch, ein großer, stattlicher Mensch, den Hut tief ins Gesicht gezogen.

Er bleibt stehen. Aus dem Hutschatten starrt er auf die Menge dort unten, als hätte er sie nicht erwartet. Er geht weiter, der Estradenmitte zu, mit einem seltsam torkelnden Gang, als wäre er betrunken.

Die Bauern starren auf ihn, kaum einer, der den Bauern Banz aus Stolpermünde-Abbau kennt. Sie starren auf diesen großen, torkelnden Mann, ein Gefühl verbreitet sich im Saale wie Angst, als werde gleich etwas geschehen.

Der Mann hält an, hart vor Vadder Benthin. Er bewegt den Mund, aber kein Laut ist zu hören.

Und plötzlich wirft er die Arme hoch, reißt den Hut vom Schädel, schleudert ihn in die Menge. Sein Kopf ist entblößt, ein Kopf, der nichts ist wie eine furchterregende, grausige Blut- und Fleischmasse.

Die Bauern brüllen auf.

Und als habe dieser Schrei dem Mann dort oben Sprache gegeben, brüllt er: «Bauern! Bauern! Das ist die Gastfreundschaft von Altholm! Bauern! Bauern! Das sind die Taten der Regierung!»

Die Menge brüllt auf wie ein tausendmäuliges Tier.

Der Mann bricht mit einem durchdringenden Geschrei zusammen.

Alle Türen zum Saal fliegen auf.

Schupo und Polizei mit hoch geschwungenen Gummiknütteln dringen ein. Sie rufen:

«Der Saal wird geräumt!»

«Die Versammlung ist aufgelöst!»

«Alle ruhig den Saal verlassen!»

«Also gehen wir», sagt Stuff zu Blöcker.

«Ja, gehen wir», stimmt Blöcker zu. «Das mag kein Schwein ansehen.»

Schupo und Stadtpolizei im Verein haben einen entscheidenden Sieg über die Bauern davongetragen. Die Leute sind einzeln aus dem Saal getrieben worden, haben sich aufstellen müssen wie die Puppen und nach Waffen abtasten lassen. Ihre Gehstöcke sind ihnen abgenommen. Dann sind sie auf die Straße getrieben worden, haben wieder zu einem Zuge antreten müssen, der wieder aufgelöst worden ist. Sie sind in die, in jene Straße abgedrängt worden, haben denselben Weg zwei-, dreimal laufen müssen, nach dem Sinn irgendeines Wachtmeisters. Man hat ihnen den Bürgersteig verboten, und man hat ihnen aufgegeben, die Fahrbahn für die Autos freizuhalten.

Stuff wirft noch einen Blick zurück. Da steht der Bürgermeister, im schwarzen Rock, inmitten von Uniformen. Wachtmeister eilen ab und zu, und die letzten Bauern schleichen scheu, mit gesenkten Köpfen zum Ausgang.

«Wie dieses rote Schwein sich vorkommt!», stöhnt Stuff. «Sieh nur, Blöcker, wie unser Kollege von der Arbeiterpresse um ihn schwänzelt.»

Wirklich, der Berichterstatter von der «Volkszeitung» in Stettin, vom Blatt des klassenbewussten Proletariats, ist hoch in Form. Jetzt schwänzelt der Pinkus mit lächelndem Antlitz vor einem Schupooffizier, wirft seinem Genossen von der Bürgermeisterei ein paar Worte zu und fährt schon herum, mit ausgestrecktem Zeigefinger auf einen Bauern weisend, helle Empörung in seinem Antlitz.

«Dieser elende Abschreibling!», knurrt Stuff.

«Alles Schweine», bestätigt Blöcker kurz. «Na, wartet ihr nur auf morgen!»

Sie sind beinahe am Tor, die beiden Pressevertreter der bürgerlichen Zeitungen Altholms, als hinter ihnen ein rascher Schritt laut wird. Sie drehen sich um.

Polizeioberinspektor Frerksen kommt ihnen nach. «Meine Herren, verzeihen Sie! Herr Bürgermeister lässt Sie bitten, morgen früh um neun Uhr zu einer Pressebesprechung zu ihm zu kommen.»

«So?», fragt Blöcker.

«Jetzt braucht ihr uns wohl?», fragt Stuff bissig.

«Ich werde einen amtlichen Bericht über die bedauerlichen Vorgänge den Herren übermitteln.»

«Bedauerlich für dich!», höhnt Stuff.

«Ich verstehe dich nicht, Stuff. Meine Vorgesetzten, Regierung und Polizei stehen hinter mir.»

«Ich nicht», sagt Stuff.

«Du darfst nicht auf beeinflusste Zeugen hören.»

«Deine Zeugen sind unbeeinflusst.»

«Ich nehme an», wendet sich der Oberinspektor verbindlich an Blöcker, «dass die ‹Nachrichten› wie immer den Weg finden werden, der unserer Stadt günstig ist.»

Blöcker bewegt zweifelnd die Schultern.

«Aber, meine Herren», ruft der Oberinspektor überrascht aus. «Die Polizei *musste* einschreiten. Die Staatsautorität wurde verhöhnt. Die Verfassung missachtet. Die Gesetze übertreten! Sollte die Polizei sich niederschlagen lassen? Kampflos von Aufrührern?»

Einen Augenblick Stille, Frerksen wartet auf Antwort.

«Also, gehst du mit?», fragt Stuff. «Ich habe keine Zeit mehr. Ich habe zu tun.»

«Warte doch, Stuff. Ich komme schon mit. Guten Abend, Herr Oberinspektor.»

Frerksen ruft den beiden nach: «Also morgen früh auf Wiedersehen. Um neun Uhr Pressebesprechung.»

Sie zotteln die Straße hin.

«Ach was!», ruft plötzlich Stuff. «Jetzt in die Stadt? Komm, Blöcker!»

Sie kehren um, gehen wieder am Eingang des Viehhofes vorbei, ein Stück Chaussee, dann durch ein Hecktor, über eine Weide, an Korn entlang. Durch eine Wiese, zu einem Bach.

«Hier setzen wir uns», sagt Stuff. «Ach, das tut gut! Wie frisch es hier riecht!»

«Die Wiese muss Benthin gehören. Früher standen hier am Wasser längs Pappeln.»

«Die Wiese gehört schon zu Grünhof», belehrt Stuff. «Und der Bach ist die Scheide zwischen Altholm und Grünhof. Wir sind schon nicht mehr auf Altholmer Boden.»

«Ich wollte, wir wären für immer fort. Was das wieder für einen Stank geben wird!»

«Hast du noch Zigarren?», fragt Stuff. «Danke, ich nehme mir eine. Ich werde hier wohl erst einmal einen Schlaf tun. Ich bin noch halb dun.»

«Dass wir uns grade dann festsaufen müssen, wo so was passiert. Nun haben wir nichts von dem ganzen Trara gesehen.»

«Danke, ich habe genug gesehen in der Viehhalle. Ich weiß Bescheid. Und für das andere gibt es Augenzeugen genug.»

«Du hast den Frerksen ganz hübsch abfallen lassen, Männe.»

«Warum auch nicht? Mir haben sie gesagt, er hat den ganzen Mist angerührt. Ich werde ihn ausschmieren, den Schleimscheißer, den elenden!»

«Willst du nicht erst die Pressebesprechung abwarten?»

«Abwarten? Was soll ich denn abwarten?», schreit Stuff. «Dass sie um den Dreck herumlügen? Ich habe genug gesehen. Ich weiß Bescheid. Wehrlose Bauern schlagen, wartet, meine Freundchen! Jetzt geht die ‹Chronik› los.»

«Erlaubt das Schabbelt?»

«Schabbelt? Was hat der schon zu erlauben? – Ich will es dir sagen, im strengsten Vertrauen, Blöcker: Schabbelt hat verkauft.»

Stille.

Und Blöcker: «Ich will es dir sagen, Stuff, im strengsten Vertrauen: Gebhardt hat gekauft.»

«Was?!» Stuff fährt hoch. «Das weißt du schon? Das weiß wohl schon das ganze Nest, und mir sagt es keiner?»

«Das weiß niemand als wir paar von der Redaktion: der Trautmann, der Heinsius und ich. Und es soll auch geheim bleiben.»

«Ich bin erledigt. Ich bin tot, Blöcker. – Stoß mich um, ich bin tot. – Warum soll es geheim bleiben?»

«Weil es dem Geschäft schadet, wenn die Leute wissen, dass die Konkurrenz keine Konkurrenz ist.»

«Na also. Zwischen zwei Stühlen. Wie immer. Die liebe ‹Chronik›. Redet dir der Gebhardt viel rein?»

«Der ...? Der versteht doch nichts! Wenn es Geld bringt, darfst du mir und mich verwechseln.»

«Also! Dann lässt er mich auch die Roten anmisten!»

«Denke ich auch. Du hast doch Rechtsleser. Sprich heute Abend mit ihm drüber.»

«Heute Abend?»

«Ja, ob du nicht heute Abend zu ihm kommen könntest? Um acht. Hintenrum, dass die Leute nichts merken.»

«O Blöcker, Blöcker, Blöcker!», schreit Stuff. «Darum hast du heute Vormittag das Bier ausgegeben! Ich wusste doch ... Und wärest du etwas schneller zu Stuhle gekommen, dann hätten wir den großen Rummel nicht verpasst!»

«Also heute Abend, ja?»

«Um acht. Zur Nacht. Hintenrum. Das ist von nun an meine Devise. Anderthalb Stunden kann ich noch schlafen. Und ich werde schlafen, sage ich dir, Blöcker. Die ganze Welt stinkt mich an.»

Er legt sich zurück ins Gras, zieht den Hut ins Gesicht und schläft ein. Leise rauscht und spielt das Wasser. Blöcker wandert der Stadt zu. Horchen.

5

Es ist Abend. Gegen acht Uhr.

Viele Leute sind noch unterwegs in Altholm. Am liebsten läsen sie schon gedruckt, was geschehen, was sie gesehen, und eine handfeste Meinung dazu. Darum drängt es sich so beim Hause der «Nachrichten» am Stolper Torplatz. Aber im Aushangkasten sind nur die Bilder aus aller Welt, sonst nichts. Auch die Fenster sind dunkel. Nur nach dem Hof zu sind die vier Fenster des Setzersaales hell, dort arbeiten die Setzmaschinen für den nächsten Tag voraus.

In seinem Büro der Gebhardt, er hört sie klappern. Die Vorhänge sind dicht zugezogen, und nur auf dem Schreibtisch brennt eine Lampe und wirft ihr Licht auf einen Bogen mit Zahlen.

Gebhardt rechnet, er rechnet wieder einmal. Er prüft nach, er kontrolliert, er sieht sich Belege an, macht Statistik. Ihn interessieren nur Zahlen. Dieses Haus, mit seinen Maschinen, seinen dreißig Arbeitern und Angestellten, es ist nur dazu da, die Zahlen größer werden zu lassen.

Zahlen sind Sicherheit. Große Zahlen heißt große Macht. Noch wagen Leute, ihn nicht wichtig genug zu nehmen, trotzdem er schon der reichste Mann von Altholm ist, aber das liegt nur daran, dass die Zahlen noch nicht groß genug sind.

Draußen ist ein Geräusch. Jemand pusselt an der Tür, stolpert auf dem dunklen Gang herum.

Gebhardt macht die Tür auf, sodass Licht auf den Flur fällt, fragt halblaut: «Ist da jemand?»

«Ja, ich. Stuff», und Stuff taucht auf aus dem Finstern.

«Ich habe Sie erwartet», sagt Gebhardt und gibt ihm die Hand.

Einen Augenblick sieht Stuff erstaunt den gebeugten Nacken seines neuen Brotherrn mit krausen, schwarzen Krollhaaren, sieht in den Kragen hinein bis zum Nackenwirbel, und denkt verblüfft: Gott! Der macht ja einen ordentlichen Diener vor dir!

Dann bittet ihn Gebhardt Platz zu nehmen. «Rauchen Sie? Eine Zigarre? Das hier ist etwas Leichtes. Diese ist schwerer. Ganz, wie Sie es lieben. Bitte, hier ist Feuer. Nein, danke, ich rauche nie.»

Stuff sitzt bequem vor dem Schreitisch, in einem tiefen Sessel, seine Zigarre ist gut in Brand. Hinter dem Schreibtisch, auf seinem Stühlchen, hockt der Zeitungskönig, blickt in Papiere.

«Ich habe Sie hierhergebeten, Herr Stuff», sagt Gebhardt und spielt mit seinem Bleistift, «weil ich einiges mit Ihnen zu besprechen habe. Dass ich die ‹Chronik› gekauft habe, wird Ihnen Herr Schabbelt gesagt haben.»

«Nein», sagt Stuff.

«So. Nun, das ist sonderbar. Aber Sie wissen es jedenfalls.»

«Ja. Ich habe es gehört.»

«Ich habe die ‹Chronik› gekauft, weil das Gegeneinanderarbeiten zweier bürgerlicher Zeitungen in Altholm unsinnig ist. Wir müssen gegen die rote Front zusammenstehen.»

«Das müssen wir», sagt Stuff, um etwas zu sagen, denn Gebhardt hat eine Pause gemacht.

«Ich wollte Sie nun fragen, ob Sie bereit sind, auch unter meiner Leitung Ihre Kraft der ‹Chronik› zu widmen.» Rasch: «Aber verstehen Sie mich recht, meine Leitung beschränkt sich auf das Kaufmännische, berührt Sie also kaum. Im Redaktionellen sind Sie frei. Das heißt, wir besprechen gelegentlich die großen Richtlinien. Aber Sie sind sonst völlig frei, kennen ja auch Ihren Leserkreis am besten.»

«Ich könnte also über die heutigen Unruhen schreiben, wie ich dürfte?»

«Unruhen? Ach so, da sind einige Zusammenstöße gewesen. Bauern, nicht wahr? Haben Sie Interesse an Bauern?»

«Doch. Ja.»

«Ich meine finanzielles Interesse. Sind Bauern wesentlich Abonnenten der ‹Chronik›?»

«Wesentlich? Nein.»

«Warum also? Wollen Sie denn gegen die Bauern Partei ergreifen?»

«Ich will über das unerhörte Vorgehen der Polizei berichten.»

«Lieber Herr Stuff! Mit der Polizei sollte es eine Zeitung nie verderben!»

«Aber es betrifft nur die Polizeileitung. Und die ist rot.»

«Ja, schon. Aber es ist städtische Polizei, nicht wahr? Eine städtische Einrichtung. Wissen Sie übrigens, warum der Oberbürgermeister jetzt grade verreist ist?»

«Er fährt jedes Jahr um diese Zeit. Seine Schwiegereltern haben Hochzeitstag.»

«So. Sie meinen also nicht, dass er diesen Zusammenstößen hat aus dem Wege gehen wollen?»

«Nein. Nicht doch. Davon hat er keine Ahnung gehabt.»

«Nun gut. Wenn Sie sicher sind …? Sie meinen also, es waren nur die Roten?»

«Die ganze Geschichte ist von den Roten angezettelt. Und im Herbst haben wir Kommunalwahlen.»

«Also gut, Herr Stuff, schlagen Sie los. Nicht zu scharf, nun, Sie wissen schon. Wir in den ‹Nachrichten› werden wohl eine abwartende Haltung einnehmen, wir haben zu viele Arbeiterleser.»

«In der Hauptsache.»

«Nein, nein, nicht so. Aber viele.»

Sie sehen sich beide an, freundlich lächelnd. Dann taucht der dicke Stuff aus seinem Ledersessel auf, etwas keuchend. «Ich werde dann also zu mir gehen und meinen Riemen für morgen schreiben.»

«Ja? – Und noch eins, Herr Stuff: Offiziell haben wir natürlich nichts miteinander zu tun. Es muss das geheim bleiben. Streng geheim.»

«Wenn ich Sie sprechen will ...»

«... so kommen Sie am Abend wie heute. Nein, kein Telefon. Alles spricht sich herum.»

«Gut», sagt Stuff und streckt, schon an der Tür, seinem Chef die Hand entgegen.

«Richtig», sagt der. «Da fällt mir noch etwas ein. Wir haben noch gar nicht über die Gehaltfrage gesprochen. Wie man so etwas vergessen kann!» Und er lacht, etwas gepresst.

«Gehaltfrage ...?», fragt Stuff erstaunt. «Gibt es da eine Frage? Ich bekam bei Schabbelt fünfhundert und Vertrauensspesen.»

«Lieber Herr Stuff!» Gebhardt lächelt. «Sie müssen verstehen, dass das nicht geht. Grade daran ist Schabbelt kaputtgegangen.»

«Wieso?! An meinem Gehalt? Das ist doch lächerlich.»

«Nicht an Ihrem Gehalt allein – bitte, erregen Sie sich nicht –, aber überhaupt an der aufgeblähten Unkostenseite. Fünfhundert Mark und Vertrauensspesen. Nein, nein, das kommt nie in Frage.»

Stuff ist finster geworden. «Was kommt denn in Frage?»

«Nun, was soll ich sagen? Ich bin wahrhaftig kein Jude, ich will Sie nicht drücken. Ich gehe bis an die Grenze des Tragbaren, ja, darüber hinaus. Ich sage dreihundert.»

«Unsinn!», sagt Stuff. «Quatsch. Ich denke gar nicht daran.»

«Lieber Herr Stuff. Ich bin natürlich gerne bereit, Sie mit Ablauf der gesetzlichen Kündigungsfrist aus Ihrem Vertrage zu entlassen. Das wäre der erste Oktober.»

«Ich habe überhaupt keinen Vertrag mit Ihnen! Ich kann jede Stunde Schluss machen.»

«Es gibt so viele junge federgewandte Menschen. Das schreibt schließlich jeder. Und das meiste liefern ja doch die Korrespondenzen.»

«Also, reden wir nicht lange», erklärt Stuff. «Was ist Ihr äußerstes Wort?»

«Ich will Ihnen entgegenkommen. Mein Prokurist, Herr Trautmann, wird empört sein, aber ich sage: dreihundertzwanzig!»

«Fünfhundert!», verlangt Stuff. «Und die Spesen.»

«Sie sind nicht mehr ganz jung», sagt Gebhardt vorsichtig. «Und aufgeblüht ist die ‹Chronik› unter Ihrer Redaktion auch nicht grade.»

«Die Leute», bemerkt Stuff träumerisch, «meinen, dass Sie, Herr Gebhardt, Ihren Namen nicht zu Unrecht tragen. Wortspiele über Geben und Hartsein stellen sich zwanglos ein.»

«Dreihundertdreißig.»

«Wäre es Ihnen denn angenehm, Herr Gebhardt, wenn ich jetzt ausschiede? Die Übernahme der ‹Chronik› könnte dann kein Geheimnis mehr bleiben.»

«Aber das grenzt an Erpressung», schreit Gebhardt. «Verlangen Sie, dass ich Ihnen Ihr Maul vergolde?»

«Verzeihen Sie, meine Herren», klingt eine fette Stimme vom Eingange her. «Das Saumtier sucht im Nebel seinen Pfad. Ich fand niemanden, der mich anmeldete. Guten Abend, meine Herren.»

«Guten Abend, Herr Bürgermeister», sagt Stuff.

Gareis streckt, würdig lächelnd, seine kleine fette Hand aus dem
Ellbogengelenk den Herren hin, und Stuff darf feststellen, dass
sein neuer Chef nicht nur vor ihm solch schuljungenhaft tiefe
Tanzstundendiener macht. Er bewundert erneut das krause
schwarze Krollhaar im Nacken.

«Die feindlichen Brüder einmal unter einem Dach?», fragt der
Bürgermeister und blickt von dem verlegen-wütenden Verleger
zum mürrischen Stuff. «In der Abendstunde finden wir unsern
Weg? Oh, das liebe Publikum sollte wissen …»

«Es war eine ganz belanglose, uninteressante Besprechung»,
sagt kurz Gebhardt.

«Sie war sehr laut, und uninteressant fand ich sie nicht. Nun,
gleichviel …» Des Bürgermeisters Gesicht verändert sich, wird
ernst. Zwischen den Fettwulsten liegen kluge Augen. «Ich komme zu guter Stunde, da ich die Vertreter der maßgebenden Presse
beisammen finde. Ich komme selbst zu Ihnen, mich Ihrer Unpar-
teilichkeit zu versichern. Sie, Herr Stuff, schienen heute meinem
Oberinspektor sehr voreingenommen.»

«Voreingenommen? Nein.»

«Nennen Sie es, wie Sie wollen. Sie mögen ihn nicht, gut. Aber,
meine Herren, überlegen Sie genau, was Sie tun, ehe Sie was tun.
Die Polizei steht voll zu dem, was geschehen ist. Sie hat die Regierung hinter sich. Sie hat aber auch die Arbeiterschaft – und die
Arbeiterschaft, das ist Altholm – für sich. Stellen Sie sich gegen
die Polizei, so stellen Sie sich gegen Ihre eigene Stadt – Vaterstadt
sagt man gerne in diesem Hause –, so stellen Sie sich gegen die
eigenen Interessen.»

«Ich glaube, Herr Bürgermeister, Sie überschätzen die heutigen
Ereignisse. Das wird morgen eine lokale Spitze geben, dann noch
zwei oder drei Notizen, in einem halben Jahre eine Gerichtsverhandlung – und alles ist vergessen.»

«Das glaube ich nicht», widerspricht Stuff seinem Chef. «Der Kampf fängt erst an.»

«Und auf welcher Seite werden wir Sie sehen, Herr Stuff?»

«Ich bin ein einfacher Redakteur», sagt Stuff.

«Ein Redakteur, gewiss», nickt der Bürgermeister mit Missbilligung. Und zum Zeitungsbesitzer gewendet: «Nebenbei: Sie wissen, dass der Magistrat beschlossen hat, der ‹Chronik› die amtlichen Bekanntmachungen zu entziehen?»

«Unmöglich!», schreit Gebhardt. «Davon hat mir Schabbelt kein Wort beim Verkauf gesagt.»

Und Stuff, zwei Sekunden zu spät: «Das ist kein Magistratsbeschluss!»

Der Bürgermeister lächelt, er sieht klar. Er wendet sich ganz an Gebhardt, und auf der andern Seite, im Dunkeln, bleibt Stuff. «Also, Herr Gebhardt, Ihre Zeitung nennt sich Heimatblatt, und Ihre Leser sind Arbeiter. Ich denke doch, Sie werden sie im Interesse der Heimatstadt unterrichten?»

«Im Interesse der Heimatstadt, ja», sagt vorsichtig Gebhardt.

«Das heißt ... verstehen Sie wohl, es ist im Augenblick so leicht, einem gewissen Stimmungsdruck nachzugeben. Man muss auch einmal unpopulär sein können. Sie bekommen morgen unsern amtlichen Bericht. Halten Sie sich an ihn.»

«Wir werden zweifelsohne den amtlichen Bericht veröffentlichen.»

«Ich übe», sagt der Bürgermeister, «ungern einen Druck aus. Aber diese Sache wird durchgefochten werden. Ich hoffe es, aber ich bin mir nicht sicher, dass ich diesmal Sie auf meiner Seite finden werde. Es ist nicht die Seite der SPD, die rote Seite, die Bonzenseite, wie Sie vielleicht jetzt glauben. Es ist die Seite der Ordnung, des Aufbaus, der Arbeit. Die Wahl müsste leicht sein ...»

Die beiden Herren schauen vor sich hin. Der Bürgermeister sieht kummervoll von einem zum andern.

Schon erhebt er sich, und in ganz verändertem Ton: «Also, gute Nacht, meine Herren. Gute Nacht. – Über Gehaltsfragen wird man sich am Ende immer einig, wenn man im Prinzipiellen so einverstanden ist wie Sie beide.»

Schon auf dem Gange: «Bitte, bemühen Sie sich nicht, Herr Stuff. Ich finde auch ohne Licht. Und man könnte Sie sehen. Wirklich. Gute Nacht!»

Stuff, wieder zu Gebhardt: «Herrgott, was für ein Schwein! Was für ein Schwein!»

Und Gebhardt, sauersüß lächelnd: «Etwas stachlig, der rote Herr, was?»

7

Tredup hatte geschrien aus dem Fenster des Gefängnisses bis ihn Hände von hinten packten, hinunterzerrten.

Man hatte ihn aus seiner Zelle in den Arrestraum geschafft, der je nach Bedarf mal Arrestraum, mal Tobzelle heißt.

In jedem Gefängnis gibt es zwei Arten von Wachtmeistern: Diejenigen, welche Tredup transportierten, gab es nach der Strafvollzugsordnung des preußischen Justizministeriums eigentlich gar nicht mehr.

Sie hatten ihn unter den Armen gefasst und mit Hallo durch das brüllende Gefängnis über Gänge und Treppen geschleppt. Dabei hatten sie es so eingerichtet, dass seine Schienbeine möglichst häufig und möglichst heftig gegen eiserne Stufen und Geländerteile schlugen. Am Ende der Treppe, als nur noch zehn, zwölf Stufen übrig waren, hatten sie den Aufrührer plötzlich losgelassen, und er war wie ein Sack, sich überschlagend, die Stufen hinabgerollt auf den Zementboden des Flurs, wo er endgültig liegenblieb.

Dann hatten sie ihm dienstlich befohlen, aufzustehen, ihn ermahnt, nicht zu simulieren, auf die Folgen seiner Weigerung aufmerksam gemacht und ihn schließlich, als alles nichts half, in die Tobzelle geschleppt, auf die Pritsche geworfen, ihm die Hosenträger abgeknöpft, damit er nicht auf törichte Ideen komme, und allein gelassen.

Tredup hatte dagelegen, halb besinnungslos, stundenlang. Eben noch schien er, ungeduldig wohl, aber doch einigermaßen untergebracht, in seiner Zelle gesessen zu haben. Dann war der komische spitzbärtige Wachtmeister gekommen und hatte ihn überredet, nach den Bauern zu schreien, was sofortige Freilassung zur Folge haben sollte. Dann hatte das Haus losgetobt wie ein wahnsinnig gewordenes Tier, und dann hatten sie ihn behandelt ... Sie hatten ihn kaputtgemacht ... Das waren also diese Gefängnisse ...

Aufruhr, hatten sie gesagt, Widerstand gegen die Staatsgewalt, Meuterei ... Gab es Gefängnis dafür? Zuchthaus? Wie lange?

Es ist eine Art Vogelbauer, in dem er liegt, mit lächerlich dicken Eisenstäben, halb dunkel, und mit nackten Wänden, die Eiseskälte atmen. Nur eine Holzpritsche, auf einem Steinfundament festgemacht, keine Decke, kein Schemel, nichts.

Wenn ich hier, denkt er, einen Tag bleiben muss, eine Nacht, ich werde verrückt.

Ein Doppelschlag gegen die Tür lässt ihn auffahren. Eine Stimme sagt irgendetwas.

«Ja, bitte?», fragt er verwirrt.

«Ob du scheißen willst?», brüllt es von draußen.

«Was? Wie? – Nein, ich will nicht.»

Draußen hört er reden. Dann klirren Schlüssel, ein Wachtmeister kommt herein, aber er steht in der andern Hälfte des Raums, jenseits der Gitterstangen.

«Wollen Sie nicht Ihre Notdurft verrichten?», fragt der Wachtmeister freundlich. Und zum Gefangenen in Blau, der mit einem Kübel in den Händen eingetreten ist: «So fragt man das. Wie Sie das machen, ist es keine Art.»

«So ein Schwein», murrt der Mitgefangene bösen Blicks. «Hier den ganzen Bau rebellisch zu machen!»

«Das geht Sie gar nichts an», sagt der Wachtmeister entschieden. «Also, wie ist es mit Ihnen? Nein? Versuchen Sie es vielleicht? Wir kommen erst morgen früh wieder. Einen Kübel dürfen wir Ihnen nicht lassen, weil Sie getobt haben.»

«Nein, ich danke wirklich. Aber wenn ich eine Decke haben könnte? Hier ist es so kalt.»

«Ja, natürlich. Ihnen stehen zwei Decken zu. Bögge, holen Sie die gleich.» Und als der Gefangene aus der Zelle ist: «Sie haben da ein Ding in der Wand, wir nennen es eine Fagge. Die brauchen Sie nur rauszuschieben, wenn es nötig ist, nachts.» Leiser: «Aber tun Sie es nur, wenn es ganz nötig ist. Der Nachtdienst wird auch nicht gerne gestört. So, hier haben Sie Ihre Decken.»

Es ist wieder still in der Zelle, langsam wird es dunkler. Tredup möchte an sein vergrabenes Geld denken, dann, wie er von hier fort will, sich eine andere Zukunft machen. Ob dieser nette Wachtmeister ihn rausließe, wenn er ihm fünfhundert Mark böte?

Plötzlich flammt das Licht auf an der Zellendecke. Wieder klirrt der Zellenschlüssel. Ein dicker Mann mit einem Gesicht wie eine Bulldogge tritt ein, gefolgt von einem Wachtmeister, beide in weißen Mänteln.

«Das ist der Kerl», fragt der Dicke, «der den Krach gemacht hat? Na, sehen Sie, Troschke, das ist ein Simulant, wie er im Buch steht. Geben Sie Ihre Hand her», grobst er. «Hier durch das Gitter! Ganz ruhiger Puls, jetzt natürlich ein bisschen Herzpuppern. Haben wir Angst, was? Müssen wir die Suppe nun ausfressen, wie? Nun kommen die Folgen, he?»

Wieder: «Warum haben Sie aus dem Fenster gebrüllt?»

«Ich weiß nicht ... Ich hielt es nicht mehr aus ...»

Der Arzt, höhnend, zum Lazaretthauptwachtmeister: «Hielt es nicht mehr aus! Das Söhnchen! Ging nicht mehr, was? Na, mein Lieber, solche wie Sie, die kriegen wir hier schon klein. Mit solchen fahren wir hier ab ...»

Gesteigert: «Schlitten werden wir mit Ihnen fahren! Kommen Sie mir nur, dass Sie krank sind, Sie Simulant, Sie! Arrest werde ich gegen Sie beantragen! Sie sollen mir nicht mehr aus diesem Loch.»

Zum Hauptwachtmeister, plötzlich ganz ruhig: «Sehen Sie es sich an, dieses Jammergestell. So was bringt das ganze Gefängnis in Aufruhr. Nun hat er Tränen in den Augen. Schmach! So was will ein Deutscher sein! Zum Kotzen ist das!»

Die Tür schrammt wieder zu. Das Licht geht aus.

Im Dunkeln liegt Tredup, das Gesicht in den Decken, ein Heulen in der Kehle, das nur die Angst nicht laut werden lässt.

Wie gehen sie mit mir um? Wie kann ich je einem Menschen wieder ins Gesicht schauen? Oh, ich halte es nicht aus, ich will heim, in die kleine Hofstube, zu Elise und den Kindern.

Willi hat seine kleine Hand in meine gesteckt, hat sich an meinem Finger festgehalten. Er hat Vertrauen zu mir gehabt. Wer soll noch Vertrauen zu mir haben? Alles ist vorbei.

Hätten sie mir nur nicht die Hosenträger fortgenommen. Ich müsste die Decke zerreißen.

Er muss geschlafen haben, denn jetzt steht an seinem Bett wieder ein Mann in der graugrünen Uniform und rüttelt ihn an der Schulter.

«He, Sie! Wie heißen Sie?»

«Tredup.»

«Kommen Sie mit, zum Direktor. Halt, gehen Sie auf Strümpfen, nehmen Sie Ihre Schlappen in die Hand. Die andern brauchen nicht aufzuwachen, es ist heute genug Klamauk gewesen.»

Es ist ein stilles Gehen durch das schlafende Gefängnis, mit den Hunderten von Türen, hinter deren jeder einer schläft oder still wach liegt.

Leise schlurft auf Hausschuhen der Wächter hinter ihm. «Dort die Treppe hinauf», sagt er leise. «Hier den Gang entlang.»

Was wird bloß mit mir?, fürchtet sich Tredup. «Werde ich schon bestraft? Hätten sie mich doch schlafen gelassen.»

«So, hier.»

Der Wachtmeister klopft gegen eine Tür, heller Lichtschein.

«Na, denn gehen Sie nur rein. – Ziehen Sie erst Ihre Schuhe an.»

Hinter einem Schreibtisch sitzt ein großer, glattrasierter Mann mit frischen Farben, einem freundlichen Gesicht, kahlem glänzendem Schädel. Das Zimmer ist sehr hell und sauber. Da sind Blumen ...

Tredup kommt sich alt, grenzenlos müde und sehr schmutzig vor.

«So. Sie sind also Tredup.» Der Mann sieht ihn sehr lange an. «Sagen Sie, Herr Tredup, was war heute Nachmittag mit Ihnen?»

Tredup sieht den Herrn einen Augenblick an. Der ist anders, denkt er. Und laut: «Es kam einer rein in meine Zelle und sagte mir, draußen ständen Bauern. Und wenn ich um Hilfe riefe, würden sie kommen und mich frei machen.»

Gefängnisdirektor Greve betrachtet ihn aufmerksam, und sein helles Gesicht wird irgendwie matter. «Sie haben geschlafen?», fragt er. «Sie haben geträumt?»

«Ich habe nicht geschlafen. – Doch ja, ich hatte geschlafen», sagt Tredup. «Aber es war ein Wachtmeister, ein Mann mit einem kleinen gelben Spitzbärtchen.»

«Ein Mann mit einem kleinen Bärtchen», wiederholt der Direktor langsam. «Wie alt sind Sie, Herr Tredup? – Sie sind verheiratet, nicht wahr? – Sie haben Kinder? – So, zwei. Sind sie alle gesund?»

«Ich habe nicht geträumt», beharrt Tredup. «Der mit dem Bärt-chen war da und hat es mir gesagt.»

«Sie haben nicht geträumt, nun schön. Aber wenn einer kommt und sagt Ihnen so etwas, tun Sie das dann gleich, ohne zu über-legen?»

Tredup steht stumm.

«Sehen Sie, schließlich sind Sie doch in einem Gefängnis. Sie sind schon ein paar Tage hier, nicht wahr? Sie haben die Mauern gesehen und die Schlösser und die Beamten mit ihren Waffen?»

Tredup schweigt.

«Wenn der Hellbärtige Ihnen nun wirklich von Bauern gespro-chen hat, wie dachten Sie sich das dann? Meinten Sie, die Bauern würden das Gefängnis überfallen und Sie frei machen? Wie viel Bauern standen denn vor Ihrem Fenster, als Sie schrien?»

«Ich habe keine gesehen. Ich habe nur gerufen.»

«Sie haben nur gerufen. Ohne Hoffnung. Bloß, weil es Ihnen einer gesagt hat?»

«Weil er von Freiwerden gesprochen hatte.»

«Ja so. Natürlich.» Der Mann senkt plötzlich den Blick. Nimmt Papiere in die Hände. Dann in einem andern Ton: «Weswegen ich Sie rufen ließ. Die Staatsanwaltschaft hat Ihre Außerhaftsetzung verfügt.»

«Ja?», fragt Tredup ängstlich.

«Ja. Heute Abend kam die Verfügung. Und da Ihnen die Haft nicht zu bekommen scheint, wollte ich es Ihnen gleich mitteilen.»

«Und ich darf ...», fragt stockend Tredup. «Wann darf ich fort?»

«Morgen früh. Heute Abend. Wann Sie wollen.»

«Es ist wahr? Trotzdem ich geschrien habe?»

«Trotzdem. Ja. Ich denke, es wird keine Folgen haben, das Schreien.» Der Direktor nimmt ein Blatt Papier, betrachtet es einen Augenblick mit hochgezogenen Brauen, zerknüllt es und wirft es in den Papierkorb. «Sie wollen gleich nach Haus?»

«Wenn ich darf?»

«Es wird gehen. Was Sie an Privatsachen noch hier beim Hausvater haben, können Sie sich eventuell morgen abholen.»

«Ich danke ... ja, ich danke so sehr ... nie vergessen», flüstert Tredup.

«Ich klingle nach der Nachtwache», sagt der Direktor. «Sie wird Sie fortbringen.»

Eine Klingel schlägt ganz fern und leise irgendwo an. Dann ist eine Weile Stille.

«Übrigens», sagt der Direktor plötzlich. «Vor ein paar Tagen wollte Sie auch Herr Bürgermeister Gareis besuchen.»

«Ja?»

«Ich durfte es damals nicht gestatten, aber vielleicht gehen Sie jetzt einmal zu ihm, nicht? Er schien sehr viel Interesse an Ihnen zu nehmen. – Wachtmeister, führen Sie den Mann zur Abfertigung. Zenker wird noch da sein. – Gute Nacht, Herr Tredup.»

Er gibt ihm die Hand.

8

Es ist Nacht geworden, eine gute klare Julinacht ohne Mond. Über der kleinen Menschensiedlung Altholm, locker gebaut, zwei Kilometer hin, zwei Kilometer her, ist der Himmel voll ausgestirnt.

Man kann sie sehen, die Sterne, klar flimmern sie herab, und Gareis, der noch mit Assessor Stein spazieren geht, blickt zu ihnen empor. «Sie müssen sich das merken, Stein: Die Hinterräder des Wagens verlängert, und Sie finden den Polarstern. Und die drei dort zusammen, das ist der Gürtel des Orion. Sie waren immer Städter, aber mich nahm mein Vater bei der Hand. Wir gingen über Land, heim von irgendeiner Hausschlachtung, bei der er geholfen. Barbier sein bringt auf dem Lande nicht viel ein.»

«Alles schläft», sagt der Assessor. «Und morgen fängt der Kampf wieder an.»

«Und ist das schlimm? Es ist gut, dass wir kämpfen müssen.»

«Lohnt es sich?»

Der Bürgermeister bleibt stehen. Den Hut schiebt er in den Nacken, und aus dem Dunkel wuchtet seine große Masse über das befreundete Assessormännchen. «Manchmal frage ich mich, warum Sie überhaupt in der Partei sind. Lohnt es sich ...? Gewiss lohnt es sich.»

«Die Genossen sind genauso borniert wie die andern.»

«Und ...? Übrigens ist auch das falsch. Sie sind unzufrieden, und Unzufriedenheit ist mehr wert als Genügsamkeit.»

«Ich glaube, Sie werden alleinstehen im Kampfe, der kommt.»

«Werde ich? Sie kennen die Arbeiter nicht. Die Arbeiter werden wissen, dass ich für ihre Sache kämpfe.»

«Ihre Sache? Frerksen hat doch Mist gemacht.»

«Nein. Nein. Ich gebe das nicht zu. Auch Ihnen nicht. Recht hat er getan.»

Und plötzlich ganz lebhaft: «Halt! Sehen Sie! Sehen Sie doch! – Da fiel eine Sternschnuppe. Haben Sie sich was gewünscht? Natürlich haben Sie sie nicht gesehen. Ich habe mir was gewünscht.»

Der Assessor fragt: «Und was?»

«Das sage ich Ihnen erst in vier Wochen. Oder in einem Monat. Oder in einem halben Jahr.»

«Aber Sie sagen es mir?»

«Das tue ich. Bestimmt.»

Auch Tredup, der vom Zentralgefängnis heimtrottet, sieht zu den Sternen empor. Aber die Sternbilder kümmern ihn nicht. Er will nur die Gegend sehen, in der er, auf dem Heimweg damals von Stolpe, sein Geld vergrub. Am liebsten liefe er gleich jetzt durch die Nacht dorthin, grübe es aus dem Kiefernsand, nahe den Dünen. Ginge fort aus Altholm, aus Pommern, aus Deutschland, in die weite Welt. Irgendwohin, in einen Winkel, am besten dorthin, wo man die Sprache nicht kennt, das Land nicht kennt, wo niemand je erfahren wird, was ihm geschehen ...

Aber da sind Frau und Kinder.

Mit kummervoll hochgezogenen Schultern, den Blick scheu hinter sich nach Verfolgern, schleicht er der riechenden heißen Hofwohnung zu.

Stuff geht mit gesenktem Kopf. Sieht er die Sterne, sieht er sie höchstens im Wasser, im Teich, den entlang er der Kneipe zustrebt. Aber er denkt nicht an sie, er denkt an seinen neuen Chef, an das um hundert Mark verkleinerte Gehalt (sie haben sich loyal die Differenz geteilt, und er hat auf Spesen verzichtet). Er denkt der Kette, an die sie ihn jetzt gelegt haben. Oh, dass er nicht beißen darf! Dass ein feiger Chef ihm den offenen Angriff auf die rote Rotte verbietet. Es wäre der schönste Lebensabend gewesen, noch einmal, verbrauchter, glaubensloser Pressehengst, der er ist, mit gutem Glauben den Kampf für eine gute Sache führen zu dürfen.

Er darf es nicht. Er muss zahm sein, wie immer. Kleine Stiche vielleicht, aber die Rücksicht auf die rote Mehrheit im Stadtverordnetenkollegium ...

Und ich schmiere dich doch aus! Es mag gehen, wie es will!

Er blinzelt nach einem Fenster, das hell durch Gebüsch zu ihm blinkt. Krankenhaus, denkt er. Die krepieren und gebären immer feste weiter. Was das für einen Sinn hat ...

Der im Licht der blinkenden Lampe liegt, denkt nicht daran zu krepieren. Henning liegt, halb bedeuselt von etwas Morphium, in Wachträumen. Wieder schwenkt er die Fahne. Sie rauscht herrlich durch den blaugoldenen Tag.

Und plötzlich sind viele Männer da, das Zimmer ist so voll

von Schatten. Richtig, sie halten Wache, sie haben ihm ja gesagt, dass er hier als Polizeigefangener liegt. Keine Kleider im Zimmer, nichts wie das Nachthemd auf dem Leibe.

Aber es eilt noch nicht. Wenn es so weit ist, ich türme immer, auch aus dem ZG. Man wird Wachtmeister Gruen sagen müssen, dass er auf Tredup ein Auge hat. Es wäre schlecht, wenn sie jetzt erführen, dass ich auch in der Bombengeschichte hänge.

Gruen aber ist suchen. Er streicht über die Schuttabladeplätze der Stadt, er sucht, ein verdrehter Hexerich, drei Dinge: eine Konservenbüchse, einen Karton und einen zerbrochenen Wecker. Er grinst wie ein Affe, und das Bärtchen am Kinn zittert und tanzt.

Nehmen Sie das auf Ihren Beamteneid?

Gewiss nehm ich das auf meinen Beamteneid, Herr Direktor.

Der Untersuchungsgefangene Tredup behauptet bestimmt, Sie hätten ihm eingeredet, die Bauern zu alarmieren. Der träumt ja. Ich war unten auf C 1, habe Wasser ausgegeben.

Beamteneid. Wahrhaftig! Wie die sich haben mit ihrem bissel Republikeid, und ganz ohne den lieben Gott, Verfassung ... na ja, was man so Verfassung nennt ... Die Konservenbüchse wäre da.

Im Ehebett, der Polizeioberinspektor Frerksen, hält seine Frau im Arm.

«Es war ein schrecklicher Tag, Änne. Aber ich habe richtig gehandelt. Alles steht hinter mir.»

«Und Gareis? Was hat Gareis gesagt?»

«Gareis zählt nicht. Einer von der Regierung, ein ganz Geheimer, hat mir gesagt, ich habe den Laden geschmissen.»

«Und die Verletzten? Sind sie schwer verletzt?»

«Die sind alle verhaftet. Aufrührer, wer soll mit denen Mitleid haben? – Was raschelst du, Hans? Warum schläfst du nicht?»

«Ich muss mal, Vater.»

«Man muss nicht müssen, mitten in der Nacht. Man beherrscht sich. Na, geh schon aufs Klosett. Aber leise, dass keiner was merkt.»

Leise müht sich auch Thiel zu sein, der im Stolper Gerichtsgefängnis den letzten Grat an den Gitterstäben seiner Zelle durchsägt. Wer durch den Schlund jenes Bücklings, den es einmal die Woche als Beikost gibt, Stahlfeilen gespießt findet, versteht schon den Wink. Nur, dass es ein wenig lange dauerte, bis er zum Ziele kam.

Heute Nacht aber ist es so weit. Die Decken, zerrissen und zu einer Leine aneinandergeknüpft, liegen schon auf seinem Bett. Und ist er erst auf dem Hof, ist er auch schon in Freiheit. Er ist noch lange nicht verurteilt wegen Bombenschmeißens.

Er hebt vorsichtig die ausgesägte Ecke Gitter aus, genau berechnet nach seinem Leibesumfang, legt sie auf sein Bett. Am stehengebliebenen Stummel knüpft er die Leine fest und schwingt sich in die Öffnung.

Er lauscht. Sein Herz klopft so schnell nicht, wie er gefürchtet hatte, seine Hände sind fest.

Ganz dunkel ist die Nacht. Ganz still sind die Straßen. Und oben funkeln die Sterne.

Ja, ich war ein kleiner Angestellter und wusste nichts wie Zahlen. Und plötzlich bin ich etwas ganz anderes, und es ist auch so recht. Aber dem Henning werde ich Bescheid stoßen, dass er mich hat sitzenlassen. Wenn nicht die Feilen von ihm waren. – Also los!

Er fasst das Seil und lässt sich hinab ins Dunkel.

Im Dunkeln steht auch Padberg, in einem dunklen Hausflur gegenüber der Redaktion der «Bauernschaft». Er späht nach den Fenstern seines Arbeitszimmers, die auch dunkel sind. Dunkel scheinen. Aber zweimal hat er jetzt dort ein Licht aufblitzen sehen, ein feines Strählchen, er hat sich nicht getäuscht.

Der Kerl ist wieder beim Stöbern. Wie er nur reinkommt? Durch den Vordereingang bestimmt nicht, durch die Hintertür auch nicht, bleibt ...? Dach oder Keller! Dann wohnt er in diesem Block, wahrscheinlich sogar in den Nebenhäusern ... Warte!

Aber er kann sich nicht erinnern, wo seine Setzer wohnen. Halt!

Eben hat der Kerl nicht aufgepasst, ein weißer Lichtstrahl fuhr gegen die Decke, erlosch blitzschnell.

Der geniert sich verdammt wenig. Gut, dass ich das Manuskript für morgen in der Tasche habe, sonst wäre es womöglich auch flöten. Bin doch neugierig, ob er den Hundertmarkschein klaut. Das wäre ein Fingerzeig.

Padberg zuckt die Achseln.

Es ist sinnlos, dass ich hier noch stehe. Schließe ich unten auf, ist er verschwunden. Aber morgen Nacht, morgen, Freundchen, packe ich mich unter den Schreibtisch.

Noch an einem andern Schreibtisch wird in dieser Nacht heimlich gearbeitet. Im Rathaus Altholms, längst verlassen, völlig verödet, öffnet sich die Tür zum Arbeitszimmer des Bürgermeisters.

Ein kleiner Schatten steht einen Augenblick im Rahmen, lauscht. Dann huscht er gegen den Schreibtisch, beweglich, jugendlich, rasch, macht sich zu schaffen daran, zieht das linke obere Schubfach auf. Er tastet mit seinen Händen. Obenauf liegt ein Schreiben, ein Stück Papier, in Folio. Starkes Papier, in der Mitte gebrochen, also in einem langen Folioumschlage gewesen. Die Hände tasten weiter. Siehe da, darunter liegt der Umschlag, hastig aufgerissen, aber die spürenden Finger fühlen doch die Siegelmarke, die ihn verschloss.

«Der Geheimbefehl», flüstert der kleine Mann. «Ich habe ihn. Nun warte, Genosse Gareis, jetzt haben wir dich an der Strippe.»

Durch das schlafende Land fährt langsam, schleudernd, mahlend ein Auto. Manchmal, wenn es stille hält und Bandekow und

Rehder beraten über den Weg, hören sie zur Linken deutlich die Brandung der See.

Als das Auto heute Morgen ausfuhr, waren darin fünf: Padberg, Henning, Rohwer, Rehder, Bandekow. Wo sind sie jetzt?

Henning zum Krüppel geschlagen und gefangen, Rohwer verhaftet und im Gefängnis, Padberg im Zorn geschieden.

Zwei nur sind übrig geblieben, aber sie haben einen dritten mitgenommen: Er liegt hinten im Wagen, der Bauer Banz, den sie vor der Schupo im Keller des Auktionshauses verbargen. Meistens liegt er still, aber manchmal spricht er auch, und was er spricht, das zeigt, wie gut es war, dass sie ihn nicht der Polizei auslieferten.

«Wir müssen sehen, dass wir den Sprengstoff aus der Scheune kriegen. Bei seinem jetzigen Zustand dürfen wir ihn nicht hierlassen.»

«Den kann ich zu mir nehmen», sagt Bandekow.

«Ja, vielleicht. Aber nicht heute Nacht. Heute ist alles Unglück.»

«Das mögen Sie wohl sagen.»

Im Licht der Scheinwerfer taucht der Katen auf. «Hoffentlich kriegen wir die Frau bald wach.»

«Und hoffentlich erschrickt sie nicht zu sehr.»

Aber die Frau erschrickt nicht. «Kommt ihr allein, *das* holen, oder bringt ihr ihn?»

«Wir haben ihn im Wagen, aber ...»

«Lebt er?»

«Ja, aber er ist verletzt.»

«Kann ich ihn aufs Bett legen oder sucht ihn die Polizei?»

«Die Polizei weiß nichts von ihm. Vielleicht später, jetzt noch nicht.»

«So fasst an, Männer.»

Sie hält den misshandelten Kopf mit festen Händen. Sie legen ihn in der Stube aufs Bett.

«Können wir etwas helfen? Brauchen Sie Geld?»

«Gehen Sie nur. Ich komme zurecht.»

«Und besser holen Sie keinen Arzt.»

«Arzt ...?», fragt sie verächtlich. «Ich habe alle Kinder bekommen und groß gemacht ohne Arzt. Das bisschen Wunde? Das wasche ich mit Rinderurin. Und gegen das Fieber gibt es Umschläge. In einer Woche häufelt er Kartoffeln.»

«Aber ...»

«Nein, nun geht man!»

Den Burstah, auf dem nur noch jede dritte Laterne brennt, schlendert ein Mann entlang. Fast kein Mensch ist mehr unterwegs, und so hat der Mann die ganze Straße für sich allein. Er schlendert in der Mitte des Fahrdamms, die Hände tief in den Taschen, und pfeift sich eins.

Auf der Verkehrsinsel an der Grünhofer Straße bleibt der Mann stehen. Er ist nicht ganz so gleichgültig und unbekümmert, wie er tut. Sehr genau mustert er Straße und Häuser, den Grünplatz, die Anlagen um das Heldenmal.

Auf einer Bank hinten entdeckt er ein Liebespaar, im tiefsten Schatten der Büsche.

Er zögert einen Augenblick, überlegt sich den Fall, aber dann geht er doch auf das Heldenmal zu.

«Die sehen nichts. Die haben kein Auge», sagt er.

Diesmal geht Matthies, der Funktionär der KPD, sachte um das Geraniumbeet herum, bemüht sich, seinen Fuß nur auf festen Rasen zu setzen. Dann kommt er in den Schatten des Denkmals, hinter den Sockel. Er braucht nur einmal zu tasten, schon fasst er den Griff des Säbels.

Dacht ich mir doch! Hat zu viel zu tun gehabt, der liebe Frerksen, hat seinen Säbel ganz vergessen.

Er zieht ihn aus der Erde und steckt ihn vorsichtig von oben in ein Hosenbein. Macht dann den Säbelkorb am Hosenträger fest.

So. So kriege ich ihn schön nach Haus. Und ich möchte wohl sehen, was du für ein Gesicht machst, Genosse Frerksen, wenn wir ihn beim nächsten Umzug mit rumführen unter einem Plakat: «Der Bluthund Frerksen.»

Matthies schlendert gemütlich an dem Liebespaar vorbei. «Na, Mädchen, kriege ich auch einen ab?»

Das Liebespaar, ein dunkler Knäuel, gibt nicht Laut. «Seid man recht fleißig, es gibt noch lange nicht genug Proleten.»

Er entschwindet um die Ecke bei den «Nachrichten». Das Paar nimmt sich fester in den Arm, unterm Sternenzelt.

Zweites Buch

Die Städter

Erstes Kapitel

Die Erfindung des Boykotts

1

Es wird langsam hell, der Morgen naht.

Hinter den Gardinen, die ab und zu ein leichter Luftzug bewegt, hat Max Tredup die ganze Nacht die dunkleren Schatten der Fensterkreuze unterscheiden können. Doch jetzt wird das Dunkel fahl, die Umrisse gehen ineinander über. Schon rührt sich dort draußen manchmal ein verfrühter Vogel, stößt ein paar Zwitscherlaute aus und verstummt wieder in der großen Morgenstille.

Tredup liegt reglos. Mit offenen Augen sieht er gegen das Fenster und versucht Mut zu fassen für den Tag, der naht. Wie soll er allen begegnen, mit welchen Mienen werden sie ihn anschauen, den entlassenen Untersuchungsgefangenen? Wird Stuff ihm die Hand geben? Wird Schabbelt ihn rausschmeißen?

Er bemüht sich, regelmäßig zu atmen, damit Elise sein Wachsein nicht merkt. Aber sie schläft wohl. Seine Schulter berührt ihre Schulter, er liegt auf der Seite, Rücken an Rücken, er fühlt, wie schwer sie ist, zu warm.

Wenn es nicht anders geht, wird er die tausend Mark nehmen und verschwinden. Irgendwo anders eine Stellung finden, in einer Zeitungswerberkolonne oder als Annoncensammler. Er wird Elise Geld schicken. Hier in Altholm kann er nicht bleiben.

«Was ist es mit den tausend Mark?», fragt Elise.

«Mit welchen tausend Mark?», fragt er überrumpelt.

Also ist Elise doch wach gewesen.

«Hast du so viele? Gareis hat mir wohl Bescheid gesagt.»

«Gareis weiß nichts», stottert er. «Ich soll Geld bekommen. Aber ob es tausend Mark sein werden und wann, das weiß ich nicht.»

«Dreh dich um, Max. Sieh mich an. Nein, du brauchst mich nicht anzusehen, ich weiß so, dass du lügst.»

«Wo sollte ich denn die tausend Mark haben? Du hast doch sicher all meine Sachen durchgesehen, als ich im Kittchen war.»

«Das habe ich auch. Aber du hast sie schon irgendwo. Du bist auch ganz anders.»

«Ich bin gar nicht anders.»

«Was soll ich heute den Kindern kochen? Die Krämersch zieht schon ein Gesicht, wenn ich immer zuschreiben lasse im Buch.»

«Vielleicht gibt Wenk Vorschuss.»

«Zehn Mark. Und zweiunddreißig schulde ich schon wieder. Wo hast du die tausend Mark? Warum gibst du sie nicht her? Du gibst doch sonst alles Geld her!»

«Ich habe nichts, das ist es.»

«Doch hast du. Was willst du tun? Willst du weg von uns? Was soll werden, wenn das neue Kind kommt?»

«Das neue Kind?», fragt er böse. «Ich weiß von keinem.»

«Du weißt ebenso gut wie ich, dass es heute Nacht geschnappt hat.»

«Nichts hat es. Du bildest dir das ein, weil du Geld willst.»

«Doch hat es. Was nützt es denn, wenn du ein Jahr aufpasst, und eine Woche bist du von mir fort und verlierst sofort den Verstand.»

«Hätte ich in dem Jahr auch nicht aufpassen sollen?»

«Rede keinen Unsinn. Immer sollst du aufpassen oder gar nicht.»

«Und wenn es wirklich geschnappt hat», sagt er langsam vorfühlend, «in Stettin auf der Kleinen Lastadie ist eine Frau, die bringt es weg.»

«Woher weißt du das denn?», fragt sie. «Dass ich auch ins Kittchen komme, was?»

«Die Frau ist gut, sie macht es mit Wasser und einer Spritze.»

«Wer hat dir das gesagt? Haben sie dir so was im Gefängnis beigebracht?»

«Nein, nicht im Gefängnis.»

«Also hast du es schon vorher gewusst? Darum hast du wohl heute Nacht nicht aufgepasst?»

«Ich stehe jetzt auf», sagt Tredup.

«Du bleibst liegen. Dass die Kinder wach werden, und ich habe das Geschrei von fünf an in der Stube.»

«Du bist ganz anders, Elise.»

«Natürlich bin ich anders, weil du anders bist. Wo hast du das Geld?»

«Ich habe keins.»

«Womit willst du denn die Frau bezahlen? Die verlangt sicher fünfzig oder hundert Mark.»

«Fünfundzwanzig.»

«Und woher willst du die nehmen?»

«Die pumpe ich mir.»

«Wer dir schon fünfundzwanzig Mark pumpt! Keiner!»

«Doch. *Die* bekomme ich gepumpt.»

«Von wem denn? Ich möchte bloß mal wissen, von wem denn?»

«Na, zum Beispiel Stuff würde sie mir sicher pumpen.»

«So, Stuff. Ausgerechnet der dicke Stuff!»

«Jawohl, Stuff. Ausgerechnet Stuff.»

«Dann hat Stuff dir wohl auch von der Frau erzählt?»

«Gar nicht hat er! Ganz jemand anders hat es mir gesagt.»

«Wer denn?»

«Stuff nicht.»

«Ich habe es doch immer gedacht», sagt Frau Tredup, «dass die

257

Henni, mit der Stuff ging, dick war. Und mit einem Male war sie schlank wie 'ne Tanne.»

«Ihr Weiber bildet euch immer so 'ne Sachen ein.»

«Dann muss Stuff dir aber mindestens hundert Mark geben, sonst kann er böse reinfallen.»

«Ich sage dir doch», schreit Tredup, «Stuff war es nicht. Verrückt bist du, verrückt, verrückt! Immer willst du Geld haben. Erst tausend Mark, nun hundert Mark. Das geht in einer Tour: Geld!, Geld!»

«Ja, du hast gut schreien, dass die Kinder wach werden. Dir hängen sie nicht an der Schürze und plärren Hunger. Und Fräulein Lange hat mir auch sagen lassen, ich darf die Grete nicht mehr ohne Schlüpfer in die Schule schicken. Die Jungen gucken danach. Gib mir Geld für Schlüpfer.»

«Ja, ja, Geld, Geld, Geld. Ein Schwein werde ich noch. Ich werde Geld aus dem Geldschrank nehmen. Ich werde einem sein Geld klauen, wenn er besoffen ist. Ich werde die Grete zum Manzow in der Calvinstraße schicken, der regt sich an kleinen Kindern auf. Ich ...»

Es war kein harter Schlag, der ihn traf.

«Geh! Geh!», schreit sie wild. «Geh ins Geschäft, geh auf die Straße, geh hier weg! Hat tausend Mark und redet Schweinereien über seine Tochter, bloß dass er das Geld für sich behält. Geh!»

Tredup steht in der Ecke. Er starrt zu der Frau hinüber, die im Bett aufrecht sitzt und ihn rasch atmend ansieht. Er steht da in seinem kurzen Hemd, unter dem die behaarten, dürren Beine hervorstarren, und wischt sich gedankenverloren die Stelle im Gesicht, die die Hand der Frau traf.

Plötzlich lächelt er. «Das war», sagt er, «wie da, als sie mich im Kittchen die Treppe hinunterschmissen. Auch bei dir bin ich die Treppe runtergefallen.»

«Wovon redest du?», fragt sie.

«Nichts. Und jetzt koch Kaffee. Oder Tee. Oder Mehlsuppe. Was du eben hast. Ich will um sechs in der ‹Chronik› sein.»

«Ja», sagt sie gehorsam. «Die Wandler wird auf sein, die pumpt mir schon ein Lot Kaffee.»

2

In seinem Arbeitszimmer sitzt früh um halb sieben der Chefredakteur der «Nachrichten», Heinsius, der vaterstädtische Mann, Verfasser einiger Romane über das bodenständig hinterpommersche Bauerngeschlecht.

Er sitzt da und schreibt.

Er schreibt wirklich. Er hat die ganze Nacht nicht geschlafen, seit ihm klargeworden ist, dass er etwas wird schreiben müssen, dass die «Nachrichten» Stellung zu nehmen haben.

Gestern Abend, als der Blöcker aufgeregt faselte, vom Bauernkampf, wildem Dreinschlagen der Polizei, tollen Vorgängen in der Viehhalle, von Polizeiknüppel schwingenden Schupos, unwürdig behandelten Bauern, einem größenwahnsinnig gewordenen Polizeityrannen – gestern Abend hat er gelächelt und gesprochen: «Sie überschätzen das, Blöcker. Zusammenstöße bei Umzügen – jeden Tag zehn. Das geschieht heute und ist morgen vergessen. Eine lokale Notiz, der amtliche Bericht, meinethalben ein Stimmungsbild von, sagen wir, dreißig Zeilen, das ist alles.»

«Aber die Leute sind wild.»

«Welche Leute? Die Bauern? Was gehen uns die Bauern an! Die Bürger? Die doch nicht! Die doch ganz sicher nicht! Die freuen sich höchstens, dass sie mal was zu sehen gekriegt haben.»

«Die Bürger *sind* bös.»

«Gehen Sie, Blöcker, gehen Sie. Ich bringe heute die Erinnerungen einer Tänzerin, wie sie vor dem Prinzen von Wales getanzt hat. Das interessiert die Leute. Aber was hier in Altholm vorgeht? Ist hier schon je was für die erste Seite passiert? Sie überschätzen es, Blöcker.»

Das war gestern Abend gewesen, dann kamen Telefongespräche.

Der Scherenredakteur Heinsius geht kaum aus dem Haus. Immer lässt er sich vertreten. Er ist der Stille in der Zelle, der geheimnisvoll Verborgene, den man nicht erraten kann. Ein Lokalreporter muss publik sein, ein Chefredakteur ist der Schrein im Allerheiligsten.

Die Leute haben sich daran gewöhnt, den Schrein anzurufen. Er ist dann da, eine Stimme, die karg antwortet, nichts verspricht, ausweicht.

«Unsere Entschließungen sind noch nicht spruchreif. Das Interesse unserer Vaterstadt gebietet ...»

Die Leute riefen an. Die Erste ...

Es war eine Erste, ein Fräulein, eine gehaltene Person in Silberhaar, er kannte sie. Nun, selten hatte Heinsius eine so empörte Stimme am Telefon gehört.

«Sie haben gewütet, sage ich Ihnen! Sie haben losgeschlagen wie die Wilden mit ihren blanken Säbeln auf flehend erhobene Hände.»

«Waren die Hände nicht vielleicht zum Schlagen erhoben? Entschuldigen Sie, Fräulein Herbert, die ungeheure Verantwortung, die auf uns lastet, gebietet uns, erst zu wägen. Sorgfältig.»

«Unsinn! Ich sage Ihnen, ich bin vom Balkon in mein Zimmer gelaufen. Ich musste mich erbrechen.»

«Gewiss. Gewiss. Die labilere weibliche Psyche. Es macht Ihnen Ehre. Übrigens sind wir auch schon orientiert. Einige unserer Herren haben Ähnliches beobachtet.»

Mehr Anrufe folgten. Aber: Soll ich mich mit der Polizei anlegen? Wenn man wüsste, was Stolpe denkt. Ach was, es bleibt bei dem amtlichen Bericht und einer lokalen Notiz.

Dann kam – Heinsius war schon nach Haus gegangen – in seiner Wohnung der telefonische Anruf des Chefs, Gebhardts: «Was machen wir?»

«Ausgleichen. Hinhalten. Bis die Machtverhältnisse klar sind.»

«Ich habe ein Dutzend Leute gesprochen ...»

«Die Leute wissen erst, was geschehen ist, wenn sie es bei uns lesen. Bis dahin ist nichts geschehen.»

«Und was ist morgen bei uns geschehen? Wir dürfen es nicht mit Gareis verderben.»

«Nein? Nun gut. Ich werde etwas schreiben. Ich lege es ihnen vor. Um acht.»

Er hat es gesagt, er hat die Schwierigkeiten gelöst, der Chef ist beruhigt. Öl auf den Wellen.

Nun lag er die Nacht schlaflos. Schrieb. Schrieb ...

Krieg und Frieden. Frieden ist besser als Krieg. Das Symbol, die Sense, dräuendes Zeichen, wenn sie grade geschmiedet gen Himmel weist. Man biege ihr Gelenk, wieder weist sie zur Erde, friedlicher Arbeit Symbol.

Die schwarze Fahne. Seeräuberzeichen. Kampf und Sieg der Gewalt. Und doch wieder aus der Nacht, dem Dunkel wird alles geboren. Der weiße Pflug pflügt die schwarze Erde – friedlicher Arbeit Symbol.

Das rote Schwert lasse ich besser fort.

Noch etwas über die erregte Zeit, die Not des Landes, die politische Zerrissenheit – wen trifft es? Keinen. So geht es. Anderthalb Spalten mache ich daraus, einen Leitartikel, und ich zeichne ihn selbst.

Drei Stunden später, immer noch in der Nacht, immer neue pathetische Sätze formulierend: Oder zeichne ich ihn nicht selbst? Kompromittiert er mich vielleicht doch?

Am besten warte ich die Stettiner Morgenblätter ab. Dann weiß ich eher Bescheid.

Nun sitzt er und schreibt. Zwischendurch horcht er auf den Flur. Er kennt den leichtfüßigen, raschen Gang des Chefs. Unbedingt muss er heute zuerst hin, ehe ihm dieser Fuchs, der Prokurist Trautmann, die Ohren vollbläst.

Die Morgenzeitungen haben auch keine Erlösung gebracht. Die Regierung schweigt. Die Rechtsblätter sprechen von Polizeiterror. Die Demokraten warten ab. Die SPD lobt die Polizei.

Abwarten. Die Symbole friedlicher Arbeit ...

Der Chef kommt.

«Guten Morgen, Herr Gebhardt! Guten Morgen! Ein strahlender Tag. Zu strahlend vielleicht für die Landwirtschaft, die notwendig Regen brauchte. Andererseits unsere Städter: Zwei Schulen machen heute ihren Ausflug.

Sie sehen herrlich ausgeruht aus, Herr Gebhardt. Ich selbst habe die ganze Nacht ... Nun, das ist mein Beruf, ein schwerer, aufreibender, zermürbender Beruf. Ich habe da etwas geschrieben. Eine Spalte. Wenn Sie Zeit hätten ...»

«Lesen Sie schon vor ...»

«Ich habe es betitelt: Schwarze Fahne – Schwarzer Tag.»

«Könnte das nicht als Angriff gegen die Bauern aufgefasst werden?»

«Verstehen Sie es so? Das hatte ich nicht beabsichtigt! Ich werde ... Also sagen wir: Schwarzer Tag, das trifft immer die andere Partei.»

«Recht so», lobt der Chef. «Und nun weiter!»

Heinsius liest vor, ballt die Fäuste, hebt den Blick gen Himmel, schüttelt das Papier.

Plötzlich unterbricht ihn der Chef: «Wir haben da eine kleine Anzeige vom Huthaus Mingel, die ich möglichst auf die erste Seite bringen möchte. Ein entzückendes Klischee. Sehen Sie, ein junges Mädchen vor dem Spiegel, das einen neuen Hut aufprobiert. Ganz dezent. Es stört doch nicht, wenn wir es zwischen Ihren Artikel setzen?»

Heinsius verzieht das Gesicht. «Auf die erste Seite? In diesen Artikel?»

«Wir bekommen fünfzig Prozent Aufschlag.»

«Dann freilich ...», und er liest weiter.

Schließlich äußert der Chef: «Also gut, ich sehe, keiner kann sich getroffen fühlen. Dazu noch der amtliche Bericht. Wir werden jedem gerecht.»

«Gerechtigkeit ist immer mein Bestreben gewesen.»

«Ich weiß. Ich weiß. Und dem Stuff habe ich erlaubt, die Polizei ein wenig anzumisten, das ist für seine Richtung das Gegebene.»

«Stuff gegen die Polizei? Unmöglich! Da mache ich nicht mit. Da zerreiße ich diesen Artikel.» Heinsius gerät in Feuer. «Soll er mir den Wind aus den Segeln nehmen? Natürlich lesen die Leute lieber Geschimpfe als meine von Verantwortungsgefühl getragenen Betrachtungen. Vielleicht hundert Exemplare im Straßenverkauf bei der ‹Chronik›? Nein, daraus wird nichts.»

«Aber ich habe es ihm erlaubt.»

«So rufe ich ihn an und mache es in Ihrem Namen rückgängig. Wozu haben wir denn sonst die ‹Chronik› gekauft, wenn sie uns weiter Leser wegnehmen darf?»

«Vielleicht haben Sie recht.»

«Sicher habe ich das. Stuff darf nächstens mal den Oberbürgermeister anmisten, das freut ihn auch.»

«Also meinethalben. Rufen Sie Stuff an. Dass ich aber nichts mehr von der Geschichte höre!»

«Ich erledige alles, Herr Gebhardt!»

Einer zieht ganz sachte und vorsichtig die Tür zur «Chronik» auf, späht durch die Milchglasscheibe in die Expedition.

Gottlob, das Fräulein ist noch nicht da, und auch der Wenk fehlt, der hätte ihn doch gleich losgeschickt auf Annoncen.

Tredup tritt mit klopfendem Herzen ein, sieht sich einmal um in dem bekannten Raum – das Adressbuch liegt nicht auf dem richtigen Platz –, und dann macht er leise die Tür auf zum Redaktionszimmer.

Da sitzt Stuff, fett und zerfließend, in Hemdsärmeln, und schreibt. Schreibt mit Eifer, durch die verrutschte Brille glupschend, richtig mit roten Backen.

Als die Tür zugeht, sieht er hoch. «Schau da! Schau da! Der Tredup ist wieder da. Mensch, dass man dich Bombenschmeißer wieder frei rumlaufen lässt! Na, ich freu mich, dass du wieder hier bist, freu mich wirklich. Der Wenk ist zu öde.»

Sie schütteln sich die Hände.

«Na, wie war es denn im Kittchen? Hinter den sogenannten schwedischen Gardinen? Ich kann es mir lebhaft ausmalen! Das soll ja jetzt so ein Sanatorium sein mit Fußball, Vorträgen, Gesang und seelischer Therapie. Nein, nicht? Du wirst mir erzählen! Augenblicklich sitze ich hier in Hochdruck. Einen Mist hat die Polizei gemacht. Na, mit dir war es ja auch schon ein bildschöner Mist. Du siehst: Dank vom Hause Österreich. Du wirst denen nicht wieder Bilder verkaufen, was?»

«Ich werde mich hüten», sagt Tredup, herrlich erleichtert. «Und nun der Bauernrummel gestern. Unser Herr Polizeioberinspektor Frerksen.

Was? Du weißt noch nichts? Da, lies! Mensch, lies! So was lebt nicht, weiß noch nichts! Du kannst gleich die Tippfehler von der Kuh korrigieren. Ich pfeffere diesen Schweinen eins. Ich soll es nicht. Gebhardt sagt, sachte, sachte, aber ...»

«Gebhardt ...?»

«Natürlich Gebhardt! Ach, Mensch, das weißt du auch noch nicht, dass die olle ehrliche ‹Chronik› dem Gebhardt seit gestern gehört? Schabbelt abgesackt? Ach, der Siebenschläfer! Der Mann aus dem Zauberberg! Mensch, Tredup, wie wirst du das überstehen? Lies! Nein, hör erst!»

Stuff hält inne, schnaufend, schwitzend. Dann trocknet er sich die Stirn. «Was für ein Morgen! Das Leben freut einen wieder. Alle werde ich anmisten.»

Das Telefon klingelt.

«Ja, Herr Bürgermeister? – Na ja, in einer halben Stunde spätestens muss ich den amtlichen Bericht haben. Die Stimmung? Ja, das ist schon so eine Stimmung. Eines ist sicher: Frerksen ist erledigt. – Wieso? Na, dass der einen ungeheuren Bockmist gemacht hat, das können selbst Sie nicht bestreiten, Herr Bürgermeister. – Recht hat er gehandelt? Sagen Sie das nicht so laut, sagen Sie das niemandem, in vierundzwanzig Stunden können selbst Sie Ihren Frerksen nicht mehr halten. – Die Regierung steht hinter ihm? Na ja ja, na nein nein. In der Blosse fließt auch jeden Tag ander Wasser, warum soll die Regierung in vierundzwanzig Stunden nicht anders denken? – Natürlich greife ich ihn an, feste greife ich ihn an, tüchtig gebe ich es ihm. – Warum? Ja, Herr Bürgermeister, da müssen Sie eben heute Mittag mal statt der ‹Volkszeitung› die ‹Chronik› lesen. – Nein, das ist nicht gegen die Abmachung. Weil Sie uns die Bekanntmachungen geben, ist die ganze Stadtverwaltung bis zur letzten Scheuerfrau noch lange nicht sakrosankt. – Nein, ich komme nicht zur Pressebesprechung. Ich habe keine Zeit, Herr Bürgermeister, ich muss meine Zeitung fertig machen, die Setzer warten. – Guten Morgen, Herr Bürgermeister. Ja, gerne in drei Stunden. Nein, jetzt geht es nicht. Guten Morgen.»

Prustend steht Stuff auf. Schnaufend breitet er die Arme. «O Gott, dies dicke, tranige Öl, dies Schmalz, das mich sanft machen will. Aber ich habe es ihm gegeben, was? Tredup? So hat die ‹Chronik› noch nicht mit dem Bürgermeister Gareis gesprochen. Ich sage dir, in der Halle hat er gestern gestanden wie Luther in Worms und hat die blauen Affen von der Schupo auf die Bauern dreschen lassen!»

Schüchtern bemerkt Tredup: «Aber Gareis ist doch nicht schlecht. Wenn Frerksen Mist gemacht hat und er deckt ihn, ist das doch nur anständig.»

Stuff explodiert: «Gareis und anständig! Politik ist das, weil die Roten zusammenhalten, wenn es gegen die Bauern geht. Der, dich hat er auch eingewickelt, du sollst einmal sehen, wenn du was von ihm erreichen willst, wie fein er dich im Stich lässt.»

«Hat er schon.»

Stuff triumphiert: «Siehst du! Siehst du! ... Nein, wer da ... Halt, was ist das ...?»

4

An den Fenstern tobten zwei vorbei, irgendwelche wildbewegte Gestalten, und waren doch schon weg, als Stuff und Tredup die Fenster aufhatten.

«Wer war denn das?», murmelt Stuff.

Im Vorraum entsteht Bewegung, Lärm. Holz schlägt gegen Holz, Stühle fallen um, die Heinze hört man sanft kreischen, ein Gebrüll ertönt – und durch die geöffnete Tür reiten auf Stühlen zwei Herren.

Voran Landwirtschaftsrat Feinbube. Auf den Stock gespießt, trägt er einen Jägerhut mit Gamsbart, hoch erhoben als Panier. Hinter ihm huppelt auf dem Kinderross der Syndikus Plosch aus dem Kreishandwerkerbund, die Schmisse alkoholisch rot glühend.

Feinbube gibt seinem Ross einen Tritt, dass es krachend umstürzt. Mit ausgebreiteten Armen stolpert er auf Stuff zu.

«Komm her, Stuff, du dickes Schwein, komm in meine Arme. Nun ist die Stunde gekommen, da du alle deine Sünden wiedergutmachen kannst. Tritt ein in die grüne Front. Gib es den Roten ... Komm!»

«Man muss», sagt der mindestens ebenso besoffene Plosch, «unterscheiden zwischen dem Menschen Stuff, den wir lieben, und dem Journalisten, der ein Schwein ist. – Du bist eines, widersprich nicht, ein Riesenschwein bist du. Ich war selber mal Journalist.»

«Wir sind geschlagen», triumphiert Feinbube. «Die Roten haben uns tomatscht. Aber wir feiern es als Sieg. Der Frerksen ...»

«Auch Frerksen ist ein Schwein», erklärt Plosch. «Ein Riesenschwein.»

«Frerksen hat alles angerührt», bestätigt Stuff. «Aber wisst ihr schon die Sache mit seinem Säbel?»

«Der Säbel», doziert Feinbube mit schwerer Zunge, «steht dem Frerksen wie dem Juden das Schwert.»

«Ach Kinder», jauchzt Stuff, «ihr wisst ja noch gar nichts. Seinen Säbel haben ihm die Bauern geklaut vorm Tucher. Und dann hat er die leere Scheide in den Laden von Bimm geschmissen. Und dann hat ihm plötzlich der Matthies von der KPD den Säbel nachgebracht. Da stand er nun mit der blanken Waffe ...»

«Es war», erklärt Plosch mit schwerer Zunge, «überhaupt Wahnsinn, mit dem Säbel auf die Leute loszugehen. Wo nimmt die Polizei denn Säbel? Wozu hat sie denn Gummiknüttel? Schreib das auf, Stuff.»

«Hab ich schon. Wartet, ich werde euch vorlesen.»

«Nicht vorlesen, so trocken. Hast du keinen Kognak hier? Wir haben die ganze Nacht mit Padberg gesüffelt, du hast gefehlt,

Stuff, du weißt immer noch die dreckigsten Witze. Wie war der mit der Hose und der Köchin?»

«Nein, wartet. Ich lese euch vor. Ihr sollt sehen, wie ich es dem Gareis gebe.»

«Ach scheiß, Gareis, gib's dem Frerksen!»

«Dem auch. Hört doch endlich mal!»

«Weißt du schon, dass wir unser Reitturnier in Altholm absagen wollen? Die Bauern werden sich hüten, wieder in euern Brezelladen zu kommen.»

«Bis dahin ist noch lang. Hört lieber, was ich geschrieben habe.»

«Was du schon schreibst! Du verrätst uns ja doch wieder. Als Schwein bist du geboren, Stuff, als Schwein lebst du, als Schwein wirst du krepieren. Wo ist der amtliche Bericht?»

«Noch nicht da. Aber in der Viehhalle ...»

«War ich selber. Davon kann ich dir erzählen. Da war ein Bruder von der Schmiere ...»

Das Telefon klingelt.

«Stell doch das Telefon ab, Stuff, du Affe. Das ist ja bloß Tuerei, wenn ihr hier Telefon habt. Du schreibst ja doch alles ab.»

«Tu ich auch, Feinbube. – Ja, jetzt gleich? Wird schlecht gehen. Nun ja, dann komme ich sofort. – Nein, noch nicht. – Bitte – ja, bitte spielen Sie sich nicht auf. Sie sind nicht mein Vorgesetzter, Herr ... Ja, ich komme bestimmt. Gleich komme ich. Das will ich doch sehen.»

Und plötzlich wütend: «Werter Herr Kollege, Sie können mir ...»

Stuff hängt ab. Er sieht sich etwas verstört um.

«Wer war denn das?», erkundigt sich Plosch. «Was für einen Kollegen hast du denn hier?»

«Ach, das sage ich nur so zum Unsinn. Das war die Feuerwehr, der Brandingenieur. Da muss ich gleich hin.»

«Nichts da. Vorlesen sollst du, das hast du versprochen.»

«Wo bleibt der Kognak?»

«Vorlesen kann auch Tredup. Nicht wahr, Tredup, du liest ihnen vor.»

«Ja.»

«Also, meine Herren, in zehn Minuten, einer Viertelstunde bin ich wieder hier.»

«Stuff!»

Stuff ist schon fort.

5

In dem Zimmer ist es sehr still, als Stuff fort ist. Am Ofen stehen die beiden Besoffenen und starren stumm auf Tredup, der verlegen in seinen Papieren blättert.

«Soll ich jetzt vorlesen?», fragt er schließlich.

Landwirtschaftsrat Feinbube rülpst gewaltig. «Sagen Sie mal, mit welchem Namen nannte Sie eben doch Herr Stuff? Wie war doch Ihr Name?»

«Tredup», flüstert Tredup. «Max Tredup.»

Feinbube macht einen Schritt vorwärts. Schwankend. Er bohrt die Spitze seines Stockes in das Linoleum, stützt sich mit beiden Händen auf die Krücke und starrt vorgelehnt auf den Mann hinter dem Schreibtisch.

«Also Tredup», sagt er langsam, und man fühlt, wie er sich bemüht, gegen die Trunkenheit anzukämpfen. «Tredup. Ein gängiger Name bei uns in Pommern.»

Er starrt.

«Darf ich vorlesen?», fragt Tredup leise.

«Sind Sie vielleicht», fragt Feinbube ebenso leise, «das Schwein, das die Bilder aus Gramzow an die Staatsanwaltschaft verscheuert hat? Das Schwein hieß auch Tredup.»

«Bilder? Nein, ich habe keine Bilder verkauft.»

Feinbube dreht sich um. «Sieh ihn dir an, Plosch. Sieh dir dies schlechte Gewissen an. Diesen Lügner! Diesen Feigling!»

Plötzlich sich umwendend, in rasender Wut: «Du Schwein, du! Du Judas, wo hast du deine Silberlinge, für die du unsern Reimers ans Messer geliefert hast? Gib sie her, Verräterseele!»

Er torkelt näher. Und vor ihm, mit bleichem Gesicht, weichen Knien schiebt sich Tredup immer tiefer in die Ecke.

«Wo hast du sie?», fragt der Betrunkene, hartnäckig nach-rückend, den Stock mit der Krücke halb erhoben. «Wo sind sie? Hast du sie verhurt? Versoffen? Wo ist der Strick, an dem du dich aufhängen wirst?»

«Ich weiß nichts von Bildern», sagt mit zitternder Lippe Tre-dup. «Ich habe kein Geld. Nichts.»

«Weißt du, was du getan hast, du Schwein? Wenn ich dir jetzt den Schädel einschlage, Wanze? Glatt mit der Krücke über dei-nen Verräterschädel? Sag, wo ist das Geld?»

«Bitte, gehen Sie weg», fleht Tredup. «Sie können doch nicht ... Das geht doch nicht ... Wollen Sie mich denn so totschlagen?»

Aus dem Hintergrund ruft Plosch: «Lass ihn doch. Mach dir doch die Hände nicht dreckig, Feinbube.»

«Grade totschlagen will ich dich. Grade das.» Und die lange sehnige Hand tastet nach dem eingezogenen Hals von Tredup, legt sich darum, drückt den Kragen zusammen, legt sich wie ein immer enger werdender Ring um den Hals.

«Du hast unsern Reimers ins Gefängnis gebracht ...»

Tredup gurgelt: «Ich auch Gefängnis ... Bomben ...»

Der Griff lockert sich. «Was ist mit Bomben? Sag rasch, Lügner!»

Tredup, hastig: «Es hat doch in den Zeitungen gestanden, dass sie mich verhaftet haben, weil ich die Bombe geworfen haben soll auf den Temborius. Tredup, erinnern Sie sich doch.»

«Das stimmt, Feinbube», sagt Plosch. «Einen Tredup haben sie verhaftet wegen der Bombe.»

«Und weshalb läufst du dann frei herum?»

«Weil sie mich gestern Abend entlassen haben, um halb zehn.»

«Und weshalb haben sie dich entlassen?»

«Weil sie mir nichts beweisen konnten.»

«Hast du denn die Bombe gelegt? Wie hast du sie denn gemacht?»

«Sie haben mir doch nichts beweisen können.»

«Mit wem hast du die Bombe gelegt? Wie heißt denn der andere?»

«Dem können sie auch nichts beweisen. Der wird auch noch frei.»

Feinbube dreht sich weg von Tredup. Langsam und stakig geht er gegen die Tür.

«Komm man, Plosch, komm raus aus diesem Saustall. Hier stinkt alles.»

Er wendet sich voll gegen Tredup. «Du lügst, Bursche. Aber wir kommen dir drauf. Und dann platzt das Schädelchen. Verrottet alles. Verkommen. Mist, Scheiße, Gonokokken, ihr!»

Plötzlich brüllt er wieder: «Gonokokken seid ihr. Gemeine, hinterlistige Gonokokken! Aber wir spritzen euch weg, Gift, weg kommt ihr, du und dein Stuff. Mit der Tripperspritze holen wir euch weg.»

Er torkelt ab, gefolgt von Plosch. Tredup, am Schreibtisch, legt den Kopf auf die Platte und schließt die Augen.

Eine ganze Weile ist es still im Redaktionszimmer, es ist, als schliefe Tredup. Dann geht eine Tür und noch eine. Die Barre in der Expedition knarrt.

Tredup hebt ein wenig den Kopf, blinzelt nach der Tür. Wer kommt schon wieder mich quälen?

Wer kommt, ist Stuff, ein veränderter, grauer Stuff, fahl, mit dicken, körnigen Tränensäcken unter den Augen. Er setzt sich schwer in seinen Sessel, starrt vor sich hin.

«Erschossen», sagt er dann. «Weg. Tot. Ausgelöscht.»

Er schnüffelt kummervoll durch die Nase.

«Wo ist das Manuskript, Tredup? Haben die es gelesen? Fanden die es gut?»

«Nein, nicht gelesen. Totschlagen wollten sie mich.»

«Was du immer für Schwein hast, Tredup. Ich wollte, mich schlüge einer tot.»

Er nimmt die Manuskriptblätter und starrt darauf. Er ist ein alter Mann, grau, schmierig, verkommen.

Er nimmt die Blätter in beide Hände und reißt sie quer durch. Glotzt drauf, wirft sie in den Papierkorb.

«Da! Das ist mein Angriff. Dynastie Gebhardt beginnt ihre Herrschaft. Leise, sachte, nur dem Gegner nicht wehe tun. Ich darf nicht, Tredup! Ich darf die Roten nicht anmisten.»

«Wennschon», sagt Tredup. «Was hättest du davon? Ärger.»

«Dynastie Gebhardt mit dem Krollhaar und dem Tanzstundendiener. Furzen darfst du, aber nur leise. Außerdem stinkt es mehr.»

«Ich hab nur den einen Wunsch: Ruhe», sagt Tredup. «Wenn mich der Wenk nur nicht auf Inserate losschickt.»

«Der amtliche Bericht!», stöhnt Stuff. «Ich darf nichts bringen wie ihn. O Tredup, so was Verlogenes! Höre: Die Fahne wurde beschlagnahmt, da Sensen nicht ungeschützt im Stadtgebiet getragen werden dürfen. Wie findest du das?»

Tredup findet es gar nicht.

Aber Stuff fährt fort: «Die Bauern griffen die Polizei mit Knotenstöcken an. – So ein Blech! Wenn dreitausend Bauern zwanzig Polizisten angreifen, bleibt nicht ein Polizist am Leben. Und ich darf nichts sagen.»

Tredup sagt auch nichts.

«Die Versammlung in der Viehhalle musste aufgelöst werden, weil der Polizei bekannt geworden war, dass ein Teil der Bauern sich mit Pistolen bewaffnet hatte. – Warum es dann nicht einmal geknallt hat?»

«Ich weiß es wirklich nicht», sagt Tredup.

«Und so was muss ich drucken lassen, ohne Kommentar! Und so was liest das liebe Vieh, das Publikum, und denkt sich noch nicht mal was dabei, wenn's ihm nicht vorgekäut wird. Hätt ich das gewusst, nie hätt ich mit Gebhardt Vertrag gemacht. Der Feinbube und der Plosch haben ja recht, wenn sie einen anspucken.»

«Muss ich auch mit Gebhardt Vertrag machen? Legst du ein gutes Wort für mich ein, Stuff?»

«Der sieht mich drei Jahre nicht! Ich schwöre, drei Jahre gehe ich nicht zu dem! – Und ich darf nichts schreiben, gar nichts!»

Er starrt verzweifelt vor sich hin.

«Wenn du», beginnt Tredup langsam, «mir helfen willst, dass ich angestellt werde mit festem Gehalt, will ich dir einen Ausweg sagen, dass du doch stänkern kannst.»

«Es gibt keinen Ausweg. Er hat klipp und klar verboten: Ich darf nichts schreiben.»

«Du nicht.»

Stuff glotzt. Dann rasch: «Gut. Ich helfe dir, Tredup. Du wirst engagiert. Wie viel brauchst du?»

«Doch mindestens hundertfünfzig.»

«Quatsch! Wie willst du leben mit Frau und Kindern von hundertfünfzig? Dann machst du doch bloß wieder solche Zicken wie mit den Bildern. Zweihundert mindestens.»

«Gibt er zweihundert?»

«Ich weiß einen Weg. Ich geh nicht selber, ich mach es durch einen andern. Ich verspreche dir, du wirst engagiert mit zweihundert.»

«Ehrenwort?»

«Ehrenwort!»

«Gut. – Also, du darfst nichts schreiben. Aber wenn du ein ‹Eingesandt› bekommst von einem Abonnenten, musst du es doch bringen? Du kannst doch deine Abonnenten nicht vor den Kopf stoßen, besonders wenn sie gut inserieren?»

Stuff starrt, starrt durch Tredup hindurch, durch die Wand dahinter.

Plötzlich springt er auf. Seine Wangen haben sich gerötet, seine Augen leuchten.

«Wer ist der Abonnent?»

«Ich kann gut mit Textil-Braun. Ich schreib eins in seinem Namen, ich sag's ihm nachher.»

«Und was?»

«Warte», sagt Tredup. «Stänkern muss man, sie unruhig machen, die Leute. Der Feinbube und der Plosch quasselten vorhin. Gib Papier und Feder, ich schreibe gleich …»

Stuff springt. Mit leuchtenden Augen sieht er auf den erwachten Tredup, er sagt halblaut: «Mensch, Max, wo es eine Schweinerei zu machen gibt, bist du unübertrefflich.»

Tredup schreibt und schreibt. Dann nimmt er das Blatt und reicht es Stuff.

Aber der: «Lies nur vor. Wer soll denn deine Klaue lesen?»

Und Tredup liest vor:

«*Das Gebot der Stunde.* In der ganzen Stadt hört man die aufgeregtesten Kommentare zu den gestrigen Ereignissen in unserer Vaterstadt ...»

«Das klingt echt», stellt Stuff fest. «In der ganzen Stadt, in unserer Vaterstadt. Sehr gut.»

«Wahrlich ein schwerer Tag in der Geschichte Altholms. Aber viel wichtiger als dies Gerede ist die klare Antwort auf die Frage: Wie stellt sich die Einwohnerschaft Altholms zu den Ereignissen des blutigen Montags? Ist sie einverstanden damit, dass die Bauern, die Gäste unserer Stadt waren (denn die Demonstration war erlaubt), niedergeschlagen wurden, oder ist sie nicht damit einverstanden?

Ich bin ganz entsetzt: überall höre ich, dass die Bauern ihr großes Reitturnier, das in drei Wochen stattfinden sollte, nunmehr nicht in Altholm abhalten werden. Das brachte immer sechs- bis achttausend Bauern in die Mauern unserer Stadt. Gott bewahre Altholm vor einem Boykott durch die Landwirtschaft! Darum, Geschäftsleute, Handwerker, Gewerbetreibende, erklärt kurz und bündig: Seid ihr mit dem Blutmontag einverstanden oder nicht?

Ein Geschäftsmann für viele.»

Stuff nimmt das Blatt zwischen seine Hände.

«Du hast alle deine Sünden wiedergutgemacht, mein Sohn Tredup. Das trifft ins Schwarze.»

Er stürmt in die Setzerei.

Zweites Kapitel

Der Boykott wird Wirklichkeit

1

Von Zeit zu Zeit, nicht zu häufig, damit die Wirkung nicht nachlässt, erscheint in der «Bauernschaft», der Zeitung Padbergs, ein Aufruf: eine Ladung zum Landesthing.

In fast immer den gleichen Wendungen werden die Bauern aufgefordert, «Sendboten über Land zu schicken, die aufbieten, wer das Land bebaut, zum Landesthing», in der Sache oder der. Doch Ort und Zeit nennt nur der Bote vom Mund ins bekannte Ohr, «geheim zu halten vor Weib und Kind, Städter und Kaufmann, Krüger und Knecht».

Wer die altertümlichen Wendungen einführte, weiß schon keiner mehr, so jung die Bewegung auch ist. Aber sie bürgerten sich ein, weil sie dem Bauern aus dem Kirchenbesuch lagen, man las noch in der Bibel.

Und die jungen Burschen freute es, wenn sie am Sonntagmorgen den blankgeputzten Ackergaul aus dem Stall ziehen durften. Auf nacktem Pferd, auf der Decke, mit dem Sattel aus hängengebliebenem Heeresgut ritten sie über Land, hielten auf jedem Hof.

Ein Hornruf oder ein Knallen mit dem Peitschenschmitz. Und ernst forderten sie den aus dem Hause tretenden «ehrlichen Bauersmann, den Kätner oder Hintersassen, auch, wer den Acker pflegt mit seinen Händen, auf, zu kommen am Mittwoch dieser Woche an den Ginsterort, nahe Löhstedt, dort, wo die Hünensteine liegen, Gericht zu halten über jeden, sei er hoch oder niedrig, der Schuld trägt am Blutmontag in Altholm».

Padberg hat den Ort gefunden für den Thing. Hinaus aus den Tanzsälen der Wirtschaften mit den verblassten Papiergirlanden, dem Geruch von Bier und Tabak, dem grünen Bretterwerk der Emporen, den Erinnerungen an Weiber und Musike!

Dort, wo die spärlichen hohen Schirmkiefern stehen, der Ginster gelb wuchert, zwischen den dunklen Massen des Wacholders die verstreuten Blöcke eines auseinandergeworfenen Hünengrabes liegen – dort, wenn es Nacht wird (und der Mond steht im Kalender), und es ist etwas Wind, und fünftausend Bauern und ein Gerichtsthing ...

Padberg, der verärgert geschiedene, hat die Morgenzeitungen gelesen und war bekehrt. Weit über die Provinz hinaus klangen Hall und Widerhall, die Rechtspresse stand einmütig hinter den Bauern, verwarf das Vorgehen der Polizei.

Und Padberg beginnt zu arbeiten. Er sieht Aussichten für eine verlorene Sache, vielleicht ist eine schmähliche, demütigende Niederknüppelung ein strahlender Sieg.

Während die Sendboten das Land durchreiten, sitzt er mit sechs Bauern in Bandekow-Ausbau. Er spricht ihnen vom kommenden Kampf. Den Zweiflerischen, Verzweifelten zeigt er den nahen Sieg.

«Jetzt gärt es in der Bauernschaft. Wartet ihr drei Wochen, wartet ihr nur vierzehn Tage, so bleibt nichts wie die Niederlage. Jetzt spüren sie noch den Schlag des Gummiknüttels. Sie tun alles, um sich zu rächen.»

Der Graf fragt: «Rächen? Wir werden eine Protestresolution fassen. Der Magistrat, die Regierung, der Minister, sie stecken es in den Papierkorb, und alles ist, wie es war.»

«Wir werden nicht protestieren, wir werden handeln. Jeder Bauer wird eine Aufgabe bekommen. Aber davon erst auf dem Thing. Das darf niemand wissen vorher. Und den Thing machen wir so:

Auf dem größten Stein stellt sich der Gerichtshof auf: ein Richter und sechs ehrliche Schöffen. Einer klagt Altholm an, einer verteidigt es ...»

«Wer soll Altholm verteidigen?»

«Wer sonst als Benthin?»

«Nein, das tue ich nicht. Wo sie mir so mitgespielt haben.»

«Du tust es, Vadder, Befehl der Bauernschaft. Und du sollst es ja nicht wirklich verteidigen, du tust nur so.»

«Das will ich auch nicht, nur so tun. Dann lieber richtig.»

«Also! Dann wird das Urteil gefällt, und ihr werdet sehen, wie das Land wach wird, wie die Altholmer schreien werden, wie die Regierung verzweifelt, wie die Finanzämter kuschen – und alles ohne Gewalt!»

«Sie sind sehr optimistisch», sagt der Graf. «Ich habe Sie gesehen vor Altholm. Da sah unsere Sache gut aus: Sie warnten. Heute steht es verzweifelt um uns, und Sie singen Lob.»

«Wer erniedrigt wird, der wird erhöht», spricht Padberg.

«So heißt das nicht», fängt Vadder Benthin eifrig an.

«So heißt das bei uns», sagt Padberg. «Jetzt!»

2

Oberlandjäger Zeddies-Haselhorst hat eine geborene Rohwer zur Frau, eine Bauerntochter. Und so kommt es, dass er auf dem Schwafelweg der Weiberzungen Witterung erhält von der Zeit, vom Ort des kommenden Landesthings.

Das Dienstliche wäre gewesen, Meldung zu machen dem Landjägermeister in Stolpe, aber das Dienstliche ist für einen Mann, der auf dem Lande lebt, unter Bauern, nicht immer das Richtige.

Kommt es heraus, wer gesprochen, so kann er nicht mehr leben, wo er lebt, seine Frau zerfällt mit ihren Verwandten. Und dann: Die Regierung schickt Schupo, ein paar Hundertschaften zersprengen die Bauern, und Zeddies ist selbst ein Bauernsohn, der einmal als armer Jüngster bei den Stettiner Fußfanteristen kapitulierte.

So hält er das Versprechen, das er seiner Frau gab, und schweigt. Aber es leidet ihn, je näher die Nacht rückt, nicht im Garten, nicht im Haus, nicht im Holzstall. Die Stubben, die er klöben will, waren noch nie so zäh, die «Nachrichten» sind ohne Nachrichten, und der Schneckenfraß in den Erdbeerbeeten ist alles andere wie vergnüglich anzusehen für einen Mann, der am Tag eine entlaufene Magd ihrer Dienstherrschaft hat zuführen, zwei Haussuchungen bei diebischen Stallschweizern hat abhalten und einen Vollstreckungsbeamten bei einer Pfändung hat schützen müssen. Er möchte seine kleine Freude haben.

Es wird stiller und still. In den Kuhställen der Nachbarn wurde es längst ruhig, die Pferde gehen auf den Koppeln, die spielenden Kinder sind in Häuser und Betten gegangen, und die Vögel schlafen auch. Aus den Wiesen, die er vom Schlafstubenfenster sieht, steigt ein feiner Dunst, der helle Streifen am Horizont wird immer blasser, die Himmelskuppel höher. Die Sterne funkeln, drei Sternschnuppen zählt er in fünf Minuten, und da die erste «ja» bedeutet, muss auch die dritte «ja» heißen.

Er zieht sich ein bisschen um, ohne Eile, und lauscht dazwischen, was die Frau wohl tut. Er stellt fest, dass sie im Waschhaus einweicht, geht in seiner Hausjoppe die Treppe hinunter, außen um den Garten herum in den Holzstall und zieht sein Rad heraus.

Am Gartenzaun ist das helle Gesicht der Frau. «Du willst noch fort, Hein?»

«Eine halbe Stunde in den Krug.»

«Du musst das Rad in Lohstedt lassen und dann über die Koppel vom Baumgarten gehen. Die weißt du doch?»

«Ja ...»

«Dahinter fangen die Wiesen an. Du gehst querüber zu auf den Wald.»

«Ja.»

«Da läuft ein Bach. Du findest ihn auch in der Nacht an den Weiden. Und im Bach gehst du aufwärts, der ist jetzt nicht tief.»

«Dann komme ich aber in den Sumpf.»

«Sie sagen alle, der Sumpf ist tief, aber wir haben als Kinder überall dort gespielt. Du trittst höchstens hinein bis zu den Knien, und der Mud lässt dich überall los.»

«Die Leute sagen ...»

«Dass da Irrlichter sind und Erstickte. Der Vater vom Barenthin ist dort erstickt. Aber nicht weil der Sumpf tief ist, sondern weil er dun war. Er hat auf dem Bauch gelegen, mit dem Gesicht im Schlamm. Wäre er nicht so besoffen gewesen, er hätte bloß den Kopf hochzuheben brauchen.»

«Und komme ich bis zu den Steinen?»

«Auf zehn oder zwanzig Meter. Und da sind Binsen genug. Du darfst bloß nicht rascheln.»

«Also dann geh ich so, wie du sagst.»

«Das tu nur.»

Er schwingt sich aufs Rad und ist fort im Dämmern.

Das Rad lässt er in Lohstedt hinter der Schule. Heute Abend ist es besser, dass ihn keiner erkennt, er darf in keinen Krug, niemand soll wissen, dass er hier ist. Übrigens ist Lohstedt totenstill.

Dann geht er über die Koppel zu den Wiesen hinunter, durch das taunasse Gras.

Am Bach sucht er sich eine Weide, die der Frost ganz auseinandergerissen hat, ein tolles Ungetüm, auf hundert Meter von jedem andern Baum zu unterscheiden, selbst im Mondschein, und packt dort seine Schuhe und Strümpfe hin.

Dann krempelt er die Hosen auf und steigt ins Bachbett. Der Boden ist reiner Sand, so kommt er rasch vorwärts.

Dann wird das Wasser seichter, das Ufer flacher, der Grund moorig. Die Kiefern verlassen ihn, überall Weidengestrüpp, Schilf, dicke Moosbülten.

Er kommt nur langsam voran, der Schlamm hält seine Füße fest.

Von Zeit zu Zeit bleibt er stehen und wischt sich die Stirne. Dabei schaut er auf zu den Sternen, er vergewissert sich, dass er die rechte Richtung hat.

Plötzlich hält er inne. Er riecht Rauch. Es kann nicht sein, dass der Rauch schon von den Steinen kommt. Außerdem steht der Wind mehr schräg seitlich.

Wer brennt hier im Sumpf Feuer?

Sosehr es ihn nach der Versammlung drängt, sein Jägerinstinkt wird wach, und leise tastet er schräg weiter nach links.

Hier wird der Sumpf flacher, weniger Moosbülten, mehr Weidengestrüpp. Der Rauchgeruch wird stärker, der Boden trockener. Ein dichtes Gebüsch und darüber ein schwacher Lichtschein, rötlich, von einem Holzfeuer.

Oberlandjäger Zeddies steht da und starrt. Er kann nicht weiter. Ist dort einer, der sich verborgen halten will, so warnt ihn jeder Schritt des Nahenden, der jetzt nicht mehr zu überhören ist. Und es ist jemand dort, bei dem Feuer, einem kleinen, spärlichen Holzfeuer.

Dem Oberlandjäger kommt eine Erinnerung an seine Jungenszeit, als er noch Indianerschmöker las: Karl May und Sitting Bull und den letzten Mohikaner. Er sucht in seinen Taschen, aber er findet nur ein halb Dutzend Pistolenpatronen, und um die ist es schade. Sie werden ihm zugezählt, und über jede muss er Nachweis führen. Aber womit kann er werfen in einem Sumpf, der ohne etwas Festeres ist als weicher Schlamm?

Er nimmt eine Patrone und wirft sie schräg seitlich gegen das Feuer zu, es klingt, als rasche jemand zwanzig Meter von ihm im Gebüsch.

Er lauscht, aber nichts rührt sich.

Er wirft eine zweite Patrone, noch zwei Meter näher ans Feuer. Alles bleibt still.

Es ist schade um eine dritte. Zwar kann der Feuermann schlafen – nun, dann weckt er ihn und riskiert eine Hucke voll, wenn es ein rechter Ganove ist. Aber warten? Viel Zeit hat er auch nicht, er will weiter zum Thing.

So bemüht er sich denn, möglichst leise durch die Zweige zu kommen, aber es klingt doch, als raschelten zwanzig Mann durchs Gebüsch, und jeden Schläfer weckte das.

Aber es ist kein Schläfer da, als er in das kleine, buschlose, trockene Rund tritt. Das Feuer ist fast niedergebrannt. Der es anlegte, muss schon mindestens eine halbe Stunde fort sein.

Doch nicht für ganz.

Der kommt wieder. Schau, was er sich für eine Höhle gebaut hat.

Weidenzweige sind ineinander verflochten, zwei Decken darübergespannt, trockenes Moos daruntergepackt, ein gutes Lager für einen Mann in regenlosen Sommernächten.

Auch kein hungriges. Auf einem flachen Stein beim Feuer liegt ein halb erledigter Schinken. Eine Kiste mit Büchsenmilch steht da. Kleider liegen aufgehäuft. Ein Fahrrad. Noch mehr Lebensmittel, und siehe da, über Zweige gehängt, an einem Gurt, ein Jagdgewehr.

Zeddies denkt scharf nach: Von welchen Einbrüchen hat er in den letzten Wochen gehört oder gelesen? Woher stammt dies Diebsgut?

Eigentlich müsste er sofort kehrtmachen, den Kollegen in Lohstedt wecken und den Dieb zu fassen versuchen. Aber das geht auch nicht. Wie soll Zeddies dem Kollegen erklären, dass er zur Nachtzeit in dessen Bezirk stromt, in Zivil – ohne vom Thing zu sprechen?

Der Bruder ist morgen auch noch da, entscheidet er. Und wenn ich erst auf dem Thing gewesen bin, weiß ich auch, was ich zu erzählen habe.

Er nimmt das Jagdgewehr von den Zweigen, spannt den Hahn und schlägt ihn ein paarmal heftig gegen die flachen Steine. Dann probiert er ihn und grinst befriedigt. Damit schießt du mich morgen nicht über den Haufen.

Er hängt das Gewehr wieder auf und macht sich weiter auf den Weg.

3

Die Uhr geht stark auf elf, als sich Zeddies endlich seinem Ziele nähert. Der Mond steht hoch, aber das Gehen wird immer beschwerlicher: Hier am Rand der ansteigenden Heide sind die Quellen von Sumpfwasser und Bach.

Zeddies hat es schon eine Weile sprechen hören aus der Ferne. Erst flogen abgerissene Worte unverständlich durch Busch und Baum an ihm vorbei, dann war es wie ein eintöniges Gemurmel, nicht aufhörend, ineinander übergehend, und nun ...

Er hat zwanzig Meter vor sich einen breiten Weidenbusch aus hundert Ruten entdeckt, den will er als Versteck benützen.

Er erreicht ihn, schiebt sich weit hinein und wäre fast zurückgesprungen. Die Hand des andern legt sich fest auf seine Schulter.

«Sachte, Kamerad!»

Es ist ein blutjunger Mensch, unrasiert, nicht nur bleich vom vollen Mondstrahl, nur in Hose und Hemd.

«Sachte, Kamerad», sagt er. «Jetzt spricht der Verteidiger ...»

Der Platz ist gut genug für Sicht, dreißig Meter von einem großen Findling, der am Rande des Sumpfes liegt, stehen die beiden. Jenseits des großen Steins steigt das Land an, mit ein paar

Schirmföhren, den verschrobenen Malen des Wacholders und einem Heer von Menschen, deren Gesichter man nur sieht wie einen ungeheuren weißen, verwischten Fleck.

Aber vornan auf dem Stein stehen nur ein paar; im Hintergrund, mit dem Rücken zu den Lauschern, eng nebeneinander ein paar Bauern, er zählt sechs, von ihnen einer mit Vollbart.

«Wer ist das?», fragt er den Mann aus dem Sumpflager.

Und er antwortet: «Der Graf Bandekow.»

Der aus dem Versteck ist es, denkt Zeddies wieder. Aber ein gewöhnlicher Ganove oder einer von der Walze ist es wieder nicht. Nun, auch er scheint seine Ursache zu haben, sich vor den Bauern nicht sehen zu lassen. Vorläufig stehen wir beide hier ja sicher, feucht und gut, und was nachher wird, findet sich.

Zeddies kann den Verteidiger nicht sehen, die Schöffen decken ihn zu. Er hört nur eine alte, helle, quäkende Stimme, gesteigert, denn es scheint zum Schluss zu gehen.

«Ja, Landmannen, was der Ankläger gesagt hat gegen Altholm, wahr ist das schon. Aber was ist Altholm? Ich bin auch Altholm. Und Altholm sind Handwerker und Kaufleute. Altholm sind Frauen und Kinder. Altholm sind Ärzte und unsere Herren Pastoren.

Ich weiß nicht, was der Richter und die Schöffen beschließen werden über Altholm, aber denket daran, Bauersleut, dass der Schuldigen wenige sind und in Altholm leben viele.

Die schuld haben in Altholm, das sind ein paar. Auf dem Marktplatz hat er gestanden und mir die Hand geschüttelt: ‹Wir sind beide Altholmsche und wollen sehen, dass nichts Unrechtes geschieht.›

Aber die kleinen Leute: Wer die Felgen schneidet zum Wagenrad, wer den Ofen setzt für die Stube, wer das Eisen schmiedet für das Pferd, wer das Kummet näht fürs Geschirr, wer uns den Roggen schrotet und die Farbe verkauft, wer uns versippt ist und verschwägert, die schont!

Bauersleute, die schont!

Sie haben uns schmählich geschlagen, sie haben uns unter die Füße getreten, aber wir schlagen nur, die uns schlugen. Die andern gehen frei aus!»

Es ist stille. Die Schöffen stehen still auf dem Stein, oben geht der Mond und steht so steil, dass die Schatten fast unter die Füße der Leute gehen, ein leiser Wind raschelt einen Augenblick mit Zweig und Blatt – und es ist wieder still.

Der Richter spricht: «Ankläger, dein ist die Rede.»

Und Padberg tritt vor, tritt ganz gegen den Rand des Steines und sieht über das Volk hin.

«Bauern von Pommern», spricht er, «die ihr gekommen seid zur Nachtzeit, berufen zum ordentlichen Gerichtsthing über die Stadt Altholm!

Dreitausend von euch waren in der Stadt. Wir waren als Gäste dort, wir hatten mit dem Bürgermeister gesprochen und mit der Polizei: Unser waren Straße, Markt und Halle. Gäste waren wir Altholms.»

Padberg beugt sich über den Stein, starrt in das Volk, als suche er einen, wolle erkennen dies oder jenes Gesicht in der Masse der Gesichter.

Plötzlich ruft er laut: «He! Du! Alter! Fühlst du noch den Gummiknüttelschlag von dem Grasaffen von Schupo? Das war der erste Schlag, seit du Junge warst, die Stadt Altholm hat dir den blauen Orden ihrer Gastfreundschaft verliehen.

Und du, junger Bengel von der Landwirtschaftsschule! Das war fein – was? –, als dich die Stadtsoldaten aus der Halle zum Bahnhof jagten und vom Bahnhof forttrieben in andere Straßen. Da haben sie ein bisschen Hasenjagd gemacht mit dir, damit du später auf Vaters Grund weißt, wie man Hasen jagt. Das ist der Unterricht, den sie dir geben in Altholm.

Und du dort, Bauer über sechs Pferde! Haben sie dir nicht die

Plempe über die Schulter geschlagen, dass deine Frau die ganze Nacht die zerrissene Haut hat kühlen müssen? Zwei Verletzte hat's gegeben, schrieb der amtliche Bericht. Altholm! Dreitausend Verletzte hat's gegeben, dreitausend unheilbar Verletzte!

Der Verteidiger hat gesagt: Ja, übel sind sie mit euch umgegangen an jenem Tage, aber wer ist's gewesen? Einer. Ein Streber, der über die Bauern in die Höhe will, das Volk ist unschuldig. So hat er gesagt.

Ich sage euch, Bauern, das Volk ist genauso schuldig. Wer stand denn auf der Straße und hat zugeschaut? Habt ihr zu den Fenstern hinaufgesehen, waren sie nicht alle voll?

Gut, gut, sie konnten euch nicht helfen, aber konnten sie nicht fortgehen? Mussten sie dabeistehen und stumm zuschauen? Habt ihr gehört, dass einer ‹pfui› geschrien hat? Es gibt einen Satz: Wer schweigt, stimmt zu.

Altholm hat zugestimmt!»

Der Redner macht eine Pause. Die Bauern sind noch immer stumm, Zeddies ahnt sie nur dahinten, aber doch ging es eben aus von ihnen wie der erste Windstoß vor dem Gewitter. Der Mond scheint so hell, und es ist so dunkel, und besser wäre es, er wäre zu Haus geblieben und hätte hiervon nichts gewusst. Der junge Bengel neben ihm hält das Gesicht in den Händen, liegt halb auf den Ruten, vielleicht heult er, vielleicht schläft er aber auch.

Und Padberg beginnt neu:

«Der Verteidiger hat gesagt: Da sind Handwerkerleute, da sind Verwandte, da sind Menschen in den Stadthäusern, die sind doch nicht schuld daran: Schont die.

Bauersleute! Grade die sind schuld! Grade die müsst ihr strafen! Nicht der Polizeiaffe, nicht der fette Bürgermeister sind die Schuldigen, eure Verwandten sind es, eure Gesippten! Der Schmied, der deinem Gaul das Eisen aufschlägt, der Zimmermann, der deinen Dachstuhl richtet, das sind die Schuldigen!

Der Gareis ist rot, und der Frerksen ist rot, das haben wir gewusst seit Jahr und Tag. Und seit Jahr und Tag, seit der Revolution, vor der Revolution, vor dem Krieg haben wir gewusst, was uns die Roten bringen: Enteignung! Raub! Diebstahl! Fron! Unzucht! Gottlosigkeit!

Wer aber hat die Bonzen zu Bonzen gemacht? Sind sie gekommen und haben den Bürgermeisterstuhl an sich gerissen mit kämpfender Hand?

Gewählt sind sie worden!

Gewählt von euern Gevattern, euern Handwerkern, euern Kaufleuten! Darum sind sie alle schuldig!

Haben sie nicht gewusst, was sie taten, die armen Städter?

Sie haben es gewusst. Aber der Städter ist so: Mit jedem paktiert er, mit jedem möchte er sein Geschäftchen machen und es mit keinem verderben.

Darum, Bauern, keine Gnade! Straft sie hart, die Altholmschen, dass sie zur Vernunft kommen und die Bonzen fortjagen. Dann nehmt die Strafe von ihnen.

Und so beantrage ich: Bauern Pommerns, erklärt schuldig die ganze Stadt Altholm mit allem, was darin lebt, sein Gewerbe treibt, mit Beamten und Arbeitern, Polizisten und Frauen. Alle sind sie schuldig.»

Die Menge ist stumm.

Und der Richter tritt vor. Graf Bandekow steht vorn, mit seinen hohen Röhrenstiefeln, dem verschwitzten Flausch, dem Fußsack. Er streicht quer durch die Luft.

Dann spricht er: «Bauern Pommerns, alle, die ihr von der Erde lebt, wenn ihr alle gut gehört habt, so sprecht: Wir haben gehört.»

Dumpf murmelt es, endlos lange: «Wir haben gehört.»

«Bauern Pommerns, habt ihr schuldig gefunden die Polizei Altholms der Verbrechen am Blutmontag, so sprecht: Sie ist schuldig.»

Dumpf murmelt es: «Schuldig.»

«Bauern Pommerns, habt ihr darüber hinaus schuldig gefunden die ganze Stadt Altholm mit allem, was darin lebt, so sprecht: Sie ist schuldig!»

Und wieder: «Schuldig!»

Die Stimmen sind lauter geworden und lauter, sie brüllen, die Bauern.

Der Richter streicht wieder durch die Luft, und langsam wird es still.

«Ankläger, welche Strafe beantragst du gegen die Stadt Altholm?»

Der Richter tritt zurück, der Ankläger tritt vor.

Aus der Tasche nimmt Padberg ein Blatt Papier und entfaltet es. Alle erkennen an der Größe des Blattes: Es ist eine Zeitung.

«Jeder von euch hat schon gehört: Wer einen Mord begangen hat, den lässt es nicht ruhen, er muss zurück an den Ort der Tat, heute oder morgen, sein Gewissen lässt keine Ruhe.

Und hättet ihr sie nicht schuldig gesprochen, die Stadt Altholm, in ihrer eigenen Zeitung könntet ihr das Geständnis ihrer Schuld lesen. Das böse Gewissen plagt sie.

Hier steht es in der ‹Chronik› von Altholm, ich lese euch nur zwei Sätze vor:

‹Ich bin ganz entsetzt, überall höre ich, dass die Bauern ihr großes Reitturnier nicht in Altholm abhalten wollen.›

Und weiter:

‹Gott bewahre Altholm vor einem Boykott durch die Landwirtschaft!›

Da hat das böse Gewissen sich selbst die Strafe erdacht. Kein Gott wird sie davor bewahren.

Bauern Pommerns, ich beantrage, dass die gesamte Landwirtschaft den Boykott gegen die Stadt Altholm beschließt, bis sie Sühne gegeben hat für alles Unheil, bis sie die Bonzen weggejagt hat, bis sie eins geworden ist mit uns.

Das sei ihre Strafe!»

Padberg tritt zurück, und ein ungeheurer Lärm brandet auf. Alles spricht, schreit, murmelt, droht, schüttelt Fäuste, streitet, widerredet, brüllt: «Hoch», schreit: «Nieder.»

Der Richter winkt umsonst, sie hören nicht auf ihn.

Der junge Mann in den Büschen spricht: «Es sind zu viel Bauern hier, die von Altholm leben.»

Und der Oberlandjäger: «Sie werden ohne Ergebnis auseinanderlaufen, ich kenne die Bauern.»

Eine Stimme spricht: «Aber die Bauern kennen euch nicht, Freundchen!»

Und zwei eisenfeste Hände packen nach den beiden.

Fünf Sekunden braucht Oberlandjäger Zeddies-Haselhorst zur Überlegung. Wenn der lange Bauer mit den schmalen Lippen und den kalten Augen, der ihn beim Grips hat, seinen Gefangenen zum Stein schleppt, erkennen ihn dreihundert, erkennen ihn tausend Bauern, und er ist verloren.

Und lassen sie selbst den Lauscher mit heilen Gliedern wieder laufen, verloren ist er auch dann. Was soll er seiner Behörde sagen, dem Kollegen vom Bezirk, den Bauernverwandten?

Fünf Sekunden – die Hand an seinem Halse liegt eisenfest. Aber frei muss er sein, und er schnellt das Knie hoch, trifft mit voller Wucht mitten in das Gemächt des Mannes. Der stößt einen Schrei aus, dem doch schon die Luft fehlt, stürzt hintenüber. Und hält doch noch fest mit der Hand um den Hals, die Zeddies kaum mit beiden Händen aufbrechen kann.

Zeddies starrt auf den im Sumpfwasser Liegenden, halb schon auf dem Sprunge zur Flucht, als der andere, Junge, in Hemd und Hose, gellende Rufe auszustoßen beginnt: «Bauern, hierher! Verräter! Bauern, helft!»

Zeddies wartet nicht mehr, er springt in das Sumpfwasser, das fett in sein Gesicht klatscht, hastet mit schweren, klumpigen

Füßen. Knüppel hört er fallen, rechts und links von sich, Steine schlagen breit ins Wasser.

Zeddies läuft, kommt doch kaum von der Stelle. Da ist das Weidengebüsch, in dem er das Diebesnest entdeckte. Ich Idiot, ich, dass ich den Flintenhahn verbog! Was für eine schöne Waffe wäre das jetzt!

Und denkt dabei an den jungen, unrasierten Einbrecher.

Plötzlich weiß er es. Und ich möchte mich ohrfeigen, dass ich es nicht schon vor einer halben Stunde wusste: Das ist der Bombenschmeißer, der Thiel, den kenn ich doch aus dem Fahndungsblatt. Der ist ausgebrochen aus dem Gerichtsgefängnis in Stolpe. Nun muss ich Meldung machen.

Zwanzig Schritte weiter: Sehr lebhaft sind die nicht in der Verfolgung. Oder mache ich keine Meldung? Flöten ist der doch im Augenblick, jetzt, wo ihn die Bauern wiederhaben.

Er erreicht den Bach mit seinem festeren Bett.

4

Sie haben den Verletzten auf den Stein gehoben. Da sitzt er, das Gesicht in den Händen, von Zeit zu Zeit noch sich krümmend vor Schmerzen.

Weit hinten bei Padberg steht Thiel, gut, dass gleich einer, der ihn kannte, zu ihm stieß, die Bauern hätten den Jungen in Hemd und Hose nicht heil gelassen.

Benthin bückt sich zum Stöhnenden und spricht mit ihm. Dann auch der Graf Bandekow, einer der Schöffen, ein zweiter, noch mehr.

Durch die dunkle Schar der wartenden Bauern laufen verwirrte Gerüchte. Man hat ihren Führer freigelassen, nur um ihn hier im Sumpf zu ermorden. Der Bengel dort im verdreckten Hemd ist

der Polizeispitzel, der es tun sollte. Nein, der Retter. Ein Bauernsohn aus dem Stolpischen. Der Fahnenträger Henning, der aus
dem Gefängnis entflohen ist.

Zwei Schöffen helfen dem Hockenden hoch, er legt seine
Arme um ihre Schultern, sie halten ihn um die Hüften, so steht er,
der Freigewordene, mit dem Gesicht zu seinen Bauern.

«Sie haben mich», spricht Franz Reimers langsam, «freigelassen aus den Gefängnissen der Republik. Warum, weiß ich nicht.
Ich weiß nur, dass sie mich wieder holen werden, heute, morgen,
irgendwann. Und manchen von euch dazu.

Aber sie haben mich zu einer guten Stunde freigelassen. Meine
Frau, die mich hierhergeschickt, hat's mir mit ein paar Worten
gesagt, um was es hier geht. Was braucht es da Abwarten, Reden,
Überlegung? Überlegst du, wenn du ins Wasser fällst, ob du auch
schwimmen willst?»

Bauer Reimers macht eine Pause.

«Sie spielen das Katze-Maus-Spiel mit uns, die Berliner Herren.
Und die Stolper und die Altholmischen haben zu tun, was der
Herr Minister mit dem polnischen Namen über deutsche Bauern
befiehlt. Aber Katze-Maus spielt man im Dunkeln, und manche
Katze hat schon gefunden, dass in der dunklen Stube ein Bull-
dogg saß.

Ihr überlegt, ob ihr die Acht verhängen sollt über Altholm?»

Es ist still. Dumpf wartet die Masse.

Plötzlich ganz laut: «Heißt es nicht in der Bibel: Auge um
Auge? Zahn um Zahn? Werden die Kinder nicht gestraft bis ins
vierte und fünfte Glied für die Sünden ihrer Väter? Wollt ihr feige
sein, Gottes Gebote zu tun?»

Er stößt die Arme zurück, die ihn halten. Allein steht er da, eine
dunkle, schmale Gestalt, die Arme eng am Leib. Er spricht laut:

«Wir Bauern Pommerns verhängen über die verräterische
Stadt Altholm die Acht.

Keiner soll bei einem Altholmer einkehren, von ihm etwas kaufen, etwas geschenkt nehmen, etwas leihen. Ihr sollt ihnen nicht die Tageszeit bieten, ihr sollt kein unnötig Wort mit ihnen reden. Wer Verwandte hat in Altholm, der sage ihnen, dass sie fortbleiben sollen von Hof und Land, bis die Acht außer Kraft ist.

Wer gewohnt war, zum Wochenmarkt zu fahren nach Altholm, der fahre weiter zum Markt. Er darf verkaufen, aber kaufen darf er nicht. Wer gewohnt war, ins Haus zu liefern in Altholm, Eier, Butter, Kartoffeln, Geflügel oder Holz oder was es sei, der bleibe fort aus Altholm, denn ihr sollt kein Haus betreten in dieser Stadt.

Achtet auch auf eure Frauen, dass sie tun, wie verordnet ist von der Bauernschaft, dass sie nicht laufen in die Läden in Altholm und nicht kaufen in den Kaufhäusern der Juden.

Und wer übertritt diese Acht, im Großen oder Kleinen, willentlich oder unwillentlich, der sei wie aus Altholm, ein Teil der Geächteten sei er, keiner spreche mit ihm, keiner kenne ihn.»

Der Bauer schweigt. Padberg beugt sich zu ihm und flüstert etwas.

Reimers sagt: «Es ist ein Spion unter uns gewesen, wir wissen noch nicht, wer, aber wir werden es erfahren. Was der Mann gehört hat, das kümmert uns nicht, morgen weiß doch das ganze Land, dass wir die Acht beschlossen haben über Altholm. Wenn wir uns im Dunkeln treffen und heimlich, doch nur darum, damit uns nicht die Büttel der Republik auseinanderjagen.»

Mit erhobener Stimme: «Geht nach Haus, Bauern!»

Drittes Kapitel

Die Versöhnungskommission arbeitet

1

Ecke Calvin- und Propstenstraße stoßen die Gärten vom Engros-
kaufmann Manzow und dem Produktenhändler Meisel zusammen. Beide sind demokratische Stadtverordnete. Manzow sogar
– infolge eines Abkommens mit der SPD – Stadtverordnetenvorsteher, während Meisel der Hansdampf in allen Gassen ist, das
kommunale Nachrichtenbüro von Altholm.

Es ist ein schöner Julivormittag, nicht zu warm, ein kühler
Wind geht von der See und frischt die Sonne auf, bewegt die Blät-
ter des Gartens, in dem Manzow sich ergeht. Er ist eben aus dem
Bett gekrochen, hat eine Kanne schwarzen Kaffee getrunken und
versucht jetzt, mit viel Priem den Geschmack von der gestrigen
Sauferei aus dem Munde zu kriegen.

Manzow hat in Altholm zwei Spitznamen: «der weiße Neger»
und «der Kinderfreund». Weißer Neger wegen seines Gesichtes,
das mit den aufgeworfenen Lippen, der fliehenden Stirn, dem
krausen schwarzen Haar viel Negerhaftes hat, Kinderfreund darum, weil ...

Gewohnheitsmäßig späht er über die Zäune in die Nachbar-
gärten, trotzdem er weiß, dass die Mütter ihren Kindern streng
verboten haben, im Garten ihr Geschäftchen zu verrichten, überhaupt in die Nähe des Manzow'schen Zaunes zu kommen. Es
könnte doch mal sein, dass so eine süße kleine Krabbe von acht
oder zehn Jahren ...

Es ist aber nur der Fraktionskollege Meisel, Herr über ein

vierstöckiges Lagerhaus und siebzig Lumpensammler, den er erblickt.

«Morgen, Franz.»

«Morgen, Emil.»

«Gestern noch lange geblieben?»

«Bis fünf. Irgend so ein dämlicher Stadtpolizist wollte um drei Polizeistunde bieten. Ich hab ihm was gepfiffen.»

«Ja?», horcht Meisel neugierig.

«Ich hab ihm einen Zettel ausgeschrieben, dass ich als Stadtverordnetenvorsteher die Polizeistunde bis sechs verlängere.»

«Und was wird Gareis dazu sagen?»

«Gareis? Gar nichts! Glaubst du, der verdirbt es jetzt mit mir, wo der Boykott Wirklichkeit geworden ist und das Turnier auffliegen soll?»

«Ich war heute», sagt Meisel, «zum Rasieren auf dem Bahnhof. Der Punte sagt, er muss mindestens drei Gehilfen entlassen. Kein Bauer lässt sich mehr rasieren und Haar schneiden.»

«Der Gareis soll sie man rasieren, der muss es ja noch können vom Vater her.»

«Ich glaub, der Gareis hat die Bauern schon zu viel eingeseift.»

Die beiden Männer lachen, so schallend, dass ein paar Vögel aufflattern.

«Der Krüger am Bahnhof sagt auch, er schenkt an Markttagen zwei Hektoliter weniger aus.»

«Alle Kaufleute klagen.»

«Ich will dir was sagen», erklärt Manzow gewichtig. «Du kennst mein Geschäft. Hier in der Stadt war es nie nichts. Aber alle Hausierer haben bei mir gekauft: Kurzwaren, Parfüm, Seife, Hosenträger, Stoffe, eben alles.

Nun, jetzt sagen sie, sie könnten nicht mehr bei mir kaufen. Die Bauern fragen: Woher kommst du? Aus Altholm. Dann geh man wieder nach Altholm. – Kein Schwanz kauft was.»

«Wer aus Altholm ist, ist erledigt. Die Reisenden im Auto, für Öle und Fette, für Maschinenteile, alle werden vom Hofe gejagt. Die haben sich eine Liste von den Kontrollnummern der altholmschen Autos gemacht.»

«Toll ist das», stöhnt Manzow. «Gehen wir übrigens vor der Sitzung einen Schnaps trinken?»

«Meinetwegen. – Und dem Autofahrlehrer Meckel sind siebzehn Schüler vom Lande abgesprungen.»

«Die landwirtschaftliche Winterschule hat keine Anmeldungen zum Herbst.»

«Ja, aber der Frerksen, der Affe, läuft in der Stadt herum in seiner Uniform und ist hochmütiger als je.»

«Sag das nicht. Weißt du nicht, dass er in Stolpermünde in der Sommerfrische war? Da haben sie ihn in einer Woche rausgeekelt, aber wie? Jeden Morgen war seine Burg am Strande vollgeschissen, und die Zimmer haben von Ungeziefer gewimmelt.»

«Hast du nicht gehört, sein Junge hat gesagt, sein Vater hätte in der Nacht nach der Demonstration gesagt, alle Bauern wären Verbrecher und gehörten totgeschlagen ...?»

«Die eigenen Eltern vom Frerksen haben aber gesagt: Das hätte der Fritz nicht tun müssen, mit dem Säbel auf die Bauern losgehen.»

«Die verkehren nicht mehr miteinander.»

«Gareis kann ihn unmöglich halten.»

«Na, das werden wir ja heute hören. Du kommst doch auch?»

«Natürlich.»

«Also dann trinken wir rasch vorher noch einen, dann ist es nicht so trocken.»

«Gehen wir ins Tucher?»

«Nein, lieber zu Tante Lieschen. Da können wir eher ein bisschen schweinigeln.»

«Wieder scharf auf die kleinen Mädchen?»

«Immer. Immer. Pflücke die Rose, eh sie erblüht.»

«Glänzend. Das muss ich meiner Frau erzählen.»

Die Männer lachen schallend, die Vögel erschrecken schon wieder.

2

In dem großen Arbeitszimmer von Bürgermeister Gareis sind um zwölf Uhr etwa dreißig Herren versammelt: die Obermeister der Innungen, die Vertreter der verschiedenen Einzelhandelsverbände, die Fabrikanten, der Leiter des Finanzamtes: Finanzrat Berg, von der Presse die Herren Heinsius und Pinkus, ein Geistlicher: der Superintendent Schwarz, ein Kinobesitzer, der ganze Magistrat und zahlreiche Stadtverordnete.

Die Herren reden eifrig miteinander, jeder weiß alarmierendere Nachrichten. Die Presse notiert eifrig.

Gareis fehlt noch.

«Wo bleibt er denn?»

«Der verhandelt noch wegen des Turniers.»

«Gott, wenn uns das auch noch aus der Nase geht! Sechstausend Bauern drei Tage lang in Altholm!»

«Sechstausend? Zehn! Der Gareis hat uns was Nettes eingebrockt.»

«Gareis? Frerksen!»

Mit dem Stahlhelm auf dem Rockaufschlag erklärt Medizinalrat Doktor Lienau messerscharf: «Gareis? Frerksen? *Eine* Wichse! Die rote Rotte ist einander wert. Wo aber ist Stuff, der einzige nationale Berichterstatter?»

Heinsius von den «Nachrichten» weiß Bescheid. «Stuff ist nicht geladen.»

«Ich bitte Sie! Nicht geladen! Und das lässt sich die Presse bieten? Sind Sie nicht solidarisch?»

«Er hat von Polizeiterror geschrieben.»

«Und? War es das nicht? Übrigens sollen Sie jetzt ein Betrieb sein?»

«Ein Betrieb? Nein, nein. Mir ist Herr Stuff völlig fremd.»

«Unerhört, unser Pressevertreter ...»

«Pssst! Gareis!»

«Gareis!!»

«Gareis!!!»

Er kommt, größer als alle, massiger als alle. Grüßt flüchtig, hierhin, dorthin. Beinahe noch im Gehen, hinter seinem Stuhl, die Lehne in der Hand, fängt er an zu sprechen: «Ich bitte Sie, meine Herren, Platz zu nehmen.»

Gescharre, Gewispere, Hinundherlaufen.

Schon beginnt Gareis im Eiltempo: «Meine sehr verehrten Herren. Ich danke Ihnen, dass Sie meiner Einladung gefolgt sind. Ich begrüße in Ihnen die prominenten Vertreter von Wirtschaft, Handel und Handwerk der Stadt, die Behörden, die Kirche und insbesondere auch die Herren von der Presse.»

Eine Stimme schnarrt: «Stuff fehlt.»

«Richtig! Stuff fehlt. Muss fehlen, da Herr Stuff nicht geladen wurde. – Unser heutiger Verhandlungsgegenstand ist bekannt: der Boykott der Bauern und unsere Maßnahmen dagegen.

Ich schicke eins voraus: Der Demonstrationszug, der ‹Blutmontag›, wie ihn der abwesende Herr Pressevertreter so wirkungsvoll für die Interessen unserer Stadt getauft hat, bleibt aus der Debatte.

Wir hier, meine Herren, können nicht entscheiden, ob Fehler gemacht worden sind. Jeder von uns ist irgendwie Partei. Im Übrigen hat der Herr Minister Bericht eingefordert. Dort fällt die Entscheidung.

Ich bitte, sich also strikt daran zu halten, dass der Montag aus der Debatte bleibt.»

Pause. Gareis beginnt neu, wirklich:

«Meine Herren, wir alle wissen, dass jene Bewegung, die sich Bauernschaft nennt, als Protest gegen das Vorgehen der altholmschen Polizei den Boykott über unsere Stadt verhängt hat.

Ich will nicht davon reden, dass dieser Boykott sehr voreilig und sehr ungerecht verhängt worden ist, ohne jede Prüfung der Schuldfrage. Die Bauern können jetzt vielleicht nicht geduldig und gerecht sein.

Ich will auch nur kurz erwähnen, dass dieser Boykott ja nur Unschuldige trifft. Wenn wirklich die Polizei schuldig ist: Ich, meine Herren, und meine Unterstellten, wir kriegen unsere Gehälter weiter. Sie sind die Leidtragenden.»

«Sehr richtig!»

«Die Führer der Bauernschaft können das nicht übersehen haben. Wenn man trotzdem den Boykott verhängt hat, so scheint mir das dafür zu sprechen, dass man ihn mehr aus Propagandarücksichten beschlossen hat als aus Empörung über den sechsundzwanzigsten Juli.

Und ich kann Ihnen verraten, dieser Boykott ist nicht etwa der Wille der gesamten Bauernschaft. Vertraulich sage ich Ihnen, dass es in der nächtlichen Versammlung auf der Lohstedter Heide sehr erregte Szenen gegeben hat. Mein Gewährsmann versichert mir, dass nur das Eingreifen des Führers Reimers den Boykott erzwungen hat. Beschlossen ist er nicht von der Bauernschaft. Mein Gewährsmann ...»

«Namen nennen!»

«Das möchten Sie, Herr Medizinalrat, was? Ich liefere aber meine Gewährsleute nicht ans Messer.»

«Ich verbitte mir ...»

«Gar nichts, Herr Medizinalrat. Hier bin ich Hausherr. Sie können jederzeit gehen, wenn Ihnen meine Rede nicht passt. –

Das mag aber sein, wie es will, der Boykott ist jedenfalls da. Nun laufen in der Stadt ganz irrsinnige Gerüchte über die Wirkungen des Boykotts herum. Meine Herren, lassen Sie sich doch nicht irremachen. Die Wirkungen des Boykotts sind minimal.»

«Oho!»

«Unsinn!»

«Verheerend!»

«Sehr richtig!»

«... Altholm ist eine Industriestadt. Die Kaufkraft steckt in der Arbeiterschaft. Glauben Sie doch nicht, meine Herren, dass die Bauern hier viel in Altholm gekauft haben. Wenn sie vom Markt kamen, hat die Frau ein bisschen Nähgarn geholt und der Mann ein Glas Bier getrunken. Es fällt wirklich nicht ins Gewicht.

Gewiss, da und dort ist ein Reisender zurückgeschickt worden. Aber seien Sie sicher, die Bauern hätten ihm auch so nichts abgekauft, jetzt vor der Ernte hat der Bauer doch kein Geld. Da ist es eine wunderschöne Ausrede zu sagen: Ich kauf dir nichts ab, weil du aus Altholm bist.

Aber, meine Herren, wenn das auch alles nicht wäre, wenn der Boykott wirklich schlimm wäre, wir könnten nichts Verhängnisvolleres tun, als das auszusprechen. Wenn wir immer wiederholen: Wir merken gar nichts vom Boykott, der Boykott ist ein Papiergefasel von der Zeitung ‹Bauernschaft› – dann, meine Herren, ja, dann ist der ganze Boykott in vier Wochen erledigt.

Wir müssen ankämpfen gegen den Unverstand in der eigenen Stadt. Das geht natürlich nicht, dass Kaufmann Schulze, dem seit drei Jahren dreißig unverkäufliche Hosen auf der Stange hängen, zum Kaufmann Schmidt sagt: Dreißig Hosen hab ich nicht verkauft wegen des Bauernboykotts. Und es geht nicht an, dass immer von neuem das Feuer geschürt wird, dass die Presse nicht aufhört, kleine, aufreizende Nachrichten zu bringen oder gar von Polizeiterror zu reden. In der Not muss man zusammenstehen.

Wir haben hier unter uns Herrn Hauptschriftleiter Heinsius, einen treuen Sohn unserer Stadt Altholm und eifrigen Verfechter vaterländischer Interessen. Ich glaube, er wird mit uns heute einig werden, dass die Heimatpresse erst einmal einen Gürtel des Schweigens um die Ereignisse des sechsundzwanzigsten Juli legt. Sie zucken die Schultern, Herr Heinsius. Ich denke, Sie werden noch mit dem Kopf nicken.»

Rehfelder ruft: «Stuff! Redakteur Stuff!»

«Meine Herren, um Redakteur Stuff wollen wir uns doch nicht sorgen. Ich glaube, Sie unterschätzen da die Macht und Einflusssphäre unseres Herrn Heinsius. Wenn Herr Heinsius erklärt: Die bürgerliche Presse schweigt, dann schweigt auch Herr Stuff. – Nun ja, ich schweige ja auch schon, Herr Heinsius.

Das waren zwei Sachen, die ich vorzuschlagen hätte: Leugnen der Wirkung des Boykotts. Schweigen über den sechsundzwanzigsten Juli.

Das Dritte – nun, meine Herren, wir wollen keinen Boykott gegen die Bauern beschließen. Mögen sie ruhig weiter zu uns auf den Markt kommen. Aber, wenn die Herren Gatten ihren Frau Gemahlinnen vielleicht nahelegen möchten, unsere heimischen Geschäftsleute besonders bei ihren Einkäufen zu berücksichtigen, namentlich auch im Hinblick auf die etwa ausfallenden Bauerneinnahmen ... nun, ich bin überzeugt, so ein Hinweis wird schon seine Wirkung tun. Unter uns sind ja natürlich keine Pantoffelhelden, die einen solchen Hinweis vergeblich aussprechen würden ...»

Beifälliges, dankbares Gelächter.

«Meine Herren, ich sehe fast überall aufgeklärte, heitere Gesichter. Manch Ding ist von weitem schwarz, aber in der Nähe weiß. Einer Sache dürfen Sie sicher sein, der Nachteil, den uns die im Augenblick ausbleibenden Bauern bringen, wird verschwindend sein gegen die Vorteile, die wir auf der andern Seite haben.»

«Redensarten!»

«Ich habe schon Verhandlungen angeknüpft mit einer ganzen Reihe von Arbeiterorganisationen. Dort ist man allgemein der Ansicht, dass Altholm für den Boykott durch die Bauern gewissermaßen entschädigt werden muss. Die Arbeiter werden ihre Veranstaltungen bevorzugt in Altholm abhalten.

Das alles bringt Geld und Leute in Massen hierher. Und demgegenüber spielt es nur eine geringe Rolle, dass das Reitturnier nun wirklich abgesagt ist.

Ich bitte um Wortmeldungen.»

Bürgermeister Gareis setzt sich rasch und erwartet mit gesenkten Lidern den Sturm, der nach seiner letzten Mitteilung losbrechen wird.

3

Assessor Stein, das dunkle, bebrillte Männchen, erhebt sich und liest nervös von seinem Zettel ab: «Zuerst hat sich Herr Obermeister Besen zum Wort gemeldet. Ich bitte Herrn Obermeister Besen, das Wort zu ergreifen.»

Assessor Stein taucht unter in das Durcheinander hin und her fahrender Köpfe. Der Obermeister der Gastwirte-Innung erhebt sich im Schmuck seiner weißen Haare. «Ja, meine Herren, was soll ich sagen ...?»

«Wenn du's nicht weißt, halt's Maul!»

«Was soll ich sagen, meine Herren? Da hat uns Herr Bürgermeister Gareis eine schöne Rede gehalten, und ich denke, er hat uns fast alle überzeugt. Ich bin pessimistisch hierhergegangen, es

geht der Stadt Altholm schon so schlecht und nun der Bauern-
boykott, unter dem besonders das Gastwirtsgewerbe zu leiden
hat ... Aber wie ich die Vorschläge des Herrn Bürgermeisters gehört habe, da habe ich gedacht: Ja, so geht es ...

Ja, meine Herren, aber dann hören wir so ganz nebenbei, dass
das Reitturnier abgesagt worden ist. Und da werden uns Aussichten gemacht auf irgendwelche Arbeiterveranstaltungen, sehr
ungewisse Aussichten, scheint es auch noch.

Ich will Herrn Bürgermeister und seiner Partei gewiss nicht zu
nahetreten. Aber das wissen wir Gastwirte doch, was Arbeiter auf
solchen Veranstaltungen verzehren und was Bauern verzehren.
Nein, Herr Bürgermeister, bringen Sie alle Arbeiterorganisationen nach Altholm, das macht dies eine Fahrturnier nicht wett.

Und ich möchte doch hervorheben, dass die heute von Herrn
Bürgermeister Gareis so getadelte ‹Chronik› als Erste schon vor
Tagen auf den Boykott und das ausfallende Fahrturnier aufmerksam gemacht hat. Ich bin damals bei Ihnen gewesen, Herr Bürgermeister, und Sie haben mir gesagt: Das ist Schwindel, das Reitturnier bleibt in Altholm. Nun hat die ‹Chronik› nicht geschwindelt,
sondern ...

Also, meine Herren, wir haben schon damals bei den Gastwir-
ten Rundfrage gehalten nach dem Schaden, der durch den Aus-
fall des Turniers entsteht. Wir haben die uns mitgeteilten Zahlen
sorgfältig geprüft, wir haben Abstriche gemacht, und wir sind
doch auf die horrende Zahl von einundzwanzigtausend Mark
gekommen. Die hier anwesenden Vertreter der andern Gewerbe-
zweige werden sich sicher auch noch zu diesem Punkte äußern ...

Ja, aber angesichts dieser Tatsachen bin ich nun doch der Ansicht, dass wir uns auf keinen Kampf mit der Bauernschaft einlassen, denn was Herr Bürgermeister vorschlägt, ist doch Kampf.

Wir haben fast alle Verbindungen mit dem Lande, ich schlage
vor, dass wir diese Verbindungen nutzen. Ich schlage vor, dass wir

eine Kommission wählen, die die Versöhnung mit der Bauernschaft betreiben soll, und dass diese Kommission sich sofort mit
den Bauern an den Verhandlungstisch setzt.»

Obermeister Besen hat ausgeredet, und Assessor Stein erteilt
Herrn Medizinalrat Doktor Lienau das Wort.

«Meine Herren, da haben Sie den Salat! Wir drei Vertreter des
nationalen Gedankens haben gewarnt und gewarnt, aber auf uns
hat man natürlich nicht gehört. Da hieß es immer Kompromisse
schustern mit den Roten, nun sitzen Sie drin!

Und nun erleben wir die, gelinde gesagt, starke Zumutung von
Herrn Bürgermeister Gareis, dass er uns hier einlädt und unver-
blümt erklärt: Ja, meine Herren, wir von der Polizei haben den
Karren verfahren, nun machen Sie mir Vorschläge, wie er aus
dem Dreck zu ziehen ist.

Ich stelle den Antrag, dass die Versammelten den unerhörten
Polizeiterror missbilligen und der Bauernschaft ihr tiefstes Bedauern aussprechen.»

«Herr Kaufmann Braun hat das Wort.»

«Ja, meine Herren, mir ist es ähnlich gegangen wie Herrn Besen. Auch ich war pessimistisch, wurde optimistisch und sehe
jetzt alles schwarz. Aber ich möchte mir doch den Vorschlag erlauben, ob man nicht den Antrag von Herrn Bürgermeister mit
dem von Herrn Besen verbinden kann, das heißt: Wirkung gegen
den Boykott und sofort aufzunehmende Verhandlungen.»

«Herr Superintendent Schwarz.»

«Meine sehr verehrten Herren! Ich vertrete hier keine materiellen Interessen. Ich nehme auch an, dass ich nur zu Informa-
tionszwecken geladen bin. Aber als Vertreter der Kirche möchte
ich doch warnen, den Weg zu betreten, den Herr Bürgermeister
Gareis empfiehlt.

Wir sollen sagen, der Boykott ist wirkungslos, trotzdem wir
hier allerseits hören, dass er sehr wirkungsvoll ist. Wir sollen also,

zu Deutsch gesagt, lügen. Und, meine Herren, es ist doch noch immer so auf der Welt, dass man mit Lügen nur kurze Zeit durchkommt.

Als Vertreter der Kirche kann ich nur zum Frieden raten. Machen Sie Ihren Frieden mit den Bauern. Meine Herren, der Vorschlag von Herrn Obermeister Besen ist der richtige: Wählen Sie einen Ausschuss, verhandeln Sie mit den Bauern. Und tun Sie auch das, was Herr Medizinalrat Lienau gesagt hat: Sprechen Sie den Bauern Ihr Bedauern aus. Man kann das, ohne Stellung zu nehmen. Die Sache mag liegen, wie sie will, aber menschlich ist sie jedenfalls tief beklagenswert. Sprechen Sie das unverhohlen aus. Das ist keine Schande, da braucht man sich nicht zu schämen.

Und wenn Sie diesen Weg gehen, dann werden Sie immer der Unterstützung der Kirche sicher sein.»

«Herr Chefredakteur Heinsius.»

«Meine hochverehrten Anwesenden! Sehr geehrte Herren! Sie wissen alle, dass ich selten mein Redaktionszimmer verlasse. Der elektrische Funke trägt in die Wände meines Arbeitszimmers Kunde von dem, was in der Welt geschieht, und nur, wenn man stille ist, abseits vom Getümmel und Getriebe der Meinungen, ist das Ohr scharf genug, den Pulsschlag der Zeit abzuhorchen.

Wenn ich dieses Mal von meiner Gewohnheit abgegangen bin, wenn ich als Vertreter der größten Zeitung Ihrer Vaterstadt in die Arena des Streites hinabsteige und nun selbst zu Ihnen rede, so darum, weil wir vom ersten Tage an die Entwicklung der Dinge mit größter Besorgnis verfolgt haben.

Schon als die Demonstration erst als ein Projekt erwähnt wurde, haben wir aufgehorcht und gefragt: Was will das werden?

Und als dann die Demonstration erfolgte, als es dann zu den beklagenswerten Zusammenstößen kam, als wie ein drohender Schatten das Gespenst des Boykotts an der Wand erschien, als er Wirklichkeit wurde, ja, da, meine sehr verehrten Herren, haben wir immer wieder mit leidenschaftlicher Besorgnis gefragt, was will das werden ...?

Wenn Herr Bürgermeister davon gesprochen hat, dass die Presse das Feuer geschürt hätte, so kann er damit nie die ‹Nachrichten› gemeint haben. Die ‹Nachrichten› sind parteilos, die ‹Nachrichten› sind überparteilich, die ‹Nachrichten› lassen sich nur von den Interessen der Vaterstadt leiten.

Und da, meine Herren, wenn wir diese Interessen ins Auge fassen, wenn wir leidenschaftslos prüfen, was getan werden muss, da erhebt sich denn doch die Frage ...

Ich sehe hier Herren vom Handwerk, von der Wirtschaft, von der Finanz. Die Geistlichkeit ist vertreten. Viele Herren aus dem Stadtverordnetenkollegium. Der Magistrat.

Aber, meine Herren, da erhebt sich denn doch die Frage: Wo ist Herr Oberbürgermeister Niederdahl?!?

Wo ist der Leiter unseres Gemeinwesens in der Stunde der Gefahr? Herr Stadtrat Röstel vertritt ihn, gut. Aber, meine Herren, es gibt Lagen, in denen man sich nicht vertreten lassen kann, wo allein die Hand des Führers das Steuer herumwerfen darf.

Ich frage Sie, meine Herren, wo ist der Führer?»

«Herr Hausbesitzer Gropius.»

«Meine Herren, ich spreche zu Ihnen als Vertreter des privaten Hausbesitzes und zugleich als Vertreter der Reichswirtschaftspartei.

Meine Herren, wir haben unsere warnende Stimme erhoben, als die Kollegien dem Bau von fünf neuen Bedürfnisanstalten zustimmten. Meine Herren, wir haben gewarnt, als die Zuschläge zu den städtischen Steuern um fünfundsechzig Prozent erhöht wurden. Meine Herren, wir haben immer gesagt: Ausgabensenkung, Steuersenkung. Meine Herren, auch in dieser verantwortungsvollen Stunde sehen Sie uns auf dem Plan: Wir warnen Sie. Nicht weiter auf diesem Weg!

Meine Herren! Namens des privaten Haus- und Grundbesitzes und namens der Reichswirtschaftspartei erklären wir als verantwortungsbewusste Vertreter der Stadt: Wir werden gegen jede Maßnahme stimmen, die neue Ausgaben verursacht.

Meine Herren! Sie sind gewarnt!»

«Herr Parteifunktionär Matthies!»

Sofort setzt lebhafte Unterhaltung ein.

«Genossen! Das klassenbewusste Proletariat sieht mit höhnischem Grinsen, wie sich die Herren Sozialdemokraten wieder einmal festgefahren haben. Diese Verräter am Proletariat …»

«Sprechen Sie zur Sache.»

«Der ‹Genosse› Gareis wünscht, dass ich zur Sache spreche. Dabei hat er aber gleich zu Anfang verboten, dass zur Sache gesprochen wird. Genossen, über den Blutdurst der hiesigen Polizei soll ein schämischer Schleier gebunden werden …»

«Zur Sache! Oder ich entziehe Ihnen das Wort.»

«Genossen! Was geschehen ist, das hat das Proletariat nicht überrascht. In Zehntausenden Gefängnissen der Bourgeoisie schmachten Hunderttausende von Arbeitern, hereingebracht durch die Sozialdemokratie!»

«Ich entziehe Ihnen das Wort.»

«Wenn hundert Arbeiter niedergeschlagen werden, dann sagt der Genosse Severing kein Wort.»

«Sie dürfen nicht weiterreden. Das Wort ist Ihnen entzogen.»

«Aber wenn zwei Bauern etwas über ihre Dickköpfe kriegen, dann schreit alles Zeter und Mordio.»

«Soll ich Sie aus dem Saal führen lassen, Matthies?»

«Wir von der KPD stehen unter Sonderrecht. Wir dürfen nicht einmal hier reden, während die andern reden dürfen, so viel wie sie wollen.»

«Wenn Sie zur Sache reden, dürfen Sie sprechen.»

«Ich will zur Sache reden. Genossen! Das klassenbewusste

Proletariat lehnt den Novembersozialismus ab. Er ist der wahre Handlanger der Bourgeoisie, der rote Henkersknecht am entrechteten Arbeiter.»

«Huh! Huh!»

«Hurra die Sowjetrepublik!»

«Ruhe!»

«Botenmeister, führen Sie den Herrn hinaus.»

Pfeifen. Gelächter. Geschrei. Zurufe.

Matthies, noch im Türrahmen: «Hoch die Sowjetrepublik! Hoch die Weltrevolution!»

Ab.

Bürgermeister Gareis erhebt sich.

«Meine Herren, ich will kurz einige an mich gerichtete Fragen beantworten.

Was das Reitturnier angeht, so ist es richtig, dass ich Ihnen, Herr Besen, gesagt habe: Das Turnier findet unter allen Umständen in Altholm statt.

Nun gut, ich bin getäuscht worden. Ich habe mich auf das Wort eines Edelmannes verlassen, ich scheue mich nicht, hier öffentlich seinen Namen zu nennen: des Grafen Pernath auf Stroheim. Als wir im vorigen Jahre die Turnierbahn anlegten, als wir mit großen Kosten die Tribüne bauten, hat mir der Graf in die Hand versprochen, das Turnier werde mindestens fünf Jahre hindurch in Altholm stattfinden.

Gestern habe ich einen Brief von ihm bekommen, dass angesichts der veränderten Lage das Turnier nicht in Altholm abgehalten werde.

Ich überlasse diese Handlungsweise eines Edelmannes den Herren zur Beurteilung.»

«Pfui!»

«Jawohl, pfui, Herr Medizinalrat, und zwar für Herrn Grafen Pernath. – Was nun jene Warnung in der ‹Chronik› angeht, die

Herr Obermeister Besen erwähnt, so habe ich diese ‹Warnung› vor mir. Es ist nicht etwa eine redaktionelle Notiz, es ist, meine Herren, ein anonymes ‹Eingesandt›.

Und zwar erschien dieses ‹Eingesandt› zu einer Zeit, als die Bauern noch gar nicht an einen Boykott dachten. Das ist das, meine Herren, was ich das Feuer schüren nenne. Selbstverständlich hat es mir vollkommen ferngelegen, den so verdienstvollen und maßhaltenden ‹Nachrichten› einen derartigen Vorwurf zu machen.

Herr Heinsius hat gefragt, warum Herr Oberbürgermeister Niederdahl nicht hier ist. Nun, ich kann darauf nur sagen, dass Herr Oberbürgermeister in Urlaub ist. Er wird von mir ständig auf dem Laufenden gehalten. Er ist jederzeit bereit, seinen Urlaub abzubrechen, er hat das auch angeregt. Ich habe es nicht für nötig gehalten.

Meine Herren, wir sind, wie der Turnierfall beweist, in der Lage einer Stadt, die vom Feinde eingeschlossen ist. Wir dürfen Hilfe von der Regierung erwarten, aber wann diese Hilfe kommt, das steht dahin. Mittlerweile ist nichts so nötig wie Zusammenzustehen und einig zu sein, einig zu kämpfen.

Es ist der Vorschlag gemacht worden, sich mit den Bauern an einen Verhandlungstisch zu setzen. Meine Herren, Sie setzen sich ja aber nicht mit den Bauern an einen Tisch, im besten Falle kommen Sie mit irgendwelchen sogenannten Führern zusammen, die sich aus der Not der andern ihre Riemen schneiden wollen.»

«Unerhört!»

«Das ist unerhört, jawohl. Aber das ist so. – Zeigen Sie keine Schwäche, meine Herren, verhandeln Sie nicht. Setzen Sie dem pommerschen Bauerndickkopp den pommerschen Städterdickkopp entgegen.

Seien Sie einig, meine Herren.

Ich erteile noch Herrn Assessor Stein zu einer sachlichen Aufklärung das Wort.»

Das schlanke, schwarze, nervöse Männchen erhebt sich.

«Hochverehrte Herren, wie einigen von Ihnen bekannt ist, bin ich der Sachbearbeiter des Wohlfahrtsamtes. Meine Herren, uns liegt unter anderem ob die Pflege, Betreuung, Vormundschaft über die unehelichen Kinder der Stadt.

Es ist Klage darüber geführt worden, ein wie großer Schaden dem städtischen Handwerk und Gewerbe aus dem Fortfall des Fahrturniers entsteht. Herr Obermeister Besen hat für das Gastwirtsgewerbe eine Zahl genannt, eine erschreckende Zahl: einundzwanzigtausend Mark.

Nun, meine Herren, das verliert die Stadt und mehr, denn auch die andern Gewerbe werden Zahlen nennen können. Was aber, frage ich, gewinnt die Stadt durch den Fortfall des Turniers? Lassen Sie mich eine ganz kleine Gegenrechnung aufmachen, hören Sie mich einige Minuten in Geduld an.»

Assessor Stein, sicher geworden, blickt lächelnd auf die erwartungsvollen Gesichter.

«Ja, ich frage Sie, hat die Stadt nicht auch Nutzen davon, wenn das Turnier hier nicht stattfindet? Ich rede gar nicht von den direkten Kosten, die der Stadt aus dem Turnier erwachsen und die im Vorjahre neuntausend Mark betrugen. Ich gebe Ihnen etwas anderes zu bedenken.

Meine Herren, überlegen Sie mal, bei dem Turnier sind schlecht gerechnet die Bauernjungen eine Woche in der Stadt. Da haben sie ein bisschen Geld in der Tasche, da wird getrunken, gefeiert, geliebelt.

Na, Sie werden mir zugeben, in der Stadt sind die Mädchen hübscher als auf dem Lande. Sie machen sich netter zurecht, sie sind sauberer, das sieht auch ein Bauernjunge.

Und wenn nun der Assessor Stein neun Monate nach dem Turnier seine Eingänge durchsieht, da findet er plötzlich den Beweis, dass die Bauernjungen die Stadtmädel hübsch gefunden haben.

In diesem Jahre sind vierzehn uneheliche Kinder angemeldet als Ergebnis des vorjährigen Landesturniers.

Ja, meine Herren, werden Sie mir sagen, das ist alles nicht so schlimm, das sind Bauernjungen, die werden schon zahlen. Und da kommt man denn zu den Vätern – der Bauernjungen, wohlgemerkt –, und die stöhnen ach und weh, wie viel der Junge kostet und dass er nichts verdient. Und jetzt muss er erst auf die Winterschule, und dann geht er noch ein paar Jahre auf die landwirtschaftliche Hochschule, und was er auf dem Hofe hilft, das ist nicht der Rede wert, kein Taschengeld wert.

Und am Ende muss die Stadt für die Kinder aufkommen. Nun rechnen Sie einmal: vierzehn Kinder erst ins Säuglingsheim, dann ins Kinderheim, dann ins Lehrlingsheim. Unter fünftausend Mark kann die Stadt kein Kind aufziehen.

Das macht siebzigtausend Mark. Dazu die direkten Turnierkosten mit neuntausend Mark, macht neunundsiebzigtausend Mark. Da kann schon viel Schaden entstehen, ehe das wettgemacht ist.»

Assessor Stein setzt sich, und seine blassen Bäckchen sind rot.

Großes Gelächter.

Superintendent Schwarz erhebt sich und sagt erregt: «Ich erhebe Einspruch gegen die ganz unglaublich leichtfertige Art, mit der dieses traurige Thema von einem Vertreter der Stadt abgehandelt wurde. Wenn so über moralische Fragen an den Stellen, die ein Beispiel geben sollten, geurteilt wird ...»

«Ist ja gar nicht geurteilt!»

«Wie? Nicht geurteilt? Aber es ist leichtfertig darüber gesprochen, das ist dasselbe. Die Kirchengemeinde freilich findet selten Unterstützung bei dem Stadtparlament in sittlichen Dingen. Die Beseitigung der Büsche und Bänke auf dem alten Friedhof, die nur nächtlicher Unzucht Vorschub leisteten, hat die Kirchengemeinde auch auf ihre Kosten vornehmen lassen müssen.

Meine Herren, bedenken Sie, auf den Gräbern der Entschlafenen!»

Gareis erhebt sich.

«Was Herr Assessor Stein eben mitteilte, war eine volkswirtschaftliche Tatsache und hat mit Moral gar nichts zu tun.

Im Übrigen verspreche ich mir von einer weiteren Debatte nichts. Ich schließe also die Debatte. Ich bitte Sie, meine Herren, über meine Vorschläge abzustimmen. Wer meine drei Vorschläge annimmt, hebe die Hand. –

Das ist die Minderheit. Meine Vorschläge sind also abgelehnt. Ich bedaure, in dieser Sache im Augenblick nichts weiter tun zu können. – Sie wünschen, Herr Besen?»

«Einen Augenblick, Herr Bürgermeister. Es steht noch ein weiterer Vorschlag zur Abstimmung, sofort mit der Bauernschaft Verhandlungen anzuknüpfen. Ich bitte, darüber abstimmen zu lassen.»

«Tun Sie das. Ich kann nur noch einmal warnen.»

«Wer für Verhandlungen ist, hebe die Hand. – Das ist weitaus die Mehrheit. Ich danke Ihnen, meine Herren. Es bleibt uns nun nur noch, die Mitglieder der Kommission, für die ich den Namen ‹Versöhnungskommission› vorschlagen möchte, zu wählen. Ich möchte an erster Stelle Herrn Bürgermeister Gareis vorschlagen.»

«Lehnt ab. Und die weiteren Wahlen, meine Herren, bitte ich doch vielleicht an einem andern Orte, etwa im Ratskeller, vorzunehmen. Ich möchte nicht, dass eine Sache, die ich von Grund aus missbillige, in meinen Amtsräumen durchgeführt wird.»

Medizinalrat Lienau erklärt vernehmlich: «Zu Deutsch: Wenn es nicht nach dem Kopf von Herrn Gareis geht, wird man hinausgeworfen.»

«Ganz richtig, Herr Medizinalrat, ich werfe hinaus. Guten Morgen, meine Herren.»

Ein Bauer kommt aus dem Bahnhof Altholm und geht quer über den Platz nach dem Eingang der «Chronik» hinüber. Der Bauer, ein schwerer, großer Mann, geht mühsam am Stock. Aber er lässt sich nicht von den Autos irritieren, er geht direkt auf den Polizisten zu, der dort den Verkehr regelt.

Vor dem Beamten bleibt der Bauer stehen und sieht ihn stur an. «Wachtmeister», sagt er.

Der Beamte glaubt, dass eine Auskunft von ihm verlangt wird, und fragt: «Ja?»

Der Bauer fragt: «Wo soll ich den abgeben? Nehmen Sie ihn?»

«Wen? Wen meinen Sie?»

«Wen ich meine? Den Stock! Den dicken Stock! Ich habe gehört, wir Bauern sollen in Altholm unsere Stöcke abgeben.»

«Gehen Sie weiter! Ich lasse mich nicht von Ihnen durch den Kakao holen.»

«Wo ist mein anderer Stock?», fragt der Bauer plötzlich wütend. «Den Sie mir am Blutmontag abgenommen haben?»

Er blickt zornig aus kalten hellen Augen auf den verärgerten Polizisten.

«Sie sollen weitergehen, habe ich Ihnen gesagt.»

«Ihr nehmt Invaliden die Stöcke weg, was? Dass sie auf der Straße hinfallen? Helden sind das!»

Der Bauer stampft weiter, auf die «Chronik» zu. Der Wachtmeister sieht ihm böse nach.

Drinnen in der «Chronik» streiten sich wieder einmal Stuff und Tredup.

«Du bist verrückt, Max, mit deinem Schwarm für Gareis. Der ist der Allerschlimmste von allen.»

«Na, dass er grade keine Liebe für dich hat, wenn du ihn so angreifst! Übrigens ist es noch gar nicht ausgemacht, dass der Artikel in der ‹Volkszeitung› von ihm ist.»

«Natürlich ist er das. Mir vorzuwerfen, dass ich meine ‹Eingesandts› selber fabriziere! ‹Freilich gehört der Redakteur der „Chronik" auch zu ihren Lesern.›»

«Na, Stuff, ein richtiges ‹Eingesandt› war es ja schließlich auch nicht. Oder ...?»

«Was geht den Scheißer das an! Außerdem haben wir recht gehabt. Jetzt ist der Boykott da, und das Turnier ist abgesagt. – Herein!»

Die Tür geht auf zur Expedition, wo mal wieder kein Mensch ist. Dort steht an der Barre ein großer Mann, ein Bauer, Stuff geht zu ihm.

«Guten Tag. Was wünschen Sie?»

«Ich bin der Bauer Kehding aus Karolinenhorst. Sind Sie der Mann, der die Zeitung schreibt?»

«Der bin ich.»

«Wie heißen Sie denn?»

«Ich bin Stuff. Hermann Stuff.»

«Dann sind Sie der Richtige. Ich dachte schon, ich wäre auf die ‹Nachrichten› gekommen.»

«Nein, hier sind Sie auf der ‹Chronik›.»

«Ja, dann bin ich hier recht.»

Pause.

Der Bauer hebt seinen Stock und legt ihn auf die Barriere.

«Das ist der Stock aus dem amtlichen Bericht.»

«Ja?», fragt Stuff.

«Sie haben es doch gedruckt, Mann! Das ist der Stock aus dem Bericht, von dem geschrieben steht, er wäre sieben Zentimeter stark und eine gefährliche Waffe.»

«Und Sie haben ihn wiederbekommen?»

«Unsinn. Das ist der Bruder von dem Stock. – Wie schwer bin ich?»

Stuff taxiert: «Zweieinhalb Zentner.»

«Zwei Zentner sechzig. Und leide an Ischias. Kann ich da mit einem Ladenschwengelstöckchen gehen? Gefährliche Waffe – lächerlich ist so was!»

«Das ist es.»

«Sie haben es aber gedruckt.»

«Ich habe den amtlichen Bericht gebracht. Ich habe aber auch anderes gebracht.»

«Richtig. Und jetzt sollen Sie wieder etwas bringen. Einen Brief. Ein ‹Eingesandt› mit meinem vollen Namen. Ich habe es hier aufgeschrieben.»

Es ist ein Offener Brief an die Stadtverwaltung Altholm mit der achttägig befristeten Forderung, den schuldbeladenen Polizeioberinspektor Frerksen und den schuldbeladenen Bürgermeister Gareis sofort zu entlassen, widrigenfalls die Landwirtschaft zur Selbsthilfe schreiten würde. «Im Namen vieler Landwirte Bauer Kehding-Karolinenhorst.»

Stuff steht unschlüssig. «Es ist ein bisschen scharf, was?»

«Verdammt! War es nicht ein bisschen scharf, als die Schupo mir Krüppel den Stock wegriss, dass ich längelang hinschlug?»

An Stuffs Schulter taucht flüsternd Tredup auf. «Das passt doch fein. Da kannst du doch dem Gareis und der ‹Volkszeitung› beweisen, dass deine ‹Eingesandts› echt sind.»

«Was ist das für ein Mensch?», fragt Bauer Kehding.

«Das ist gewissermaßen mein Schreibknecht», sagt Stuff.

Der Bauer sieht unter den buschigen Brauen prüfend von einem zum andern. Plötzlich brüllt er: «Gebt mir meinen Wisch wieder, ihr Tintenschmierer. Ihr seid genau solche Arschlöcher wie die andern auch.»

Stampfend, mit gedonnerten Türen, verlässt er die Expedition. Stuff schielt verblüfft durch die Brille.

«Dem ist der ‹Schreibknecht› in die falsche Kehle gekommen», meint Tredup.

«I wo, der Mann ist gut. Der hat deine Bilder gerochen, Max.»

«Quatsch, meine Bilder ...»

Durch die Tür kommt Textil-Braun. «Was war denn das eben für ein wütender Kerl?»

Stuff ist vorsichtig. «Der? Das war so ein Bauer. Hier kommen jetzt mehr Bauern.»

«Sie haben doch fünf Minuten Zeit für mich, Herr Stuff? Ich habe Ihnen etwas mitzuteilen.»

«Eigentlich habe ich keine Zeit. Aber für Sie. Kommen Sie rein in die gute Stube. Komm man mit, Tredup, vielleicht fällt ein Inserat ab.»

Textil-Braun setzt sich würdig und sieht sehr wichtig aus. Er ist ein kleines, wieselhaftes Männchen, augenblicklich von der Wichtigkeit seiner Sendung viel zu durchdrungen, um seinem Freunde Tredup einen Blick zu gönnen.

«Ich habe Ihnen mitzuteilen, Herr Stuff, dass beschlossen worden ist, die Presse stellt alle Veröffentlichungen in der Bauernsache vorläufig ein.»

Stuff ist so verblüfft, dass er nur «So» sagt.

«Ja, die Leute sind so unruhig. Und die Leute müssen erst mal wieder ruhig werden.»

«Darf ich auch fragen, Herr Braun, wer da eigentlich über meine Zeitung Beschluss gefasst hat?»

«Lieber Herr Stuff, wir kennen uns doch nun so lange. Ich bin so ein fleißiger Inserent bei Ihnen. Sie werden doch nun nicht beleidigt sein?»

«Wissen möchte ich gerne, wer über meine Zeitung beschlossen hat. Der Gareis etwa?»

«Nein, eben nicht der Gareis. Wir waren bei ihm, und er wollte einen Kampf gegen die Bauern. Den wollten wir aber nicht.»

«Nein, natürlich nicht.»

«Und da haben wir eine Versöhnungskommission gebildet, die die Stadt mit den Bauern versöhnen soll, und haben beschlossen, dass vorläufig nichts mehr gegen die Bauern geschrieben werden soll. Es muss jetzt erst einmal Ruhe sein.»

Stuff nimmt seinen Klemmer ab und putzt ihn sorgfältig mit seinem Taschentuch. Dann setzt er ihn wieder auf und sieht sein Gegenüber, den kleinen, geschäftigen Kaufmann, trübe versonnen an.

«Herr Braun, Sie hören doch gut?»

«Ich denke», sagt der Textilherr vorsichtig.

«Und Sie halten mich für keinen ausgemachten Idioten?»

«Bitte, Herr Stuff ...»

«Ja oder nein!!»

«Nein. Natürlich nein. Lieber Herr Stuff ...»

«Haben Sie gehört, was ich Sie vorhin gefragt habe? Haben Sie es verstanden ...? Ich will wissen, wer ‹wir› ist. Nicht ‹wir› haben eine Kommission gebildet, ‹wir› haben beschlossen ... Dass der eine ‹Wir› das Textilwarenhaus für Gelegenheitskäufe und Partiewaren Franz Braun ist, das haben *wir* nun gelöffelt, aber die Kommission besteht doch nicht allein aus Ihnen ...?»

«Lieber Herr Stuff, wollen wir nicht ruhig verhandeln? Sie machen es mir schwer. Und die Sache ist doch schließlich so, dass Sie nicht geladen waren und die Verhandlungen waren vertraulich. Ich weiß wirklich nicht, ob ich Namen nennen darf.»

«Wirklich nicht? Und Sie sind so töricht, zu glauben, dass ich auf so eine Mitteilung von Ihnen den Nachrichtenteil meiner Zeitung ändere?»

«Ja, offen gestanden, ich bin so töricht. Wenn Sie *so* reden, bitte schön! Sie werden Ihren Nachrichtenteil ändern.»

Stuff wird immer freundlicher. Etwas Besorgtes klingt in seiner Stimme. «Wirklich? Können Sie sich auch noch genau erinnern, wo die Tür ist, durch die Sie reinkamen?»

«Sie werden ihn ändern, weil man sich für Sie verbürgt hat. Ja, ich sage es gradeheraus, Ihr Kollege, Herr Heinsius, hat uns Ihr Schweigen zugesagt.»

Stille. Lange Stille.

«So.»

Stuff steht mit einem Ruck auf und geht ans Fenster. Dreht Tredup und dem Braun den Rücken.

«So.»

Und Braun, eifrig-milde: «Lieber Herr Stuff, es tut mir ja leid ... Wir wissen doch Bescheid, nun ... Der Heinsius hat es uns vertraulich erzählt. Ich trage es Ihnen auch bestimmt nicht nach, was Sie vorhin gesagt haben ... Ich inseriere bestimmt weiter ...»

«Ich glaube, Sie gehen lieber, Herr Braun», sagt Tredup.

Braun zögert. «Ich hätte gerne eine Zusage, eine bindende Zusage.»

«Wozu brauchen Sie die eigentlich, da der Heinsius gebürgt hat?»

Stuff dreht sich um, hochrot. «Schmeiß ihn raus, Max! Schmeiß das Schleimvieh raus. Sonst tue ich ihm noch was.»

Und Braun, gemessen, den Hut schon auf dem Kopf: «Danke, ich gehe allein, Herr Stuff. Und warum grade Sie so sind? Ich könnte doch auch reden von einem ‹Eingesandt›, das in meinem Namen geschrieben ist ...»

Er hat sich rausgeredet.

Stuff glotzt. Dann: «Es ist das Komischste im Leben, dass manchem manche Schweinereien schließlich doch sauer aufstoßen, zum Beispiel mir. – Dreh 's Radio an, Mensch! Berlin spielt auf Schallplatten. Nein, lass, ich will telefonieren. Geh raus, du, ich brauche auch keine Zuhörer, wenn mir der Schwanz abgehackt wird.»

In der Expedition erschaut Tredup das Fräulein Heinze.

«Sagen Sie mal, Heinzelmann, wo ist eigentlich der Wenk?»

Die Dame lehnt ab. «Da fragen Sie ihn am besten selbst.»

Tredup macht die bekannte Flaschenbewegung. «Ja?»

«Gott, möglich.»

«Aber auch Sie, Kind, sehen umdüstert aus.»

Und Fräulein Klara Heinze, plötzlich empört: «Etwa nicht? Wo ihr solche Schweinereien macht!»

«Wir? Was denn für Schweinereien?»

«Mit den Bauern, was denn sonst?»

«Aber Klärchen, was gehen Sie die Bauern an?»

«Etwa nicht? Wo mein Herr auf die Landwirtschaftsschule ging und nun plötzlich nach Haus gemusst hat!»

«Arme! Nein, wirklich, ernstlich, Arme! Aber trösten Sie sich, es gibt so viel Nette, und die Städter geben auch leichter Geld aus.»

«Geld! Was ich danach frage!»

«Gott, die Liebe, die wirkliche ernste Liebe hat Ihr Herz berührt! Trösten Sie sich, so ein Bauer, er hätte Ihnen sicher ein Kind gemacht.»

«Darum sorgen Sie sich man nicht, da passe ich schon für auf. Überhaupt sind Sie ein ekelhaftes Schwein geworden, Herr Tredup, seit Sie aus dem Gefängnis zurück sind.»

Plötzlich ist er ganz verwirrt. Seine Großschnauzigkeit ist fort. «Ja?», fragt er ängstlich.

«Früher haben Sie auch geschweinigelt. Aber früher haben Sie gewusst, dass es einem dreckig gehen kann und dass man eine Masse dreckige Sachen tun kann und doch ein anständiger Mensch sein.»

«Und jetzt?», fragt er.

«Sie wissen ja selber, wie Sie sind. Sie haben mich ganz gut gesehen, neulich Nacht, wo Sie so besoffen waren. Und mit solchem Weib. Pfui, Herr Tredup, wo Sie so 'ne nette Frau haben!»

«Mein liebes Kind ...»

«Ich bin nicht Ihr liebes Kind. Sagen Sie das Ihren Weibern. Zu der schiefen Elli, dem Schwein, dem!»

«Ich weiß ganz genau, dass auch Sie ...»

«Jawohl, dass auch ich! Wenn ich mich von fünfzig Mark im Monat kleiden und nähren und bewohnen soll, dann such ich mir eben nach dem Zwanzigsten ein paar Herren. Traurig genug, dass keiner von Ihnen die Courage hat und sagt es dem Gebhardt, dass es so nicht geht mit mir. Und das vergleichen Sie mit so einem Schwein wie der schiefen Elli, die mit jedem losläuft und sich liederlich macht und alle acht Wochen im Krankenhaus liegt ...»

Stuff ruft: «Tredup, komm mal her!»

Tredup wirft einen schiefen Blick auf die Heinze. «Wir sprechen noch ...»

«Gehen Sie bloß. Ich habe genug.»

Stuff hat rote Bäckchen. «Also, ich habe es rausgekriegt, Tredup, aus dem Gebhardt: Sie haben wirklich eine Kommission gebildet. Die wollen uns versöhnen mit den Bauern. Ich sage dir, wir werden was erleben!»

«Und wir?»

«Ja, wir müssen wirklich die Schnauze halten. Der Chef hat mir selbst gesagt, ich darf bis auf Gegenorder gar nichts bringen.»

Tredup: «Und wenn nun eine Bombe bei Gareis platzt ...?»

Stuff sieht ihn starr an. «Hast du das auch schon gedacht? Ja, wenn, wenn. Ich gönnte es ihm, dem Dicken!»

Er fährt sich über die Stirn. «Das ist Unsinn. Die Bomben sind alle. Es gibt keine Bombenschmeißer mehr. Aber was anderes: Wenn wir jetzt den Brief von dem Bauern, dem Kehding, hätten ...»

«Ja?»

«Fünfzig Mark gäbe ich dafür.»

«Warum? Du darfst ja doch nichts bringen.»

«Und ich spucke ihnen doch in ihr Bier. Denkst du, ich lasse der Wanze, dem Textil-Braun, die Freude? Wenn es der Kehding als Inserat aufgäbe? Die ‹Eingesandts› hat er mir verboten, aber Inserate dürfen wir doch nicht zurückweisen.»

«Nein.»

Pause.

Tredup sagt lauter: «Ja.»

Wieder Pause.

«Was sagtest du? Hundert Mark?»

«Meinethalben auch.»

«Gib mir zwanzig Mark Vorschuss.»

«Na ja. Na ja.» Stuff zieht den Schein aus seiner Brieftasche und beglotzt ihn. Dann malt er mit Tinte ein Kreuzchen in die Ecke. «Da. Zwanzig Mark à conto.»

Tredup grinst frech. «Du brauchst gar kein Zeichen daraufzumalen. Du weißt ja doch, dass du ihn wiederkriegst.»

Stuff hört nicht. «Wenn die Bauern saufen, dann meistens bei Tante Lieschen in der Hinterstube.»

Tredup sagt mürrisch: «Ich möchte wirklich mal wissen, warum ich immer deine Scheiße ausräumen muss.»

«Weil du geldgierig bist, mein Junge. Bist du erst reich, räumen die andern deine Scheiße weg. – Pass ein bisschen auf, die Bauern sind dir nicht grün.»

«Tjüs, Kamerad.»

Stuff starrt ihm nach. Ich muss das lassen. Es soll das letzte Mal sein. Bestimmt das letzte Mal.

Er dreht an den Knöpfen des Radios.

Eine Hand rührt an seine Schulter.

«Da.»

Auf den Tisch legt Tredup den Offenen Brief vom Bauern Kehding. Und zwanzig Mark. In zwei Zehnmarkscheinen.

«Es soll ein Inserat sein. Mit dickem schwarzem Rand. Eine Viertelseite. Mehr wollte er nicht ausgeben.»

Stuff starrt auf Geld und Papier. Dann auf Tredup, der bleich ist.

Der murmelt: «Du kannst immer beschwören, es war mit dem Inserat in Ordnung.»

Stuff sagt langsam: «Die Feiglinge sind immer die mutigsten Menschen. – Ging es sehr schwer?»

«Ich hab auf dem Hof gestanden, ein paar Stunden, man kann durchs Fenster in den Lokus sehen. Hab gewartet, bis er besoffen genug war. Dann hab ich ihm seinen Kopf gehalten beim Kotzen. Der Wisch steckte noch in der Außentasche.»

«Hat er dich erkannt?»

«Ich denke, nicht. Ich hoffe, nicht.»

Stuff zählt Geld auf. «Achtzig. Stimmt? Brav gemacht, mein Junge. Ich würde gern heute Abend mit dir saufen gehen. Du siehst mir so aus, als wenn du heute Nacht ein bisschen Aufsicht brauchtest. Aber ich gehe lieber gleich zu Tante Lieschen und saufe mit dem weiter. Er darf morgen nicht wissen, was heute war.»

«Nimmst du den Wisch mit?»

«Tipp ihn schnell ab und leg ihn in die Setzerei. Lass den Ortsnamen weg; es gibt viele Kehdings im Bezirk, und allzu viel Ungelegenheiten braucht er aus der Sache nicht zu haben. Strafrechtlich ist es schließlich eine Nötigung.»

«Erpressung?»

«Nein, Nötigung. Nicht so schlimm.»

«Am Ende, was geht uns der Bauer an? Mag er doch Knast schieben!»

Stuff betrachtet Tredup. «Du solltest dich mal mit deiner Frau aussprechen, Max. Das alles taugt nichts. Und ich schwöre dir, es war die letzte Dreckarbeit, die du für mich gemacht hast.»

Tredup geht ganz nahe an Stuff. Er flüstert: «Männe, ich will dir was verraten. Ich glaube, ich tauge nur noch für Dreckarbeit.»

Er geht rasch, und Stuff muss seinen «Offenen Brief» selber abtippen.

5

Manzow hat erklärt: «Selbstverständlich nehmen wir uns ein Auto. Wenn die Verhandlungen klappen, zahlt die Stadt doch den ganzen Bims.»

Dr. Hüppchen hat ängstlich gefragt: «Und wenn sie nicht klappen?»

«Nicht klappen! Mein lieber Herr Doktor! Wenn ein Doktor Hüppchen mitfährt!»

Und Dr. Hüppchen, mager, asketisch, hat verlegen, aber geschmeichelt gekichert.

So waren sie ihrer sechs, die im großen Tourenwagen nachmittags um vier Uhr nach Stolpe losfuhren: Manzow, Textil-Braun, Medizinalrat Doktor Lienau mit Stahlhelm und Schmissen, Lumpen-Meisel, Dr. Hüppchen und schließlich der Chauffeur und Autoverleiher Toleis.

«Ich hab den Toleis genommen», hatte Manzow erklärt, «wenn er auch für den Kilometer fünf Pfennige mehr berechnet. Wollen uns die Bauern verkloppen, haben wir wenigstens einen erprobten Schläger unter uns.»

Denn der Toleis hat schon sechs-, achtmal wegen Körperverletzung gesessen.

Und Dr. Hüppchen hatte den Toleis bewundernd angestarrt

und mit seiner hellen Vogelstimme geflüstert: «Ach, Herr Toleis, nicht wahr, Sie zeigen mir heute mal Ihren Bizeps?»

Worauf Toleis gesagt hatte: «Sie sind eine olle Sau, Herr Doktor, nichts für ungut.»

Die Herren hatten gebrüllt vor Lachen, Dr. Hüppchen gejuchzt, und die Stimmung war glänzend.

Doktor Lienau sang in den brausenden Wind Wirtinnenverse, Manzow hinten schweinigelte mit Textil-Braun, den er selten traf und der also noch neue Witze wusste. Dr. Hüppchen starrte auf den Stiernacken von Toleis, und der Lumpen-Meisel hörte allen zu und notierte innerlich eifrig für spätere Erzählungen.

Unterwegs wurde eingekehrt und einer gehoben. Es wurden aber drei, und nur Dr. Hüppchen saß ein wenig abseits und trank seine Limetta, wozu er eine Banane aus der Tasche verzehrte. Dr. Hüppchen war abstinent und Rohköstler.

Wem man es erzählte, der sagte nur: «Das sieht man.»

Kurz vor sechs war das Auto in Stolpe, hielt auf dem Marktplatz.

Es war nicht leicht gewesen, eine Verbindung mit den Bauern zu bekommen, Manzow hatte sich vergeblich bemüht. Schließlich hatte Lienau seine Stahlhelmbeziehungen genutzt, irgendwelche Nazis waren auch noch dazwischen gewesen, und so war denn ein Bescheid – niemand wusste, von wem und durch wen – gekommen, dass die Herren um sechs mit dem Auto auf dem Marktplatz in Stolpe zu halten hätten.

Sie hielten und warteten. Es dauerte.

«Ob wir schnell noch einen verlöten?», fragte Manzow.

«Nee, lieber nicht. Die Bauern setzen uns doch sicher was vor.»

«Wenn Sie sich nicht täuschen!»

«Das wird doch wohl in irgendeiner Kneipe sein?»

Und Manzow, erschrocken: «Ihr meint, es könnte trocken

abgehen? Bloß das nicht. Mit Trockenen mag ich nichts zu tun haben. Verzeihen Sie, Herr Doktor.»

«Bitte. Bitte. Ich befinde mich gut bei Brause.»

«Sie sehen aber gar nicht gut aus.»

Über den Marktplatz kommt einer geschlendert, ein Mann oder Bengel, das ist noch nicht raus, mit dreckigen Stulpenstiefeln, dreckiger grauer Joppe, Sommersprossen und einem Flausch gelber Haare in der Stirn.

Er hält grade auf das Auto zu.

«Der wird das doch nicht sein?»

«I wo, der Padberg kommt mindestens.»

Der Mann stellt sich neben das Auto, besieht sich die Fracht und sagt: «Ihr müsst mir den Platz neben dem Chauffeur frei machen, dass ich den Weg zeigen kann.»

«Sind Sie denn derjenige welcher?»

«Das weiß ich nicht.»

«Sollen Sie uns holen?»

«Ich soll euch den Weg zeigen.»

«Wohin denn?»

«Das weiß ich nicht.»

«Also fahren wir schon los. Meisel kann hier hinten zu uns beiden Dicken.»

«Sie sind doch gewiss der Richtige?»

Der Simpelfransenmann hat es über und sagt gar nichts mehr.

«Ist es denn weit? Sie können doch wenigstens sagen, ob es weit ist, damit wir wissen, ob wir tanken müssen.»

Der Mann wirft einen raschen Blick auf die Benzinuhr und sagt: «Es reicht.»

Die Umquartierung ist fertig, der Führer setzt sich neben den Chauffeur, lässt ihn kehrtmachen, und es geht den Weg, den sie gekommen, zurück.

Einige Proteste wollen laut werden, aber irgendwie ist die

Stimmung gesunken. Der Landbauer da vorn, das Dreckschwein, nimmt alle Lust zum Krakeelen.

Halbwegs zwischen Stolpe und Altholm geht es linksein, einen Feldweg entlang.

«Gott sei Dank», sagt Manzow. «Ich dachte schon, die wollten uns wieder nach Altholm schicken.»

Feldweg, Sandweg. Dann eine Waldschneise aufwärts, eine links ab, bei einer Gabelung rechts.

«Hier geht's zum Forsthaus.»

«Unsinn, das Forsthaus muss ganz links liegen.»

«Toleis, wissen Sie, wo wir sind?»

Toleis grunzt nur.

Manzow bittet, und seine Stimme hat einen ganz anderen Klang: «Lieber Herr, wollen Sie uns nicht sagen, wohin das geht?»

Die Graujoppe schweigt.

Man kommt aus dem Wald. Ein Riesenkartoffelschlag, tief blaugrün, so weit das Auge reicht, einen Berg ansteigend.

Das Auto mahlt sich langsam durch den Sand.

Toleis dreht sich um. «Für solche Wege gibt's aber Aufschlag!»

Manzow seufzt. «In Gottes Namen, Toleis. Fahren Sie uns nur irgendwohin, wo es zu trinken gibt.»

Und Toleis: «Ich weiß nur, dass wir irgendwo zwischen Weichsel und Oder sind. Aber wo ...»

Wieder Wald. Eine Lichtung. Der Strohblonde gibt das Haltezeichen. Alle atmen auf. Der Strohblonde steigt aus, auf und ab gehend vertritt er sich die Füße, zündet sich seinen Knösel an.

Die Herren stehen unschlüssig neben dem Auto und sehen um sich. Eine grade erst aufgeforstete Lichtung, dunkelnder Wald ringsum, sinkende Sonne. Sie haben es aufgegeben, ihren Führer etwas zu fragen, und besprechen sich untereinander. «Die Bauern müssen ja kommen.»

«Schöne Affen das, uns so in der Welt herumzuhetzen.»

«Pssst! Da raschelt was.»

Alle sehen gegen den dunklen Wald, aber es kommt nichts.

«Irgendein Tier.»

Toleis ist es, der den Bauern fragt: «Soll ich den Motor abstellen?»

«Stell man ab.»

Also ist es hier. Sie sind zufrieden, am Ziele zu sein.

Aber die Minuten vergehen, zehn Minuten, eine Viertelstunde, eine halbe Stunde.

Die Herren sind nacheinander gespannt, gelangweilt, ungeduldig, erregt, abgespannt.

Jetzt geht Lienau auf den Landmann zu.

«Die Uhr ist nach acht. Was soll das? Werden wir durch den Koks geholt?»

«Nein», sagt der Bauer.

«Was soll das, frage ich. Warum kommen die nicht?»

«Es ist noch zu früh. Es muss dunkel sein.»

«Warum sind wir dann um sechs bestellt? Warum lässt man uns so lange warten?»

«Wir haben seit dem sechsundzwanzigsten Juli warten müssen.»

«Das ist ...» Medizinalrat Lienau bricht aus. «Das ist eine maßlose Bauernfrechheit. Das ist Dummdreistigkeit, verstehen Sie das! Wir sind die Führer von Altholm, hören Sie! Wir sind nicht Ihre Affen, merken Sie sich das. Wir ...»

Es ist tiefe Dämmerung, alle sehen, wie der Bauer mit einem Ruck aufsteht und gegen den dunklen Wald schreitet.

Verwirrt rufen sie: «Was ist das?» – «Wohin wollen Sie?» – «Ich bitte Sie ...!»

Dr. Hüppchen hastet hinterher und legt seine dünnen Finger auf den Arm des Bauern. «Bitte, mein lieber Herr, Sie werden uns doch jetzt nicht allein lassen? Der Medizinalrat hat es nicht bös gemeint.»

«Ich führe euch nur, wenn ihr stille seid.»

Sie schlucken das «Euch», denn Toleis erklärt, dass er bestimmt den Weg nicht findet. Sie packen sich in den Wagen, sie druseln vor sich hin, in die alkoholverdampften Gehirne senkt sich eine schläfrige Mattigkeit.

Alle fahren auf, als Toleis plötzlich die Scheinwerfer einschaltet. Der Motor singt los, Toleis springt auf seinen Sitz, der Bauer setzt sich neben ihn.

Von neuem beginnt die Fahrt.

Aber eine Erregung sitzt in den Gefahrenen, die nervöse Erwartung von etwas ungewiss Kommendem.

Dr. Hüppchen flüstert einmal: «Glänzende Regie», aber das verstehen die andern nicht. Sie finden es einfach gemein. Sie versuchen zu erhaschen von der Gegend, was im Lichtkegel der Scheinwerfer vorüberhuscht, aber das sind nur Bäume, Getreidefelder, Kartoffelbreiten, Wald, ab und zu zwischen Schobern geduckt ein dunkler Hof.

Immerzu Feldwege. Nie eine Chaussee. Tolle Wege, im raschesten Tempo gefahren, der Toleis zeigt seine Meisterschaft. Eine Uhr schlägt elf, plötzlich viele Uhren. Ein Glockenspiel.

«Gott, ist das nicht das altholmsche Glockenspiel?»

«Quatsch, Stolpermünde hat auch so eins. Wir müssen direkt an der See sein, ich rieche die Seeluft.»

Der Führer sagt plötzlich hastig etwas zu Toleis.

Der beginnt zu fluchen: «Gottverdammichnochmal! Da rüber ...»

Es sind sechs dünne Brettchen über ein rasch fließendes Wasser.

Hüppchen stößt einen Schrei aus: «Nein! Bitte, nein!»

Da rast der Wagen schon los. Hüppchen fällt mit einem Schreckensruf auf seinen Sitz zurück. Sie fühlen, wie die Bretter nachgeben, krachen, splittern – und sind auf einer Wiese. Ein paar Weiden am Wasser. Eine Koppel.

Plötzlich ein Stück grauer Straße, richtige Steinstraße. Und sie halten an der dunklen fensterlosen Hinterfront eines Gebäudes, das riesig erscheint.

Der Bauer ist abgesprungen und reißt den Schlag auf.

«Bitte, treten Sie ein, meine Herren.»

In der dunklen Fassade öffnet sich lautlos eine dunkle Tür. Sie treten ein, halb benommen von der Fahrt, mit steifen Gliedern.

Und da sie eintreten, dämmert es ihnen allen: «Gott, das ist Altholm! Gott, das ist ja die Auktionshalle der Schwarzbunten!»

Einer sagt vernehmlich, mit knirschenden Zähnen: «Diese gottverdammten Bauern!»

6

Der Riesenraum ist vollständig finster.

Nur jenseits, auf der Estrade, stehen auf einem Tisch zwei Kerzen. Zwei einfache Stearinkerzen in schäbigen flachen Emailleuchtern.

Die Herren tasten sich vorwärts gegen die beiden flimmernden Lichtfünkchen. Sie stoßen sich an umgeworfenen Bänken, hingestürzten Stühlen, Brüstungen, Holzsäulen. Sie kommen auseinander, irritieren sich durch halblaute Zurufe, die aus jedem Winkel der Halle zu kommen scheinen, und finden sich doch schließlich wieder zu Füßen der Estrade zusammen.

«Wer soll sprechen?»

Und Manzow: «Natürlich ich.»

Die Tür links auf der Estrade geht auf, zwei Mann kommen.

Ein Langer, Kräftiger, ein paar wissen, wer das ist: Franz Reimers, der Führer der Bauernschaft.

Und einer mit einer Hornbrille. Auch ihn kennen einige: Padberg von der Zeitung «Bauernschaft».

Manzow setzt sofort ein:

«Wir danken Ihnen, meine Herren, dass Sie schließlich doch Ihr Versprechen gehalten haben. Sie haben uns zum Narren gehabt. Nun, wir können uns auch einmal narren lassen. Wenn das Ergebnis nur gut ist.

Also, meine Herren, ich schlage vor: Wir machen Schluss mit der Feierlichkeit und mit der stimmungsvollen Beleuchtung und setzen uns irgendwo, wo es Ihnen recht ist, bei einem Topp Bier und einem deftigen Korn zusammen und quasseln uns unsere Beschwerden vom Herzen. Einverstanden?»

Irgendein Echo hat jedes Wort von Manzow nachgeschwätzt. Außerdem ist es deprimierend, zu Füßen einer zwei Meter hohen Estrade erhöht Stehende ansprechen zu müssen. Die Herzlichkeit klang falsch, die Jovialität doof.

Der Bauer Reimers sagt:

«Die anwesenden Vertreter Altholms wollen wissen, unter welchen Bedingungen die Bauernschaft bereit ist, die ihr angetane Schmach zu verzeihen und Frieden mit der Stadt Altholm zu schließen.

Die Bedingungen lauten:

Zum Ersten: ehrenvolle Rückgabe der Fahne.

Zum Zweiten: sofortige Dienstentlassung der Schuldigen Frerksen und Gareis.

Zum Dritten: strafrechtliche Verurteilung der Polizeibeamten, die mit der blanken Waffe gegen die Bauern vorgegangen sind.

Zum Vierten: eine lebenslängliche, auskömmliche Pension für die verletzten Bauern.

Zum Fünften: eine einmalige Geldbuße von zehntausend Mark.

Sind die hier anwesenden Vertreter der Stadt Altholm bereit, diese Bedingungen anzunehmen, so haben sie dies Schriftstück als selbstschuldnerische Bürgen zu unterzeichnen.

Irgendwelche Diskussion ist ausgeschlossen.»

«Aber lieber Herr Reimers», ruft Manzow halb empört, halb belustigt aus. «Das können wir doch gar nicht. Die Fahne ist von der Staatsanwaltschaft beschlagnahmt. Und wie können wir Beamte entlassen? Wie können wir Strafverfahren ...»

«Nehmen Sie die Bedingungen an?»

«Aber wir können doch nicht ...»

Auf der Estrade erlöschen die Lichter. Eine Tür klappt. Die Herren stehen im Dunkeln.

7

Sie finden aus der Wirrnis der schwarzen Halle erst nach Minuten mit Zündhölzern und Flüchen ihren Weg.

Dabei kommt es zu Zwischenfällen: Medizinalrat Doktor Lienau stürzt, verliert den Anschluss an die Gruppe und muss erst spät, mit völlig zerschlagenen Schienbeinen und grässlich fluchend, durch eine Rettungsexpedition geborgen werden. Er behauptet erbittert, die Halle sei voll versteckter Bauern, die im Dunkeln auf ihn eingeschlagen hätten.

Dann hört man Dr. Hüppchen sanft kreischen, das Geräusch eines Schlages, und Toleis' tiefe Stimme brummt: «Doktor, Sie sind doch ein Schwein!»

(Wieso kommt aber Toleis in die Halle? Er sollte doch beim Auto bleiben.)

Schließlich stehen alle jenseits der dunklen Pforte unter dem Nachthimmel, der ihnen klar und rein vorkommt.

Unschlüssig stehen sie da, aber Manzow erklärt: «So können

wir nicht auseinander. Zuerst müssen wir besprechen, was wir den andern sagen wollen. Außerdem habe ich Durst.»

«Ich auch.»

«Ich auch.»

«Wir alle.»

«Ich schlage vor», erklärt Manzow, «Toleis fährt uns alle ins Rote Kabuff. Da kann man sich wenigstens ungestört ausquatschen.»

«Ach nein, bitte nicht ein so zweifelhaftes Lokal!», bittet der Doktor.

«Wenn wir hinfahren, dürfen Sie auch», stellt Manzow fest.

«Außerdem ist es beinahe zwölf, da sieht uns keiner.»

Eine Viertelstunde später sind sie bei Minchen Wendehals im Roten Kabuff um den großen runden Ecktisch bequem installiert.

Die Nische, in der sie sitzen, mit bunt bespannten Wänden, durch einen Vorhang von dem andern Lokal getrennt, ist gemütlich, das gedämpfte Licht angenehm. Die Kellnerin ist nicht etwa beunruhigend hübsch oder zu nuttig, und über die erste wechselseitige Verblüffung, dass sie alle Herren, mit Ausnahme von Dr. Hüppchen, bei Vornamen kennt und nennt, sind sie hinweg.

Einig ist man sich auch, dass alles gemeinsam bestellt und aus einer Kasse bezahlt wird. Ungewiss ist nur noch, aus welcher. Doch das macht im Augenblick, da die angeforderten sechs Eisbeine mit Sauerkraut und Erbsbrei erscheinen, weniger Sorge.

Die Herren langen kräftig zu. Auch mit Bier und Korn spart man nicht.

Plötzlich stößt Textil-Braun einen Schrei aus: «Meine Herren, sehen Sie doch ...»

Im ersten Hunger hat niemand auf Dr. Hüppchen geachtet, nun starren alle mit Grauen auf seinen Teller.

Der Vegetarier hat das Fleisch verschmäht, aber der Rohköstler machte ein Zugeständnis und nahm Erbsbrei mit Sauerkraut.

Doch der Abstinente wollte nicht Bier und Schnaps, heimlich bestellte er sich Himbeersaft, und nun gießt er, grauenhafter Anblick, die Himbeertunke über Kraut und Brei.

«Aber meine Herren, was wollen Sie? Das schmeckt glänzend!»
Und er führt den ersten Bissen zum Munde.

«Doktor!!!»

«Tun Sie mir einen Gefallen: Essen Sie das irgendwo, wo wir das nicht sehen.»

«Aber versuchen Sie doch mal ...»

Manzow klagt: «Mir wird das Fleisch immer dicker im Munde und die Zähne sooo lang.»

Und Lienau: «Das ist gottverdammte Perversität. Franzosen fressen solchen Schweinkram.»

Dr. Hüppchen läuft rosig an. «Aber Sie brauchen doch nicht hinzusehen! – Freilich, wenn es wirklich stört ...»

Immerhin sind die Herren Kunden seines Bücherrevisionsbüros, auch ist er Syndikus der Detaillisten. So dreht er den Stuhl mit der Lehne gegen den Tisch, seinen Rücken gegen die Versammelten und nimmt den Teller auf die Knie.

Alle atmen auf.

«Muss Ihre Mutter eine komische Frau gewesen sein!»

«Na, wer Sie einmal heiratet, Herr Doktor!»

«Wer soll den heiraten? Toleis, möchten Sie den Doktor heiraten ...?»

Denn sie haben Toleis ins Lokal mitgenommen, erstens, weil man nicht weiß, ob man in ein, zwei Stunden allein nach Haus findet, dann, um sich seines Schweigens zu versichern.

Das ist das Wichtigste, Schweigen, und kaum ist der Tisch abgeräumt, die Kellnerin fortgeschickt, erhebt sich Manzow.

«Meine Herren! Wir alle sehnen uns, nach den heutigen Strapazen zum gemütlichen Teil zu kommen ... Ich mache es daher kurz.

Die Aufgabe unserer Kommission ist, sagen wir vorläufig, ge-

scheitert. Nicht durch unsere Schuld. Mit einer nicht zu über-
bietenden Geduld haben wir die würdelose Fahrt, die höhnische
Behandlung in der Viehhalle ertragen.

Was dann da an Forderungen genannt worden ist, meine
Herren, das ist so wahnwitzig, dass es nicht einmal als Ausgangs-
punkt für Verhandlungen angesehen werden kann.

Ich schlage vor, wir geben unsern Auftraggebern unsere Ämter
zurück.

Ich schlage weiter vor, wir erklären Bürgermeister Gareis, dass
wir nach näherer Überlegung seinen Kampf gegen den Boykott
akzeptieren wollen.»

Lienau ruft empört: «Was das rote Schwein vorschlägt, tun?
Niemals!»

«Wissen Sie etwas Besseres?»

Aber Lienau, eisern über den Rand seines Bierglases fort: «Niemals!»

«Es muss», sagt Textil-Braun leise, «auch geklärt werden, was
wir über die heutigen Erlebnisse berichten wollen. Wird bekannt,
wie man uns mitgespielt hat, kann uns das sehr schaden.»

Und Meisel: «Ich schlage vor, alle Teilnehmer verpflichten sich
ehrenwörtlich zu schweigen.»

«Ich würde solch Ehrenwort nicht geben», erklärt Lienau.
«Stuff muss das unbedingt erfahren.»

«Aber warum denn? Stuff darf ja doch nichts bringen, das ist
schon ausgemacht.»

«Stuff hat auch den Offenen Brief an die Stadt gebracht.»

«Eine schöne Schweinerei! Das wird ihm noch sauer aufstoßen,
Ihrem Stuff! Die Stadt stellt Strafantrag.»

«Bitte, das war ein Inserat.»

«Ein Inserat – Gott, sind Sie naiv!»

«Jedenfalls ist mir Stuff zehntausendmal lieber als die Pflau-
menweichen von den ‹Nachrichten›.»

«Und Sie wissen nicht, dass ‹Nachrichten› und ‹Chronik› eine Wichse sind? Sie können mir leidtun!»

Manzow beschwört: «Meine Herren, ich bitte Sie, verhandeln wir hier über Herrn Stuff?»

Aber sie hören nicht.

«Und wenn der Gebhardt hundertmal den Stuff kauft, der ist nicht zu kaufen.»

«Sagen Sie das nicht so laut, es gibt Leute, die ihn schon gekauft haben.»

«Und wer, bitte? Klatsch ist kein Beweis!»

«Der Stahlhelm, zum Beispiel.»

«Der Stahlhelm hat nie auch nur einen Pfennig an Stuff gezahlt.»

«Aber an Schabbelt. Bei der Hindenburgwahl.»

«Das ist eine infame Lüge. Unser greiser Herr Reichspräsident braucht keine ...»

«Und jetzt liebäugelt Stuff mit den Nazis.»

«Mit den grünen Jungen? Es tut mir leid, Herr Braun, aber Sie sind ein politischer Idiot.»

«Herr Medizinalrat!»

Der Sturm, die Schlägerei womöglich scheint unabwendbar, als Manzow zwei Gläser Bier umwirft. Zugleich stößt er Schreie aus: «Betti! Betti! Betti!»

Und als die Kellnerin erscheint: «Sieh mal, was ich hier angerichtet habe. Ein neues Tischtuch. Und dann, liebes Kind, setz dich doch ein bisschen zu uns. Und da ist noch deine Freundin, die Berta, bring die auch mit. Und wenn du sonst noch ein paar nette Mädel weißt ...»

«Ich will mal sehen, Franz», erklärt Betti. «Aber Wein müsst ihr ausgeben, sonst erlaubt es Frau Wendehals nicht. Wir setzen uns dann ins Klubzimmer ...»

Betti entschwindet, und energisch erklärt Manzow: «In fünf

Minuten sind die Mädchen hier. Bis dahin müssen wir einig sein.»

«Was sollen wir eigentlich mit den Mädchen?»

«Bezahlen Sie den Wein? Ich habe für so was kein Geld.»

«Diese gemeinen Nutten.»

«Ruhe! Der Ausdruck ‹Nutten› stimmt gar nicht. Das sind alles hochanständige Mädchen, die längst nicht mit allen gehen.»

Manzow erhebt sich. «Ich bitte abzustimmen. Wir geben unsere Ämter zurück. Ja …?

Drei Ja. Drei Nein. Was für ein Quatsch, Toleis. Sie können als Chauffeur doch nicht mitstimmen. Also drei Ja, zwei Nein. Wir geben die Ämter ab.

Zweitens: Wir erklären die Verhandlungen mangels Entgegenkommens der Bauernschaft für gescheitert?

Vier Ja, ein Nein. Lass nur deine Flosse unten, Toleis: Mich machst du nicht noch mal dumm.

Wir nehmen die Vorschläge von Gareis an? Zwei Ja, drei Nein. Also abgelehnt. Ich gehe trotzdem zu Gareis. Wenn ihr Idioten seid, tue ich noch längst nicht das, was ihr wollt.»

«Wozu stimmen wir denn ab, wenn Sie doch tun, was Sie wollen?»

«Ruhe! – Alle Teilnehmer verpflichten sich ehrenwörtlich, über die einzelnen Umstände der heutigen Aktion den Mund zu halten. Ja? – Drei Ja, zwei Nein. Also haben wir alle unser Ehrenwort gegeben.»

«Wieso denn? Ich habe mein Ehrenwort nicht gegeben.»

«Aber Herr Medizinalrat, Sie sind doch überstimmt!»

«Habe ich deswegen mein Ehrenwort gegeben?»

«Eben hätte», meldet sich Dr. Hüppchen, «auch Toleis mitstimmen müssen.»

«Jetzt fangen wir nicht noch mal an. Alle sind zum Schweigen verpflichtet.»

«Und ich erzähle es doch Stuff!»

«Dann», sagt Manzow kalt entschlossen, «trägt jeder Einzelne seinen Anteil an den Kosten der Expedition. Sonst verpflichte ich mich, alles aus dem Verkehrspropagandafonds der Stadt decken zu lassen.»

«Auch die Mädchen?»

«Alles!»

«Na ja», sagt der Medizinalrat. «Wenn das nicht korrupt ist! Aber meinethalben. Werde ich die Schnauze halten, wenn Ihnen so viel daran liegt.»

«Sehen Sie! Nur vernünftig muss man sein, realpolitisch denken. Und jetzt gehen wir ins Klubzimmer rüber. Da werden die Weiber ja wohl schon warten.»

8

Drei Stunden später.

Im Klubzimmer ist eine drückende Hitze, aber die Fenster sind dicht verhängt, Rauchschwaden ziehen durch den Raum.

Auf dem Ledersofa sitzt ohne Kragen, nur in Hemd und Hose Manzow und unterhält sich mit Toleis über Eheerfahrungen.

«Ich sage dir, Toleis, meine Olle, wenn die was wollte, das merkte ich schon einen Tag vorher. Das merkte ich am Geruch. Ich rieche das.»

Toleis nickt bedächtig. «So was gibt es, Herr Manzow.»

Medizinalrat Doktor Lienau hat eine Hand im Ausschnitt eines Mädchens und singt dazu alles, was ihm in den Kopf kommt, gegen das Grammophon an, nach dessen Musik Dr. Hüppchen, der einzige Nüchterne, mit einem Mädchen tanzt.

Textil-Braun hat gleich zwei, die er fest um die Taillen hält. Sie müssen ihm zu trinken geben. Er öffnet achtsam den Mund, trinkt, schlürft, brabbelt weiter dabei: «Ich lasse euch nicht!», und begießt sich die Brust mit Wein.

Meisel lässt sich von der Kellnerin erzählen, was ihr Bruder auf dem Arbeitsnachweis gehört hat, von den Kommunisten.

«Ich sage dir doch, Dickerchen, sie haben den Säbel. Es ist nur ganz geheim.»

«Gareis hat gesagt, es ist alles erlogen mit dem Säbel.»

«Vielleicht haben sie den angelogen. Ich weiß auch, wer den Säbel hat.»

«Ach!», schreit Manzow. «Quasselt nicht so viel von dem Säbel! Wir hier haben alle einen! Oder etwa nicht?» Und er sieht sich herausfordernd um.

Es liegt irgendetwas in der Luft. Das muss ein Stichwort gewesen sein, alle sehen sich plötzlich an, nur Dr. Hüppchen tanzt weiter.

«Oder ist hier einer, der keinen Säbel hat?», grölt Manzow.

«Das Schwein melde sich!»

Und Braun echot: «Es melde sich!»

Und Meisel: «He, Doktor, du! Hast du nicht gehört, du sollst dich melden!»

«Wie bitte ...?», fragt der Doktor. «Ich habe wirklich nicht zugehört.»

Erwartungsvolle Stille.

«Sagen Sie mal, Herr Doktor», beginnt der Medizinalrat, «warum piepsen Se eigentlich immer so? Haben Se immer schon so gepiepst?»

«Sie können auch nicht auf dem Kirchenchor singen», lacht Dr. Hüppchen und tanzt weiter.

«Das Schwein wird nicht besoffen», klagt Manzow. «Was hilft denn alles, wenn das Schwein nicht besoffen wird? Hier macht eben einer einfach nicht mit!», klagt er.

Und Lienau: «Mächen, los, lass dir einen Schnitt Kognak geben. Aber einen ganzen Schnitt, vastehste!»

Pause.

Plötzlich interessieren sich alle Männer nicht mehr für ihre Mädchen, starren wie gebannt auf den Doktor, der schlaksig mit dürren Gliedern tanzt.

Betti bringt den Schnitt Kognak.

«Es ist keiner in der Gaststube, ihr könnt ruhig laut sein.»

Das Bierglas mit Kognak wird hinter einem Aufbau von Gläsern und Flaschen versteckt.

«Ruhe!», schreit der Medizinalrat. «Ruhe da mit dem Musikgequiek! Kommen Sie her, Doktor, wir haben Ihnen was zu sagen!»

Der Doktor naht erwartungsvoll.

«Lassen Sie ihre Trulle los! Was wollen Sie denn mit dem Weib?»

Plötzlich grölt der Medizinalrat: «Alles aufstehen! Herr Doktor Hüppchen, treten Sie vor mich!»

Der kichert verlegen. «Ich soll doch wohl nicht hingerichtet werden?»

«Werter Herr Doktor!

Hochverehrte Anwesende!

Drei Jahre ist es her, dass Herr Doktor Hüppchen in unserer schönen Stadt Altholm seinen Einzug hielt. Als wir zuerst das Bücherrevisorenschild an seiner Tür sahen, dachten wir: Der haut auch bald wieder ab!

Aber Herr Doktor Hüppchen ist geblieben. Er ist ein Bürger unserer Vaterstadt geworden, ein wertvolles Mitglied unserer Gemeinschaft. Darum ist es nur recht, dass wir Herrn Doktor Hüppchen als vollgültiges Mitglied unserer Gemeinschaft in unsere Runde aufnehmen und ihn zum ehrlichen Altholmer erklären.

Wollen wir das, Versammelte?»

Beifallsgeschrei.

«Sind Sie einverstanden, Herr Doktor Hüppchen?»

«Jawohl. Ich danke Ihnen ...»

«Jetzt rede ich. Knien Sie nieder. – Mensch, Sie sollen nieder-knien!»

«Hier ist es sehr dreckig und mein bester Anzug ...»

«Knien Sie auf dem Klubsessel nieder. Das ist sogar noch viel besser. – So. Betti, verbinde Herrn Doktor Hüppchen die Augen.»

«Na nun das! Nein, bitte ...»

«Sie werden doch kein Spielverderber sein. Jeder ist so aufge-nommen. Ich erteile Ihnen den altholmschen Ritterschlag. Binde fest zu, Betti. Sehen Sie noch was, Doktor?»

«Gar nichts. Nein, bitte ...»

«Herr Doktor, ehe ich dir den Ritterschlag erteile, hast du den geheimen Treuschwur zu leisten. Sprechen Sie mir nach: Ulam.»

«Ulam ...»

«Viel lauter! Arrarat ...»

«Arrarat.»

«Das ist gar nichts. Du musst den Mund noch viel weiter auf-machen. Noch mal. Ganz weit den Mund auf. Ulam Arrarat ...»

«Ulam Arra...»

Zwei Mann halten den Kopf fest, der dritte gießt langsam den Kognak in dickem Strahl in den Schlund.

«Uh ... Uh ... Uh ... Hilfe! Hilfe! Das ist eine Gemeinheit, meine Herren ...»

Er hat die Binde abgerissen und starrt blöde im Kreis umher. Nur feindliche Gesichter sehen auf ihn. Selbst der ewig lächelnde Meisel blickt böse.

«Musst du lernen, Doktor! Es ist gemein, immer nüchtern zu sein, wenn sich die andern besaufen. Das ist nicht kamerad-schaftlich, nicht anständig.»

«Ich hätte das nicht ... Meine Herren, meine Grundsätze, es ist feige ...»

Und plötzlich lächelt er kläglich. Es ist nur der Versuch eines Lächelns, eine traurige Fratze.

«Ja, natürlich. Ich verstehe ja. Und es macht auch nichts. Wenn man gezwungen wird, macht es nichts.»

Er lächelt wieder.

Manzow klopft ihm auf die Schulter. «Na siehst du, mein Junge. Wir sorgen auch für dich, sollst ein paar neue Kunden bekommen. Da sauf!»

Dr. Hüppchen sieht ihn flehend an. «Ich darf doch nicht ...»

«Sauf schon. Ich befehle es dir, Doktor. Na, siehst du. – Und nun schlage ich vor, da wir alle so schön besoffen sind, wir machen es uns bequem. Wirklich bequem. Was sollen die Kledaschen bei der dämlichen Hitze? Und die Mädchen sind auch viel netter ohne.»

Und er beginnt gemächlich, sich seine Hose abzuknöpfen. «Also los!»

«Recht hast du!»

«Gott, der dicke Franz! Wie süß!»

«Runter mit 's Hemde, Minna.»

«Immer munter, Herr Doktor! Immer munter!»

«Die Scham liegt nicht im Hemde!»

«Kiek, das Aas, die Betti, hat gar keine Hosen an.»

«Das hast du noch nicht gemerkt? Was hast du denn eigentlich den ganzen Abend gemacht?»

«Na, wie wird es denn, Herr Doktor?»

Der steht da, in Hemdsärmeln. «Mir ist wirklich nicht warm», flüstert er.

«Los! Los! Männeken! Hier gibt es keine Geschichten. Sehen Sie sich den Toleis an. Was, das ist ein Athlet?»

Jemand beginnt zu singen: «Wo ist denn nur mein Säbel hin? Säbel hin? Säbel hin? – Du hast ihn in der Scheide drin! Scheide drin! Scheide drin!»

Manzow naht sich ernst dem Doktor. «Also, Doktor, nun mach keine Geschichten. Du willst es doch nicht mit uns verderben? Bei uns machen immer alle mit.»

Der Doktor hat Schweiß auf der Stirn. Käsig sieht er aus.

Ein Mädchen schlägt vor: «Lasst ihn doch laufen, den Kerl.»

Der Medizinalrat: «Halt's Maul, Sau!»

«Ich sage Ihnen zum letzten Mal, Herr Doktor, Sie tragen die Folgen!»

«Na, sauf, Kleiner, das macht Mut.»

Und das Mädel gibt ihm noch einen Schnitt Kognak. Dr. Hüppchen trinkt.

Dann fängt er an, sich aufzuknöpfen, Kleider abzustreifen. Die andern tun, wie wenn sie nicht hinsehen, und sehen immerzu hin.

Einen Augenblick zögert der Doktor, dann streift er das Hemd über den Kopf.

Ein Mädchen schreit: «Gott, wie lütt! Grad wie bei einem Baby!»

Ein brüllendes Gelächter ertönt.

Die Weiber kreischen, die Männer wiehern, brummen, brüllen.

Und ein Chorgesang hebt an: «Wo ist denn nur mein Säbel hin? Säbel hin? Säbel hin?»

Dr. Hüppchen läuft, nackt, torkelnd gegen die Tür. Taumelt hin. Liegt regungslos.

Der Gesang geht weiter: «Du hast ihn in der Scheide drin! Scheide drin! Scheide drin!»

Viertes Kapitel

Die Städter kämpfen – aber gegeneinander

1

Bürgermeister Gareis fragt vorsichtig: «Sie sind sicher, Herr Doktor, dass Sie sich nichts eingebildet haben? Ich meine, nicht geträumt haben in der Betrunkenheit?»

Dr. Hüppchen in dem großen Ledersessel sagt eifrig: «Ich war eigentlich gar nicht betrunken. Ich war ganz klar, und plötzlich war ich weg.»

Gareis wiegt den Kopf hin und her. «Es ist eine kitzlige Geschichte. Hinterher ist es schwer, Nüchternheit und Rausch scharf abzugrenzen.»

«Aber die haben mich doch wieder angezogen, als ich bewusstlos war. Herr Bürgermeister, so kann ich mich nicht angezogen haben. Die Unterhosen haben sie mir in die Hosentaschen gesteckt!»

«Ja, gewiss. Immerhin, Herr Doktor, ich nehme an, diese Mitteilungen haben Sie mir privat gemacht, nicht dem Polizeiverwalter.»

Dr. Hüppchen sieht den Bürgermeister trotzig an. «Herr Polizeiverwalter ...», beginnt er.

Aber Gareis greift rasch ein. «Sie sind ein Bürger dieser Stadt. Sie verdienen Ihr Geld in ihr. Und grade unter den Kaufleuten, den Gewerbetreibenden. Sie meinen, Manzow ist der Hauptschuldige ...»

«Ja, Manzow hat alles angestiftet.»

«Gut. Nun, Sie wissen doch, dass Manzow so was wie ein Wirtschaftsführer in unserer Stadt ist. Lieber Herr Doktor, empören Sie sich doch nicht. Das *ist* so. Ob mit Recht oder Unrecht, genug, er ist *der* Mann der Wirtschaft.»

«Und deshalb soll er straflos ...»

«Glauben Sie, ich weiß nicht ganz andere Geschichten? Er soll auch nicht deshalb straflos sein, sondern darum, weil Sie ihn brauchen. Gesetzt den Fall: Sie stellen Strafantrag. Gesetzt den Fall: Dem wird stattgegeben, es kommt zur Verhandlung. Was spricht denn dagegen, dass die Richter dies nicht einfach als eine besoffene Geschichte ansehen? Auf Herrenabenden passieren noch ganz andere Sachen. Und dann das Ergebnis: Freispruch. Über den Manzow lachen die Leute höchstens: Vergnügtes Haus, das ist doch noch kein Spießer, werden sie sagen, macht mal 'nen Spaß. Aber Doktor Hüppchen zieht in eine andere Stadt, weil er hier seine Kunden los ist.»

Hüppchen starrt vor sich hin. «Aber es war so schmählich! So gemein! Wie soll ich mit den Herren noch reden können, wenn ich sie wiedertreffe? Ich schäme mich so.»

Fast fröhlich sagt Gareis: «Natürlich können Sie das, Herr Doktor. Sie haben ja nichts Schmähliches getan, das waren ja die andern. Warum sollten Sie sich für die schämen?»

«Eigentlich haben Sie recht.»

«Sie haben also mit mir privat gesprochen?»

«Ja. Jawohl. Privat. Herr Bürgermeister, ich danke Ihnen auch ...»

«Halt, einen Augenblick!» Gareis winkt dem aufstehenden Besucher ab. «Lieber Herr Doktor, Sie haben mir gar nichts zu danken, jetzt kriegen Sie nämlich erst einmal das Fell voll. Denn Sie, Sie allein sind an der ganzen Sache schuld.»

Dr. Hüppchen ist vollkommen verblüfft. «Ich ...?»

«Sie leben unter Bürgern, unter Bürgern wollen Sie Ihre Geschäfte machen. Da müssen Sie auch ein Bürger sein. Sie trinken nicht, Sie rauchen nicht, Sie essen kein Fleisch. Sehen Sie, Herr Doktor, das geht eben nicht. Nicht in Altholm. In Berlin geht das, in Leipzig geht das, nicht in Altholm.

Neulich, auf der Festsitzung, sagt einer zu mir: ‹Welches Schwein säuft denn da Limetta?› Das Schwein waren Sie, und der Mann hatte von seinem Standpunkt aus vollkommen recht.»

Dr. Hüppchen holt weit aus. «Meine Überzeugungen ...»

«Weiß ich, Doktor, weiß ich. Aber wir sind nicht ewig zwanzig, wir wollen Geld verdienen, wir wollen vorwärtskommen, wir wollen was sein, wollen was zu sagen haben. – Soll ich Ihnen verraten, warum ich zum Bürgermeister gewählt worden bin, *mit* den Stimmen der Rechten?»

«Ja ...?»

«Weil ich so fett bin. Weil ich ein dickes Schwein bin. Das beruhigt die. Wäre ich zehnmal so tüchtig, aber mager, sie hätten geschrien: Was, so ein roter Treiber! So ein Bluthund! – Und ich will Ihnen auch verraten, warum die jetzt alle gegen mich sind. Weil ich gegen den Strom schwimme, weil ich den Frerksen halte. Die untersuchen nicht. Die haben Malesche gehabt, und nun muss ein Sündenbock her. Da muss einer geschlachtet werden. Und weil ich nicht schlachten lasse, darum jagen die jetzt gegen mich. So ist das.»

«Ja, vielleicht haben Sie recht.»

«Sicher. Sicher. Und es kann wohl sein, dass es mir noch gehen wird wie Ihnen, dass sie mir auch das Hemd noch ausziehen, weil ich diesmal nicht so bin und will wie die.»

Der Bürgermeister schnauft. Plötzlich schlägt er knallend mit der Hand auf den Tisch. «Aber man soll auch mal anders sein wie die. Man soll sich auch mal anstemmen. Sonst geht die Welt gar nicht weiter. Also halte ich den Frerksen.»

Gareis lacht. «Außerdem muss ich ihn um der Genossen willen halten. Es geht um das Prestige der SPD. Es ist eine der spaßigsten

Geschichten auf dieser Welt, dass man die Sachen, die man tut, meistens nicht darum tut, weil man sie mag. Sondern aus ganz andern Gründen. Na, jedenfalls sind die Bürger vorläufig die Leidtragenden, und der Bauer lacht. Da sind sie jetzt sicher schon beim Versöhnen.»

Dr. Hüppchen ruft: «Aber die Versöhnung ist doch schiefgegangen! Darum haben die sich doch gestern Abend besoffen!»

Und wird blutrot.

Gareis sagt nachdenklich: «Ich habe mich schon die ganze Zeit über Ihre seltsame Tischrunde gewundert. Das war also die Versöhnungskommission! Und die Bauern haben nicht gewollt?»

Dr. Hüppchen: «Ich habe mich eben versprochen. Ich habe mein Ehrenwort gegeben ...»

Und Gareis: «Erledigt, Herr Doktor! Sie haben mir nichts gesagt. Und dem Manzow gebe ich gelegentlich einen Wink. Er soll Sie zufriedenlassen.»

«Ich danke, Herr Bürgermeister!»

«Ja, schon gut. Möglich, dass ich bald einmal was für Sie habe. Guten Morgen, Herr Doktor.»

2

Sekretär Piekbusch kommt auf das Klingeln von Gareis.

«Der von der ‹Chronik› ist der Nächste.»

«Sagen Sie, Piekbusch», sagt der Bürgermeister langsam und sieht seinen Sekretär sehr an. «Der Geheimbefehl hat sich noch immer nicht gefunden?»

«Nein. Ich kann Ihnen schwören, Herr Bürgermeister, damals, als die Verbindung getrennt wurde, habe ich ihn wieder ins Schubfach gelegt. Ich weiß es bestimmt.»

«Und ist es Ihnen auch nicht wieder eingefallen, was darin stand?»

«Nein, ich weiß nichts. Man war ja damals so aufgeregt ...»

«Wenn in dem Befehl steht, was ich denke, hat eigentlich nur die Bauernschaft ein Interesse daran. – Und jetzt den Tredup!»

Tredup kommt leise herein. Schon in der Tür fängt er an zu sprechen: «Ich wollte Ihnen danken, Herr Bürgermeister. Ich habe gehört, Sie wollten damals im Gefängnis ...»

Er bricht ab. Der Bürgermeister steht hoch und massig hinter seinem Schreibtisch, bietet ihm nicht die Hand, keinen Stuhl. Er sagt knurrig: «Ja, Herr Tredup, das war einmal. Und was macht ihr jetzt für Schweinereien auf der ‹Chronik›? Paktiert mit den Bauern? Hetzt gegen die eigene Stadt? Wer im Kampfe seinen Freunden in den Rücken fällt, ist ein Feigling und ein Verräter. Das können Sie ruhig Ihrem Herrn Stuff sagen. Und Sie schreiben sich das auch hinter die Ohren.»

«Herr Bürgermeister, ich bitte Sie! Es ist alles ganz anders ...»

Aber der Bürgermeister will sich nicht erbitten lassen, er bleibt ungnädig. «Ach was, anders! Fabrizierte ‹Eingesandts›, bloß um zu hetzen und zu schüren. Redereien von Polizeiterror, Blutdurst. Ich sage Ihnen, Herr, ich habe Ihren Artikel über Polizeiterror der ganzen Polizei vorgelesen. So, habe ich gesagt, beurteilt euch die ‹Chronik›, das ist euer dicker Freund, mit dem ihr saufen geht. Der sollte euch doch kennen, und jetzt fabelt er vom Blutrausch der Polizei!»

«Aber, Herr Bürgermeister, Herr Stuff hat es doch gemusst! Als die ganze Presse gegen die Polizei war, hat Herr Gebhardt gesagt ... Sie wissen doch, Herrn Gebhardt gehört jetzt die ‹Chronik›?»

«Weiß ich. Was hat er gesagt?»

«Er hat Stuff vorgeschickt. Ihre Leser, hat er gesagt, lesen das gerne. Und da können wir den Sozis fein eins auswischen. Da bleibt was hängen für die Wahlen.»

«Haben Sie gehört, dass der Gebhardt das gesagt hat?»

«Nein, ich nicht. Stuff hat es mir erzählt.»

«Sie reden zu viel rum, Tredup. Sie können nicht überall zugleich sein. Sie haben auch zu saufen angefangen. Lassen Sie das. – Na, setzen Sie sich erst mal.»

Sie setzen sich.

Tredup sagt still und bescheiden: «Ich bin auch der SPD beigetreten, Herr Bürgermeister. – Meine Sympathien sind bei Ihnen, nur dass ich mein Geld ja leider bei den andern verdienen muss.»

«So? Sie sind also der SPD beigetreten? Das ist ja ganz schön. Vielleicht kann man mal was für Sie tun. – Und was ist es mit den ‹Eingesandts›?»

«Aber die ‹Eingesandts› sind doch echt! Die hat der Stuff nicht fabriziert! Das Letzte, den Offenen Brief, habe ich selber einem Bauern abgenommen, der ihn uns gebracht hat.»

«Ist er noch da? Können Sie mir den mal zeigen?»

«Ich weiß nicht. Wenn er noch da ist, hat ihn Stuff.»

«Und wie hieß der Bauer?»

«Kehding, glaube ich. Ja, bestimmt, Kehding.»

«Und aus welchem Ort war er?»

Tredup zögert. Dann: «Ich weiß es nicht mehr. Ich glaube, es hat nicht draufgestanden.»

«Aber er wird es schon gesagt haben, woher er ist. Sehen Sie, das ist Ihr Fehler, alles halb. Sie taugen nichts.»

«Aber ich weiß den Ort wirklich nicht.»

«So besorgen Sie mir den Wisch.»

«Ich will es versuchen. Wenn ich es kann, will ich es bestimmt tun.»

«Tun Sie es nur bestimmt.»

Pause. Der Bürgermeister sieht mit gerunzelter Stirn vor sich hin.

«Nun ja», sagt er schließlich. «Am Ende kann sich ein Zeitungsmann der Menge nicht entziehen. Wenn es Ihren Lesern gefällt. Hat es ihnen denn nun gefallen?»

Tredup sagt stolz: «Fünfunddreißig Exemplare hatten wir im Bahnhofsverkauf.»

«So. So. Das ist nicht sehr viel, was?»

«Wo wir sonst manchmal nur zwei haben!»

«Dann ist es viel», bestätigt der Bürgermeister. «Und die Abonnenten?»

«Gott, die Abonnenten sind doch nun mal an ihre ‹Chronik› gewöhnt. Das sind doch alles alte Leute. Da kann drinstehen, was will, es gefällt ihnen.»

«Alles alte Leute? Wir haben doch keine siebentausend alten Leute in Altholm?»

«Siebentausend? Glauben Sie denn auch an die siebentausend? Wir haben doch keine siebentausend Abonnenten!»

«Ich glaube gar nichts. Ich habe nur gehört, dass die ‹Chronik› mit einer Bescheinigung krebsen geht, dass sie siebentausend Abonnenten hat.»

«Die Bescheinigung gibt es», bestätigt Tredup eifrig. «Ich geh doch selber damit Inserate werben. Aber die Bescheinigung ist alt, schon über drei Jahre. Und wir verlieren doch jeden Monat sechzig, achtzig Abonnenten.»

Gareis rechnet. «Dann hätten Sie ja nur noch viertausendfünfhundert Abonnenten?»

«Ja. Nein. Ich glaube nicht, dass wir die noch haben. Ich bin mal bei den Büchern gewesen, wie der Wenk – das ist unser Geschäftsführer – in Urlaub war. Da komme ich höchstens auf viertausend.»

«So. Na ja. Schließlich machen das fast alle Zeitungen, mal gröber, mal feiner. Natürlich nicht die wirklich großen, aber die mittleren und die kleinen alle. Da ist nichts Besonderes dabei. Wer hat denn die Bescheinigung ausgestellt? Ein Notar?»

«Ja. Notar Pepper am Marktplatz. Aber damals war alles in Ordnung. Damals stimmte es noch.»

«Schön. Gut. Können Sie mir wohl mal die Bescheinigung zeigen, Tredup?»

«Schlecht. Nein, wirklich, Herr Bürgermeister, ich täte es so gerne, aber der Wenk hat sie im Geldschrank, und ich kriege sie nur in die Finger, wenn ein neuer Kunde mit einem großen Auftrag winkt.»

«Hindernisse», sagt der Bürgermeister ungnädig. «Bei Ihnen hat man ewig Hindernisse. Man muss auch mal schneidig sein können, was wagen.»

«Ich will es ja gerne versuchen. Der Wenk lässt manchmal den Schlüssel am Geldschrank stecken, wenn er einen heben geht. Aber bis hierher zum Rathaus damit? Genügt es nicht, wenn ich eine Abschrift bringe?»

«Abschrift! Abschrift! Na ja, meinethalben auch eine Abschrift. Aber es musste heute noch sein.»

«Heute? Ich weiß doch nicht, ob der Wenk heute noch trinken geht.» Eilig: «Aber ich will sehen, vielleicht macht es sich.»

«Also sehen Sie zu. Na, denn auf heute Abend. Wenn ich nicht hier bin, können Sie es ruhig meinem Sekretär Piekbusch geben.»

«Und nicht wahr, Herr Bürgermeister, Sie denken auch mal an mich? Wenn ein Hausmeisterposten frei wird? Jetzt, wo ich in der Partei bin?»

«Guten Morgen, Herr Tredup. Ich denke auch mal an Sie. Natürlich tue ich das. Guten Morgen.»

«Guten Morgen, Herr Bürgermeister. Und auch schönen Dank!»

3

Gareis lacht strahlend und fett, als Manzow bei ihm eintritt. «Mensch Franz, wie siehst du aus! Ganz grün und gelb, der reine Frühlingswald. Kommt das vom Saufen?»

«Von den Sorgen kommt das», sagt Manzow mürrisch. «Seit dein Frerksen den Salat angerührt hat, stocken alle Geschäfte.»

«Die stocken jeden Sommer», sagt der Bürgermeister gleichmütig. «Nur diesmal habt ihr das Schwein, dass ein Prügeljunge da ist ... Aber wirklich, Franz, du solltest nicht so viel saufen. Es bekommt dir nicht.»

«Mir tut Alkohol nichts.»

«Ja, wenn du mager wärst! Aber bei uns fetten Leuten schlägt der Alkohol immer aufs Herz. Ich habe schon bei jedem halben Liter Angst, den ich trinke.»

«Ich nur bei jedem halben Liter, den ich nicht trinke.»

Doch Gareis ist hartnäckig. «Aber, wirklich, Franz, du siehst schlecht aus. So was bekommt dir nicht. So was solltest du jetzt lassen.»

«Was, was?»

«Na ja, in einem halben Jahr sind die Wahlen. Und ein anständiges Lokal ist das Rote Kabuff auch nicht grade.»

Manzow glotzt, aber sehr kurze Zeit nur. «Da soll doch der Henker ... Wer hat denn da schon wieder ...? Kaum ist man im Haus, da weiß schon der Polizeichef ... Ich sage dir, Bürgermeister, du solltest diese Nutten nicht als Spitzel gebrauchen.»

«Ihr macht es zu schlimm, Franz. Die Leute zerreißen sich die Mäuler. Und dann, mit wem machst du so was? Mit einem Autochauffeur, mit einem jungen Dachs! Das muss ja Stunk geben!»

Einen Augenblick ist Manzow klein. «Gott ja, ich habe es mir nicht überlegt. Ich war so wütend. Was war schiefgegangen.

Aber ...» Und schon bekommt er wieder Oberwasser. «Aber du hast es auch grade nötig, dich aufzupusten. Ich sage bloß Stettin.»

Der Gareis bleibt ungerührt. «Stettin ist Stettin und Altholm Altholm. – Warum warst du denn so wütend?»

«Gott, die Geschäfte! Glaubst du, die Hausierer verkaufen ein Paar Schnürsenkel?»

«Und das feierst du mit einem Chauffeur, mit einem Medizinalrat und mit einem Bücherrevisor? Haben euch denn die Bauern so arg abfallen lassen?»

Diesmal verschlägt es dem Manzow etwas länger die Rede. Schließlich: «Das weißt du aber nicht durch die Nutten!»

Gareis sonnt sich ein bisschen. Gareis prahlt ein bisschen. «Ich weiß alles, Franz. Hier ...» – er tippt auf den Schreibtisch –, «hier laufen die Fäden zusammen. Ihr seht immer nur ein Eckchen. Ich habe den großen Überblick.»

«Wer hat da wieder nicht dichtgehalten ...?», grübelt der Grossist.

«Übrigens», sagt Gareis gleichgültig, «wie viel Auflage, glaubst du, hat die ‹Chronik›?»

«Die ‹Chronik›? Das kann ich dir genau sagen. Ich inseriere doch da. Siebentausend.» Misstrauisch: «Wieso kommst du plötzlich auf die ‹Chronik›?»

«Gar nichts. Das fiel mir grade ein.»

«Hat Stuff was erzählt? Aber Stuff kann nichts wissen. Stuff – Lienau, der Medizinalrat! Das Schwein wollte auch sein Ehrenwort nicht geben.»

«Aber es kann dir doch piepe sein, woher ich es weiß. Hauptsache, dass ich weiß, die Versöhnung ist erledigt.»

«Quatsch! Wenn der Stuff diese Äppelei von den Bauern gestern in die Zeitung bringt, bin ich erledigt, lächerlich geworden.»

«Bist du! Wie kann man sich auch so nasführen lassen.»

«Deswegen bin ich ja so wütend. Aber ich dachte, Bauern, Gott, was sollen die schon viel tun? Und dann hetzen sie einen fünf Stunden im Auto über Land, bis man in der eigenen Viehhalle landet.»

Gareis lacht schallend.

«Du, Bürgermeister, das hast du aber noch nicht gewusst!»

«Natürlich hab ich das. Ich will dir nur begreiflich machen, wie sich deine Mitbürger freuen werden, wenn sie das lesen.»

«Na, nicht so hoch raus! Bei manchen Punkten werden sie auch ‹ja› schreien, so, wenn sie lesen, dass du und der Frerksen abgesetzt werden sollt.»

«Möglich. Und bei anderm schreien sie ‹nein›. Was gibst du, wenn ich dafür sorge, dass keine altholmsche Zeitung was von dem Kohl bringt?»

«Wir machen mit dir mit. Wir folgen deinen Vorschlägen.»

«Gott», sagt der Bürgermeister. «Was für ein kostbarer Lohn! Was bleibt euch denn jetzt anderes übrig? Das eine ist schiefgegangen, müsst ihr eben das andere tun.»

«Siehst du», sagt Manzow mit Nachdruck. «Alles weißt du eben doch nicht.»

«Was weiß ich nicht?»

«Von den Telegrammen weißt du nichts, und von der Kommission, die morgen früh abreist, weißt du auch nichts.»

«Gott, Wichtigkeit! Was ist es denn? Wollt ihr wieder versöhnen?»

«Tu doch nicht so, Bürgermeister! Wenn ich dir das erzähle, wenn ich mein strenges Schweigegebot verletze, sorgst du dann dafür, dass die Zeitungen die Fresse halten?»

«Die altholmschen, ja. Gegen die andern kann ich nichts machen.»

«Gut. Das ist fest abgemacht? – Wie also unsere Leute heute früh hörten, es ist nichts mit der Versöhnung und der Boykott geht weiter, da waren alle Hosen randvoll. Und um sie zu beruhigen, haben alle Organisationen einen Telegrammregen über Temborius niedergehen lassen, dass der vermitteln soll, die Untersuchung beschleunigt, die Schuldigen bestraft.

Und morgen reist eine Kommission zum Temborius und stellt ihm vor, wie schlimm der Boykott ist, weil du doch überall erzählst, er tut keine Wirkung.»

«So? Und du bist da auch dabei?»

«Ich bin natürlich dabei. Ich bin sogar Wortführer.»

«Und was willst du eigentlich hier?»

«Sagen, dass wir deine Vorschläge annehmen von neulich. Wir machen mit: Boykott gegen Boykott.»

Der Bürgermeister war so finster wie die Nacht, war so wütend wie ein Bulle. Der Manzow hatte nur artig antworten dürfen, sonst nichts. Ängstliche, eilige, schielende Seitenblicke wirft er nach dem Zürnenden, sehr besorgt, sein Auge zu vermeiden, voller Angst vor dem Ausbruch.

Der kommt, aber anders wie erwartet. In einem dröhnenden Gelächter löst der Bürgermeister Spannung und Wut.

«O ihr Kälber!», schreit er. «Ihr Einerseits-andrerseits-Hammel! Meine Vorschläge annehmen und zum Präsidenten fahren und meine Bestrafung verlangen! Ihr Ochsen! Ihr Idioten!»

«Deine Bestrafung?», fragt ernst Manzow. «Die Bestrafung der Schuldigen.»

«Geh, Franz, bitte geh! Mein Bedarf an Humor ist gedeckt. Also, ihr kämpft – bis auf weiteres – in meiner Front? Die Wirkung des Boykotts wird geleugnet? Die Bauern auf dem Markt werden boykottiert? Schweigen über den sechsundzwanzigsten Juli?»

«Ja. Ist alles beschlossen.»

«Gut. Sehr gut. Also, Franz, dann wünsche ich euch morgen viel Glück in Stolpe. Ich kann leider nicht hin. Muss nach Stettin, wegen Blosseregulierung. Du kommst dann übermorgen und erzählst mir. Atjüs derweilen.»

«Atjüs, Bürgermeister.»

Der dicke Gareis starrt. Er hat ein Gefühl: Es ist alles so läppisch, es ist alles so dumm, es ist alles so blödsinnig – es lohnt ja alles nicht. Warum knie ich mich hinein mit meiner ganzen Person? Mit meiner ganzen Arbeit? Ich bin genauso blöd.

Er hat ein anderes Gefühl: Dies geht nicht gut aus. Dies kann nicht gut enden.

Drittens weiß er: Er muss handeln. Immer weiter den Weg, da man nicht zurück will und beispielsweise den Frerksen preisgeben. Er muss auf den Klingelknopf drücken und Assessor Stein holen lassen. Es muss schnell gehandelt werden, ganz schnell.

Es lohnt sich nicht. Außerdem geht es nicht gut aus. Aber handeln muss ich.

Er drückt auf den Klingelknopf.

«Schicken Sie mir Assessor Stein. Und kommen Sie mit ihm zurück.»

Als die beiden da sind:

«Kinder, es geht jetzt wirklich los. Ich fahre sofort nach Berlin zum Minister. Die hetzen den Temborius gegen uns. Hetze ich den Minister. Offiziell bin ich in Stettin wegen der Blosseregulierung. Das Auto bringt mich bis nach Stettin. Morgen Abend bin ich zurück.

Drehen, winden, ausweichen, Stein. Verstanden? Und noch eins: Der Schnüffler Tredup wird einen Brief bringen, Piekbusch. Sagen Sie, es ist gut. Und sorgen Sie, dass der nicht wieder verlorengeht. Am besten tragen Sie ihn bei sich.

Wenn ich nur den Minister erwische. Der Frerksen soll sich möglichst wenig auf der Straße sehen lassen, Stein. Also macht es gut, alle mittersamt! Guten Morgen, Kinder!»

Er schnauft schon auf dem Gang.

«Sag mal, willst du heute gar kein Mittag machen?», fragt Wenk den Tredup, der ziellos und zerfahren in den Räumen der «Chronik» umherstreicht.

«Ich warte auf Stuff, ich muss ihn noch sprechen.»

«Stuff ist doch heute auf dem Schöffengericht. Der kommt doch nicht vor vier.»

«Dann ruft er mich noch an. Er weiß, dass ich warte», lügt Tredup und streicht wieder ab, durch die Redaktion in die Setzerei, in den Maschinensaal, wo aus der Rotationspresse die ersten Exemplare der neuesten «Chronik» kommen.

Er fischt sich ein Blatt, noch eines für Wenk und taucht wieder in der Expedition auf.

«Da. Das Neueste.»

Aber er hat keine Ruhe zum Lesen und fragt Wenk über die Zeitung fort: «Du, sag mal, Wenk, was steht eigentlich auf unserer Bescheinigung? Siebentausend oder siebentausendzweihundert?»

«Siebentausendeinhundertsechzig. Warum willst du das denn wissen?»

«Ach, der Fritze aus dem Warenhaus wollte eine Beilage machen und darum die ganz genaue Zahl. Du bist doch sicher?»

«Siebentausendeinhundertsechzig. Das weiß ich genau.»

Pause. Wenk liest eifrig. Tredup zergrübelt sein Hirn. Er schielt nach dem Geldschrank, an dem die Schlüssel stecken, in dem die Bescheinigung liegt, fünf Schritte ab, unerreichbar. Und der Bürgermeister wartet.

«Eigentlich ist es doch eine verdammt mulmige Sache mit so 'ner Bescheinigung. Eigentlich ist es doch direkter Schwindel, Wenk. Hat der Gebhardt denn gesagt, dass wir sie noch weiter benutzen sollen?»

«Gewiss hat er das gesagt.»

«War da jemand bei, als er das gesagt hat?»

«Nein.»

«Und du glaubst, wenn es mal rauskommt, dass es Schwindel ist, und du oder ich, wir stehen vor Gericht, er hebt den Finger hoch und schwört, dass er uns den Auftrag gegeben hat?»

«Wie soll denn das rauskommen? Außerdem haben wir ziemlich siebentausend.»

«Na, na. Das Zählwerk an der Rotationsmaschine zeigt ganz was anderes.»

«Quatsch nicht. Das Zählwerk ist schon seit einem halben Jahr kaputt.»

«Aber der Papierverbrauch? Danach kann man doch nachrechnen, wie groß unsere Auflage ist?»

«Wer soll denn unsern Papierverbrauch nachrechnen? Das kann ich ja nicht mal. Der Maschinenmeister sagt, wenn die letzte Rolle drankommt, und dann bestell ich wieder.»

«Aber mit den Beilagen! Wenn wir nun irgendeinen Prospekt beizulegen haben und der schickt uns siebentausendzweihundert, wo bleibt dann der Rest?»

«Dann haben wir billige Heizung für den Bleiofen. Und nun lass mich endlich meine Zeitung in Ruhe lesen.»

«Aber das ist doch direkter Beschiss!»

«Natürlich ist es das. Du hast freilich noch niemanden beschissen. Also reg dich bitte auf.»

Stille. Tredup nimmt seine Wanderung wieder auf, kommt in die Setzerei, wieder zurück, bleibt bei Wenk stehen.

«Hast du eigentlich schon gehört, dass die ‹Chronik› eingehen soll?»

«Unsinn, das müsste ich wissen.»

«Dass wir alle abgebaut werden sollen?»

«Quatsch. Gebhardt hätte sich grade die Kosten gemacht, das Blatt zu kaufen, wenn er's gleich eingehen lassen will.»

«Aber er ist die Konkurrenz los.»

«Wenn er die ‹Chronik› eingehen lässt, kommt ein anderer und macht ein neues Blättel auf. Dann hat er eine frische Konkurrenz auf der Nase.»

«Ob der Gebhardt das Blatt nach der Bescheinigung gekauft hat, oder ob er den richtigen Abonnentenstand kannte?»

«Das frag ihn man.» Und Wenk blättert seine Zeitung um.

«Ich glaube, du hast auch gar nicht die richtige Bescheinigung hier. Unsere hier ist eine Abschrift ohne Unterschrift.»

Wenk haut auf den Tisch. «Nun lass mich endlich mit dieser verdammten Bescheinigung zufrieden. Du bist doch heute rein verrückt.»

Tredup marschiert ab. Das war eine Niederlage. Noch mal darf ich nicht davon anfangen.

Er treibt sich ziellos bei den Setzern herum und geht wieder zurück. Als er im Redaktionszimmer ist, hört er auf der Expedition reden. Er bleibt stehen und lauscht.

«Ja», sagt grade Wenk. «Ihr Mann ist noch da, Frau Tredup. In der Setzerei. Nehmen Sie ihn bloß mit, der hat heute Pfeffer im Po und quengelt ewig.»

«Ist er hier auch so? Warum ist er denn noch hier? Er hat doch schon seit einer Stunde Mittag.»

«Weiß ich's? Er sagt, er will auf Stuff warten. Aber Stuff kommt nicht vor vier.»

«Sagen Sie, Herr Wenk, ist mein Mann nicht ganz anders?»

Wenk weicht aus. «Ein bisschen nervös, was? Das macht das Kittchen.»

«Tut er denn noch was?»

«Ja, Frau Tredup, da fragen Sie am besten Herrn Gebhardt. Zeugnisse darf ich nicht ausstellen, das macht der Chef selber.»

«Und ich geh auch zu ihm!», sagt die Frau. «Die haben mir meinen ganzen Mann verdorben.»

«Welche die?»

«Der Stuff, der ihn zum Saufen und Huren verführt hat. Und die ihm Geld gegeben haben, der Gareis und der Frerksen.»

«Hat er denn wirklich Geld bekommen? Und von Frerksen auch? Für was denn?»

«Natürlich hat er Geld bekommen. Aber er gibt es nicht raus. Er hat es irgendwo an der See vergraben. Im Schlaf redet er davon.»

«Was soll denn Gebhardt dabei machen? Dem Gebhardt erzählen Sie lieber nichts davon, sonst schmeißt er Ihren Mann raus.»

«Der soll lieber den Stuff rausschmeißen. Der Stuff ist der Schlimmste. Und ich bringe die beiden noch auseinander, das schwöre ich. Und ich weiß auch ein Mittel.»

«Was denn für eins?»

«Das möchten Sie wissen. Dass Sie es Ihrem Stuff erzählen ...»

Aus dem Redaktionszimmer kommt Tredup geschlendert. «Also gehen wir essen, Elise.»

Die Frau sieht ihn kurz an, gibt dem Wenk die Hand. «Wiedersehen, Herr Wenk.»

«Wiedersehen, Frau Tredup. Das seh ich gern, wenn der Feldwebel einen abführt.»

Sie gehen. Frau Tredup einen Schritt voraus. An der schmalen dunklen Gasse, einem Durchgang, der den Burstah und die Stolper Straße verbindet, sagt Tredup: «Links rein. Das ist kürzer.»

Die Frau zögert einen Augenblick und biegt links ein. Sie geht vorn. Zwischen dunklen Brandmauern. Die Gasse ist eng, zwei Meter breit, leer.

Plötzlich fühlt sich die Frau von hinten angefasst, herumgerissen, und sieht in ein wutbleiches Gesicht.

«Max!», ruft sie.

Ihr Mann sagt nichts. Mit einer Hand drückt er die Frau gegen die Wand, mit der andern holt er aus und schlägt ihr drei-, viermal hart ins Gesicht.

Sie starrt ihn an. Zwischen den Haaren hervor, die in die Stirn gefallen sind, kommt ihr Blick, voll Angst.

Er sieht sie einen Augenblick an, sein Zorn beginnt zu zergehen. Da macht er rasch kehrt und läuft wieder zurück zur «Chronik».

Wenk glotzt auf. «Na, ausgerissen?», grinst er.

«Was die sich einbildet!», schimpft Tredup. «Neue Moden. Hier einen abholen. Die kurier ich, sage ich dir, Wenk, aus dem Handgelenk kurier ich die!»

«Wenn du denkst, dass das die richtige Kur ist?»

«Grade. – Hat der Krüger Bayrisch?»

«Warum soll der Krüger kein Bayrisch haben? Hat er doch immer gehabt.»

«Holst du uns zwei Halbe? Ich gebe aus.»

«Jetzt direkt vor dem Essen? Meine Frau riecht das.»

«Was geht das deine Frau an, wenn ein Geschäftsmann dich zu einem Glase Bier einlädt? Sollst du einen Kunden verprellen, weil deine Frau keinen Biergeruch am Vormittag mag?»

«Recht hast du! Ich werde den Fritz schicken.»

«Schick den Fritz nicht, geh selber. Die Setzer quatschen so schon genug über unser Biertrinken.»

«Rück Geld raus.»

«Hier.»

«Weißt du was? Ich werde anrufen, der Krüger kann rüberschicken.»

Tredup, direkt am Geldschrank stehend, mit dem Rücken die Schlüssel verdeckend: «Dass wir noch eine Stunde warten können. Jetzt zum Mittag muss doch beim Krüger alles bedienen.»

«Na, werde ich gehen.»

«Endlich kapierst du das! Du kannst wohl den kleinen Weg machen, wenn ich einen halben Liter spendiere.»

«Ich geh ja schon.»

Kaum ist er raus, reißt Tredup die Geldschranktür auf. Drei kleine Schubladen sind im Schrank, außer den Kassen- und Bücherfächern.

In der ersten liegen Angestellten- und Invalidenkarten.

In der zweiten aller mögliche Dreck.

In der dritten ... Gottlob, er hat sie. Aber Zeit ist nicht zum Abschreiben. Er steckt sie in die Tasche, muss am Abend sehen, wie es sich macht, sie zurückzulegen.

Tredup hält achtsam die Schlüssel an, dass sie nicht pendeln, geht auf und ab. Das Papier brennt in seiner Tasche.

Dann trinken sie ihr Bier, und dann kommt Fräulein Klara Heinze, um Wenk abzulösen, damit der auch Mittag machen kann.

Wenk schließt den Geldschrank ab, seinen Schreibtisch zu, setzt den Hut auf.

«Na denn Mahlzeit!»

«Mahlzeit!»

In der Tür bleibt er noch einmal stehen. «Bleibst du hier, bis ich wiederkomme, Tredup?»

«Ja. Ich warte auf Stuff. Bestimmt.»

«Dann lass ich dir den Geldschrankschlüssel hier. Es kann sein, dass ein Bote von den ‹Nachrichten› wegen Geld kommt. Achthundert. Die Quittung liegt im Fach.»

«Schön, also Mahlzeit.»

«Mahlzeit.»

Tredup setzt sich auf dem Redaktionszimmer an seine Maschine, zieht die Bescheinigung aus der Tasche und fängt an, sie abzutippen.

Das hätte ich billiger haben können.

Thiel hat in einer Dachkammer der Zeitung «Bauernschaft» Unterschlupf gefunden.

Eigentlich ist es nicht einmal eine Kammer, sondern nur das, was man in dieser Gegend eine Abseite nennt, ein Abschlag unter der Dachschrägung mit einer kleinen Glasscheibe, die an einem Eisenstab hochgeschoben werden kann. In einer Ecke liegt Gerümpel: zerbrochene Setzerschiffe, unbrauchbare Walzen, Maschinenteile. Unter dem Fenster hat ihm Padberg ein paar Woilache hingeworfen und einen Stapel Romane, Besprechungsexemplare. «Dass du dich nicht langweilst.»

Hier, Bretterwand an Bretterwand mit dem Klo der Zeitung, verbringt Thiel seine Tage. Eigentlich läuft tagsüber ständig nebenan der Spülungskasten, und was Thiel noch an Illusionen über die Spezies Mensch besaß, er hat es längst verloren beim Anhören der ewigen Verdauungsgeräusche auf dem Klo.

Aber er darf sich nicht rühren, niemand im Haus darf auch nur ahnen, dass einer oben ist. Nach Feierabend bringt Padberg zu essen, zu rauchen, zu trinken, zu lesen. Er ist gar nicht filzig, er lässt es sich (oder die «Bauernschaft») was kosten, den Gast bei guter Stimmung zu halten, aber er ist unerbittlich in seiner Strenge, ihm jeden Schritt aus dem Haus zu verbieten.

Bei Tage ist Thiel eingeschlossen, ein regelrechtes handfestes Vorhängeschloss liegt vor seinem Stall. Er könnte ja nun versuchen, die Krampen loszukriegen, aus einem Maschinenteil lässt sich schon ein Werkzeug zurechtmachen. Aber er hat genug von dem Intermezzo mit Padberg, als er an einem Abend auf die Straße gelaufen war und ausgerechnet dem in die Quere.

Padberg hatte ihn ruhig am Arm genommen, gemütlich plaudernd war er mit ihm auf das Redaktionszimmer zurückgegangen. Aber kaum war die Tür zu, ging ein Hagel von Schlägen auf Thiel nieder. Er bezog regelrechte Dresche, gnadenlose Prügel, solange die Kräfte Padbergs – und der hatte welche – vorhielten.

«Dummer Bengel, deinetwegen Schwierigkeiten haben, das hätte mir gefehlt! Man rettet den Idioten vorm Zuchthaus, und zum Dank soll man selber rein. Da! Da! Und nimm den auch noch! Siehst du!»

Aber zwei Tage später ist Padberg schon wieder gut. Er kennt junges Gemüse, er trägt nichts nach. Und er wird nicht müde, Thiel auf den nächtlichen Besucher seines Schreibtisches scharf-zumachen, Thiel muss den erwischen.

Doch Thiel bleibt ungläubig. «Wenn einer da war, jetzt ist keiner mehr da, Herr Padberg. Ich passe doch die ganze Nacht auf. Kein Schwanz.»

«Sie passen auf? Sie passen eben nicht auf. Letzte Nacht haben Sie den Kronleuchter angebrannt in meinem Zimmer, ich kam grade draußen vorbei. Sie sollen das lassen. Ich habe dich gut stehen sehen, Äffchen.»

«Ich ...? Ich habe ...?»

Die beiden sehen sich an. Thiel braucht nicht weiterzureden, Padberg hat schon verstanden und glaubt ihm.

«Dann war *der* wieder da. Gottesdonner, Thiel, das ist doch was. Den müssen Sie doch kriegen. Sie nehmen doch immer den Gummiknüttel mit?»

Es ist ein uraltes Haus, das Haus der «Bauernschaft» am Stolper Markt. Zweistöckig, mit einem Dach wie ein Gebirge. Früher war hintendran ein langes, tiefes Gartengrundstück. Dann wurde das Haus Zeitung, und man baute in der ganzen Breite des Hauses in den Garten hinein den Setzersaal mit einer Außentreppe auch in den ersten Stock zur Buchbinderei. Und weiter hinten in den Garten baute man das Maschinenhaus, wo der Bleiofen seinen Platz bekam und die Rotationsmaschine und der Ofen zum Maternabgießen. Und man verband das Maschinenhaus durch einen verdeckten Gang mit den Kellern des Vorderhauses, damit die Zeitungsballen nach hinten gerollt werden konnten. Und man baute einen dritten Schuppen mit Packtischen für die Austrägerinnen.

Und dazwischen gingen überall Treppchen und Winkelwege durch die Gartenreste. Und im eigentlichen Hause hatte man Wände weggeschlagen und Wände gezogen: Es war ein Fuchsbau, es war ein Kaninchengehege, es war ein Labyrinth.

Thiel kennt es jetzt. Abends, nachts, wenn es in diesen Augusttagen ganz dunkel geworden ist, macht er sich auf den Weg, ohne die kleinste Taschenlaterne, ohne ein Fünkchen Licht, nur mit seinem Gummiknüttel als Waffe, der einzigen Waffe, die ihm Padberg zugestehen will.

Er ist überzeugt gewesen, da ist nichts, Padberg hat sich was eingebildet. Stundenlang ist er durch den Komplex gewandert, rastlos, schon um müde zu werden für den nächsten Tag, nie hat er was getroffen.

Aber in der letzten Nacht hat Licht gebrannt, Padberg hat es gesehen, und Padberg hat es wirklich gesehen, das war aus seinem Gesicht zu erkennen.

Es gibt hier also noch einen, hier geistert noch wer neben ihm, und einer, der schlauer ist als er, sonst hätte er ihn schon erwischt.

Thiel überlegt. Er hat Zeit, lange zu überlegen. Jetzt erinnert er sich, dass Padberg im Anfang erzählt hat, wie er ein paarmal von außen den Spion an der Arbeit gesehen hat und wie der immer fort war, kaum dass Padberg das Haus betreten.

Entweder hat er jemanden, der Schmiere steht ...

Aber diesen Gedanken verwirft Thiel sofort. Das alte Haus hat zu viele Ausgänge. Zehn müssten Schmiere stehen, und dann gäbe es immer noch die Möglichkeit einer Überraschung.

Oder es gibt eine Signalanlage, irgendwelche Klingel- oder

Lichtsignale, die den Mann warnen. Das ganze Haus liegt ja voll Leitungen.

Dann bleibt nichts, als sich im Redaktionszimmer selbst zu verstecken, sich unter den Schreibtisch zu hocken die ganze Nacht.

Aber das hat Padberg auch schon versucht.

Und Thiel streicht wieder ziellos umher, planlos, durch die dunklen Gänge, über die finsteren Treppen, in die Zimmer, die von außen ein Schein der Marktplatzlaternen erhellt, in den Setzersaal, auf dessen Oberlichtfenstern ein Abglanz des nie ganz lichtlosen Augusthimmels liegt, in den Garten, der für seine Augen fast hell ist.

Und als er einmal aus der Expedition im Parterre emporsteigen will zum ersten Stock, wo die Redaktionsräume liegen, da hat er sein Erlebnis: In diesem Haus, in dem toten Irrwirrhaus schlägt, als er die Tür zur Treppe öffnet, ganz, ganz fern und leise eine Klingel an.

Den Bruchteil einer Sekunde steht Thiel starr.

Dann rast er die Treppe hinauf, reißt die Tür zur Redaktion auf ...

Hochgeschwungen hält er den Gummiknüttel in der Faust ...

Aber das Zimmer ist leer. An der Wand liegen die breiten Lichtstreifen der Laternen. Für Thiels Nachtaugen ist das Zimmer taghell. Und es ist leer.

Doch die Tür drüben in der andern Wand: Die schwingt! Die schwingt noch leise!!!

Thiel weiß: Eben noch war einer hier. War *der* hier.

Er geht gegen den Schreibtisch.

Die Lade steht offen. Leer.

Auf der Platte aufgestapelt, was darin war: zur Durchsicht, halb schon durchgesehen.

Thiel räumt ein. Der kommt heute Nacht nicht wieder.

«Nun, das nächste Mal», tröstet Padberg.

«Gewiss. Oder das hundertste Mal, aber ich kriege ihn.» Padberg ist zufrieden.

«Und wo sitzt die Klingel?»

«Genial, sage ich Ihnen! Habe ich gesucht! Über dem Ofen ist eine Reinigungsklappe im Schornstein, da sitzt sie. Dass ich die gehört habe, der reine Zufall!»

«Sie haben sie doch sitzenlassen», fragt Padberg besorgt.

«Was denn sonst? Mag die doch klingeln, mich klingelt sie nicht mehr an. Ich hab sie nur abgestellt. Da ist ein Schalter dran, dass man sie für den Tag abstellen kann.»

«Gut!», sagt Padberg. «Weidmannsheil!»

«Weidmannsdank!», antwortet Thiel und findet seine glühende Dachabseite nicht mehr so schlimm.

6

Wenn Max Tredup auch diese Nacht spät nach Haus ging, diesmal kam er aus keiner Kneipe, von keinem Frauenzimmer.

Spät war er noch aufs Rathaus gegangen, er wusste, der Bürgermeister saß oft bis in die Nacht in seinem Arbeitszimmer, einfach weil er zu faul war, nach Haus zu gehen, sagten die Leute.

Aber der Bürgermeister war nicht da, der Bürgermeister war verreist. Herr Bürgermeister hatte den Auftrag hinterlassen, ihm, dem Sekretär Piekbusch, sei der Brief auszuhändigen. Tredup war nicht darauf vorbereitet, er musste sich von dem Sekretär einen Briefumschlag geben lassen, ein Kuvert mit dem Aufdruck der Stadt Altholm, das er an Herrn Bürgermeister Gareis, *persönlich*, adressierte.

Dann, in der Tür, musste er ansehen, wie der Sekretär den Briefumschlag aufriss.

Nach dem Jagdfeuer kam die Ermattung, nach der Hoffnungs-
freude auf ruhigere Stellung die Mutlosigkeit. Es war leicht gewesen, am Mittag der Frau ins Gesicht zu schlagen, lauernd auf
einen Geldschrankschlüssel, im Eifer des Kampfes, geheimer Ge-
sandter eines Bürgermeisters. Aber abends, verächtlich im Vorzimmer abgefertigt, den Heimweg direkt vor der Nase, waren die
Schläge das, was sie waren: eine Gemeinheit, die auszubaden er
Angst hatte.

Tredup ging nicht nach Haus.

Er saß eine Weile auf einer Bank, draußen vor der Stadt, auf
dem Jugendspielplatz. Hier hatte der Zirkus Monte mit seinen
schmierigen Wagen sein Zweistangenzeltlein aufgebaut, aus
dem dann Abend für Abend die Hoppe-Hoppe-Reiter-Melodie
in Blechmusik erklungen war. Damals konnte er Elise noch alles
sagen, heute …

Er stand auf und ging zum Bahnhof. Er löste eine Fahrkarte
nach Stolpe, genauer nach Stolpermünde. Er wollte die tausend
Mark, die neunhundertneunzig Mark holen, sie Elise geben, sagen: Alles ist wieder gut.

Er wollte mit Stuff reinen Tisch machen. Er wollte zu Gebhardt
gehen und ihm sagen: Das und das hat mir der Bürgermeister geboten, wenn ich Sie an ihn verrate. Ich sage Ihnen das bloß. Ganz
ohne weiteres.

Dann, in Lohstedt, stieg er wieder aus, gab die Karte ab.

Nun ja, es war noch zu früh. Elise das Geld zu geben, sich den
letzten Ausweg abzuschneiden, dazu war es noch zu früh. Jetzt
gab es noch andere Mittel, sie herumzukriegen: ein bisschen
Zärtlichkeit, ein bisschen Aufmerksamkeit, ein paar Abende zu
Haus sitzen, etwas auf Stuff schimpfen. Und dann eine Überraschung: ein Feldblumenstrauß. Ja, das war das Richtige, kostete
nichts und bewies zugleich, dass er in keiner Kneipe gewesen war.

Später, auf dem Fußmarsch von Lohstedt nach Altholm, durch

die immer tiefer und stiller werdende Nacht, den Strauß in den Händen, leichten Wind auf dem Gesicht, wird auch er sanfter. Etwas von der Angst, die nun immer sein Herz erfüllt, zerlöst sich. Er versucht zu singen, von den Liedern, die er auf der Schule gelernt hat. Ja, es geht wieder. Das Leben ist so übel nicht.

Und, zum Donnerwetter, er muss wirklich daran denken, dass Elise in andern Umständen ist. Er muss sehen, dass er von Stuff die genaue Adresse bekommt.

Wie lange ist das her? Es war direkt nach seiner Entlassung, vier Wochen, fünf Wochen. Vielleicht noch etwas zu früh für einen Eingriff, nun, man konnte jedenfalls heute schon mit Elise darüber reden, das machte ihr auch wieder Hoffnung und Mut.

Zehn Kilometer von der geschlagenen Frau scheint die Versöhnung leicht. Ist man erst auf dem Hof ...

Nun gut, dort steht er im Dunkeln, es ist nach zwölf. Die beiden Fenster zu seinem Zimmer sind offen, Wind bewegt die Vorhänge, die Frau hat noch Licht.

Er schleicht näher, späht. Sicher näht sie noch, stopft irgendetwas für ihn oder die Kinder.

Nein, sie näht nicht.

Sie sitzt am Spind, sie hat Papier vor sich liegen, sie schreibt. Er kann ihr Gesicht gut sehen, es ist ganz im Licht der Lampe.

Nein, es ist ein gutes Gesicht. Nicht umsonst macht man Jahre Weg mit einer Frau, hat mit ihr Kinder, schläft bei ihr und bespricht mit ihr, wie das Geld einzurichten ist, was man morgen kochen soll und ob das Kino gut oder schlecht war.

Es ist doch *das* Gesicht.

Sein Herz ist ganz weich. Er geht schnell in das Zimmer.

Sie macht eine hastige Bewegung, als sie ihn hört, sie will ihre Schreiberei zusammenschieben. Aber dann bleibt sie sitzen, mit dem Rücken gegen ihn, antwortet auch nicht, als er guten Abend sagt.

Ihn überrieselt es kühl. Es ist stickig im Zimmer, und trotz des offenen Fensters riecht es schlecht: Er kann die Kinder nicht daran gewöhnen, nachts auf den Abort im Hof zu gehen, immer benutzen sie den Topf, und Elise unterstützt ihn auch nicht darin.

Die kühle reine Nachtluft beginnt zu verfliegen. Trotzdem langt er über ihre Schulter, legt den Strauß vor sie hin, auf ihre Schreiberei.

Sie starrt ungläubig auf die Blumen, sie versteht nicht recht. Dann sieht sie sich um und blickt ihn an.

Er ist nüchtern. Er hat bestimmt nicht getrunken.

Sie hebt den Kopf ein wenig, der Hals wird straffer, leise sagt sie: «Danke.»

Dann, als sie die Veränderung in seinem Gesicht sieht, denkt sie wieder an ihre Schreiberei. Sie greift rasch danach. Aber es ist schon zu spät. Er hat zugefasst.

Es war ein Zufall, dass sein Blick auf den Umschlag mit der Adresse gefallen war. Es war wieder ein Zufall, dass diese Adresse so groß, so deutlich, mit einer gewollt kindlichen Hand geschrieben war, dass er sie auf zwei Schritt Entfernung bei Petroleumlicht lesen konnte.

Aber dann war es Absicht, dass seine Hand pfeilgeschwind nach dem Briefe griff.

Sie sieht, es ist zu spät. Schon liest er. Sie steht auf und lehnt sich mit dem Rücken gegen die Wand. Sie hält den Kopf gesenkt, sie will gar nicht wissen, was für ein Gesicht er macht, wenn er diesen Brief liest.

Einmal, als er murmelt: «Toll! Toll!», sagt sie leise: «Denk an die Kinder, Max!»

Und ein bisschen später: «Ich hätte ihn nie abgeschickt.»

Aber es ist ein hübsches Schriftstück, was er da zu lesen bekommt. Sein Strauß hat quer über diesen Niederschlag aus Gift und Gemeinheit gelegen, ein paar Kornblumenkelche sind daraufgefallen, er pustet sie wütend aus dem Kniff.

«Was in aller Welt …», fängt er an. Er ist immer noch mehr verblüfft als zornig.

«Nein. Nicht», sagt sie hastig. «Lass uns heute Abend nicht davon reden, Max. Morgen, wenn du willst. Du hast mir diesen Strauß mitgebracht. Lass es uns noch einmal versuchen. Ich will auch sein, wie ich früher war. Nur leg ihn weg. Lass ihn mich in den Herd tun. Ich schwöre dir, ich schreibe nie wieder einen. Ich hätte ihn auch nicht abgeschickt, bestimmt nicht.»

Er hört gar nicht auf sie. «Wie kannst du nur!», sagt er. «So gemein. Weißt du, dass das eine Erpressung ist, für die es Zuchthaus geben kann? Und Stuff hätte immer gedacht, ich wäre es gewesen. Alle hätten es gedacht. Ich wäre ins Zuchthaus gekommen …»

«Nein, Max, bitte, nicht jetzt …»

«Ich habe nie gesagt, dass es Stuff gewesen ist, der die Mädels hat abtreiben lassen. Das hast du dir aus den Fingern gesogen. Ganz jemand anders hat es mir erzählt …»

«Bitte, gib den Brief.»

«Und weißt du, was das Gemeinste ist? Du hättest nicht nur Stuff und mich damit hineingerissen, auch die armen Mädels wären reingefallen. Deinetwegen, weil du von Stuff fünfhundert Mark erpressen willst, hätten sie ins Gefängnis gemusst. Wie, hast du gar nicht daran gedacht?»

«Ich war so böse», murmelt sie. «Und ich hätte ihn auch nicht abgeschickt. Wenn auch Stuff es verdient hätte.»

«Stuff hat es nicht verdient.»

Sie sagt schnell: «Er ist schlecht. Er verführt dich zum Saufen und zu den Weibern. Und du arbeitest nicht mehr. Wenk hat auch gesagt, dass du gar nicht mehr auf Inserate gehst.»

«Du lügst. Davon hat Wenk kein Wort gesagt. Ich habe ganz gut gehört, was ihr heute Mittag gesprochen habt.»

«Und es ist gemein von Stuff, wie er mit den Mädchen umgeht. Und du wolltest mit mir zu derselben Frau gehen, damit unser Kind ...?»

Sie schaudert und sieht nach dem Bett mit den schlafenden Kindern hinüber.

«Grade! Willst du wieder ein Kind kriegen? Haben wir denn an den andern nicht genug?»

«Aber wir haben doch jetzt Geld. Wir können noch gut eins haben!»

«Wir haben kein Geld. Dir sind die tausend Mark zu Kopf gestiegen, von denen der Gareis gequasselt hat. Aber ich habe sie nicht, und du wirst sie nie, nie, nie zu sehen kriegen.»

«Du lügst. O wie gemein du lügst. Das ist grade wie mit Stuff. Erst sagst du, er ist es nicht gewesen mit dem Abtreiben, und dann sagst du, er und die Mädchen fallen rein. Und das Geld hast du darum auch.»

«Nichts habe ich», schreit Tredup wütend. «Wie gemein du bist! Wie geldgierig. Meinen besten Freund willst du um fünfhundert Mark erpressen, so gemein bist du!»

«Ich will gar nicht Geld. Ich will sie gar nicht, deine tausend Mark, und das Schweinegeld von deinem Stuff will ich auch nicht. Aber ich weiß, ehe ich nicht deine tausend Mark habe, kommst du nicht wieder zu mir. Solange du die hast, denkst du: Ich kann ja weg, und kümmerst dich einen Dreck um uns.»

«Eine schöne Logik ist das! Du willst sie nicht haben, aber haben willst du sie doch.»

«Grade! Wenn du das nicht verstehst, das ist grade logisch.»

«Ja, und was die fünfhundert von Stuff dabei sollen ... meinen Freund zu verraten, unschuldige Mädchen ins Zuchthaus bringen, pfui Teufel!» Er spuckt aus.

«Du!», sagt sie mit flammenden Augen. «Nimm dich in Acht! Ich könnte dir auch etwas sagen.» Sie bricht ab. «Nein, ich will nicht. Ich rede nicht mehr davon.»

Er höhnt: «Weil du nichts weißt! Aber ich sage dir, wenn du solchen Brief noch mal schreibst, wenn du ihn abschickst! Das ist ein Scheidungsgrund, ich lasse dich sitzen. Jeder Richter trennt eine Ehe, wo die Frau so gemein ist.»

«So?», fragt sie. «So? Und wenn der Mann so gemein ist? Wenn der Mann hingeht und verkauft Bilder und verrät arme Bauern, dass sie ins Kittchen kommen, das ist anständig, was? Und das Geld gibt er nicht mal seiner Frau, das Geld versäuft und verhurt er. Das ist anständig, was? Und ich hätte meinen Brief nie, nie abgeschickt. Du aber hast deine Bilder verkauft.»

«Das ist ganz etwas anderes», sagt er verwirrt. «Ein Pressefotograf verkauft seine Bilder an jedermann.»

«So? Ist das etwas anderes?», ruft sie wütend. «Ich kann da keinen Unterschied sehen. Aber natürlich, wenn du etwas tust, dann ist es immer etwas anderes. Aber weißt du, was du bist? Ein Verräter bist du! Mich hast du auch verraten. Mir haben sie schon erzählt, wenn du besoffen bist, erzählst du am Biertisch, wie ich im Bett bin. Und ...»

«Schweig», sagt er tonlos. «Die Kinder ...»

Aber jetzt hört sie nicht. «Und ich will meinen Brief wiederhaben. Ich will nicht, dass du mit meinem Brief in der Tasche rumläufst und, wenn du einen in der Krone hast, allen erzählst, was für eine gemeine Frau du hast. Gib den Brief her.»

Sie fasst danach. Er hält ihn fest.

Aber sie kämpft wirklich darum. Er hält mit einer Hand ihre beiden Handgelenke fest, in der andern hat er den Brief. Sie fährt blitzschnell mit den Zähnen zu, und mit einem Aufschrei lässt er ihre Hände los.

Sie greift nach dem Brief, aber er schlägt nach ihr. Sie stolpern durchs Zimmer, stoßen an Möbel, die Kinder schreien.

Der Brief, zerknüllt in seiner Hand, hindert ihn nicht mehr. Er schlägt drei-, viermal kräftig gegen den Kopf der Frau mit der geschlossenen Faust. Sie schreit auf und fällt hin.

Die Tür öffnet sich. Der Gemüsekrämer von vorn, dem das Haus gehört, ein paar Nachbarn werden sichtbar.

«Das geht nicht, Herr Tredup. Ich habe es schon lange dicke mit Ihnen. Ewig kommen Sie besoffen nach Haus und machen Skandal. Zum Ersten sind Sie gekündigt.»

Die Frau steht auf und geht gegen die Tür. «Macht, dass ihr rauskommt. Sie haben hier gar nichts zu suchen. Und die Kündigung nehmen wir nicht an. Da bestimmt das Wohnungsamt drüber, ob wir zu gehen haben oder nicht. Nicht wahr, Max?»

«Ja, Elise», sagt er.

7

Regierungspräsident Temborius erhebt sich.

«Ich danke Ihnen, meine Herren, dass Sie zu mir gekommen sind. Was Sie vorgetragen haben, hat mich tief erschüttert. Es wird geprüft werden, und ich kann Sie nur bitten, bis zum Ergebnis dieser Prüfung Geduld zu haben. Geduld, Geduld und noch mal Geduld. Aber ich glaube Ihnen heute schon sagen zu dürfen, ohne eine Indiskretion zu begehen, dass nicht nur hier, nein, dass auch an höchster Stelle die Augen auf Altholm gerichtet sind und dass dort Erwägungen schweben – Erwägungen von weittragender Bedeutung.

Nochmals, ich danke Ihnen und bitte um Geduld.»

Temborius verbeugt sich. Neben ihm, aufspringend, verbeugen sich die beiden andern Herren der Regierung Stolpe: Regierungsrat Schimmel und Assessor Meier.

Die Vertreter des Wirtschafts- und Erwerbslebens der Stadt Altholm kommen etwas zu spät, aber auch sie bringen in leidlichem Anstand das Aufstehen und Sichverbeugen zustande. Die ganze Tischrunde dienert wie ein Roggenfeld im Winde.

Dann schieben sich die Altholmer aus der Tür.

Der Präsident sieht ihnen nach, die eine Hand auf der Schreibtischplatte, die andere um ein Medaillon an der Uhrkette geschlossen. Assessor Meier schichtet Akten, und Regierungsrat Schimmel liest Buchrücken in einem Schrank.

Die Tür geht zu, und die Pose entspannt sich.

«Das war das», sagt der Präsident und setzt sich wieder. «Ich muss sagen, ich bin nicht überrascht. Keineswegs. – Aber bitte, meine Herren, wollen Sie nicht noch einen Augenblick Platz nehmen?»

Die Herren setzen sich wieder.

«Man hat Sorgen. Sorgen», sagt Temborius, und es ist nicht zu verkennen, dass er nicht unzufrieden ist mit den Sorgen, die ihn zur Stunde belasten. «Die unteren Verwaltungsorgane machen Fehler. Dann kommt das Volk zu uns. Und wir müssen dann wiedergutmachen. Aber ich glaube, ich sehe den Weg des Ausgleichs, der Versöhnung.»

«Gewiss», bemerkt Regierungsrat Schimmel, «Gareis hat unzweifelhaft Fehler begangen.»

«Gareis!» Und nach einer Pause gesteigert: «Gareis! Herr Assessor, was habe ich zu Herrn Bürgermeister Gareis gesagt, als er vor der Demonstration hier war? Sagen Sie selbst!»

«Dass er die Schupo brauchen würde», sagt eilig Assessor Meier.

«Auch. Das auch. Aber davon reden wir jetzt nicht. Was habe ich hier gesagt, Herr Assessor?»

Assessor Meier martert sein Hirn. Schließlich hat der Chef nicht wenig gesagt. «Dass die Bauern aggressiv seien.»

«Gewiss, lieber Herr Assessor, auch das. – Man muss das Wesentliche von dem Unwesentlichen unterscheiden. Was habe ich ...? Also gut. Ich habe gesagt, die Demonstration muss verboten werden. Habe ich das gesagt? Habe ich das gefordert? Unter Einsatz all meiner Autorität? Immer wieder?»

«Gewiss», sagt eilig der Assessor. «Es ist immer von neuem gefordert worden.»

«*Ich* habe es immer von neuem gefordert. Und nun der Wagen verfahren ist, kommt der Mann jetzt zu mir? Hat er schon meine Hilfe erbeten? Die Vertreter der Wirtschaft kommen. Er sitzt in Altholm und schreibt einen Bericht. Sonst nichts. Und was für einen Bericht!»

Die Herren sehen starr vor sich hin. Der Chef hat das Bedürfnis zu reden, nun gut: rede.

«Was steht in dem Bericht? Der Boykott hat sich als ein Schlag ins Wasser erwiesen. Seine Wirkungen sind kaum spürbar. – Nun, meine Herren, Sie haben die Vertreter der Stadt gehört, nicht wahr?»

Die Herren bestätigen es.

«Der Boykott ist katastrophal, ruinös, er bringt das Wirtschaftsleben der Stadt zum Erliegen, aber: ein Schlag ins Wasser. – So berichten Schuster.»

Plötzlich lächelt Temborius wieder. «Nun, ich werde das regeln. Werde ausgleichen.»

Sehr freundlich: «Haben Sie, Herr Regierungsrat, die juristische Seite der Sache überprüft? Wie steht die Staatsanwaltschaft zu den Ereignissen?»

«Es wird wohl sicher Anklage gegen einige Bauern erhoben werden. Man wird die Führer herausgreifen. Strafrechtlich kommen in Frage: Auflauf. Sachbeschädigung. Öffentliche Beleidigung. Öffentliche tätliche Beleidigung. Gefährliche Körperverletzung. Landfriedensbruch. Aufruhr.»

«Nun, das ist ja allerlei.» Der Präsident ist nicht unzufrieden. «Die Bauern werden nichts zu lachen haben. Denn mit einer Verurteilung ist doch wohl zu rechnen?»

«Ich denke doch. – Ich möchte auch noch darauf aufmerksam machen dürfen, dass meinen Erkundigungen nach mit einer Großen Anfrage der Rechtsparteien im Preußischen Landtage wegen der Vorgänge in Altholm in Kürze zu rechnen sein dürfte.»

«Richtig. Sie sind richtig unterrichtet, Kollege Schimmel. Auch ich habe meine Verbindungen im Ministerium. Sie wissen, meine Herren ... Und wegen dieser bevorstehenden Anfrage bin ich ausnahmsweise einmal dafür: Wir handeln schnell.

Der Herr Minister hat die Akten noch nicht eingefordert. Ich bin in meinen Entschließungen also noch frei. Die Haltung des Ministers ist nicht berechenbar, denn leider hat auch Herr Gareis ... Nun, ich für meine Person verstehe da den Herrn Minister nicht mit seinen Sympathien. Jedenfalls wird aber der Herr Minister meine früher ergangenen Entscheidungen nicht desavouieren. Darum ...»

Die Herren horchen auf.

«Wir werden ...»

Die Wichtigkeit dieser Minute leuchtet aus dem Gesicht des Präsidenten. Einen Bleistift hält er senkrecht in die Höhe.

«Wir werden wieder einmal ausgleichen, einrenken, versöhnen, die Fehler der untergeordneten Instanzen löschen. Dazu ist nötig, dass wir uns nicht gar zu sehr auf einen Standpunkt festlegen. Allen müssen wir gerecht werden.

Die Stimmung der Bauern, die Stimmung der Bürger, die Stimmung des ganzen Pommerlandes ist gegen die Altholmer Polizei. Wir aber werden der Polizei bestätigen, dass sie recht gehandelt hat, wir werden die Staatsautorität stärken, den Aufrührern nicht den Nacken steifen.

Aber ...» Er lächelt leise. «Wir werden einen Bock schlachten. Versöhnungsfest. Sühneopfer. Purim nennt man das bei Ihnen, nicht wahr, Herr Assessor?»

Der Assessor lächelt auch.

«Man kann das, meine Herren. Wir sagen, die Polizei hat recht gehandelt, aber ... Ja, es gibt einen Weg, meine Herren. Man kann das alles. Die Verwaltungstechnik ist heute so ausgebildet. Ich denke dabei nicht an Gareis, Gareis, nun Gareis hat noch Stärke. Aber vielleicht dieser etwas zu beflissene Herr, wie hieß er doch ...?»

«Frerksen», schlägt Assessor Meier vor.

Er bekommt ein Lob. «Richtig! Sehr gut!! Frerksen. – Und wenn wir dann die Gemüter durch diesen Sühnebock etwas beruhigt haben, dann, meine Herren, holen wir sie an unsern Verhandlungstisch. Dann werden wir unter meinem Vorsitz die Gegensätze ausgleichen, versöhnen.»

«Auch die Bauernschaft?»

«Selbstverständlich auch. Meine Herren, wir laden natürlich in erster Linie die großen landwirtschaftlichen Organisationen ein, die Behördenvertreter, die Vereine. Und auch ein paar Leutchen von der Bauernschaft. Wenn dann drei Mann von diesen schlichten Bauern unter dreißig andern sitzen, seien Sie sicher, dann sind sie der Mehrheit Ansicht. Darin kennen wir uns aus.

Ich danke Ihnen, meine Herren. Ich muss Ihnen sagen, ich bin optimistisch. Kein leichtfertiger Optimismus, nein, gewissermaßen ein von Sorgen getragener Optimismus. Das Gewitter hat sich ausgetobt, Blitze haben eingeschlagen, es hat gehagelt.

Und dann kommen wir und ziehen den Regenbogen auf.

Ich danke Ihnen, meine Herren.»

8

Die Vormittagssonne scheint hell in die Stube von Stolpermünde-Abbau. Sie malt einen breiten Lichtbalken an die Wand, nahe der Decke. Und dieser Balken aus Gold, in dem tausend Stäubchen flirren, wandert, senkt sich, rückt langsam weiter, bis er breit und strahlend auf der gewürfelten Bettdecke liegt.

Dann streift er das Kopfkissen.

Der Kranke wird unruhig. Er dreht den Kopf hin und her, aber das Licht ist überall. So öffnet er die Augen, schließt sie rasch wieder, öffnet sie von neuem.

Banz setzt sich auf.

Es geht langsam nur, der in Tücher gebundene Kopf will immer in die Kissen zurück. Schließlich sitzt der Mann und schaut ins Zimmer.

Er nickt langsam, als er erkennt, wo er ist.

Dann horcht er. Es ist ganz still im Haus, nur die Fliegen, Hunderte von Fliegen, surren und summen. Der Mann nickt wieder.

Und horcht weiter. Horcht auf den Hof hinaus. Aber auch dort ist es still. Keine Kuhkette klirrt, kein Schritt ist zu hören.

Alles still.

Der Mann ist befriedigt. Aber eines möchte er doch noch wissen. Neben der Tür hängt der Kalender. Wenn die Frau Ordnung gehalten hat, ist der abgerissen. Er weiß dann, was für ein Tag heute ist. Aber der Kalender ist vom Bett aus schlecht zu sehen, Banz muss sich weit aus den Kissen beugen. Er kneift die Augen fest zusammen, das Schwarze auf dem Kalenderblatt dort ist so verschwommen.

Dann verliert Banz das Gleichgewicht. Sein Kopf schlägt einmal an der Bettkante auf, dann gegen ein Stuhlbein, und der Mann liegt auf der Erde vor dem Bett. Der Schädel schmerzt, und ihm wird etwas übel, aber Banz grinst befriedigt: Es ist außer dem Bett viel kühler als drinnen.

Nun bleibt nichts, als zu warten, bis die Frau kommt. Nach dem Sonnenstand kann es gegen elf sein, es dauert also höchstens noch eine Stunde.

Das Kalenderblatt kann er noch immer nicht erkennen. Er wird nachher versuchen, sich näher heranzuwälzen, jetzt noch nicht, er ist noch zu schlapp. Mit Erstaunen merkt er, dass er das

Laufen der Fliegen auf den Händen spürt. Schön lange muss er krank gewesen sein, dass die Haut so weich geworden ist.

Er liegt eine Weile, drusselt auch ein, aber es war nur ein Augenblick. Als er wieder aufwacht, liegt der Sonnenbalken noch auf dem Kopfende des Bettes.

Er hört, und vielleicht ist er von dem aufgewacht, was er jetzt deutlich hört: Auf dem Hof draußen ist jemand zugange. Er hört den Schritt deutlich. Es ist kein Schritt, den er kennt. Es ist auch kein Bauernschritt. Was Stolpriges, Hastiges ist in dem Schritt. Den kennt er nicht.

Nun, er wird's beleben, wenn er das Leben behält, wer da draußen rumstolpert. Wenn der was will, kommt er schon. Banz schließt fast ganz die Augen, blinzelt nur durch einen Schlitz zur Tür.

Richtig, der kommt. Die Blechklingel an der Haustür oben, die anschlägt, wenn einer die Tür öffnet, schlägt an. Der Mann ist auf dem Vorplatz.

Natürlich fängt er links an zu klopfen. Alle Leute, die im Haus nicht Bescheid wissen, klopfen zuerst links an der Stube, wo die Kinder schlafen. Dann klopft es gradezu. An der Küchentür.

Also ein Fremder, aber das hat Banz schon am Schritt gehört.

Nun klopft es an der Tür zu Banzens Stube, aber der denkt nicht daran, «Herein!» zu rufen. Er liegt ganz nett da für fremde Besucher, in seinem Hemd auf der Erde, mit dem verbundenen Kopf gegen das Stuhlbein, scheinbar bewusstlos. Da wird sich gleich zeigen können, was das für ein Kerl ist, wenn er den Kladderadatsch sieht.

Die Tür geht auf, und der blinzelnde Banz sieht, es ist einer in Uniform, der reinkommt, in feldgrauer Uniform. Er versucht zu begreifen, was das eigentlich für eine Uniform ist. Reichswehr? Aber die hat doch keine roten Achselstücke! Dann sieht er, dass der Mann nicht umgeschnallt hat. Also dienstlich kommt er nicht.

Und nun behält Banz die Augen zu. Mal sehen, ob das so ein Rindvieh ist, das auf die Bewusstlosigkeit reinfällt.

Die Uniform hat einen Augenblick an der Tür gestanden, dann geht sie in die Zimmermitte. Sie trampst tüchtig auf, damit sie den Schläfer weckt, aber Banz denkt: Trampse du nur. Dass dein Schritt nicht in Ordnung ist, höre ich doch.

Der Mann bleibt stehen, räuspert sich laut und sagt: «He!»

Banz denkt: Hehen können sie alle. Wollen mal sehen, was du weiter kannst.

Scheinbar kann der Mann im Augenblick gar nichts weiter. Es bleibt totenstill im Zimmer. Nur die Fliegen burren und summen.

Was der wohl tut?, denkt Banz und möchte blinzeln. Aber er blinzelt nicht.

Der Mann macht wieder ein paar Schritte, näher an Banz heran. Dann weiter von Banz weg. Dann wird ein Stuhl gerückt, und der Mann setzt sich.

Der ist nicht schlecht, denkt Banz. Lässt mich so einfach auf der Erde liegen. Na ...

Der Mann raschelt in seinen Taschen, Papier knittert. Ob der so einen Pfändungswisch hat? Aber Reichswehr pfändet doch nicht?

Ein paar unkenntliche Geräusche, dann wird ein Streichholz angerissen – paff, paff, paff –, und es riecht herrlich nach Zigarren.

Das ist ein Aas, denkt Banz und blinzelt wirklich. «Willst du nun wach sein?», fragt der Mann.

«Das kommt darauf an», sagt Banz und macht die Augen weiter auf. «Kennen tu ich dich grade nicht.»

«Man kann nicht alle kennen», sagt der in Uniform, der übrigens einen strohgelben Zickenbart hat.

«Das kann man nicht», bestätigt der Bauer.

Pause.

«Was ist das eigentlich für eine Uniform?», fragt Banz.

«Das ist eine Strafanstaltsbeamten-Uniform», sagt der Mann.

«Dann bist du also im Gefängnis?», fragt Banz.

«Lebenslänglich», antwortet der Mann und lacht. Er meckert. Richtig wie eine Ziege.

Pause.

Der Mann sagt entschuldigend: «Das ist so eine Republikuniform. Früher war ich Deckoffizier. Da hatten wir Blau oder Weiß. In den Uniformen haben wir nicht gehungert. Nein.»

«Nein», sagt Banz.

Pause. Die Fliegen surren.

«Liegst du so eigentlich gut?», fragt der Mann.

«Lass mich man liegen. Ich liege so ganz gut.»

«Es ist auch kühler als im Bett.»

«Das ist es.»

Der Mann raschelt in der Tasche.

Was nun wohl wird?, denkt Banz.

Der Mann bringt Papier zum Vorschein.

Holen die im Gefängnis jetzt selbst ihre Leute?, denkt Banz. Früher machten das doch die Landjäger.

«Da», sagt der Mann und gibt Banz eine Zeitung. Sie ist oft gelesen, das sieht man, die Brüche sind schon ganz durchgefasert und die aufgeschlagene Stelle schön grau.

Es ist eine Bekanntmachung der Polizei. Auf zehntausend Mark ist die Belohnung für den erhöht, der den Bombenschmeißer von Stolpe verrät. Eine Bekanntmachung mit Bildern. Eine Margarinekiste ist abgebildet. Eine Weckuhr. Eine Konservenbüchse und Drähte. Was eben einmal alles zu einer richtigen Bombe gehört. Und eine ausführliche Beschreibung, wie sie gebaut war. Sozusagen eine Anleitung zum Bombenbauen. Die Polizei hatte ja wohl Stückchen gefunden, und die Sachverständigen hatten rekonstruiert. Eine feine Sache.

«Eine feine Sache», sagt der Mann. «Gewissermaßen eine Anleitung für die Konstruktion von Bomben. Ich bin gut danach zurechtgekommen.»

Banz zieht es vor, die Augen wieder zuzumachen. Er weiß von nichts. Er hört nichts.

Der Mann brabbelt weiter: «Ich hab mir das ganze Zeugs auf den Müllbergen zusammengesucht: Bretter und Konservendose und Drähte und Batterie und Wecker. Bei mir kann keiner aus den Teilen raten, von wo die Bombe kommt.»

Banz schläft fest.

«Dann hab ich Uhrmacher gelernt. Mein Feldwebel hat geflucht, als ich ihr ihren Wecker auseinandergenommen habe. Aber ich habe schön daran gelernt, und der vom Müllhaufen geht jetzt prima. Der haut los, wann ich will. Auf die Minute.»

Banz schnarcht schon.

«Und die Batterie kriegt man auch wieder zurecht. Das ist ein Unsinn, die Dinger wegzuschmeißen. Das macht man mit Säure, und oben das Harz, das kriegt man auch los. Und dann lädt man die. Du sollst mal sehen, was für einen feinen Funken das gibt, wenn mein Wecker loshaut.»

Banz schläft.

«Nun fehlt nur noch die Füllung von der Konservendose. Na, die bekomme ich schon, was?»

Aber Banz schläft.

Die Uniform sagt: «Ich habe überlegt, wen ich nehme: den Gareis oder den Frerksen. Der Frerksen hat wohl zuerst losgehauen und hat die Polizei auf die Bauern kommandiert, aber der Henning hat doch gesagt: Der Gareis ist das Schwein.»

Banz blinzelt.

«Henning hat gesagt: Wenn die Oberen nicht wollen, hat der Frerksen den Schwanz zwischen den Beinen. Der Gareis hat die Bauern reingelockt. Der Henning sagt: Erst hat er freundlich getan und alles erlaubt, bloß dass sie demonstrieren. Damit er auch welche hat, in die er reinhauen kann, zum Exempel, weil sie keine Steuern zahlen und das mit den Ochsen gemacht haben.»

Banz hört zu.

Der Mann erklärt: «Der Henning liegt doch noch im Krankenhaus. Und wir müssen Posten stehen vor seiner Tür, weil er Gefangener ist. Da habe ich ihn kennengelernt.»

«Warum liegt Henning denn im Krankenhaus?»

Der Zickenbart ist ganz Verachtung. «Das weißt du nicht? Du bist der richtige Kuhbauer! Weißt nichts von der Welt. Weil der Henning die Fahne nicht hat hergeben wollen, haben die ihn doch zusammengehauen in Altholm, dass er ein Krüppel bleibt sein Leben lang.»

«So. Ja», sagt Banz. «Das habe ich, glaube ich, noch gehört.»

«Der Henning ist ein Held», sagt Hilfswachtmeister Gruen und ist stolz, den Helden zu kennen. «Einunddreißig Säbelhiebe hat er gehabt in den Armen und Händen. Auf den Henning schwört die Bauernschaft. Und auch in Altholm weiß man, dass der Fahnenträger ein Held ist.»

«Ein Fahnenträger», sagt Banz, «steht und fällt mit seiner Fahne.»

«Das tut er», sagt Gruen. «Darum ist er ein Held.»

«Das ist er dann», sagt Banz.

Pause.

«Wie ist das?», fragt der Uniformierte. «Soll ich die Scheune aufbrechen und mir das Zeugs holen? Oder gibst du mir den Schlüssel?»

Banz denkt nach. «Ich weiß nicht, ob es noch hier ist», sagt er dann.

«Natürlich ist es noch hier. Wo soll es denn sein? Die andern wollen es alle nicht.»

«Der Schlüssel hängt in der Küche. Beim Butterfass. Wenn ihn die Frau nicht einstecken hat.»

«Gut», sagt der Mann und geht fort.

Banz hört ihn draußen rumhantieren, wieder den Stolperschritt. Als er den Stolperschritt hört, hat er eigentlich Lust, dem Mann zu sagen: Hau ab. Aber er kann nicht hoch.

Dann klappert das Scheunentor. Er hört sogar das Schließen im Vorlegeschloss.

Ob der die Kiste findet?, denkt Banz. Wenn er wiederkommt und fragt, wo die Kisten sind, gebe ich ihm einen über den Schädel.

Dann klappert das Tor wieder. Der Schlüssel klirrt wieder. Der Stolperschritt kommt.

«Ich hab den Schlüssel wieder beim Butterfass hingehängt. Ich geh dann jetzt. Soll ich dich wieder ins Bett legen?»

«Wo hast du ihn denn?»

«In den Taschen. Lose. Das fällt nicht auf. – Soll ich dich auf das Bett legen?»

«Ich liege so gut. Geh man.»

«Dann gehe ich also.»

«Das tu denn man.»

9

Es ist ein strahlender Morgen, und genauso strahlend, genauso hell, genauso rund wie die sieghafte Augustsonne kommt Bürgermeister Gareis um die neunte Stunde in das Büro von Assessor Stein.

«Guten Morgen, Assessorchen. Nun, wie geht's? Gott, sehen Sie schon wieder schwarz und nervös und faltig aus! An so einem Morgen! Bummeln gewesen, gestern Abend?»

Er lässt den Assessor nicht zu Worte kommen.

«Ich war gestern Abend aus in Berlin. Mensch, ich sage Ihnen, was für eine Stadt wieder! Was es da für Arbeit gibt! Ich möchte los auf Berlin.»

Er steht da und schaukelt den massigen Bauch in Weste und Hose. Er lacht.

«Die Ochsen hier sagen, ich will Oberbürgermeister werden. Gott ja, vielleicht will ich das auch ein bisschen werden, schon um das Verwaltungsgenie, den Niederdahl, zu ärgern. Aber mein Lebtag arbeiten hier in Altholm ...? Danke! Ein gemütliches Heim mit Garten und abends Rosen züchten und bei jedem städtischen Etat denselben stinkenden Handel mit den Parteien ...? Danke, nein. Berlin!»

Er lässt sich mit aller Wucht in einen Sessel fallen, der erzittert. «Oder meinethalben auch Duisburg. Oder Chemnitz. Oder ein Dings mit zehntausend Einwohnern vor den Toren von Berlin, das man ankurbeln kann. Aber Altholm? Altholm? Was denken Sie sich eigentlich unter Altholm?»

«Ich glaube», sagt der Assessor spitz, «Sie waren heute Morgen noch nicht in Ihrem Büro.»

«War ich auch nicht. Und wenn ich Ihr Gesicht seh, Steinchen, hab ich alle Lust, heute mal die Schule zu schwänzen und ins Land zu fahren. Was meinen Sie, wenn wir uns den Wagen kommen ließen und irgendwo an die See, in die Dünen fahren würden? Baden, Schwimmen. Hinterher irgendwo fressen. Es wird ja noch einen Landgasthof geben, wo sie meine Visage nicht kennen und uns trotz Boykott was zu essen geben. Und dann durch die Nacht ganz sachte nach Haus ...»

«Hier bei uns sind schon längst alle Lampen ausgedreht», sagt rätselhaft der Assessor.

«Ich dreh sie wieder an, Steinchen, ich tu's. Also ist wohl wieder irgendein Mist passiert, den Tag, wo ich weg war. Das ist immer so. Ich brauch nur mal einen Nachmittag Koffer zu packen, gleich schlagen sich die Leute auf dem Marktplatz tot.»

«Ich würde doch mal rübergehen, Bürgermeister.»

«Wenn ich weiß, ich muss in Schiet treten, warum denn so eilig? Ist es wieder Bauernschiet?»

Assessor Stein nickt kummervoll.

«Wissen Sie, die Bauernsache interessiert mich nicht mehr. Die ist mir so egal. Die ist erledigt. Steinchen, ich war beim Minister. Wir haben alles durchgeklönt, das ist noch ein Mann. Da kriegt man wieder Mut zur Partei, dass das nicht nur Streithammel und Geschäftemacher sind, sondern auch Leute, die was schaffen wollen. Ganz egal, wie. – Nee, der Bauernrummel ist vorbei. Die Herren von der Rechten werden im Landtag ihre Antwort bekommen, und die wird klar sein. Deutlich wird die sein, die fragen nicht wieder. Assessor, der Minister steht hinter uns.»

«Der Regierungspräsident aber nicht.»

«Der Temborius? Das Aktenmännchen? Der Paragraphenkuchen, mit Staub bestreut? Was kann der noch wollen, wenn sein Chef entschieden hat?»

«Wenn der aber vorher entschieden hat?»

Der Dicke lehnt sich ganz in seinen Sessel zurück, schließt die Augen, dreht die Daumen.

«Also», sagt er langsam, «Herr Assessor Stein, dann treten wir mal wieder mit dem Vollgewicht unserer Persönlichkeit in die Scheiße. Was ist los?»

«Temborius hat geschrieben. An den Magistrat. Auch an Sie. Ihr Brief liegt noch auf Ihrem Platz. Aber der an den Magistrat genügt schon. Höchstes Missfallen.»

«Das habe ich schon vorher gewusst.»

«Frerksen ist seines Postens enthoben.»

Der Dicke schnellt aus seinem Sessel. «Frerksen enthoben! Das ist unmöglich. Das ist Verrat. Der Verwaltungshengst fällt uns in den Rücken. Die Regierung kriecht vor den Bauern. Die Regierung verrät ihre eigene Polizei. Das geht nicht. Er darf dem Minister nicht vorgreifen!»

«Er hat es getan.»

«Schnell, Assessor! Laufen Sie! Den Brief will ich haben. Holen Sie mir meinen Brief. Glauben Sie, ich habe Zeit? Ich will diesem Gesellen in Stolpe zeigen, wer die Nerven hat, wer kämpfen kann, hinter wem die Arbeiterschaft steht ... Laufen Sie!»

Der Assessor kommt schon wieder. Er gibt an Gareis den Brief.

Der fetzt ihn auf, im Stehen. Der überfliegt ihn. Liest ihn noch einmal. Dann lässt er ihn sinken.

«Da soll ein Mensch noch arbeiten. Dieses Verwaltungsgenie! Meinen ganzen Laden hat er mit zertöppert. Jetzt, sage ich Ihnen, Assessor, ist der Boykott konsolidiert. Wehe, Altholm! Der Regierungspräsident schlachtet dich.»

Der Dicke wendet sich, geht gegen die Fensterscheiben, starrt hinaus.

Kommt wieder zurück. «Ziehen Sie doch die Vorhänge zu. Diese pralle Augustsonne ist unerträglich. Also, Assessor, Sie können es ruhig lesen. Herr Regierungspräsident Temborius missbilligt aufs schärfste. Die Demonstration war zu verbieten. Wenn aber die Polizei vorging, so hätte sie das nach den Richtlinien des Geheimbefehls tun sollen.» Er bricht ab.

«Dieser verschwundene Geheimbefehl. Wenn ich nur eine Ahnung hätte, was darin stand. Ich kann doch dem Temborius nicht sagen, dass ich ihn nie gelesen habe.»

Er schaut wieder in den Brief. «Vollends die Art, wie der Polizeioberinspektor Frerksen vorging, gibt zu heftigstem Tadel Anlass. Frerksen wird bis zum Abschluss des Gerichtsverfahrens von der Polizeiexekutive entbunden und darf nur im Innendienst beschäftigt werden.

Endgültige Stellungnahme bis zum Gerichtsverfahren vor-

behalten. Die Akten an den Herrn Minister des Innern weitergegeben.»

Plötzlich grinst der Riese, grinst über sein ganzes fettes Voll-
mondantlitz, und es ist gar kein Zweifel: Er freut sich wirklich.

«Also, dies, lieber Assessor, ist, was man eine glatte Niederlage
nennt. Temborius war rascher. Ich dachte wunder wie schlau ich
war, als ich sofort zum Minister fuhr.»

Der Dicke sinnt, der Sturm ist vorbei.

«Ich werde», spricht er, «den Frerksen erst mal in Urlaub schicken. Rufen Sie an, und lassen Sie ihn sofort herkommen. Er kann
erst mal vier Wochen verschwinden. – Dann werde ich rumgehen
beim Magistrat und alle ehrenwörtlich verpflichten, dass sie das
Maul halten. Sie denken, die geben ihr Ehrenwort nicht? Lieber
Stein, jetzt wird scharf geschossen, jetzt gibt es keine Gnade,
jetzt trete ich den Leuten vor den Bauch, wenn sie nicht tun, was
ich will.

Diese Briefe von Temborius, diese Entscheidung – davon darf
kein Mensch was wissen. Der Schaden wäre zu groß. Und da es
schließlich um den Geldbeutel der Bürger geht, wird der Magistrat schweigen.»

Es klopft, und eintritt der Oberinspektor Frerksen.

«Sagen Sie mal, Frerksen», sagt Gareis. «Was ist das für ein
Gemunkel in der Stadt mit Ihrem Säbel? Sie haben doch Ihren
Säbel?»

«Jawohl, Herr Bürgermeister.» Und er legt die Hand auf den
Säbelkorb, aber sein Gesicht rötet sich.

«Ja, was reden denn die Leute von Ihrem Säbel? Haben Sie den
mal nicht gehabt?»

«Jawohl, Herr Bürgermeister.»

«Bitte nicht gar zu militärisch. Dann kapiere ich nämlich nichts.
Ihr Säbel ist Ihnen also abgenommen?»

«Jawohl, Herr ...»

«Schön. Schön. Und wann haben Sie den Säbel wiedergekriegt?»

Schweigen.

«Jetzt können Sie nicht mal mehr militärisch antworten. Sie haben ihn also gar nicht wiedergekriegt?»

Schweigen.

Der Bürgermeister richtet sich auf. «Ist es etwa richtig, dass der Funktionär der KPD, Matthies, im Besitz Ihres Säbels ist, Herr Oberinspektor? Er rühmt sich nämlich damit.»

«Ich weiß es nicht, Herr Bürgermeister. Er hat mir den Säbel nachgebracht, da hatte ich keine Scheide. Und dann, nachher, da habe ich ihn vergessen.»

«So. So. Sie hatten Ihren Säbel vergessen. Den vergisst man ja so. Der Professor und der Regenschirm. Der Oberinspektor und der Säbel. Nun noch eins: Wollen Sie mir erklären, warum Sie das Verlieren des Säbels, das Nachtragen des Säbels, das Vergessen des Säbels in all Ihren wortreichen Berichten über die Demonstration nicht mit einem Wort erwähnt haben? – Ja, bitte! Jetzt haben Sie das Wort, Herr Oberinspektor.»

Aber Frerksen spricht nichts.

«Wollen Sie mir vielleicht auch erklären, Herr Oberinspektor, wie Ihr Junge dazu kommt, in der Schule zu verbreiten, Sie hätten gesagt, die Bauern wären alle Verbrecher und gehörten an die Wand? Nein, bitte, bitte, Herr Oberinspektor! Keine Redensarten. Ihr Junge hat das gesagt, der Direktor des Gymnasiums hat es mir selbst gemeldet.»

Frerksen steht stumm.

«Ja, Herr Oberinspektor, Sie hören zu. Sie antworten nicht. Vielleicht wollen Sie Zeit haben, sich Ihre Antworten zu überlegen? Sie sollen sie haben. Ich bitte Sie, nach Haus zu gehen und sich als auf Urlaub befindlich anzusehen. Den Urlaub verbringen Sie nicht in Altholm. Er läuft vorläufig vier Wochen. Sie geben mir Ihre Adresse. Ich mache Ihnen dann noch Mitteilung, ob der Urlaub verlängert wird.

Das war alles, Herr Oberinspektor.»

Das Wesen in blauer Uniform schlägt die Hacken zusammen. Dann, endlich, geht die Tür zu.

Der Assessor sagt mit weißem Gesicht: «Gott, Herr Bürgermeister, das verzeiht Ihnen der Frerksen nie.»

«Verzeihen ...? Eines Tages wird er mir hierfür danken. Sollte ich ihm sagen, dass ihn der Präsident seines Amtes enthoben hat? Erstens hätte er's weitergequatscht. Zweitens wäre sein Selbstgefühl völlig futsch gewesen. Jetzt ist er in der schönsten Wut auf mich. Das stählt ihm den Rücken. Er ist immer ein bisschen Semmel gewesen, der gute Frerksen, eine sehr weiche Semmel. Mag er ruhig ein bisschen braun und kross werden.»

10

Es gibt einen Menschen in Altholm, der leidet wirklich unter den Folgen des sechsundzwanzigsten Juli, der leidet darunter Tag und Nacht.

Es war nicht schwer zu raten, welche Stellung das Gymnasium Altholms zu den Ereignissen am sechsundzwanzigsten Juli nehmen würde: Ein Fahnenträger, der mit seiner Fahne eilt, war ein zu überzeugendes Bild, als dass die Jungen sich ihm hätten entziehen können. Und da Henning ein Held war, folgte klar, dass seine Angreifer Schurken waren.

Wer aber war der Heerführer der Schurken gewesen? Wer hatte die Säbel zücken lassen auf den unseligen Einzelnen?

Niemand anders als Polizeioberinspektor Frerksen.

Der war die schwarze Macht, der Nifling, der Unholde, er war der Ephialtes, der Welsche, das böse Prinzip.

Und es war gemein, dass es doch einen Verteidiger für einen solchen Mann gab. Was für ein Schwein musste dieser Verteidiger sein, der ganz klar Schwarz in Weiß verdrehte und Weiß in Schwarz!

Hans Frerksen, elfjährig, Schüler der Quinta (grüne Mütze, gedrehte Goldschnur auf blauem Grund), hatte jeden Tag seinen Kampf zu kämpfen für den Vater.

Er kämpfte ihn wacker, ohne ein Wort zu Haus.

Es hatte sachte angefangen am Tage nach der Demonstration mit Fortgucken, Tuscheln, Großansehen, Isolieren.

Hans hatte ja in jener Nacht ein Gespräch angehört im Schlafzimmer der Eltern, das auch sein Schlafzimmer war. Seine schwache Blase hatte ihn diesmal grade zur rechten Zeit geweckt, um vom Vater zu hören, dass diese Bauern Schurken waren, Verbrecher, die kein Mitleid verdienten.

Er hatte innerlich gelächelt, als sie ihn so anstarrten, diese Bande war ja so dumm. Sie wussten über nichts Bescheid. Immer schimpften alle zuerst auf die Polizei, und nachher sahen sie ein, dass die es doch recht gemacht hatte.

Aber die Isolierung dauerte ein wenig lange, für ein Kind jedenfalls. Auf dem Hof, in der Pause, war er Gegenstand des Angestarrtwerdens geworden. Große Schüler, selbst Primaner, ließen sich in seine Nähe führen, betrachteten ihn, sagten: «So, das ist der», und gingen wieder weg. Nach den Pausen, wenn sich alles durch die engen Türen, über die zu schmalen Treppen drängte, war um Hans Frerksen eine Luftschicht, ein freier Raum. Sie kamen nicht gerne an ihn heran.

Es dauerte erschreckend lange, bis die Wahrheit bekannt wurde, und das Schlimmste war: Auch die Lehrer ließen sich anstecken. Es gab da verschiedene Methoden. Manche fragten ihn besonders viel, manche übergingen ihn grundsätzlich. Aber in der Art des Fragens, in der Art des Übergehens lag dies: Das ist der Frerksen, der Sohn von dem Frerksen.

Er wurde isoliert, also isolierte er sich selbst. Mit dieser ganzen Bande wollte er nichts zu tun haben, gut, er konnte warten, eines Tages würden sie zu ihm kommen, dann würde er sie nicht kennen. Keinesfalls wollte er verzeihen. Er wollte unerbittlich sein, stolz.

Aber dann, an irgendeinem Tage, änderte Hans Frerksen die Taktik. Er war so hohl innen, es war nichts mehr in ihm, sein Stolz war erschöpft. Er ging zum Angriff vor. Er drängte sich in die Kreise der andern, er redete dazwischen, es kümmerte ihn gar nicht, wenn sie weggingen. Ging er eben nach.

Er fing an zu sprechen von diesen Bauern, diesen Verbrechern, und er erreichte wenigstens, dass sie ihm zuhörten. Aber sie fragten gar nichts, sie stritten nicht mit ihm, sie hörten zu, und dann gingen sie weg und lachten höhnisch.

Es gab jetzt Namen für ihn, auch Anspielungen wurden gemacht. Schrecklich viel war von einem gewissen Säbel die Rede, er verstand kein Wort davon. Dann legten sie ihm Nummern der «Bauernschaft» in sein Pult. Da war die Säbelgeschichte erzählt, da waren Schimpfkanonaden zu lesen auf den roten Frerksen, den Blut-Frerksen, der am liebsten in Bauernblut badete.

Es war natürlich alles erlogen, aber stille sein konnte man nicht dazu, man steigerte sich, wie die sich steigerten, man sprach von den Verbrechern, die an die Wand gestellt zu werden verdienten.

Es ging, wie es ging. Zuerst kam er vor seinen Ordinarius und einige Tage später vor seinen Direktor.

Dies und das. «Hast du das gesagt von Verbrechern, die man an die Wand stellen sollte?»

«Ja», sagt Hans Frerksen.

«Aber wie kannst du das? Wo hast du das gehört?»

«Das hat mein Vater gesagt, und mein Vater weiß Bescheid.»

«Junge, überlege dir. Das kann dein Vater doch nicht gesagt haben!»

«Doch. Das hat er gesagt.»

«Aber Frerksen. Hier sind viertausend Bauern in der Stadt gewesen. So alt bist du doch schon, zu wissen, dass die nicht alle Verbrecher sein können. Soll man die alle totschießen?»

«Ja.»

«Aber du hast doch sicher gelesen, dass auch ein Dentist schwer verletzt worden ist, ein ganz Unbeteiligter. Das ist doch nun gewiss kein Verbrecher?»

«Doch», sagt der Junge.

«Aber wieso? Überlege doch. Ein einfacher Dentist, der zu einem Patienten geht?»

«Man soll sich nicht an Aufläufen beteiligen. Man soll weggehen, wo Aufläufe sind, sagt Vater. Wenn man in Aufläufe geht, trägt man selbst die Gefahr.»

«Aber dann ist man doch kein Verbrecher.»

«Doch», sagt der Junge.

Der Herr Direktor ärgert sich. «Nein, das ist man nicht. Die Bauern sind keine Verbrecher.»

«Doch», beharrt Hans Frerksen.

«Du hörst, dass ich ‹nein› sage. Ich bin dein Lehrer. Ich weiß das besser als du.»

«Vater sagt, dass es Verbrecher sind.» Und mit Zähigkeit: «Die gehören alle totgeschossen.»

«Nein!», brüllt der Schulherr. Und ruhiger: «Ich bin betrübt, dass ich dies von dir hören musste. Ich weiß, du wirst später anderer Ansicht sein.»

«Nein!»

«Du hast jetzt stille zu sein und zuzuhören. Du wirst später anderer Ansicht sein, sage ich ...»

«Nein», sagt der Junge.

«Zum Donnerwetter, hältst du jetzt deinen Mund! Ich werde dich bestrafen. – Hörst du, ich verbiete dir, mit deinen Kameraden, in der Schule, auf dem Hof von diesen Dingen zu reden. Kein Wort sprichst du mehr davon, verstanden?»

Der Junge sieht ihn trotzig an.

«Ob du verstanden hast, frage ich.»

«Aber wenn die anfangen! Ich kann doch nicht gegen meinen Vater reden lassen.»

«Dein Vater ... Gut, ich werde deinem Ordinarius sagen, dass der Klasse verboten wird, davon zu reden. Dann wirst du auch still sein, nicht wahr?»

Der Junge sieht ihn an.

«Also gut, dann geh schon, Frerksen.» An der Tür ruft er ihn noch einmal an. «Wann hat dein Vater das gesagt von den Verbrechern?»

«In der Nacht nach der Demonstration.»

«In der Nacht? Bist du denn wach gewesen?»

«Ja.»

«Schläfst du im Schlafzimmer deiner Eltern?»

«Ja.»

«Hat er es zu dir gesagt oder zu deiner Mutter?»

«Zur Mutti.»

«Gut. Schön. Dann geh schon.»

Er ist gegangen. Aber eigentlich war es schlimmer danach als vorher. Sicher, in seiner Gegenwart wurde nicht mehr darüber gesprochen. Aber ganz abgesehen davon, dass sie ewig hinter seinem Rücken darüber brabbelten, sprachen sie nun überhaupt nicht mehr mit ihm. Er war ausgestoßen, ein Geächteter, er hatte verraten, gepetzt. Der Sohn wie der Vater, Schurken beide.

Hans hat zehnmal den Entschluss gefasst, mit der Mutter davon zu reden. Aber wenn er sie sah, ängstlich, scheu, mit rot geweinten Augen, schwieg er. Er verstand, dass es ihr nicht anders ging wie ihm. Die Großeltern kamen nicht mehr, und die Verwandten kamen auch nicht mehr ins Haus. In den Sem-

393

melbeutel an der Tür war schon zweimal morgens Dreck getan, und die Kirschbäumchen im Garten hatte jemand nachts abgeknickt.

Jeder trug seine Last, auch Grete, wenn auch Mädels ganz anders sind, die quatschen so lange über alles, bis sie selbst nicht mehr wissen, woran sie sind.

Er kommt mittags nach Haus und hängt seine Mütze an den Haken. Legt seine Schultasche auf den Stuhl im Vorraum.

Papa ist schon da. Sein Säbel hängt an der Garderobe. Dieser verdammte Säbel! Natürlich ist alles gelogen, was sie darüber sagen. Aber Hans wüsste doch gern, wo der alte Säbel ist. Dieser ist neu, das hat er gleich gemerkt.

Aus dem Dunkel hinter dem Kleiderständer kommt die Mutter heraus. Sie weint so, die blanken Tränen laufen ihr über das Gesicht. «O Hans, Hans, was hast du gemacht! Der Vater ...»

Der Junge sieht sie an. «Weine doch nicht, Mutti. Ich habe gar nichts gemacht.»

«Lüg nicht, Hans. Um alles in der Welt, lüg nicht. Da, geh rein zu Vater. Ich wollte, ich könnte dir helfen, mein armer Junge. Sei mutig und lüge nicht.»

Der Junge geht ins Zimmer vom Vater. Der steht am Fenster und sieht hinaus.

«Guten Tag, Vater», sagt der Junge und bemüht sich, sehr mutig zu sein.

Der Vater antwortet nicht.

Eine Weile stehen die beiden, und das Herz von Hans tut schrecklich schnelle, schmerzende Schläge. Dann dreht sich der Vater um. Der Sohn sieht den Vater an.

«Hans! Was hast du ... Nein, komm näher. Stell dich vor mich und sieh mich an. Sage die Wahrheit, Junge. Was hast du mit deinem Direktor gesprochen?»

«Die andern Jungen ...»

«Das interessiert mich nicht. Keine Ausflüchte. Was war mit Direktor Negendank?»

«Der Direktor hat mich gefragt, ob ich das gesagt habe, dass die Bauern Verbrecher sind, die totgeschossen verdienen.»

«Und ...?»

«Da habe ich ‹ja› gesagt. Dann hat er mich gefragt, ob auch der Dentist ein Verbrecher ist.»

«Ja und ...?»

«Da habe ich gesagt, das ist auch einer. Wenn einer in einen Auflauf geht, dann ist er selber schuld, wenn er was abbekommt.»

«Und? Weiter!»

«Da hat Direktor Negendank gesagt, das sind keine Verbrecher. Da hat er mir verboten, dass ich es wieder sage.»

«Und ...?»

«Das ist alles. Dann hat er mich fortgeschickt.»

«Ist das alles ...?», fragt der Vater. «Hast du nicht zum Direktor gesagt, ich hätte das gesagt von den Verbrechern und dem Totschießen?»

Der Junge sieht den Vater abwartend an.

«Hast du das gesagt? Antworte! Ich will das wissen.»

«Ja», sagt der Junge leise.

«Darf ich dich vielleicht auch fragen, wieso du dazu kommst, derartige Lügen zu verbreiten? Wie kommst du dazu? Wer hat dir gesagt, dass du das erzählen sollst?»

«Keiner.»

«Wer hat das gesagt? Habe ich das gesagt?»

«Ja, Vater.»

«Da!» Der erste Schlag trifft ihn. Es ist der Schlag eines starken Mannes, ohne Beherrschung in das Gesicht des Kindes geführt. «Ich werde dich lehren! Ich habe das gesagt? Wann habe ich das gesagt?»

Der Junge hält die Hände vorm Gesicht und schweigt. «Nimm

die Hände runter. Stell dich nicht so an. Wann habe ich das gesagt?»

«In der Nacht damals. Zu Mutti.»

«Da! Da! Da! Nie habe ich das gesagt! Nie!»

«Doch!», brüllt der Junge.

«Nie!, hörst du: nie! – Änne, komm mal her.»

Die Frau tritt ein, bleich, zitternd, verweint.

«Da, sieh dir diesen Burschen an, deinen Herrn Sohn. Meine ganze Stellung ruiniert er mir mit seinem verbrecherischen Geschwätz. Dieser verlogene Bengel behauptet, ich hätte zu dir in der Nacht nach der Demonstration gesagt, die Bauern wären alle Verbrecher, die totgeschossen zu werden verdienten. – Habe ich das gesagt, Änne?»

Der Sohn sieht die Mutter an, flehend, tiefernst.

Die Mutter sieht auf den Sohn, dann auf den Mann.

«Nein», sagt sie zögernd, «so hast du das ...»

«Ach was! Jetzt kein Gerede! Ganz klar: Habe ich das gesagt? Ja oder nein?»

«Nein», sagt Mutti.

«Da hast du es! Du elender Lügner! Da! Da! Da! Lass das, Änne. Der Bengel hat Prügel verdient. Lässt du meine Hände los, Änne!»

«Nein. Nein. Jetzt nicht, Fritz. Nicht in der ersten Hitze. Er hat dich doch nur verteidigen wollen, Fritz!»

«Ich danke für seine Verteidigung. Ich danke für die Verteidigung eines Lügners. Sofort gehen wir zu Direktor Negendank, und du sagst ihm, dass du gelogen hast. Und wehe dir, wenn du noch muckscht!»

Er fasst den Sohn eisern ums Handgelenk. Schleppt ihn durch die Straßen zum Gymnasium.

Aber der Direktor ist in seiner Wohnung.

Weiter den Weg. Der erhitzte, zitternde Mann schleppt das Kind neben sich her.

Der Direktor ist jetzt nicht zu sprechen. Der Direktor ist beim Mittagessen.

Der Direktor muss zu sprechen sein.

«Hier, Herr Direktor, bringe ich Ihnen meinen Sohn. Heute erst habe ich erfahren, wie unverschämt, wie maßlos er Sie belogen hat. Hans! Sofort bittest du Herrn Direktor um Verzeihung. Sage: Ich habe gelogen.»

Der Direktor, die Serviette in der Hand, tritt verlegen hin und her. «Herr Oberinspektor, so geht das nicht. So in der Hitze. Sehen Sie das Kind. Das Kind muss geschont werden.»

«Ach was, geschont! Verzeihen Sie, aber wer hat mich geschont? – Sag: Ich habe gelogen, Herr Direktor.»

«Ich habe gelogen.»

«Mein Vater hat nichts davon gesagt, dass die Bauern Verbrecher sind.»

«Mein Vater hat nichts davon gesagt, dass die Bauern Verbrecher sind.»

«Sie sollen nicht totgeschossen werden.»

«Sie sollen nicht totgeschossen werden.»

«Ich habe das alles erlogen.»

«Ich habe das alles erlogen.»

«So. – Natürlich kann dir der Herr Direktor heute noch nicht verzeihen.»

«Doch. Doch. Ich bin sogar der Ansicht ...»

«Nein. Keine Milde. Ich bitte, ihn auch streng in der Schule zu bestrafen. Wahrscheinlich werde ich ihn umschulen. Für solche Lügner ist ein Gymnasium viel zu gut ...»

«Lieber Herr Oberinspektor, wollen Sie sich nicht beruhigen? In der ersten Hitze. Und über die Sache lässt sich so vieles sagen. Lügner ... Lügner ... Und er ist doch nur ein Kind. Frerksen, geh einmal dort in das Zimmer.»

«Nein. Er bleibt hier. Wir müssen sofort zu Herrn Bürgermeister Gareis. Da hat er auch seine Lüge zu gestehen. Hans, nimm deine Mütze, wir gehen ...»

«Das ist unmöglich, Herr Oberinspektor. Sehen Sie doch den Jungen an. – Dacht ich's mir doch! Da liegt er. – Komm, mein Junge. Ja, dir ist schlecht geworden. Hier legen wir dich hin. – Ein Glas Wasser, Frau. – Herr Oberinspektor, es ist vielleicht besser, Sie machen Ihren Besuch bei Herrn Bürgermeister allein. Schicken Sie dann bitte Ihre Frau. Die kann den Jungen abholen.

Nein, bitte, gehen Sie jetzt. Ich habe jetzt wirklich keine Zeit für Sie, Herr Oberinspektor. Der Junge ist, im Moment wenigstens, wichtiger. Guten Tag, Herr Oberinspektor.»

Im benommenen, verwirrten Kopf denkt der Junge ununterbrochen: Vater lügt. Mutti lügt. Vater lügt. Mutti lügt.

Zwei Tage später liest er im Aushangkasten der «Chronik», dass der Polizeioberinspektor Frerksen vorläufig wegen falscher polizeitaktischer Maßnahmen seines Amtes enthoben worden ist.

Da ist der Vater schon in Urlaub. Abgereist.

11

Wenn Stuff etwas wissen will von der Kriminalpolizei, muss er die Herren immer aufsuchen. Zu ihm kommen sie nicht. Es wird das oben nicht gerne gesehen. Für einen Beamten ist es immer etwas kompromittierend, durch die Tür der «Chronik» zu gehen.

Eine Ausnahme macht allein Perduzke, der ewige Kriminalassistent, der immer noch auf Beförderung wartet und es mit den Roten nicht verderben kann, weil er es längst mit ihnen verdorben hat.

Emil besucht manchmal seinen Männe. Dann hängen sie die Köpfe über die große Schreibtischplatte, dann schwärmen sie davon, wie schön es war, als noch Militär, ein ganzes Infanterieregiment, in Altholm lag. Dann schimpfen sie über die heutigen Zeiten, von der Schlechtigkeit der Welt, die von den Roten kommt, dann läuft der Setzerlehrling rastlos über den Hof und holt Zigarren und Bier, Schnaps und Bier.

Heute bleibt Perduzke streng an der Tür stehen, er holt etwas Weißes aus der Tasche, entfaltet es.

«Ich komme dienstlich, Herr Stuff.»

«Schön. Deswegen kannst du dich doch setzen. Oder willst du mich gleich verhaften?»

Perduzke grinst. «Das möchten die! Denen liegst du schwer auf dem Magen mit deiner ewigen Stänkerei. – Was das heute wieder für eine Lauferei war auf dem Rathaus!»

«Lauferei? Wieso?»

«Wie wenn du mit 'nem Stock einen Ameisenhaufen umrührst. Ich hab so was läuten hören. Auf der Schreibtischplatte von Gareis hat ein Brief vom Regierungspräsidenten gelegen. Und, siehe da, plötzlich, in zwei Stunden, geht Frerksen auf Urlaub.»

«Emil! O schöner süßer Emil! Frerksen geht auf Urlaub! Wird gegangen auf Urlaub! Der Regierungspräsident greift ein. Das Vorgehen der Polizei nicht rechtmäßig.» Tiefernst: «Was hat in dem Brief gestanden, Emil?»

«Ich weiß es nicht. Bei Gott, Männe, ich weiß es nicht.»

«Emil, sei nicht feige. Ich schwöre dir, Emil, ich verrate dich nie. Emil, was willst du? Willst du Schnaps? Willst du eine echte Bock? Willst du drei echte Bock? Willst du sieben Kognak? Alles! Aber was stand in dem Brief?»

«Ich weiß es nicht, Männe. Ich bitte dich auch dringend, keine voreiligen Schlüsse zu ziehen. Woher weißt du, dass der Brief und der Urlaub zusammenhängen?»

«Frerksen in Urlaub! Das ist der Anfang! Ich sage dir, Emil, der kommt nicht wieder. Der ist erledigt. Und was im Briefe stand, das kriege ich auch noch raus.»

«Ich bin aber dienstlich hier, Männe. Du hast da in Nummer einhunderteinundsiebzig der ‹Chronik› einen Offenen Brief veröffentlicht.»

«Ja? Habe ich das? Wenn du es sagst, wird es stimmen, Emil.»

«Dieser Brief ist gezeichnet Kehding.»

«Kehding? Nun ja, es gibt viele Kehdings. Was stand drin in dem Brief?»

Perduzke grinst. «Na, lies ihn dir erst mal durch. Sonst wird das Verhör zu lang.»

Stuff liest den Brief mit gerunzelter Braue. «Ja so. Das habe ich aber nicht reingebracht. Das ist nicht redaktionell, das ist ein Inserat. So viel sehe ich an dem dicken schwarzen Rand.»

«Ach so, du kanntest den Brief gar nicht?»

Stuff freut sich. «Ich habe doch nichts mit Inseraten zu tun! Ich bin doch Redakteur, das sollte selbst ein Kriminalassistent wissen.»

«Und wer weiß mit Inseraten Bescheid?»

«Och, ich glaube, keiner. Das macht so unser Fräulein. Oder wer grade da ist. Wenn die Leute früh kommen und es ist noch keiner da, dann nimmt auch die Reinemachefrau Inserate an.»

«Nee. So ist das? Das hatte ich nicht gewusst. Ist das bei den ‹Nachrichten› auch so?»

Stuff macht eine ausladende Handbewegung. «Bei den ‹Nachrichten›? Das ist auf der ganzen Welt so, bei den größten Zeitungen. Inserate, das ist wie Fliegendreck. Damit gibt man sich doch nicht ab.»

Perduzke mustert streng die Verzierung am Ofen. «Dann ist es wohl auch aussichtslos, wenn ich frage, ob das Manuskript von dem Inserat noch da ist?»

«Das ist vollkommen aussichtslos, mein lieber Emil!»

«Die werden nicht etwa aufbewahrt, die Inseratentexte?»

«Aufbewahrt! Hast du eine Ahnung, Emil, wie die Manuskripte aussehen, wenn sie abgesetzt sind? Die sind schwarz, sage ich dir, von den Setzerpfoten, da ist ein Neger Schnee dagegen.»

«Und du erinnerst dich wohl auch zufällig nicht, wo dieser Kehding, der ja wohl Landwirt ist, nach dem Offenen Brief zu urteilen – wo der her war?»

«Wo mag der her gewesen sein? Ja, das ist schwer zu sagen.» Stuff seufzt. Geht an den Bücherschrank. «Wir haben da Niekammers landwirtschaftliches Güteradressbuch für die Provinz Pommern. Da steht er sicher drin. Du weißt nicht zufällig seinen Vornamen, Emil?»

Perduzke sieht vor sich und schluckt. «Nein, den weiß ich zufällig nicht, Männe.»

«Aber den Ort weißt du doch, wo er wohnt, mein lieber Emil? Vielleicht gibt es in dem Ort nur drei, vier Kehdings, da kann man ihn vielleicht ermitteln.»

«Nein, grade den Ort solltest *du* mir sagen, mein herziger Männe.»

«Huch!», schreit Stuff. «Süßer! Der Frerksen ist in Urlaub! Der Frerksen, der ist abgesägt. Der Frerksen ist perdu!» Er singt es und schlägt dazu den Takt mit der Faust auf die Schreibtischplatte. «Bist du durch mit dem Dienst, Emil?»

«Du gibst mir also amtlich die Auskunft, dass das Manuskript von dem Offenen Brief nicht mehr existiert und dass du den Wohnort von dem Kehding nicht kennst?»

«Geb ich dir amtlich. Was ist's mit ihm? Strafantrag?»

«Ja. Von der Stadtverwaltung. Wegen Nötigung.»

«Na ja. Die müssen's ja wissen. Und du weißt nicht, was in dem Brief vom Präsidenten stand? Außerdienstlich, Emil!»

«Außerdienstlich auf Ehre, nee!»

«Dann muss ich es anders rauskriegen», sinnt Stuff. «Das muss rauszukriegen sein.»

«Wieso darf eigentlich Manzow immer mit kleinen Mädchen Geschichten machen, und es passiert ihm nichts?», fragt Perduzke.

«Ach!», sagt Stuff gedehnt. «Du hast auch was läuten gehört? Aber es ist eine Idee. Manzow ist ein großer Mann und ein Freund vom Dicken.»

«Ich habe nichts gesagt», erklärt Perduzke.

«Hast du nicht», bestätigt Stuff. «Jetzt gehen wir einen trinken. Und dann grabe ich den Tomahawk aus und gehe auf den Kriegspfad gegen den großen Häuptling Manzow. Hugh!»

«Du bist ein großes Kind, Männe», bemerkt Perduzke. Stuff sieht ihn trübe blinzelnd an. «Schaum, Emil. Nichts wie Schaum. Ich wollte, ich wäre es.»

12

Manzow hat mitten in der Stadt seinen wirklich schönen Garten, mit reich tragenden Obstbäumen, mit Blumen und Rasen, mit Büschen – trotzdem geht er wirklich manchmal in ihm spazieren, obwohl die Aussichten auf Lullullmachende Kinder wie 1:10 000 sind.

Stuff sieht ihn schon von weitem und ist noch nicht gesehen. So kann er sich vorsichtig anschleichen, denn aus Erfahrung weiß er, dass der große Manzow ihm gerne, bei aller Freundlichkeit, ausweicht. Das datiert noch aus der Zeit, da die «Chronik» Stahlhelmblatt war. Und Manzow war schon damals Demokrat. Stuff holte vernichtend gegen den großen Wirtschaftsführer aus (vernichtend für die Abonnentenziffern der «Chronik»), aber man verdachte es ihm sehr, dass er auch ein paar Anspielungen auf den Kinderfreund Manzow gemacht hatte. Eine harmlose Schrulle. Er tut doch keinem was. Er ist so ein Original. Und die Kinder verstehen doch nichts davon.

Stuff ist ganz nahe. Er macht rasch zehn Schritte, lehnt sich über den Gartenzaun und ruft: «Guten Tag, Herr Manzow. Ein schöner Tag, was?»

«Finden Sie?», fragt Manzow. «Übrigens guten Tag meinerseits. Sie entschuldigen mich doch. Die Frühstückspause ist vorbei. Die Arbeit ruft.»

Hat's ja sehr eilig, denkt Stuff. Es stimmt also. Hat Dreck am Stecken.

Und laut: «Ich hätte Sie gerne was gefragt, Herr Manzow.»

«Ja? Ja? Ich habe aber wirklich keine Zeit.»

«Ihr Betrieb läuft auch mal so», erklärt Stuff. «Und es ist wichtig für Sie.»

«Was wichtig für mich ist, weiß ich am besten. Meine Kunden selbst abfertigen, das ist wichtig.»

«Und unterdes werden Sie öffentlich abgefertigt, Herr Manzow.»

«Machen Sie keine Redensarten. Ich interessiere mich nicht für Geheimnisse.» Aber Manzow kommt doch näher und lehnt nun an der andern Seite des Zauns. «Was wollen Sie also wissen, Herr Stuff? Die Kollegien sind in den Ferien.»

«Wissen? Nichts. Ich weiß alles. Sogar von einem bestimmten Brief des Regierungspräsidenten.» Stuff pausiert, und mit Befriedigung sieht er, dass der Schuss ins Schwarze traf.

Manzow schnappt. Er schnappt tatsächlich nach Luft. «Ich sage es ja! Ich sage es ja! Nichts bleibt geheim. Woher in aller Welt ...»

«Ich weiß noch mehr, Herr Manzow. Da ist noch ein Brief, ein ‹Eingesandt›. Oder genauer ein ‹Überbracht›.»

«Nein, sagen Sie mir, woher wissen Sie, dass der Regierungspräsident an Gareis ...»

«Ein Arbeiter hat es gebracht. Ein gewisser ... Matz?»

Manzow schmeckt umher. Es scheint unbefriedigend zu schmecken.

«Ja, ein Matz. Ein sehr langes ‹Eingesandt›. Kein hübsches ‹Eingesandt›, Herr Manzow. Die Leute werden mit den Nasen schnuppern, wenn sie's riechen.»

«Man soll nicht glauben, was solche Kerle erzählen. Das sind wahre Erpresser.»

«Hat er Sie erpressen wollen? Das hat er mir gar nicht gesagt.»

«Seien Sie kein Idiot», knurrt Manzow. «Das habe ich auch nicht gesagt.»

«So? Nein? Ich hatte es so verstanden.»

«Ich kenne gar keinen Arbeiter Matz.»

«Aber die kleine Lisa Matz? Unter uns, ich habe auf dem Standesamt das Register eingesehen. Im April dieses Jahres zwölf Jahre alt geworden, Herr Manzow. Zwölf Jahre!»

«Manche Mädels sind eben verdammt entwickelt. Außerdem ist gar nichts passiert.»

«Nein. Natürlich nicht. Ständen wir sonst hier? Ständen Sie sonst hier?»

«Ich, Herr Stuff», sagt Manzow plötzlich wütend, «liebe Ihre Methoden nicht. Ich lasse mich nicht am langsamen Feuer rösten. Sie wollen was. Was wollen Sie?»

«Sie vielleicht am langsamen Feuer rösten, Manzow», grunzt Stuff.

«Ich bin nicht Ihr Affe, Sie!», brüllt Manzow los. «Gehen Sie zum Teufel! Tun Sie, was Sie wollen!»

Er stürmt fort gegen das Haus.

Stuff sieht ihm nach, greift in die Tasche, holt eine Zigarre heraus, besieht sie tiefsinnig, beißt sie ab und spuckt die Tabakblättchen aus.

Drüben, unten im Garten, donnert die Tür zu.

Stuff holt sein Feuerzeug aus der Weste, brennt langsam die Zigarre an. Bleibt am Zaun stehen.

Ein Mädchen kommt hastig aus dem Haus gelaufen, ein Dienstmädchen mit dicken roten Armen. Stuff sieht mit stiller Freude beim eiligen Gang den gewölbten Busen in der lockeren Bluse auf und ab schaukeln.

Das Mädchen ist rot und sehr verlegen. «Herr Manzow lässt sagen, Sie möchten nicht so auf seinem Zaun lehnen. Der Zaun ist frisch gesetzt und sackt weg, lässt Herr Manzow sagen.»

«Danke schön», sagt Stuff und blinkert mit den Augen. «Sag Herrn Manzow von mir, mein schönes Kind, dass ich hier stehen bleibe, bis der Zaun weggesackt ist.»

Das Mädchen lächelt auch ein bisschen, nur ganz schnell, weil sie es ja eigentlich nicht darf, und geht wieder ins Haus. Nun sieht Stuff den Po hinter blauem Kattun schaukeln. Es ist ein umfangreicher Po, Stuff stützt den zweiten Arm auf den Zaun und schwärmt.

Fünf Minuten vergehen. Stuff raucht.

Die Tür öffnet sich, und Manzow kommt wieder. Er geht lächelnd an Stuff heran. «Ich habe es mir überlegt, ich will dem Matz hundert Mark geben und ihm eine Stellung in der städtischen Gärtnerei verschaffen.»

«Gut», sagt Stuff und nimmt den einen Arm vom Zaun.

«Und Sie.» Manzow greift in die Tasche. «Hier haben Sie eine Abschrift von dem Brief des Präsidenten. Das war doch, was Sie wollten?»

«Wenn Sie», sagt Stuff mit Nachdruck, «kein Demokrat wären, Herr Manzow, was wären Sie für ein Mann!»

Er nimmt den andern Arm vom Zaun.

«Gareis hat auch einen Brief bekommen. Er soll noch schärfer sein. Ich kenne ihn aber nicht.»

«Gut. Der hier genügt mir schon.»

«Ich will kein Ehrenwort von Ihnen, Herr Stuff. Aber sehen Sie, dass Sie das Maul halten. Ich schliddere sonst verdammt rein.»

«Ich habe noch nie einen Gewährsmann verraten», sagt stolz Stuff. «In einem Punkt muss man auf Sauberkeit sehen.»

«Richtig», sagt Manzow. «Ich für meine Person bade jeden Tag. Morgen.»

«Morgen», antwortet Stuff und starrt ihm nach, mindestens so bewundernd wie dem Köchinnenpopo. Er ist ein Schwein, aber ein hundertprozentiges. Ein wahres Oberschwein.

Er schiebt los gegen die Redaktion. Heute schlägt die «Chronik» wieder alle. Was der Heinsius platzen wird! Ach Gott, der schneidet es ja doch aus. Tintenkuli ist man bloß für die Affen von den «Nachrichten».

13

Der Brief des Präsidenten in der «Chronik», das war die Bombe, die einschlug.

Die Stadt brauste auf, Köpfe fuhren zusammen und auseinander. Gareis musste sich die Hand verbinden lassen, er hatte einen Aschenbecher zertrümmert vor Wut.

Es war ja auch ein schöner, ein weiser Brief, er verteilte Licht und Schatten, er richtete es so ein, dass jeder sein Päckchen bekam: Bauern und Polizei.

Oben aber im Himmel thront der Temborius.

Die Regierung war milde gewesen und sanft, trotz der schlechten Erfahrungen hatte sie den Bauern noch einmal die Demonstration erlaubt.

Die Bauern aber waren böse gewesen, eine Aufruhrfahne hatten sie mit sich geführt, eine nicht eingewickelte Sense hatten sie durch das Stadtgebiet getragen (Paragraph drei der Polizeiverordnung von Anno Tobak), hatten die Polizisten angegriffen, hatten aufreizende Reden geführt, Väterchen Staat verachtet.

Die Polizei hatte recht getan vorzugehen.

Die Polizei hatte nicht recht getan, *so* vorzugehen.

«Über die Art der Durchführung der Polizeiaktion bestehen taktische Bedenken. Ich enthebe daher den Polizeioberinspektor Frerksen des Exekutivdienstes bis zum Abschluss einer gegen ihn schwebenden Untersuchung.»

Sela.

Toben, Jauchzen, Grinsen, Schluchzen.

Und Gareis, nach dem ersten Wutanfall, hockt in seinem Zimmer, brütet: Woher hat der Stuff das? Wer hat das dem Stuff gegeben?

Er lässt Tredup kommen, aber Tredup weiß nichts, weiß diesmal wirklich nichts. Gareis sieht ihm an, dass er nur zu gerne verraten hätte.

Nein, nichts, aber er wird aufpassen, wird es zu erfahren suchen.

Aber Tredup braucht nicht aufzupassen, Gareis weiß schon am Abend Bescheid. Manzow hat nichts verraten, Stuff hat dichtgehalten, trotzdem weiß Gareis am Abend, wer an Stuff die Abschrift gab.

Da ist dieses Dienstmädchen von Manzow, die Person mit dem Schaukelbusen, sie erzählt, was der Stuff für ein netter Mensch ist. Er hat ihr zugewinkert und zugelacht. Sicher ginge er gerne mal mit ihr aus.

Der Mann, mit dem sie «geht», dem sie das erzählt, fragt, woher sie denn den Stuff kennt.

Von Manzow. Die beiden haben doch heute solchen Streit gehabt, sie hat doch den Stuff wegjagen sollen vom Gartenzaun.

Ob er gegangen ist?

Nein, die beiden haben sich doch wieder versöhnt. Manzow ist wieder rausgegangen zu Stuff, und sie haben weitergeredet miteinander.

Der Mann, der die Sympathien des Mädchens hat, ist ein Genosse. Ein SPD-Mitglied. Wenn Genossen etwas zu wissen glauben, so gehen sie damit zu Pinkus, dem Berichterstatter von der «Volkszeitung». Der zahlt fünfzig Pfennige für jede Neuigkeit, die er brauchen kann.

Diese kann er nicht brauchen, sie eignet sich nicht für den Druck, der Genosse sieht das ein? Außerdem könnte das Mädchen Schwierigkeiten dadurch haben bei ihrem Dienstherrn.

Den Genossen scheint das nicht arg zu stören.

Jedenfalls flitzt Pinkus mit der Nachricht zu Gareis. Gareis ist ein wirklich großer Bonze, man weiß gar nicht, wo der überall Verbindungen hat. Pinkus beabsichtigt nicht, sein Lebtag Lokalreporter in Altholm zu bleiben.

Gareis hört, Gareis weiß Bescheid.

Einen Augenblick überlegt er, ob er noch mit dem Mädchen sprechen soll, aber was er gehört hat, das genügt vollkommen. Als er allein ist, nimmt Gareis den Hörer ab.

«Bitte Herrn Manzow. – Hier Bürgermeister Gareis. Ich möchte Herrn Manzow selbst sprechen. – Ja, sind Sie da?»

Ganz leise und sanft: «Du hast dem Stuff den Brief vom Regierungspräsidenten gegeben. Leugne nicht. Ich weiß es von ihm selber. Was du angerichtet hast, ist dir wohl schon klar. Ich erkläre dir, dass ich noch heute eine Parteivorstandssitzung einberufen werde. Ich werde beantragen, dass die Arbeitsgemeinschaft der SPD mit den Demokraten aufgehoben wird. – Guten Abend, mein lieber Manzow. Nein, es ist schon gut. Pass ein bisschen auf, dass keine Anzeigen gegen dich kommen, ich habe keinen Papierkorb mehr. Guten Abend. Guten Abend. – Ach, schwätz nicht. Schluss!»

Drei Minuten später klingelt auf der Redaktion der «Chronik» das Telefon.

«Hier Manzow. Ich möchte Herrn Stuff sprechen. Selber am Apparat? Sie Lump haben dem Gareis verraten, dass Sie den Brief des Regierungspräsidenten von mir haben. Sie sind das größte Schwein von Altholm. Halten Sie die Schnauze. Tun Sie, was Sie wollen. Wegen Erpressung zeige ich Sie an, Sie Revolverjournalist! Ich werde mich an Herrn Gebhardt wenden, über Sie beschweren werde ich mich. Sie sind unmöglich ab heute in Altholm! Sie gemeiner Hund, Sie. Ach was, halten Sie Ihr Maul. Mit Ihnen rede ich schon lange nicht mehr. Schluss!»

Zwei Minuten später klingelt das Telefon bei den «Nachrichten».

«Hier Stuff. Bitte Herrn Gebhardt. Herr Gebhardt selbst? Ja, Herr Gebhardt, der Manzow hat mich eben angerufen. Irgendwer hat dem Gareis verraten, dass ich den Brief von Manzow habe. Ja, den bewussten Brief. Nein, ich habe mit keinem Menschen darüber gesprochen. Nein, bestimmt nicht. Nein, ich habe nicht geschwatzt. Ich habe seit zehn Tagen keinen Tropfen getrunken. Schwierigkeiten? *Ich* mache doch die Schwierigkeiten nicht. Eben, ich muss beobachtet worden sein. Ja, wir müssen einen Spion auf der Redaktion haben. Nein, nicht am Telefon. Wenn Sie aber vielleicht mal Gareis anrufen würden? Man muss den Manzow verhindern, dass er in der ersten Wut zu viel Mist macht. Was für Mist? Gott, Herr Gebhardt, hier gibt es doch überall Mist. Da ist nun schwer zu sagen, was er grade ausgräbt. Ja, ich halte es für das Beste. Ja. Danke schön. Guten Abend, Herr Gebhardt.»

Zehn Minuten später klingelt das Telefon bei Bürgermeister Gareis.

«Hier ‹Nachrichten›. Gebhardt. Ja, selbst. Ich sehe eben, Herr Gareis, was der Stuff da angerichtet hat. Komme grade von einer Reise zurück. Nein, ich bin empört. Können wir vielleicht mal darüber sprechen? Nein, ich habe auch noch etwas anderes im Sinne. Morgen Vormittag um elf? Ja, das wird gehen. Ganz Ihrer Ansicht. Es muss jetzt Ruhe werden. Guten Abend, Herr Bürgermeister.»

Fünftes Kapitel

Es kracht zum zweiten Mal

1

Thiel in seiner Dachkammer hat am Tage nicht schlafen können. Trotzdem er nackt auf seinen Woilachen im Winkel lag, brach der Schweiß bächeweise aus ihm. Dazu kamen die Gestänke vom Klosett nebenan, schlimmer als je.

Er war kaputt. Dieses Warten zermürbte. Niemand kam, aber Tausende hatte er kommen gehört, Zehntausende, in jeder Stunde viele. Durch das schlafende, unruhige, knackende, finstere Haus kamen sie heran, schlichen hier, schlichen dort, lachten mit großen weißen Gesichtern im Laternenschein oder standen in dunklen Ecken, regungslos, das Gesicht im Winkel.

Diese Nächte hatten ihm den Schlaf weggezogen. Wenn jetzt die Spülung nebenan strömte, dann war er in der Versuchung, aufzuspringen, gegen die Tür zu trommeln, das Dachfenster aufzureißen, auf die Straße zu blöken: Hier der Bombenschmeißer von Stolpe! Zehntausend für den Ersten, der oben ist!

Ganz gegen Abend – im Haus war es schon stiller geworden, und die Setzmaschinen klapperten nicht mehr – war er eingeschlafen, hastig und tot.

Nun ist ihm, als sei er plötzlich wach geworden von einem Geräusch. Er setzt sich auf und lauscht.

Es ist ganz dunkel und das Haus völlig still.

Er brennt ein Streichholz an und sieht auf die Uhr: fast zwölf.

Dann zieht er eine Hose über (und nichts mehr) und findet

auf dem Stuhl an der Tür das von Padberg hingestellte Essen und eine Flasche Mosel.

Padberg ist also hier gewesen und hat ihn schlafen lassen, nicht geweckt, der Schuft, der elende. Neue vierundzwanzig Stunden, in denen er zu keinem Menschen ein Wort sprechen kann.

Thiel isst hastig und lauscht immer wieder. Ihm scheint das Haus Unheils voll, es wartet auf ihn mit all den leeren Zimmern, mit den Arbeitsräumen, die noch angefüllt sind mit den Bewegungen der Menschen, die leben dürfen, während er umhergeht wie ein Traum.

Dann tastet er sich die Treppe hinab in den Garten.

Zuerst in den Garten, in die Luft, unter Sterne, zwischen Grün. Er hat seinen Mosel mitgenommen, und hier, auf einem vermanschten Grasplatz, trinkt er ihn.

Dann steht er wieder auf, er erinnert sich später genau, dass er in dieser Stunde besonders froh und wach und aufgeräumt war, und geht zum Maschinenhaus. Dort, in einem Verschlag, sind zwei Brausen. Er stellt sich unter eine und duscht sich gründlich ab.

Nun ist ihm ganz wohl. Er nimmt einen Drahthaken von einem Nagel und tändelt damit das Schloss einer Schieblade auf. In der hat der Maschinenmeister allen möglichen Privatkram, auch Zigaretten, und von denen nimmt er sich eine und steckt sie sich an, trotzdem er selbst genug hat.

Aber der Maschinenmeister mag ruhig ein bisschen toben, wenn sein Bestand nie stimmt, das sind alles rote Genossen. Es ist gut, wenn die Verdacht aufeinander haben, Misstrauen in der Partei hält den Meinungsaustausch frisch.

Doch eigentlich ist es ihm nicht um die Zigaretten zu tun. Darum macht er kein Schloss auf. Aber der Maschinenmeister hat auch immer ein Lager von allen möglichen Aktfotografien. Weiß der Teufel, was er damit tut, ob er sie auch zum Vertrieb hat an seine Kollegen oder ob er sich, ein nicht befriedigend verheirateter Mann, daran ergötzt.

Jedenfalls ist heute Abend eine ganze frische Partie da, sieht Thiel im Lichte eines Streichholzes. Und nun zieht er sich mit seinem Packen Bilder unter einen Tisch zurück, dessen deckende Platte den Lichtschein abfängt.

Nach einer halben Stunde nimmt er seinen Rundgang neu auf, geht wieder durch den Garten, in den Setzersaal, zur Expedition. Er ist heute kein scharfer Wachhund, heute Nacht macht er blau, heute Nacht summt er sogar vor sich hin.

Er öffnet die Tür vom Flur zum Expeditionszimmer. Das ist jene Tür, die oben im Schornstein das Bimmelsignal gibt. Und richtig, er hört es ganz schwach bimmeln von dort.

Ihm fällt ein, dass er heute Abend verschlafen hat, dass er vergaß, die Klingel abzustellen wie sonst jeden Abend. Und steht erstarrt.

Oben hört er Schritte, deutlich rasche Männerschritte.

In demselben Augenblick rast er in Sätzen die dunkle Treppe hinauf. Er überlegt nicht in diesen Sekunden, es reißt ihn die Treppe hinauf, dem Spion entgegen. Im Laufen tastet die Hand nach dem Gummiknüttel, fasst ihn schlagbereit.

Der Vorplatz ist stichdunkel. Aber in den Ritzen der Tür zum Expeditionszimmer schimmert es schwach gelblich. Drinnen brennt Licht.

Sein Elan reißt ihn pausenlos weiter, er öffnet die Tür: Und die stille helle Weite des Arbeitszimmers von Padberg tut sich vor ihm auf. Die fünf Lampen am Kronleuchter brennen, die Schreibtischlampe brennt, die Vorhänge sind zugezogen.

Aber das Zimmer ist leer.

Thiel sieht nach der andern Tür: Sie ist geschlossen, schwingt nicht.

Das Hastige fällt ab von ihm, leise, auf Zehen, als dürfe

er einen nicht stören, schleicht er ins Zimmer, dem Schreibtisch zu.

Die Mittellade steht auf und ist leer. Was darin lag, ist auf die Platte des Schreibtischs gestapelt, zur Durchsicht. Zwei Stöße, einer rechts, schon durchgesehen, mit den weißen Rückseiten nach oben, einer links, noch der Durchsicht harrend, ihm das Beschriebene zukehrend.

Mechanisch greift Thiel nach dem obersten Blatt, nimmt es, will es überfliegen ...

Und ein Gefühl äußerster Gefahr überkommt ihn, eine Welle von Angst stürmt über ihn, sein Herz beginnt schmerzhaft zu trommeln und ist doch so schwach.

Er steht einen halben Meter ab vom Vorhang, der nun seinen Blick anzieht. So in nächster Nähe gesehen, hängt der Vorhang nicht glatt zur Erde, er bauscht und buckelt sich seltsam, fast könnte man denken, jemand stünde dahinter.

Thiels Blick geht zur Erde. Der Vorhang ist nicht ganz lang, es bleibt Raum über dem Boden. Und in diesem Raum stehen zwei Schuhe, zwei schwarze, bestaubte Männerschuhe, mit den Spitzen zu ihm.

Thiel fängt an zu zittern, es ist alles so gespenstisch. Dies dunkle, verworrene Haus, der nächtige Garten, die schlafenden Schuppen, und in all dem, wie in der Kammer des Traums, ein erleuchtetes Zimmer, totenstill. Ein Mensch vor einem Vorhang, unter dem zwei Schuhe stehen. Die Hand des Menschen tastet sich gegen den Vorhang – braunrot ist er –, sie bebt so stark, dass er sie wieder zurückzieht.

Thiel starrt auf den gebeulten Vorhang.

Es ist unendlich viel in ihm in diesen Sekunden: glückliche Kindertage, das nüchtern-klare Zimmer auf dem Finanzamt mit der verlässlich klappernden Rechenmaschine, ein Skatabend im Gasthof, die drei Gesichter der Freunde, doch vor allem der

Fuß Kalübbes über einem braunbunten Falter im Straßenstaube – und der Fuß wurde zurückgezogen.

Thiel legt sachte den Gummiknüttel hinter sich auf den Schreibtisch. Mit der linken Hand fasst er die rechte ums Gelenk, führt die bebende gegen den Vorhang.

Seine Fingerspitzen berühren den Stoff, sein Herz erzittert stark.

Er hebt ihn, er zieht ihn langsam ab von dem Gesicht, das sich darbietet, ein weißes, faltiges Gesicht, schneeweiß, mit einem Wust dunkler Haare darüber. Trübe Augen sehen ihn an.

Hier steht ein Mann im blauen Setzerkittel. Leise dämmert es in Thiel, dass er ihn schon gesehen hat, damals in jenen Tagen direkt nach dem Bombenwurf, als er noch auf der «Bauernschaft» Dienst machte. Ein Setzer.

Die beiden sehen sich unverwandt an, sie bewegen nicht die Lippen, sie sehen sich nur an, Spion und Bombenwerfer.

Der Blick des andern ist dunkel und trübe ... und mählich geht Thiel alles ineinander wie ein Traum. Ihm ist es, als sei er es, der dort hinter dem Vorhang steht, und wieder er, der den Saum lüftet. Er sieht trübe, er greift dunkel, alles verschwimmt ...

Thiel lässt langsam – oh, so langsam! – die Vorhangfalten vor das Gesicht, er greift nach seinem Gummiknüttel. Rückwärts, das Gesicht gegen den bauschenden Vorhang gekehrt, verlässt er das Zimmer. An der Türe dreht er das Licht aus. Und nun steigt er schwer und trübe zur Dachkammer hinauf.

In seiner Abseite legt er den Kopf auf die Woilache und versucht nachzudenken. Aber alles ist viel zu dunkel. Immer von neuem wiederholt es in ihm: Ich bin feige gewesen. Einfach feige bin ich gewesen. Mit dem Gummiknüttel hätte ich ihm in die Fresse schlagen sollen. Feige war ich.

Und: Hätte ich nur heute Abend nicht die Aktfotos genommen! Schlapp war ich! Feige war ich!

Plötzlich fährt er hoch. Er muss geschlafen haben. Aber es kommt ihm vor, als sei es nur ein Augenblick gewesen.

Jetzt hört er durch das ganze Haus, wie ein Schlüssel drunten im Erdgeschoss in das Schloss gestoßen wird, wie jemand schließt, der Jemand steigt die Treppe hinauf, und diesen Schritt kennt er.

Na ja, denkt er. Na ja. Nun gibt es was.

Aber es gibt nichts. Er hört Padberg in sein Arbeitszimmer gehen. Hört, wie der dort rumhantiert.

Gibt es nichts?

Aber der Mann ist doch unten, der Setzer mit dem dunklen Haar und den trüben Augen!

Nein, es gibt nichts.

Gibt es gar keinen Setzer?

Thiel steigt langsam die Treppe hinunter. Er ist grenzenlos müde und hat einen schlechten Geschmack im Munde.

Vor dem Schreibtisch sitzt Padberg, raucht eine Zigarre und steckt Papiere in eine Tasche. An der Tür steht ein Reisekoffer.

«'n Abend, oller Wachhund», sagt Padberg in glänzender Stimmung. «Sie schliefen gestern Abend so sanft, ich wollte Sie nicht stören.»

«Guten Abend», sagt Thiel.

«Hören Sie», fängt Padberg wieder an, «ich muss sofort nach Berlin. Die wollen da so irgendeine Einheitsfront gegen die Bauernschaft zusammenbringen. Das Gestell, der Temborius, rührt sich auch wieder. Möglich, dass es bald etwas Nettes für Sie zu tun gibt.» Und er macht eine werfende Bewegung mit der Hand.

«Wollen Sie heute Nacht noch fahren?», fragt Thiel.

«Jetzt. Sofort. Das Auto muss in jeder Minute kommen. Ich lasse mich bis Stettin fahren, dann kriege ich noch den Frühzug nach Berlin.»

«Ja, so», sagt Thiel.

«Wann ich zurückkomme, weiß ich noch nicht. Und da wird es mit Ihrem Essen schlecht. Es ist mir überhaupt zu gefährlich, dass Sie hier sind, wenn ich nicht bei der Hand bin. Ich denke, es ist das Beste, Sie gehen sofort zu Graf Bandekow auf Bandekow-Ausbau. Sie wissen ja den Weg, und der Graf kennt Sie auch. Hier, für alle Fälle fünfzig Mark. Aber Sie brauchen ja kein Geld.»

«Nein», sagt Thiel. «Und hier?»

«Hier? Ach so, wegen des Aufpassens? – Da ist schon das Auto. Ich muss los. – Nein, hier ist nichts nötig. Alles, was an Papieren wichtig ist, habe ich mit. – Also, ich muss los. Auf Wiedersehen, Thiel. Heil Bauernschaft!»

«Heil Bauernschaft!»

«Gehen Sie dann auch gleich los!»

«Sofort», sagt Thiel.

«Na also denn nochmals ...»

2

Im Sitzungssaal, beim Regierungspräsidenten Temborius, herrscht gute Stimmung. Sehr gute sogar.

An einem langen grünen Tisch sitzen die Vertreter der ländlichen und städtischen Bevölkerung des Regierungsbezirks Stolpe einträchtig beieinander und plaudern. An einem Quertisch thront der Präsident mit seinem Stabe. Er ist heute ein anderer Regierungspräsident, ein verbindlich lächelnder, Witze machender, Scherz verstehender Herr, er ist der Mann mit der glücklichen Hand, die alles glätten wird.

Es ist ihm gelungen, was aussichtslos schien, er hat die feindlichen Brüder von Stadt und Land an *einen* Tisch gebracht.

Zwar, die städtische Verwaltung Altholms selbst ist etwas schwach vertreten. Dort spielt man natürlich Schmollebock und hat nur den Assessor Stein entsandt, ein reiner Informationsakt, weil man wütend dort ist, dass das Regierungspräsidium eine glücklichere Hand hat als ein gewisser Gareis.

Nun gut, aber die Stadt ist doch da: das Handwerk mit seinen Innungsmeistern, der Einzelhandel mit dem gewichtigen Herrn Manzow, die Fabrikanten mit ihrem Syndikus.

Und nicht aufzuzählen ist, wer alles vom Lande kam. Da ist die Landwirtschaftskammer, vertreten durch einen Landwirtschaftsrat, zwei Ackerbauschuldirektoren, zwei Saatzuchtinspektoren.

Da ist der Landwirtschaftliche Hauptverein: zwei Vorstandsmitglieder.

Die Kreisbauernvereine gleich mit fünf Mann.

Da ist die Wiesen- und Wasserbaugenossenschaft: zwei Mann.

Die Landlehrer haben sich vertreten lassen, die Landgeistlichkeit, das Gastwirtsgewerbe auf dem Lande.

Oh, dieser Assessor Meier kann außerordentlich tüchtig sein, er hat in den entferntesten Ecken noch Organisationen erspäht, die man laden konnte. Wer hätte an den Verband Pommerscher Geflügelzüchter oder an die Ländlichen Hausfrauen gedacht? Er!

Und ein Musterbeispiel vorsichtigen Abwägens, glänzender Formulierung war sein Referat über die juristischen und gesetzlichen Grundlagen für das Vorgehen der Polizei am sechsundzwanzigsten Juli.

Fast noch besser, fast noch wirkungsvoller als die polizeitaktischen Erörterungen des Polizeiobersten Senkpiel.

Er selbst, Herr Regierungspräsident Temborius, hat die innenpolitischen Voraussetzungen und Auswirkungen jenes Tages behandelt, nicht ohne Wirkung, scheint ihm.

Alles ist in der loyalsten Weise besprochen, keine Gehässigkeit, keine Verbissenheit. Die bunten Glasfenster stehen offen im großen Sitzungssaal, Luft und Licht fluten herein, eigentlich sogar die ganze Welt, sozusagen, man steht hier der ganzen Welt gewissermaßen offen. Man hätte auch jede Frage gerne beantwortet, aber alles war so erschöpfend behandelt: Es wurde nichts gefragt.

Nun hat man eine Pause eintreten lassen. Ehe man zum zweiten Hauptpunkt der Tagesordnung übergeht, der Bereinigung des Boykotts, gibt man den Herren, unter dem Vorwand einer Erholungspause, Gelegenheit, sich auszusprechen.

So plaudern die Herren miteinander.

Beispielsweise ist Manzow auf Dr. Hüppchen gestoßen, und siehe da, heute ist Manzow ein ganz anderer Mensch. Er hat da eine knifflige Steuerfrage, er hätte gerne den Rat seines lieben Doktors, aber nein, er denkt natürlich nicht daran, hier zu schnorren, er weiß, auch ein Volkswirt will leben, haha!, er wird in den nächsten Tagen Herrn Doktor ganz offiziell konsultieren. Und – er lässt es in der Ferne sehen – der Syndikus des Einzelhandelsbundes ist etwas überaltert ... «Ja, mein lieber Herr Doktor, davon sprechen wir noch.»

Es bleibt nicht aus, dass Dr. Hüppchen mit einer gewissen Rührung an Gareis denkt, dem diese Vorschläge zu danken sein dürften. Aber auf eine Erkundigung, wo denn Gareis steckt, hört er zu seiner Überraschung wegwerfend: «Gareis? Der Dicke? Der ist doch längst tot!»

«Tot ...?»

«Na, haben Sie denn nichts von dem Briefe des Regierungspräsidenten gelesen? Wenn das nicht tot ist ...!»

Der Ehrenobermeister der Bäckerinnung steht mit Superintendent Schwarz zusammen.

«Das sieht ja alles ganz versöhnlich aus, nicht wahr, Herr Superintendent?»

«Sicher. Der Frieden siegt immer am Ende. Heute kommt es zu einem Abschluss.»

Und Assessor Meier erlebt das Erstaunliche: – Sein Chef, der Regierungspräsident Temborius, klopft ihm auf die Schulter.

«Gut gemacht, Meierchen, na, sehen Sie!»

Assessor Meier weiß nicht recht, was er sehen soll, aber er lächelt erfreut.

«Habe ich Ihnen nicht schon mal gesagt, es geht auch mit Ihnen in der preußischen Verwaltung? Warum sollen denn alle jüdischen Juristen Rechtsanwälte werden? Auch in der Verwaltung können wir Sie brauchen.»

Assessor Meier stammelt etwas.

«Sehen Sie», ruft Temborius etwas erregt, «was ist das? Geht das von Ihnen aus? Haben Sie das gestattet?»

«Nein, ich nicht. Ich weiß gar nicht ...»

«Inhibieren Sie! Inhibieren Sie sofort!»

An der Saaltür steht ein Bengel, ein gewöhnlicher Bengel von vierzehn, fünfzehn Jahren, und verteilt Zeitungen.

Es sind sorgfältig dreimal gekniffte Zeitungen, Zeitungen, die ihren Titel keusch auf der Innenseite bergen. Aber der Assessor ahnt Schreckliches.

Er stürzt zu dem Jungen hin, durch die halbe Länge des Sitzungssaales läuft er im Trab. Und er ruft dabei: «Halt, Sie da! Wer hat Ihnen erlaubt, hier Zeitungen zu verteilen?»

Der Junge schaut auf. Die meisten Zeitungen hat er schon an die Versammlungsteilnehmer verteilt. Die er noch in den Händen hat, wirft er mit einem Schwung auf die Erde, stößt den Ruf aus: «Heil Bauernschaft!» und verschwindet.

Der Assessor bückt sich. Er kann nicht anders, die andern sehen ihn alle an, er öffnet so ein Päckchen. Und nun zeigt sich, dass nicht nur, um den Titel «Die Bauernschaft» zu verbergen, das Blatt so sorgfältig gekniff war. Auf der ersten Seite, in der Mittelspalte, mit Rotstift dick angestrichen, steht etwas, ein Offener Brief. Meier liest den Namen Temborius, er liest weiter, er zittert in seinen Schuhen. Er ist nass.

Ach, alle haben sie schon diesen unseligen Offenen Brief gelesen, nur sein Vorgesetzter, Regierungspräsident Temborius, steht allein da, etwas isoliert, kann man sagen, und sieht mit gerunzelter Braue her.

Gleich wird er rufen.

Assessor Meier geht mit schweren Schritten zu seinem Chef. Er ist einmal, lange ist es her, in diesem Haus herumgelaufen, als eine Bombe platzen sollte. Jetzt zum Chef gehen, ihm die Zeitungen vor die Nase legen ist schwerer.

Er legt sie hin.

«Was soll das? Zeitung lesen? Jetzt!»

Dann ist auch sein Blick gefangen, und er liest.

Assessor Meier steht einen halben Schritt hinter seinem Chef, abwartend. Einmal hört er den auflachen, höhnisch, bitter. «Ich jüdisch? Na, das danke ich wieder mal Ihnen, Herr Assessor.»

Dann streicht der Regierungspräsident das Blatt sorgfältig glatt.

«Ich bitte die Herren, sich an Ihre Plätze zu bemühen. Wir setzen die Beratung fort.»

Die Herren folgen. Die meisten bergen die Zeitung schämig in den Taschen, nur wenige legen sie offen vor sich auf den Tisch.

«Meine Herren! Hochverehrte Anwesende!

In unsere so erfreulich, im Geiste der Versöhnung verlaufene Verhandlung ist ein greller Missklang gekommen. Von unberufener Seite, die noch ermittelt und streng bestraft werden wird, ist hier eine Tageszeitung verteilt worden, ein Blatt, das ... kurz, die ‹Bauernschaft›!

Ich habe das Blatt in den Händen der meisten gesehen, aber, um den Geist zu illustrieren, der diese Gemeinschaft Bauernschaft beseelt, die sich gegen alle Staatsautorität auflehnt, um diesen Geist, der der Alleinschuldige am sechsundzwanzigsten Juli ist, anzuprangern, halte ich es doch für gut, wenn dieses bübische Machwerk hier öffentlich verlesen wird. – Herr Assessor, ich bitte!»

Der Assessor zittert. Stotternd beginnt er:

«Offener Brief.

Tapferer Volksgenosse Temborius!

Sie haben uns zu einer Besprechung der Vorgänge in Altholm eingeladen. Sie wollen den Polizeiskandal auf dem Wege der Verhandlung in das sanfte Fahrwasser des Redegefechtes umleiten, damit nach einigen wilden Wellenschlägen allgemeine Beruhigung eintritt.

Diese Kampfmethode des jüdischen Aussaugungssystems, dessen hervorragender Vertreter Sie sind, ist uns bekannt. Blutsgemäß sind Sie besonders befähigt, dies System zu vertreten. Ihre Diener haben den werteschaffenden Steuerzahlern mit dem Gummiknüttel den blauen Orden der freien Republik verliehen. Statt die wahren Schuldigen zu bestrafen, schicken Sie diese auf Erholungsreisen. Leider nicht für immer nach Jericho oder Jerusalem.

Was wollen Sie denn eigentlich? Sie existieren überhaupt nicht für uns mit Ihrer ganzen Clique! Das von Ihnen ausgesogene und mit Füßen getretene Volk lehnt es ab, sich mit seinen Feinden an einen Tisch zu setzen.

Sie, Herr Temborius, dienen uns nicht mit Verhandeln, sondern mit Verschwinden, je eher, desto besser, mitsamt Ihrem ganzen Verwaltungsapparat! Das bodenständige Volk wird sich selbst helfen.

Die Ritter des Gummiknüttelordens zum blauen Fleck.

Die Bauernschaft.»

Assessor Meier hat geendet. Totenstille.

Temborius erhebt sich wieder. «Meine Herren, wir haben das angehört. Wir haben das wohl alle mit äußerstem Ekel angehört. Ich denke, wir fahren jetzt mit unsern Verhandlungen fort. Wir kommen nunmehr zu Punkt zwei der Tagesordnung: die Bereinigung des Boykotts.

Ehe die Regierung Vorschläge macht, möchte ich doch fragen, ob aus dem Schoße der Versammlung Anregungen kommen. – Sie bitte, Herr ... ach so, ja richtig. Herr Landwirtschaftsrat Päplow!»

«Ich bitte um Entschuldigung. Ich habe im Moment keine Anregungen zu geben. Doch möchte ich im Anschluss an den eben verlesenen Brief die Frage stellen: Sind hier Vertreter der Bauernschaft unter uns?»

Temborius lacht leise, etwas gereizt, auf. «Aber meine Herren, Sie sind alle Vertreter der Landwirtschaft! Ich sehe hier mindestens zwanzig Herren, die sich mit Fug und Recht als Vertreter der Landwirschaft bezeichnen können.»

Doch Landwirtschaftsrat Päplow bleibt hartnäckig. «Herr Präsident verzeihen, das ist ganz etwas anderes: Bauernschaft und Landwirtschaft. Die Bauernschaft in diesem Sinne ist doch eine Bewegung. Sind hier Vertreter der Bauernschaft?»

Er fragt gar nicht den Präsidenten, er sieht die Reihe herum. Alle Köpfe sehen zu ihm auf, aber keiner nickt.

Landwirtschaftsrat Päplow macht eine Bewegung mit den Händen. «Ja, meine Herren, dann sehe ich aber wirklich nicht ein, was wir hier beschließen sollen. Verzeihen Sie, aber wir haben den Boykott nicht verhängt, wir können ihn auch nicht aufheben.»

«Meine Herren! Meine hochverehrten Herren!», ruft der Regierungspräsident. «Wir geraten ja auf ein ganz falsches Gleis. Natürlich haben Sie den Boykott nicht verhängt, das sind Leute, die ich wirklich nicht hier haben möchte. Aber Sie sind doch prominente Herren der Landwirtschaft, Sie sind Führer. Wenn Sie sagen: Der Boykott fällt – dann hört das flache Land auf Sie. Dann fällt der Boykott eben. Das ist es, was wir wollen. Von so prominenten Herren wie Ihnen eine Entschließung gegen den Boykott.»

«Ich bedauere», sagt der Landwirtschaftsrat. «Hierzu bin ich von meiner Kammer nicht beauftragt. Ich bin rein informatorisch hier.»

«Ich auch.»

«Ich auch.»

«Wir auch.»

«Ich», sagt ein klobiger Mann und steht auf, «bin von der Bauernschaft.»

«Na also!»

«Warum denn nicht gleich?»

«Also doch Vertreter hier.»

«... Lasst mich doch reden, Leute! Ich bin hier geladen als Vorsitzender vom Kreisbauernverein Stolpe. Darum bin ich hier. Aber ich bin auch in der Bauernschaft. Ich bin der Bewegung sympathisch, ich meine, mir sagt sie zu, die Bewegung.

Und da kann ich nur sagen, meine Herren, meinen Verein geht das einen Dreck was an, was die Bauernschaft mit der Stadt Altholm hat. Darüber haben wir gar nichts zu beraten. Und entschuldigen Sie, Herr Präsident, wenn ich da ungezogen bin, das geht auch den Herrn Präsidenten gar nichts an. Lasst das doch die Bauernschaft mit den Altholmschen ausmachen. Wenn noch der Gareis da wäre, aber hier ist ja kein Mensch, den das was angeht.

Das ist meine Rede, entschuldigen Sie man.»

Der Präsident steht starr da.

«Ich danke dem Vorredner für seine Belehrung über meine Pflichten. Über meine Pflichten kann mich nur meine vorgesetzte Behörde, das Ministerium des Innern, und mein Gewissen belehren. Aber ich möchte den Vorredner doch noch etwas fragen. – Waren Sie auch am sechsundzwanzigsten Juli in Altholm?»

«Jawohl. Ich bin auch dort gewesen.»

«Und an der aufgelösten Versammlung haben Sie auch teilgenommen?»

«Das habe ich auch getan, Herr Präsident.»

«So. – Ja, was sagen Sie denn nun zu dem Brief, der da eben verlesen worden ist? Sind Sie denn nun mit dem einverstanden?»

«Ja, was soll ich da sagen, Herr Präsident ...? Ich habe ja den Brief nicht geschrieben, nicht wahr? Ein bisschen scharf, nicht? Ich habe ja nun gesehen, Herr Präsident, dass Sie ein ganz umgänglicher Mann sind ...»

«Danke. Danke. Sehr geschmeichelt.»

«Ja, das *ist* so. Umgänglich. Aber, Herr Präsident, können Sie nicht vielleicht tun, was Sie hier zu tun haben? Ich weiß ja nicht, was das ist, aber hier so die Bücher, die Akten ...»

Er sieht sich etwas unsicher um.

(Manzow flüstert zu Dr. Hüppchen: «Der ist nicht dumm. Der holt ja den ollen Temborius gewaltig durch den Kakao.»

Und Hüppchen, überrascht: «Glauben Sie? Ich dachte, das wäre naiv.»

«Naiv, Herr Doktor, ist hier nur einer.»)

«Ja so. Dass ich meine Rede nicht vergesse: Können Sie uns Bauern nicht allein lassen? Wir Bauern, wir morden doch nicht, wir stehlen nicht, wir treiben keine Unzucht – kann uns denn die Regierung nicht in Frieden lassen? Sie haben hier dies schöne Steinhaus ...»

«Danke! Danke! Nein, wirklich, mein Herr, danke!! Vielleicht setzen Sie sich wieder. Danke! Belehrungen ...»

«Dann will ich man gehen. Kommt ihr mit?»

Es sind drei, die aufstehen, Freunde wohl von ihm, Vereinskameraden. Und als sie aus der Tür gehen, sind es acht, sind es zehn, sind es zwölf.

Etwas hilflos sieht der Präsident ihnen nach. «Ich denke, wir nehmen jetzt unsere Verhandlungen ... Was ist denn noch, Herr Landwirtschaftsrat ...?»

«Verzeihen Sie, dass ich noch einmal unterbreche, Herr Regierungspräsident. Ich wollte nicht ohne Dank gehen wie diese

Bauern. Wir alle hier, Herr Präsident, verstehen und ehren Ihre lautere Absicht. Versöhnung, gut. Aber die Stunde ist wohl noch zu früh. Es heißt warten. Noch liegen Verletzte im Krankenhaus in Altholm. Noch fühlt der Bauer den Schlag, der ihn getroffen. Vielleicht mit Recht getroffen hat, obwohl grade Ihre Entscheidung, Herr Präsident, dass der Leiter der Polizeiaktion des Amtes zu entheben war, nicht grade dafür spricht.

Jedenfalls, es ist zu früh. Herr Präsident, alle, die wir hier als Vertreter der Landwirtschaft um den Tisch sitzen, können kein Ja und können kein Nein sagen. Wir sehen mit tiefem Bedauern die neu gerissene Kluft zwischen Stadt und Land. Wir hoffen, die Zeit und Ihre Bemühungen werden sie überbrücken. Aber noch ist es zu früh.

Brechen Sie, Herr Präsident, diese aussichtslosen Verhandlungen ab.»

Der Präsident sagt langsam: «Meine Herren, ich verstehe nicht. Sie sind hierhergekommen, die Verhandlungen gingen gut, die Stimmung war vortrefflich. Die Verhandlungen standen vor einem glücklichen Abschluss. Da kommt dieser maßlose, hässliche Brief der Bauernschaft, und panikartig flieht alles. Was heißt denn das? Wer ist denn diese Bauernschaft? Sie fürchten sich ja vor einem Phantom. Fassen Sie, zum Besten unserer Provinz, jenen Entschluss, dem Sie vor einer halben Stunde ohne weiteres zugestimmt hätten, dass die landwirtschaftlichen Organisationen den Boykott missbilligen – und alles ist gut.»

Der Landwirtschaftsrat antwortet mit gesenktem Kopf: «Gut. Ich will ganz offen sein. Vor einer halben Stunde hätte ich vielleicht diesem Entschluss zugestimmt. Aber als ich den Brief der Bauernschaft las, sah ich mit Schrecken: Worein mengst du dich? Ist die deine Sache?

Hängen Sie sich doch nicht an den hässlichen Wortlaut des Briefes, den irgendein Journalist aufgesetzt hat. Aufgesetzt, sage ich, denn gedacht, gefühlt ist er im Herzen von tausend Bauern. Die sind erregt, die sind beleidigt, die sind verletzt. Da helfen keine Beschlüsse, da hilft nur Zeit. Und eine sehr vorsichtige, sehr sichere Hand.

Herr Regierungspräsident, wir hoffen, dass Sie diese Hand haben werden. Haben Sie auch die Geduld dazu.»

Der Landwirtschaftsrat Päplow, ein dicker, weißer Herr mit einem Rotweingesicht, steht einen Augenblick mit gesenktem Kopf. Dann verlässt er das Zimmer. Drei, vier Herren folgen ihm.

Der Regierungspräsident lächelt. Es ist ein hilfloses Lächeln. «Meine Herren, Sie sehen ...»

Er macht eine Handbewegung. «Ich hätte Ihnen, meine Herren von Altholm, gerne geholfen. Aber vorläufig sehe ich nun wirklich auch keinen Weg.»

Ganz rasch: «Ich schließe die Besprechung.»

3

Herr Zeitungsbesitzer Gebhardt wird vom Bürgermeister Gareis unter Umgehung des Vorzimmers empfangen. Er ist hoher Besuch. Er ist wichtiger Besuch. Piekbusch hat ihn auf dem Flur abfangen und direkt ins Allerheiligste führen müssen.

Und der Bürgermeister ist ja auch nicht ungeschickt: Er bringt seinem Gast den körperlichen Gegensatz zwischen den beiden Verhandelnden gar nicht erst zu Bewusstsein. Es könnte den Zeitungskönig doch niederdrücken, irritieren, solch ein Gespräch eines Zweimetermannes mit einem Einsachtundvierziger. Nein, Gareis scheint lieber unhöflich, taucht kaum aus seinem Stuhl, schaut einen Augenblick in den strubbligen Nackenwirbel, und schon sind beide bequem installiert.

«Ich freue mich», sagt Gareis lächelnd, «einem Zeitungsmanne auch einmal etwas Neues erzählen zu können. Herr Oberbürgermeister Niederdahl wird jetzt zurückkehren.»

«Jetzt», wiederholt der Zeitungskönig. «Als er abreiste, sprach man, irre ich nicht, von einer Silberhochzeit.»

«Silberhochzeit ist manchmal das Abwarten, wo die stärkeren Armeen stehen.»

«Zu denen man sich dann schlägt.»

Der Bürgermeister bestätigt: «Zu denen man sich dann schlägt.»

Ein Anfang ist gemacht, ein günstiger Anfang. Die beiden Herren haben sich in ihren Antipathien getroffen, was meistens wichtiger ist, als dass die Sympathien übereinstimmen.

Gareis nimmt den Faden wieder auf. «Mittlerweile ist noch gar nichts ausgemacht, wo die stärkeren Armeen stehen. Ich fürchte, die Versöhnungssitzung heute beim Präsidenten wird ein Misserfolg sein.»

«Ich habe bessere Hoffnung.»

«Warten wir ab. Vielleicht kommt in wenigen Minuten der Bescheid.» Und er deutet auf das Telefon.

«Sie, Herr Bürgermeister, nehmen an der Sitzung nicht teil?»

«Nein, ich bin hier.» Und um abzuschwächen: «Ich war nicht persönlich geladen.»

Aber Gebhardt ist geärgert. «Immerhin ist Frerksen endlich seines Amtes enthoben.»

«Irrtum», sagt Gareis. «Irrtum. Er ist vorläufig von der Polizeiexekutive entbunden, was etwas wesentlich anderes ist.»

«Auch sein Urlaub ähnelt ein wenig dem Niederdahls.»

«Doppelter Irrtum. Ich habe ihn einfach fortgeschickt, damit er erst einmal den Leuten aus den Augen kommt.»

«Nun also!»

«Das ist weder Schwäche noch Geständnis. Aber, mein sehr verehrter Herr Gebhardt, es wird mir zu viel geredet. Was ist der sechsundzwanzigste Juli? Was ist ein Boykott? Gar nichts. Luft, wenn nicht davon geredet wird. Großgeredet ist das alles. Nicht draußen in der Provinz, nicht von den Bauern, großgeredet ist es hier in der Stadt, auch von Ihnen, grade von Ihnen. Ein Vorschlag: Machen wir Schluss mit dem ganzen Gerede über den sechsundzwanzigsten Juli. Ich werde die ‹Volkszeitung› instruieren, dass sie nichts mehr bringt. Gar nichts mehr. Versprechen Sie mir dasselbe für ‹Chronik› und ‹Nachrichten›.»

«Die Lage ist so unübersichtlich.»

Pause.

Der Bürgermeister beginnt neu. «Sie besorgen die Geschäfte des Oberbürgermeisters, kämpfen gegen mich. Seien wir doch offen, Sie wollen den Ober nicht, wie ich ihn nicht will. Sie bekommen ihn nur fort, wenn Sie mich stärken. Jetzt schwächen Sie mich. Was ist all das Gerede über den sechsundzwanzigsten Juli? Kritik an mir.»

«An Ihnen! Lieber Herr Gareis, wer spricht gegen Sie! Gegen Frerksen, ja, aber gegen Sie ...»

«Sie irren auch darin. Frerksen ist ganz unerheblich. Um mich geht es. Weiter auf diesem Wege, und eines Tages werden Sie rufen: fort mit Gareis!»

«Unmöglich.»

«Vielleicht erinnere ich Sie dann an diese Stunde. – Aber was lässt Sie denn den Kampf fortsetzen? Nur die Freude, den Lesern Sensationen zu geben? Es gibt so andere, so naheliegende. Enthüllungen ...»

«Beispielsweise?»

Der Bürgermeister sagt langsam: «Es ließe sich darüber reden. Es gibt einwandfreies Material. Ich sage nur ... nein, ich sage noch nichts. Ich möchte gerne Ihre Zusage, dass vorläufig abgeblasen wird. Alles spricht dafür.»

Gebhardt weicht aus. «Lieber Herr Gareis, was kann alles geschehen. Ich kann mich doch nicht festlegen.»

«Nein. Sie wollen es nicht. Schade.»

Der Bürgermeister denkt nach.

Das Telefon klingelt. Gareis hebt ab, meldet sich, hört lange, dankt und legt wieder auf.

«Eine zweite Neuigkeit für Sie», wendet er sich an Gebhardt. «Die Versöhnungssitzung beim Präsidenten ist aufgeflogen. Die Bauernschaft hat den Präsidenten gröblich beleidigt. Die Vertreter der Landwirtschaft verließen unter Protest das Lokal.»

«Dies ist ... Das hatte ich nicht erwartet. So sind vorläufig alle Beziehungen abgebrochen.» Gebhardt erhebt sich hastig. «Ich will sofort sehen, Näheres zu erfahren. Wir hatten einen Herrn dort. Vielleicht kann es Stuff noch bringen. Wir in den ‹Nachrichten› jedenfalls. Das wird einschlagen.»

Er steht schon, abmarschbereit.

Der Bürgermeister steht auch. Er ist ganz groß. Er ist unglaublich massiv. Er denkt nicht mehr an Schonung.

«Es wird nicht einschlagen. Denn Sie werden nichts darüber bringen. Nein, sage ich.»

«Wer sollte mich hindern?»

«Ich, beispielsweise. Nur ich, Herr Gebhardt, der rote Bürgermeister. Der Bonze. Ich will Ruhe, und ich kriege sie.»

Gebhardt sagt kühl: «Hier brechen wir lieber ab. Brutalisieren mag in Ihrer Partei Mode sein, mir gegenüber ...»

«Brutalisieren ist überall da gut, wo die einfachste Vernunft versagt. Verstehen Sie doch, Herr Gebhardt, fahren Sie nicht wie eine Ente auf den Köder jeder Sensation los. Das macht Stuff. Aber Sie ...»

«Auch ich. Wie kann ich solche Nachricht meiner Leserschaft unterschlagen? Meine Pflichten ...»

«Quatsch!», sagt der Bürgermeister. «Wollen Sie Burgfrieden geloben, nun, sagen wir, bis zur Gerichtsverhandlung?»

«Ich denke gar nicht daran. Guten Morgen.»

«Einen Augenblick. Ich kann Sie noch nicht entlassen. Ich muss Sie leider polizeilich vernehmen. Es liegt eine Anzeige gegen Sie vor.»

«Eine Anzeige ...?»

«Eine Strafanzeige. Richtig.»

Gebhardt überlegt. «Wenn mein Chauffeur etwas verbockt hat, schmeiße ich ihn raus.»

«Nicht Ihr Chauffeur. Aber nehmen wir doch wieder Platz. – Es ist eine Anzeige wegen Betruges.»

«Lächerlich!» Aber Gebhardt setzt sich. «Sie spielen ein gefährliches Spiel, Herr Gareis. Das kann Sie mehr als Ihre Bürgermeisterstellung kosten.»

«Richtig. Aber ich kenne meine Karten.» Er holt einen schmalen Aktenband aus dem Schreibtisch.

«Vor etwa zwei Wochen war der Textilhändler Hempel auf der ‹Chronik›, um wegen einer Beilage zu der Zeitung nachzufragen. Herr Hempel sprach mit Ihrem Geschäftsführer Wenk. Er wollte wissen, wie hoch die Auflage der ‹Chronik› sei, um über Druckauftrag und Wirkung seiner Beilage klar zu sein. Man nannte ihm die Zahl siebentausendeinhundertundsechzig.

Hempel bezweifelte diese Zahl. Er hatte von der stets sinkenden Auflage der ‹Chronik› gehört. Wo er auch bei Bekannten und Kunden vorfragte, er hörte, man las die ‹Chronik› nicht mehr.»

«Ein Wunder, dass er auf das Geschäft nicht verzichtete.»

«Sie finden das auch?» Der Bürgermeister lächelt. «Es gibt so Sonderlinge. Sie geben ihr Geld rein ohne Sinn und Verstand aus.»

«Eine Zwischenfrage, Herr Bürgermeister. Herr Hempel ist ja wohl eine Zierde des Reichsbanners?»

«Eine Zierde. Jawohl. Trotzdem das Fragerecht eigentlich mir zusteht. – Nun, Herr Hempel bezweifelt, drängt, schließlich holt Wenk aus dem Geldschrank eine notarielle Bescheinigung, die die Ziffer siebentausendeinhundertundsechzig bestätigt. Hempel denkt: Ein Notar, nun, dann ist alles in Butter. Er erteilt den Auftrag. Der Auftrag wird angenommen und ausgeführt. Faktur erteilt. Faktur bezahlt. Da hört Herr Hempel, dass die ‹Chronik› etwa dreitausendneunhundert Auflage hat ...»

«Lächerlich.»

«Nicht wahr? Wer gibt bei solcher Auflage denn Inseraten- oder Beilagenaufträge? – Hört also, dass die Auflage nur dreitausendneunhundert beträgt und dass man dreitausenddreihundert seiner gelieferten Prospekte zum Anheizen des Bleiofens benutzt hat. Herr Hempel fühlt sich geschädigt und erstattet Betrugsanzeige.»

Pause.

Dann lächelt Herr Gebhardt. «Lieber Herr Bürgermeister, ich wundere mich. Offen gestanden, ich wundere mich sehr. Ich könnte jetzt wirklich auf die Nachricht von der aufgeflogenen Versammlung verzichten, ich habe eine sehr nette große Nachricht für die erste Seite.

Aber ich will doch auch einmal fragen: Warum vernehmen Sie nicht den Geschäftsführer der ‹Chronik›? Und zweitens: Sie wissen doch, dass ich den Betrieb erst vor wenigen Wochen übernommen habe und Gründe besaß, mich nicht sehr um ihn zu kümmern. Wie können Sie voraussetzen, dass ich diese notarielle Bescheinigung überhaupt kenne? Und drittens: Wenn diese Bescheinigung tatsächlich existieren sollte, woher nehmen Sie den Zweifel an ihrer Richtigkeit? Dreitausenddreihundert Prospekte unterm Bleiofen verbrannt! Ich glaube nicht, dass Ihr Gewährsmann sie nachgezählt hat. Vor Gericht wird sich herausstellen, dass es zweihundert waren.»

«Hübsch», nickt Gareis. «Sehr hübsch. Aber Sie unterschätzen mich, Herr Gebhardt. Haben Sie einmal Aalstecher gesehen? Aale lassen sich schlecht greifen. Aale sticht man mit der Gabel.»

Gareis steht mit einem Ruck auf. «Man sticht, Herr Gebhardt, mit einer Gabel. Ich habe noch nicht alles erzählt, und Sie haben ein sehr schlechtes Gedächtnis oder sehr viel Vertrauen in die Vergesslichkeit Ihrer Mitmenschen. Ich muss noch einmal anfangen:

Als Herr Hempel von Ihrem Geschäftsführer Wenk nach Haus ging, da fiel ihm ein, dass er wohl eine notarielle Bescheinigung gesehen hatte, aber dass diese Bescheinigung kein Datum trug. Oder, genauer gesagt, sie trug vielleicht eins, aber darüber hatte ein Daumen gesessen. Die Bescheinigung konnte uralt sein.

Herr Hempel ist ein komischer Mann. Er konnte ja nun zu Wenk gehen und sagen: Ich habe das Datum nicht gesehen, zeig mir das mal! Und er konnte dann seinen Auftrag annullieren, wenn das Datum ihm etwas altbacken schien. Herr Hempel tat etwas anderes: Er beschloss, seinen Auftrag zu vergrößern. Herr Hempel ging nicht zur ‹Chronik›. Herr Hempel ging zu den ‹Nachrichten›.

Dort traf er Ihren Geschäftsführer Trautmann. Er sagte ihm dasselbe, was er Wenk gesagt hatte, er fragte nach der Auflage der ‹Nachrichten›. Er hörte die Zahl fünfzehntausend. Und wenn für beide Zeitungen ...? Wieso für beide? Hier gab es nur eine! – Aber Herr Hempel zeigte sich orientiert, schließlich gab Herr Trautmann nach: nun gut, für beide Zeitungen dreiundzwanzigtausend.

Schön. Jetzt fingen sie an zu handeln. Hempel wollte einen Rabatt, wenn er in beiden Zeitungen beilegte, Trautmann war zäh, nichts von Rabatt, Sie hätten das verboten. Schließlich will Trautmann Sie noch mal fragen, Hempel geht nach.

Vielleicht erinnern Sie sich jetzt, Herr Gebhardt, dass dieser Mann mit Ihrem Prokuristen bei Ihnen war. Herr Hempel hat eidesstattlich erklärt, dass er Sie gefragt hat: ‹Also für die „Nachrichten" fünfzehntausend?› – ‹Ja›, haben Sie gesagt. – ‹Und für die „Chronik" siebentausendeinhundertundsechzig?› – ‹Ja›, haben Sie gesagt. – ‹Reichen nicht zweiundzwanzigtausend?›, hat Herr

Hempel vorsichtshalber gefragt. – Sie, Herr Gebhardt, haben geantwortet: ‹Nein, rund dreiundzwanzigtausend.›

Das ist die eidesstattliche Aussage von Herrn Hempel. Und das ist das, Herr Gebhardt, was ich eine Aalgabel nenne.»

«Das ist eine gestellte Sache! Das ist eine Gemeinheit!», schreit Gebhardt wütend.

«Sicher ist das gemein», sagt der Bürgermeister zufrieden. «Verdammt gemein für Sie.»

Pause. Gebhardt kaut an seinen Lippen und starrt vor sich hin.

Ein Rascheln stört ihn in seinem Nachdenken. Herr Bürgermeister Gareis hält den schmalen Aktenband in der Schwebe über dem Papierkorb.

Er flötet dabei leise und verloren vor sich hin. Seine Flöte hat Schmalz, dieser dicke Kerl ist die verkörperte Bonhomie.

Hastig denkt Gebhardt: Ich könnte so bequem von meinen Zinsen leben. Mit was für Leuten man sich alles einlassen muss.

Der Akt liegt wieder auf dem Schreibtisch.

Gebhardt sagt hastig: «Ja. In Gottes Namen denn. Ja.»

«Lieber in Ihrem Namen.»

«Also gut denn. Ja.»

«Bis zur Verhandlung?»

«Bis zur Verhandlung. – Aber ich bekomme auch das versprochene Material?»

«Lieber Herr Gebhardt, das war für den Fall, dass Sie sich freiwillig entschlossen. Jetzt muss ich erst einmal die Entwicklung abwarten. Alles ist so unübersichtlich, mein lieber Herr Gebhardt. Aber nun bitte auch keine ‹Eingesandte›. Keine Offenen Briefe im Inseratenteil. Nichts.»

«Nichts.»

«Ich wüte gegen mich selbst!», sagt der Bürgermeister. «Bedenken Sie das auch. Diese Nachricht über den Reinfall von Temborius war *meine* Nachricht.»

«Sie werden ja wissen, warum. – Ich würde gerne diesen Akt mitnehmen, Herr Gareis.»

Gareis lacht herzlich. «Das glaube ich gerne. Was wäre das für eine Waffe gegen mich. – Aber ich will Ihnen etwas anderes schenken. Hier.»

Es ist ein Schriftstück, genauer, eine Abschrift. Die Abschrift ebenjener notariellen Bescheinigung.

«Das ist stark», murmelt Gebhardt. «Wo das Dings immer im Geldschrank sein soll. Da muss doch …»

«Richtig. Richtig. Darum schenke ich es Ihnen.»

«Nun sagen Sie mir auch den Namen.»

«Das möchten Sie. Drei sind zur Auswahl: Stuff, Wenk, Tredup.»

«Und Sie nennen den Namen nicht?»

«Lieber nicht. Sie werden es schon ausknobeln.»

Die Herren verabschieden sich.

Dann klingelt es auf der «Chronik».

«Herr Tredup soll sofort zu Herrn Gebhardt kommen.»

Tredup hat ein schlechtes Gewissen, er brütet noch, was los ist.

Da klingelt wieder das Telefon.

«Herr Tredup möchte sofort zu Herrn Bürgermeister Gareis kommen. Aber sofort.»

Tredup glotzt.

4

Eine einfache Überlegung hat Tredup darüber belehrt, dass es richtiger ist, diesmal den Chef warten zu lassen und erst einmal zum Bürgermeister zu gehen. Handelt es sich um was er denkt, wird ihm Gareis wenigstens sagen können, was Gebhardt weiß.

Aber Gareis ist nur sehr kurz angebunden.

«Sie sind doch schreibgewandt, Tredup?»

Und als Tredup ohne Verständnis blickt: «Ich meine, Sie können schreiben: Und hat Herr Meier wieder mal seinen geschulten Bassbariton unter Beweis gestellt ...? Oder: Herr Schulze, der Seelenforscher und Handschriftenpsycholog, ist bereits zum Stadtgespräch geworden und dürfte bestimmt niemand vergessen, diese seltene Gelegenheit wahrzunehmen, ihn zu besuchen ...? – Können Sie so was schreiben?»

«Ja, ich denke.»

«Nun, dann ist Ihre Stunde und Ihre Stellung da. Herr Gebhardt wird Sie kommen lassen.»

«Er hat mich schon bestellt.»

«Und Sie sind noch hier? Sagen Sie zu allem, was er sagt: Stuff! Gradeheraus, hintenrum, gleichviel: alles Stuff. Und Sie sind ein gemachter Mann.»

Tredup bleibt zögernd. «Aber ich verstehe nicht ...»

«Gott, warum wollen Sie denn verstehen? Haben Sie verstanden, was Sie taten, als Sie die Bilder verkauften? Nun, Herr Gebhardt besitzt die Abschrift der notariellen Bescheinigung ...»

«Aber wie ...?»

«Ja, nicht wahr, erzählen, berichten, kakeln? Das passt euch so. Laufen Sie, sage ich. Stuff! Immer Stuff. Ewig Stuff.»

Aber Tredup läuft gar nicht. Eine ganze Weile bleibt er auf der Brücke über die Blosse stehen und sieht in das langsam ziehende Wasser. Er denkt tausenderlei, Belanglosigkeiten, Variationen über das Thema: Warum tue ich das?

Mal wieder möchte er gerne in den Wald auf den Dünen fahren, sein Geld holen, verschwinden, aber mal wieder ist es noch nicht so weit ...

Und er schleicht dem «Nachrichten»-Gebäude zu.

Dort ist er erwartet, und der Prokurist Trautmann weiß auch, um was es sich handelt. Giftig blickt er. «Der Herr lässt warten. Hat es nötig. Na, der Chef ist schön böse.»

Er geleitet Tredup wie einen Gefangenen in das Chefbüro. Im Gang taucht der Kopf des Hauptschriftleiters Heinsius auf.

«Oller neugieriger Bock», knurrt Trautmann.

Aber der Chef sagt: «Ich danke Ihnen, Herr Trautmann. Ich bitte Sie, lassen Sie uns jetzt allein.»

Trautmann protestiert: «Herr Gebhardt, darf ich nicht ...?»

«Nein, bitte, Herr Trautmann, lassen, Sie mich diesmal allein!»

Trautmann knurrt: «Er legt Sie ja doch rein», und verschwindet. Aber Tredup hat das bestimmte Gefühl, dass er sofort auf der andern Seite der Tür lauschend stehen geblieben ist, und der Chef sieht aus, als hätte auch er dies Gefühl.

Umso entschiedener setzt er ein: «Herr Tredup, ich habe Sie damals auf die Fürsprache von Herrn Stuff engagiert, ich kannte Sie eigentlich nicht. Referenzen lagen nicht vor. Nun, Ihre Arbeitsleistung ist mäßig. Das Inseratengeschäft geht schlecht bei der ‹Chronik›. Das mag an der Zeiten Ungunst liegen, es wird aber wohl an Ihnen liegen. Denn die ‹Nachrichten› haben viel mehr Inserate.»

«Die ‹Nachrichten› haben fünfzehntausend Auflage.»

«Und die ‹Chronik›?»

«Hat etwa siebentausend *Leser*.»

Der Chef stutzt, möchte lächeln und denkt wohl an den Lauscher jenseits der Tür.

«Darauf fallen Ihnen nur Flachköpfe rein. *Leser* und Abonnenten. Ohne zu lügen, dürften Sie behaupten, dass die ‹Chronik› vierzehntausend Leser hat.»

«Würde ich das behaupten, würden auch nicht die Flachköpfe darauf reinfallen.»

«Na ja. Was tun Sie nun, wenn einer sagt: Leser! Ich will wissen, wie viel Abonnenten. Was tun Sie da?»

«Ich verweise auf eine notarielle Bescheinigung.»

«Und wenn man nicht daran glaubt?»

«Weise ich sie vor.»

«Geben Sie sie aus der Hand?»

«Nie.»

«Sie sind sicher?»

«Vollkommen sicher.»

«Trotzdem muss sie in dritte Hände gekommen sein. Heute gab man mir diese Abschrift, die in der Stadt zirkuliert. Eine vollständige Abschrift, sehen Sie, mit Datum.»

Aber Tredup sieht nicht hin. Sehr gleichgültig sagt er: «Ich weiß ...» – «Sie wissen? So, Sie wissen? Woher wissen Sie denn? Seit wann wissen Sie?» Der kleine große Mann ist sehr aufgeregt, richtig böse ist er. Er wagt es wahrhaftig und sieht seinem Angestellten grade und empört ins Gesicht.

Der sagt: «Ich dachte, auch Sie wüssten das ...»

«Sie dachten ... Bitte, was sollte ich wissen ...? Reden Sie gefälligst!»

Tredup sagt langsam und unwillig: «Ich dachte, Sie wüssten, dass eine vorbereitende Versammlung stattgefunden hat ...»

«Was für eine! Gott, Mensch, können Sie denn den Mund nicht aufmachen? Eine Art haben meine Herren alle, mich auf die Folter zu spannen, das muss allgemeine Verabredung sein. Erzählen Sie gefälligst fortlaufend.»

Tredup sagt: «Es soll ein neues Rechtsblatt gegründet werden. Die Geschäftswelt ärgert sich über Ihre Monopolstellung für Inserate und die zweimalige Tariferhöhung. Außerdem finden die politischen Verbände, die ‹Chronik› ist unzuverlässig geworden. Darum soll eine neue Zeitung aufgemacht werden.»

Der Chef, ungeduldig: «Was nölen Sie bloß. Das sind olle Kamellen! Das weiß ich alles. Weiter!»

Tredup, bockig: «Da hat eben eine Versammlung, eine Besprechung stattgefunden.»

«Na ja – und? Wer war zur Besprechung?»

«Namen nenne ich nicht», sagt Tredup entschieden.

«Was heißt das, Sie nennen keine Namen? Sie werden Ihrem Brotherrn doch Auskunft geben!»

«Namen nenne ich nicht.»

«Herrgott, alles erzählen Sie, und Namen nennen Sie nicht! Was hat das alles überhaupt mit der Bescheinigung zu tun?»

Tredup lächelt listig. «An der Besprechung haben doch sechs Herren teilgenommen.» Er wartet, und als Herr Gebhardt genügend ungeduldig geworden ist: «Der sechste hat fünf Abschriften verteilt.»

«Sechs ...? Fünf ...? Ach so, der sechste hat fünf verteilt. Na ja ... Wieso ist denn Herr Stuff so warm dafür eingetreten, dass ich Sie engagiere?»

Ein Spalt in der Tür tut sich auf, und der Fuchskopf von Trautmann erscheint. «Fragen Sie ihn lieber, wo er die ganze Zeit gewesen ist. Er sollte doch gleich kommen.»

Der Chef errötet heftig, ruft: «Ich bitte doch sehr, Herr Trautmann ...»

Aber die Tür ist wieder zu.

Herr Gebhardt schluckt, dann sagt er: «Wo waren Sie also die ganze Zeit, Herr Tredup? Seit unserm Anrufe vergingen drei viertel Stunden, und der Weg dauert nur fünf Minuten.»

«Ich dachte nicht, dass es *so* eilig wäre. Ich war noch mal beim Meisel vor wegen eines Inserates.»

Die Tür geht auf. «Ich rufe gleich den Meisel an.»

Die Tür geht zu.

Diese Eingriffe in seine Herrlichkeit machen den Chef sanfter gegen den Schuldigen. «Warum wollen Sie die Namen nicht nennen, Herr Tredup? Sie haben doch so viel gesagt?»

Tredup klopft das Herz. Gleich wird der Fuchs wiederkommen. Wird Meisel verquatscht haben, dass er schon am frühen Morgen den Besuch des Tredup hatte, nicht erst eben?

Er sagt: «Ich täte es gerne für Sie, Herr Gebhardt.» Und seine Stimme hat einen beteuernden Klang. «Aber ich weiß ja die Namen auch nicht bestimmt. Mir sagt man auch nicht alles. Und nachher wird eine große Sache daraus, und ich falle rein und bin meine Stellung los.»

«Nun, nun», begütigt der Chef, von so viel Bereitwilligkeit gerührt. «Da hätte ich ja auch ein Wort mitzusprechen. War es denn eine ernsthafte Besprechung? Nicht nur so Luftpläne?»

«Ein Bankdirektor war dabei», erklärt Tredup.

«Das kann nur ... Na ja, verzichten wir auf Namen. Und weiter?»

«Ein Buchdruckereibesitzer.»

«Sieh, sieh, beißt den kleinen Krauter der Ehrgeiz? Der soll mal sehen, wie schnell man bei einer Zeitung sein Geld los wird. Und ...?»

«Zwei Geschäftsleute, Ladenbesitzer.»

«Und ...?»

«Ein Grossist.»

«Da gibt es ja nur einen. Und ...?»

«Ich möchte wirklich nicht ...»

«Na, sagen Sie schon. Wenn Sie fünf gesagt haben, werden Sie auch sechs sagen.»

Tredup gibt sich einen Ruck. Aber es wird ihm schwer. Nicht so sehr die Lüge, nein, es scheint ihm so plump. Der muss doch jetzt merken, warum er den ganzen Salat erzählt hat.

Er sagt leise: «Der Sechste war ein Redakteur.»

«Das habe ich lange gewusst», antwortet der Chef stolz.

Und durch die Tür fährt der Kopf von Trautmann. «Er ist wirklich beim Meisel gewesen.»

«Kommen Sie nur rein, Herr Trautmann», sagt der Chef zufrieden. «Man hört hier schöne Dinge. Na, ich erzähle Ihnen nachher. Jedenfalls ist Herr Tredup makellos.»

Trautmann schielt zweiflerisch.

«Sagen Sie mal, lieber Trautmann», fragt der Chef, «können wir nicht irgendwie aus dem Vertrage mit Stuff?»

«Na also! Na nun wirklich! Wer hat's gesagt, Herr Gebhardt? Wer hat immer gesagt, warum muss mit dem Stuff ein Vertrag gemacht werden? Der denkt doch nie im Leben daran. Nein, da musste ... Raus? Denkt nicht daran. Der Vertrag ist gut.»

«Wir müssen ihn loswerden. Jemand, der mit dem Feinde paktiert, muss raus aus meinem Betriebe.»

«Zeitungsleute sind immer so», sagt Trautmann weise. «Der da», und er weist mit dem Finger gegen die Tür, «der da ist auch nicht anders.»

Die Tür fliegt auf, der verzottelte Kopf von Heinsius erscheint. «Ich verbitte mir das, mich hier anzuschwärzen beim Chef, Herr Trautmann!»

Die Tür geht wieder zu, und der Prokurist sagt befriedigt: «Na also: der Horcher an der Wand ...»

Der Chef blickt gallig. «Das muss geändert werden. Dieses Horchen ...»

Trautmann tröstet: «Das tun alle Zeitungsleute. Das ist nicht anders. Das ist ihr Beruf.»

Und der Chef: «Aber Sie selbst lauschen auch, Herr Trautmann!»

Der protestiert: «Ich? Nie! Ich informiere mich nur manchmal im Interesse der Firma, wenn Sie vergessen, mich reinzurufen.» Und mitleidig: «Sonst werden doch zu viel Böcke gemacht!»

«Ich verbitte mir, Herr Trautmann!»

Einer jener giftigen Szenen zwischen Chef und Prokurist will ihren Anfang nehmen, bei denen Trautmann stets wegen seiner dickeren Nerven der Gewinner ist.

Tredup sagt dazwischen: «Ich wüsste einen Weg, wie Sie Stuff loswerden.»

Beide fahren herum. Sie haben den im Winkel ganz vergessen.

«Ohne Skandal?»

«Ohne Skandal.»

«Ohne Geldabfindung?»

«Ohne alles.»

«Und wie ...?»

«Ich werde das allein machen. Ich weiß was von ihm.»

«Und ich habe nichts damit zu tun?», fragt der Chef ängstlich. «Um Gottes willen keinen Skandal!»

«Ich mache alles allein.»

«Und was wollen Sie dafür?», fragt Trautmann. «Umsonst machen Sie das doch auch nicht.»

«Ja. Geld könnte ich nicht ausgeben. Die ‹Chronik› ist schon so zu sehr belastet.»

«Kein Geld.» Dann zögert Tredup, und langsam: «Ich möchte den Posten von Stuff.»

Der Chef ruft: «Aber das ist doch ganz ausgeschlossen!»

Und Trautmann: «Aber wieso denn? Der Mann ist doch brauchbar.»

«Meinen Sie?», fragt der. «Na ja, es ließe sich ja überlegen.»

«Ich muss eine feste Zusage haben», erklärt Tredup.

«Die können wir Ihnen geben», verkündet Trautmann.

«Herr Gebhardt ist einverstanden?»

«Es ist so, wie Herr Trautmann sagt», bestätigt der Chef. Ganz befriedigt ist Tredup nicht. «Es ist doch sicher?», fragt er zögernd.

«Ganz sicher», sagt Trautmann.

«Ich verlasse mich darauf», sagt Tredup.

«Das dürfen Sie.»

«Es wird mit Stuff aber ein paar Wochen dauern.»

«Das ist Ihre Sache.»

«Und er darf natürlich nicht erfahren, dass Sie Verdacht haben.»

«Der erfährt nichts.»

Der Chef sitzt schon wieder am Schreibtisch, befasst sich mit Zahlen, Statistik.

«Also, denn adieu», sagt Tredup. «Und vielen Dank.»

«Adieu», sagen die beiden.

Sicher, denkt draußen Tredup, wollen die mich anscheißen. Aber ich weiß zu viel. Schon die Auflagengeschichte. – Nun denn los auf Stuff. – Und vielleicht mache ich doch gar nichts.

5

Banz ist so weit, dass er aufstehen, an einem Stock aus dem Zimmer, über den Hof, auf ein Feldstück gehen kann, dorthin, wo Frau und Kinder arbeiten.

Er schickt die Frau am liebsten mit auf das Feld, dass doch eine Aufsicht da ist. Er selbst macht die Hausarbeit, das bisschen notdürftige Ausfegen, das Kartoffelschälen, das Kochen. Er macht es mit langen Pausen, in denen er sich schwindlig an eine Wand lehnt. Dann wird es ihm rot vor den Augen, alles dreht sich.

Nach einer Weile ist es vorbei. Und er tapert weiter, langsam, zu der Arbeit, zum Feldstück hinaus. Zum Altenteil wäre ich gut, höhnt er sich selbst. Mit fünfundvierzig ein Greiser. Na, wartet nur, ihr in Altholm, wenn ich erst zu einem Rechtsanwalt kann.

Denn mittlerweile sind Padberg und Bandekow bei ihm gewesen. Banz ist nicht in Verdacht. Niemand weiß, dass er jemanden niedergeschlagen hat, und er hütet sich, selbst den beiden davon zu sprechen. Er wird die Stadt Altholm verklagen, sie wird Schmerzensgeld zahlen müssen, eine Rente. Man hat ihn niedergeschlagen von hinten, als er die Stufen zu einer Gastwirtschaft

442

hinaufstieg, ein Glas Bier zu trinken. Das können die Wirtsleute bezeugen, die ihn auf den Stufen bewusstlos fanden.

Banz humpelt an seinem Stock weiter. Die Kinder sind beim Hafermähen, er muss sehen, wie weit sie sind.

Natürlich erkennt er schon von weitem, dass sie nicht halb das geschafft haben, wie wenn er vormäht. Was die schon für einen Schwad nehmen, so schmal, die reinste Kinderei, und dabei steht der Hafer doch dünn genug. Und dann ewig machen sie Pausen, wetzen die Sensen, rein für nichts.

Schon dreihundert Meter ab überkommt ihn ein Wutanfall, einer jener Wutanfälle, die ihn jetzt so häufig schütteln. Er fängt an zu schreien, zu brüllen, droht mit dem Stock.

Dann kommt der Schwindel, und er kann nicht schnell genug auf die Erde, fällt halb hin. Und da liegt er nun, döst vor sich hin, das Hirn will nicht recht. Die drüben sind das schon gewöhnt, die kommen nicht her und helfen ihm. Mag der Vater nur liegen. Und der Vater wird wirklich erst richtig wütend, wenn sie ihm helfen wollen. Soll sich selber helfen, das Pack, das verdammte.

Er kommt langsam hoch. Es ist schwer hier, wo er nichts hat, woran sich anhalten. Aber mit dem Stock schafft er es schließlich.

Dann geht er weiter, vor sich hin schimpfend, immer die Augen auf diesen miserablen Mähern.

Eine Weile steht er bei ihnen, sieht zu ohne ein Wort, geht nebenher, direkt neben den Sensen. Die mähen wie der Deubel, langen möglichst weit aus, nach seiner Seite hin. Mag der doch aufpassen, der Alte, steht hier rum, tut nichts, frisst nur, schimpft und tut schon wieder den ganzen Tag nichts.

Der Alte geht jetzt neben Franz, hält mit ihm Schritt. «Was ist das mit deiner Sense?», fragt er. «Die sitzt ja nicht richtig. Du musst den Keil festschlagen.»

Der Junge brummelt was und mäht weiter.

«Zeig her die Sense!», befiehlt der Bauer.

Der Junge murrt: «Ich kann doch jetzt nicht aus der Reihe.»

«Die Sense her!»

Alle halten, und Franz tritt aus.

«Ihr mäht weiter», sagt der Bauer. «Jeder rückt einen vor! – Und ihr Weiber habt auch nichts zu stehen und zu glotzen!» Plötzlich wütend schreit er: «Gemäht wird nichts, und doch liegt die Hälfte noch ungebunden! Ran mit euch! Es gibt nicht eher Feierabend, bis alles aufgebunden ist.»

Die Mutter und die Töchter arbeiten wortlos weiter.

Der Bauer befingert die Schneide der Sense. «Die ist doch nicht gedengelt. Hast du gestern Abend gedengelt?»

Der Franz glotzt böse.

«Ob du gedengelt hast. Mach 's Maul auf.»

«Ja», sagt der Junge.

«Nein. Du hast nicht gedengelt. Du lügst. Wie siehst du aus um die Augen? Wo bist du letzte Nacht gewesen? Wo gehst du bocken hin?»

Der Junge schweigt, die Mädchen kichern, die Burschen grinsen.

«Wo du hingehst in der Nacht, frage ich!»

«Gar nicht gehe ich hin.»

«Wann hast du die Sense zum letzten Mal gedengelt? Dienstag?»

«Gestern.»

«Du lügst, du Verdammter. Hurenbock, du! Wo gehst du hin? – Die Nächte rummachen mit den Weibern und am Tage rumhangeln wie ein Hampelmann – füttere ich dich darum?»

Der Junge glotzt bösartig.

«Wo hast du das Geld her? Du gibst den Weibern doch Geld! Sonst nimmt dich doch keine, so wie du aussiehst, du Zwerg, du! Wo hast du das Geld her?»

«Wo soll ich es herhaben? Haben wir denn welches?»

«Warte», sagt der Bauer. «Dir kommen wir schon auf deine
Schliche. Hier, nimm die Sense. Geh zum Hasenfleck und mäh
dort. Hier brauchen sie solche wie dich nicht. – Und dass du den
ganzen Hasenfleck heute noch abmähst. Dass nicht ein Hälm-
chen steht, wenn du Feierabend hast!»

«Das kann man nicht.»

«Hast du gehört, was ich gesagt habe? Abmähen! Abmähen!
Alles ratze abmähen!», schreit der Bauer wütend und schlägt mit
dem Stock auf die Erde. «Gehst du? Dir wollen wir zeigen, ob du
nachts zu Weibern kannst! Alles Schmalz in den Betten lassen,
was, wo wir's hier brauchen. Marsch. Los. Pack dich.»

«Geh schon, Franz», sagt die Mutter.

«Ich kann doch nicht allein», sagt der Junge zögernd. Der Alte
liegt auf der Erde und ist nicht bei sich. «Gib mir die Minna mit,
dass sie den Schwad abrechen kann.»

«Geh mit, Minna», sagt die Mutter.

Die beiden gehen gegen die Waldecke zu. Der Bauer, wie der
wach geworden, starrt ihnen nach.

«Komm her, Frau.»

Die Frau kommt.

«Hock dich neben mich.»

Die Frau tut es.

«Ist das Geld noch alles da?», flüstert er.

Sie sagt: «Alles.»

«Du lügst», sagt er böse. «Es fehlen fünfzehn Mark. Ich bin da
gewesen, heute Morgen.»

«Die habe ich genommen für die Apotheke», sagt die Frau
rasch.

«Du lügst», sagt der Bauer. «Der Franz hat sie gestohlen.»

«Der Franz stiehlt nicht», sagt die Frau.

«Doch tut er das. Wenn ich ihn beim Versteck erwische, schlage ich ihm den Schädel ein.»

445

«Der Franz stiehlt nicht», beharrt die Frau.

«Alle lügt ihr, alle», sagt der Bauer. «Aber ich komme schon wieder auf meine Beine. Dann sollt ihr was erleben. Und die in Altholm auch. Wartet nur.»

Er rappelt sich hoch und humpelt gegen den Hof zu.

6

Der ewige Kriminalassistent Perduzke hat Auftrag zur Vernehmung des Untersuchungsgefangenen Henning.

«Dass die es nicht aufgeben», sagt er und rüstet zum Abmarsch.

«Nimmst du keine Akten mit?», fragt sein Kollege, der Kriminalsekretär Bering.

«Nein, das tue ich nicht. – Wo sind denn wieder die Zigaretten?»

«Da im Schrank müssen noch welche sein. – Glaubst du, der fällt darauf rein?»

«Kleine Geschenke erhalten die Freundschaft», sagt Perduzke, zwängt eine Hundertstückschachtel in seine Tasche und geht los.

Im Krankenhaus findet er wieder einmal den Posten, der Henning bewachen soll, statt vor der Tür im Zimmer des Gefangenen. Aber ausnahmsweise rügt der Bluthund Perduzke das nicht, sondern sagt nur: «Marsch, raus mit dir, Gruen. Ich bin hier dienstlich.»

«Bilde dir nur nichts ein», sagt Gruen, und sein blondes Spitzbärtchen wackelt böse. «Was das schon für Dienst in dieser Republik gibt.»

«Es ist hier», sagt Henning freundlich lächelnd zu Gruen, «eine blonde Krankenschwester namens Elli auf der Station, die Ihnen gefallen würde und mir schon lästig fällt. Das Mädchen ist verdammt hübsch.»

«Weiber!», zischt Gruen verächtlich. «Weiber hat er im Kopf! Das sind Helden! Ein Stück Weiberfleisch, und alle Gedanken sind futsch.»

«Erzähl das man der Elli», sagt Perduzke und schiebt den Gruen aus der Tür. «Wir können dich hier nicht mehr brauchen.»

Die beiden sind allein, und Henning setzt sich in einen Stuhl am Fenster. Er sieht wieder völlig wohl und munter aus, und von dem vielbesprochenen Krüppel sieht man vorderhand nur, dass er einen Arm in der Binde trägt.

«Setzen Sie sich man, Perduzke. Also wollen Sie mich wieder vernehmen?»

«Will ich. Muss ich. Hier sind Zigaretten.» Und er stellt brummig seine hundert Stück auf den Tisch.

Henning beschaut die Marke. «Ausschuss. Darf nicht verkauft werden. – Sagen Sie mal, wieso kommt eigentlich die Kriminalpolizei in allen deutschen Städten ewig mit diesen Ausschusszigaretten angezuckelt?»

«Also mit der Kripo in andern deutschen Städten haben Sie doch auch schon zu tun gehabt? – Na, lassen Sie man, ich weiß von nichts, das Verhör hat ja noch nicht angefangen. – Wieso der Ausschuss? Na Gott, irgendwo müssen doch die Zigarettenfabriken mit ihrem Ausschuss bleiben. Da stiften sie ihn der Polizei, dass die was zum Ganoven-Ködern hat.»

«Danke», sagt Henning. «Aber stecken Sie man die Dinger wieder ein. Ich hab den ganzen Schrank voll Zigaretten.»

Perduzke bringt sein kriminalistisches Notizbuch aus der Tasche. «Das Verhör beginnt, Herr Henning.»

Und Henning: «Erst einmal das Übliche: Ich verlange, vor einen Untersuchungsrichter geführt zu werden.»

«Ich verweise Sie auf den Weg der Eingabe. – Ich habe heute den Auftrag, Sie zu vernehmen …»

Henning leiert: «Ich erhebe Einspruch dagegen, dass die Voruntersuchung von der Polizei geführt wird. Aussagen mache ich nur vor einem Richter. Der Polizei verweigere ich meine Aussage.»

«Erledigt», sagt Perduzke. «Dass es Ihnen nicht langweilig wird, Herr Henning.»

«Unsere Pflicht darf uns nie langweilig werden, Perduzke», belehrt ihn Henning.

«Ich schreite nun zur Vernehmung», sagt Perduzke und schaut in sein Taschenbuch.

«Ich mache darauf aufmerksam, dass ich nicht aussagen werde», sagt Henning.

«Ist», fragt Perduzke und blinzelt über einen schwarz gefassten Klemmer, «der Name Georg Henning Ihr wirklicher Name?»

«Gott», sagt Henning erfreut, «das ist doch mal eine neue Walze, nicht dieser ewige sechsundzwanzigste Juli. – Im Übrigen verweigere ich die Aussage.»

«Haben Sie früher nicht die Namen Georg Hansen, Leutnant Parsenow, Oberleutnant Hingst geführt?»

«Siehmalsieh», sagt Henning, dessen Stirn sich verdunkelt, «das ist das. – Ich verweigere meine Aussage.»

«Waren Sie nicht im Baltikum bei der Abteilung Hamburg?»

«Ich verweigere die Aussage.»

«Haben Sie nicht der Brigade Ehrhardt angehört?»

«Ich verweigere ...»

«Gehörten Sie nicht der Gardekavallerie-Schützendivision an, und waren Sie nicht beim Stabe im Edenhotel?»

«Ich verweigere ...»

«Haben Sie sich nicht an einem Attentat auf die Reichswehrkaserne in Gemünden beteiligt?»

«Ich verweigere die Aussage.»

«Woher nehmen Sie die Mittel zu Ihrer Lebenshaltung?»

«Ich verweigere ...»

«Wollen Sie mir Bauern nennen, an die Sie im letzten halben Jahre Landmaschinen verkauften?»

«Ich verweigere die Aussage.»

«Wo haben Sie sich zur Zeit der Anfertigung der Bauernschaftsfahne aufgehalten?»

«Ich verweigere ...»

«Wer hat Ihnen das Material zur Herstellung der Fahne geliefert?

Wer? – Was? – Woher? – Warum? – Wann ...?»

«Ich verweigere ... Ich verweigere ... Ich verweigere ...»

«So, das wäre für heute alles. Wollen Sie ein Protokoll unterschreiben des Inhalts, dass Sie Ihre Aussage verweigern?»

«Ich verweigere meine Unterschrift.»

«Wir sind durch, Herr Henning.»

«Na ja. Na ja. Die Vernehmung ist abgeschlossen?»

«Die Vernehmung ist alle.»

«Das war ja heute alles Mögliche.»

«Das schon. Aber nur – Rückzugsgefecht.»

«Rückzugsgefecht?»

«Ich denke, ich komme nicht wieder.»

«Und wer kommt statt Ihrer?»

«Keiner.»

«Das heißt ...?»

«Was Sie sich denken.»

«Aber das ist doch nicht möglich!»

«Heute ist alles möglich.»

«Wann denn etwa?»

«Zwei, drei Tage noch.»

«Und bestimmt?»

«Soweit ein kleines Tier wie ich das von unten sehen kann: bestimmt.»

«Also dann sage ich Ihnen Lebewohl.»

«Leben Sie wohl, Herr Henning.»

«Auf Wiedersehen.»

«Ja. Bei der Verhandlung.»

«Die gibt es also doch?»

«Natürlich gibt es die. Warum soll es die nicht geben?»

«Freilich. Warum auch nicht? – Aber es ist sicher, Perduzke? Sonst nämlich ... Die Bewachung ist hier nicht übermäßig scharf.»

«Sie können sich darauf verlassen, Herr Henning. Guten Tag.»

«Guten Tag. Und schicken Sie mir den Gruen rein.»

«Was ist denn?», fragt Gruen mürrisch.

«Anfang nächster Woche lassen die mich laufen, teurer Wachthund», sagt Henning.

«Aufschübe! Aufschübe! Aufschübe! Ich an Ihrer Stelle würde nicht warten.»

«Natürlich warte ich. Grade warte ich. So ein bisschen warten bei so was, dass das Fieber noch steigt, ist das Schönste bei dem ganzen Mist.»

Gruen sieht ihn missbilligend an. «Ich glaube wahrhaftig, Sie geilen sich sogar daran auf, wenn eine Bombe platzt. Was es doch für Schweine gibt auf der Welt!»

«Machen Sie, dass Sie rauskommen aus meinem Zimmer, Sie Waldesel, Sie!», brüllt Henning wütend.

7

In der Expedition der «Chronik» erscheint ein Mann in graugrüner Uniform, mit Zickenbart.

Fräulein Heinze fragt: «Sie wollen wohl die Freizeitungen für die Gefangenen?»

«Ich will den Redakteur sprechen.»

Die Heinze ist bedenklich. «Ich glaub nicht, dass der jetzt zu sprechen ist.»

«Reden Sie nicht. Fragen Sie ihn.»

Das Fräulein erhebt sich entrüstet, wirft noch einen Blick auf ihre Fingernägel und verschwindet.

Sie erscheint wieder. «Sie sollen reinkommen.»

Sie setzt sich. Gruen sucht einen Weg durch die Barre, findet die eingelassene Tür nicht und springt mit viel Krach über das Geländer.

Die Heinze ruft empört: «Das sind Manieren!», aber Gruen ist schon in der Redaktion.

Stuff begrüßt ihn: «Na, was willst du denn, olles Gefängnis?»

«Ich muss dich was fragen, Stuff.»

«Denn frag schon. Unter dieser Fahne haben wir nicht gehungert, was?»

Gruen kneift die Augen zusammen, hebt einen drohenden und sehr mageren Finger. «Bist du auch im Komplott?»

Stuff lacht. «Spielen sie wieder mit dir? Knallen sie nach deinen blonden Locken, olles Haus? – Natürlich bin ich im Kompott. Richtig im Süßen sitz ich hier.»

Gruen schüttelt den Kopf. «Alle wollen Geschäftel machen. Alle. Auch der Henning stinkt jetzt. Seit er gehört hat, er wird frei, heißt es Aufschieben. Aufschieben. Ich lasse mich nicht dumm machen.»

Stuff wird aufmerksam. «Der Henning wird frei? Du spinnst ja!»

«Spinnen tun ganz andere. Ich bin wach. Damals am sechsundzwanzigsten Juli habe ich auch als Erster gemerkt, was los war. Und hätten die Bauern das getan, was ich wollte, und das Gefängnis gestürmt und den Reimers rausgeholt ...»

Stuff sagt bekümmert: «Du bist wieder mal anständig verrückt, Gruen. Der Reimers war doch damals gar nicht mehr bei euch im Kittchen.»

Gruen sagt geheimnisvoll: «Der Reimers ist noch immer bei uns. Er wird nur verborgen.»

«Du spinnst. Der Reimers ist seit Wochen frei.»

«Der Reimers hat viele Gestalten und Verkleidungen.»

«Du solltest doch mal zu einem Arzt gehen. Ernsthaft: Du solltest es tun, Gruen.»

«Quatsch nicht. Sag mir lieber, warum hast du nichts gebracht über die Sitzung beim Regierungspräsidenten? Die ‹Bauernschaft› war voll davon. Und in allen Zeitungen hier hat kein Wort darüber gestanden.»

«Hat mir nicht gepasst», brummt Stuff. «Muss mal kühler werden.»

«Kühler? Heißer muss es werden. Siehst du, du bist auch im Komplott.»

«Man kann manchmal nicht so, wie man will, oller Gruen. Du möchtest auch manchen rauslassen aus deinem roten Hotel und kannst nicht.»

«Keinen. Das sind doch alles gemeine Verbrecher, und bei den andern ist es Prüfung. – Willst du was bringen von der Sitzung?»

«Hör doch schon auf. Nein, ich will nicht.»

«Aber du musst, Stuff. Du darfst die Sache nicht verraten.»

«Oller Schwede, sieh es ein, es geht nicht. Die oben, die Bonzen und die dicken Speckjäger, haben die Köpfe zusammengesteckt, und da müssen wir Kleinen parieren.»

«Warum musst du parieren?»

«Weil ich sonst rausfliege. Und wer nach mir kommt, macht es noch schlimmer.»

«Wer nach dir kommt, ist deine Sorge nicht. Du musst was bringen.»

«Das versteh ich nun besser, Gruen. Lass mich man machen.»

«Im Komplott», sagt Gruen. «Auch im Komplott. Henning, Stuff, alle.»

«Was hat Henning damit zu tun?»

«Genug. Ist auch wie du. Aber der Blitz ist in der Wolke und fährt nieder zu seiner Stunde.»

«Gruen, ich sage dir ...»

Die Tür geht auf, und Tredup kommt herein.

Er stutzt, als er Gruen sieht. Dann starren sich die beiden böse an.

«Wer ist das, Stuff?», fragt Gruen leise.

«Die Herren kennen sich nicht? Das ist unser Annoncenwerber, Herr Tredup. – Herr Strafanstaltshilfswachtmeister, Herr Gruen.»

«Doch, den kenn ich», sagt Gruen leise. «Das ist der falsche Reimers, der mich verraten hat an den Direktor Greve.»

«Das ist der wahnsinnige Kerl aus dem Gefängnis, Stuff, von dem ich dir gesagt habe. Der Kerl hat mir was eingebrockt ...»

«Solche Leute hast du hier, Stuff?», fragt Gruen wieder. «Dann ist freilich der Blitz schon zu lange in der Wolke gewesen.» Plötzlich reckt er die dürren Arme. «Euch alle wird er vertilgen, alle, alle ...»

Er verschwindet plötzlich. Draußen hört man Fräulein Heinze schreien. Die beiden laufen hinaus.

«Was war denn?»

«Was ist denn los?»

«Warum schreien Sie denn so?»

«Der verrückte Mensch! Hat mich so erschreckt! Springt plötzlich über die Barriere.»

«Ja, ich glaube, verrückt ist der jetzt wirklich», sagt Stuff nachdenklich. «Ich muss mal gleich einen eiligen Gang tun, sonst richtet er noch was an. Nimmst du Kino und Wochenmarkt, Tredup?»

«Was war denn im Kino?»

«Nichts wie der übliche Mist. Schreib man: Dina Mina hat ihr koboldhaftes Talent wieder mal unter Beweis gestellt. Wieso, steht sicher im Inserat. Das kannst du doch?»

«Das fragen mich jetzt alle», sagt Tredup mürrisch. «Natürlich werde ich mein Talent jetzt auch mal unter Beweis stellen.»

8

Als Stuff sich dem Krankenhaus von hinten nähert – er bevorzugt überhaupt die Gassen vor den Straßen –, sieht er, dass die sonst so stille Allee um diese frühe Abendstunde eine Art Korso geworden ist. Schülerinnen, Lyzeistinnen, gehen dort Arm in Arm auf und ab, die Gymnasiasten fehlen nicht, und auch ältere Mädchen sind da, Mädchen von zwanzig, einundzwanzig Jahren.

Stuff weiß, dass seit undenklichen Zeiten der Burstah der Bummel von Altholm gewesen ist. Wurde er nun hierher verlegt, so muss das eine besondere Ursache haben. Die Ursache, nicht schwer zu finden, steht in einem Hochparterrefenster des Krankenhauses, lächelt, ruft ein Wort hinüber, winkt, wirft Kusshändchen und ist ein strahlender Henning, Henning, der Volksheros.

Und sosehr Stuff geneigt ist, Henning hoch einzuschätzen, seit er, aus zwei Dutzend Wunden blutend, auf dem Straßenpflaster lag, dies scheint ihm ein bisschen reichlich. Äffchen, denkt er, als er weitergeht.

Er hat es sich schwierig gedacht, zu dem Untersuchungsgefangenen vorzudringen. Aber es ist grade die Stunde, da im Krankenhaus das Abendessen ausgegeben wird, keine von den Schwestern beachtet ihn, und einen Posten sieht er auch nicht.

Hübsche Zustände das, denkt Stuff. Ein Wunder, dass der Henning noch da ist.

Dann klopft er, wartet einen Augenblick und tritt ein.

Henning steht noch immer am Fenster und zeigt sich leutselig seinem Volk. Auf dem Tisch liegt ein dreiviertel Dutzend Sträuße, weiße Pakete, die Schokoladeninhalt verraten, Zigarettenschach-

teln und ab und zu, halb ausgepackt und gleichgültig wieder fort-
gelegt, eine Handarbeit.

«Lassen Sie doch den Unsinn, Henning», sagt Stuff ungeduldig.
«Ich habe was Wichtiges mit Ihnen zu besprechen.»

«Unsinn? Das kommt Ihnen bloß so vor. Das ist die Vorarbeit
für den kommenden Prozess.»

Und er winkt und grüßt und lächelt weiter zum Fenster hinaus.

«Quatsch! Die verstiegenen Gören werden Sie auch nicht raus-
reißen.»

«Aber ihren Vätern, Brüdern, Onkeln werden sie erzählen, was
ich für ein netter, harmloser, offener Junge bin. Und die Väter,
Onkel, Brüder sind Zeugen im Prozess oder gar Schöffen oder
wenigstens Skatfreunde von Zeugen.»

«Verknackt werden Sie ja doch.»

«Was noch nicht raus ist. Bei solcher Stimmung. Und dann
halber Krüppel, der ich bin, das wirkt immer.»

«Können Sie wirklich den Arm in der Binde da nicht rühren?»

«I wo, keine Spur. Das kostet Altholm noch eine Stange Gold.»

«Äffchen», und Stuff hat endlich den rechten Ton wieder. «Sie
sind mall. Seien Sie froh, wenn Sie mit ein, zwei Jahren wegkom-
men. Geld noch dazukriegen, so ein Goldjunge!»

«Es ist noch nicht aller Tage Abend.»

«Nein, Gott sei Dank nicht. Denn heute vor Abend muss ich
noch was wissen: was Sie nämlich mit Gruen angefangen haben.»

«Mit Gruen? Mit Mall-Gruen? Wer kann denn mit dem was
anfangen? Mit dem fängt die verdrehte Feder im Uhrwerk alles
alleine an.»

«Reden Sie nicht rum, Henning. Natürlich haben Sie Gruen
irgendwelchen Blödsinn in den Kopf gesetzt. Der Mann ist doch
total verrückt, den schickt man doch nicht vor! Der Mann hat ein
halbes Dutzend Kinder oder mehr, so ein verhungerter Hering.
Den lässt man doch nicht die eigene Arbeit machen.»

Henning dreht sich brüsk um und schmettert das Fenster zu. «Wen schicke ich vor? Wen lasse ich die eigene Arbeit machen? Bei Ihnen piept's wohl, Stuff? Wenn der Affe, der Gruen, irgendwas gesagt hat ... dann hat er gesponnen. Das eine sollten Sie doch von mir wissen, Stuff, dass, wenn einer in die Scheiße treten muss, ich mich nie davor gedrückt habe. – Aber wir werden ja gleich sehen.» Henning reißt die Tür auf. «Gruen, Hilfswachtmeister, komm mal her.»

«Da war kein Mensch und Posten, als ich kam.»

«Nette Gefangenschaft, was? Aber wirklich, ich habe den Kerl seit fünf, sechs Stunden nicht gesehen. Und er hat doch hier bis acht Dienst.»

«Dafür war er bei mir. Hat blöd geschwätzt, mir Vorwürfe gemacht, dass ich nicht genug von den Bauern bringe ...»

«Da hat er auch recht.»

«Einen Dreck verstehen Sie davon. – Aber gedroht hat er, wir wären alle im Komplott, Sie und ich, die Sache zu verraten. Der Blitz wäre in der Wolke und führe nieder, bald, sofort ...»

«Gequatsch eines Mallen.»

«Ich hab so meine Gedanken. Es gibt ansteckende Scherze. Hat er nicht vielleicht so was gefragt – es ist nur so eine Idee von mir –, wie man an einem Wecker eine elektrische Zeitzündung anbringt? Oder etwa, wie viel Pfund Sprengstoff man zu einer rechtschaffenen Bombe braucht?»

Henning starrt.

Plötzlich wird sein Gesicht ganz spitz, die Nase sieht gelb und scharf daraus hervor. Er schlägt mit der Hand auf den Tisch.

«Oh, ich Esel! Ich verdammter Protz! Ich elendes Sauluder! Totschlagen hätten sie mich sollen, die Stadtsoldaten, die verdammten!»

«Fluchen Sie nicht. Sagen Sie!»

«Ich weiß selbst nicht mehr, wie es gekommen ist, aber irgendwie hat er aus mir die Adresse rausgequetscht, wo der Sprengstoff lagert. Ja, richtig, er hat sich angeboten zur Hilfe und meinte, sicherer als im Gefängnis gäbe es nichts. So haben wir hin und her gequatscht, und da habe ich denn geprotzt, wie sicher unser Platz ist.»

Stuff stöhnt, in ehrlicher Trauer glotzend. «Henning! Henning! Wie ein Säugling, der in die Windeln kackt! Kann die Weisheit nicht halten, das Kindchen, nein? Muss alles raus, ja?»

«Los, Stuff! Wir müssen ihn suchen. Das könnte ich brauchen, wo ich dieser Tage entlassen werden soll, so einen Klamauk.»

«Aber Sie können hier doch nicht weg!»

«Wieso nicht können? Wissen Sie keinen Weg, auf dem ich an diesen dämlichen Gänsen auf der Straße vorbeikomme?»

«Doch, das geht. Wir gehen durch den Kohlenkeller vom Kesselhaus. Legen Sie einen Zettel auf den Tisch, dass Sie sich Stadturlaub genommen haben und wiederkommen wollen. Dann tun die nichts. Die halten die Schnauze, wo ihr Posten nicht da gewesen ist.»

Eine Stunde später klingelt Stuff an der Gefängnispforte. Henning steht – es ist schon fast dunkel – im Hintergrunde.

Sie haben die Stadt abgeklappert, haben mit der Frau gesprochen, haben die Kinder befragt, niemand wusste, wo Gruen ist.

Doch er ist wirklich hier im Gefängnis.

«Macht Spätdienst. Vertretung für einen erkrankten Kollegen. Hat er sich freiwillig übernommen. Verdient sich gerne ein paar Groschen damit.»

«Könnten wir ihn nicht sprechen? Einen Augenblick nur.»

«Völlig ausgeschlossen, Herr Stuff. Um neun Uhr Unterhaltung im Gefängnis! Morgen wäre es beim Direktor. Aber lauern Sie ihm doch auf. In zwei Stunden kommt er bestimmt.»

«Durch dieses Tor?»

«Es gibt doch kein anderes Tor aus dem Gefängnis! So viel sollten Sie doch auch wissen, Herr Stuff!»

«Haben Sie vielleicht gesehen, ob er ein Köfferchen bei sich hatte? Oder einen Karton?»

«Nein. Kann mich nicht erinnern. Glaube ich auch nicht.»

«Na, denn guten Abend. Schönen Dank. Hier, nehmen Sie sich noch eine Zigarre.»

«Danke. Soll ich ihm was sagen, Herr Stuff?»

«Nein. Nichts. 'n Abend.»

«Das klingt eigentlich alles ganz ordentlich, was? Wozu wird er sich, um ein paar Groschen zu verdienen, nachts einen Dienst übernehmen, wenn er eine Bombe schmeißen will?»

«Bei Gruen? Alles möglich. Der ist ja auch von seinem Wachtdienst bei Ihnen weggelaufen und hat 'nen andern übernommen.»

«Jedenfalls erkläre ich Ihnen eins, Stuff. Wir haben noch zwei Stunden Zeit ...»

«Eine Stunde fünfzig Minuten.»

«Genügt auch vollkommen. In dieser Zeit muss ich ein Frauenzimmer haben.»

«Gibt es denn nicht Krankenschwestern genug?»

«Sie haben 'ne Ahnung. Wenn man was will, dann ist plötzlich der Wachtbeamte wirklich ein Wachtbeamter. Bomben hätte ich machen können, aber ein Mädel auf mein Zimmer, nee, das schickt sich nicht. Der reine Futterneid.»

«Also denn los! Wie soll sie denn sein? Dick? Dünn? Schwarz? Blond?»

«Alles Scheiße, Stuff. Wenn es nur ein Weib ist.»

Um neun Uhr klingelt es bei Bürgermeister Gareis an der Entreetür. Assessor Stein kommt, um seinen Freund und Meister zu einem Spaziergang abzuholen. Immer gehen sie fort, wenn es dunkel ist, und immer gehen sie einen fast unbetretenen Feldweg, der zwischen Äckern und Wiesen entlangläuft.

«Wissen Sie, Assessor», sagt Gareis wohl. «Man muss sich Leuten nicht zu viel zeigen. Je weniger sie einen sehen, umso mehr beschäftigt man sie. Vollends ich – wenn sie mich spazieren gehen sähen, gleich hieße es: Gott, der fette Gareis versucht, sich ein paar Pfund runterzulaufen.»

Sie gehen langsam die Vorstadtstraße hinauf, in deren letztem Haus der Bürgermeister wohnt. Dann biegen sie ein. Ein paar Lauben kommen noch mit ihren Gärtchen und dann die ersten Vorposten der Landwirtschaft gegen die Industrie: Kartoffeläcker.

«Kartoffeln», sagt der Bürgermeister. «Mir sind sie lieber als Rosen. Kartoffeln. Zu Haus, immer wenn nichts Rechtes zu essen da war, Kartoffeln waren immer da. Und sie machten so herrlich satt.»

«Ein bisschen langweilig, die Felder, nicht?»

«Finden Sie? Ich nicht.»

«Doch», sagt der Assessor abwesend. «Sie wissen, die Bauern liefern jetzt auch nicht mehr in die Stadt. Fahren ihre Schweine, ihre Kartoffeln nur bis zur Stadtgrenze. – Da, ihr verfluchten Altholmschen, wenn ihr was wollt, holt es euch. – Der Boykott wird immer schärfer.»

«Ich bitte Sie, Assessor, reden Sie mal eine Stunde nicht vom Boykott. Als wenn es nichts anderes mehr zu tun gäbe auf der Welt. Die Arbeitslosigkeit wird immer schlimmer. Wir sind in der ganzen Provinz die Stadt mit der höchsten Arbeitslosenziffer. Und mein Fürsorgeetat ist seit zwei Monaten erschöpft.»

«Was machen Sie da?»

«Ich verbrauche weiter. Ich wollte den Rendanten sehen, der mir dafür das Geld verweigert. Und in diesem Punkt habe ich wenigstens die ganze Partei hinter mir.»

«Nur in diesem Punkt?»

«Gott, die finden ja in letzter Zeit, ich bin kein richtiger Roter. Bin zu bauernfreundlich. Soll die Bauern mit Feuer und Schwert vertilgen.»

«Aber wenn die Sie nicht halten, auf wen wollen Sie sich dann stützen im Kampf, der kommt?»

«Auf mich. Ich denke immer, am Ende werden die sehen, dass sie mich doch brauchen. Dass ich recht habe.»

«Ja, und die Niederlage von Temborius wird Ihnen auch helfen.»

Der Bürgermeister bleibt stehen. «Diese Niederlage ist das schwerste Unglück, das passieren konnte. Seit ich von der weiß, verliere auch ich fast die Hoffnung auf Einigung.»

«Aber wieso denn? Jetzt kommen sie doch alle wieder zu Ihnen gelaufen.»

«Kann ich was Endgültiges machen ohne die Regierung? Das ist doch nun einmal so, die müssen ihren Senf dazugeben, sonst geht es nicht. Und ab jetzt schmeißt der Temborius jeden Stecken ins Rad.

Das ist doch solch ein Bürokrat, dem blutet wirklich das Herz, wenn nicht alles glatt- und genau geht. Das tut ihm wirklich weh.

Na, und da hat er denn gedacht: Schön, ich will euch entgegenkommen, ich will einrenken, sollt ihr sehen, ich bin gar nicht so ... Frerksen und Gareis sind euch missliebig? Ich opfere sie euch!

Er tut's, und dann ruft er sie zu sich. Wie schnell er sie eingeladen hat nach dem großen Schlachtfest, Sie sehen's ja, er hat's gar nicht abwarten können mit der Aussöhnung. Dass er nur erst nach Berlin melden kann: Frieden mit den Bauern. Sieg meiner Diplomatie.

Und da spucken die ihm so ins Gesicht. Sie haben doch wirklich ganz gemeinen Rotz gegen ihn gespritzt. Glauben Sie mir, der Mann sitzt auf seinem Sessel und weint blutige Tränen, dass er es einmal gegen alle seine Grundsätze auf die menschliche Weise versucht hat und denen die Hand hinhielt. Der züchtet jetzt einen Hass im Busen, und ich sage Ihnen, über so einen richtigen Bürokratenhass geht gar nichts. Wenn Sie mit nichts auf der Welt rechnen können, auf den dürfen Sie Häuser bauen.

Und der wird jede Versöhnung unmöglich machen. Der hört nicht auf, und wenn alle Bauern am Verrecken sind. Der opfert besinnungslos Altholm mit seinen vierzigtausend Menschen, der opfert sogar die eigene Karriere. Und der schlägt mir meine ganze gute Arbeit hier endgültig entzwei.»

«Die bauen Sie sich überall wieder auf, Herr Bürgermeister.»

«Aber ich denke gar nicht daran, hier fortzugehen. Vielleicht gewinne ich doch. Ich habe doch wenigstens was aufzuweisen, was auch den Bauern gefällt, ich hab doch einiges für die getan! So die Ausstellung damals. Oder die Viehhalle, die habe ich denen doch auch finanziert. Oder besser, zusammengeschnorrt. Und den Pferdemarkt beim Turnier. Und die Bauernkurse im Winter. Na ja, das wird ihnen eines Tages alles wieder einfallen, wenn sie ruhiger geworden sind. Und dann quatschen wir nicht lange von Versöhnung, dann machen wir irgendwas Nettes, was dem Bauern Geld einbringt – dann ist die Freundschaft gleich wieder da.»

«Darf ich Sie darauf aufmerksam machen, Herr Bürgermeister, dass Sie seit einer Viertelstunde vom Boykott reden?»

«Richtig. Ich bin ein schlappes Aas. Jetzt wird mindestens eine halbe Stunde stramm gegangen. Und ich schwöre Ihnen, ich werde an ganz andere Dinge denken als an den Boykott.»

Es wird nicht nur eine halbe Stunde geschwiegen, über eine Stunde geht es still gradeaus.

Dann kommt ein Wäldchen. Dort setzt sich der Bürgermeister und lauscht auf den Nachtwind in den Ästen.

«Sehr gut ist das. Eine sehr gute Einrichtung, der Wind. Für so was müsste man Zeit haben. Man kann immerzu über solche Geschichten nachdenken. Da ist auch so was ... Haben Sie sich mal überlegt, Steinchen, woran man eigentlich die verschiedenen Baumarten erkennt?»

«Nun, ich denke, an den Blättern.»

«Aber im Winter sehen Sie auch, was ein Apfel und was eine Kirsche ist.»

«Ich allerdings nicht. Aber man wird es ja wohl an der Farbe des Stammes, an der Rinde erkennen, was weiß ich.»

«Und wenn Sie zweihundert Meter ab sind, wissen Sie auch Bescheid? Nein, ich denke mir, jede Baumart hat einen bestimmten Winkel, soundso viel Grad, in dem sie ihre Äste ansetzt. Oder Variationen zwischen verschiedenen bestimmten Winkeln. Es gibt sicher Leute, die so was wissen. Aber solche Leute lernt ja unsereins leider nicht kennen.»

«Damit kann ich freilich nicht dienen.»

«Beleidigt, Assessor? Seien Sie nicht albern. – Kehren wir um.»

Sie nähern sich schon wieder der Stadt, als plötzlich dem Dunkel ein Mann enttaucht. Nicht mehr als ein Schatten. Er fragt höflich nach der Zeit.

Die Leuchtuhr am Armband zeigt halb zwölf, und in dem gleichen Augenblick, da der Bürgermeister es sagt, schlagen die Turmuhren der Stadt, helle und dunkle, sieben verschiedene.

Der Mann dankt und geht weiter, von der Stadt fort. Dann bleibt er noch einmal stehen und fragt aus dem Dunkel heraus: «Sie sind doch der Bürgermeister Gareis?»

Der Mann ist schon eine ganze Ecke ab, und Gareis ruft zu ihm hin: «Nachts um halb zwölf nur Gareis. Den Bürgermeister lassen wir auf dem Rathaus.»

Der Mann scheint sich noch weiter zu entfernen, aber sein Fragedurst ist ungestillt. «Sind Sie eigentlich verheiratet?», fragt er.

Und der Bürgermeister echot: «Wieso wäre ich wohl sonst so dick, Mensch?»

«Und Kinder?»

«Nein, nicht. Sonst noch was?»

Wirklich, der Frager – nun ist er schon mindestens fünfzig Schritte ab – ruft wieder: «Warum haben Sie denn die Bauern niederschlagen lassen?»

«Haben die selbst getan», antwortet Gareis sibyllinisch und hört einen lachen, höhnisch, frech, meckernd.

«Der hatte doch einen in der Krone», sagt der Assessor tadelnd. «Ich begreife Sie nicht, Herr Bürgermeister.»

Aber der Bürgermeister antwortet nicht.

«Das war sehr komisch», sagt er schließlich, «und ein bisschen unheimlich. Na ja, ich glaube wirklich, mir tut es gut, wenn ich erst mal gründlich ausschlafe.»

«Wieso denn unheimlich? Ich fand gar nichts unheimlich. Nur frech.»

«Frech? Na ja, frech. Mir kam er vor wie einer, der nach mildernden Umständen sucht.»

«Das verstehe ich nun nicht.»

«Glaub ich ... Gehen wir weiter. Es wird schon nichts zu sagen haben. Und außerdem – wer ist dagegen geschützt?»

«Wogegen?»

«Dass einen Besoffene anquatschen, nicht wahr?»

Sie gehen weiter. Sie biegen in die Vorstadtstraße ein und sehen vor sich das Haus des Bürgermeisters. Vor dem Hause stehen zwei Männer und schauen ihnen entgegen.

Gareis hat den einen erkannt, er will ihn aber nicht kennen. Er geht stracks auf die Haustür zu, doch der spricht ihn an.

«Entschuldigen Sie, Herr Bürgermeister. Haben Sie vielleicht einen Mann mit Ziegenbart getroffen? Es ist sehr wichtig.»

Der Bürgermeister sagt kühl: «Ich hätte es vorgezogen, eine Weile nicht mit Ihnen zu reden, Herr Stuff. Sie riechen nicht gut in meiner Nase. Aber da es Ihnen wirklich wichtig scheint: Auf dem Feldweg nach Lohstedt, fünf Minuten von hier, hat uns ein Mann angequasselt. Es war dunkel, aber seine Stimme hätte zu einem Ziegenbart gepasst.»

«Darf ich auch fragen, Herr Bürgermeister, was der Mann wollte?»

«Nein, Sie dürfen nicht mehr fragen, Herr Stuff.» Der Bürgermeister wendet sich zu Stein. «Also denn gute Nacht, Herr Assessor ...»

Doch Stuff ist nicht abzuschütteln. «Seien Sie nicht kleinlich, Herr Bürgermeister. Ich schwöre Ihnen, morgen dürfen Sie mich schneiden, so viel Sie wollen, antworten Sie heute: Was wollte der Mann?»

«Sie sind ein seltsames Gewächs, Stuff», sagt der Bürgermeister nicht ohne Anerkennung. «Ich wollte, Sie wären kein Zeitungsmensch. – Der Assessor meinte ja, der Mann wäre besoffen, mir kam das nicht so vor.»

Stuff drängt. «Was fragte er?»

«Nach der Zeit. Halb zwölf schlug es grade. Ob ich der Bürgermeister sei. Ob ich Kinder habe. Ob ich verheiratet sei.»

Der Assessor ergänzt: «Warum Sie die Bauern haben niederschlagen lassen.»

«Haben Sie ihm vernünftig geantwortet?»

«Bis auf die letzte Frage: ja.»

«Das war er. Henning, ich sage Ihnen ...»

«Henning ...?», fragt der Bürgermeister sehr hellhörig.

«Da kommt er!», brüllt Henning. «Lauft! Lauft!!»

Aus dem dunklen Laubenkolonieeingang schießt wie eine Rakete ein Mann. Über dem Kopf schwingt er, wurfbereit, etwas wie ein Paket.

Stuff versetzt dem Bürgermeister einen fürchterlichen Schlag in den Rücken. «Lauf! Lauf, Bürgermeister! Bombe!»

Und Stuff stürzt los. Stein läuft schon. Zwanzig Meter vor den andern Henning.

Die kaum bebaute, menschenleere Vorstadtstraße fliehen die vier entlang, der Bürgermeister als Letzter, schon keuchend. Hinter ihm jagt schnellfüßig der verhungerte Hering Mall-Gruen, die geschwungene Bombe in der Hand. Im hellsten Ton schreit er: «Das Komplott ist entdeckt! Die Verräter sind beisammen. Alle vernichtet der Blitz aus der Wolke.»

Das Ergebnis des Wettrennens kann nicht zweifelhaft sein: In jeder Minute holt Gruen auf gegen den Bürgermeister.

Der hört den näher kommenden leichten Schritt, denkt: kaputt so und so. Alles kommt darauf an, dass ich die Bombe sofort zu halten kriege.

Er dreht sich mit verblüffender Schnelligkeit um, stürzt in die Arme des Verfolgers, schmettert ihn mit dem ungeheuren Gewicht seines Körpers zu Boden, fällt über ihn, fühlt, dass er den Koffer fest in der Hand hat, spürt einen blödsinnigen Biss im Arm, brüllt: «Komm her, Stuff! Hilfe, Stuff!»

Und tief über sich selbst erstaunt, hört er sich rufen: «Wackerer Stuff, Hilfe!»

Er ringt mit dem andern um die Bombe, die der gegen den Boden schlagen will. Der kämpft mit Zähnen und Händen, der Bürgermeister spürt, gleich ...

Zehn Sekunden, zwanzig Sekunden.

Dann sagt Stuff, ein bisschen atemlos, aber ruhig über ihm: «Lassen Sie den Stadtkoffer ruhig los, Herr Bürgermeister. Ich habe ihn.»

Und nimmt ihn dem Gareis aus der Hand, hält ihn ans Ohr. «Er tickt», sagt Stuff. «Soweit alles in bester Butter.»

Der Bürgermeister steht schwerfällig auf, sieht auf den Liegenden. «Besinnungslos. Das verdrehte Aas. Verrückt, nicht wahr?»

«Total.»

«Sagen Sie, Stuff, was fängt man eigentlich mit solcher Bombe an? Das Ding kann doch jeden Augenblick losgehen?»

«Dasselbe wollte ich Sie fragen, Herr Bürgermeister», entgegnet Stuff und hält das Köfferchen weit ab von sich. «Wenn wir es dahinten auf die Wiese legten?»

«Warum nicht? Wenn es nicht vorher explodiert?»

«Jetzt wäre das doch eigentlich sinnlos. Ich schlage vor, ich gehe.»

«Ich schlage vor, wir gehen zusammen.»

«Aber das ist wirklich unnötig», sagt Stuff.

«Lassen Sie mir den Spaß», sagt der Bürgermeister.

Und sie gehen zur Wiese.

Auf der Straße liegt, besinnungslos, Gruen. Irgendwo, sich raschestens dem Stadtzentrum nähernd, laufen Henning und Stein.

10

Es ist dieselbe Nacht, es ist dieselbe Stunde, da ist Thiel auf dem Wege von Bandekow-Ausbau nach Stolpe. Auch er hört die Uhr halb zwölf schlagen, und er rechnet: Kurz nach zwölf bin ich auf der «Bauernschaft».

Es hat ihn nicht gelitten auf dem Hof.

Damals, vor rund einer Woche, als Padberg abreiste und er in seine Dachkammer hinaufstieg, hat er gedacht: Warum soll ich den Hofhund spielen? Nichts ist mehr im Schreibtisch. Und diese

Tage in der Dachkammer beim Klo ... nein, lieber nicht wieder. Ich geh aufs Land.

Heute hat er dem Grafen Bandekow gesagt, dass er Kopfschmerzen hat, ist schlafen gegangen um neun. Um halb zehn war er fort durch den Gemüsegarten.

Es hat ihn nicht gelitten.

Da ist das große, ineinandergeschachtelte Haus in der Stadt, mit den dunklen Zimmern, den Gängen, den Treppen, den Sälen, dem Garten, mit der geheimen Klingel, mit dem Schreibtisch und einem geheimnisvollen Setzer. Den will er fassen.

Thiel schreitet gleichmäßig rasch aus. Es ist eine schöne Nacht, ohne Mond. Fußgänger oder Radfahrer sind so gut wie gar nicht mehr unterwegs, und selten nur stäubt ein Auto an ihm vorbei, oder ein Motorrad zischt knatternd dahin.

Die ersten Vorstadthäuser. Am weitesten kommt ihm eine Gaslaterne entgegen, sie brennt da idiotisch für sich, beleuchtet Wiese, ein Stück Pflaster. Auf dem Pflaster liegt ein hübscher runder Stein, ein glattgeschliffener Feldstein von der Größe einer Faust. Thiel stößt mit dem Fuß daran, der Stein rollt zögernd ein Stückchen, torklig auf seiner ungleichmäßigen Rundung.

«Na komm schon», sagt Thiel und steckt den Würfling in die Tasche. Während er das tut, hat er zwei Bilder im Hirn: eine Erinnerung an eine Bibelillustration, David mit der Schleuder im Kampfe mit Goliath. Und sich selbst sieht er stehend hinter der Tür des Redaktionszimmers auf der «Bauernschaft», drinnen ist Licht. Jemand ist über den Schreibtisch gebückt. Thiel hebt den Stein und wirft durch den Türspalt.

«Gut», sagt er ungeduldig. «Machen wir alles.»

Er kommt in die Straßen von Stolpe, still und unbelebt ist es auch hier. Kaum noch ein beleuchtetes Fenster. Nur die Gastwirtschaften sind hell. Aus einer tönt Musik: Radio oder Grammophon.

Plötzlich verspürt Thiel das Bedürfnis nach einem Glas Bier und einem Schnaps. Am Ende, was riskiert er? Wer kennt ihn hier in Stolpe? Kein Aas! Und er tritt rasch ein.

Die Wirtschaft ist fast leer. Ein einsamer Gast lehnt an der Theke, ein dunkler, untersetzter Mann mit einem kleinen Bauch. Der Krüger quatscht was mit ihm.

Als Thiel bestellt, mustern ihn die beiden. Der Bauchmensch hat eine unangenehme Art zu starren. Trotzdem bleibt Thiel an der Theke stehen.

Er nimmt den ersten Schluck. Der Krüger sagt: «Wohl bekomm's!»

«Vom Lande?», fragt der Dunkle.

«Ja», sagt Thiel. Und etwas verlegen auflachend: «Seh ich so aus?»

Der Mann deutet mit den Augen auf Thiels Schuhe, die dick bestäubt sind.

«Natürlich», lacht Thiel. «Das war nicht schwer.» Und betrachtet die Schuhe des andern. Irgendein ungemütliches Gefühl überkommt ihn. Der andere hat schwarze Schnürschuhe.

Na ja, so 'ne gibt's mehr. Immerhin, schnell austrinken.

«Lehrer?», fragt der Mann.

«Warum meinen Sie?», fragt Thiel ausweichend.

«Nein, Sie sind kein Lehrer», sagt der Mann, ohne sich auf weitere Erklärungen einzulassen, und fährt fort, Thiel anzustarren.

Der nimmt hastig einen Schluck, bestellt noch einen zweistöckigen Schnaps und fragt den Krüger unmotiviert nach dem Wege zum Bahnhof.

Als der umständlich Thiel längst Bekanntes geschildert hat, sagt der Dunkle kurz: «Es fährt aber kein Zug mehr.»

«Das weiß ich», sagt Thiel. «Ich will noch mal zur Gepäckaufbewahrung.»

«Die ist auch zu», sagt der andere.

Verdammt noch mal, denkt Thiel. Wäre ich doch nie in diesen Ausschank gegangen! Und sucht nach seinem Portemonnaie.

Natürlich ist es in der Tasche, in der oben der Feldstein liegt. Wie er das Portemonnaie herausziehen will, poltert der Stein auf die Erde.

Thiel und der Dicke bücken sich gleichzeitig danach. Thiel ist schneller und verstaut hastig und verlegen den Stein.

«Sammeln Sie Steine?», fragt der andere.

«Ich will mir ein Haus bauen», antwortet Thiel in einem Ton, der weitere Fragen abschneidet. Und zum Krüger: «Bitte zahlen!»

Er zahlt und geht. Im Rücken hat er das Gefühl, dass die beiden ihm scharf nachglotzen. Diese Kuhdörfler! Dummheit von mir, da reinzugehen, denkt er noch einmal und schreitet rasch aus, um die verlorene Zeit einzubringen.

Er kommt von hinten an das Grundstück der «Bauernschaft», macht einen Klimmzug über die Planke und steht im Garten.

Alles still, alles dunkel.

Ob ich erst in das Maschinenhaus gehe und dem Meister ein paar Zigaretten klaue?

Aber er ist down. Der Dunkle an der Theke liegt ihm im Magen.

So klettert er denn die Außentreppe am Hauptgebäude hoch, und als er das erste Stockwerk erreicht hat, geht er nicht hinein, sondern klimmt an der Wand weiter, unter Benutzung von Mauervorsprüngen, Simsen. Bis in den zweiten Stock.

Er hat sich alles gut überlegt. Aus seiner Erinnerung hat er sich die Fassade rekonstruiert, es klappt alles. So kommt er nicht wie sonst immer von außen oder aus dem Erdgeschoss auf die Redaktion, sondern vom zweiten Stock aus. Wenn der da ist, darauf ist er nicht vorbereitet: Von oben kommt kein Klingelsignal.

Er hat Glück: Im zweiten Stock steht gleich in der Buchbinderei ein Fenster offen, er schwingt sich hinein und steht, langsamer atmend, im stillen Raum.

Nichts rührt sich, das Haus schläft.

Aber Thiel weiß, das Haus schläft nicht. Er weiß, heute kommt er ans Ziel.

Er zieht leise seine Schuhe aus und stellt sie beiseite. Dann öffnet er unendlich behutsam die Tür zum Korrektorzimmer und schleicht hinein.

Er steht in der Mitte des dunklen Raumes. Mit der Hüfte lehnt er gegen einen Tisch, beide Hände hat er auf ein Stehpult gelegt.

So steht er da und lauscht. Er ist jetzt direkt über der Redaktion.

Alles ist still. Ganz still.

Und langsam kommt aus der tiefen Stille ein ganz leiser Klang zu ihm, ein Garnichts von Schall, ein verwehender Ton.

Unendlich langsam lässt sich Thiel auf die Knie nieder, dann lauscht er, mit dem Ohr auf der Erde, lange.

Weit ab, gespensterhaft, hört er Schritte, Hinundhergehen, unter sich.

Der ist da.

Er überlegt, während er sich aufrichtet, fieberhaft. Zuerst muss er das Fenster vom Korrektorzimmer schließen, damit, wenn er die Tür zum Gang aufmacht, kein Luftzug entsteht. Auch die Tür zum Buchbinder muss zu. Man weiß nicht, hat der unten die Tür zum Gang auf, kann der Luftzug ihn warnen.

Er erledigt alles und öffnet die Tür zum Gang. Richtig, die Tür unten muss aufstehen, er hört jetzt den Schritt deutlicher.

Der fühlt sich hübsch sicher, denkt Thiel. Na, warte!

Er tastet sich den oberen Flur entlang bis zur Treppe. Über die Stufen darf er natürlich nicht hinab, ein Knarren kann alles verderben. Aber es ist ja ein altes Bürgerhaus, die Treppe hat ein schönes breites Geländer, und auf dem rutscht er hinunter, ganz im Stil seiner Jungenjahre, nur heftig abbremsend.

Er steht unten auf dem Flur, zwei Meter von der Tür ab, die angelehnt, aber nicht eingeklinkt ist. Der Weg bis zur Tür ist endlos. Das Herz klopft so lästig, die Glieder flattern ewig. Dann ist er an der Tür. Thiel schiebt drei Finger in ihren Spalt und bewegt sie langsam auf. Er sieht ein gebeugtes, weiß beleuchtetes Gesicht über dem Schreibtisch im Lichtkegel einer Taschenlampe ...

Da knarrt die Tür.

Das Gesicht fährt aus dem Licht. Thiel sieht einen Arm gegen sich erhoben. Er greift in die Tasche.

Das Licht geht aus.

Thiel schleudert den Stein. Es klatscht dumpf. Jemand schreit, brüllt: «Uaah! Uaah!»

Schwächer: «Uaaah!»

Thiel macht einen Schritt ins Dunkle, tastet nach dem Schalter, und es wird schmerzend hell.

Auf dem Teppich vor dem Schreibtisch liegt der Mann in blauem Setzerkittel.

Die Schreibtischlade ist offen. Auf dem Schreibtisch liegen Schriftstücke, ganz viele.

Plötzlich ist Thiel hilflos.

Der Mann blutet, liegt reglos.

Was soll denn das alles? Was habe ich nun zu tun? Was mache ich jetzt bloß mit dem Mann? Nie habe ich weiter gedacht als bis zu diesem Moment.

Ein feines blechernes Raspeln tönt in der Wand. Jemand ist unten, jemand, der auch nicht auf legalem Wege das Haus betreten.

Langsam kommen Schritte die Treppe hinauf.

Noch könnte Thiel fliehen, aber er starrt weiter den Mann an auf dem Teppich, der sich zögernd bewegt, die Augen aufschlägt, Thiel fest anschaut.

Nun sind die Schritte ganz nah.

Ist es Padberg?

In der Tür steht der dunkle Bauchige aus der Kneipe. Hinter ihm zwei Polizisten. Er blickt schweigend in das Zimmer.

Dann: «Kriminalpolizei. Kommissar Tunk. Sie sind verhaftet, Herr Thiel. Machen Sie keine Geschichten, sonst ...» Und er lässt eine Pistole halb aus der Tasche tauchen.

Erleichtert denkt Thiel: Gott sei Dank, nun bin ich den ganzen Kram los. Irgendwie regelt sich alles. Und laut: «Nehmen Sie lieber den Einbrecher da fest.»

«Erst einmal», sagt der Kommissar, «wollen wir Sie ein bisschen schmücken, mein Junge. Hände her. So, nebeneinander.»

Die Handfessel schnappt zu.

«Und was machen Sie hier?», fragt der Kommissar den Setzer.

«Ich habe doch für Herrn Padberg Manuskript holen müssen. Und da kam der aus dem Dunkeln und schmiss einen Stein auf mich.»

Der Kommissar betrachtet den Stein, der harmlos auf dem Teppich liegt.

«Nette Häuser bauen Sie sich, Thiel. Werden Sie so bald nicht rauskommen aus den Häusern.»

Und zum Setzer: «Was für Manuskript sollten Sie denn Herrn Padberg bringen?»

«Das da auf dem Schreibtisch», sagt der Setzer und deutet.

Plötzlich fällt Thiel etwas ein. Die Lade war doch leer, als Padberg abreiste! Und jetzt ...

Oh, wir Ochsen!, denkt er. Wir haben immer nur an Stehlen gedacht, aber Belastendes einschmuggeln ... armer Padberg!

Der Kommissar blättert ein bisschen. «Hübsch. Sehr hübsch. Schwarzer Tag für die Bauernschaft. Finden Sie nicht, Thiel?»

«Das sind alles verdammte Lügen», sagt Thiel wütend. «Padberg kannte seinen Einbrecher schon. Der hat seinen Schreibtisch aufgeräumt, als er nach Berlin fuhr. Was hier ist, das haben die eingeschmuggelt, die roten Fälscher.»

«Interessant», sagt Tunk.

«Hübsch», sagt Tunk. «Also ausgeräumt? Na, wir unterhalten uns über all das noch. Ist Herr Padberg in seiner Wohnung?»

«Er hat mich doch geschickt, als er heute Nacht aus Berlin kam.»

«Schicken. Kommen», nörgelt der große politische Kriminalist. «Holen wäre besser gewesen. Selber holen. Na, holen wir ihn jetzt. Wird uns ja nicht durch die Binsen gehen. Holen die große Bauernschaft ein bisschen durch den Kakao, was, Herr Thiel?»

«Holen Sie man!», sagt Thiel böse. «Wir kommen auch wieder dran.»

Sechstes Kapitel

Gareis, der Sieger

Eine stille, bedrückte Schar hockt am nächsten Morgen in den Räumen der «Bauernschaft» beieinander. Nicht im Redaktionszimmer, dort haust noch die Kriminalpolizei, sucht, liest, beschlagnahmt.

Oben im Korrektorzimmer sitzen sie, alles neue Gesichter, in der Nacht noch von Vater Benthin, den der verhaftete Padberg im letzten Augenblick heranrief, zusammengeholt: Bauer Biedermann, Bauer Hanke, Bauer Büttner, Bauer Dettmann.

Die Alten sind fort, die Alten sind alle im Gefängnis: Thiel und Padberg zuerst, dann Bandekow, dann Franz Reimers, dann Rohwer und Rehder.

Und drunten im Setzersaal warten die Linotypes auf Fressen, die Zeitung soll gesetzt werden. Das Land, durch die Morgenpresse benachrichtigt, wartet, was die «Bauernschaft» sagen wird.

Was sagt die «Bauernschaft»?

Wer schreibt?

Wer schon schreibt, wer mit eilender Feder vor Papier hockt, Bogen für Bogen vollmalt, das ist Georg Henning.

Mit dem Dusel der Abenteurer grade in dem Moment aus der Polizeihaft entlassen, da die andern alle verhaftet werden, fährt er mit dem ersten Morgenzug nach Stolpe, grade recht ins Schlamassel, und nun sitzt er und schreibt.

Vater Benthin ist sehr bedrückt. «Was werden die Bauern sagen? Bomben werfen, das passt sich nicht. Das durften die doch nicht. Die Leute werden sagen: Nun haben Gareis und Frerksen doch recht gehabt.»

«Quatsch!», ruft Henning dazwischen. «Glaubt doch solchen Blödsinn nicht. Wer hat denn Bomben geschmissen? Thiel und Gruen! Sind das Bauern?»

«Aber der Padberg ...?»

«Red keinen Stuss, Vadder Benthin. Davon verstehst du nichts. Erstens ist der Padberg auch kein Bauer, und zweitens ist er ganz unschuldig. Der weiß gar nichts. Dem haben sie hier ein stinkiges Ei in seinen Schreibtisch gelegt, die roten Brüder, die verdammten. Hört zu, was ich geschrieben habe. Feine Überschriften, die knallen nur so:

Riesenblamage der Polizei – Regierung will die unbequeme Bauernschaft abwürgen – Entlassener Finanzbeamter und geisteskranker Hilfswachtmeister als Bombenschmeißer – Der rote Gareis läuft um sein Leben – Aufruf von Franz Reimers an die Bauernschaft ...»

«Was, du hast einen Aufruf von Franz Reimers?»

«Natürlich habe ich einen – eben geschrieben.»

«Aber das geht doch nicht!»

«Warum geht das nicht? Ich weiß doch, was der Franz schreiben würde. Da ist es doch ebenso gut, als wenn er es geschrieben hätte. Ich schreibe von den gemeinen Verdächtigungen. Dass unsere Bewegung rein ist, dass wir natürlich nichts dagegen machen können, wenn Außenseiter und Verrückte Bomben schmeißen.»

«Richtig», sagen die Bauern.

«So ist das auch», sagen sie.

«Wir verurteilen jede Gewalttat. Wir sind gegen jede Gewalttat. Wir beschmutzen unsere gute Sache nicht.»

«Das ist gut.»

«Da hat der Franz recht.»

«Und je mehr uns die Regierung verfolgt, umso fester stehen

wir zusammen. Die Bluttat von Altholm bleibt unvergessen. Der Boykott dauert fort.»

«Gut. Richtig.»

«Ganz, als ob es der Franz gesagt hätte.»

«Lass das nur so drucken, das macht Ruhe im Lande.»

«Ja, die Bauern sind böse. Was kommen da ewig andere und mengen sich mit ihrem Dreck in unsere Sache?»

«Alles müssten wir Bauern allein machen. Keinen müssten wir brauchen.»

Der Büttner, ein kleiner Dicker, fast weiß, so blond, mit kugligem Kopf, sagt: «Ja, mit dem Boykott ... Das wird nun auch schwer halten. Das bröckelt schon ab. Da sind manche ...»

Alle sehen ihn an.

Er wird verlegen. «Ich will ja nicht den Verräter machen. Aber bei uns hat Bartels eine Standuhr aus Altholm bekommen.»

«Bei uns hat auch einer Eier nach Altholm geliefert, an die Frau Manzow. Ins Haus hat er sie ihr gebracht.»

«Bei uns der Langewiesche hat seinen Kali in Altholm gekauft.»

«Halt!», schreit Henning. «Ich schreibe, dass die Acht gegen die Verräter mit zehnfacher Strenge durchgeführt wird. Und ihr Bauern, ihr sorgt mir dafür, dass sie durchgeführt wird!»

«Was können wir denn machen?»

«Wie sollen wir das denn anfangen?»

«Das will ich euch sagen. Sagt euern Söhnen und den Knechten, dass die sich was ausdenken, wie man die Boykottbrecher kleinkriegt. Das macht denen Spaß, den andern das Leben zur Last zu machen.»

«Keine Knechte. Das Rackertügs wird immer frecher.»

«Gut, keine Knechte. Aber die Jungen müsst ihr nehmen. Und vor allem eure Frauen müsst ihr fragen. Die wissen bestimmt was.»

«Das kann angehen.»

«Und scharf müsst ihr sein, wie die Rasiermesser. Ihr sollt mal sehen, in jedem dritten Dorf ein geächteter Bauer, und immer feste davon geredet, immerzu allen erzählt, was ihr angefangen habt mit ihm – und der ganze Bombenquatsch ist vergessen. Alles backt wieder zusammen!»

«Da haben Sie recht.»

«Das kann angehen.»

«Ich weiß schon was, wie man dem Kantor mitspielt.»

«Also los an die Arbeit! Ich muss jetzt in die Setzerei.»

Auf dem Gang hält ihn noch einmal Vater Benthin an.

«Na, was ist denn noch, Vadder Benthin?»

Kummervoll betrachtet ihn der Alte. «Und du? Wie ist es denn mit dir? Du hast doch auch die Hände dreckig?»

Henning lacht. «Ich, Vadder Benthin? – Solchen wie mir passiert nie was, das siehst du ja.»

«Aber wenn der Thiel redet?»

«Alle verrät der Thiel vielleicht, mich nicht. Damals, ehe es losging, habe ich ihm geschworen, wenn er mich verrät, bring ich ihn um, Stück für Stück. In keinem Zuchthaus ist der vor mir sicher. – Und er weiß das, Vadder Benthin, er weiß das!»

«Aber die Polizei? Die *muss* doch darauf kommen?»

«Och, Vadder Benthin! Die kommt doch auf nichts. Und außerdem bin ich doch seit der Fahnensache ein Held. An mich gehen sie nicht ran. Die sind doch alle eigentlich rechts, die von der Krimpo. Die haben noch was für Helden übrig.»

«Henning, Henning, wenn man dich so anhört, hast du immer recht. Aber ich weiß, du hast nicht recht, da hilft kein Reden. Seit ich dich kenne, schlafe ich schlecht. Und die rechte Freude am Leben ist auch weg. – Henning, Georg, versprich mir in die Hand, dass du ein anständiger Mensch bist.»

«Vadder Benthin, so wahr ich mal selig werden will, ich bin anständig.»

«Dann is ja gut, Jung. Geh, mach, an deine Arbeit, Jung.»

Die gemeinsame Sitzung von Stadtverordnetenkollegium und Magistrat ist vorbei. Oberbürgermeister Niederdahl hat sie eben geschlossen.

Als Erster, fast während der letzten Worte des Oberbürgermeisters noch, ist Blöcker von den «Nachrichten» aus dem Saal geeilt. Er muss in seinen Gesangverein.

Sonst folgt ihm Stuff auf dem Fuße.

Diesmal bleibt er sitzen, noch benommen von dem Gehörten. Vergeblich versucht er, sich das Geschehene zu einem Bericht für morgen zu formen. Die Vehemenz des Angriffs von Gareis, die unglaubliche Blamage der Rechtsparteien, die nicht wegzuleugnende Schande aller bürgerlichen Fraktionsvertreter haben ihn ganz wirr gemacht.

Der kleine Pinkus von der «Volkszeitung», dieser Kläffer der SPD, lächelt ihn schleimig an. «Sauer – was, Stuff?»

Stuff brüllt los, mit der Faust auf den Tisch schlagend: «Ob du stille bist, Abschreibling, verdammter!»

Der Kleine duckt sich.

Gareis tritt dazwischen. «Ich bitte Sie, meine Herren. – Pinkus, Sie sind still. – Bitte, Herr Stuff, kann ich Sie noch einen Augenblick sprechen ...?»

Und als Stuff auch ihn wütend anstarrt: «Wackerer Stuff ...»

Stuff geht schweigend mit ihm, durch das Gedränge der Stadtverordneten und Magistratsmitglieder. Dann über Gänge, mehrere Treppen zu Gareis' Zimmer.

Schon während der ersten zehn Schritte hat er den Mann neben sich, den Wortwechsel vergessen. Wieder ist er mit seinen Gedanken bei der deutschnationalen Interpellation, dieser Idee von ihm, die er durchgesetzt hatte, als ihn Gebhardt zum Schweigen verdammte.

Die Fraktion der Deutschnationalen ist in Altholms Parlament nur schwach vertreten: Ein Dutzend Kriegervereine, das honette Bürgertum, der Stahlhelm, alle wackeren Hausfrauen zusammen haben nicht mehr als drei Vertreter entsenden können.

Aber drei Vertreter sind genug, eine Anfrage einzubringen, das ist es, was Stuff immer wieder Medizinalrat Doktor Lienau gepredigt hat. «Sämtliche Bürgerliche, Volkspartei, Demokraten, Zentrum, aber auch die KPD warten nur darauf. Gehen *Sie* vor.»

Nun, Lienau hat sich breitschlagen lassen. Stuff siegte, eine kurze Anfrage wurde gebaut: «Was gedenkt die Stadtverwaltung zu tun, um wieder normale Beziehungen zwischen Stadt und Land anzubahnen?»

In der Nacht vor dem Interpellationstage kamen die Verhaftungen. Die ganze Lage war verändert. Stuff selbst hatte berichten müssen von dem Angriff auf Gareis, der auf einer Wiese explodierten Bombe, von dem vorläufig unaufgeklärten Überfall auf einen Setzer in der Redaktion der «Bauernschaft», von den Bauernverhaftungen.

Er hat Lienau beschworen, die Anfrage zurückzuziehen.

Der Stahlhelmmann hat abgelehnt. «Zurückziehen? So sehen wir aus! Wenn zum Angriff geblasen ist, wird angegriffen, ganz gleich, wie stark der Feind ist. Piepe ist mir das, wenn der Gareis jetzt plötzlich Sympathien hat!»

Aber der Held ist dann nicht erschienen: Eine unaufschiebbare Operation hat ihm in letzter Stunde die Teilnahme an der Sitzung unmöglich gemacht.

Zwei Deutschnationale bleiben zur Begründung der Anfrage: der Notar Pepper und der Viehhändler und Schlachtermeister Storm, Mitglied vieler Kriegervereine.

Die Begründung war dem Schlachtermeister übertragen worden.

Er las sie ab, stotternd und stockend, von einem Bogen Papier, der wahrscheinlich mit der Arztklaue Lienaus bedeckt war. Er zerpflückte jeden Satz, holte bei den Kommas Luft und verachtete die Punkte.

Man hatte, je nach Parteirichtung, in stiller Freude, in einem peinlichen Verlegenheitsgefühl dieses Gestammel angehört.

Alle aber atmeten auf, als es vorbei war.

Bürgermeister Gareis hatte sich sofort zur Beantwortung der Anfrage erhoben. Er verteidigt sich nicht. Er verliest einen eben veröffentlichten Satz aus den «Nachrichten»: «‹Wenn, wie es den Anschein hat, tatsächlich die Bauernschaft den Bombenattentaten nicht fernstehen sollte, so erscheint der sechsundzwanzigste Juli und das Vorgehen der Polizei in einem ganz anderen Lichte.›

Ja, meine Herren, da haben Sie's. Wem die Ereignisse recht geben, der hat recht. Heute haben sie mir recht gegeben. Sie alle, die Sie hier sitzen, selbst der so behinderte Sprecher der Interpellanten, heute sind Sie zuinnerst davon überzeugt, dass ich recht habe.

Aber warum? Nicht weil ich richtig gehandelt habe, sondern weil zufällig wieder mal eine Bombe geworfen werden sollte. Und heute habe ich doppelt recht, zehnfach recht, weil die Bombe auf mich fallen sollte.

Aber, meine sehr verehrten Damen und Herren, morgen kann eine neue Nachricht kommen. Morgen kann es sich herausstellen, dass es ein paar Abenteurer waren, die die Bomben warfen. Morgen kommt ein armer Verwirrter aus mir politisch nahestehenden Kreisen auf die Idee, eine Bombe in das Haus des Bauernführers Reimers zu werfen – gleich habe ich wieder unrecht.

Nein, meine Herren, ich danke! Ich soll Ihnen erzählen, warum ich das getan habe und jenes gelassen? Ich soll Ihnen begründen?

Aber Sie sehen ja, dass Gründe nichts sind, dass meine Motive wertlos sind, dass es hier um ganz andere Dinge geht.»

Er steht da, prachtvoll anzusehen, ein bösartiger Elefant, ein zürnender Lehrer, der über einer Schar verwirrter Lausbuben hockt.

«Ich danke! *Ich* danke!

Ich verzichte darauf, meine Rechtfertigung aus dem missglückten Wurf eines Geisteskranken herzuleiten.

Sie, Herr Schlachtermeister Storm, haben mich gefragt, haben die Stadtverwaltung gefragt, was wir für die Anbahnung normaler Beziehungen tun wollen.

Ich, für meine Person, antworte Ihnen: Ich gedenke zu warten. Das ist wenig, sagen Sie. Ich finde, es ist genug. Es ist alles, was man von einem Manne, der etwas beschicken möchte, verlangen kann. Ich werde warten.

Es wird sich noch mancherlei ereignen, bis der Frieden zwischen Stadt und Land da ist. Ich werde noch zehnmal unrecht bekommen. Ich werde warten.

Was ich Ihnen empfehlen kann, ist das, was ich selber tun werde: schweigen und warten.»

Er setzt sich ganz plötzlich.

Schon sitzt er stille da, in seinem großen steifen Lederstuhl, die Hände über den Bauch gefaltet, immer weiß man nicht, lächelt das fette Gesicht.

Er hat ihnen die Zähne gezeigt.

«Ich danke, meine Herren ... *Ich* danke ...»

Sie sitzen atemlos.

Dann kommt eine leichte Bewegung in den Raum. Auf der Tribüne lacht jemand.

Der Oberbürgermeister erhebt sich. Er fragt flüsternd, ob eine Aussprache gewünscht wird über die Interpellation. Falls ja, muss der Antrag von drei Stimmen unterstützt werden.

Der Oberbürgermeister setzt sich wieder.

Nun stehen zuerst einmal die beiden Deutschnationalen auf: Sie wünschen also die Aussprache. Na ja, natürlich.

Sie halten Ausschau nach der dritten Stimme, alle halten Ausschau. Werden sich nicht alle Bürgerlichen erheben wie ein Mann? Ein dritter Mann wird gesucht!

Auch Stuff starrt fieberhaft. Das ist ja unmöglich. Ein Mann, nur ein Mann fehlt! Alle die Bürgerlichen ...

Ach, da wäre wohl so mancher, der gerne aufstünde. Aber der da im Ledersessel schon wieder pennt, das ist kein Gegner, mit dem man fechten kann, das ist ein wild gewordener Bulle, der keine Spielregeln kennt.

Der Oberbürgermeister wartet sehr lange. Eine sehr lange Weile stehen da: Notar Pepper und der Schlachtermeister Storm.

Dann erhebt sich der Oberbürgermeister Niederdahl und erklärt den Antrag für abgelehnt. Die heutige Stadtverordnetensitzung ist geschlossen.

3

Stuff steht, den Tod im Herzen, im Zimmer von Gareis. Der lässt ihm Zeit. Er packt sich Akten auf den Tisch, sieht einmal hoch nach dem Mann, der vom Fenster in den Septemberabend schaut, ohne etwas zu sehen. Gareis fängt an zu lesen.

Stuff seufzt schwer.

Und Gareis: «Warum seufzen Sie, Herr Stuff? Es sind eben Menschen.»

«Ja», sagt Stuff bitter. «Das sind Menschen.»

«Lieber Herr Stuff, überschätzen Sie diese Stunde nicht. Ich bin im Augenblick oben. Wie lange noch, und auch ich werde wieder unten sein.»

Stuff sagt grob: «Das glauben Sie selbst nicht, Sie haben gesiegt.»

«Noch lange nicht», sagt der Bürgermeister.

«Es war schändlich!», stöhnt Stuff.

«Es war schlechte Regie», tröstet Gareis. «Wer betraut einen Fleischermeister mit so was? Und wer sichert sich nicht wenigstens eine Stimme im befreundeten Lager?»

«Ihre Regie klappte umso besser.»

«Sie irren. Auf niemanden ist ein Druck ausgeübt worden.»

Stille. Lange Stille.

Als lese der Bürgermeister die Gedanken von Stuff, sagt er: «Auch ich habe in den letzten Wochen viel daran gedacht, von Altholm wegzugehen. Nicht nur von Altholm, aus jeder kommunalen Tätigkeit überhaupt. Wer wirkliche Arbeit leisten will, bekommt den hemmenden Mist so über.»

«Ich möchte Ihnen etwas zeigen», sagt Stuff plötzlich. «Lesen Sie einmal das.»

Es ist ein Brief, mit der Schreibmaschine geschrieben, ein anonymes Schreiben mit der Ortsangabe Stettin. Der sehr verehrte Herr Stuff wird darin von einer Freundin darauf aufmerksam gemacht, dass man Kenntnis hat von seinen Verfehlungen. Sie sind in Klammern gesetzt, diese Verfehlungen, und heißen: Verführung zum Meineid, Verleitung zur Abtreibung, Mithilfe bei Abtreibung. Es wird dem sehr geehrten Herrn Stuff geraten, das Feld seiner Tätigkeit von Altholm fort zu verlegen. Eine Frist von vier Wochen wird ihm zugestanden, andernfalls ... und so weiter, und so weiter.

«Wer?», fragt Gareis. «Wirklich eine Frau?»

«Es ist möglich, trotzdem ich es nicht glaube. Aber das würde nichts ändern.»

«Ja», sagt der Bürgermeister und gibt den Brief zurück. «Ja.» Und plötzlich: «Warum gehen Sie nicht zur ‹Bauernschaft›? Dort ist Ihr Platz. Und dort sind jetzt freie Stellen nach den Verhaftungen.»

«Soll ich feige das Feld räumen?»

«Manchmal ist es sehr richtig, feige das Feld zu räumen.»

«Das tu ich nicht», sagt Stuff. «Wenigstens bis zum Prozess möchte ich noch hierbleiben. – Außerdem ließe mich Gebhardt nicht gehen.»

«Was nun das betrifft», sagt der Bürgermeister langsam und spricht nicht weiter.

Stuff sieht ihn lange an. Ihre Blicke liegen fest ineinander.

Schließlich sagt Stuff: «Ach so. Na ja, dann freilich. Nun, ich habe das Gefühl, als wäre ich eben furchtbar naiv gewesen. Sie kennen vielleicht besser die Hand, die dies schrieb. Sie haben vielleicht ...»

«Halt!», sagt der Bürgermeister. «Halt!»

Stuff verstummt.

«Nicht für dies alles», fängt der Bürgermeister in einem andern Tone an, «habe ich Sie herauf gebeten. Ich habe gestern in einer Sekunde äußerster Lebensgefahr Ihre Hilfe angerufen. Und ich habe dies mit Worten getan, die heute, nun, etwas ungewöhnlich klingen. Nicht wahr, Sie erinnern sich. – Ich habe den Wunsch, mit dem Mann, der mir zu Hilfe kam, nicht weiter in einem hässlichen Kleinkrieg zu leben.

Aber Ihre Stellung und meine, beide hier in Altholm, sind unverträglich. Ich bin bereit, aus Altholm fortzugehen. Wollen Sie lieber fort, so will ich Ihnen gerne behilflich sein. Es braucht ja nicht Stolpe zu sein, es gibt anderes wie die ‹Bauernschaft›. Über Berlin habe ich Beziehungen im Reich. Es würde keine SPD-Zeitung sein müssen, Herr Stuff. Sie blieben in Ihrem Anschauungskreis.

Was meinen Sie?»

Es ist fast dunkel im Zimmer.

Stuff sagt langsam: «Was ich letzte Nacht für Sie tat, Herr Bürgermeister, hat nichts mit Ihnen zu tun. Auch ohne jene ungewöhnlichen Worte wäre ich gekommen. Für jeden.

Aber Wahrheit um Wahrheit. Ich habe Sie einmal belogen. Hier in diesem Zimmer haben Sie mich eines Tages gefragt, ob ich etwas persönlich gegen Sie hätte. Ich habe das verneint.

Ich habe gelogen. Herr Gareis, ich muss Ihnen sagen, ganz deutsch und deutlich: Ich kann Sie nicht ausstehen. Sie sind mir zuwider. Sie sind mir zuwider als ein Vertreter jener Schicht, die ich für den Verderb Deutschlands halte. Sie mögen noch so ernstliche Arbeit leisten wollen, Sie mögen es ehrlich meinen: Sie können das alles nicht.

Sie sind ein Bonze, und Sie bleiben ein Bonze. Ihre Pläne, Ihre ehrlichsten Absichten werden stets von der Partei mitbestimmt und verfälscht, von einer Partei, die den Kampf gegen alle andern Schichten auf ihr Panier geschrieben hat.

Ich habe vor einer Stunde gesehen, wie Sie Ihren Gegnern ins Gesicht gespuckt haben, Sie waren hochmütig. Sie haben den armen verdatterten Schlächtermeister nicht geschont, und Sie haben alle, alle verachtet.

Sind Sie wirklich besser als die?

Ich kann nichts für Sie tun. Ich kann Ihnen auch nicht aus dem Wege gehen.

Aber das sind alles keine Gründe. Ich will Ihnen sagen, ich bin hier in Altholm groß geworden. Damals lag noch Infanterie hier, ein ganzes Regiment. Wenn dann die Musik durch die Straßen zog, lief ich als Junge barfüßig daneben her. Ich versäumte jede Schule und das beste Essen, um dabei sein zu können. Später habe ich hier gedient.

Sie haben das zerschlagen. Ihre Partei hat Deutschland kleingemacht. Sie haben die Leute in den Schützengräben aufgeputscht.

Das sitzt im Blut. Das sitzt im Gefühl. Immer wenn ich Sie sehe, immer wenn ich Ihre Stimme höre, fühle ich es: der Bonze. Der dicke, fette, vollgefressene Bonze.

Ich hab's auch gestern Nacht gefühlt, gestern Nacht, als Sie auf der Erde lagen, zuerst habe ich gedacht: der Bonze.

Es ist nicht anders, Bürgermeister, ich kann Sie nicht ausstehen.»

Bürgermeister Gareis hat ihn ein paarmal unterbrechen wollen. Dann hat er geschwiegen.

Jetzt steht er auf und dreht am Schalter. Das Licht bricht ein in den dunklen Raum.

Er bietet dem andern die Hand. «Also, leben Sie wohl, Stuff.»

«Na ja, Bürgermeister, also dann! – Vielleicht bekehren Sie sich doch einmal zu uns?»

«Ich fürchte, es wird sich nicht machen lassen. – Guten Abend, Herr Stuff.»

«Guten Abend, Herr Bürgermeister.»

4

Der Bauer Bartels in Poseritz ist ganz ein üblicher Bauer. Er ist genau wie die andern Bauern in Poseritz, ist, wie seine und aller Bauern Väter und Großväter waren, und es steht anzunehmen, dass auch Söhne und Enkel und Urenkel nicht anders ausfallen werden.

Für die im Dorf aber ist er etwas sehr anderes, nämlich ein Verräter.

Eine sehr bäuerliche Eigenschaft ist ihm zum Verhängnis geworden: Er ist ein bisschen genau. Genau, wenn es sich um das Ausgeben von Geld handelt, das ihm nicht direkt zugute kommt.

Die Sache, die ihn zu Fall brachte, war die:

Seine Frau ist eine geborene Merkel, und die Merkels wohnen in Altholm. Zwei Brüder der Frau betreiben am Marktplatz in Altholm ein Uhrengeschäft.

Es war ausgemacht seit langem, dass Bartels seiner Frau zum Geburtstage eine Standuhr schenken sollte. Sie wünschte sich seit langem ein dunkles Eichending mit hellem Messingzifferblatt und Gewichten und einem Gongschlagwerk. Die Schwäger wollten ihm die Uhr zum Fabrikpreis lassen, das war sechzig Mark weniger, als solche Uhr in jedem Laden kostete.

Der Geburtstag kam heran, und Bartels überlegte, was zu tun sei. Es war nicht so, dass er ohne Sinn und Verstand in sein Unglück taperte, er überlegte es sich gründlich vorher, er lag wach darum. Er wusste ja, der Boykott war erklärt, er war selber auf der Heide in Lohstedt dabei gewesen, aber sechzig Mark auf und ab ...

Eines Nachts im Bett fängt er an, mit der Frau darüber zu sprechen: «Ich liege hier und überlege, ob ich die Uhr nicht besser in Stolpe kaufe ...?»

«In Stolpe?», fragt sie ganz verblüfft. «Die haben doch nicht solche Uhren.»

«Oder in Stettin.»

«Solche, wie in Altholm der Hans und der Gerhard haben, gibt es nicht in Stettin.»

«Das ist doch eine Fabrik, die arbeitet doch nicht nur für deine Brüder.»

Sie verlegt die Sache auf ein anderes Gebiet. «Und du willst achtzig Mark mehr ausgeben?»

«Sechzig Mark. Das ist es ja, was mich quält.»

«Nach Stettin ist auch viel weiter zu fahren.»

«Vielleicht schicken die die Uhr?»

«Dann bezahlst du auch der Eisenbahn was. Und Verpackung. Sonst schlägst du sie in ein paar Pferdedecken ein.»

«Ich kann nicht mit den Pferden nach Altholm.»

«Es steht doch kein Aufpasser auf der Landstraße.»

«Wenn du nun warten würdest mit der Uhr? Nur einen oder zwei Monate?»

«Und was bekomme ich zu meinem Geburtstage statt dem?»

«Warten, sage ich.»

«Und zu meinem Geburtstag soll ich gar nichts haben?»

«Du sollst ja die Uhr haben. Nur später.»

«Also zum Geburtstag gar nichts?»

«Du hörst doch!»

«Die Brüder können sie mit Gelegenheit doch irgendwohin schicken?»

Schließlich ist die Uhr am Geburtstag da. Der Bauer hat sie nicht aus Altholm geholt, sondern aus Stolpe. Die Uhrmacher hatten sie in ihrem Auto mitgenommen und in Stolpe abgegeben. Die Uhr war in Stolpe gekauft.

Es sollte nicht viel geredet werden um die Uhr. Sie steht da im Zimmer. Jetzt im Sommer zur Ernte kommt niemand zu Besuch. Die Frauen, die rasch einmal vorsprechen, bleiben in Küche oder Milchkammer oder im Garten. Stehen beim Schwatz, es ist hilde Zeit.

Aber die Uhr schlägt, und die Besucherinnen horchen auf.

«Hast du eine neue Uhr? Die schlägt einmal lieblich.»

«Mein Mann hat sie in Stolpe gekauft. Zu meinem Geburtstag.»

«In Stolpe? Bist du schlecht mit deinen Brüdern?»

«Das nun nicht. Aber wegen dem Boykott.»

«So etwas hätte ich nicht getan. Was sollen deine Brüder denken? Verwandtschaft geht vor Freundschaft. Bei wem habt ihr sie denn gekauft?»

«Das könnte ich nun nicht sagen. Das hat mein Mann gemacht.»

«Hat er dir denn keinen Schein gegeben? Auf solche Uhren gibt es Scheine, dass man Reparaturen drei Jahre umsonst bekommt.»

«Den wird mein Mann in seiner Lade haben.»

«Ja so. Du kannst nicht einmal nachsehen?»

«Jetzt habe ich grade die Hände voll Erde.»

«Nein, natürlich. Es ist nur, weil wir uns auch eine kaufen wollen. Aber wenn du nicht kannst ...»

«Jetzt nicht.»

Es wird einmal gefragt, dreimal, zehnmal. Die Uhr hat einen so schönen Schlag, rein wie eine Orgel so sanft. Man will auch so eine haben.

Dann frägt man nicht mehr, man weiß Bescheid.

Nicht nur aus der kurzen Antwort der Bartelsschen, nein, man weiß plötzlich, dass die Merkels im Auto nach Stolpe gefahren sind, im Posthorn haben sie die Uhr abgestellt.

Nun weiß man es, und doch ereignet sich nichts. Bartels atmet auf.

Dann ereignet sich etwas: Die Uhr bleibt stehen.

Die Gewichte sind oben, aber die Uhr steht. Sie schlägt nicht, sie geht nicht.

Am Sonntag macht der Bauer den Uhrenkasten auf, es sieht alles ordentlich und blank aus. An einem großen Zahnrad ist ein Öltropfen ausgetreten, er zerwischt ihn gedankenlos zwischen den Fingern. Das Öl ist körnig, am liebsten möchte es knirschen, so viel Sand ist darin.

Der Bauer weiß Bescheid. Es wird ihm ein bisschen kalt. Die Uhr wird stehenbleiben müssen, an Reparatur ist jetzt nicht zu denken.

Aber der Bartels ist so, dass er am liebsten doppelte Gewissheit haben möchte oder zehnfache: Am Abend geht er in den Krug. Es sitzen nicht viel Bauern in der Gaststube, drinnen im Saal wird getanzt. Das Gewusel von den jungen Leuten lieben die Bauern nicht. Aber sechs oder acht sind immerhin da.

Sie erwidern nichts auf seinen Gruß, sie stehen auf, lassen ihr Bier stehen und gehen fort.

Am Schanktisch steht eine Aushilfe, sie gibt ihm ein Glas

Bier. Der Krüger kommt dazu, sieht wütend auf den Bauern und schmeißt das Glas zum Fenster hinaus auf die Steine im Hof.

Auch der Bauer schaut böse. Aber er hält das Maul und geht in den Tanzsaal.

Die Musik ist im Gange. Es ist noch früh, hauptsächlich sind Knechte und Mägde da. Die Bauernkinder kommen erst später. Die jetzt da sind, kennen ihn nicht so, ihnen ist es auch egal, sie sehen ihn an, sie sehen ihn nicht an, sie tanzen an ihm vorbei.

Er weiß bestimmt, der Krüger ist nicht in den Saal gekommen, auch der Aushilfskellner nicht. Doch schweigt plötzlich die Musik. Es wird ein leerer Kreis um ihn, und der Kreis wird größer und größer. Die gehen hinaus zu den Saaltüren, zu den Saalfenstern, es ist leer um ihn, er steht allein.

Dann plötzlich geht auch das elektrische Licht aus, er tastet sich auf die Dorfstraße, sieht zurück: Der ganze Krug liegt im Finstern.

Es ist der erste Anfang, denkt er. Die machen es mit Gewalt. In einer Woche gibt es sich.

Aber am Morgen weckt ihn die Frau. «Geh mal zu den Knechten. Da ist wieder kein Schwein aufgestanden. Die Kühe brüllen.»

Die Knechte sind in ihrer Kammer. Aber sie lassen sich nicht wecken, weil sie schon wach sind, sie verlangen ihre Papiere.

Er weigert sich und besorgt das Vieh selbst.

Um neun, er ist grade mit dem Melken durch, kommen die Knechte mit dem Landjäger. Er wird belehrt, er darf ihnen die Papiere nicht vorenthalten. Wenn sie ihm fortlaufen, kann er gegen sie klagen beim Arbeitsgericht, aber jetzt muss er sie gehen lassen.

Als er ihnen die Papiere gibt, stehen die beiden Mägde untenan. Keine halbe Stunde, und er und seine Frau sind allein auf dem Hof.

Es ist kein ganz kleiner Hof: Er hat vier Pferde, zweiundzwanzig Kühe, von dem Jungvieh, den Schweinen und dem Federvieh zu schweigen. Dazu die Ernte draußen auf dem Felde.

Das lässt sich nicht mit zweien beschicken.

Er schirrt schweigend an und fährt erst einmal die Milch in die Molkerei.

«Nimm deine Milch nur wieder mit. Die brauchen wir hier nicht.»

«Aber ich bin Genosse, und dies ist eine Genossenschafts-molkerei.»

«Sieh in den Vertrag. Bis acht hast du die Milch zu liefern. Jetzt ist es gleich zwölf. Fahr nach Haus mit deiner Milch.»

Er tut's. Er schüttet die Milch den Schweinen in die Tröge, so spart er das Futterrichten.

Die Frau geht verheult herum, einmal sagt sie leise: «Geh zum Büttner. Der hat's aus Stolpe mitgebracht.»

«Zu dem Hund? Nie!»

Am Nachmittag geht er.

Die Bedingungen, die ihm gestellt werden, sind grauenhaft: tausend Mark Geldbuße an die Bauernschaft, öffentliches Ver-brennen der Uhr, und, was das Schlimmste ist, öffentlich hat er vor dem Dorf Verzeihung zu erbitten.

Öffentlich, alles soll dabei sein: Frauen, Kinder, Knechte, Mägde.

Nicht weit genug kann bekannt werden, wie einem geschieht, der mit Altholm paktiert.

«Es ist ja nur um eine Uhr. Und ich habe sie wirklich vor dem Boykott gekauft.»

«Eben, sonst hätte es dreitausend gekostet.»

«Die Bauern will ich bitten, aber vor allem Weibervolk ...»

«Vor allem Weibervolk.»

Er geht, er wird das nie tun.

In seinem Hof daheim ist Unruhe im Stall, das Vieh reißt an den Ketten, hat schon gespürt, dass nicht alles im Lote ist.

Die Pumpe, die Wasser geben soll zur Tränke fürs Vieh, zieht nicht. Er schraubt sie auf. Das Pumpenleder fehlt, am Morgen war es noch da. Die Pumpe zieht nicht.

Er könnte ein Leder schneiden, er hat eine gegerbte Rindshaut noch oben für Schuhsohlen, das mag gehen für einen Tag oder zwei. Er holt die Haut, schneidet los.

Dann wirft er das Ledermesser und die Haut hin. Geht ins Haus, legt die Uhr auf einen Karren und karrt sie durchs Dorf vor das Haus von Büttner.

Die Leute stehen vor den Häusern und starren ihm nach. Die Kinder hören mit Spielen auf und starren ihn an.

Am Abend auf dem Dorfplatz spricht er vor dem Kriegerdenkmal die Formel nach, die ihm Büttner vorspricht:

«Ich habe schlecht getan gegen die Bauern in Poseritz, schlecht habe ich getan gegen alle Bauern im Lande.

Das ist mir herzlich leid.

Ich bereue meine Schlechtigkeit, ich sehe meine Sünde ein und will sie wiedergutmachen, ohne Zwang und ohne Bosheit.

Wer meines Nachbarn Feind ist, ist mein Feind. Ich kann nicht mit ihm an einem Tische sitzen, nicht handeln kann ich mit ihm, nicht Worte tauschen.

Dass ich so getan habe, das ist mir herzlich leid.

Ich bitte um Verzeihung alle Bauern von Poseritz, mit ihren Frauen, mit den Altenteilern, mit Kindern, Knechten und Mägden. Herzlich bitte ich alle um Verzeihung ...»

Der Wind geht in dem Pappelgeäst über dem Denkmal. Die Flammen vor dem Feuer, in dem die verhängnisvolle Standuhr verbrennt, werfen ihren Flackerschein auf die Versammlung, auf das Rund, gebildet aus der Gemeinschaft eines kleinen Dorfes mit dreihundert Einwohnern, einer Zelle im großen Körper der Bauernschaft.

Der Bauer Bartels steht blass da, eine Hand hält er auf dem

Rücken, die andere vorgestreckt, hingehalten dem Gemeindevorsteher Büttner, der sie noch nicht nimmt.

Hinter Büttner steht Henning. Er denkt: Dies wird es tun. Dies würde den Franz freuen. Es ist ganz seine Art. Und es wird ungeheuer wirken im Lande.

In seiner Brusttasche knittert der Fünfzigmarkschein, erste Wochenrate des Bestraften.

Dann gibt Büttner dem Bartels die Hand. «Und angesichts der versammelten Gemeinde versicherst du, dass du ohne Hass bist, ohne Missgunst, ohne Bosheit?»

«Ich versichere es.»

«Dass du freiwillig und ungezwungen zu uns gekommen bist, dass du deine Bosheit erkannt hast?»

«Ja.»

«So verzeihe ich dir namens der gesamten Bauernschaft. Was war, ist nicht mehr. Niemand soll dich daran erinnern noch darum kränken.»

Als Bauer Bartels nach Haus kommt, sind die Knechte schon wieder im Stall, Licht brennt, sie streuen dem Vieh zur Nacht.

Er legt sich hin zum Schlafen. Ihm ist, als habe er eben böse geträumt.

5

Stuff und Tredup sitzen in der Redaktion einander gegenüber.

Stuff hat eben sein letztes Manuskript dem Setzerjungen gegeben und kramt in seinem Schreibtisch.

Tredup trägt in die Inseratenkartothek imaginäre Besuche bei den Kunden ein, mit dem immer gleichen Vermerk: «Abgelehnt.»

Seit einiger Zeit spricht Stuff nicht mehr mit Tredup, tut ganz, als ob der nicht da wäre.

Grade im Augenblick lässt er einen Gewaltigen streichen, murrt behaglich: «Bums büst buten!», und raschelt weiter mit seinem Papier.

Es ist blödsinnig heiß im Zimmer, ein paar Fliegen summen herum, und nun stinkt es auch noch. Tredup überlegt, ob er pro forma auf Annoncen los soll. Er könnte sich am Jugendspielplatz in die Büsche setzen und was lesen.

Stuff sagt laut und vernehmlich: «Scheißer!», und so herausfordernd tut er das, dass Tredup wider Willen hochsieht.

Stuff schaut ihn voll an, dann zu einem Brief, den er vor sich ausgebreitet hat. Tredup braucht nur flüchtig hinzusehen, er weiß schon, was das für ein Brief ist.

Er bezwingt sich und schreibt weiter in den Karten.

Aber den Stuff muss heute der Teufel reiten. Er ist unglaublich frech, mit schallender Stimme fängt er an, den anonymen Brief vorzulesen:

«Stettin, am 6. September.

Sehr geehrter Herr Stuff, wie ich in Erfahrung gebracht habe, sind meine beiden bisherigen gutgemeinten Warnungen erfolglos gewesen. Sie haben noch keine Schritte unternommen, um Altholm zu verlassen. Damit Sie wissen, dass mir alles bekannt ist: Die Frau heißt Timm und wohnt in Stettin auf der Kleinen Lastadie, Hinterhaus, eine Treppe. Das Mädchen heißt Henni Engel und war damals Dienstmädchen bei Dr. Falk. Wenn Sie am 15. Oktober Altholm nicht verlassen haben, geht das Material an die Staatsanwaltschaft.

Eine wohlmeinende Freundin, die zum letzten Mal warnt.»

Stuff hat ausgelesen und schnauft vernehmlich.

«Scheißer!», sagt er wieder.

Tredup will nicht hochsehen und tut es doch. Stuff schaut ihn an und grunzt ihm voll ins Gesicht.

«Scheißer!», sagt er zum dritten Mal. «Ja, dich meine ich, Tredup, glotz bloß nicht so blöde.»

Tredup hat das Gefühl, als müsse er sich irgendwie aufregen, empören, aber er bringt es nicht über ein schwächliches «Lächerlich» hinaus.

Stuff fährt ungerührt fort: «Glaubst du eigentlich, Jungchen, das geht dir alles so hin? Erst die Bilder und dann der Verrat hier und dann der Verrat dort? Glaubst du, ich weiß nicht, wie oft du aufs Rathaus läufst?

Denkst, du kannst dir alles erlauben?»

Stuff spuckt aus, lehnt sich weiter zurück und hält Tredup fest in der Zange.

«Sag mal, Jungchen, fühlst du nicht manchmal die berühmte Stelle am Hinterkopf, über die du schon vor netto einem Vierteljahr eins haben wolltest? Nee, nicht? Na, ich würde sie fühlen, würde sie verdammt fühlen.»

Stuff faltet den Brief gemächlich zusammen und steckt ihn wieder ein. Plötzlich fängt er an zu lachen, lauthals. «So ein dämliches Aas! Denkt, weil er vierzehn Tage im Kittchen war, er ist ein großer Ganove und kann erpressen. Der Arsch gehört dir versohlt, nach Noten, du Junge, du!»

Er steht schwerfällig auf und ist unvermittelt wütend. «Und das sage ich dir, Tredup, wenn du noch einmal die Frechheit hast und tippst diese Briefe auf meiner Schreibmaschine, dann schlage ich dir einen vor deinen Brägen ...»

Tredup stammelt verwirrt: «Ich weiß nicht, was du willst. Ich verstehe das alles nicht. Du denkst doch nicht ...»

Aber Stuff hört gar nicht hin. Er hat den Hut vom Haken geangelt und sieht sorgenvoll auf seine Füße in den ausgetretenen Schuhen.

«Stinken. Wie alter Käse. Muss sie wirklich mal waschen», murmelt er.

Dann wacht er wieder auf. «Soll ich deine Frau von dir grüßen, Tredup? Gehe jetzt zu ihr.»

Und ist schon fort.

Tredup bleibt zurück, den ganzen Bauch voll ohnmächtigen Zorns.

Dieses Schwein, der Stuff, nimmt die Briefe einfach nicht ernst. Liest sie offen vor, tut so, als wüsste er bestimmt, dass Tredup sie geschrieben. Und grade von diesem Briefe hatte Tredup sich so viel Wirkung versprochen. Welche Mühe hatte es gekostet (und auch Geld), die Adressen und Namen rauszukriegen. Stuff lacht einfach darüber.

Nun, wenn er dachte, es wäre nicht ernst, sollte er sich gewaltig täuschen. Wenn alle Stricke rissen, ging das Material einfach an die Staatsanwaltschaft. Dann sollte er schon sehen, was danach kam, dann war er wirklich erledigt.

Es quält ihn, ob Stuff wirklich zu Elise gegangen ist. Nach ein paar Minuten steht er auf und geht nach Haus.

Wenn nun Stuff der Frau alles erzählt!

Er geht nicht bis in die Stube, er geht nicht einmal auf den Hof.

Jenseits des Hofes stellt er sich hinter einen Fliederbusch.

Das Fenster zur Stube steht offen, und drinnen sitzt wirklich Stuff auf dem Bett und spricht mit Elise.

Die beiden reden ganz ruhig miteinander. In der Hauptsache ist es natürlich Stuff, der quatscht. Wird ihn schon schön schlechtmachen. Und Elise nickt beifällig mit dem Kopfe, ein paarmal redet auch sie rasch und lange.

Tredup passt auf, ob Stuff den Brief zückt, aber es geschieht nicht, solange er dasteht. Vielleicht ist das schon geschehen, ehe er kam.

Dann scheint das Gespräch zu Ende zu gehen. Stuff steht auf, und die beiden treten ans Fenster, sehen hinaus. Tredup fährt ganz hinter seinen Fliederbusch zurück.

Als er wieder vorspäht, ist die Luft rein. Stuff ist fort, und Elise sprengt auf dem Tisch Wäsche ein.

Auf seinen Gruß antwortet Elise ganz ordentlich und munter: «Guten Tag.»

«Gibt es bald Essen?», fragt er und läuft im Zimmer hin und her.

«In einer halben Stunde. Wenn die Kinder da sind.»

Sie fragt gar nicht, warum er so früh kommt.

Er läuft auf und ab und sieht einen zerlutschten Zigarrenstummel im Aschenbecher.

«Wer war denn hier?», fragt er und hebt den Stummel hoch.

«Aber Herr Stuff. Das weißt du doch.»

«Weiß ich das? Wieso weiß ich das? Kommt Herr Stuff so oft zu dir?», fragt Tredup gereizt.

«Weil du hinter dem Fliederbusch gestanden hast», sagt sie.

«Ich? Wieso?», stammelt er und wird rot. Diese Frau ist vollkommen unverständlich. Was in aller Welt hat Stuff erzählt?

Und nun tut sie plötzlich etwas ganz überraschendes: Sie lässt ihre Arbeit liegen, geht zu ihm und lehnt Wange an Wange.

Das ist in Wochen und Wochen nicht geschehen.

Er hält still. Ihre Haare kitzeln an der Schläfe.

«Wir wollen wieder gut sein», sagt sie leise. «Wollen wir wieder sein wie früher, Max?»

Er ist vollkommen verblüfft. (Was hat Stuff erzählt?) Aber seine Hand findet sich in ihre.

«Herr Stuff ist doch ein guter Mensch», sagt sie plötzlich.

«Ja? Meinst du?», fragt er und findet sich immer weniger zurecht.

«Er hat mir alles erklärt. Dass du noch krank bist von der Haft. Und dass wir dich schonen müssen. Ich war ja so dumm. Verzeih mir bloß, Max.»

«Das ist alles Quatsch», sagt er brummig und will los von ihr. «Ich bin ganz gesund.»

«Natürlich bist du das», sagt sie sanft und sieht ihn an.

«War der Stuff hier, um dir diesen Quatsch zu versetzen?»

«Aber er hat mir doch gesagt, dass du zum ersten Oktober Redakteur wirst. Dass es sicher ist. Hattet ihr das denn nicht abgemacht?»

«Ja. Ja», sagt Tredup gedankenlos. «Das hatten wir abgemacht.»

Und innerlich: Also haben die Briefe doch gewirkt! Schweinerei von ihm, mich so zu erschrecken. Was der für eine Angst haben muss, wenn er zum ersten Oktober kampflos geht.

Aber er kann sich nicht recht davon überzeugen, dass Stuff aus Angst geht. Es hat nicht so ausgesehen, vor einer halben Stunde.

Er fragt: «Hat er das wirklich gesagt? Ganz bestimmt?»

«Es ist bestimmt, sagt er, weil er die neue Stellung schon am ersten Oktober antreten muss. Wir dürfen nur noch mit keinem davon reden.»

«Nein, natürlich nicht», sagt Tredup. Er möchte sich freuen, er hat ja nun gesiegt, aber wie hat Stuff doch gefragt: Fühlst du gar nicht mehr die Stelle am Hinterkopf?

Er fühlt sie wieder.

Stuff will ihn in eine Falle locken.

«Hat er nicht gesagt, wohin er geht?»

«Nein. Dir hat er es also auch nicht gesagt?»

«Nein.»

«Und dann verdienst du sicher mindestens hundert Mark mehr. Siehst du, wie recht es war, dass ich den kleinen Butzer drinnen behalten habe?»

«Ja», sagt er. «Ja.»

«Komm, gib mir einen Kuss, Max.»

Sie bietet ihm die Lippen.

Er küsst sie und denkt: Falle. Falle. Ich muss viel vorsichtiger sein.

An einem hellen sonnigen Septemberabend betritt Oberinspektor Frerksen zum ersten Male wieder das Büro seines Chefs.

Bürgermeister Gareis sitzt hinter dem Schreibpult, dick wie nur je. Er winkt lächelnd mit seiner fetten kurzfingrigen Hand zum Gruße.

«Da sind Sie ja wieder, Frerksen. Entschuldigen Sie, dass ich Sie telegrafisch zurückrief. Ich dachte, Sie seien nun lange genug fort. War es schön im Schwarzwald?»

Frerksen verbeugt sich. «Jawohl, Herr Bürgermeister.»

«Mal raus aus dem ganzen Dreck, was? Ein ganz anderer Mensch geworden. Braun sind Sie und solch ein energischer Zug ums Kinn. Oder haben Sie den schon früher gehabt? Na, jedenfalls müssen Sie jetzt ran an die Arbeit. Ich will nun endlich auch ein bisschen in Urlaub.»

Frerksen lächelt höflich.

«Erinnern Sie sich, damals, am sechsundzwanzigsten Juli, wollte ich schon einmal in Urlaub. Packte die Koffer. Nun ist es September geworden. Der Sommer ist glücklich vorbei.»

«Wollen Herr Bürgermeister noch immer zum Nordkap?»

«Um Gottes willen! Bin ich Eisbärenjäger? Ich gehe lieber in meine Heimat, sehe mir die alten Dörfer wieder an, schwelge in Sentimentalitäten. – Nun, während Sie fort waren, hat es hier etwas Luft gegeben, es ist stiller geworden, reinlicher. Aber eine Nachricht kommt jetzt doch noch, die kann ich der Stadt nicht schenken. Morgen früh geht sie an die Presse. Bitte», und Gareis reicht ihm ein Blatt.

«Polizeioberinspektor Frerksen hat mit dem heutigen Tage, von seinem Urlaub zurückgekehrt, die Dienstgeschäfte der Polizeiverwaltung wieder übernommen, und zwar in vollem Unfange, da er durch Verfügung des Herrn Ministers des Innern wieder in den Polizeiexekutivdienst eingesetzt worden ist. Das gegen ihn seinerzeit angestrengte Verfahren ist eingestellt.»

«Nun, Mann, was sagen Sie jetzt?»

«Das ist – angenehm», murmelt der Oberinspektor.

«Unsinn. Mensch, Frerksen, freuen Sie sich gefälligst! Das ist unser Sieg, Ihr Sieg vor allem. Was denken Sie, was der Herr in Stolpe heute tobt? Vor ein paar Wochen stellte er Sie kalt. Nun, ich habe ein bisschen gearbeitet unterdes, und der Erfolg war, dass der Herr Minister den kalten Topf wieder aufs Feuer rückte. Sie haben alle Ursache, sich zu freuen.»

«Jawohl, Herr Bürgermeister.»

«Ich sehe», sagt der Bürgermeister veränderten Tones, «dass Sie kindisch sein wollen, Herr Frerksen. Der Herr Oberinspektor beliebten mit mir zu schmollen.»

«Herr Bürgermeister, ich bitte ...»

«Bitten Sie nicht. Da Sie Altholmer Zeitungen gelesen haben werden, könnte es Ihnen ja mittlerweile klargeworden sein, dass ich Ihnen in jener Abschiedsstunde die Säbelgeschichte vorwarf, um Ihnen die sehr viel schärferen Missbilligungsworte des Regierungspräsidenten zu ersparen. Es ist Ihnen also nicht klargeworden. Sie schmollen.

Sie dürfen mit mir böse sein, so lange und so viel Sie wollen. Das ist gleichgültig. Ich warne Sie nur, in einer Stimmung der Verärgerung Schritte zu tun, Verhandlungen anzuknüpfen – wir verstehen uns schon.»

«Ich bitte, Herrn Bürgermeister versichern zu dürfen, dass ich nicht schmolle.»

«Erzählen Sie keine Märchen. Jetzt tut es Ihnen natürlich schon wieder leid. Der Zug von Energie ums Kinn war Täuschung. – Mit mir haben Sie zu arbeiten, Frerksen, lange noch, und ich bin hier der einzige Mensch, der Sie hält. Der ein Interesse daran hat, Sie zu halten. Wenn Sie andern mehr glauben wollen als mir, bitte. Sie sollten eigentlich was aus Ihren Erfahrungen gelernt haben.»

Des Oberinspektors Gesicht ist gerötet. Er flüstert: «Ich bin wirklich nicht böse. War es auch nicht.»

«Reden Sie nicht. Sie haben mir nicht die Hand gegeben. Sie haben sich nicht gesetzt wie früher. Sie haben nicht piep gesagt. Sie waren steif wie ein Plättbrett. Mit einem Wort: Sie haben gemuckscht. Aber lassen wir das jetzt. Sie werden ungestört durch mich bis Anfang Oktober Zeit haben, sich über unser Verhältnis klarzuwerden. Ich komme erst zu Beginn des Prozesses wieder. Guten Abend, Herr Oberinspektor.»

«Guten Abend, Herr Bürgermeister.»

7

«Piekbusch», sagt Gareis zu seinem Sekretär, «wenn ich jetzt weg bin, nehmen Sie mein Zimmer unter Verschluss. Rein gemacht wird nur, wenn Sie dabeistehen, verstanden?»

«Jawohl.»

«Sie drehen alles um. Räumen den Schreibtisch aus, manchmal klemmt sich so ein Blatt auch fest. Sie sehen jeden Akt durch, der in den letzten Monaten in meinem Zimmer gewesen ist, bis Sie den Geheimbefehl haben.»

«Das habe ich alles schon getan.»

«Dann tun Sie es eben noch mal und gründlicher. Hier werden doch keine Akten geklaut, nicht wahr?»

«Diese Bauern ...»

«Quatsch, Bauern klauen keine Akten. Kein Bauer wird in seinem Leben begreifen, dass beschmiertes Papier wertvoller sein kann als weißes. Also Sie finden den Befehl.»

Piekbusch bewegt die Schultern.

«Sie finden ihn! Sie finden ihn!! – So, und jetzt adieu.»

«Zum Ober?»

«Dem», flüstert der dicke Bürgermeister augenrollend, «gebe ich was zu husten.»

Vorläufig ist er aber wie Öl zu ihm, dem Oberbürgermeister Niederdahl.

Niederdahl ist ein sanfter, leisetrittiger Mann, etwas sehr gelb in jedem Sinne, mit Nerven. Er lächelt leise, er flüstert nur, sein Ideal ist, die Geschicke der Stadt zu leiten, ohne dass man ihn überhaupt merkt.

Er hat, neben dem aktiven, lauten Gareis, bisher nur erreicht, dass man ihn überhaupt nicht merkt, die Leitung selbst ist ihm noch nicht gelungen.

Gareis macht kurze Meldungen über den Stand der einzelnen Geschäfte. Der Ober hört schweigend zu, beschränkt sich auf die Zwischenfragen: «Es gibt einen Akt darüber, nicht wahr?» – «Darüber ist doch ein Vermerk gemacht, nicht wahr?» –, was Gareis mit einem gleichgültigen «Ich denke doch» erledigt.

«Was nun die Geschäfte der Polizeiverwaltung angeht», fährt Gareis fort, «so führt sie in meiner Abwesenheit wie immer Stadtrat Röstel. Neues liegt nicht vor. Oberinspektor Frerksen weiß über alles Bescheid.»

«Frerksen ist nicht mehr in Urlaub?», flüstert Niederdahl.

«Er nimmt morgen früh seine Geschäfte wieder auf», lächelt unbekümmert Gareis.

«Wäre es nicht mehr im Interesse der allgemeinen Beruhigung gewesen, ihn bis nach dem Prozess in Urlaub zu lassen?»

«Im Interesse des Ansehens der Polizeiverwaltung lag es, ihn wieder auftauchen zu lassen.»

«Aber er kann keinen Exekutivdienst machen.»

«Er kann es. Eine Verfügung des Ministers des Innern hat die Verordnung des Regierungspräsidenten aufgehoben.»

Der Oberbürgermeister sieht seinen Bürgermeister an. Selbst das Weiß in den Augen von Niederdahl ist gelb.

Plötzlich kreischt Niederdahl auf. Seine weißen Händchen mit dicken blauen Adern, aus untadeligen Manschetten kommend, trommeln auf dem Tisch.

«Der Akt! Der Akt!», schreit er. «Der Geschäftsgang! Der Instanzenweg! Warum hat mir der Akt nicht vorgelegen?»

«Es ist noch gar kein Akt da», sagt Gareis faul. «Ich hab heut telefonisch vom Ministerium des Innern Bescheid bekommen. Die Verfügung kommt morgen früh mit der Post.»

«Telefonisch! Das ist kein Geschäftsgang. Alle Verfügungen gehen erst an den Bürodirektor. Dann an mich. Dann an Sie. – Dann an Sie, Herr Gareis. – *Dann an Sie!*»

«Aber ich war telefonisch verlangt, nicht der Bürodirektor.»

«Telefonisch ist nicht. Telefonisch gilt nicht. Ein Spaßvogel kann Sie anrufen. Und Sie haben's dem Frerksen schon eröffnet?»

«Habe ich.»

«Das geht nicht. Das ist unmöglich. Was ist das? Wo kommen wir hin mit diesen Methoden? Und der Präsident?»

«Wird husten, nehme ich an», sagt Gareis kühl und betrachtet sein Opfer.

«Ihre Politik isoliert uns. Altholm ist allein. Was ist ein Minister? Ein Dreitagegewächs. Wollen Sie auf Ministern Kommunalpolitik machen? Stolpe, Stolpe, da liegt unser Gewicht.»

Grausam sagt Gareis zu dem Erregten: «Soll ich Ihre Eröffnungen dem Minister mitteilen?»

Der Oberbürgermeister ist plötzlich still. Er entfaltet ein weißes Taschentuch, trocknet sein Gesicht. Als er wieder auftaucht: «Verzeihen Sie, Herr Kollege! Sie wissen, meine Nerven, meine Galle. Ich bin ein kranker Mann. Die Sorgen ...»

«Die Sorgen überlassen Sie nur mir. Mein Buckel ist breit.»

«Ja. Ja. Sie sind gesund. Beneidenswert. – Und Sie meinen, der Bescheid des Ministers kommt morgen?»

«Bestimmt.»

«Wie das wieder in Stolpe anstoßen wird! Wir hätten Herrn Frerksen im Innendienst beschäftigen können. Wir hätten ihn zum Bürodirektor gemacht.»

«Er ist ganz gut als Polizeimensch.»

«Aber der Anstoß. Man muss Opfer bringen.»

«Diesmal nicht. – Ich gebe eine kurze Notiz über seine Einsetzung an die Presse.»

«Geht es nicht so? Wenn die Leute ihn in Uniform sehen, wissen sie doch auch so Bescheid.»

«Seine Entsetzung war in der Presse, also auch seine Einsetzung.»

«Aber nicht, ehe der Bescheid da ist.»

«Na schön, ich werde den Zeitungsleuten sagen, dass sie es nicht vor übermorgen veröffentlichen dürfen.»

«Ich würde vorziehen, dass ich selbst der Presse die Notiz gebe, wenn es so weit ist.»

«Sofort, wenn es so weit ist, Herr Kollege.»

«Selbstverständlich. Sofort, wenn es so weit ist.»

8

Der Bürgermeister sagt zu seinem Sekretär: «Hören Sie mal, Piekbusch, haben Sie nicht einen Vetter oder so was, der jeden Abend nach Stolpe fährt?»

«Jawohl. Den Dreher Maaks.»

«Lassen Sie den heute Abend mal drei Briefe einstecken in Stolpe.»

«Gut.»

«Wissen Sie noch die Notiz, die Sie wegen Frerksen für die Zeitungen getippt haben?»

«Ja, natürlich.»

«Der Ober hat darüber gehustet, will sie selber an die Zeitungen geben. Da können wir lange warten, wenn ich erst fort bin.»

«Denke ich auch.»

«Tippen Sie mal so 'ne Notiz, dreimal, auf neutralem Papier. So ein bisschen andersrum, verstehen Sie: Wie wir von bestunterrichteter Seite erfahren und so weiter. In drei neutralen Kuverts an unsere drei Blätter. Kein Absender.»

«Schön. Wird gemacht.» Pause. «Woher aber das Porto nehmen? Das ist doch nichts Dienstliches.»

«Wollen Sie nicht, muss ich. Wie viel?»

«Fünfundvierzig Pfennige.»

«Da. – Nach den nächsten Wahlen lass ich mir nun aber wirklich einen schwarzen Fonds bewilligen. Ich seh immer mehr, dass die Minister, und nicht nur die, wirklich einen brauchen.»

Am nächsten Morgen ruft Herr Oberbürgermeister Niederdahl erst einmal den Herrn Regierungspräsidenten an.

«Ja, die Bestätigung des Ministeriums ist heute wirklich eingegangen.»

«Wir haben hier noch nichts. Ich finde das ... Ja, Herr Niederdahl, das sind unsere Freuden, das ist die Pflege der Staatsautorität heutzutage.»

«Herr Präsident hätten sehen sollen, wie der Gareis Befriedigung schwitzte.»

«Nun, am Ende bedeutet auch die Entscheidung des Herrn Ministers nichts. Das Gerichtsurteil im Prozess, das entscheidet.»

«Aber wenn es gegen die Polizei ist, ist es für die Bauern?»

«Das denkt man. Aber es kann gegen die Bauern sein und doch gegen die Polizei.»

«Gewiss. Gewiss. Es wird sich ein Weg finden lassen. – Und die Pressenotiz?»

«Welche Pressenotiz? Ach so, wegen Frerksen? Natürlich Papierkorb. Wir werden das den Leuten doch nicht noch erzählen!»

«Immerhin gebe ich zu bedenken, Herr Präsident, dass man auf der andern Seite vielleicht vorgesorgt hat …»

«Wieso vorgesorgt?»

«Die Presse inoffiziell benachrichtigt.»

«So rufen Sie eben die paar Blätter mal an. Den Gefallen werden die Ihnen doch noch tun, Herr Niederdahl.»

«Gewiss. Natürlich. Unzweifelhaft.»

«Hier das Sekretariat von Oberbürgermeister Niederdahl. Herr Oberbürgermeister möchte Herrn Redakteur Stuff sprechen. – Selbst? Einen Augenblick, ich verbinde.»

«Ja, mein lieber Herr Stuff. Guten Morgen. Sie werden ja als gewitzter Pressemann längst raushaben, dass unser vielbefehdeter Oberinspektor seit heute früh wieder in Uniform herumläuft. Nicht wahr? Dacht ich mir doch. – Richtig, eine Entscheidung des Herrn Ministers, aber eine noch nicht endgültige Entscheidung, das letzte Wort spricht ja das Gericht im Oktober. – Nein, gewiss. Eine bestimmte Seite, ich brauche Ihnen ja nichts Näheres zu sagen, hat natürlich Interesse daran, dass diese Entscheidung des Herrn Ministers möglichst aufgebauscht wird. – Nein, wir, vor allem Sie haben doch kein Interesse. – Ja, es muss jetzt mal Ruhe sein. – Also, ich verlasse mich darauf, Sie bringen nichts. Ihr Kollege von den ‹Nachrichten› hat auch bereits zugesagt. Danke verbindlichst. Guten Morgen, Herr Stuff!»

Stuff lauscht noch einen Augenblick, den Hörer in der Hand. Dann legt er ihn hin, freundlich lächelnd.

Hast du zugesagt, Freund Heinsius? Wedelst mal wieder Schweif? Nu ja ja, nu nee nee. Niederdahl, du bist ein guter Mann, aber zu sutje, zu sutje.

«Fritz», brüllt er mit Donnerstimme.

Der Setzerlehrling erscheint.

«Fritz, die Notiz über den Frerksen fliegt raus aus dem Lokalen. Die Spitze über das Orgelkonzert rückt an zweite Stelle. Sag Bescheid, ich schreib über den Frerksen einen ganzen Riemen. In zehn Minuten holst du ihn.»

Die Überschrift, denkt Stuff, die Überschrift muss es tun. Denn eigentlich weiß ich nichts.

Wie wäre es:

Schwere Differenzen zwischen Innenministerium und Regierungspräsidium ...?

Flau.

Oder?

Polizeioberinspektor Frerksen, vom Regierungspräsidenten entsetzt, vom Minister wieder eingesetzt ...?

Viel zu lang. Drei Worte, Mensch, Stuff.

Ich werde einen Kognak trinken gehen.

Im Kognak fand er den Titel:

«Minister billigt den Polizeiterror.»

Und den Untertitel:

«Bauern sind rechtlos.»

Stuff grinst.

«Hören Sie, Fräulein Heinze, wenn heute Nachmittag nach mir angerufen wird: Ich bin verreist. Ich bin in Urlaub. Mich kann man im nächsten Jahr nicht sprechen.»

Herr Gebhardt fragt streng: «Wie weit sind Sie nun, Herr Tredup?»

«Stuff geht bestimmt am ersten Oktober.»

«Sie sagen das. Mir hat er nicht gekündigt.»

«Bestimmt. Vielleicht will er erreichen, dass Sie ihn rauswerfen?»

«Den Gefallen tu ich ihm nicht. Dass ich ihm noch ein halbes Jahr Gehalt zahlen muss!»

«Der heutige Artikel», bemerkt Herr Heinsius, «wäre Grund genug zu fristloser Entlassung.»

«Dass die ganze Stadt erfährt, meine Angestellten tun, was sie wollen. Danke, nein. – Sind Sie aber auch sicher, Herr Tredup?»

«Ganz sicher.»

«Wieso eigentlich? Wollen Sie das nicht mal erläutern? Was haben Sie getan? Was haben Sie für einen Druck auf Stuff ausgeübt?»

«Ich möchte wirklich nicht ... Er geht doch bestimmt.»

«Geheimnisse meiner Angestellten. Hübsch. Sehr hübsch. – Für heute wäre das alles, Herr Tredup.»

Stuff sitzt in seinem stillen Winkel im Tucher und trinkt.

Kommt ein Bürger, der Lokomotivführer Thienelt. «Das hättest du nicht tun müssen, Stuff.»

«Was denn?»

«Das mit dem Artikel heute. Nun war alles so schön ruhig.»

«Seit wann ist denn der Stahlhelm für Ruhe?»

«Man muss auch mal still sein können. Die Geschäfte gehen doch so schlecht, Stuff.»

«Na, das nächste Mal lass ich Ruhe.»

Kommt Textil-Braun. «Hier sitzen Sie also, Herr Stuff. Ich habe Ihnen die Missbilligung des Einzelhandels von Altholm auszusprechen. Sie müssen jetzt Ruhe halten.»

«Ich trinke mein Bier in aller Ruhe.»

«Es war nun alles so schön still, Sie müssen auf die Geschäfte Rücksicht nehmen.»

«Tu ich. Tu ich. Ich lass mein ganzes Geld in der Kneipe.»

Braun, giftig: «Mit Ihnen ist mal wieder nicht zu reden, Herr Stuff. Aber in den Abonnentenziffern, in den Abonnentenziffern wird es sich auswirken.»

Der Ober sagt zu Stuff: «Die schimpfen alle über Ihren Artikel. Der Artikel ist doch fein.»

«Wieso fein? Mist ist er.»

«Er liest sich aber fein.»

«Franz, ich geb Ihnen doch keinen Pfennig Trinkgeld mehr. Mir brauchen Sie doch nicht in den Arsch zu kriechen.»

«Nee, nee, Herr Stuff. Tu ich auch nicht. Mir gefällt er wirklich ganz gut. Aber nun hatten die Leute schon wieder was anderes geredet wie vom Boykott. Und plötzlich geht es heute überall: die Bauern, die Bauern.»

«Na – und?»

«Wenn die Leute davon reden, ärgern sie sich, Herr Stuff.»

«Warum sollen die sich nicht auch mal ärgern? Ich muss mich jeden Tag ärgern.»

«Sie sind es gewöhnt, Herr Stuff. Aber Sie sollten sehen, wie viel Schnaps heute getrunken wird. Immer wenn sich die Leute ärgern, trinken sie mehr Schnaps als Bier.»

«Ich trinke zu jedem Bier meinen Schnaps. Und oft zwei.»

«Das ist es, was ich sage. Sie sind es gewöhnt, Herr Stuff. Aber die Leute sind es nicht gewöhnt. Die wollen ihre Ruhe haben.»

«Na schön, Franz, ich will meine jetzt auch haben.»

«Jawohl, Herr Stuff. Noch einen Schnaps? Sofort!»

«Ich scheine», sagt zufrieden Stuff, «die Psyche ganz Altholms schwer verletzt zu haben.»

Drittes Buch

Der Gerichtstag

Erstes Kapitel

Stuff verändert sich

1

Der dreißigste September ist ein schöner, blaugoldener Herbsttag, mit Glanz und Frische in der Luft. Im Übrigen ist er ein Montag, ein Arbeitstag wie alle andern auch.

Der erste Oktober wird ein Dienstag sein, an diesem Dienstag wird der Prozess gegen Henning und Genossen seinen Anfang nehmen, wegen Aufruhr, Landfriedensbruch, öffentlicher, tätlicher Beleidigung, Sachbeschädigung, gefährlicher Körperverletzung ...

Außerdem ist der erste Oktober, wie alle Jahre, ein Ziehtag, Wohnungen werden gewechselt, Angestellte verändern sich.

Max Tredup ist schon seit netto einer Woche in wilder Aufregung. Herr Gebhardt hat ihn schon zweimal rufen lassen und sich erkundigt, wie das mit dem versprochenen Abgang von Stuff würde. Tredup hat versichert, der ginge.

Gebhardt glaubt das aber nicht, Tredup ist fest davon überzeugt, Gebhardt skeptisch, beim zweiten Mal ungehalten, sehr ungehalten.

Tredup ist gar nicht so fest überzeugt: Stuff ist nichts anzumerken.

Tredup steigt Stuff diese letzten Tage unablässig nach. Stuff tut wie nichts. Tredup steht Wache vor einem halben Dutzend Schenken, Stuff säuft die Nächte durch. Tredup läuft zu Stuffs Schlummermutter, Stuff hat nicht gekündigt.

Schicke ich nun doch eine Anzeige an die Staatsanwaltschaft ...?

Aber er hat es doch Elise gesagt!

Oder ...?

Tredup sitzt an seinem Schreibtisch, Stuff sitzt am andern Schreibtisch. Sie sehen einander an, das heißt, Tredup sieht Stuff häufig verstohlen und rasch an, für Stuff ist Tredup Luft.

Es ist Nachmittag, am dreißigsten September, schönes Herbstwetter.

Stuff schneidet sich die Nägel.

Dann sieht er auf die Uhr, seufzt und beginnt in seinem Schreibtisch zu kramen.

Packt er zusammen?

Stuff hat einen noch unbenutzten Stenogrammblock gefunden und steckt ihn ins Jackett. Den Schurrmurr stopft er wieder in den Schreibtisch.

In die Luft sagt Stuff: «Heute Abend gehst du zu den Nazis.»

Hoffnungsvoll sagt Tredup: «Ja?» und fragt zärtlich: «Hast du keine Zeit, Männe?»

Aber bei Stuff ist es schon wieder alle, er ist halb aus dem Zimmer.

Tredup springt auf, läuft ihm nach, legt die Hand auf Stuffs Schulter und flüstert flehend: «Männe, du machst mich verrückt!»

Stuff nimmt sorgsam mit zwei Fingerspitzen die fremde Hand von der Schulter, lässt sie fallen. Gedankenverloren flötet er dem Annoncenwerber ins Gesicht.

«Stuff, quäle mich doch nicht so namenlos! Bitte, sag mir, ob du gehst.»

«Jawohl», sagt Stuff, «ich gehe – aufs Gericht nämlich. Und sofort.»

«Stuff ...!»

Stuff flötet.

«Du hast doch meiner Frau gesagt, du gingest zum ersten Oktober.»

«Kaninchen», sagt Stuff schallend. «Kaninchen mit Schlapp-
ohren! Oktober 1940!» Und er entschwindet flötend, alle Türen
donnern, Tredup bleibt zerschmettert zurück.

2

Nachdem Stuff den Tredup erledigt hat, geht er aber nicht aufs
Gericht, sondern zu Tante Lieschen. Dort sitzt er den ganzen
Nachmittag in einem Zustand behaglicher Aufgeregtheit, trinkt
viel und fühlt sich wie ein Junge, der die Schule schwänzt.
Schließlich steht er auf und geht zu den «Nachrichten». Dort
ist es schon duster, als er ankommt. Er tastet sich in den Redak-
tionsgang, aus dem Setzersaal fällt etwas Licht auf eine Türklinke,
sie blitzt. Stuff drückt sie herunter, die Tür geht auf. Stuff ist im
Zimmer von Herrn Gebhardt. Zuerst einmal lässt er die Vorhänge
herunter, dann schaltet er Licht ein.

Stuff setzt sich auf den Schreibtisch des Chefs, baumelt mit
den Beinen und denkt nach.

«Na ja», seufzt er. «Na ja. Atjüs sagen muss ich ihm doch
schließlich.»

Er probiert das Telefon, es ist durchgestellt. «Neunundsechzig,
Fräulein», sagt er.

«Herr Gebhardt? Herr Gebhardt selbst dort? Hier Stuff. Ja,
Stuff. – Herr Gebhardt, ich komme eben bei den ‹Nachrichten›
vorbei und sehe Licht in Ihrem Zimmer. Ich gehe rein, alles
zerwühlt, der Schreibtisch offen. – Nein, Polizei habe ich noch
nicht benachrichtigt, wusste nicht, ob es Ihnen recht wäre. – Sie
kommen selbst? Sofort? Ja, ich bleibe hier, warte. Kann ja so
lange versuchen, ein bisschen Ordnung zu machen. – Ich soll
nichts anrühren? Nein, wenn Sie nicht wollen, natürlich nicht. –
Nichts lesen, nein, ausgeschlossen. Ich lese doch nichts! Freiwil-

lig lese ich überhaupt nichts, Herr Gebhardt ... Hat angehängt. Schade.»

Stuff schnüffelt kummervoll. Fischt sich ein Blatt weißes Papier, malt mit Rotstift in Riesenlettern darauf:

«Atjüs, Pappchen Gebhardt. Stuff verändert sich.»

Legt das Blatt auf die leere Schreibtischplatte. Mustert das Ganze noch einmal, malt mit Blaustift die großen Buchstaben nach. Mustert das Ganze von neuem. Er nimmt aus einer Vase eine rote Aster, eine weiße Aster, legt sie rechts und links auf das Papier.

«Sieht freundlicher aus», murmelt Stuff. «Herzlicher.»

Er verlässt das Gemach, in dem still und hell das Licht weiterbrennt. Stuff schusselt langsam zum Bahnhof, trinkt im Wartesaal gemächlich drei Helle und sechs Korn und erklettert den letzten Zug nach Stolpe.

«Atjüs, Altholm», sagt er. «Morgen auf Wiedersehen.»

3

Die Nazis halten ihre Versammlungen stets im Tucher am Marktplatz ab, und gegen acht Uhr macht sich Tredup dorthin auf den Weg.

Es ist die erste politische Versammlung, zu der er geht, bisher hat Stuff ihn immer nur ins Kino oder auf den Wochenmarkt geschickt. Langsam geht Tredup durch die dunklen Straßen, er grübelt darüber, ob es was zu bedeuten hat, dass ihn Stuff zu den Nationalsozialisten schickte, oder ob es bloß Faulheit von dem war.

Jedenfalls, morgen ist der erste Oktober, der Tag, an dem Stuff fort wollte und sollte, der Tag auch, an dem die Gerichtssitzung beginnt. Geschieht morgen nichts, muss die Anzeige an die Staatsanwaltschaft geschrieben und abgesandt werden.

Oder schickt er dem Stuff noch einmal einen Drohbrief?

Peinigend und ermüdend drehen die Gedanken ewig um das Gleiche, bis Tredup aus der dunklen Propstenstraße auf den Marktplatz einbiegt. Das Gesumme einer großen Menge, Geschrei, wildes Reden einer heiser brüllenden Männerstimme. – Tredup macht einen Satz und läuft gegen das Ende des Marktplatzes zu, an dem das Tucher liegt.

Eine dichte Menschenmenge hindert ihn am Vorwärtskommen, der ganze Marktplatz ist von Leuten angefüllt, neugierigen Altholmern. Doch die Fahrbahn hält Polizei frei, und auf einen dieser Wachtmeister stürzt Tredup zu. «Herr Wachtmeister! Tredup von der ‹Chronik›. Kann ich durch? Ich vertrete Herrn Stuff.»

Er darf zwanzig Schritt weiterlaufen, dann muss er dem nächsten Wachtmeister sein Sprüchlein von neuem sagen und darf wieder weiter.

Unter dem Schein der Bogenlampen unendlich viel Menschen, halb Altholm, scheint es, drängt sich hier und lauscht auf das heisere Gebrüll. Tredup sieht ein paar rote Fahnen wehen.

Jemand aus der Menschenmasse ruft ihn an: «He, Sie! Herr Tredup!»

Sein Wirt ist es, der Gemüsehändler aus der Stolper Straße.

«Ja, bitte? Ich bin eilig, ich vertrete die ‹Chronik›.»

«Dann geben Sie es der Polizei nur ordentlich! Es ist eine Schmach! Es ist eine Affenschande!»

«Was ist eine Schmach? Was ist überhaupt los?»

«Ich weiß ja auch nicht. Aber dass die Kommunisten hier offen auf dem Marktplatz ihre Brandreden halten dürfen ...»

«So. – Entschuldigen Sie, Meister, ich muss weiter ...»

«Geben Sie es der Polizei nur tüchtig!», hallt es ihm nach.

Nebenstehende, die das Gespräch hörten, brummen bestätigend.

Noch zwanzig Schritt, noch ein Polizeiposten, und Tredup

ist ganz nahe beim Tucher. Hier ist auch der Bürgersteig frei ge-macht, hell und leer liegt er im Schein der Lampen, die vor dem Lokal brennen. In der Mitte des Fahrdamms steht ein Haufen Po-lizisten, Tredup sieht Frerksen, auch Kriminalpolizei in Zivil. Er erkennt den Assistenten Perduzke.

Im Eingang zum Tucher stehen zwei Jünglinge in Hitleruni-form, die Hakenkreuzbinde am Arm. Sie sehen blass aus, rote Schmarren ziehen sich über ihre Gesichter, Blut tropft dem einen von der Stirn. Er wischt es mit einem Taschentuch ab.

Gerade gegenüber ist der ganze Marktplatz unter den Bäumen erfüllt von Kommunisten. Auf einer umgedrehten Karre steht der Funktionär Matthies und hält eine Ansprache.

«Was ist denn los? Was ist geschehen?», stürzt Tredup auf einen der beiden Nationalsozialisten los.

«Wer sind denn Sie?», fragt der abweisend.

«Tredup, von der ‹Chronik›. Ich vertrete die Presse. Herr Stuff ist verhindert ...»

Beim Namen Stuff erhellen sich die Gesichter der beiden. «Ja, Herr Stuff sollte das erlebt haben, der gäbe es der Polizei! Es ist eine Schmach ...!»

«Was ist eine Schmach? Alle sagen, es ist eine Schmach, aber was ist ...?»

«Hören Sie zu: Auf acht war unsere Versammlung angesetzt. Um drei viertel waren erst zwanzig Mann von uns da. Plötzlich kommen die Kommunisten angerückt, dreihundert Mann stark, mit Fanfaren. Halten vorm Lokal. Ihr Führer, der Matthies, sagt was ...»

«‹Haut die Nazis!›, hat er geschrien», sagt der zweite National-sozialist.

«Die stürmen alle den Gang runter zur Saaltür. Ein Gedränge plötzlich, sage ich Ihnen, ein Getobe. Ich und mein Parteigenosse, wir stehen an der Saaltür, Eintrittsgeld kassieren. ‹Fünfundzwanzig Pfennig›, sage ich zum Ersten. Der nimmt die Faust, schlägt von unten gegen den Teller, dass das ganze Geld durch die Luft fliegt. Ich gebe ihm einen Kinnhaken. Schon sind zehn über mir. Als ich mich wieder hochrappele, brüllt die ganze Horde schon im Saal ...»

«Mir ist es nicht anders ergangen ...»

«Und? Was wurde?»

«Wer im Saal von uns war, wurde niedergeschlagen. Ein paar konnten über die Bühne ausreißen, sie telefonierten. Dann kam Polizei. Wie die durch die Saaltür reinkam, zogen die Kommunisten durch die andere raus, stellten sich unter die Bäume und halten jetzt dort ihre Versammlung ab.»

Der Redner schluckt. «Unter Polizeischutz!», stößt er wütend hervor.

«Und Sie? Tagen Sie drinnen?», fragt Tredup.

«Wie sollen wir denn drinnen tagen? Sie sehen doch, wie die Polizei das Publikum von uns absperrt! Außerdem hat der Bürgermeister unsere Versammlung verboten.»

«Verboten?!»

«Ja, nicht wahr, das kapiert man nicht? Die Räuber da drüben dürfen reden. Denen passiert nichts. Aber wir ...»

«Entschuldigen Sie. Einen Augenblick», ruft eifrig Tredup. «Ich will gleich feststellen, ich gehe auch zum Bürgermeister ... Ihre Versammlung müssen Sie haben ...»

Tredup schießt auf den Kriminalassistenten Perduzke zu. «Herr Perduzke, können Sie mir sagen, wo der Bürgermeister ist?»

«Wo soll denn der sein? Auf der Rathauswache ist er. Lässt es sich gut sein, und unsereins darf sich schämen.»

«Aber wieso?»

«Wieso? Wieso? Stuff, Männe würde nicht fragen, wieso! Das sieht man doch. Der Matthies, der Stänker, der sofort wegen Überfalls und Raub verhaftet werden müsste, schwingt die große Klappe, und wir patrouillieren hier, dass ihn man nur keiner stört.»

«Aber warum das alles? Herr Perduzke, ich verstehe das nicht ...»

«Das glaube ich, fragen Sie doch Ihren Freund, den Frerksen. Der stolziert ja hier wie ein Storch im Salat.»

Tredup stürzt auf Frerksen los. «Herr Oberinspektor, wollen Sie mir nicht erklären ... Ich vertrete hier die ‹Chronik›, Herrn Stuff. Ich verstehe nichts ...»

Oberinspektor Frerksen legt artig zwei Finger an den Mützenschirm. «Guten Abend, Herr Tredup. Sie vertreten die ‹Chronik›? Das ist günstig, so dürfen wir auf einen unparteiischen Bericht hoffen ...

Die Lage ist rasch erklärt. Dort – die Nationalsozialisten, hier – die Kommunisten. Wir Polizei dazwischen. Wir halten sie auseinander, Schlägereien bleiben vermieden.»

«Aber die Kommunisten haben einen Überfall gemacht, habe ich gehört?»

«Das ist noch nicht klargestellt. Untersuchungen können wir in dieser Stunde natürlich nicht anstellen.»

«Aber die Naziversammlung ist verboten?»

«Nur vorübergehend. Vielleicht noch eine Viertelstunde. Das Ganze ist: Wir sind zu schwach, Herr Tredup. Ich habe dreißig Mann hier. Was soll ich damit machen? Schupo aus Stolpe kann jeden Augenblick kommen. Dann lösen wir die Kommunisten auf und geben die Naziversammlung frei.» Er sieht Tredup liebenswürdig an.

Der ist besiegt. «Das scheint mir ganz richtig. Natürlich können Sie nicht mit dreißig Mann ...»

«Ausgeschlossen.»

«Und können Sie mir sagen, wo Herr Bürgermeister ist? Vielleicht hat er Instruktionen für mich?»

«Herr Bürgermeister ist auf der Rathauswache», sagt Frerksen kurz.

«Meinen Sie nicht, dass es richtig ist, wenn ich mal zu ihm gehe?»

«Oh, warum nicht?», fragt Frerksen kühl. «Gehn Sie nur zum Herrn Bürgermeister. Aber jetzt entschuldigen Sie mich bitte.»

Und der Oberinspektor nimmt wieder seinen Marsch auf, genau in der Mitte des Fahrdamms, genau in der Mitte zwischen den feindlichen Parteien.

Auf dem Rathausflur brennt eine einzige trübe kleinflammige Glühbirne.

Tredup tastet sich auf die Tür zu, an der er das Schild weiß: «Polizeiwache. Eintritt verboten.»

Er klopft einmal, aber niemand antwortet.

Wieder klopft er, und wieder bleibt alles still.

Er öffnet vorsichtig die Tür.

Auch drinnen ist es trübe, staubig, öde. Aber Gareis ist da. Auf einem Tisch sitzt er, die Füße auf einer Mannschaftspritsche, in grauem Lodenmantel, den Hut weit in der Stirn.

Vor ihm steht ein Arbeiter und redet eilig und heftig.

Gareis hebt den Kopf und sieht flüchtig auf Tredup. «Nun, Herr Tredup, was verschafft mir die Ehre? – Ich habe keine Zeit.» Und schon ganz woanders: «Sieh es ein, Genosse, was soll ich denn machen? Ich kann doch nicht mit meinen paar Männekens auf die Kommunisten losgehen.»

Der Arbeiter ist böse. «Die Partei wird es dir übelnehmen, Genosse Gareis, die Missstimmung in der Partei gegen dich wächst ständig. Das ist keine Sache, dass du die Sowjetjünger auf dem Marktplatz unter unserm Schutz Versammlung abhalten lässt.»

«Unserm Schutz … Wir sind zu schwach. Sofort wenn Schupo da ist, werden sie aufgelöst.»

«Gegen dreitausend Bauern seid ihr mit drei Mann losgezogen. Jetzt bist du plötzlich zu schwach. Kein Genosse versteht das.»

«Jeder Vernünftige versteht das. Soll auf den sechsundzwanzigsten Juli ein dreißigster September folgen?»

«Lässt du wenigstens den Matthies noch heute verhaften?»

«Man muss mindestens erst ein paar KPD-Leute hören. Was die Nazis erzählen, ist auch nicht alles lauteres Gold.»

«Du denkst immer an die andern, Genosse Gareis, nie an die Partei.»

«Ich denke», sagt Gareis, «an die andern *und* an die Partei.»

«Das ist es! Das ist es! Du willst es beiden recht machen.»

«Ich will es richtig machen. Deshalb muss ich an beide denken.»

«Jedenfalls bleibt die Naziversammlung verboten?»

«Nein. Nein.» Noch einmal mit viel Nachdruck: «Nein. Sobald die Schupo da ist, gebe ich die Versammlung frei.»

«Genosse Gareis ...»

«Also, Herr Tredup, was haben wir?»

«Ich wollte fragen ... Ich vertrete Herrn Stuff ... Ob Sie Instruktionen für mich haben?»

«Herrn Stuff?», fragt der Arbeiter Geier und sieht böse aus. «Ist der etwa von der ‹Chronik›?»

«Herr Tredup von der ‹Chronik› – Herr Stadtverordneter Geier.»

«Und den lässt du zuhören?!»

«Der gehört zu uns. Der ist in der Partei. Es ist ganz gut, dass er das gehört hat.»

«Jawohl. Ja, ich weiß nur nicht recht ... Herr Bürgermeister, die Leute meinen, die Polizei sollte vorgehen ...»

«Hörst du!», sagt Geier.

«Mit was denn?», fragt der Bürgermeister, aber das Telefon klingelt.

Er hört, spricht, dankt. «In zwei Minuten ist die Schupo hier. Sie fährt eben in Altholm ein. Sie entschuldigen mich ...»

Alle drei brechen auf.

Als sie auf die erhöhte Außentreppe am Rathaus hinaustreten, hören sie schon von weitem Hupengetön, Motorengeräusch.

Die Menge ist noch größer geworden, so weit man sehen kann, unter den Lampen brausendes Gewimmel.

Die Autos sind ganz nahe zu hören.

«Von *der* Seite?», ruft plötzlich Gareis. «Von *der* Seite?! Oh, verdammt, das ist keine Schupo, das sind Nazis!»

Drei Motorräder stürmen vorbei, mit je zwei Mann in Hitler-uniform besetzt.

Schon am Rathaus verlangsamen sie das Tempo, unaufhörlich hupend schieben sie sich in die auseinanderweichende Menge.

Ihnen folgt Lastwagen auf Lastwagen, jeder mit fünfzig, sechzig Nationalsozialisten besetzt. Die Hakenkreuzfahne weht über jedem Wagen.

Die jungen Männer stehen stramm, spähen militärisch stolz in das Volk ...

«Wenn jetzt nicht Schupo kommt», sagt Gareis, «haben wir in drei Minuten ein Schlachtfeld mit Toten.»

Der Redner hinten vor dem Tucher hat mit einem Ausruf geendet. Ein Hochgeschrei folgt. Irgendeine scharfe Stimme ruft etwas.

Und wie ein Gießbach stürzt die Masse der Kommunisten auf die freie Fahrbahn vor dem Tucher. Die paar Polizeileute sind sofort beiseitegeschoben, im Strudel verschwunden. Gebrüll – «Hoch!», «Nieder!», «Heil Hitler!» –, rote Fahnen, Hakenkreuz-fahnen, Fanfarengeschmetter.

Gareis hat den Arm von Tredup gepackt. Mit klammerndem Griff fasst er zu. «Schupo!», fleht er. «Schupo!!»

Aber die Fanfaren nehmen eine Marschmelodie auf, ein triumphierender Sang hebt an.

Die Kommunisten sind in Viererreihen geordnet, die roten Fahnen wehen darüber, die Leute setzen sich in Marsch ...

Von den Autos schwingen sich die Nazis. Auch dort ertönen Kommandos, auch dort gliedern sich die Leute, vor dem Tucher stehen sie, vier Reihen tief, das Gesicht gegen die Kommunisten gekehrt ...

«Da ist die Schupo!», ruft Gareis erlöst.

Sie muss weiter entfernt schon die Mannschaftsautos verlassen haben. In zwei langen Ketten kommen sie, schieben sich zwischen Nationalsozialisten und Kommunisten, Kommunisten und Publikum, trennen die Feinde ...

Aber schon marschiert die KPD.

Die Fanfaren gellen, die Pfeifen schrillen; gegen das Rathaus zu, unter der Treppe vorbei geht ihr Marsch.

In völliger Ordnung ziehen sie ab, mit lachenden, triumphierenden Gesichtern. *Sie* haben ihre Versammlung gehabt.

«Was ist das?», ruft Tredup und zeigt auf einen Popanz im Zuge, der zwischen zwei Fahnen torkelt.

Eine Strohpuppe ist es, in einer blauen Uniform mit blanken Knöpfen, mit einer Mütze auf der Strohkopfkugel, einer Hornbrille auf der Rübennase.

«Frerksen», sagt der Stadtverordnete Geier. «Unser teurer Genosse Frerksen ...»

Es ist kein Zweifel, jeder versteht es, denn im Besenstielarm gen Himmel erhoben trägt die Gestalt den berühmten Säbel, die verschwundene Waffe paradiert.

«Frerksen als Vogelscheuche bei den Kommunisten», sagt Geier. «Sehr günstig das für unsere Partei, Genosse Gareis. Was meinst du?»

«Da!», sagt Gareis.

Sechs, acht Schupos sind plötzlich neben der Spitze des Zuges. Mit Gummiknütteln dringen sie ein, gegen den Kern an, in dem der Strohmann schwankt.

Schon nicht mehr schwankt. Die von der Treppe sehen es deutlich: Plötzlich sackt er zusammen, losgelassen, fällt er zwischen die Füße der Weitermarschierenden, die ihn beiseitestoßen, über ihn stolpern, mit den Füßen aus der Gehbahn werfen.

Nur der Säbel ...

Mit der Spitze gegen den Nachthimmel, die Schneide immer wieder aufblitzend im Laternenschein, wandert er von Hand zu Hand im Zuge. Wo auch die Schupo vorstößt, ihn zu fassen meint, schon mit den Händen zu halten glaubt ... Zehn Meter weiter wandert er, blinkt er, spottet er, droht er.

Und nun taucht laufend neben dem Zug auf, schwitzend, mit verdrückter Uniform, verrutschter Mütze, schiefer Brille: Oberinspektor Frerksen.

«Der Idiot!», schimpft Gareis. «Statt dass er sich drückt. Flachkopf, verdammter! – Frerksen, hierher!», brüllt er.

Aber Frerksen stolpert dem Blinklicht seines Säbels nach. Er leuchtet vor ihm, verschwindet, strahlt wieder auf ...

Die Musik ändert die Melodie. Plötzlich singen sie alle, schreien, kreischen, lachen.

«Wo ist denn nur mein Säbel hin? Säbel hin? Säbel hin? ...»

Der Zug verschwindet um die Ecke. Mit ihm der Oberinspektor.

«Ich glaube», sagt Tredup erschauernd, «der tut sich heute Nacht noch was an.»

4

Kurz vor zehn Uhr trifft der Zug aus Altholm in Stolpe ein.

Stuff hat, müde vom Alkohol, ein bisschen vor sich hin gedrusselt. Nun steht er unlustig auf dem Bahnsteig und überlegt, wo er Henning wohl finden könnte. So gut er Altholm kennt, so wenig weiß er vom nächsten Nest, und in Stolpe ist er in seinem ganzen Leben höchstens ein Dutzend Male gewesen.

Na, jedenfalls versuche ich es auf der «Bauernschaft». Ein schönes Kamel bin ich eigentlich, so ins Blaue hineinzufahren.

Erst einmal aber muss er sich stärken, und als der Kellner im Wartesaal ihm den dritten dreistöckigen Korn serviert, ist die Grundlage für eine Auskunftserteilung da.

«Henning? Nein, so einer verkehrt hier nicht.»

«Der von der ‹Bauernschaft›, wissen Sie, von der Zeitung von Padberg.»

«Herrn Padberg kennen wir, aber der ist ja …»

«Verschütt», ergänzt Stuff. «Im Kittchen. Das ist alt.»

«Jetzt ist ein junger Mann für ihn da …», fängt der Kellner an zu erzählen.

«Mensch! Seele! Bruderherz!», ruft Stuff. «Der ist es ja, den ich suche. Der heißt Henning.»

«So, der heißt Henning? Das habe ich nicht gewusst. So ein Junger, Blonder mit blauen Augen? Hat meistens Sportanzug an?»

«Ja. Jawohl. Das ist er. Und verkehrt der hier?»

«Nein, *hier* verkehrt der nicht.»

«Wo verkehrt er denn?»

«Das könnte ich nicht sagen. Ich bediene nur hier. Aber er hat es wohl viel mit den Mädchen. Man sieht ihn immer mit Mädchen.»

«Und wo geht man hier hin mit Mädchen?»

«Ins Café, Herr, in irgendein Café.»

«Wie viel Cafés gibt es denn hier?»

«Da haben wir erst einmal Café Koopmann.»

«Wo ist das?»

«Das ist am Markt.»

«So. Den Markt weiß ich. Und weiter?»

«Ja, aber ins Café Koopmann geht man nicht mit Mädchen. Das duldet Frau Koopmann nicht.»

«O Gott, Mann», stöhnt Stuff. «Wo geht man denn hin mit Mädchen?»

«Ins Café Fichte oder ins Café Grand.»

«Wo sind denn die? Schwer zu finden?»

«Ja, wenn Sie hier nicht Bescheid wissen ...»

«Nein! Nein! Gibt es hier eine Autotaxe?»

«Ja, die gibt es.»

«Hier vor dem Bahnhof?»

«Ja.»

«Dann will ich ...»

«Heute aber nicht», erklärt der Kellner. «Heute ist die für den ganzen Tag vermietet.»

«An wen denn?»

«An den Rechtsanwalt Streiter.»

«Na, dann kann ich die ja nicht haben.» Stuff seufzt ergebungsvoll. «Dann muss ich sehen, dass ich die Cafés so finde.»

«Im Dunkeln ist das nicht leicht», sagt der Kellner. «Soll ich dem Herrn noch ein Bier geben?»

«Nein, ich will los. Aber einen großen Korn können Sie mir erst noch bringen.»

Der Kellner bringt den Korn.

«Sie wollen», fängt er an, «wohl den Herrn in den Cafés suchen?»

«Ja», sagt Stuff.

«Aber der ist nicht in den Cafés.»

«Nein? Wo ist er denn? Wissen Sie denn das?»

«Der ist doch», sagt der Kellner gekränkt, «im Hotel Zur Krone mit dem Rechtsanwalt Streiter.»

«Und das sagen Sie erst jetzt?»

«Aber ich habe doch nicht gewusst, dass der Herr den Herrn sucht!»

«Das habe ich aber doch gesagt!»

«Ich habe gedacht, der Herr will mit einem Mädchen ausgehen. Da fragen die Herren immer so von weitem her.»

«Unsinn. Aber ich denke, Herr Streiter hat das Auto gemietet?»

«Der Rechtsanwalt ist mit Herrn Henning schon wieder zurück.»

«Na Gott sei Dank. Und wo ist das Hotel Zur Krone?»

«Grade gegenüber, Herr. Gleich hier gradeüber.»

5

In der Krone scheint so was zu sein wie das Bauernhauptquartier, alle Tische sitzen dick voll, und die Luft schwirrt nur so von Reden und Rufen.

Stuff blinzelt durch den Tabaksqualm, schiebt dann langsam und suchend durch das Lokal.

In einem Winkel, an einem kleinen Tisch, sitzt Henning mit einem Herrn, der entschieden kein Bauer ist. Der Rechtsanwalt, denkt Stuff. Werde man Justizrat sagen, das tut immer gut.

Und er legt seine Hand auf Hennings Schulter.

«'n Abend, Henning. 'n Abend, Herr Justizrat. Gestatten, Stuff, Redakteur. Ich darf mich ransetzen?» Stuff setzt sich behaglich. «Also da bin ich, mein Sohn.»

«Das sehe ich», sagt Henning. Und erläuternd: «Herr Stuff ist von der ‹Chronik› in Altholm, Herr Justizrat.»

«Richtig geraten!», denkt Stuff laut. Und weiter: «*War. War* bei der ‹Chronik›.»

«Was heißt ‹war›? Haben Sie Schluss gemacht?»

«Was sonst? Wer soll denn hier morgen den Mist bei der ‹Bauernschaft› machen?»

«Aber, lieber Herr Stuff! Wir haben ja längst einen Vertreter. Ich hätte Sie brennend gern genommen, aber dass Sie frei sein könnten, habe ich wirklich nicht gedacht. Da schreibt man doch mal oder telefoniert wenigstens.»

«Wozu denn das? Ihr wollt doch nicht so einen grünen Jungen, der von gar nichts weiß, den Prozessbericht machen lassen?»

«Der ist gar nicht grün, der kommt von Berlin, der ist ausgekocht.»

«Also! Der weiß doch nichts von den Bauern. Den Prozessbericht mache ich. Den Jungen lasst man die Provinz und Lokales machen, das ist sauschlecht bei euch in der ‹Bauernschaft›.»

«Aber das wird ja viel zu teuer!», sagt Henning.

«Teuer! Natürlich wird das teuer. Ich koste monatlich sechshundert und mache mit euch festen Vertrag auf fünf Jahre», sagt Stuff gemütlich.

«Bei Ihnen piept es», erklärt Henning. «Wieso kommen wir dazu?»

«Natürlich kommt ihr dazu. Gerne macht ihr das», erklärt Stuff.

«Für wünschenswert hielte ich es auch, wenn ein Einheimischer die Prozessberichte liefert», äußert Rechtsanwalt Streiter.

«Also, mein Junge, dann ist alles in Butter. In den nächsten Tagen machen wir mit den ‹Bauernschafts›-Leuten Vertrag. Heute Abend genügt mir diese Zusage.»

Henning denkt nach. Schließlich: «Also gut, mach den Prozessbericht. Später sprechen wir uns noch mal.»

«Recht», sagt Stuff gleichmütig. «Ihr leckt euch in drei Wochen auch noch alle Finger nach mir ab. Ich habe keine Eile. –

Und was den Prozess angeht, machen Sie ihn mit oder türmen Sie vorher?»

Diese Frage war etwas zu grade. Der Rechtsanwalt verzieht sein Gesicht, und Henning schweigt.

«Na, ich will es Ihnen sagen, Henning», erklärt Stuff. «Bleiben Sie ruhig hier. Es ist für die Mitangeklagten besser, und Sie riskieren nichts.»

«Das sagen Sie», meint Henning.

«Das weiß ich. Wo mich doch ein Stahlhelm-Assessor in Ihre Akten hat sehen lassen.»

«Die Herren», sagt der Rechtsanwalt und steht auf, «entschuldigen mich einen Augenblick. Die Toiletten sind wohl dort hinaus?» Er entschwindet. Die beiden Zurückgebliebenen sehen sich an.

«Nun reden Sie keinen Mumpitz, Stuff», sagt Henning. «Was steht in den Akten?»

«Dass Sie ein guter, reiner, herziger Junge sind», strahlt Stuff. «Mutters Herzblättchen. Noch ist die Fliege nicht geboren, die Sie kränken könnten.»

«Klar und deutsch?»

«Klar und deutsch: Weder über Vorleben noch Vorstrafen ist etwas Belastendes in den Akten. Und auch von Bomben ist die Luft dort gänzlich rein.»

«Das wird sich wohl so gehören, Stuff», sagt plötzlich übermütig Henning.

«Wenn Sie Ihren ollen, versoffenen Stuff nicht hätten, mein Junge», antwortet der zweiflerisch.

Tredup macht viele Überstunden.

Es ist lange nach elf, und er hockt noch im Redaktionszimmer und schreibt am Bericht über den heutigen Abend. Für die Polizei? Gegen die Polizei? Für die Polizei! Gegen die Polizei!

Er möchte es sich an den Knöpfen abzählen.

Am besten ist schließlich ein Mittelweg: Ganz recht haben die Nationalsozialisten, die stramme feine Kerle sind. Außerdem hat man ihnen die Kasse geklaut und die Köpfe blutig geschlagen. Die haben die Sympathien.

Ganz unrecht haben die Kommunisten, die immer so laut schreien, jeden Bürger schlagsüchtig anglotzen, mit einem gestohlenen Säbel paradieren und ständig Zeugnis ablegen für Sachen, von denen man nichts wissen will, als wären sie die Urchristen.

Und so halb und halb recht hat die Polizei. Erstens hätte sie früher da sein müssen. Aber schließlich konnte sie nicht vorher wissen, dass die KPD-Leute einen Überfall machen würden. Zweitens hätte sie forscher vorgehen müssen, aber schließlich war sie wirklich zu schwach. Und drittens hätte das mit dem Säbel überhaupt nicht sein dürfen, aber vielleicht war er wirklich vorher nicht aufzufinden.

Also war es im Ganzen ein schwarzer Tag in der Geschichte Altholms, nicht ganz so schlimm, aber beinahe so schlimm wie der sechsundzwanzigste Juli.

Als er so weit ist, klingelt das Telefon. Nachts, beinahe um zwölf.

Tredup meldet die «Chronik».

«Ja, hier ist Gebhardt. – Was machen Sie denn jetzt noch da? Sie haben sich wohl mit Herrn Stuff verabredet? – Wieso? Na, Sie wissen doch, dass Herr Stuff heute Schluss gemacht hat, Sie erzählen mir das doch schon seit sechs Wochen. – Sie wissen nichts? Meine Angestellten denken immer, ich bin dumm. Nein, danke, Herr Tredup, ich weiß Bescheid. Sie brauchen mir nichts zu erzählen. – Nun, vorläufig muss ich dann ja wohl in den sauren Apfel beißen. Sie machen von morgen ab den Prozessbericht für die ‹Chronik›. Um das Lokale kümmern Sie sich nicht, das bekommen Sie von uns. – Aber ich wiederhole Ihnen: Es ist nur eine Probe. Ein Versuch. Es hängt davon ab, wie Sie sich einrichten. – Wir hatten es anders ausgemacht? Wir hatten gar nichts ausgemacht! Es ist immer nur von einem Versuch gesprochen. Und wo Herr Stuff sich in so gemeiner Weise verabschiedet hat ... – Gehalt? Gehaltserhöhung? Leisten Sie erst was! Ich weiß ja noch gar nicht, ob Sie überhaupt schreiben können. Geldverdienen ist schwer. Das fordert sich leicht, aber ich, ich muss es schaffen. – Nein, darüber ist nicht zu reden. Sie brauchen nicht, bitte! Zehn für einen. Also, guten Abend, Herr Tredup.»

Tredup glotzt. Er glotzt genau so, wie sein Vorgänger Stuff manchmal an diesem Platz geglotzt hat.

Zweites Kapitel

Drei Tage Glück

1

Am andern Morgen ist Tredup in glänzender Stimmung. Er hat geschlafen, Gebhardts quenglige Stimme klingt nicht mehr hart an seinem Ohr, Tredup hofft wieder, Tredup freut sich.

Eng im Bett an Elise geschmiegt, verteidigt er sogar den Chef, weil er nicht ohne Hoffnung sein will.

«Schließlich hat er recht. Was weiß er denn von mir? Er hat ja keine Ahnung, wie ich schreiben kann. Wenn er erst sieht, dass alles klappt wie bei Stuff und vielleicht besser klappt ...

Ich habe einen guten Anfang. So einen Dussel ... Erst einmal der Bericht über den Abend gestern, ich sage dir, Elise, der ist mir gelungen.

Ganz dramatisch habe ich es gemacht und gezeigt, dass nur durch Glück aus dem dreißigsten September kein sechsundzwanzigster Juli wurde.

Und nun kommt jeden Tag der Prozessbericht. Ich werde schuften. Das soll ein guter Bericht werden, ich werde wirklich schreiben, was im Saal passiert. Der Wenk muss mir auch noch einen Ausweis geben, die Gerichtsdiener kennen mich doch gar nicht.

Und dann, an einem der nächsten Tage, wenn ich erst Bescheid weiß, wie alles klappt, nehme ich dich auch mal mit.

Die Angeklagten und Richter und die Staatsanwälte und der Verteidiger, so was hast du doch noch nicht gesehen, so was interessiert dich doch, nicht wahr, Elise?»

«Ja», sagt sie, «gerne komme ich mal. Wenn es dich nicht geniert. Man sieht es doch schon wieder bei mir. Bei mir sieht man es immer gleich.»

«Das macht nichts. Das ist doch keine Schande, wenn man ein Kind erwartet und ist verheiratet. Vielleicht ist es sogar ganz gut. Vielleicht ist Gebhardt grade da und sieht es und legt mir von selbst zu.»

«Das möchte ich nicht», meint sie, «dass der es sieht. Auf Gebhardt habe ich eine richtige Wut.»

«Aber warum denn? Gebhardt ist doch ganz gut, der legt mir am Ende doch zu, wenn ich zehnmal bei ihm gewesen bin. Ich geniere mich nicht. Ich frage immer wieder.»

«Nein, ich mag ihn nicht. Seit er gesagt hat, er legt der Heinze nichts zu, das ist schon viel zu viel, was er ihr gibt, seitdem mag ich ihn nicht. Dass der Mann sich nicht schämt! Das Mädchen will doch auch leben.»

«Gott, Elise, so sind die Chefs alle. Die verstehen doch nichts vom Gehalt und Auskommen. Die lesen in der Zeitung, dass ein Arbeitsloser mit zwölf Mark vierzig Pfennig die ganze Woche leben muss mit seiner Familie. Und da denken sie, was eine ganze Familie kann, muss ein einzelnes Mädel doch auch können.»

«Eben. Der sollte es mal versuchen. Eine Woche sollte er leben mit Frau und Kindern, nur so, wie wir leben.»

«Das hilft nichts, Elise, eine Woche. Eine Woche können das alle. Das Schlimme ist ja, immer so leben, ohne Aussicht, dass es besser wird, das ist das Schlimme. Und das kann man dem Gebhardt nie beibringen. Nein, wir kriegen schon Geld. Es geht doch vorwärts, Elise. Vor einem Vierteljahr bekam ich nur Provision, und heute bekomme ich festes Gehalt und bin Redakteur.»

«Und die tausend Mark ...», fängt Elise an.

Aber er will nicht hören. «Und ich sage dir, wir stehen jetzt gleich auf und trinken Kaffee. Und dann lauf ich zum Ostseekino und seh mir die Bilder an. Ich soll alles Lokale von denen kriegen, aber was ich kann, schreibe ich doch lieber selbst.

Und zum Wochenmarkt gehe ich auch noch. Zum eigentlichen Marktbericht ist es zu früh, aber ich will ein Stimmungsbild schreiben, wie die Marktwagen kommen und die Stände aufgebaut werden und der Hänsel von der Marktpolizei rumgeht und verteilt die Plätze. Und wie zwei Händler sich um ihre Stände zanken.

So was lesen die Leute gerne. Eine feine Zeitung will ich machen.»

Er liegt mit offenen Augen, abwesend, träumend. Frau Elise möchte noch einmal anfangen von den tausend Mark, aber dann tut er ihr leid. Er ist so glücklich, er freut sich wie ein Kind.

«Dann stehe ich auf und koch Kaffee», sagt sie und will aus seinen Armen.

«Das tu nur. Ich muss los. O Elise, Elise!» Er drückt sie immer fester und schüttelt sie. «Elise, ich bin Redakteur! Freust du dich nicht? Redakteur bin ich!»

2

Vor der großen Turnhalle bei der Marbedeschule ist Schupo aufmarschiert. Neugierige stehen in dichten Scharen auf der Straße.

Es ist schon ein Viertel nach neun, als Tredup mit stürmendem Schritt naht. Er hat sich verspätet, hoffentlich bekommt er noch einen guten Platz am Pressetisch.

Er stürzt auf den nächsten Schupo zu. «Tredup, Redakteur von der ‹Chronik›. Hier ist mein Ausweis. Hat es schon angefangen? Ist etwas passiert, Herr Wachtmeister, dass hier Schupo ist? Sie sind wohl gleich von gestern Abend hiergeblieben?»

«Bitte, dort steht Herr Oberleutnant.»

Tredup lernt Oberleutnant Wrede kennen. Nein, es hat noch nicht angefangen. – Nein, das ist eine halbe Hundertschaft, vom Gericht angefordert. – Nein, natürlich im Einvernehmen mit der Polizeiverwaltung. – Ja, die bleiben den ganzen Prozess hier. – In Hotels sind die Leute untergebracht. – Ja, er bäte den Herrn Redakteur, das lieber nicht zu erwähnen.

Tredup kraust die Stirn.

Es gäbe gleich wieder Gerede, über Luxus, Verschwendung, und doch wären keine anderen Quartiere hier in Altholm.

Tredup verspricht, nichts zu bringen. Und behält sich innerlich freie Hand vor. Eine halbe Hundertschaft Schupo in Hotels? Das ist ja horrend!

Tredup tritt eilig in die Turnhalle ein.

Man hat aus ihr durch die Entfernung der Geräte einen leidlichen Sitzungssaal geschaffen. Natürlich, der Gerichtssaal im Amtsgericht ist viel zu klein, und in den Saal einer Gastwirtschaft hat man wohl nicht gehen wollen. Immerhin wirkt es seltsam, wie hinter dem Richtertisch der dürre Wald der Kletterstangen aufwächst, die Seile sind hochgebunden, aber etwas ominös sieht es doch aus.

Tredup findet den Pressetisch grade gegenüber dem Platz der Angeklagten und sucht sich einen freien Stuhl. Schon ein Dutzend Herren sind da, auf vielen Plätzen ist ein Schild aufgepinnt, wer sie beansprucht.

Das also sind die großen Herren aus Berlin, sie flüstern miteinander. Die kennen sich. Tredup kennt niemanden. Von Altholm ist noch keiner da. Wenn doch erst Blöcker käme oder wenigstens der Pinkus von der «Volkszeitung», dass man ein paar Worte reden könnte, erzählen, als was man hier ist.

Plötzlich tun sich die Türen hinten auf, und das Publikum wird eingelassen. Und durch die andere Tür, eskortiert von Justizwachtmeistern, erscheinen zwei Angeklagte: Padberg und Bauer

Rohwer. Tredup sucht den Einzigen, den er kennt, Henning, der einmal wegen der Bilder bei ihm war, doch der fehlt noch.

Nun geht die Tür zur Rechten auf, ein kleiner Mann kommt unsicher herein, sieht sich zögernd um, der Gerichtsdiener sagt was zu ihm. Der kleine Mann macht fünf Schritte und springt wieder zurück. Er sieht nicht gut aus: Quer über die eine Gesichtshälfte, durch die Nase, läuft eine feuerrote breite Narbe. Und die Nase selbst, graubleich, sieht aus wie eine formlose Kartoffel.

Der Gerichtsdiener nimmt den kleinen Mann beim Arm und führt ihn zum Platz der Angeklagten. Ganz zuunterst setzt sich der. Er sieht sich ängstlich um und verbirgt dann sein Gesicht in der Hand.

Aus dem Gerede der Pressevertreter entnimmt Tredup, dass dies der Dentist aus Stolpe ist, gegen den unbegreiflicherweise Anklage erhoben sei. (Was eine Schande sein soll.)

Nun wird der vierte Stuhl bei den Angeklagten besetzt, Henning, den Arm in einer schwarzen Binde, ist gekommen. Im Zuschauerraum stehen die Leute sogar auf, um ihn zu sehen, alle recken die Hälse. Ein Pressemensch, zwei Plätze ab von Tredup, fängt an zu zeichnen, als sei nun erst der Richtige gekommen.

Aber Henning macht sich gut. Er begrüßt die andern Angeklagten, gibt ihnen die Hand, sogar dem Dentisten stellt er sich vor, die beiden reden miteinander, Henning lächelt.

Tredup notiert eifrig.

Eine Stimme quäkt neben ihm: «Nanu, ist das Käseblatt ‹Chronik› heute durch zwei Mann vertreten?»

Pinkus von der «Volkszeitung» hat sich neben Tredup gesetzt.

«Wieso zwei Mann?», fragt Tredup ärgerlich. «Ich vertrete die ‹Chronik›.»

Pinkus grinst. «Und Stuff? Was macht der?»

«Stuff? Was soll der machen?» Aber schon verschlägt es ihm die Rede.

Schräg gegenüber sitzt Stuff und sieht ihn grade und trüb durch den Klemmer an. Beklommen grüßt Tredup, und Stuff bewegt ernst den Kopf.

Und während alles aufsteht, weil jetzt der Gerichtshof seinen Einzug hält, ist Tredup ganz auseinander. Was will Stuff hier? Hat er sich mit Gebhardt ausgesöhnt? Oder ist er nur so da? Was spielen die mit ihm? Soll er nie Ruhe haben? Sich nie freuen dürfen?

Indes die Personalien der Angeklagten festgestellt werden, der Eröffnungsbeschluss verlesen wird, versinkt Tredup in Grübelei. Nur manchmal schreibt er flüchtig ein paar Sätze.

Wozu sich Mühe geben? Es wird ja doch nichts mit ihm.

Die Vernehmung der Angeklagten zieht sich endlos hin. Der Vorsitzende hat eine freundschaftliche Art, mit ihnen zu sprechen. Er redet sie mit «Herr» an, er lässt ihnen Zeit. Und mit äußerster Genauigkeit bemüht er sich, jeden Schritt jedes Angeklagten während des Demonstrationszuges festzustellen. Hinter ihm steht eine große schwarze Tafel, auf der jedes Haus am Marktplatz und am Burstah eingezeichnet ist.

«Wo standen Sie da? – Waren Sie vielleicht schon beim Hause von Bimm? Sie wissen, das ist der Laden ...»

Die Staatsanwaltschaft schweigt. Der Verteidiger erläutert nur manchmal, hilft dem wortungewandten Rohwer.

Bewegung entsteht erst, als der Vorsitzende die Bauernschaftsfahne in den Saal bringen lässt. Sie ist auseinandergenommen, und nun bildet sich vor dem Richtertisch eine Gruppe: Henning und Padberg schrauben die Sense auf, der Vorsitzende sieht interessiert zu. Der Oberstaatsanwalt, gefolgt vom Staatsanwaltschaftsrat, beobachtet aus zwei Meter Entfernung, der Verteidiger steht neben Henning.

Padberg hebt die Fahne.

Das beschmutzte Fahnentuch hängt kläglich am Schaft herunter, die Sense, dreifach geknickt und verbogen vom Kampf, sieht trübe aus.

«Würden Sie nun einmal zeigen, Herr Henning, wie Sie die Fahne trugen? Ach so, Ihr Arm. Entschuldigen Sie, vielleicht ist Herr Padberg so liebenswürdig?»

Aber Padberg ist ungeschickt. Er ist klein, untersetzt, er hat sicher nie eine Fahne getragen. Sie schwankt zwischen seinen Händen, kippt nach vorn, der Vorsitzende und der Gerichtsdiener retten sie knapp vor einem Fall.

Ungeduldig streift Henning die Binde ab. Er nimmt die Fahne aus Padbergs Händen, hält sie vor die Brust. Dann hebt er sie plötzlich.

Irgendetwas reißt ihn mit, er hebt sie höher und höher, lässt sie seitlich fallen, fängt sie mit einer Hand ab, das Fahnentuch entfaltet sich: schwarzes Feld, weißer Pflug, rotes Schwert.

Sie knattert und schlägt, weht nach rechts, weht nach links.

Im Zuschauerraum werden ein paar Rufe laut: «Heil Bauernschaft!»

Der Verteidiger springt zu. «Ihr Arm, Herr Henning!», erinnert er. Plötzlich sinkt Hennings Arm herunter, er verzieht schmerzvoll das Gesicht, mit Mühe hält er die Fahne in einer Hand, Padberg und Rohwer nehmen sie ihm ab.

Alles ist vorbei.

Aber Tredups Hand fliegt nur so über das Papier.

«Der ‹Krüppel› Henning als Fahnenschwenker. – Verteidiger nimmt Hilfsstellung. – Wunderwirkung einer Fahne auf Armlähmung.»

Das ist doch was, da wird sich Bürgermeister Gareis freuen, wenn er das liest. Allerdings, eigentlich sind diese Angeklagten alle ganz nette Kerle, vor allem Henning ist wirklich nett, aber kann man sich so etwas entgehen lassen? Das grade lesen die Leute gern.

Hinter dem Pressetisch geht der Gerichtsdiener, flüstert das Wort: «Chronik» – «Chronik» – «Chronik» ... Erschreckt fährt Tredup herum. «Ja. Hier.»

«Sie möchten mal rauskommen.»

Man ruft ihn ab. Stuff hat gesiegt. Wieder Annoncen sammeln, nachdem man hier im Saal, an diesem Tisch gesessen.

Tredup rafft seine Papiere zusammen und schleicht aus dem Saal. Noch ein Blick auf alles, das er nicht wiedersehen wird: der Richtertisch mit den Schöffen, das Tischchen in der Ecke, an dem neben Stadtrat Röstel der Vertreter der Regierung in Stolpe sitzt, Assessor Meier, Padberg redet grade.

Austreibung aus dem Paradies.

Die Tür geht hinter ihm zu.

Aber draußen im Vorsaal steht nur Lehrling Fritz in seinem blauen Kittel. «Das Manuskript, Herr Tredup, es ist gleich zwölf.»

Tredup atmet auf, sucht die Blätter zusammen.

«Herr Stuff ist auch hier», sagt er möglichst gleichgültig.

«Der hat schon heute früh bei uns reingeschaut. Adieu gesagt. Der ist jetzt bei der ‹Bauernschaft›», berichtet Fritz.

«Ja so, bei der ‹Bauernschaft›», sagt Tredup und sieht gegen die Fenster, die heller und heller werden. «Wie ist eigentlich das Wetter draußen?», fragt er.

«Es klärt auf, Herr Tredup.»

«Also, es klärt auf», sagt der und geht mit festen Schritten gegen die Tür, an dem Schupo vorbei, in den Sitzungssaal.

Als letzter Angeklagter wird noch am späten Nachmittag der Dentist Franz Czibulla aus Stolpe vernommen. Der kleine bärtige Mann tritt mit fliegenden Gliedern vor den Richtertisch, immer wieder fahren seine Hände bergend zu dem zerstörten Gesicht.

Der Vorsitzende fragt: «Sie haben eine Klage gegen die Stadt Altholm angestrengt?»

«Ja, Herr Landgerichtsdirektor, wo man mich so zugerichtet hat! Ich muss unter Menschen sein, um zu verdienen. Wie kann ich denn so unter Menschen sein?» Wieder fährt seine Hand zum Gesicht hoch.

«Also Sie kamen vom Bahnhof ...?», fängt der Vorsitzende an.

«Ich kam vom Bahnhof, ja. Ich wollte zu meinem Kunden Heß in der Propstenstraße, dem ich ein Gebiss gemacht hatte. Herr Heß kann immer schlecht abkommen, deshalb gehe ich zu ihm.»

«Wir werden Herrn Heß noch hören», sagt der Vorsitzende. «Also, Sie gingen den Burstah hinunter? War es da nun sehr voll?»

«Nein. Zuerst gar nicht. Ganz leer war es, totenstill war es dort. Es fiel mir noch auf.»

«Also aufgefallen ist Ihnen da schon was?»

«Wie man so denkt: Hier ist es aber still. Und dann sieht man in die Schaufenster. Und dann denkt man wieder: Hier ist es aber still heute in Altholm.»

«Sie haben also nicht weiter darüber nachgedacht?»

«Nein. Wenn ich vorher gewusst hätte, was mir passieren würde, hätte ich darüber nachgedacht. Aber das kann man ja nicht.»

«Haben Sie denn nicht gewusst, dass in Altholm eine Bauerndemonstration stattfinden würde? Es stand doch in den Zeitungen.»

«Vielleicht habe ich es gelesen. Aber daran gedacht habe ich sicher nicht.»

«Sie sind also kein Bauernschaftsanhänger? Sie haben doch hauptsächlich Landkundschaft.»

«Ich bin ein Geschäftsmann, Herr Landgerichtsdirektor.»

«Sie sollen sich aber zustimmend über die Bauernschafts-bewegung geäußert haben.»

«Ich bin Geschäftsmann, Herr Landgerichtsdirektor; wenn ich bei einem Bauern bin, sage ich ja zu dem, was der Bauer sagt, und bin ich bei einem Sozi, sage ich zu dem auch ja.»

«Sie sind also nicht wegen der Demonstration nach Altholm gekommen?»

«Ich bin wegen der Zähne von Herrn Heß gekommen.»

«Als Sie nun den Burstah weitergingen, was sahen Sie da?»

«Da war plötzlich eine Masse Menschen, ein Gedränge, und überall standen Polizisten.»

«Und da sind Sie nicht stehen geblieben?»

«Ich musste doch pünktlich zu Herrn Heß. Herr Heß will, dass ich pünktlich bin.»

«Nun, schildern Sie mal, was sahen Sie dann? Schlugen die Bauern auf die Polizei ein oder die Polizei auf die Bauern? Oder was war?»

«Geschlagen wurde überhaupt nicht mehr. Die Leute drängten hin und her, und die Polizisten riefen immerzu: ‹Straße frei.› Und als ich zehn Schritte weiterkam, da lag der Herr blutend auf dem Pflaster.»

Der Vorsitzende erläutert: «Herr Henning.»

«Ja, ich weiß, dass das Herr Henning ist. Den kenne ich.»

Der Oberstaatsanwalt erhebt sich. «Ich bitte, den Angeklagten zu fragen, woher er Herrn Henning kennt.»

Der Vorsitzende: «Wollen wir nicht alle Fragen zurückstellen? – Nun gut, woher kennen Sie den Angeklagten?»

«Richtig kennen tue ich ihn erst seit heute Morgen, aber ich habe ihn im Krankenhaus ein paarmal gesehen.»

«Hat der Angeklagte nicht mit dem Angeklagten Henning im Krankenhaus gesprochen?»

Henning springt erregt auf. «Herr Oberstaatsanwalt, wenn Ihnen das Gesicht so zerschlagen gewesen wäre wie dem Herrn Czibulla, da würde Ihnen das Reden schon vergehen!»

«Ich bitte, den Angeklagten Henning auf das Ungebührliche seiner Redeweise hinzuweisen. Der Angeklagte Henning ...»

«Herr Henning, das geht nicht. Sehen Sie, wenn jeder aufspringen wollte und losreden, wenn ihm etwas nicht gefällt. Nicht wahr, Sie sehen das ein? Also bitte, das nächste Mal» – lächelnd –, «Kandare stramm. – Die Frage ist wohl erledigt?»

«Im Gegenteil. Ich bitte, den Angeklagten zu befragen, ob er sich mit dem Angeklagten Henning im Krankenhaus irgendwie verständigt hat. Es gibt auch andere Wege als die Sprache.»

«Herr Landgerichtsdirektor, ich hatte wirklich anderes im Kopf als den Herrn. Ich habe ihn nur zwei- oder dreimal gesehen, als er zur Toilette ging und meine Zimmertür zum Gang stand auf.»

«Also. – Sie sahen Herrn Henning auf dem Pflaster liegen? Lag er allein, oder war jemand bei ihm?»

«Er lag ganz allein. Das regte mich furchtbar auf, dass ihm keiner half.»

«So. Sie waren also sehr erregt? Waren Sie nun sehr erbittert auf die Polizei?»

«Ich wusste doch damals gar nicht, dass ihn die Polizei niedergeschlagen hatte!»

«Aber Sie sahen doch, dass es Säbelwunden waren? Sonst hatte doch niemand einen Säbel wie die Polizisten.»

«Wer denkt denn daran in so einem Augenblick? Ich hatte zu tun, dass ich durch die Leute durchkam, ich sah den Herrn liegen, das regte mich auf. Aber weiter nachgedacht habe ich nicht. Ich musste doch zu Herrn Heß.»

«Warum gingen Sie nun grade zu der Fahnengruppe? Das war doch nicht der grade Weg zur Propstenstraße?»

«Der grade Weg war verstopft, da kam ich nicht durch. Und bei der Gruppe war Luft.»

«Fiel Ihnen nun die Fahne sehr auf?»

«Die habe ich gar nicht gesehen.»

«Aber es ist doch eine große Fahne! Sehen Sie sich einmal die Fahne an, sie steht dort in der Ecke. Die kann man doch eigentlich gar nicht übersehen.»

«Herr Landgerichtsdirektor, da war ja so viel zu sehen, ich habe die Fahne wirklich nicht bemerkt.»

«Nun schön, also Sie haben die Fahne nicht bemerkt. Was veranlasste Sie nun, grade auf die Beamten loszugehen? Sie sahen doch, dass es Beamte waren?»

«Jawohl, ein paar hatten ja Uniformen an.»

«Was wollten Sie da nun eigentlich?»

«Ja, ich weiß auch nicht ... Herr Landgerichtsdirektor, ich wollte fragen, wie ich durchkäme, was los wäre ... Ich weiß auch nicht mehr recht, ich wollte eben zu den Beamten. Ich war so unruhig.»

Der Vorsitzende: «Ja.» Zögernd noch mal: «Ja. Sehen Sie, das ist so ein Punkt, Herr Czibulla, der scheint mir nicht ganz geklärt. Sie sagen, Sie wollten fragen, was los wäre. Glaubten Sie denn, die Beamten hatten Zeit, Ihnen Auskunft zu geben?»

«Ja ... Nein ... Ich weiß doch nicht.»

«Sie hatten doch gemerkt, dass alles sehr unruhig war. Wurde denn nicht sehr geschimpft in Ihrer Nähe?»

«Ja, geschimpft wurde schon, aber ich kriegte nicht schlau, was los war.»

«Und das sollten Ihnen die Beamten erzählen? Wo ein Schwerverletzter auf dem Pflaster lag?»

«Ja, ich wollte doch gern wissen ...»

«Und dann wollten Sie fragen, wie Sie durchkämen? Durch die

Menschenmenge? Wäre es nicht einfacher gewesen, Sie wären einfach zurückgegangen?»

«Aber dann kam ich doch nicht zu Herrn Heß!»

«Sie hätten doch durch die Grünhofer Straße gehen können.»

«Daran habe ich nicht gedacht.»

«Und Sie wollten nun fragen, wie Sie durchkämen. Aber da war doch die Menschenmenge, ein paar tausend Mann. Und Sie haben uns doch erzählt, wie die Beamten ‹Straße frei› riefen. Wurde denn die Straße da frei?»

«Nein, da waren zu viele.»

«Wie konnten Ihnen denn die Beamten da helfen? Sie müssen doch eine Idee gehabt haben?»

«Nein ... Ich weiß nicht mehr ... Ich wollte bloß fragen, was los war.»

«Nein, Herr Czibulla, das scheint mir alles noch nicht auszureichen. Sie waren also sehr erregt. Sie hatten den blutenden Mann auf dem Pflaster liegen sehen. Die Beamten standen mit dem Rücken zu Ihnen. War es da nicht doch vielleicht so, dass Sie den Beamten eins auswischen wollten?»

«Herr Landgerichtsdirektor, so wahr ich hier stehe ... Ich bin doch Dentist, was gehen mich denn solche Sachen an?»

«Nun, *der* Herr ist Reisender in landwirtschaftlichen Maschinen, den ging es auch nichts an, wenn man es von Ihrem Standpunkt ansieht, und doch lag er auf dem Pflaster.»

«Ich kann das nicht erklären», flüstert der Kleine, «aber ich wollte nur mal fragen. Da standen die Beamten ...» Er bricht ab und sieht sich hilflos um.

Der Verteidiger erhebt sich. «Ich finde, Herr Czibulla hat uns eine vollkommen einleuchtende und ausreichende Erklärung gegeben. Herr Czibulla war unruhig, besorgt, erregt, ein blutender Mensch lag auf dem Pflaster. Herr Czibulla war ängstlich. Um ihn wurde geschimpft, die Leute waren aufgeregt.

Ein ängstlicher Mensch hat in solcher Lage den Wunsch, sich unter Schutz zu stellen. Da waren die Beamten. Was lag näher, als dass er zu den Beamten ging. Dafür ist die Polizei doch da. Er hat sich gar nichts weiter gedacht dabei, er hat rein gefühlsmäßig gehandelt. Vielleicht hat er sich wirklich gesagt, frag sie, wie du durchkommst, was los ist. Aber die Hauptsache war ihm, dass er unter Schutz kam.»

Der Vorsitzende fragt: «War das so, Herr Czibulla, wie Herr Justizrat Streiter das eben ausführte, dass Sie sich schutzbedürftig fühlten und sich unter den Schutz der Beamten stellen wollten?»

Der Kleine flüstert ängstlich: «Ich weiß doch nicht ... Ich wollte doch zu Herrn Heß ...»

«Also lassen wir das vorläufig. – Was geschah nun? Halt, einen Augenblick. Was hatten Sie in Ihren Händen, als Sie zu den Beamten gingen?»

«In den Händen? Meine Tasche.»

«In der einen Hand. Und in welcher Hand? In der rechten oder in der linken?»

«In der linken. Nein, in der rechten. Nein, ich weiß nicht mehr.»

«Und was hatten Sie in der andern Hand?»

«In der andern? Nichts.»

«Herr Czibulla, überlegen Sie sich genau, was Sie sagen. Was hatten Sie in der andern Hand?»

«Nichts, Herr Landgerichtsdirektor. Bestimmt nichts.»

«Hatten Sie nicht einen Stock in der andern Hand?»

«Einen Stock? Ich gehe doch nicht mit einem Stock!»

«Oder einen Schirm?»

«Herr Landgerichtsdirektor, seit fünfundzwanzig Jahren gehe ich ohne Schirm. Seit ich im ersten Ehejahr den Schirm mal habe stehenlassen, habe ich keinen neuen gekauft.»

Gelächter im Zuhörerraum.

«Ich bitte, das Lachen zu unterlassen.»

Der Gerichtsdiener läuft in den Gang. «Das Lachen ist zu unterlassen! – Das Lachen ist zu unterlassen! – Das Lachen ...»

Der Vorsitzende: «Ich danke Ihnen, Herr ... Danke, danke, es ist erledigt. – Herr Czibulla, wir werden später einen Zeugen hören, der aussagt, dass Sie einen Schirm oder Stock in der Hand gehabt haben.»

«Herr Landgerichtsdirektor, das ist doch unmöglich. Nie gehe ich mit Schirm oder Stock. Fragen Sie meine Frau, fragen Sie alle meine Verwandten oder Bekannten, nie hat mich jemand mit einem Stock gesehen.»

«Der Zeuge wird aussagen, dass Sie den Polizeihauptwachtmeister Meierfeld mit dem Stock oder mit der Schirmkrücke ins Kreuz gestoßen haben.»

«Wie kann denn der Mann das! So, Herr Landgerichtsdirektor, so habe ich ihn mit der Hand am Rock gezupft.»

«Aber auch Herr Meierfeld hat ausgesagt, dass er einen heftigen Stoß verspürt hätte.»

«Herr Landgerichtsdirektor, gesagt habe ich drei- oder viermal ‹Herr Wachtmeister›, und dann habe ich ihn am Rock gezupft. Nicht doller, als eine Maus zupft.»

«Na, Sie müssen doch sehr energisch gezupft haben, sonst hätte der Beamte nicht solchen Schreck bekommen.»

«Nicht mehr wie eine Maus, Herr Landgerichtsdirektor, ganz sachte habe ich gezupft. Und da fuhr er gleich mit dem Säbel auf mich ein.»

4

Am Morgen des zweiten Verhandlungstages wird als erster Zeuge der Polizeioberinspektor Frerksen vernommen.

Da ist kaum einer im Saal, der ihn nicht kennt, doch recken sie alle die Hälse, als er hereinkommt. In den hinteren Reihen stehen sie sogar auf. Er tritt schlank und blass, ein wenig vorgebeugt, an den Richtertisch, Tschako und Handschuhe in der einen, den Säbelgriff in der andern Hand.

«Reinweg vorm Spiegel muss der Affe das eingeübt haben», knurrt Stuff. «Das hat er doch noch nie fertiggebracht, den Säbel richtig offiziersmäßig zu halten.»

Totgeschossen hat er sich also doch nicht, denkt Tredup. Wie er das fertigbringt, jetzt vor allen Leuten, und vorgestern Abend ist er erst auf der Straße seinem Säbel nachgerannt ...

Frerksen spricht zu Anfang sehr leise, erst allmählich wird seine Stimme stärker.

Kaum sind seine Personalien festgestellt, erhebt sich der Verteidiger. «Ich bitte, von einer Vorvereidigung dieses Zeugen Abstand zu nehmen. Die Verteidigung ist der Ansicht, dass dieser Zeuge seine Befugnisse überschritten hat. Ein Disziplinarverfahren war bereits gegen ihn in Gang.»

Der Staatsanwalt widerspricht: «Das Disziplinarverfahren ist eingestellt. Es bestehen nach Ansicht der Staatsanwaltschaft keine Bedenken gegen die Vorvereidigung.»

Und der Vorsitzende: «Der Gerichtshof zieht sich zur Beschlussfassung zurück.»

Alles strömt in den kleinen Vorplatz, auf den Schulhof, wo man rauchen darf. Frerksen bleibt noch einen Augenblick vor dem Richtertisch stehen, aber alle schauen ihn an. So drängt er mit durch die zu enge Tür, taucht in die Menge ein, verschwindet in ihr vor der Aufmerksamkeit aller und findet sich wieder Seite an Seite mit Henning.

Es ist der Blick des andern, der ihn aufmerksam gemacht hat. Ein lodernder Blick, ein kaltes Feuer.

Vor beider Augen steht jene Szene, da diese behandschuhte Hand nach dem Fahnenschaft griff, die andere ihn triumphierend hob, hob, hob.

Und der ganze Film bis da, da man Henning in die Apotheke trug, und dieser stürzte hinzu und rief: Nicht anrühren! Der ist verhaftet.

Sie sehen sich an, eng treibend, Schulter an Schulter im Gedränge der vielen. Sie sehen sich nur an.

Dann drückt Frerksen nach rechts, mit Gewalt nimmt er seinen Blick vom andern fort, sieht zur Seite, um die Augen nicht niederschlagen zu müssen.

Henning brennt sich eine Zigarette an.

Frerksen entdeckt den Assessor Stein mit Tredup. Stein hat sich den Tredup gekauft.

«Ich glaube nicht», sagt grade Stein zu Tredup, «dass wir uns das länger bieten lassen von der ‹Chronik›. Der Bericht über die Naziversammlung war direkt sensationell aufgemacht und entstellt. Als ob die Nazis Lämmer wären. Sagen Sie das man Ihrem Herrn Stuff!»

«Aber wieso?», stottert Tredup. «Das war doch alles richtig. Die Kommunisten hatten überfallen! Und die Polizei war doch wirklich zu schwach.»

«Ein schwarzer Tag!», nörgelt der Assessor. «Nach dem sechsundzwanzigsten Juli der dreißigste September. So 'ne Aufmachung! Was war denn los? Gar nichts! Aber gleich muss der Polizei eins ausgewischt werden. Wir kennen Ihren Stuff.»

«Ausgewischt? Der Herr Bürgermeister hat doch selbst gesagt ...»

«Ach was! Wenn man unsere Bekanntmachungen haben will, benutzt man nicht jede Gelegenheit, uns einen Tritt zu versetzen. Das sollte Herr Stuff auch wissen.»

«Ich höre immer ‹Stuff›», sagt der Polizeioberinspektor. «Herr Stuff ist doch gar nicht mehr bei der ‹Chronik›!»

«Ja?», fragt Stein, scheinbar äußerst überrascht. «Wer hat denn da diesen Mist produziert?»

Frerksen deutet mit den Augen, und Stein tut sehr verlegen. «Na, dann entschuldigen Sie, Herr Tredup. Hätte ich das gewusst! Aber Herr Bürgermeister wird sich sehr wundern, dass grade Sie so schreiben.»

«Ich habe ganz sachlich berichtet», verteidigt sich Tredup.

«Viele Freunde werden Sie sich mit diesen sachlichen Berichten nicht machen. – Nun, Frerksen, werden Sie nun vereidigt oder nicht?»

«Vorvereidigt – hinterher werde ich doch vereidigt! Das ist doch Unsinn, dass ich mich strafbar gemacht haben soll.»

«Natürlich. Sie werden ja sehen, was für Zeugen für Sie aufmarschieren. Reichsbanner und SPD, kurz, die Arbeiterschaft steht hinter Ihnen.»

Frerksen wechselt die Farbe.

Hundert Schritte ab, vor dem Schultor, wird auch über dies Thema gesprochen. Gareis hat seinen grauen flauschigen Lodenmantel über den Cut geworfen und geht zwischen dem Stadtverordneten Geier und dem Parteisekretär Nothmann auf und ab.

«Ich möchte wissen, Bürgermeister», sagt Nothmann, «woher Sie noch das Vertrauen nehmen? Dieser ganze Prozess wird ein Riesenreinfall für uns.»

«Warten Sie doch die Zeugen ab. Gestern die Angeklagten, das sagt gar nichts. Natürlich haben alle Idioten mit solch einem hübschen Jungen wie Henning Mitleid. Ein feiner Junge!»

«Die Zeugen sind auch soso», meint Geier. «Die erliegen auch der Stimmung. Und der Vorsitzende mit seiner Väterlichkeit ist ein Aas. Man weiß, was man weiß.»

«Was weiß man?», fragt Gareis gereizt.

«Zum Beispiel, dass der Herr Vorsitzende nicht wie die andern Herren jeden Morgen aus Stolpe mit der Bahn rüberkommt, sondern dass er hier bei seinem Schwager, dem Fabrikbesitzer Thilse, wohnt. Richter und Fabrikbesitzer, das wird grade gegen die

Bauern sein! Das Korps hält zusammen! Aber ich stecke es dem Pinkus, der kann es in der ‹Volkszeitung› bringen.»

«Macht doch nur nicht so was!», ruft der Bürgermeister erschrocken aus. «Warum soll der Mann nicht bei seinem Schwager wohnen? Darum ist er doch noch nicht Partei.»

«Lax sind Sie, Bürgermeister», sagt Nothmann. «Schlapp. Früher waren Sie anders. Natürlich muss das ins Blatt. Der Arbeiter, der als Zeuge auftritt, muss wissen, was das für ein Mann ist, der ihn befragt. Dass das ein Freund von den Ausbeutern ist.»

«Wenn der Pinkus das bringt», erklärt Gareis entschieden, «haue ich ihm ein paar ins Genick, dass er die nächste halbe Stunde nicht wieder aufsteht.» Sanfter: «Ihr seid Riesenrösser, alles würdet ihr mit so was vermasseln. Aber ihr könnt nichts dafür.»

«Du», sagt Geier gekränkt, «kommst dir immer mächtig schlau vor, Genosse Gareis, aber bisher haben wir noch nicht gesehen, dass du viel erreicht hast für die Partei. Ewig muss man den Genossen erklären, entschuldigen, sie vertrösten. – Führ einen Kurs gefälligst, den der Arbeiter versteht, nicht solche Geschichten, die nicht Fisch und Fleisch sind.»

«Wenn die Bauern verknackt sind, werdet ihr wieder finden, dass ich recht gehabt habe.»

«Wenn. Und wenn nicht?»

«Ja, bitte?»

«Dann, Genosse Gareis, wirst du dein Köfferchen packen müssen. Wir können uns hier keinen Gesinnungsluxus leisten.»

«Nee», sagt Gareis. «Nee. Habe ich schon gemerkt.»

Ungemütliche Stille.

Quer über den Fahrdamm kommt Pinkus gestürmt. Er trabt fast, so eilig hat er es.

«Ich komme direkt aus dem Parteibüro, Bürgermeister», keucht er. «Was ich jetzt habe, das raten Sie nie.»

«Also erzählen Sie schon.»

«Ein Einschreibebrief ist gekommen. Von Frerksen ...»

«Was will denn der? Wieso schreibt er?»

«Seinen Austritt aus der Partei hat er erklärt», kreischt Pinkus.

Die vier Männer starren sich an.

«Deine Zeugen, Gareis ...», höhnt Geier.

Der Bürgermeister holt tief Atem. «Egal!» Und mit Nachdruck: «Das sage ich euch, meine Koffer packe ich noch lange nicht! Da kann ja jeder Esel kommen und denken, er ist es. Ich mache weiter.»

Er stürmt fort.

«Heute noch», sagt Nothmann zu Geier und Pinkus.

5

Unterdessen steht Frerksen wieder vor dem Richtertisch.

Er spricht noch sachter, noch zögernder, noch leiser. Vielleicht unter dem beklemmenden Eindruck, dass vom Gericht seine Vorvereidigung abgelehnt ist, vielleicht, weil der Blick Hennings nachwirkt ...

Jedenfalls notiert sich Tredup, dass dieser Zeuge, dieser Kronzeuge, eigentlich nichts gesehen hat, nichts weiß, niemanden wiedererkennt.

«Sie hatten also den Eindruck, dass man Ihre Zusammenkunft mit Herrn Benthin hintertrieb? Dass man Sie absichtlich in falsche Lokale schickte?»

«Ja, ich weiß doch nicht. Wenn ich das in der Voruntersuchung ausgesagt habe, kann ich mich auch geirrt haben. Es war nur so ein Gefühl.»

Der Vorsitzende fragt: «Was veranlasste Sie nun zu der Flaggenbeschlagnahme?»

«Es wurden Rufe des Unwillens laut. Sie schien mir bedenklich. Provozierend.»

«Erinnern Sie sich, wer gerufen hat?»

«Nein, ich erinnere mich nicht.»

«Hatten Sie nun bei dieser Flaggenbeschlagnahme den Eindruck, dass Herr Henning Ihnen tätlich Widerstand leistete?»

Der Zeuge, zögernd: «Tätlich? Nein. Eigentlich nicht.»

«Sie haben früher ausgesagt, Herr Padberg habe Sie von der Fahne zurückgestoßen?»

«Nein, das kann ich nicht mehr sagen. Ob es Herr Padberg war oder ein anderer, das weiß ich nicht zu sagen.»

«Sie sind geschlagen worden?»

«Ja. Stark.»

«Und von wem?»

«Das weiß ich nicht. Namen weiß ich nicht.»

Ein kläglicher Anblick, ein Mensch, der sich windet, der niemanden belasten möchte, der es am liebsten allen recht machte.

«Na», sagt Tredup etwas schadenfroh zu Pinkus, der eben wiederkommt, «Ihr Kronzeuge versagt ja völlig.»

«Unser Kronzeuge? Was geht uns Frerksen an?»

«Frerksen ist doch SPD.»

«Frerksen ...? Mensch, Mann, wer hat Ihnen das aufgebunden? Frerksen ist doch nicht SPD!»

«Nein, nicht? Das ist ja das Neueste!»

«Glauben Sie, solche Leute wollen wir in der Partei haben?»

«Er ist also ausgeschlossen worden?»

«*Ich* habe Ihnen das nicht gesagt.»

«Nein, natürlich nicht. Aber es ist sehr interessant.»

Doch unterdessen ist Padberg aufgestanden zwischen den Angeklagten. «Herr Oberinspektor, ich richte an Sie die Frage, haben Sie am sechsundzwanzigsten Juli Ihre Nerven in der Hand gehabt?»

Der Oberinspektor sieht den andern gespannt an. Das verbindliche Lächeln um seinen Mund verzieht sich. «Jawohl, die habe ich in der Hand gehabt. – Aber eine Gegenfrage, Herr Padberg: Sind Sie nicht Trinker?»

«Nein.»

«Waren Sie nicht in einer Trinkerheilanstalt?»

«Das ist eine infame Lüge.»

Der Vorsitzende spricht dazwischen: «Meine Herren, ich bitte Sie, was soll das? Wir wollen hier doch vernünftig verhandeln. Also, Herr Frerksen ...»

Aber die Stimmung wird schlechter und schlechter. Man sieht es deutlich am Pressetisch. Pinkus schreibt gar nichts, für den ist das alles nichts. Und Stuff schmiert wie wild.

Doch in der Pause nähert sich der Oberinspektor Herrn Tredup. Er geht da so allein unter den Leuten herum, niemand will etwas von ihm wissen.

Aus der Gruppe Stuff kann er ganz deutlich die Stimme seines alten Feindes hören: «Frerksen? Erledigt! Keine vier Wochen macht der Mann mehr Dienst.»

Nun tritt er zu Tredup, ein vorsichtig-ängstliches Lächeln auf dem Gesicht. «Nun, Herr Tredup, darf ich fragen, wie so die Stimmung des Volkes ist? Was denkt man über meine Aussage?»

Aber hier sieht selbst Tredup keinen Grund zur Schonung. «Zu lau. Zu lasch, Herr Oberinspektor. Nicht erkannt. Nicht erinnert. Weiß ich nicht. – Wenn man so was macht, steht man dazu.»

Und er dreht sich um.

Manzow in seinem Kreis verkündet: «Der Frerksen war immer ein Schlappschwanz, aber für Gareis ist das gar nicht schlecht. Man sieht doch jetzt, wer die Böcke gemacht hat.»

«Du», sagt Meisel giftig, «du willst dich jetzt wohl wieder anbiedern bei deinem Gareis? Ist nicht, mein Junge. Gareis ist erledigt.»

«Anbiedern?», protestiert Manzow. «Ich werde doch noch sagen dürfen, was ist. Die Fehler hat Frerksen gemacht.»

«Und Gareis bezahlt sie. Das ist immer so. Und kann uns nur recht sein.»

6

Im Rücken der Verteidigung steht ein Tischchen, an dem zwei Herren sitzen. Zum Ersten der Stadtrat Röstel, der als Vertreter der Stadt den Verhandlungen folgt. Als man den Dentisten Czibulla vernahm, schrieb er eifrig mit, denn von Czibulla hängt eine Klage gegen die Stadt.

Doch der zweite Herr an diesem Tisch ist Assessor Meier. Kummervoll sitzt er da, es sieht aus, als hätte er sich ganz hinter seine Klemmergläser zurückgezogen. Bisher geht ja alles unberufen toitoitoi solala, man kann dem Chef nach Stolpe ganz günstige Berichte schreiben. Aber wenn nur der Gareis nicht wieder alles verbockt, dieser Gareis ...

Meier hätte gern mit Gareis vorher ein Wörtchen gesprochen, eigentlich hatte er den Eindruck, dass man daheim, in jenem großen, trüben, dunklen Zimmer, gerne Frieden mit diesem Mann gemacht hätte ... Aber so was auf die eigene Kappe nehmen? Ein Wörtchen vor solchem Prozess kann sehr falsch verstanden werden ... Zeugenbeeinflussung. Lieber wartet man ab. Gareis wird schon nicht so unklug sein ...

Es ist gegen elf Uhr, dass Gareis in den Saal eintritt. Er ist ganz ruhig, als er vor den Richter tritt. Seine Haltung ist gut.

«Eingebildeter Fatzke», knurrt Stuff. «Im Cut, ist ja lächerlich, dies Getue!»

Bei der Vereidigung muss Gareis den Vorsitzenden leider unterbrechen.

«Bitte, nicht die religiöse Formel», sagt er entschieden in die ersten Schwurworte hinein, und der Vorsitzende entschuldigt sich kurz.

Dann sagt Gareis aus.

Er sei nicht gegen die Demonstration gewesen. Erst ein in der Presse veröffentlichter Brief des Bauernführers Franz Reimers, der zu Kundgebungen vor dem Gefängnis aufforderte, habe ihn stutzig gemacht. Er habe dann mit dem Landwirt Benthin verabredet, dass er am Tage der Demonstration mit den Führern noch einmal zu ihm kommen solle. Benthin aber habe sein Versprechen nicht gehalten.

Er selbst sei gegen Mittag nach Haus gegangen, um alles für seine Urlaubsreise vorzubereiten.

Schritt für Schritt ist während der Worte des Zeugen langsam und unaufhaltbar der schwarze Talar des Verteidigers vorgerückt. Der Rechtsanwalt hält den gelblichen Schädel gesenkt, die Hände liegen in den Falten der Robe.

Wäre dieser dunkle Schatten nicht, der gegen den Zeugen anrückt, alles wäre in Ordnung. Denn die leidenschaftslosen Worte von Gareis verbreiten Ruhe und Klarheit. Jetzt hebt der Verteidiger seine rechte Hand gegen den Vorsitzenden.

«Ich bitte, mir schon jetzt einige Fragen an den Zeugen zu gestatten, die vielleicht ein ganz anderes Licht auf seine Aussagen werfen werden.»

Der Vorsitzende macht eine gewährende Handbewegung.

Der Verteidiger sieht zur Erde. Er hebt den Blick auch nicht, als er langsam fragt: «Herr Bürgermeister. Hat nicht am Vortag der Demonstration eine Besprechung mit Regierungsvertretern stattgefunden?»

«Jawohl.»

«Hat an dieser Besprechung nicht auch Herr Polizeioberinspektor Frerksen teilgenommen?»

«Herr Frerksen war zugegen.»

Der Verteidiger spricht ganz langsam: «Ist in dieser Besprechung nicht von Regierungsseite gesagt worden, die Bauernschaftsbewegung sei gefährlicher als die KPD und man müsse daher besonders scharf gegen sie vorgehen?»

Gareis hat die Front geändert: Er spricht nicht mehr zum Richtertisch, er steht dem Verteidiger grade gegenüber und sieht ihn an. Justizrat Streiter hält den Kopf etwas schräg zur Seite, er sieht empor zu dem Riesen vor ihm. Gareis antwortet ebenso langsam, aber völlig ruhig: «Die Verhandlungen mit den Regierungsvertretern haben längere Zeit gedauert, eine Stunde, vielleicht zwei Stunden. Einzelner Wortlaut ist mir also nicht mehr erinnerlich. Ich glaube aber nicht, dass Worte in der eben genannten Fassung gefallen sind.

Inhaltlich ist zu sagen, dass zwischen meiner Auffassung und der Auffassung der Regierung Meinungsverschiedenheit bestand. Diese Meinungsverschiedenheit besteht heute noch. Die Regierung wünschte völliges Verbot der Demonstration. Ich sah dazu weder rechtlich eine Handhabe noch innenpolitisch einen Grund. Ich habe das Verbot abgelehnt.»

Assessor Meier an seinem Tischchen stöhnt: «Ich wusste es doch! Nun ist der Topf entzwei. Oh, mein Chef! Oh, mein Chef!»

Der Verteidiger fragt: «Konnte ein Dritter aus den Worten der Regierungsvertreter entnehmen, dass die Regierung ein exzeptionell scharfes Vorgehen gegen die Bauernschaft wünschte?»

Gareis zögert einen Augenblick. Sein Auge irrt ab zu jenem Sitz im Zuschauerraum, auf dem der Oberinspektor Platz genommen hat.

Doch es ist nur ein Augenblick. Dann antwortet er ebenso ruhig: «Dieser Eindruck ist tatsächlich entstanden. Ich muss nachtragen, dass ich etwa eine Viertelstunde bei den Verhandlungen nicht zugegen war. Ich sprach in dieser Zeit mit dem Landwirt

Benthin. Was Oberinspektor Frerksen in dieser Zeit mit den Herren von der Regierung gesprochen hat, weiß ich natürlich nicht. Als ich wiederkam, stand er aber entschieden unter dem Eindruck, dass die Regierung ein besonders scharfes Vorgehen wünschte. Ich habe ihn nicht im Zweifel darüber gelassen, dass meine Wünsche andere waren.»

«Hat ihn preisgegeben, den Frerksen!», frohlockt Stuff ganz laut an seinem Tisch.

«Ich stelle fest», sagt der Verteidiger, «dass der Oberinspektor Frerksen unter dem Eindruck stand, die Regierung wünsche ein besonders scharfes Vorgehen gegen die Bauern. Ob Herr Frerksen später nach dem Wunsch seines direkten Vorgesetzten handelte oder nach dem der Regierung» – der Anwalt zögert –, «das können wir allein aus seinem Verhalten während der Demonstration folgern.»

Pause.

«Ihre Fragen sind erledigt, Herr Justizrat?», fragt der Vorsitzende.

«Nein», sagt der Verteidiger. «Nein, noch nicht.»

Wieder Pause.

Er ist kein schlechter Regisseur, dieser Verteidiger. Er weiß Pausen zu machen, Erwartungen zu steigern. Der ganze Saal wartet.

«Herr Bürgermeister», fängt der Verteidiger wieder an, «ist Ihnen außer jener Besprechung noch eine Willensäußerung der Regierung zugegangen?»

Gareis schließt einen Augenblick die Augen. Dann zögernd: «Ich erinnere mich nicht. Es waren so viele Verhandlungen ...»

Der Verteidiger lässt sich Zeit. Er hat die Hände auf den Rücken gelegt und versucht, seine Schuhspitzen unter der Robe zu sehen.

«Nein, keine Verhandlungen», sagt er. «Ich will Ihrem Gedächtnis nachhelfen. Ist Ihnen nicht ein Brief von der Regierung zugestellt, ein Geheimbefehl, den ein Schupooffizier überbrachte?»

Gareis sieht ganz geradeaus.

«Ja», sagt er langsam. Und noch einmal: «Ja.»

«Und was enthielt dieser Geheimbefehl?»

Gareis sieht noch immer geradeaus. Er antwortet nicht.

«Ich will noch präziser fragen», sagt der Verteidiger. «Enthielt dieser Geheimbefehl nicht die Weisung, mit aller erdenklichen Schärfe gegen die Bauern vorzugehen?»

Lange Stille.

Sehr lange Stille.

«Ja, Herr Bürgermeister, Sie werden schließlich doch antworten müssen.»

Gareis hat sich wieder. Er wendet sich zum Richtertisch. «Ist diese Frage zugelassen?»

Um die Augen des Vorsitzenden spielen tausend Fältchen. Wie bedauernd bewegt er die Hände. «An sich ja.» Und nach einer Pause: «Aber Sie müssen natürlich wissen, wie weit die Aussageerlaubnis der Regierung reicht.»

Gareis besinnt sich. «Ich bin der Ansicht, die Erlaubnis reicht nicht so weit. Es handelt sich um einen Geheimbefehl.»

Der Verteidiger widerspricht: «Ich bin der gegenteiligen Ansicht.»

Und der Vorsitzende: «Das wird sich rasch entscheiden lassen. Wir haben einen Vertreter der Regierung hier im Saal.» Zu dem Tischchen gewendet: «Herr Assessor ...»

Und der Assessor, eifrig: «Ich frage sofort bei der Regierung an.»

Er ist schon auf dem Wege aus dem Saal.

«Wir machen jetzt eine halbe Stunde Pause», verkündet der Vorsitzende.

Tredup stürzt nach der Setzerei. Es ist beinahe zwölf Uhr, aber diese dicke Sache muss in die «Chronik», heute noch. Das darf ihm nicht aus der Nase gehen.

Den Text selbst hat er schon während der Verhandlung mitgeschrieben, nun entwirft er Überschriften. Sie stellen sich von selbst ein.

Als erste, quer über die ganze Seite:

«Sensationelle Wendung im Bauernprozess.»

Als zweite:

«Bürgermeister Gareis verweigert die Aussage.»

Durch die Expedition stürmend, ruft Tredup dem Wenk zu: «Komm schnell in die Setzerei. Eine große Sache. Zweihundert Exemplare im Straßenverkauf. Es muss aber noch gesetzt werden.»

Er berichtet mit fliegenden Worten.

Der Metteur murrt, aber er gibt das Manuskript doch in eine Maschine.

Unterdes Wenk, sehr erstaunt: «Dass du so begeistert bist, Tredup! Ich denke, du kannst gut mit Gareis?»

Tredup stutzt einen Augenblick, dann: «Was hat das denn damit zu tun? Es ist doch so, wie ich schreibe. Und es kann ihn doch nicht ärgern, wenn ich schreibe, was ist?»

«Wenn du dich man nicht täuschst. Aber jedenfalls, für uns ist es gut. *Die* Nummer kauft jeder, der die Überschriften liest.»

«Ich muss gleich wieder zum Gericht. Tu mir den Gefallen, Wenk, und sieh rasch die Korrekturen durch, dass kein Mist stehenbleibt.»

«Meinethalben. Wenn das Ganze nur kein Mist ist.»

«I wo. Heute schlagen wir die ‹Nachrichten›. Heute mache ich mir eine Nummer bei Gebhardt.»

Als Assessor Meier den Saal verließ, hatte er vor, bei seinem Chef, dem Herrn Regierungspräsidenten Temborius, anzurufen. Aber von wo führt man ein solches Telefongespräch? Das ist doch ein Staatsgespräch, ein überaus wichtiges Gespräch. Er kennt ja seinen Herrn und Meister, bis ins Kleinste wird er berichten müssen, wie Gareis die Differenzen mit der Regierung aufgedeckt, sich bei den Bauern lieb Kind gemacht hat.

Kann man solch ein Gespräch am Telefon führen? Überall gibt es Mithörer. Nein, Assessor Meier entschließt sich, nach Stolpe zu fahren. Das geht aber nur, wenn er vorher mit dem Vorsitzenden gesprochen hat, sich seines Einverständnisses versichert, sich vergewissert hat, dass er heute Nachmittag seinen Posten verlassen kann, dass keine wichtigen Zeugen vorkommen. Nun, mit dem Vorsitzenden geht alles glatt, der sieht keine Bedenken.

«Vernehmen wir den Bürgermeister eben morgen oder übermorgen. Falls Ihre Antwort positiv ausfällt. Nein, heute Nachmittag nehme ich nur kleine Zeugen vor, unwichtiges Zeug. Sie können in Ruhe reisen, Herr Assessor.»

Aber Assessor Meier reist nicht in Ruhe. In seinem Abteil zweiter Klasse sitzt er und grübelt, wie er seinem Chef erklären soll, dass der Gareis in allem die Regierung bloßgestellt hat, und bei *diesem* Geheimbefehl ist er abgeschnappt.

Er war ja richtig verlegen. Nun, vielleicht ist der Befehl wirklich starker Tabak gewesen. Temborius hat ihn damals mit Oberst Senkpiel gebraut. Aber umso besser müsste das doch Gareis passen. Nein, ich verstehe es nicht ...

«Ich gebe noch lange nichts verloren», erklärt Gareis entschieden zu Assessor Stein. Sie gehen eilig dem Rathaus zu. «Wozu denn *Geheim*-Befehl? Temborius wird schon wissen, wieso geheim. Der gibt mir nie die Erlaubnis zur Aussage.»

«Ich weiß doch nicht ...», meint Assessor Stein.

«Im ersten Augenblick dachte ich wirklich: Da bist du drin. Der Vorsitzende ist ein anständiger Kerl. Das mit der Aussageerlaubnis war die einzige Rettung.»

«Rettung?», zweifelt Stein. «Haben Sie eigentlich nicht das Gefühl, Herr Bürgermeister, dass diese ganze Sache mit dem Geheimbefehl reichlich mystisch ist?»

«Bestellte Sache, meinen Sie? Glaube ich auch. Verschwindet, keiner weiß davon, aber im rechten Augenblick weiß der Streiter doch davon. Glänzend übrigens, der Streiter, die Staatsanwaltschaft muss sehr einpacken.»

«Ich fand ihn nicht sehr glänzend. Mit solchen Pistolen kann jeder schießen.»

«Aber jeder hat nicht solche Pistolen. Nun kommt es nur darauf an, ob nicht das Englein, nämlich Temborius, auf die Zündpfann brunzt.»

«Versteh ich nicht.»

«Das wissen Sie nicht, Steinlein? In irgendeiner Kirche hängt so eine schöne Darstellung von Isaaks Opfer. Mittelalter. Isaak ist auf den Holzstoß gebunden. Abraham steht mit einer Riesenreiterpistole vor ihm und will losdrücken. Aber oben auf einer Wolke steht das Englein und pisst auf die Zündpfanne. Und ein Spruchband geht darum: ‹O Abraham, o Abraham, dein Schießen ist umsonst, dieweil das Englein auf die Zündpfann brunzt.›»

Und der Bürgermeister summt vor sich hin: «O Streiterlein, o Streiterlein, dein Schießen ist umsonst, dieweil Temborius auf die Zündpfann brunzt.»

«Ihre Laune möchte ich haben!», sagt neiderfüllt der Assessor.

Sekretär Piekbusch tritt ihnen entgegen. «Herr Bürgermeister, es ist eben vom Gericht angerufen: Sie brauchen heute nicht mehr zur Vernehmung zu kommen. Die Sache mit Stolpe dauerte noch. Sie bekommen wieder Bescheid.»

«Was sage ich?», triumphiert der Bürgermeister. «Temborius

brunzt. Und es ist ganz gut, dass er erst einen oder zwei Tage Gras über die Geschichte wachsen lässt. Dann ist die heutige Szene so gut wie vergessen.»

Er starrt vor sich hin. «Aber wir wollen die Zeit nutzen! Piekbusch, jetzt wird gesucht! Jetzt suchen wir drei Mann hoch.»

«Was suchen wir?»

«Den Geheimbefehl ...»

Piekbusch schaut zur Decke. «Wo sollten wir den noch suchen Herr Bürgermeister?»

«Überall. Überall. Überall. Und morgen liegt er auf meinem Schreibtisch.»

Wenk freut sich: Die großen Überschriften haben ihre Wirkung getan. Zweihundertzehn Exemplare von der «Chronik» sind verkauft.

Das war noch nie da. Der Mann aus der Bahnhofsbuchhandlung hat viermal rübergeschickt, immer neue holen lassen.

«Max, eigentlich solltest du morgen früh vor der Verhandlung schnell noch auf ein paar Annoncen losgehen, jetzt kriegst du welche.»

Aber da kommt er bei Tredup schlecht an. «Du bist wohl nicht ganz, he? Ich soll auf Annoncen losgehen, jetzt, wo ich Redakteur bin?»

«Wer soll es denn? Ins Haus bringen sie uns die doch nicht.»

«Ist Stuff auf Annoncen losgegangen? Also! Da muss eben jemand Neues engagiert werden.»

«Das sag *du* man dem Chef! Überhaupt hat Gebhardt mir gar nicht gesagt, dass du Redakteur bist.»

«Weil das selbstverständlich ist. Das kapiert jedes Kind, dass ein Redakteur nicht Anzeigen wirbt. Was sollen denn die Leute davon denken?»

«Die wissen doch, dass du immer geworben hast.»

«Und jetzt wissen sie, dass ich die Verhandlungsberichte schreibe. Außerdem habe ich keine Zeit.»

«Jetzt ist es sechs. Bis sieben könntest du gut und gerne noch drei, vier Anzeigen geholt haben.»

«Jetzt ist es sechs, und jetzt mache ich Feierabend. Tjüs ok, Wenk. Platz man nur nicht vor Neid. Gebhardt hat mir auch hundertfünfzig zugelegt!»

Damit ist Tredup zur Tür hinaus und freut sich den ganzen Heimweg, dass er es dem Wenk gegeben hat. Wenn das mit den hundertfünfzig auch noch nicht wahr ist, bis zum Ersten ist es sicher wahr.

Er erzählt es auch Elise und den Kindern. Alle sitzen um den Tisch, er erzählt den ganzen Prozess. Er malt auf, wo sie alle sitzen, die Richter und Schöffen, Staatsanwälte und Verteidiger.

«Hier hat Gareis gestanden, und dann hat er sich immer mehr gedreht, bis er dem Rechtsanwalt direkt ins Auge sah. Das ist ein Kerl, sage ich euch! Ganz ruhig, aber ein Fuchs: ‹Was hat denn nun wohl im Geheimbefehl dringestanden, Herr Bürgermeister?› – Und Gareis hat richtig gestottert: ‹Darauf verweigere ich die Aussage.› Ganz verlegen war er.»

«Papa», ruft Hans. «Papa, in der ‹Volkszeitung› hat aber gestanden, dass der Bürgermeister nur von der Regierung die Genehmigung haben will zur Aussage.»

«Das ist doch dasselbe, Hans. Das habe ich doch auch geschrieben.»

Aber ein ungemütliches Gefühl überkommt Tredup. Doch gleich: «Und hier habe ich eine Karte für dich, Elise. Für morgen. Ich habe sie dem Gerichtsdiener abgeschnorrt.»

«Aber vormittags kann ich doch nicht, Max.»

«Gehst du eben nachmittags. Es ist nur schade, weil morgen Vormittag wahrscheinlich Bürgermeister Gareis drankommt. Das wird sensationell.»

Aber Gareis weiß schon, dass er morgen noch nicht vernommen wird.

Man bäte aber, dass Herr Bürgermeister sich zur Verfügung des Gerichtes halte.

Und der Bürgermeister teilt mit, dass er stets auf dem Rathaus erreichbar sei, übrigens auch morgen gerne den Herrn Landgerichtsdirektor einmal gesprochen hätte.

Die Herren vereinbaren die Mittagsstunde.

Nun hätte Gareis neue Zeit zum Suchen, aber er sucht nicht mehr, er lässt auch Stein und Piekbusch nicht mehr suchen.

«Das mit dem Geheimbefehl ist Quatsch», erklärt er, missvergnügt in seinem Sessel hockend. «Man sieht doch jetzt schon, dass Temborius unter keinen Umständen will.»

«Wenn aber der Minister ja sagt?»

«Wo sich Temborius so hat, wird der Minister schon nicht ja sagen.»

«Ich weiß nicht ...»

«Ach, meckern Sie noch, Stein. Ich hab dies ewige Meckern satt. Ganz Altholm kann nichts wie meckern, als wenn sonst nichts zu tun wäre! Aber diesem Schwein, dem Tredup, schlage ich doch einen über die Schnauze für seinen unverschämten Bericht.»

Zum zehnten Mal glotzt der Bürgermeister auf das Zeitungsblatt, in dem er schon mit Rot- und Blaustift gewütet hat.

«Warte, mein Junge», sagt er. «Warte nur. Ich war wohl wahrhaftig der einzige Mensch in Altholm, den du noch nicht verraten hast. Aber warte, morgen sollst du erleben, was das heißt, Gareis verraten.»

«Tredup ist das größte Schwein von der Welt», erklärt Stein sachlich. «Sie hätten sich nie mit ihm einlassen sollen.»

«Wenn ich», erklärt der Bürgermeister, «nur mit Edelmenschen Umgang pflegen will, kann ich keine Politik treiben. Aber darum lass ich mich noch lange nicht von jedem Schwein annagen.»

Drittes Kapitel

Tredups Ende

1

Nach dem Mittagessen am nächsten Tag nimmt Tredup seine Frau beim Arm, und sie gehen zur Verhandlung. Es ist noch viel Zeit. Tredup hat gedacht, dass Elise schon viel schwerfälliger im Gehen sei, aber sie geht unbehindert, rasch wie ein junges Mädchen.

So spazieren die beiden noch ein Weilchen im Park. Sie kommen so selten dazu, miteinander auszugehen, und heute ist der Tag schön. Der Himmel ist noch einmal tiefblau, die Oktobersonne meint es gut, die Bäume sehen herrlich aus in ihrem bunten Laub.

Sie gehen auf und ab, eine Weile reden sie von den Kindern. Dann macht Tredup Pläne, was sie alles anfangen wollen, wenn er erst dreihundertfünfzig Mark hat. Vielleicht gibt man Hans auf ein Gymnasium, er hat den Kopf dazu. Aber vor allem muss eine Rücklage geschaffen werden.

«Jeden Monat fünfzig Mark auf die Sparkasse. Dann brauchen wir nicht so ängstlich zu sein, wenn Gebhardt mal was in den Kopf bekommt. Und ein Radio wollen wir uns endlich auch anschaffen.»

Elise lacht. «Was du alles mit den dreihundertfünfzig beschicken willst, Max! Vor allem brauchst du einen Anzug und neue Schuhe.»

Tredup druckst. Es stößt ihm das Herz ab. Nun es gutgeht, muss er auch gut sein.

«Elise», stößt er hervor. «Elise!»

«Ja, Max?», fragt sie und sieht ihn an.

Es ist eine Weile still, sie sehen sich nur an.

«Elise ...», fängt er wieder an und kann nicht weiter.

Aber sie hat schon verstanden. «Ich habe es immer gewusst, Max. Du brauchst nichts zu sagen.»

Plötzlich ist er ganz eifrig. «Elise, ich wollte ja nicht schlecht sein. Es war ja nur, dass ich solche Angst hatte vor der Zukunft. Ich dachte immer, wir verbrauchen die tausend Mark so mit, und wenn es mal schlecht geht, haben wir nichts. Ach nein, das war es auch nicht ... Ich weiß nicht mehr ... Ich konnte und konnte einfach nicht ...»

«Es ist ja gut, Max. Es ist ja gut. Reg dich doch nur nicht so auf.» Sie streichelt seine Hand immerzu. «Du hast es mir ja jetzt gesagt. Es ist schon gut.»

Und er, ganz eifrig: «Sobald ich Zeit habe, sobald der Prozess vorbei ist, fahre ich und hole es dir. Du bekommst alles. Neunhundertneunzig Mark sind es. Denke dir!»

«Wir geben es auf die Sparkasse. Und dann sehen wir, dass wir ein nettes Geschäft kriegen, am besten nicht hier in Altholm. In Stargard oder Gollnow oder in Neustettin.»

«Aber ich kann doch nicht weg, wenn ich hier Redakteur bin.»

«Vielleicht gibst du es dann auf, wenn wir ein gutes Geschäft haben? Ich glaube, Max, es ist dir nicht gut. Bitte, sei nicht bös.»

«Wieso nicht gut? Ach, Elise, das war ja nur, als ich Annoncenwerber war. Jetzt ...»

«Der Bürgermeister, Max!», stößt sie hervor.

Plötzlich kommt Gareis mit Stein um ein Gebüsch grade auf die beiden zu.

Tredup kann eben noch den Hut herunterreißen. Aber auf einen halben Meter Entfernung geht Gareis an den beiden vorüber, mit Stein sprechend, sieht sie nicht.

«Gott, was hat denn der Bürgermeister?», sagt Elise. «Man konnte ja ordentlich Angst kriegen, so sah er durch dich hindurch, Max!»

«Was soll er haben?», sagt Tredup. «Mucksch ist er wegen meines Artikels.

Das gibt sich wieder. Heute Nachmittag streich ich ihn ein bisschen raus, dann scheint wieder die Sonne.»

Aber er ist sehr blass. Ihn friert.

2

Tredup hat seiner Frau einen guten Sitzplatz verschafft, in der dritten Stuhlreihe von vorne, gleich am Gang, sodass sie sofort weg kann, wenn ihr etwa übel wird. Dann hat er sich an den Pressetisch gesetzt und hantiert mit seinen Papieren. Er macht sich ein bisschen wichtig, aber das kann man schon, wenn so viele Leute hersehen.

Allmählich kommt dann das übliche Getriebe in Gang: Der Gerichtsdiener packt Akten auf, zwei Justizwachtmeister bringen die in Haft befindlichen Angeklagten, der Verteidiger taucht auf, verschwindet aber wieder.

Tredup und Elise sehen sich von Zeit zu Zeit an, er macht sie mit den Augen auf jede Veränderung aufmerksam. Dann lächeln sie.

Überraschend wie immer erscheint der Vorsitzende mit dem Beisitzer und den Schöffen. Die Verteidigung folgt auf dem Fuße. Alles steht auf. Dann kommen die beiden Staatsanwälte gestürzt. Und nun werden die Türen geschlossen.

Der Vorsitzende sagt hastig und mit unmutig vorgezogenem Gesicht: «Ehe wir mit der Zeugenvernehmung fortfahren, erteile ich Herrn Bürgermeister Gareis das Wort zu einer persönlichen Erklärung.»

Tredups Herz beginnt zu klopfen.

Von der Tür her kommt der Bürgermeister, dunkel und massig, er stellt sich vor den Richtertisch, aber halb schräg, mit dem Gesicht zum Pressetisch.

Tredup senkt den Kopf. Etwas Unaufhaltsames geht auf ihn zu.

«Ich habe ...», beginnt der Bürgermeister. Er hat ein Zeitungsblatt in der Hand, das halb entfaltet ist, auf das er böse starrt ... «Ich habe mir das Wort zu einer persönlichen Bemerkung erbeten. In einer hiesigen Tageszeitung, ich nenne sie beim Namen, in der ‹Pommerschen Chronik für Altholm und Umgebung›, ist über die gestrige Verhandlung, speziell über meine Aussage, ein Bericht erschienen, gegen den protestiert werden muss.

In seitenbreiten Überschriften heißt es da: ‹Sensationelle Wendung im Bauernprozess – Bürgermeister Gareis verweigert die Aussage ...!›

Ich stelle fest, ich habe die Aussage nicht verweigert. Es besteht Meinungsverschiedenheit darüber, wie weit meine Aussageerlaubnis von der Regierung reicht. Ist dieser Punkt geklärt, werde ich aussagen oder nicht aussagen, gemäß den Anordnungen meiner Regierung. Aussageverweigerung ist glatt erlogen.»

Tredup sieht das dicke weiße Gesicht mit den böse funkelnden Augen grade auf sich gerichtet. Er sieht daneben, wie bei den letzten Worten der Vorsitzende den gesenkten Kopf bewegt.

«Da keine Aussageverweigerung vorliegt, liegt auch keine sensationelle Wendung im Prozess vor. Das ist die zweite Lüge.

Ich erhebe Protest gegen eine derart unwahrhaftige, unsachliche Art der Berichterstattung. Es liegt mir natürlich vollkommen fern, den anderen Herren von der Presse einen Vorwurf zu machen, ich weiß ihre exakte, vorzügliche Arbeit zu schätzen.

Mit umso mehr Nachdruck verlange ich Schutz gegen das unkontrollierte Geschmier eines Außenseiters. Ich bitte das Gericht, mich dagegen in Schutz zu nehmen.»

Gareis sieht den Vorsitzenden an, aber dieser hält den Blick gesenkt, schreibt irgendwas. So macht Gareis eine Verbeugung und verlässt den Saal.

«Au Backe! Gib ihm Saures. Das hat gesessen», sagt Pinkus von der «Volkszeitung».

Es kommt Bewegung in den Saal. Alle haben während der Worte von Gareis wie angeklebt reglos auf ihren Stühlen gesessen. Nun rücken sie hin und her.

Tredup fühlt förmlich, wie sie ihre Blicke von ihm abnehmen, jetzt sehen sie sich untereinander an, tauschen, leise Worte: «Ja, der Blasse, Dünne ist es. Den hat er gemeint.»

Aber noch immer wagt Tredup nicht hochzusehen, er fühlt, es ist zu Ende mit ihm. Erst die Schande wegen der Bilder, dann die Verhaftung in der Bombensache, nun dies – er kommt nicht wieder hoch.

Er sieht doch auf ... er muss aufsehen. Der Blick seiner Frau trifft ihn: Elise lächelt. Sie lächelt ihm zu mit den Augen, Mut machend, ich verlass dich nicht. Sie hat, wie er früher sagte, alle Lichter angesteckt in den Augen, der ganze Weihnachtsbaum strahlt.

Tredup senkt den Blick. Ihm ist elend. Er fühlt, zehnmal lieber als dieser Blick von Elise wäre es ihm, wenn Stuff über den Tisch fort sagte: Na, olles Kamel, mach dir nichts draus. Heute dir, morgen mir. Grinse, Affe.

Aber Stuff schmiert.

3

Ganz hinten im Zuschauerraum hat Herr Heinsius, der große Heinsius von den «Nachrichten», gesessen. Herr Heinsius ist inkognito hier, inoffiziell, vorne am Pressetisch sitzt ja Blöcker, schreibt den Bericht.

Herr Heinsius will nicht gern erkannt werden, er hat den breitkrempigen Filz tief ins Gesicht gezogen, den Kragen hoch. So sitzt er geduckt zwischen Altholmer Bürgern, hört, was die miteinander reden, lauscht auf die Stimme des Volkes und formt seine Meinung nach ihr.

Tredup gehört nun einmal zu den Menschen, die kein Glück haben. Heinsius, der in der zwölftägigen Verhandlung gegen die Bauern nur zweimal da ist, erwischt gerade die Attacke von Gareis gegen die «Chronik».

Heinsius kann gar nicht schnell genug aus dem Saal kommen, diesmal wartet er nicht einmal die Stimme des Volkes ab.

Während er die Straßen entlang zu den «Nachrichten» eilt, wiederholt er sich immer wieder: Unwahre, unsachliche Berichterstattung. Geschmier eines Außenseiters.

Seine Wut steigert sich, natürlich haben die beiden das Engagement von Tredup ohne ihn gemacht. Er wird es ihnen zeigen, dem Trautmann und dem Gebhardt, wohin sie kommen ohne ihn. So ist es, er wird vor vollendete Tatsachen gestellt: Herr Tredup macht vorläufig die Arbeit von Stuff.

Und Heinsius hat einen Neffen, einen netten, schreibgewandten jungen Menschen. Auf dem Gymnasium hat er immer die Eins gehabt im Aufsatz. Gewissenloses Geschmier eines Außenseiters. Die sollen sehen, wohin sie kommen ohne ihn.

Er klopft nicht an, der untertänige Heinsius stürmt in das Büro des Chefs. «Herr Gebhardt! Ach Gott, Sie sind noch nicht angerufen worden? Sie wissen noch nichts? Gut, dass Sie auch hier sind, Herr Trautmann! Ich bin ganz atemlos, so bin ich gelaufen!»

Die beiden starren.

«Was in aller Welt ist los, Heinsius?», knurrt Trautmann.

Und der Chef: «Was ist denn das nun wieder?»

«Ja, am besten ist wohl, wir machen die ‹Chronik› sofort zu. Ich weiß ja nicht, was Sie Herrn Schabbelt dafür gezahlt haben, mir wird so was nicht erzählt. Aber das Geld ist hin. Herr Gebhardt, das Geld ist hin.»

Gebhardt ist aufgestanden, legt den Zeitungskatalog von rechts nach links, von links nach rechts. «Ich ersuche Sie, Herr Heinsius, mir geordnet zu erzählen ...»

Heinsius ist tief überrascht. «Aber hat Herr Tredup denn noch keine Meldung gemacht ...? Das kommt davon, wenn man Außenseiter in solche Stellungen setzt. Ich gehe sonst wirklich nicht einig mit Gareis, aber diesmal hat er recht, wenn er dem Tredup gewissenloses, sensationslüsternes Außenseitertum vorwirft. Vor den Schranken des Gerichts, Herr Gebhardt! Vor ganz Altholm! Vor Richters Verteidigung und Staatsanwaltschaft! Vor der Presse Deutschlands! Lügenhaftes, unsachliches Geschmier!»

Trautmann sagt knurrig: «Lassen Sie ihn schwätzen, Herr Gebhardt. Wenn wir nicht hinhören, erzählt er uns in fünf Minuten alles von allein.»

Aber Gebhardt, sehr erregt: «Tredup scheint ja wieder Mist gemacht zu haben. Ihr Rat war es, den Mann anzustellen, Herr Trautmann!»

«Mein Rat? Kommen Sie mir nicht so, Herr Gebhardt! Sie nicht! Wer hatte den Vertrag mit Stuff gemacht? Wer hat dann den Stuff weg haben wollen, um jeden Preis? Wer a sagt, muss b sagen. Und wir haben's dem Tredup auch nur *versprochen*, dass er den Posten von Stuff kriegt. *Ich* hätte ihn ihm nicht gegeben, Herr Gebhardt, ich nicht!»

«Wo ist die Aussage von der ‹Chronik›, um die es sich handelt? Zeigen Sie her, Heinsius.»

«Wenn ich mir einen Rat erlauben dürfte», sagt besonders samten Heinsius nach dem Geknurr von Trautmann. «Ich würde einen Boten schicken in den Gerichtssaal und ließe den Tredup hierher rufen, dass den Leuten erst mal die Schande aus dem Gesicht kommt!»

«Ich weiß ja noch gar nicht, was los ist», tückscht der Chef.

«Aber ich sage Ihnen doch, Gareis hat im Gerichtssaal Protest eingelegt gegen das Geschmier von Tredup. Unwahrhaftig, gewissenlos, unsachlich ...»

«Das wissen wir nun. Und wer schreibt für die ‹Chronik›, wenn wir den Tredup abberufen?»

«Die können doch auch mal Blöckers Bericht nehmen!»

«Meinethalben. Also schicken Sie.»

Als Heinsius draußen ist, sagt Trautmann: «Warum sollen wir eigentlich tun, was Heinsius will? Der Gareis hat schon oft auf einen geschimpft, das zählt doch nicht.»

«Es ist eine gute Art, Tredup loszuwerden», sagt versöhnlich der Chef.

«Meinethalben. Aber das sage ich Ihnen, Herr Gebhardt, wenn der Heinsius Ihnen den Schwestersohn seiner Frau andrehen will, den jungen Marquardt, daraus wird nichts. Der Bengel ist zweiundzwanzig und säuft in allen Kneipen rum.» Flüsternd: «Und syphilitisch soll er auch sein ...»

Heinsius ist schon wieder da.

«Und nun zeigen Sie mir einmal, über was sich Herr Gareis beschwert hat. Gar so wichtig ist Herr Gareis schließlich auch nicht. – Also. ‹Sensationelle Wendung.› ‹Aussageverweigerung.› Ist das alles? Und was hat Blöcker geschrieben? Geben Sie mal die ‹Nachrichten› her. ‹Bürgermeister Gareis verweigert mehrfach die Aussage.›» Gebhardt hebt den Blick. «Na, wissen Sie, Heinsius!»

Heinsius ist selbst etwas betreten. «Aber wir haben es lange nicht so sensationell aufgemacht! Bei Tredup geht die Überschrift über die ganze Seite, bei uns ist es nur eine Schlagzeile in der Spalte. Und bei Tredup ist alles gesperrt gesetzt, bei uns kompress. Und überhaupt ...», seine Stimme wird ärgerlich, «entscheidet der Erfolg. Uns hat Gareis ausdrücklich sachliche Berichterstattung bescheinigt, und Tredup hat er angegriffen. Das bleibt hängen. Glauben Sie, die Leute halten so die Zeitungsblätter gegeneinander?»

Der Chef knurrt: «Nun habe ich auf Ihren Rat den Tredup rufen lassen, und wenn der sich nun auf die Hinterbeine setzt?»

«Ja, Herr Gebhardt, das kann er doch gar nicht! Sagen Sie ihm doch nur, was Gareis gesagt hat ...»

«Ach was», sagt Trautmann. «Sie haben mal wieder Quatsch gemacht, Heinsius. Sie haben Nerven wie 'ne olle Jungfer. Sie reiten ewig den Chef rein, und ich bin dann der einzige Mann, der den Kram wieder in Ordnung kriegt.»

Zum Chef gewendet: «Lassen Sie mich man machen, Herr Gebhardt, ich setze ihn schon an die Luft ...»

«Aber ich möchte selbst ...»

«Nein nicht, Herr Gebhardt. Sie sind für so was nicht der Mann. Sie sind zu weich. Sie sind ja das reine Kind. Bei Ihnen braucht nur einer Tränen in den Augen zu haben, gleich legen Sie ihm fünf Mark zu. Ich mache die Sache schon ...»

«Na also, meinetwegen ...»

4

Es hat leise geklopft.

Nun steht in der Tür Tredup und sieht auf die drei Herren. Er ist rasch gelaufen, er keucht. Nicht schnell genug kann die Entscheidung kommen. Doch hat er Angst.

«Na, guten Tag, Tredup», antwortet als Einziger auf seinen leisen Gruß Trautmann und mustert ihn scharf. «Sie wissen ja schon, was Sie hier sollen. Das schlechte Gewissen im Gesicht, was?»

Pause. Der Chef steht und sieht vor sich auf den Schreibtisch. Heinsius sucht auf einem Bild an der Wand den Namenszug des

Künstlers zu entziffern. Einzig Trautmann sieht Tredup an. Er bringt es sogar fertig, dem Sünder väterlich die Hand auf die Schulter zu legen.

«Na, Tredup, die Redakteur-Herrlichkeit ist alle, das wissen Sie ja selbst. Trösten Sie sich, Kaiser Friedrich hat auch nur neunundneunzig Tage regiert, und der war nicht mal selbst schuld. Sie sind ja noch jung, ich rate Ihnen, ziehen Sie weg von hier. Hier haben Sie zu viel Geschichten gemacht.»

Stille. Tredup starrt. Tredup bewegt krampfhaft die Lippen.

Schließlich hört man: «Wenn ich als Annoncenwerber ... Herr Gebhardt, wenn ich wenigstens wieder als Annoncenwerber ...»

Aber Trautmann greift ein. «Sie wissen doch selbst, Tredup, dass das nicht geht. Erst das Gerede wegen der Bilder und dann die Untersuchungshaft. Gut, Sie waren unschuldig, aber etwas bleibt immer hängen. Die Leute mögen so was nicht. Und nun dies. Tredup, ich hab Ihnen immer hier das Wort geredet, Sie wissen, ich bin's gewesen, der dem Chef gesagt hat, er soll es mit Ihnen versuchen statt mit Stuff. Sie sind dabei gewesen. Wenn ich Ihnen sage, es geht nicht, verschwinden Sie, dann verschwinden Sie wirklich am besten ...»

Tredup schluckt. Er bewegt etwas die Schultern. Dann bittet er leise: «Mein Gehalt ...»

Aber nun wird Trautmann böse. «Ihr Gehalt? Heute ist der Dritte, das sind zweieinhalb Tage. Zweihundert kriegen Sie. Bei fünfundzwanzig Arbeitstagen macht das acht Mark auf den Tag. Sind netto zwanzig Mark. – Und wenn wir nun Schadenersatz fordern? Wo Sie der ‹Chronik› solchen Schaden getan haben?! Nein, Tredup, unverschämt dürfen Sie nun nicht werden. Seien Sie froh, dass Herr Gebhardt so milde mit Ihnen verfährt. Andere Chefs würden klagen und klagen. Sie sollen ja noch das Geld von den Bildern haben. Wenn wir nun pfänden bei Ihnen ...?»

Tredup steht einen Augenblick mit gesenktem Gesicht, hängenden Armen. Dann sagt er ganz überraschend, leise: «Guten Abend», dreht sich um und ist fort.

Die drei Herren bewegen sich.

Der Chef sagt rasch und gepresst: «Trautmann, gehen Sie ihm nach. Geben Sie ihm hundert Mark.» Nach einer Pause: «Fünfzig Mark.»

Trautmann sagt gemächlich: «I wo! Geld wegschmeißen? Haben wir grade nötig. Aber so sind Sie, Herr Gebhardt, wenn jemand auf die Tränendrüsen drückt, werden Sie weich. Der Tredup frisst sich schon durch. Unkraut vergeht nicht.»

5

Als Tredup aus der Tür der «Nachrichten» tritt, steht Elise auf der Straße. Sie nimmt ihn am Arm, sie wirft nur einen raschen Blick auf sein Gesicht, sie sagt: «Komm man, Max.»

Sie biegen in den Burstah ein, schweigend gehen sie ihn entlang, folgen dann der Stolper Straße. Langsam gehen sie weiter, er sieht vor sich hin, sie spricht nichts.

Nur, sie hat seine Hand durch ihren Arm gezogen, hält sie in der ihren, streichelt sie rasch und aufmunternd. Sie gehen langsam, man sieht der Frau schon gut an, dass sie schwanger ist.

Dann stößt Elise mit dem Fuß das Gatter auf, sie gehen über den Hof, er lässt mechanisch ihren Arm los, nimmt die Schlüssel aus der Tasche, schließt auf. Er geht grade auf den Tisch zu, setzt sich daran, wie er ist, in Hut und Mantel, und starrt vor sich hin.

Sie sagt: «Hans ist noch zum Turnspielen. Und Grete wird bei ihrer Freundin sein, die fangen jetzt schon an für Weihnachten zu arbeiten.»

Er schweigt.

Sie sagt: «Am besten ist es, wir ziehen nach Stargard. Dort

habe ich meine Schwester Anna. Und die Eltern sind auch bei der Hand. Die können auch mal helfen. Wo wir sie all die Jahre um nichts gebeten haben.»

«Die Bauern!», sagt er böse. «Die Bauern werden uns grade helfen.»

«Dann sehen wir, dass wir ein Geschäft kriegen. Ich bin gar nicht so für Zigarren, die Leute rauchen immer weniger, wo das Geld so knapp ist. Ich habe an Lebensmittel gedacht.»

«Mit unsern paar Kröten!», höhnt er.

«Wir fangen eben ganz klein an. Die Grossisten geben auch ein bisschen Kredit. Es wird schon gehen. Man muss nur erst anfangen.»

«Nein. Nein. Nein», schreit er. «Ich fange nicht wieder an. Hundertmal habe ich angefangen und bin nur tiefer in den Dreck gekommen. Wievielmal habe ich gehofft und hab mir Mühe gegeben, und immer nichts. Aus uns wird nichts, Elise. Es hat keinen Zweck, sich abzustrampeln.»

Sie streichelt sein Haar. «Natürlich bist du jetzt traurig. Und es ist gemein von denen, von denen allen, dass sie dich so im Stiche lassen, wo du ihnen immer gefällig gewesen bist.

Aber du musst jetzt nicht übertreiben, Max. Wir haben doch die Kinder schön großgekriegt, und Grete hilft mir schon viel, und Hans ist auch ganz vernünftig. Und 'ne gute Kindheit haben sie auch gehabt. Die hast du ihnen doch verschafft, Max.»

«Nein, Elise, du ...»

«Du, Max! Denk doch an andre Familien, wo der Vater säuft oder liederlich ist und die Kinder schlägt und ängstigt. Du bist doch immer nett zu ihnen gewesen und hilfst ihnen bei den Schularbeiten und machst ihnen Spielzeug. Was bist du vor drei Wochen rumgelaufen, als Hans Fische für sein Aquarium haben wollte, bis du die vier geschenkt kriegtest. Kein Vater hätte das getan. Keiner. Wo du abends so müde bist!»

Er hört ihr zu. Sein Auge belebt sich.

«Und es ist auch nicht wahr, dass wir nicht vorwärtskommen. Wir haben ganz hübsch geschafft mit Wäsche und Kleidern in den letzten Monaten. So viel Strümpfe haben wir überhaupt noch nicht gehabt, seit wir verheiratet sind. Und dreihundert Mark hab ich auch noch im Haus und dann die neunhundertneunzig draußen.»

«Siehst du, wie gut, dass ich die noch nicht geholt hatte?»

«Und ich denke, heute holst du noch das Geld. Und morgen früh fährst du mit dem ersten Zug nach Stargard. Ich geb dir einen Brief mit an Anna, bei der kannst du wohnen. Und die beköstigt dich auch. Das kostet nichts, das machen wir später mal wieder gut.

Und dann siehst du dich um nach einem Zimmer für uns, unmöbliert, und wenn ein bisschen Garten dabei wäre, wäre es schön. Und morgen Abend schreibst du mir eine Karte mit der neuen Adresse, und ich packe, und in drei Tagen sitzen wir schon wieder zusammen in Stargard.»

«Ja», sagt er. «Ja.»

«Und du sollst sehen, wie umgänglich die Leute in Stargard sind. Das sind ganz andere wie diese Altholmer Michel.» Sie lacht. «Den Gottverhütefranz sollst du erst kennenlernen. Du lachst dich kaputt. Na, ich erzähle dir noch …»

«Du, Elise», sagt er eifrig, «wenn ich heute Abend nach Stolpermünde will, das Geld holen, dann muss ich aber mit dem Zuge um vier Uhr zehn fahren. Da muss ich Trab laufen zur Bahn.»

«Also lauf, Max.»

«Oh, Elise», sagt er und bleibt stehen. «Raus aus all dem Dreck und der Lüge. Wieder ehrlich sein. Kein schlechtes Gewissen haben.»

«Ist ja gut, Max, lauf schon.»

«Ja, es wird Zeit.»

«Wann kommst du wieder?»

«Zehn Uhr fünfzehn. Um halb elf bin ich hier.»

«Also mach's gut, Junge.»

«Winke, winke, Mädchen.»

Sie sieht ihn eilfertig die lange Stolper Straße hinuntertraben. Sie sieht ihm nach, bis er um die Ecke ist.

6

An diesem Nachmittag sollen im Gerichtssaal eine Reihe Zeugen von der Polizei Altholms vernommen werden.

Doch der Verteidiger bittet, einen von ihm benannten Zeugen, den Landmann Banz aus Stolpermünde-Abbau, außer der Reihe zu vernehmen. Der Mann sei bei jener Demonstration schwer verletzt, heute noch sehr leidend, man könne ihm eine zweimalige Fahrt zur Gerichtsstätte nicht zumuten.

Der Staatsanwalt widerspricht erregt: «Dieser Zeuge Banz ist der Staatsanwaltschaft völlig unbekannt. In keinem Protokoll ist von einem schwerverletzten Landmann Banz die Rede. Soviel die Staatsanwaltschaft weiß, besteht auch kein Beschluss des Gerichtes, diesen aus dem Nichts aufgetauchten Zeugen zu laden. Ich beantrage, den Mann nicht zu hören.»

Die Verteidigung erklärt, dass eben darum von diesem Zeugen bisher nichts bekannt gewesen sei, weil er schwerverletzt in seinem verlorenen Abbau gelegen habe. Er bittet um Anhörung dieses Zeugen, der wichtig sei.

Die Staatsanwaltschaft verlangt Gerichtsbeschluss.

Das Gericht zieht sich zurück und verkündet nach drei Minuten den Beschluss, dass der Zeuge gehört werden solle.

Die Tür tut sich auf, und der Landmann Banz aus Stolpermünde-Abbau tritt ein.

Er ist ja ein großer, trockener Mann, immer ein wenig hastig gewesen. Jetzt stürzt er so erregt auf den Richtertisch zu, dass er mehrmals stolpert. Einen Handstock schleift er nach, in der linken Hand hält er eine weiße Tüte. Kaum vor dem Richtertisch angekommen, beginnt er überstürzt zu reden: «Herr Präsident, ich sage Ihnen ...»

Der bewegt die Hand. «Einen Augenblick. Einen Augenblick. Gleich dürfen Sie alles erzählen. Nur müssen wir erst einmal wissen, wer Sie sind. Sie heißen Banz?»

Knurrig: «Ja. Banz.»

«Vorname?»

«Albin.»

«Wie alt, Herr Banz?»

«Siebenundvierzig.»

«Und verheiratet?»

«Ja.»

«Kinder?»

«Neun.»

«Ihr Hof soll ganz abgelegen sein?»

«Zu mir, Herr Präsident, kommt das ganze Jahr kein Mensch. Bei mir gibt es nur Möwen und Karnickel.»

«Ich muss Sie nun vereidigen, Herr Banz. Sie müssen beschwören, was Sie sagen. Auf die Heiligkeit des Eides ... Herr Staatsanwalt, bitte.»

«Die Staatsanwaltschaft widerspricht der Vereidigung dieses Zeugen. Wie wir soeben von der Verteidigung gehört haben, behauptet der Zeuge, von der Polizei verletzt worden zu sein. Dies als wahr unterstellt, besteht der dringende Verdacht, dass der Zeuge sich einer strafbaren Handlung schuldig gemacht hat, bei deren Verrichtung er die behauptete Verletzung empfing. Wir beantragen daher, diesen Zeugen vorläufig nicht zu vereidigen.»

Der Verteidiger hat sich schon näher an den Richtertisch gepirscht. «Es besteht nicht der geringste Grund, den Zeugen nicht zu vereidigen. Seine Verletzung empfing er, als er sich ein Glas Bier kaufen wollte, was unseres Erachtens keine strafbare Handlung darstellt.»

Der Vorsitzende lächelt verbindlich. «Meines Erachtens können wir die Vereidigung des Zeugen bis nach seiner Vernehmung verschieben. Die Herren sind einverstanden?»

Sie haben sich an ihre Tische zurückgezogen. Zwischen ihnen stand Banz, sah von einem zum andern, suchte zu begreifen, um was es ging.

«Also, Herr Banz, nun erzählen Sie uns einmal, was Sie in Altholm an jenem Montag erlebt haben. Können Sie übrigens stehen, oder wollen Sie einen Stuhl haben?»

«Ich stehe, Herr Präsident. Ich werde mich doch nicht in Altholm setzen! – Ich kam also vom Bahnhof ...»

«Einen Augenblick noch. Warum kamen Sie nach Altholm? Hatten Sie von der Demonstration gehört oder gelesen?»

«Das war mir erzählt worden.»

«Wer hatte Ihnen das erzählt?»

«Das weiß ich nicht mehr. Alle haben das gesagt.»

«Aber Sie haben uns erzählt, dass Ihr Hof einsam liegt, dass da nie ein Mensch kommt?»

Banz steht einen Augenblick still. Dann läuft er rot an. Er beugt sich vornüber, er stützt seine Hände auf den Richtertisch, er schreit: «Herr Präsident! Herr Präsident! Was machen Sie mit mir! Herr Präsident, machen Sie mich nicht wahnsinnig! Recht will ich! Mein Recht will ich! Mein Recht will ich!»

Er reißt die Tüte auf, ein formloses, schmieriges Etwas kommt hervor. Er wirft es auf den Richtertisch.

«Das ist mein Hut, Herr Präsident, der hat auf meinem Kopf gesessen! Den haben sie mir zerschlagen auf meinem Kopf, mein Blut sitzt da drin, dass ich ein kranker Mann bin, das sitzt da drin.

Das ist Altholm, Herr Präsident! Das ist Gastfreundschaft in Altholm, Herr Präsident! Als ich die dicken Polizeibullen draußen sitzen sah, rot ist es mir vor den Augen geworden, Herr Präsident. Und Sie fragen mich, Herr Präsident, wer mir das gesagt hat mit der Demonstration. Ist das Recht? Ist das mein Recht, Herr Präsident? Mein Recht will ich haben ...»

Er hat Schaum vor dem Munde. Zwei Gerichtsdiener sind herbeigestürzt, der Verteidiger, die Staatsanwaltschaft nahen. Der halbe Saal steht auf den Zehenspitzen.

Der Vorsitzende winkt allen ab. Die Robe raffend, geht er um den Richtertisch zu dem Tobenden, drückt ihn auf einen Stuhl. Zum Gerichtsdiener: «Ein Glas Wasser.»

«Nein, Herr Präsident, ich danke der Meinung. Aber in Altholm trinke ich nichts. Eher will ich krepieren, ehe ich hier was trinke.»

Der Vorsitzende betrachtet ihn aufmerksam. «Waren Sie immer schon so leicht erregbar, Herr Banz?»

«Vor der Demonstration, Herr Präsident, war ich der ruhigste Mensch von der Welt.»

«Sie wünschen bitte, Herr Oberstaatsanwalt?»

«Der Zeuge hat soeben von ‹dicken Polizeibullen› gesprochen. Ich bitte, dem Zeugen derartige Redewendungen zu verweisen.»

Zum ersten Mal ist der Vorsitzende wirklich erregt. «Ich verbitte mir jeden Eingriff in meine Verhandlungsführung, Herr Staatsanwalt! Ja, bitte?»

«Dann bleibt uns nichts übrig, als Strafanträge zu stellen. Wir behalten uns Strafantrag gegen den Zeugen wegen Beleidigung vor.»

«Bitte!» Und schon wieder versöhnlich: «Die Zeugen müssen reden, wie ihnen der Schnabel gewachsen ist. – Also, Herr Banz, wenn Sie nun so weit sind, dann erzählen Sie uns mal, was Ihnen passiert ist. Sie kamen also vom Bahnhof, wann war denn das?»

«Sie wollen wissen, Herr Präsident, wer es mir gesagt hat. Ich war doch in Stolpe zum Finanzamt. Da haben sie alle schon in der Bahn davon geredet. Und im Finanzamt und im Krug auch.»

«Und da wollten Sie auch mit? Wussten Sie denn, wer der Franz Reimers war?»

«Das weiß man doch, Herr Präsident, das weiß doch jedes Kind.»

«Also – Sie fuhren nach Altholm?»

«Ich habe ja sieben Kilometer zur Bahn, Herr Präsident, und morgens will das Vieh auch erst seinen Schick haben. Ich bin erst mit dem Ein-Uhr-Zuge gefahren. Kurz nach drei war ich auf dem Bahnhof in Altholm. Ich habe da jemanden gefragt, ob die Bauern schon durch wären, keinen Polizisten. Polizisten waren keine zu sehen. Nein, die Bauern wären noch nicht durch. Da bin ich den Burstah runtergegangen. Und wie ich dann zu dem Platz kam, wo der nackte Kerl steht …»

«Heldendenkmal», sagt halblaut der Vorsitzende.

Ungeduldig wiederholt Banz: «Das sage ich ja, der nackte Kerl. Da sah ich dann die Bescherung. Herr Präsident, es war mörderisch. Herr Präsident, das ist über jede Beschreibung. Wie da die Polizisten auf die Bauern eingedroschen haben, da blieben einem die fünf Sinne weg.»

Banz redet jetzt ganz ruhig und manierlich, er redet langsam und vorsichtig. Der Landgerichtsdirektor sieht ihn aufmerksam an.

«Na, und weiter?»

«Und plötzlich stürzt da so ein Blauer auf mich zu und schreit: ‹Ihr Hunde, geht ihr auseinander!› Und ich sage ganz ruhig: ‹Wir sind zwar keine Hunde, Herr Wachtmeister, aber gehorchen muss man seiner Obrigkeit. Ich gehe mir ein Glas Bier kaufen.› Und dreh mich um und geh schon zum Krug und bin schon auf der Treppe vom Krug, da krieg ich einen Schlag über den Schädel. Acht Wochen hab ich gelegen, Herr Präsident, und Sie sehen ja, was ich heute bin. Ich war ein starker Mann, Herr Präsident!»

Pause. Lange Pause.

Banz tritt unruhig hin und her. «Das ist alles, Herr Präsident. So haben sie's getrieben mit mir.»

Wieder Pause.

«Ja, Herr Banz, nun muss ich Sie doch noch einiges fragen, Sie sind doch jetzt ruhig?»

«Ich bin ruhig, Herr Präsident. Das kommt jetzt manchmal so über mich. Aber hinterher bin ich ein Lamm.»

«Also, Herr Banz, als Sie nun den Burstah runterkamen und zuerst den Kampf sahen, wie weit waren Sie da wohl ab?»

«Wie weit, Herr Präsident? Ja, Gott, sind das hundert Meter gewesen oder zweihundert?»

«Jedenfalls haben Sie beim Heldendenkmal gestanden. Bei dem nackten Mann. Und dann sind Sie näher gegangen?»

«Bin ich, Herr Präsident.»

«Warum wohl? Wenn man einen Kampf sieht, geht man doch besser weg. Oder wollten Sie Ihren Leuten helfen?»

«Nicht doch, Herr Präsident. Nicht doch. Ich wollte sehen, was los war. Da standen ja immer Leute dazwischen.»

«Wie nahe sind Sie nun wohl herangegangen? Zehn Meter, fünf Meter, drei Meter?»

«So nah nicht, Herr Präsident. Zehn Meter waren es gut und gerne.»

«Wie kämpften denn nun die Polizeibeamten? Ich ...»

«Grausam, Herr Präsident, einfach grausam.»

«Ich meine: Standen die Polizisten mit dem Rücken gegen Sie oder mit dem Gesicht?»

Banz zögert. Dann: «Welche standen so und welche so.»

«Aber der Demonstrationszug stand doch grade mit dem Gesicht gegen Sie. Der war doch von der andern Seite gekommen. Da müssen Ihnen doch eigentlich die Polizeibeamten den Rücken zugekehrt haben?»

«Die meisten taten es auch.»

«Aber nicht alle?»

«Alle nicht, Herr Präsident.»

Einen Augenblick Pause. Der Landgerichtsdirektor denkt nach.

«Standen Sie nun allein, Herr Banz, oder standen Sie mit andern zusammen?»

«Ich war doch allein, Herr Präsident.»

«Standen andere in nächster Nähe?»

«Das kann man nicht sagen, Herr Präsident. In nächster Nähe nicht.»

«Warum ist nun wohl ein Polizist auf Sie zugekommen, da doch die Demonstranten auf der andern Seite standen?»

«Ja, das weiß ich nicht, Herr Präsident, warum der Mann grade zu mir kam.»

«So, das wissen Sie nicht. – Sie haben uns vorhin erzählt, Herr Banz, dass der Polizist zu Ihnen gerufen hat: ‹Ihr Hunde, geht ihr auseinander!› Warum hat er wohl *ihr* Hunde gesagt?»

«Das kann ich nicht sagen, Herr Präsident, warum uns der Mann für Hunde estimiert hat.»

«Nein, ich meine, Sie standen allein. Warum hat er da *ihr* Hunde gesagt. Er hätte doch *du* Hund sagen müssen.»

«Das weiß ich doch nicht, Herr Präsident, warum er das gesagt hat. Aber so hat er es gesagt.»

«Sie können mir also nicht erklären, warum er das gesagt hat?»

«Nein, erklären kann ich das nicht, Herr Präsident. Aber gesagt hat er das.»

Wieder denkt der Vorsitzende nach.

«Wie sah denn der Polizeibeamte aus, der Ihnen das zugerufen hat?», fragt er dann.

Banz überlegt sich. «So ein Kleiner war das. Ein Dürrer, Kleiner. So ... mickrig war er man.»

«Aber wiedererkennen würden Sie den Mann doch?»

«Das kann man nicht vorher wissen, Herr Präsident. Mein Gedächtnis ist schlecht seitdem.»

Der Vorsitzende denkt nach. Dann geht er hinter den Richtertisch, sagt dem Assessor Bierla ein paar Worte. Der Assessor geht aus dem Saal.

Banz sieht ihm unruhig nach.

Der Vorsitzende fragt: «Sie hatten doch einen Stock, Herr Banz?»

«Ja, einen Handstock hab ich gehabt.»

«Haben Sie vielleicht mit dem Handstock gedroht?»

«Herr Präsident, wie werd ich!»

«Oder haben Sie ihn vielleicht nur ein bisschen fester angefasst? Sie waren doch sicher sehr erregt ...»

Die Tür der Halle öffnet sich. Von Assessor Bierla geführt, treten ungefähr zwanzig Polizeibeamte in den Saal. Sie nehmen in zwei Gliedern neben dem Richtertisch Aufstellung.

«Ich habe», erklärt der Präsident, «den Wunsch, diesen Fall Banz, der mir reichlich ungeklärt und für die Beurteilung der Polizei wichtig scheint, rasch aufzuklären. Dies sind die Altholmer Polizeibeamten, die für heute Nachmittag als Zeugen geladen waren. Findet Herr Banz seinen nicht darunter, so laden wir für morgen die übrigen. – Gerichtsdiener, machen Sie Licht.»

Plötzlich ist die Turnhalle strahlend hell. Mit weißem Gesicht, auf seinen Stock gestützt, steht Banz vor der Doppelreihe der Polizeibeamten. Einmal wirft er einen raschen Blick hinter sich, aber nicht zum Verteidiger, sondern in jene Ecke, wo vereinsamt an seinem Tisch Stadtrat Röstel sitzt, denn Assessor Meier ist noch nicht wieder zurück aus Stolpe.

Der Landgerichtsdirektor kommt hinter seinem Tisch hervor.

«So, Herr Banz, nun gehen wir mal die Reihe gemeinsam ab. Sehen Sie sich jeden der Herren in Ruhe an. Der, den Sie meinen, braucht nicht dabei zu sein. Es sind nicht alle Polizeibeamten hier.

Ich werd mit den einzelnen Herren ein paar Worte sprechen, damit Sie auch die Stimme hören ...»

«Herr Präsident, ich hab schon gesehn, Sie können sie rausschicken, meiner ist nicht dabei.»

«Herr Landgerichtsdirektor!», schreit aus dem zweiten Glied der Riese Soldin. «Herr Landgerichtsdirektor! Das ist er! Das ist der Mann, der mich niedergeschlagen hat mit der Stockkrücke. Halten Sie ...!»

Der Vorsitzende hat von Banz einen Stoß bekommen, der ihn in die Reihe der Polizeibeamten warf. Banz ist zurückgesprungen, rast auf den Tisch mit Stadtrat Röstel zu. Der will ihm entgegentreten, bekommt einen Schlag mit dem Stock. Hinter dem Tisch ist eine Tür auf den Schulhof. Banz reißt sie auf. über den Hof, ins Schulhaus (am Hoftor steht ja Schupo) ... Der ganze Saal tobt, alles drängt zu den Türen, Zeugen stürzen fort. Der Staatsanwalt schreit: «Die Angeklagten! Justizwachtmeister, passen Sie auf die Angeklagten auf!»

Alles ist Chaos.

7

Einen Augenblick bleibt Banz schweratmend im weiten Treppenhaus der Schule stehen. Einladend führen die breiten Stufen nach oben, aber Banz weiß, das ist Falle. In zehn, fünfzehn Sekunden schon suchen die das ganze Haus nach ihm ab.

Eine kleine Treppe seitlich führt in den Keller, Banz läuft sie hinab, an ihrem Schluss ist eine Eisentür, offen sogar. Und noch besser: Der Schlüssel steckt. Banz zieht ihn aus, geht durch die Tür in den dunklen Keller und schließt von innen wieder zu.

Den Schlüssel lässt er stecken.

Der dunkle Gang führt mit vielen Türen rechts und links gradaus. Banz folgt ihm, geht der Wärme zu, die ihm entgegenströmt. Dann steht er im Zentralheizungsraum. Unter beiden großen Kesseln ist Feuer. Das Wasser summt. Richtig, die heizen schon, damit es in der Turnhalle warm ist. Daneben ist der Kohlenkeller, und auf der andern Seite, vom Holzkeller mit Brettern abgeteilt, ist eine Art Bude, wo der Hackklotz steht und das Beil an der Wand hängt.

Nicht nur das: Hier stehen Waschbecken, Krug und Seife, ein Spiegelstück ist an der Wand, und an einem Haken hängt der blaue, von Kohlenschmutz verfärbte Anzug des Heizers.

Banz zieht Jacke und Weste aus, über die eigenen Hosen streift er die blauen weiten, zieht den Kittel an. Dann durchsucht er seine Taschen, legt alles, was drinnen ist, bis auf Uhr, Taschenmesser und Geld zu den Kleidern und macht daraus ein Bündel.

Am liebsten würde er es verbrennen, aber die Joppe jammert ihn, sie ist noch fast neu.

So steckt er das Ganze hinter die Kohlen. Vielleicht kommt er einmal wieder hierher, oder es findet doch jemand, der es brauchen kann. Im Kohlenkeller gibt es Schmutz genug. Banz reibt sich Gesicht und Hände gut ein, sieht noch einmal in den Spiegel, grinst, greift sich eine Kohlenkiepe und macht vorsichtig das Fenster auf.

Es liegt ganz unter dem Straßenpflaster, über der Schachtöffnung ist ein Gitter, das aber nicht angeschlossen ist.

Das Schwierigste ist, unbemerkt auf die Straße zu kommen. Ist er erst draußen, ist er auch schon dreiviertel gerettet.

Aber das scheint ganz unmöglich. Fast pausenlos laufen die Füße über ihm. Banz wird das Warten zu langweilig, er geht den Gang zurück – hört Arbeiten an der eisernen Tür –, sieht in die einzelnen Räume und kommt so schließlich in den Fahrradkeller.

Hier hat er, was er sucht: Hier geht eine Tür nach außen, eine Treppe führt in den Vorgarten, und was das Beste ist: Ein einsames Rad steht im Keller. Es ist wohl das Rad vom Hausmann.

Die Kiepe lässt Banz stehen, das Rad nimmt er, schließt rasch auf, führt es die schräge Bahn zur Straße, und noch auf dem Bürgersteig hockt er schon darauf.

Auf der Straße laufen Leute genug herum, und überall sieht Banz Schupo und Stadtsoldaten, aber die müssen ja wohl rein mit Blindheit geschlagen sein. Die haben eben das Bild von dem Banz, der vor dem Richtertisch stand, im Kopf und sehen sich diesen blauen Kohlenmann überhaupt nicht erst an.

Kurz darauf ist Banz auf der Stolper Chaussee. Er weiß, dass er seine Verkleidung und sein Rad nicht mehr lange benutzen kann. Bald merken die, dass die Sachen fehlen, und dann wissen alle Landjäger in einer Viertelstunde Bescheid, und sie schicken Autos und Motorräder auf die Jagd. Lange kann er sowieso nicht mehr radeln, die Flucht aus dem Saal war ein Gewaltstreich, nun lässt der kranke Körper nach, manchmal ist ihm schon ganz taumelig zumute, sodass er kaum die Lenkstange halten kann. Fünf Minuten weiter legt er das Rad hinter einen Busch und setzt sich daneben. Er ist noch gar nicht weit fort aus Altholm, grade erst durch Grünhof, aber er kann nicht mehr. Mögen die ihn doch kriegen, die Hunde! Er wird das Messer nehmen und dann Schluss, adieu, fort damit.

Hinter seinem Busch drusselt er ein.

Nicht lange, ist er wieder wach. Die Kälte vom Boden hat ihn geweckt. Aber jetzt ist er frisch, nicht gesonnen, sich denen in die Hände zu geben. Er überlegt, welchen Bauern er hier in der Nähe kennt, aber es fällt ihm niemand ein als Vadder Benthin. Und ob der hülfe, ist sehr fraglich, der ist ein Weib in Hosen. Außerdem müsste Banz dann nach Altholm zurück, und für Altholm hat er keine Meinung mehr.

Die Straße, die er durch das lockere Gebüsch sieht, ist wenig belebt. Es mag vier sein, auch eine Viertelstunde später. Anderthalb Stunden ist er also ungefähr weg. Die suchen ihn nicht mehr hier, die erwarten ihn jetzt auf der Station in Stolpermünde oder auf seinem Hof. Na, mögen sie warten!

Ein Lastauto fährt im Sechzigkilometertempo vorbei. Bis oben ist es vollgepackt mit leeren Fischkästen. Das ist eines von den Autos, die von den Heringskommunen an der Küste nach Stettin fahren. Vielleicht kommt das Stolpermünder auch?

Es ist jetzt die Zeit, wo die Autos vom Fischmarkt zurückkommen.

Eine ganze Reihe lässt Banz vorbei, weil er den Chauffeur nicht kennt. Dann fällt ihm ein, dass er mal wieder ein Kamel ist, ein unbekannter Chauffeur ist besser als ein bekannter.

Banz sticht nachdenklich mit seinem Messer in den Hinterschlauch, die Luft pfeift, als er das Messer auszieht. Dann steht er neben seiner Karre auf der Chaussee.

Als das nächste Fischauto kommt, winkt er recht tüchtig, und als der Chauffeur nicht halten will – denn die wollen alle bis sechs zu Haus sein –, tritt er ihm mitten in die Fahrbahn. Der bremst so scharf, dass es das Auto halb rumreißt, gerät dabei auf den Sommerweg, und der ganze Kistenaufbau kommt ins Wanken.

Der Chauffeur, ein Dreißiger, fängt zu fluchen an: «Du gottverfluchter Hund, du, mit dir spielen sie wohl! Wenn ich dich über den Haufen fahre, ist das nicht mehr, wie recht ist!»

«Bis Stolpe kannst du mich mitnehmen», sagt Banz gleichmütig. «Du siehst doch, ich mache Plattfuß.»

«Was geht mich deine Karre an», flucht der Mann. «Lauf doch, Idiot, dämlicher.»

«Fünf Mark sollst du kriegen!», sagt Banz und hält sich immer direkt vor den Rädern des Autos.

«Ich pfeife auf deine fünf Mark», flucht der Mann. «Das kennt man. Wenn wir in Stolpe sind, hältst du mir deinen Hintern hin: Tritt mal rein, Bruder, Geld habe ich nicht.»

«Hier», sagt Banz und hält den Silberfünfer hoch. Und erklärend: «Es ist doch, dass mein Kleiner die Rose hat, und ich muss die Pusteweiber bestellen.»

Der Mann brummt vor sich hin. «Wo sollen wir denn deine Karre lassen? Du siehst doch, ich habe voll.»

«Schmeißen wir oben rauf.»

«Dann mach schon. Aber den Fünfer spuckst du gleich aus.»

«Wenn ich neben dir sitze.» –

«Was bist du denn für einer?», sagt der Chauffeur, als das Auto wieder die Straße entlangfegt. «Glaubst du denn wirklich noch an solchen Mist mit dem Bepusten? Das tun doch nur die dummen Bauern.»

«Da braucht es keinen Glauben», sagt Banz. «Was man mit Augen sieht, das gibt es.»

«Es ist komisch», sagt der Chauffeur. «Ich hab noch nie so was zu sehen gekriegt. Vor mir muss das richtig fortlaufen.»

«Mir», sagt Banz, «haben sie die Gürtelrose weggepustet. Sie sitzen an deinem Bett, drei müssen es sein, und von Zeit zu Zeit pusten sie dir umschichtig ins Gesicht.»

«Reinweg kriegen möcht ich mal die Rose, bloß um das zu erleben!»

«Wünsch dir das lieber nicht!»

«Und jetzt, jetzt holst du die?»

«Nein, die hole ich nicht. Das wird ja viel zu teuer. Denen gebe ich ein Bild von meinem Kleinen, und das bepusten sie heute Abend, und morgen ist die Rose weg.»

«Das hättest du auch schicken können. Hättest dir fünf Mark gespart.»

«Dass die nur eine halbe Stunde pusten. Nee, ich setze mich

dazu und passe auf. Zwei Stunden müssen sie pusten, sonst kommt die Rose wieder.»

«Sachen habt ihr hier auf dem Lande», sagt der Chauffeur. «Ich bin aus Stettin. Da weiß man von solchem Schnack nichts.»

«Nee, ihr habt die Krankenkasse. Da wisst ihr wenigstens, wer euch zu Tode bringt.»

«Recht hast du», sagt der Chauffeur anerkennend. «Mit den Kassenärzten ist es auch Mist. Da hatte ich mal eine dicke Hand ...»

Eine halbe Stunde später sind sie in Stolpe.

«Wo soll ich dich denn absetzen?», fragt der Chauffeur.

«Wo fährst du lang? Gegen Fiddichow zu? Dann nimm mich man bis Horst mit. Eigentlich wohnen die Weiber in Horst.»

«Na denn gut.»

In Horst klettert Banz schwerfällig vom Auto. «Wenn du noch einen trinken willst mit mir?»

«Nee, lass man. Du hast Unkosten genug.»

Und das Auto entschwindet.

Banz hat von Horst bis Stolpermünde-Abbau noch gute drei Stunden zu laufen. Aber er denkt nicht daran, direkt auf den Hof zu gehen, er will sich nur das Geld aus den Kiefern holen. Dann will er weiter, entweder nach Dänemark rüber oder ins Holsteinische. Da soll die Bauernschaft auch recht im Schwunge sein. Kriegen lässt er sich jedenfalls nicht.

Er geht sachte in den Abend hinein. Eine ganze Weile schiebt er noch seine Karre, dann fällt ihm ein, dass die ihm nichts mehr nützt, und wirft sie in einen Graben. Aber er wartet nur das nächste Buchengehölz ab, sucht sich einen passenden Stämmling, zwei oder zweieinhalb Zoll stark, und schneidet ihn ab. Nun hat er wieder einen Stock, und es geht sich besser.

Er ist längst von der Straße ab, er hält sich an Feldwege und Raine, oft geht er auch eine Viertelstunde durch gepflügtes Land.

Aber er hat die rechte Richtung, man spürt es selbst einem Nacht-himmel an, wo das Meer ist. Als Banz zum ersten Mal die Bran-dung hört, ist es schon ganz dunkel. Genau kann er nicht sagen, wo er ist, aber er muss sich links halten, fühlt er. Hier stößt die Heide an den Kiefernstreifen, er geht immer am Rande der Scho-nung entlang. Während er so mühsam vorwärtskommt, über Steine und Wurzeln sich tastet, stolpert und oft fällt, überkommt ihn von neuem die Wut über die Altholmschen. Die haben es ihm eingebrockt, dass er hier draußen rumkriechen muss.

Ganz überraschend hinter einer Waldecke taucht plötzlich ein Licht auf, Licht aus seinem Haus. Seit einer Viertelstunde ist er über die eigenen Kartoffeldämme gefallen und hat es nicht gemerkt.

Das Licht dort, das sagt schon was. Entweder sind die Gendar-men da, oder die Frau hat es angesteckt als Zeichen für ihn, dass sie parat ist. Wozu brennt sonst um diese Stunde Licht? Aber er wird sich hüten hinzugehen, vielleicht danach versucht er es ein-mal. Denn er hat Hunger.

Langsam schiebt er sich in die Kiefern. Er geht ganz vorsichtig, kein Zweig darf knacken. Die können sich ja denken, dass er nicht direkt ins Haus reintrudelt, die haben sicher Spione aufgestellt an jeder Waldecke.

Hundert Schritte geht er. Und noch mal hundert. Und wieder hundert. Dann bleibt er stehen und lauscht.

Irgendetwas ist nicht im Lote, das spürt er. Etwas hat geknackt, etwas hat gewühlt, etwas schnauft.

Er hat noch zwanzig Schritt, vielleicht noch zweiundzwanzig Schritt zum Versteck.

Im Stehen bünzelt er den einen Schuh los, dann den andern. Die Senkel verknotet er und hängt die Schuhe über die Schultern.

Nun geht er leiser weiter, Schritt vor Schritt, mit angehalte-nem Atem. Es ist dunkel, ja, aber die Stämme sind dunkler als die

Luft. Der mit Kiefernnadeln bedeckte Boden ist wiederum noch schwärzer, hat aber weißgraue Flecke, wo die Karnickel den gelben Sand aus ihren Gängen auswarfen.

Er steht an einem Stamm und sieht vor sich. Er kennt den Stamm, an dem seine Schulter lehnt.

Vier Schritte sind es, bis zum Versteck.

Der Boden ist dunkel, aber dort, wo das Versteck liegt, ist ein großer heller Fleck von aufgewühltem Sand. Das weiß er.

Und dieser Fleck – wie er da steht, sieht er das – ist manchmal da, und manchmal ist er weg. Etwas Schwarzes, Massiges bewegt sich darüber. Das knackt, das wühlt, das schnauft, das gräbt.

Wie ein Blitz schießt es durch sein Hirn: Die Gendarmen sind da gewesen auf dem Hof. Die wissen jetzt dort Bescheid, dass der Vater nicht wiederkommen kann, und da macht sich der Franz, dieser Hund, auf in der ersten freien Stunde, nicht einmal das Füttern hat er abgewartet, und stiehlt ... und wühlt ...

Schwarz ist die Nacht nicht. Ein ganzes Feuerwerk prasselt vor seinen Augen los, das tanzt alles, und dazwischen ist der Nachthimmel da und zerreißt blendend hell ...

Na ja, na ja ...

Einen Augenblick ist es besser. Er steht, und der Schwindel zieht langsam ab aus seinem Hirn, und der Stamm liegt ruhig an seiner Schulter.

Aber da bohren die Gedanken schon wieder, wie Ameisen wimmeln sie durch sein Hirn, und er sieht den Franz, diesen Hurenbock, wie er mit seinem Geld sich die Weiber kirrt, und sieht die dicken Betten und die dicken, fetten, weißen Glieder. Gut rammeln hat der, und der Vater geht hops und kommt ins Zuchthaus, weil der Sohn geil ist, viechsgeil.

Da ist die Röte wieder, eine ganze Feuersbrunst steckt es an, es schneidet mit Messern und bohrt mit Pfriemen.

Der Banz lehnt sich ganz zurück. In seinen Händen hat er

ja einen guten derben Stock, einen langen Buchenstock, kernig ...

Na ja, na ja ...

Er macht zwei Schritte, drei. Lange, unverhohlene Schritte. Die Kriechkröte am Boden fährt auf. Aber da ist der Schlag schon, mit der Länge des ganzen Stocks aus dem federnden Hebelwerk des Arms geführt. Das hat gut schreien, gurgeln: «Uaaah!»

Und dann muss Banz wieder auf den Boden. Neben seinem Opfer hockt er und ist nicht mehr bei sich.

8

Es ist immer noch Nacht. Kühle Nacht, sternenlose, ohne Mond. Nahebei ist ein leiser Wind in den Kiefern und zur linken Schulter das ewig auf- und abwallende Geräusch der Brandung. Am Himmel müssen tiefgehende Regenwolken sein, er drückt so.

Banz ist wieder da, er weiß auch wieder, was geschehen ist.

Aber dem Franz wird es eine Lehre sein, Vaters Geld klauen für die Kuhmädchen, der lässt die Finger davon.

Immerhin liegt er jetzt lange genug.

Der Bauer beschreibt mit der Hand einen Tastkreis, bis er auf Stoff stößt, so nahe beim Geschlagenen hat es ihn niedergezwungen.

An dem Stoff gehen die Finger lang, suchende kluge Tiere. Und nun kommen sie auf Fleisch, eine Hand.

Und springen fort: Die Hand ist kalt, steif.

Der Bauer ist mit einem Ruck über dem Liegenden. Tot? Es war ja nur ein Schlag mit einem Stöckchen. Ein Schädel hält ganz andere Schläge aus!

Aber als er die Hand zwischen den seinen hält, weiß er zwei Dinge: Der ist tot, endgültig tot. Und: Der ist nicht der Franz. Es ist unmöglich, aber es ist nicht der Franz. Es ist eine weiche lange Hand, und der Franz hat kurze hornige Pranken. Es ist – ihm wird es klar – der wirkliche Eigentümer des Geldes.

Der Bauer wiegt den Kopf hin und her. Er sitzt da neben jemandem, von dem er nicht weiß, wie er aussieht, den hat er also totgeschlagen. Immer tiefer in die Malesche.

«Welche sind, die haben kein Glück», sagt Banz und meint sich.

Eine halbe Stunde darauf trifft er die Frau, die in einem Bogen das Haus umkreist.

«Sind die noch da?», fragt er.

«Seit zwei Stunden sind sie weg.»

«Wirklich weg?»

«Franz ist ihnen eine Stunde nachgeschlichen.»

«Franz! – Wie viel waren es?»

«Vier.»

«Und alle vier sind weg?»

«Alle vier.»

«Die Kinder schlafen?»

«Schlafen.»

«Du bringst Essen, Trinken, Kleider und Wäsche, meinen Mantel, Mütze und» – er zögert – «einen Stock. Dann Spaten und Hacke. Eine Laterne.»

«Willst du nicht drin essen?»

«Nein. Ich gehe nicht wieder ins Haus.»

«Banz!»

«Mach, ehe es Morgen wird.»

Er steht und wartet. Die Pappeln, die er hört, hat der Vater gepflanzt. Der Wind steht vom Hof her, es riecht wieder nach Jauche. In diesem Winter wollte er ein Jauchenloch mauern, dass der Regen nicht immer den Stickstoff verwäscht. Das bleibt nun nach. Der Zaun braucht auch ein paar Pfähle, und in dem Obstgarten hätte er gerne noch ein paar Äpfel gepflanzt. Das bleibt nun nach.

Er belädt sich mit einem Teil von dem Zeug, und sie gehen gegen den Wald. Sie sprechen nichts.

Erst, als sie unter den Bäumen sind, sagt er: «Du musst nicht erschrecken, da liegt einer.»

«Liegt einer?»

«Ich habe ihn erschlagen. Ich wollte es nicht. Er war über dem Geld.»

«Wer ist es?»

«Ich weiß nicht. Ich will dann mit der Stalllaterne sehen.»

«Warum hast du es getan?»

«Er war über dem Gelde. Ich dachte, es wäre der Franz. Ich hab's im jähen Zorn getan.»

«Ja», sagt sie. «Ja. Immer der jähe Zorn. Seit dreißig Jahren. Vierzig Jahren.»

«Ja», sagt er.

Sie gehen eine Weile schweigend. Dann fragt sie: «Wohin willst du?»

«Ich weiß nicht. Ich muss mal sehen.»

«Was wird mit dem Hof?»

«Der gehört dir!», sagt er wütend. «Dir allein! Jag die Brut weg, wenn sie aasig wird. Dir gehört er. Wir haben ihn bestellt.» Leiser: «Vielleicht lasse ich dich später einmal nachkommen.» Er bleibt stehen, wirft seine Last hin.

«So», sagt er. «Weiter gehst du nicht. Du suchst Äste und Steine. Er muss tief rein in den Boden wegen der Kaninchen. Dann packe ich die Steine und die Äste darauf.»

Er überzeugt sich, dass sie suchend fortgeht. Dann brennt er die Stalllaterne an, nimmt Spaten und Hacke und geht an seine Arbeit.

Eine Stunde später ist alles getan. Er sitzt mit ihr am Waldrand und isst.

Sie schweigen. Zwischenhinein fragt er: «Willst du von dem Geld?»

«Nein», sagt sie. «Nicht.»

Eine Weile später: «Du musst vor Winter noch die Rotbunte weggeben. Die gibt keine Milch bis zum Frühjahr.»

«Ja», sagt sie. «Das tu ich dann.»

Wieder nach einer Weile fragt sie leise: «Wer war es denn?»

Und er, noch leiser: «Ich kenne ihn nicht. Ein junger Mensch.»

«Gott», sagt sie.

«Du musst Spaten und Hacke gut abkratzen, dass man nicht sieht, dass frisch damit gegraben ist. Und du gehst öfter raus und passt auf, dass die Tiere nicht wühlen.»

«Ja», sagt sie.

Er steht auf. «Dann gehe ich.»

Sie steht vor ihm.

Er wiederholt: «Ich gehe dann.»

Sie sagt nichts.

Er dreht sich langsam um und geht gegen die See. Plötzlich schreit sie auf mit all ihrer Stimme: «Banz! O Banz!»

Er dreht sich um nach ihr. Fünf Schritte ab.

Sie sieht im Dunkeln, wie er langsam, bedachtsam mit dem Kopf nickt. «Ja», sagt er trübe. «Ja.» Und nach einer Weile: «So ist das. Ja.»

Er geht gegen die See.

Um elf Uhr fünfzehn an diesem Abend klopft es an der Tür von Tredups.

Frau Tredup hat über dem Brief an ihre Schwester gesessen, nun wirft sie einen Blick auf die Uhr. Er hat sich schön geeilt, der Max.

Aber es ist Stuff, der draußen steht. «Ist Ihr Mann da, Frau Tredup?»

«Nein, Herr Stuff, aber er muss jeden Augenblick kommen.»

«Darf ich hier auf ihn warten?»

«Kommen Sie nur rein, wenn es Sie nicht geniert.»

Stuff setzt sich umständlich, betrachtet seine Zigarre, sieht auf die schlafenden Kinder und legt die Zigarre fort.

«Rauchen Sie ruhig, Herr Stuff. Die Kinder sind es gewohnt. Mein Mann raucht auch.»

«Nein, lieber nicht. – Wie ist denn Ihr Mann?»

«Erst war er ja ein bisschen niedergedrückt, aber seit wir wegziehen wollen, ist er wieder obenauf.»

«Sie ziehen weg?» Stuff fährt auf. «Doch nicht wegen diesem Gareis? Ich sage Ihnen, Frau Tredup, Ihr Mann wird glänzend rausgerissen. Morgen überreichen sämtliche Pressevertreter dem Vorsitzenden einen Protest gegen den gemeinen Angriff von Gareis. Sämtliche», sagt Stuff und grinst. «Nur die ‹Volkszeitung› hat sich ausgeschlossen von wegen der allgemeinen Solidarität. Und dann natürlich die ‹Nachrichten›.»

«Es ist nett von Ihnen, Herr Stuff, sehr nett. Und es wird dem Max sicher guttun. Aber es ist zu spät. Herr Gebhardt hat Max sofort auf die Straße gesetzt.»

«Aber das geht nicht! Das ist ausgeschlossen. Das braucht sich Tredup nicht gefallen zu lassen. Auf die Straße gesetzt? Ohne Gehalt?»

«Ohne Gehalt.»

«Aber da müssen Sie klagen, Frau Tredup, so was muss an die große Glocke.»

«Nein, wir klagen nicht, Herr Stuff. Und eigentlich bin ich froh, dass es so gekommen ist.»

«Auch noch! Ich danke.»

«Kommt der Max doch fort von hier. Es ist ihm nicht gut bekommen hier, Herr Stuff.»

«Jawohl, Frau Tredup, da haben Sie recht. Wer mit uns Schweinen umgeht, wird bald selbst ein Schwein.»

«Gott, Herr Stuff, bei Ihnen ist es ja ganz etwas anderes. Sie sind ein Mann. Sie können so was mal machen. Aber der Max ist ja so ein Junge, der schweinigelt sich gleich von oben bis unten ein, wenn er mal mit Dreck spielt.»

«Sie sind eine Frau», sagt Stuff anerkennend. «Sie sind das richtige Muster.»

«Na, Herr Stuff, grade jetzt mal. Aber morgen auch?»

«Morgen auch», erklärt Stuff.

«Es ist nach halb elf, jetzt muss er kommen.»

«Wo ist er denn eigentlich hin, jetzt in der Nacht?»

«Nach Stolpe zu.»

«Nach Stolpe? Jetzt in der Nacht?»

«Und weiter. Wissen Sie, Herr Stuff, Ihnen kann ich es ja sagen: Er holt das Geld.»

«Das Geld?»

«Ja, das Geld.»

«Wo hat er es denn?»

«Ja, ich weiß auch nicht. Er sagte was von Stolpermünde.»

«In den Dünen also. Das ist nicht schlecht.»

Nach einer Weile: «Ich weiß nicht, Frau Tredup, ich wäre mitgefahren.»

«Wieso? Mitgefahren?»

«Wo er am Nachmittag den Puff gekriegt hat. Sie wissen doch, wie Tredup ist.»

«I wo, der war ganz fidel, als er losfuhr.»

«Und trifft irgendeinen, der ihn ankotzt, und traut sich nicht wieder her.»

«Oh, Herr Stuff!»

«Ich bin», sagt Stuff langsam, «ein gottgeschlagenes Kamel. Ich bin ein Idiot. Natürlich ist alles Quatsch, was ich gesagt habe.»

«Jetzt müsste er aber hier sein. Es ist drei viertel elf.»

«Vielleicht hat er den Zug verpasst. Es ist stickeduster draußen. Vielleicht muss er suchen.»

Die Frau sagt bittend: «Warten Sie noch ein Weilchen.»

«Natürlich, Frau Tredup, ich versäume nichts.»

«Soll ich Ihnen Bier holen? Sie sind es doch gewöhnt, abends, Herr Stuff.»

«Nein, kein Bier. Keinesfalls. Ich werde viel zu dick.»

«Kurz vor eins kommt noch ein Zug, da können wir ja zur Bahn gehn.»

«Nein, seien Sie mir nicht bös. Ich gehe nicht aus dem Haus. Mir ist, als müsste ich hier auf ihn warten.»

«Selbstverständlich warten wir hier.»

Um halb zwei.

«Nein, mit dem Zug ist er auch nicht gekommen. Gehen Sie nach Haus, Herr Stuff.»

«Und Sie?»

«Ich warte noch.»

«Dann warte ich mit. Um sechs Uhr zehn kommt der Frühzug.»

«Aber Sie müssen schlafen, Herr Stuff.»

«Ich schlaf hier sehr gut in meiner Sofaecke, tun Sie das man auch.»

«Herr Stuff!»

Unbeugsam: «Ich warte mit.»

Um drei geht nach kurzem Flackern die Petroleumlampe aus. Die Frau stellt sie vor die Tür, sieht auf Stuff, der in seiner Sofaecke schnarcht.

Setzt sich wieder hin und wartet.

Um halb sieben reckt sich Stuff und gähnt.

Plötzlich erschrocken: «Was, schon halb sieben? Ist er denn nicht gekommen?»

Die Frau: «Nein, er ist nicht gekommen. Und ich weiß jetzt auch, er kommt nicht mehr. Er hat das Geld genommen und ist ausgerissen von uns. Er hat es schon immer gewollt.»

«Aber, Frau Tredup, er hat in Stolpe übernachtet. Kommt heute Vormittag.»

«Nein», sagt die Frau. «Er kommt nicht. Er hat uns verlassen.»

«Glauben Sie das nicht. Sofort, wenn heute die Verhandlung zu Ende ist, fahre ich nach Stolpe und Stolpermünde und erkundige mich nach ihm. – Aber bis dahin ist er längst hier.»

«Er kommt nicht wieder», sagt die Frau.

Viertes Kapitel

Gareis in der Schlinge

1

Am vierten Oktober regnet es. Es ist ein richtiger Herbsttag. Der Wind zerrt an den Bäumen, durch alle Straßen jagt er abgerissenes, feuchtes Laub, der Regen schlägt gegen die Scheiben. Gareis steht am Fenster, hat die Hände auf dem Rücken und sieht hinaus.

Er zieht die Unterlippe zwischen die Zähne und kaut darauf herum.

Sein Vorzimmer ist voller Leute, aber er mag keinen kommen lassen. Was wollen sie alle? Einen Auftrag, eine Zuwendung, einen Posten, eine Wohnung.

Dreihundertvierundsechzig Tage müht er sich, aus der Art, wie er auf unzählige Privatwünsche eingeht, einen Kurs zurechtzusteuern, der das Schiff vorwärtsbringt, der Stadt zugute kommt.

Heute mag er nicht.

Er wartet auf ein Telefongespräch aus Berlin. Er wartet auf den Pinkus. Er wartet auf Stein. Das Telefongespräch kommt nicht. Pinkus kommt nicht. Stein lässt warten.

Da verhandeln sie nun schon den vierten Tag in der Turnhalle und hämmern auf der Polizei herum. Das geht von morgens bis abends. Alles hat die Polizei verbockt. Die armen, edlen Bauern, die armen, edlen Städter, die alte, böse Polizei ...

Was soll das? Hat es einen Sinn? Kommt etwas dabei heraus?

Es hätte einen Sinn, wenn sie die Polizei abschaffen wollten, wenn sie beweisen wollten, Polizei ist schädlich, überflüssig. Dann hätte es einen Sinn. Aber so?

Gareis steht vor seinem Schreibtisch. «Gesuch der Witwe Holm um zehn Zentner Briketts.»

Die froren, also.

«Bitte des Invaliden Mengs an das Städtische Wohlfahrtsamt um Zuwendung von zwei Zentnern Kartoffeln.»

Die hungerten, also.

Die wollten eine Gaslaterne. Das Anschlagwesen war zu verpachten. Geld für den Weiterbau des Krankenhauses zu beschaffen. Konzession für eine Autobuslinie nach Stolpe. Post- oder Bahnaufträge für die vor der Pleite stehende Fabrik von Meckerle (dreihundertfünfzig Arbeiter).

Es gab etwas zu tun, etwas zu beschaffen. Die Stadt wollte versorgt sein.

Und die saßen zusammen, dreihundert Menschen, täglich neun bis zehn Stunden in der Turnhalle, und droschen leeres Stroh. Die wälzten so lange die Zunge im Maul, bis etwas da war, das keine Arbeit in zehn Jahren aus der Welt schaffen konnte.

Der Bürgermeister drückt auf die Klingel, einmal, zweimal, dreimal.

Piekbusch erscheint.

«Sagen Sie einmal, Piekbusch, was haben Sie eigentlich die letzten Tage? Sie wirken so verquollen.»

«Verquollen, Herr Bürgermeister?»

«Wie ein Fenster, das man nicht aufkriegt. – Gibt es hier Flöhe?»

«Flöhe?»

«Die man Ihnen ins Ohr setzt.»

«Mir doch nicht, Herr Bürgermeister!»

Gareis sieht seinen Sekretär lange an.

Aber der hält den Blick aus.

«Also hier gibt es keine Flöhe», sagt Gareis unmutig. «Wo ist Stein?»

«Der ist wohl noch im Gerichtssaal.»

«Rufen Sie an da. Er soll kommen. Sofort.»

«Jawohl, Herr Bürgermeister.»

«Halt! – Wo bleibt mein Telefongespräch mit Berlin?»

«Ich habe es schon zweimal angemahnt.»

«Wo es bleibt, frage ich.»

Der Sekretär bewegt die Schultern.

«Halt! Was laufen Sie denn ewig weg, Piekbusch? – Warum kommt Pinkus nicht?»

Der Sekretär zögert.

«Na? Reden Sie doch.»

«Pinkus ist im Gerichtssaal.»

«Warum kommt er nicht, wenn ich ihn bestelle?»

«Pinkus lässt sagen, er hat keine Zeit.»

Es kommt trotzig heraus, und diesmal weicht der Sekretär dem Blick des Bürgermeisters aus.

Der pfeift. Langgezogen.

«Siehmalsieh! Hat keine Zeit, der Pinkeles.»

Ganz rasch: «Warten Sie, bleiben Sie da stehen, Piekbusch. Sie bleiben da stehen. Rühren sich nicht!»

Der Bürgermeister geht an den Apparat, immer die Augen auf seinen Sekretär geheftet.

Hebt ab: «Zentrale dort? – Hier Bürgermeister Gareis. – Geben Sie mir das Fernamt.»

Piekbusch sagt: «Herr Bürgermeister ...»

«Halten Sie die Schnauze! Sie bleiben stehen. Euch Brüder werde ich ...»

«Fernamt dort? Bitte die Aufsicht! Ja, die Aufsicht. Hier ist Bürgermeister Gareis. Ach, entschuldigen Sie, Fräulein, mein Sekretär hat vor netto einer halben Stunde, es können auch vierzig Minuten gewesen sein, ein dringendes Gespräch nach Berlin angemeldet, Preußisches Ministerium des Innern. – Warum kommt das Gespräch nicht? Ja, ich warte, bitte sehen Sie nach ...»

Drohend in die Ecke: «Stille biste, Piekbusch. Ich werf Ihnen das Telefonbuch an den Schädel, wenn Sie mucksen!»

«Herr Bürgermeister, ich ...»

«Stille ...!»

«Ja, Fräulein? Kein Gespräch angemeldet? Das ist ausgeschlossen! Das muss ein Irrtum von Ihnen sein. – Kein Irrtum? Einen Augenblick, Piekbusch, ist es kein Irrtum ...?»

«Herr Bürgermeister, ich darf doch ...»

«Idiot! – Also, Fräulein, der Irrtum liegt auf unserer Seite. Mein Sekretär hat das verbockt, bitte, geben Sie es mir. Jawohl, Preußisches Ministerium des Innern. Und, Fräulein, Blitzgespräch. Jawohl, Blitzgespräch. Für mich, Bürgermeister Gareis, persönlich. Danke.»

Er legt den Hörer auf. Reckt sich.

Langsam und massig geht er gegen den Türwinkel, drohender Elefant, gegen den bleichen Piekbusch, der dort im Winkel steht.

«Herr Bürgermeister», beginnt der, seltsam geläufig, vor Angst beredt: «Sie werden mich nicht schlagen, Sie werden mich nicht bedrohen, Herr Bürgermeister. Sie wissen selbst, was Parteidisziplin ist. Ich durfte nicht. Es war mir befohlen.»

«Ihnen befohlen! Wer hat es Ihnen befohlen?»

«Sie wissen, dass ich Ihnen schon mehr gesagt habe, als ich darf. Wenn Sie weg sind, *ich* kriege nicht so leicht eine Stellung wieder, ich will nicht abgebaut werden.»

«Wenn ich weg bin – ist es schon so weit? Sie irren sich, Piekbusch, ihr alle irrt euch. Aber sagen Sie mir eins, Piekbusch ...» Der Bürgermeister grübelt. «Der verschwundene Geheimbefehl, war das auch Anordnung der Partei?»

Er sieht scharf in das Gesicht seines Sekretärs.

«Nein, Herr Bürgermeister, so wahr ich lebe! Der ist weg. Davon weiß meine Seele nichts. Ich will auf der Stelle hinfallen, Herr Bürgermeister ...»

Das Telefon klingelt.

Der Bürgermeister sagt sanft: «Gehen Sie, Piekbusch, und besorgen Sie mir sofort den Stein her. Und diesmal tun Sie es wirklich. Oder ich schlage Ihnen alle Knochen im Leibe entzwei.»

Das Telefon läutet Sturm. Der Bürgermeister hebt den Hörer ab. Piekbusch verschwindet.

2

Durch die Nebentür von Gareis' Zimmer schiebt sich die schmächtige Gestalt von Assessor Stein.

Gareis kommt ihm lächelnd entgegen. «Nun, Steinlein? Doch hergetraut, trotz aller Verbote?»

«Verbote?»

«Tun Sie nicht so, Assessor. Ich weiß Bescheid. Ich weiß alles. Und Sie kuschen nicht vor der Partei?»

«Was heißt das?»

«Wissen Sie wirklich nichts? Hat man Sie draußen gelassen? Sind Sie ein aussichtsloser Fall? – Es scheint wirklich so. Die Partei hat nämlich so eine Art Verbot erlassen gegen mich, Zensur verhängt, wie Sie wollen. Man darf nicht mehr mit mir umgehen.»

«Nicht doch! Bürgermeister, das ist nicht möglich ...»

«Alles ist möglich, wenn man erfolglos ist. – Aber ich bin noch nicht erfolglos. – Sie waren – dort?»

«Ja.»

«Ist Assessor Meier wieder da?»

«Seit heute früh sitzt er wieder auf seinem Stühlchen.»

«Und ...»

«Nichts. Er wollte nicht raus mit der Sprache. Er wüsste selber nichts. Der Entscheid der Regierung sei im verschlossenen Brief dem Vorsitzenden übergeben.»

«Das ist Stolpe! Das ist Temborius! Geheimniskrämerei bis zur letzten Minute. Nun, *ich* kann Ihnen sagen, was in dem verschlossenen Umschlag steht ...»

«Ja?»

«Aussagegenehmigung verweigert!»

«Wirklich, Bürgermeister? Ich wäre ja so glücklich!»

«Ich bin glücklich. Wenn es eine Falle war mit dem verschwundenen Geheimbefehl, so ist sie zugeschnappt, ehe ich drin war. Die haben jetzt lange Nasen.»

«Ist es auch sicher?»

«Ich habe eben mit Berlin gesprochen. Der Minister war noch nicht im Amt. Aber Regierungsrat Schuster sagte mir, es sei entschieden: bis hierher und nicht weiter. Man ist unzufrieden mit der Entwicklung des Prozesses. Man wünscht in Berlin kein Herumhacken auf der Polizei. Man wünscht Bereinigung des Bauernfalles. Der Geheimbefehl bleibt geheim.»

«Schuster ist doch ein Freund von Temborius?»

«Eben! Ich habe ja immer gesagt, dass Temborius nicht will. Es wird nicht ausgesagt!»

«Gott sei Dank! Was hätten Sie nur gemacht ...?»

«Ach was», sagt der Bürgermeister und strahlt, «irgendeinen Ausweg hätte ich ja immer gefunden, aber so ist es besser.»

«So ist es besser. Aber dann verstehe ich nicht, dass die Partei ...»

«Die tippen doch falsch. Die unterliegen alle der Atmosphäre im Gerichtssaal. Blutrausch der Polizei. Die Polizei hatte ihre Säbel geschliffen. Der Bluthund Frerksen. – Das erträgt kein Parteiherz.»

«Übrigens Frerksen, er ist heute wieder aufgetreten.»

«Frerksen interessiert mich nicht mehr.»

«Er erbat sich das Wort zu einer Erklärung. Er trat auf, mit etwa siebzehn Verordnungen in der Hand. Er rechtfertigte die

Beschlagnahme der Fahne, den Angriff auf den Zug. Erstens: Polizeiverordnung von Anno X: Das Tragen unbewehrter Sensen durch die Stadt ist verboten. Zweitens: Bei Demonstrationszügen dürfen keine Stöcke getragen werden. Drittens: Die Führer haben die Demonstration nicht ordnungsgemäß angemeldet. Viertens: Der Zug benützte unerlaubterweise mehr als die Hälfte der Fahrbahn. Fünftens bis siebzehntens: derselbe Kohl.»

«War die Wirkung groß?»

«Ja, gewiss, für Streiter. Der fragte ihn: ‹Waren Ihnen, Herr Oberinspektor, im Moment der Fahnenbeschlagnahme alle diese Verordnungen erinnerlich?›

Und Frerksen: ‹Nicht dem Wortlaut nach.›

Und Streiter: ‹Aber dem Sinne nach?›

‹Ja, die meisten. Ungefähr.›

Und Streiter: ‹Bei diesem phänomenalen Gedächtnis wundert es mich, dass Sie, Herr Polizeioberinspektor, die wichtige Bestimmung vergessen hatten, nach der Demonstrationszüge unter allen Umständen durch die Polizei zu schützen sind.›

Frerksen war platt.»

«Das kann ich mir denken. Haben Sie eine Vermutung, wessen Puppe er eigentlich jetzt ist?»

Der Assessor sinnt. Er spitzt die Lippen, fängt an zu pfeifen. Bricht ab. Dann: «Das ist dumm. Dieses Lied hat zwei Verse, einen vom Unterland, einen vom *Ober*land.»

Er sieht seinen Chef abwartend an.

«Sie meinen?», sagt der überrascht.

«Nun ja, das Oberland muss sich auch einmal wieder rühren. Aber ...»

Das Telefon klingelt. Gareis nimmt ab, hört.

«Also, Assessor, ich werde zur Vernehmung entboten. Sie kommen doch mit?»

Und, als sie auf der Straße sind: «Es wäre doch ein verdammt murksiges Gefühl, wenn ich jetzt nicht wüsste, warum und wieso. Werde ich fein meine Aussage zu Ende führen, einigen Leuten auf die Zehen treten, und dann pflanze ich mich in den Gerichtssaal ans Tischchen zwischen Meier und Röstel und höre mir die Sache mit an. Und wenn es noch einen Monat dauert, mein Hirn muss immer neue Beweise haben, dass die Menschen wirklich *so* doof sind.»

«Gott sei Dank, dass Sie mit Berlin telefoniert haben.»

«Hier kann ich wirklich sagen: Gott sei Dank!»

3

An der Tür des Gerichtssaals trennt sich Gareis von Stein. Stein schlüpft in den Zuhörerraum, während Gareis noch warten muss: Es wird grade ein anderer Zeuge vernommen. Stein hört ein wenig gelangweilt zu. Es ist doch immer dieselbe Geschichte; dass die es nicht müde werden!

Dann erklärt der Vorsitzende: «Wir werden nun erst die Vernehmung vom Herrn Bürgermeister Gareis abschließen», und alles wendet aufmerksam den Kopf gegen die Tür.

Man hört den Gerichtsdiener draußen rufen, nun geht die Tür auf, und Gareis tritt ein. Einen Augenblick bleibt er auf der Schwelle halten und überschaut den Saal.

Da steht er. Er ist der Bürgermeister Gareis, Polizeiherr von Altholm, Dezernent auch für Wohlfahrtswesen, Wohnungswesen, Verkehr und die städtischen Anstalten. Ein großer Mann. Nun schreitet er langsam und würdevoll gegen den Richtertisch vor, er macht halt an ihm, direkt vor dem Vorsitzenden, und neigt ein wenig den Kopf. Der Gruß eines Potentaten, verbindlich, höflich, doch schon der Gruß sagt: Zufrieden bin ich nicht mit eurer Art, Prozess zu führen.

Das Publikum (nebst Stein) sieht ihn von hinten. Einen ungeheuren schwarzen Rücken mit einem wohlgeformten massigen Schädel darüber. Sein linkes Profil gehört den Angeklagten, der Verteidigung und dem Regierungstisch, sein rechtes der Staatsanwaltschaft und der Presse.

Der Vorsitzende dankt höflich mit Haupt und Hand für den Gruß. Dann sagt er ein paar verbindliche Worte: «Wir haben bedauert, Herr Bürgermeister, Sie so lange von den Verhandlungen haben fernhalten zu müssen, denen Sie als Polizeiherr sicher gern beigewohnt hätten. Aber der Entscheid aus Stolpe über den Umfang Ihrer Aussageerlaubnis ist erst heute Morgen eingetroffen. Heute Morgen um zehn Uhr. Ich habe Sie sofort benachrichtigen lassen.»

Gareis neigt den Kopf und wartet in untadeliger Ruhe.

«Sie sind, Herr Bürgermeister, bereits bei Ihrer ersten Vernehmung vereidigt worden. Dieser Eid gilt auch für Ihre heutigen Aussagen.

Der Zweifel, wie weit Ihre Aussageerlaubnis durch die Regierung reichte, erhob sich anlässlich einiger Fragen, die Ihnen von der Verteidigung vorgelegt wurden. Ihnen war am Vormittag des Demonstrationstages ein Geheimbefehl des Regierungspräsidenten überbracht worden, der nur dann zu öffnen war, wenn Sie von der Schupo Gebrauch machten.

Sie haben die Schupo eingesetzt, den Geheimbefehl geöffnet ...»

«... Öffnen lassen.»

«Haben ihn öffnen lassen.»

Pause, lächelnd: «Was enthielt nun dieser Geheimbefehl?»

Gareis sagt langsam: «Wie, bitte?!»

«Ja. Hier ist die Entscheidung der Regierung. Ihnen wird volle Aussageerlaubnis erteilt. Für jede an Sie gerichtete Frage. Einschließlich des Geheimbefehls. Ja.»

Zum ersten Mal sieht Stein seinen Herrn und Meister die Fassung verlieren. Der Bürgermeister steht da, er sieht hierhin, dorthin, tritt von einem Bein aufs andere. Schließlich sagt er mit einer seltsam verwirrten, leisen Stimme: «Ich verstehe das nicht. Die Regierung hat ... Nein, hier muss ein Irrtum vorliegen ... Ich bitte doch ...»

Auf die Gesichter, die sich ihm alle entgegenheben, legt sich ein gespannter, verkniffener, ungeduldiger Zug. Der Verteidiger, der zurückgelehnt in seinem Stuhl dasaß, ist aufgestanden, kommt Schritt um Schritt lautlos näher. Die beiden Staatsanwälte neigen die Köpfe zueinander, flüstern. Im Zuhörerraum ist es vollkommen still.

«Ich bitte doch ...», sagt der Vorsitzende und reicht dem Bürgermeister ein Blatt. «Wenn Sie selbst lesen wollen ... Die Entscheidung der Regierung ...»

Gareis greift hastig danach, er liest das Blatt sehr langsam und sehr lange.

Er lässt es sinken.

Mit etwas festerer Stimme sagt er: «Ich vermutete es. Hier muss ein Irrtum vorliegen. Ich habe erst heute früh den Bescheid des Ministers erhalten, dass ich nicht aussagen darf. Ich weiß wirklich nicht ...»

Der Vorsitzende: «Sie haben den klaren schriftlichen Bescheid erhalten, Herr Bürgermeister ...?»

Der Landgerichtsdirektor sieht gegen den Tisch der Regierung hin, an dem sich widerwillig und zögernd Assessor Meier erhebt, langsam naht ...

Unterdes sagt der Verteidiger direkt neben dem Zeugen: «Ich bitte doch den Gerichtshof, die Bedenken des Herrn Zeugen abzulehnen. Wir haben einen klaren, unzweideutigen Entscheid der Regierung in Stolpe. Die Regierung in Stolpe ist die vorgesetzte Behörde des Zeugen. Der Entscheid ist verbindlich.»

Der Vorsitzende sagt: «Vielleicht kann uns Herr Assessor Meier, der die Aussageerlaubnis aus Stolpe mitbrachte, etwas über ihre Genesis sagen?»

Die Verteidigung widerspricht: «Die Erlaubnis genügt strafprozessual vollkommen ...»

«Aber wenn Herr Assessor uns orientieren kann ...»

Und der Assessor: «Ich weiß nicht, wer Herrn Bürgermeister Gareis den erwähnten Bescheid des Ministers mitgeteilt hat. Ich darf sagen, dass die Aussageerlaubnis nicht ohne ausführliche Rücksprache mit dem Herrn Minister erteilt wurde.

Der Herr Minister wünscht ungehinderte freie Aussage.»

Alles tritt etwas zurück, Gareis steht wieder allein.

Der Vorsitzende sagt: «Wer hat Ihnen denn den Entscheid mitgeteilt, Herr Bürgermeister? Können Sie uns das vielleicht sagen?»

Der Bürgermeister murmelt: «Es war ein telefonischer Bescheid.»

«Im Auftrage des Ministers?»

«Nein, nicht direkt.»

Der Vorsitzende: «Ja, Herr Bürgermeister, ich sehe da keinen Weg. Der Entscheid der Regierung ist so unzweideutig, dass ich Sie bitten muss, Ihre Bedenken zurückzustellen und auszusagen.»

Der Bürgermeister steht in qualvoller Unruhe da. Ein paarmal sieht er zur Tür. Der Verteidiger sagt ironisch: «Herr Bürgermeister Gareis macht uns außerordentlich gespannt auf diesen Geheimbefehl. Ein so ungewöhnliches Zögern ...»

Und Gareis, plötzlich wütend: «Wenn einer, so weiß vielleicht Herr Justizrat Streiter die Gründe meines ungewöhnlichen Zögerns.»

Und der Verteidiger: «Sollen diese Worte mir unterstellen, dass *ich* den Geheimbefehl kannte, so weise ich sie in aller Schärfe zurück.»

Der Vorsitzende sagt: «Ich bitte Sie, meine Herren! – Herr Bürgermeister, wollen Sie jetzt so freundlich sein, in Ihrer Aussage fortzufahren, Sie ließen den Geheimbefehl öffnen …?»

«Ja», sagt der Bürgermeister gedankenverloren. «Ja.»

Er steht allein. Die andern sind von ihm zurückgetreten. Das Licht, das durch die Fenster sickert, ist grau; grau verliert sich die Zuhörerschar in der Tiefe der Halle.

Die große Gestalt des Zeugen, eben noch unruhig, strafft sich. «Ja», sagt Gareis noch einmal.

Er dreht sich um gegen die Zuhörer, er sucht ein Gesicht. Sein Blick begegnet dem Steins, die beiden sehen sich an. Der Bürgermeister hebt die Hand.

Dann wendet er sich zu dem Vorsitzenden. Seine Stimme ist klar, seine Sprache ungehemmt, als er sagt: «Ich war in meiner Wohnung, mit Vorbereitungen für meine Urlaubsreise beschäftigt. Da wurde ich angerufen. Ein Mann, der mich als ‹Genosse› anredete, sagte mir, dass es zu blutigen Zusammenstößen zwischen Bauern und Polizei gekommen sei. Die Bauern gingen mit Pistolen vor. Ich rief zuerst die Rathauswache an …»

«Einen Augenblick, bitte», sagt der Vorsitzende. «Wer rief Sie an?»

«Ich weiß es nicht. Ich habe sofort versucht zu ermitteln, wer der Anrufende gewesen ist. Von der Post wurde mir gesagt, ein Arbeiter in blauer Bluse habe angerufen. Dieser Arbeiter hat sich nicht ermitteln lassen.»

«Auf diesem Weg erhielten Sie die erste Nachricht von den Zusammenstößen?»

«Jawohl.»

«Übertriebene Nachrichten, wie es scheint?»

«Stark übertriebene.»

«Sie fassten daraufhin Ihre Entschlüsse?»

«Nicht nur daraufhin. Die Rathauswache bestätigte mir, dass Zusammenstöße stattgefunden hatten.»

«Und Sie haben keine Vermutung, wer der Anrufer war?»

«Nein.»

«Was taten Sie nun?»

«Nachdem mir ein Beamter auf der Wache bestätigt hatte, dass es zu blutigen Zusammenstößen gekommen war, rief ich auf meinem Amtszimmer an und sagte meinem Sekretär, er solle das Auto zu meiner Wohnung senden. Vorher schon hatte ich dem Amt gesagt, es solle mich sofort nach diesem Telefongespräch mit dem Offizier der Schupo in Grünhof verbinden. Als mein Sekretär die Autobestellung erledigt hatte, gab ich ihm die Anweisung, den Geheimbefehl der Regierung, der in meinem Schreibtisch lag, zu öffnen und mir vorzulesen. Der Sekretär öffnete den Brief. Doch wurde das Gespräch, noch ehe er ein Wort vorgelesen hatte, versehentlich unterbrochen und ich mit der Schupo in Grünhof verbunden. Ich gab dem Offizier, Herrn Oberleutnant Wrede, den Befehl, seine Leute sofort in die Nähe der Auktionshalle zu bringen, mit dem Einsatz aber zu warten, bis ich selbst käme.»

«Sie haben also, wenn ich Sie recht verstanden habe, die Schupo eingesetzt, bevor Sie den Geheimbefehl kannten?»

«Jawohl.»

«Und was taten Sie nun? Riefen Sie wieder Ihren Sekretär an?»

«Nein. Das Auto wartete unten, ich glaubte an große Kämpfe, ich fuhr direkt zur Bahnhofswache, um Polizeioberinspektor Frerksen zu befragen.»

«Wann haben Sie also in den Geheimbefehl Einsicht genommen?»

Der Bürgermeister sagt: *«Ich habe ihn nie zu sehen bekommen.»*

«Wie?!»

Durch den ganzen Saal läuft ein Geräusch der Überraschung.

«Ich habe niemals den Geheimbefehl zu Gesicht bekommen.»

«Herr Bürgermeister!»

«Nie. Keine Zeile. Kein Wort.»

«Herr Bürgermeister, ich mache Sie darauf aufmerksam, dass Sie hier unter Ihrem Eid aussagen.»

Der Bürgermeister sagt kurz: «Kein Mensch weiß das besser als ich.»

Der Vorsitzende sammelt sich, er schwingt seine Glocke, dämpft die tausend Geräusche, die immer vordringlicher laut werden.

«Aber Sie haben den Geheimbefehl inhaltlich kennengelernt?»

Gareis sagt: «Ich habe heute noch nicht die geringste Ahnung, was in ihm steht.»

Der Lärm lässt sich nicht mehr dämpfen. Fast alle stehen. Die Pressevertreter haben das Schreiben vergessen, Staatsanwälte und Verteidiger stehen neben dem Zeugen. Assessor Meier am Regierungstisch nimmt ununterbrochen sein Glas ab, reibt es, setzt es wieder auf. Seine Hände zittern.

Der Vorsitzende ruft: «Ich ersuche um vollkommene Ruhe. Oder ich lasse den Saal auf der Stelle räumen. Gerichtsdiener, Schupo, das Publikum hat zu sitzen. Meine Herren von der Presse, dort steht Ihr Tisch ...»

Es wird einigermaßen Ruhe.

Der Vorsitzende: «Herr Bürgermeister, ich ersuche Sie, uns Ihre Angaben zu erläutern. Sie sind so überraschend ...» Die höfliche Stimme klingt übellaunig, streitsüchtig. «Vielleicht nennen Sie uns auch gleich Zeugen ...»

Der Bürgermeister ist vollkommen ruhig geworden. «Ich fuhr zur Bahnhofswache, hörte die Berichte des Polizeimeisters, des Oberinspektors. Dann zur Viehhalle. Es war ein ziemliches Durcheinander. An den Geheimbefehl dachte ich überhaupt nicht mehr. Auch Oberleutnant Wrede erinnerte mich nicht wieder an ihn.

An diesem Tage kam ich nicht mehr auf mein Amtszimmer. Auch in den nächsten Tagen war so unendlich viel zu tun, dass ich nicht wieder an ihn dachte. Als er mir einfiel, war er verschwunden. Ich habe wochenlang nach ihm suchen lassen, er blieb verschwunden. Mein Sekretär Piekbusch versichert, dass er ihn in das Fach zurückgelegt hat. Aus diesem Fach ist er verschwunden. Er kann in andere Akten geraten sein, er kann auch so – verschwunden sein. Ich habe meinen Sekretär mehrmals befragt, er hat zwar den Befehl gelesen, kann sich aber mit keinem Gedanken an seinen Inhalt erinnern. – Das ist alles.»

Stille. Langes unbefriedigtes Schweigen.

«Herr Bürgermeister», beginnt der Landgerichtsdirektor langsam und vorsichtig. «Sie werden verstehen, wenn Ihre heutigen Aussagen auf ein tiefes – nun, sagen wir, auf eine tiefe Überraschung stoßen. Ich muss an Sie die Frage richten, warum Sie das, was Sie uns heute erzählt haben, nicht vor zwei Tagen sagten. Warum das Verstecken hinter der Aussageerlaubnis?»

«Kein Mensch», sagt der Bürgermeister langsam, «gesteht gerne Fehler, Versäumnisse. Ich glaubte ehrlich, dass die Regierung die Veröffentlichung des Geheimbefehls nicht wünschte. Dieser Glaube konnte mich vor dem öffentlichen Geständnis eines Fehlers bewahren.»

«Sie haben», sagt der Vorsitzende, «auf Kosten des Gerichts, auf Kosten unserer aller Zeit va banque gespielt.»

Der Bürgermeister schweigt.

«Sie haben», sagt der Vorsitzende, «noch vorgestern Morgen einen Pressevertreter, der von Aussageverweigerung geschrieben hatte, heftig angegriffen. Sie *hatten* die Aussage verweigert. Ja, mehr als das.»

Der Bürgermeister schweigt.

«Sie haben», fährt der Vorsitzende fort, «fälschlich den Eindruck erweckt, als sei der Geheimbefehl besonders wichtig, enthalte besondere Anordnungen gegen die Bauern.»

«Diese Möglichkeit besteht auch heute noch.»

Der Vorsitzende sagt scharf: «Das ist eine Vermutung von

Ihnen, Herr Bürgermeister. Wir wünschen keine Vermutungen von Ihnen zu hören, sondern Tatsachen. Zu den von Ihnen beschworenen Eidespflichten gehört die, nichts zu verschweigen, nichts hinzuzusetzen. Der Gerichtshof wird prüfen müssen, ob diese Eidespflicht nicht von Ihnen verletzt wurde.»

Der Bürgermeister bewegt leise den Kopf.

«Ich möchte im Augenblick von einer weiteren Vernehmung absehen. Ich bitte Sie, sich zur Verfügung des Gerichtes zu halten.»

«Ich bin jederzeit in meinem Amtszimmer erreichbar.»

«Das genügt.»

Der Bürgermeister will gehen, als Justizrat Streiter sagt: «Ich bitte noch um ein Wort, Herr Landgerichtsdirektor. – Der Zeuge hat vorhin angedeutet, ich *kennte* vielleicht die Gründe seines ungewöhnlichen Zögerns, die ihn abhielten, über den Geheimbefehl auszusagen. Ich bitte, den Zeugen zu befragen, was er mit diesen Worten gemeint hat.»

Der Vorsitzende: «Bitte, äußern Sie sich, Herr Bürgermeister ...»

Und Gareis: «Wenn ich derartiges gesagt habe, was mir nicht erinnerlich ist, so bitte ich es mit meiner Erregung zu entschuldigen. Ich habe mir nichts dabei gedacht. Es war reine Abwehr.»

Und der Verteidiger, mit aller Schärfe: «Ich bitte, doch den Zeugen auf das völlig Unzulässige solcher Insinuationen hinzuweisen. Ich muss mir Strafantrag gegen den Zeugen vorbehalten.»

Gareis senkt den Kopf.

Der Oberstaatsanwalt erhebt sich. «Auch wir behalten uns Strafanträge gegen den Zeugen vor.»

Stille. Der Blick von Gareis sucht Stein, aber, da er ihn findet, hat der Freund das Auge gesenkt, sieht ihn nicht an.

«Sie sind vorläufig entlassen, Zeuge», sagt der Vorsitzende.

Bürgermeister Gareis tritt hinaus in den Vorraum der Turnhalle.

Hier stehen Zeugen herum, zwei Schupos, der Garderobier. Alle starren ihn an. Dann hilft ihm der Garderobier mit einer ängstlichen Beflissenheit in den Mantel.

So werden mich die nun ewig anglotzen hier in Altholm. Verlegen beflissen.

Aber schon auf der Straße korrigiert er sich: Nur in den ersten Tagen. Dann werden sie frech. Wo ein Aas ist, sammeln sich die Raben.

Er geht gegen den Burstah zu.

Dem Tredup muss ähnlich zumute gewesen sein, als ich ihn ankotzte. Armes Luder. Man vergisst in der Macht, wie einem Machtlosen zumute ist, wenn auf ihm herumgetreten wird. Armes Luder.

Der Bürgermeister beschleunigt seinen Schritt. Der Wind jagt Regen in sein Gesicht. Er drückt den Hut fester in die Stirn, aber als er in den Burstah einbiegt, geht er nicht dem Rathaus zu, sondern fort von seinem Amtszimmer, nach der andern Seite, gegen den Bahnhof hinauf.

Er kommt an einem Zigarrenladen vorbei, dreht um und tritt rasch ein. «Fünf Brasil zu zwanzig. Ja, die da. Ein richtiger Kotzbalken.»

«Kotzbalken, vorzüglich, Herr Bürgermeister.» Der Kaufmann dienert und lacht.

Wirst morgen nicht mehr dienern, Freundchen, denkt der Bürgermeister. Und laut: «Ein Adressbuch, bitte!»

Er schlägt eine Adresse nach und geht weiter. Bei der Stolper Straße biegt er ein, folgt ihr. Vor Nummer 72 macht er halt. Mustert das Haus. Der Gemüsehändler in seinem Laden gibt mürrisch Bescheid, dass Tredups hinten auf den Hof raus wohnen. Er sucht sich den Weg, klopft an die Tür.

Eine Stimme ruft: «Herein!»

Es ist ein Armeleutezimmer, in das er tritt, das einzige Zimmer, das diese Leute haben. Gareis übersieht es mit einem Blick. Hier steht alles: das Spielzeug der Kinder, das Geschirr, die Waschwanne, die Nähmaschine, vierzehn Bücher, ein Fahrrad, ein Sack mit Kartoffeln, Betten.

Auf einem Bett hat die Frau halb gelegen, die jetzt aufgestanden ist und schweigend den Besucher von der andern Zimmertür her mustert.

Selbst dem Bürgermeister fällt es auf, wie sehr sich diese Frau, die er vor ein paar Monaten einmal sah, veränderte: Strähnig fällt das Haar in ein bleiches, faltiges Gesicht. Die Mundpartie ist so stark geworden, die Zähne scheinen unter den dünnen, blutleeren Lippen angeschwollen zu sein.

«Sie sehen blass aus, Frau Tredup», ruft er. «Was fehlt Ihnen?»

Die Frau sieht ihn an.

«Ja», sagt der Bürgermeister, «ich hätte gerne einmal Ihren Mann gesprochen.

Ich hätte ihm etwas zu sagen.»

Die Frau antwortet nicht.

Der Bürgermeister wartet geduldig. Dann fragt er: «Ihr Mann ist nicht da?»

Aber die Frau antwortet noch immer nicht. Sie starrt ihn bloß an, unverwandt, ohne Blinzeln.

«Sie sind», sagt der Bürgermeister, «natürlich böse auf mich, Frau Tredup. Ihr Mann wird Ihnen erzählt haben – darum bin ich hier. Wir sind nicht immer Herr unserer Nerven. Ich war ungerecht, ich komme, es Ihnen zu sagen.»

Die Frau sieht ihn wartend an.

«Was ich etwa tun kann, ihm zu helfen, soll geschehen. Ich habe gehört, er hat seinen Posten verloren. Das tut mir leid. Ich will gerne ...»

Aber die Frau sagt nichts.

Der Bürgermeister ist halb entmutigt. «Sie sollten mir eine Möglichkeit geben, mit Ihrem Mann zu sprechen. Wenn Sie mir nicht verzeihen wollen, ist es Ihre Sache. Aber vielleicht will Ihr Mann ...»

Die Frau kommt langsam durch die ganze Breite des Zimmers auf ihn zu. Sie geht leise, auf Zehen, als dürfe sie etwas, das schläft, nicht stören. Vor dem Bürgermeister, der sie aufmerksam ansieht, bleibt sie stehen und flüstert: «Ich warte ...»

Der Bürgermeister fürchtet sich nicht, aber er fühlt sich ungemütlich. Er fragt: «Ja?»

«Er ist noch immer nicht gekommen», sagt die Frau.

«Er ist fort?», fragt, wie angesteckt, ebenso leise der Bürgermeister.

«Ich warte seit dem Abend.»

«Und er ist nicht wiedergekommen?»

«Nein. Und er kommt nicht wieder.»

Der Bürgermeister sieht die Frau prüfend an. «Wie lange haben Sie nicht geschlafen, Frau Tredup?», fragt er. Und als sie nicht antwortet, nimmt er sie beim Arm und führt sie gegen das Bett.

Sie folgt ihm willenlos, ihr Gesicht verzieht sich wie das eines Kindes, das weinen will. Er hebt sie hoch und legt sie auf das Bett. Er legt eine Decke über sie.

«Schlafen Sie jetzt, Frau Tredup», sagt Gareis. «Er kommt wieder.»

Sie bewegt noch die Lippen, will widersprechen, und schon schläft sie.

Der Bürgermeister sieht eine Weile auf sie nieder, dann geht er auf Zehenspitzen aus dem Zimmer.

Gareis tritt wieder auf die Straße. Der Besuch hat ihn nicht fröhlicher gemacht. Tredup verschwunden – nun ja, also wegen solcher Sachen verschwinden Leute.

Er wird ja wiederkommen, sagt er sich.

Er kommt nicht wieder, sagt die tonlose Stimme der Frau. Der Bürgermeister ist in Gedanken verloren die Stolperstraße weitergegangen, aus der Stadt hinaus. Er kommt über die Bahn fort. Zur Rechten liegen nun die großen, hässlichen, verqualmten Hallen des Eisenbahnausbesserungswerkes, zur Linken die ebenso hässlichen Arbeiterhäuser der Reichsbahn. Dann kommen Felder, verwahrloste, regentriefende Felder.

Und nun scheint die Stadt wieder anzufangen, es ist aber nicht mehr Altholm, sondern Grünhof.

«Mendels Gasthof Zur Schießstätte. Zwei Salonkegelbahnen. Großer Schießstand.»

Hier wartete die Schupo. Na ja. Na also. Ich könnte auch einmal an etwas anderes denken.

Vor ihm liegt eine Autobushaltestelle. Grade ist ein Autobus angekommen, der nach der Stadt zu fährt. Sechs, sieben Leute haben ihn erwartet, darunter eine Uniform. Aber sie steigen nicht ein, im Gegenteil, ein paar Leute steigen aus.

Geschimpfe beginnt.

Gareis geht schneller.

Die Leute sind in einem hitzigen Wortwechsel, die Uniform, jetzt im Wagen, antwortet barsch und grob. Der Bürgermeister erkennt seinen Polizeimeister Kallene.

Grade will der Wagen losfahren, beladen mit den Flüchen der Zurückbleibenden, als Gareis auftaucht und dem Chauffeur Halt winkt.

«Was ist hier los?»

Einen Augenblick Stille.

Dann schreien zehn Stimmen auf einmal: «Das ist eine Gemeinheit, Herr Bürgermeister!»

«Ich lasse mich nicht raussetzen.»

«Ich habe mein Fahrgeld bezahlt.»

«Sich selber reinsetzen, das könnte ihm so passen.»

«Das sind die Herren von der Polizei. Wir haben natürlich keine Rechte.»

«Ruhe», sagt der Bürgermeister. «Was ist los, Polizeimeister?»

«Der Wagen ist für zwanzig Fahrgäste zugelassen. Ich revidierte und stellte dreiundzwanzig fest. Da habe ich pflichtgemäß drei entfernt und den Chauffeur aufgeschrieben.»

«Und setzt sich selber rein!»

«Der wiegt ja nichts. Die von der Polizei verhungern ja alle.»

«Redet keinen Quatsch. Polizeimeister, raus mit Ihnen aus dem Wagen! Wir sprechen uns noch. Euch andern kann ich nicht helfen. Zwanzig ist Vorschrift, und Vorschriften sind dazu da, dass sie nicht vor meinen Augen übertreten werden.»

«Ist schon recht, Bürgermeister», sagt ein Arbeiter. «Mich hat nur der Blaue gewütet, dass er sich da dick reingesetzt hat, und uns schmeißt er raus.»

«Los, Chauffeur», sagt Gareis und geht weiter.

Der Zwischenfall hat ihm gutgetan. Es gibt immer zu tun auf der Welt, denkt er. Ganz erledigt bin ich noch nicht. Verschwinden? Ahbah, wo es so viel Arbeit gibt! Ich denke ja gar nicht daran. Ich habe eins auf den Deckel gekriegt. Kräftig. Das bleibt nicht aus.

Aber ich war auch leichtsinnig. Habe es verdient. Das nächste Mal passe ich mehr auf.

Armer Tredup, es war nie viel los mit dir. Immer die Hinterwege, die Gassen vor den Straßen. Du wärst auch über jedes andere Bein gefallen statt über meins. Arme Frau.

Es regnet ganz hübsch, auch der Wind wird außerhalb Grün-
hofs nicht schwächer. Aber jetzt sind ganz manierliche Felder
rechts und links, schon hübsch zurechtgemacht mit oder für
Wintersaat. Manche Bauern pflügen trotz des Regens. Gareis
schreitet kräftig aus.

6

Im Gerichtssaal hat die Verteidigung unterdes den Antrag gestellt,
vor allen Dingen einmal den Inhalt des Geheimbefehls klar-
zustellen.

«Wir legen Wert darauf, weil wir diesen Geheimbefehl für ein
Glied in der Kette der Sondermaßnahmen von Regierung gegen
Bauernschaft ansehen. Wir wissen bereits, dass nach Ansicht der
Regierung die Bauernschaft besonders gefährlich war und dass
der Oberinspektor Frerksen zum Mindesten besonders scharfes
Vorgehen für einen Wunsch der Regierung hielt. Die Ladung von
Herrn Regierungspräsidenten Temborius behalten wir uns vor.»

Assessor Meier starrt entsetzt.

«Vorläufig beantragen wir, den hier anwesenden Vertreter der
Regierung zu dem Geheimbefehl zu hören.»

Aber Meier geht gar nicht erst bis an den Richtertisch. Meier
wehrt aus der Ferne ab: «Ich bin nicht befugt auszusagen. Ich besitze keine Aussageerlaubnis meiner Regierung. Außerdem habe
ich nicht die geringste Ahnung von dem, was in dem Geheimbefehl gestanden hat.»

Der Vorsitzende meint: «Legen Sie wirklich Wert darauf, Herr
Justizrat? Da der Geheimbefehl doch anscheinend gar nicht gelesen worden ist.»

«Wir legen den größten Wert darauf. Er ist wichtig für die Ein-
stellung der Regierung. Außerdem kann er der Schupo bekannt

gewesen sein und würde dann eventuell das rücksichtslose Vorgehen in der Viehhalle erklären. Wir beantragen die Ladung von Herrn Oberleutnant Wrede.»

Die Ladung wird beschlossen. Ein anwesender Schupooffizier macht darauf aufmerksam, dass Herr Wrede sich in Altholm befindet, vielleicht im Zuhörerraum.

Im Zuhörerraum erhebt sich Polizeioberleutnant Wrede.

Er tritt an den Richtertisch.

Der Vorsitzende sagt lächelnd: «Herr Oberleutnant, Sie sind der heutigen Verhandlung gefolgt?»

Der Oberleutnant verbeugt sich.

«Sie wissen also, dass der Inhalt dieses Geheimbefehls sich uns zu entziehen scheint, sobald wir ihn zu halten meinen. Darf ich Sie vor der Vereidigung fragen, ob Ihnen der Inhalt des Geheimbefehls bekannt ist?»

«Jawohl, Herr Landgerichtsdirektor.»

«Ich vereidige Sie dann. – Bitte sehr, Herr Oberstaatsanwalt ...»

«Ich möchte an den Zeugen doch die Frage richten, ob er ohne Aussageerlaubnis seiner Vorgesetzten aussagen zu dürfen glaubt.»

Eine Welle von Ungeduld geht durch den Saal. Der Vorsitzende faltet ergebungsvoll die Hände.

Der Oberleutnant schnarrt: «Habe keinerlei Bedenken.»

Der Oberstaatsanwalt beharrt: «Ihre Verantwortung, Herr Oberleutnant ...»

Der Oberleutnant unterbricht mit Entschiedenheit: «Keinerlei Bedenken!»

Der Vorsitzende atmet auf. «Die religiöse Formel oder ...?»

«Religiös, bitte.»

Der Eid wird geschworen.

«Also bitte, Herr Oberleutnant, nun erzählen Sie uns, was Sie von diesem Geheimbefehl wissen.»

«Geheimbefehl – ist ein Wort. Militärische Ausdrucksweise. Besagt nur, dass der Befehl allein für den internen Verkehr innerhalb der Polizei bestimmt ist.

Der Wortlaut ist mir natürlich nicht mehr erinnerlich. Der Sinn ging dahin, dass die zwei Hundertschaften dem Kommando von Herrn Gareis unterstellt wurden, dass angegeben war, wie und wo weitere Hilfskräfte für ihn erreichbar waren, und dass der Verwendungszweck gewissermaßen abgegrenzt war.»

«Das interessiert uns am meisten.»

«Ja, es hieß wohl so, dass die Schupo nur eingesetzt werden durfte, falls die städtische Polizei nicht ausreichte. Dass er bei ernstlichen Kämpfen, vor allem vor dem Gebrauch der Schusswaffe, unbedingt vorher das Kommando zu verständigen habe.»

«Und weiter?»

«Weiter? Sonst nichts. Glaube, weiter war nichts.»

Der Verteidiger erhebt sich. «Eine Frage sei an den Zeugen gestattet. – Herr Oberleutnant, ist Ihnen vielleicht erinnerlich, dass in dem Befehl der Wunsch ausgedrückt war, wörtlich oder dem Sinne nach, dass die Schupo besonders scharf gegen die Bauern vorgehen sollte?»

Der Oberleutnant ist ganz Verachtung. «I wo! Kein Bein!»

«Ich bitte den Zeugen doch, mir präzis zu antworten.»

«Nee, stand nicht drin.»

«Sie erinnern sich bestimmt?»

«Irrtum ausgeschlossen.»

«Von wem mag wohl der Befehl ausgestellt sein?»

«Kann ich nicht bestimmt sagen. Nehme aber an: Oberst Senkpiel.»

«In Stolpe?»

«Natürlich in Stolpe.»

«Der Zeuge wird entschuldigen, dass ich das nicht wusste. –

Jedenfalls behält sich die Verteidigung die Ladung von Herrn Oberst Senkpiel vor.»

«Und jetzt», sagt der Vorsitzende mit freundlicher Bestimmtheit, «wollen wir diesen Geheimbefehl erst einmal ruhen lassen. – Ich danke Ihnen, Herr Oberleutnant.»

7

Es ist schon dunkel, es ist nach acht Uhr abends, als Gareis noch einmal auf seinem Amtszimmer vorgeht.

Wohl hat er daran gedacht, dass er sich zur Verfügung des Gerichts zu halten hatte, aber er hat denen eins geschissen. Ein auf dem Land, in Regen und Wind durchlaufener Tag hat seine Kampflust von neuem wieder angefacht, seine Wurstigkeit ist wieder da.

Ich habe Pech gehabt, nun, es wird auch wieder Massel geben.

Als er am Nachmittag in einen Dorfgasthof kam (bei Dülmen), sich dort etwas zu essen bestellte, als er sah, wie sie ihn beglotzten, wie sie mit blöden Ausreden kamen, es sei nichts da, keine Eier, kein Schinken, keine Kartoffeln, da hat er mit dem Gebrüll eines Stiers auf den Tisch geschlagen, den Wirt in einen Winkel hinter der Theke geschreckt, die Alte in die Küche gejagt.

Er bekam ein Bauernfrühstück von sagenhaften Ausmaßen.

Geld nahmen sie nicht, aber es war eine Büchse da, für die Rettungsgesellschaft Schiffbrüchiger, in die warf er seinen Obolus – er taxierte sich einschließlich Bier auf zwei Mark ein –, und der Wirt sah eigentlich so aus, als ob er den Schiffbrüchigen das Bauernfrühstück nicht gönnen würde.

Als er dann aus dem Gasthof kam, war er gut annonciert, für ein Bauerndorf an einem Regentag im Oktober war die Dorfstraße merkwürdig belebt. Er hielt kräftig Ausschau nach einem bekannten Bauernkopf, aber in Dülmen glückte das noch nicht. So ging er durch sie durch, wo die Gruppen am dicksten standen, er sagte vernehmlich: «Dag ok», er sah sie kräftig an, er hustete oder räusperte sich schallend.

Drei Dörfer weiter – oder war es das vierte? – sah er dann einen Bauern, den er kannte. Den Namen wusste er nicht, aber er erinnerte sich noch gut des Falles, durch den er den Mann kennengelernt hatte.

Eine Sau mit einem Wurf Ferkeln war auf der Ausstellung in Altholm prämiiert, und der Preis war zweihundert Zentner Kalkmergel gewesen, von einer Fabrik gestiftet. Dann hatte aber die Fabrik mit der Lieferung Schwierigkeiten gemacht, und Gareis hatte geklagt. Es war auch Termin gewesen, zu dem wohl Stein gegangen war, jedenfalls wusste der Bürgermeister nichts Rechtes über den Ausgang.

Nun schaukelt er auf den Bauern zu, der da mit drei andern steht.

«Na, Vadder, der Kalkmergel glücklich eingetrudelt?»

«Andere Woche», sagt der Bauer. «Eine Schande ist es, wie lange das gedauert hat.»

«So machen es die Fabrikanten mit uns», sagt der Bürgermeister. «Aber wir sind doch klüger gewesen, wir haben sie doch reingelegt.»

«Das soll wohl sein, dass Sie klüger sind. Wir Bauern sind allemal die Dummen.»

«Wieso? Taugt der Mergel nichts?»

«Dem Mergel fehlt nichts, aber ihr Altholmschen ...»

«Mein Lieber», sagt der Bürgermeister, «ihr lest doch Zeitungen ...?»

«Wenn mal Zeit ist ...»

«Jetzt ist Zeit. Also ihr lest die ‹Bauernschaft›. Ihr lest den Prozess jetzt. Was deucht euch das denn so?»

«Ja, Herr Bürgermeister, auf uns geht es runter, wir müssen ja wieder brummen. Und Ihr Frerksen, der den Mist gemacht hat, geht frei aus.»

«Christian! Mensch, oder wie du heißt ...»

«Bruhn», sagt der Bauer.

«Also, Bruhn, du hast doch schon mal Mist gemacht auf deinem Acker. Zu nass gepflügt oder zu früh gemäht?»

«Hab ich, Bürgermeister.»

«Und hast deine Ohrfeige weggekriegt. Alles in Klüten oder der Roggen ausgewachsen. Was?»

«Mehr als oft, Bürgermeister.»

«Und dein Nachbar da, wie heißt er? Harms? Also Harms hat auch schon mal Mist gemacht ...»

«Das soll wohl angehen.»

«Und der hat trotzdem seinen feinen garen Acker gekriegt und den Roggen trockener rein als du?»

Harms protestiert: «Nee, Bürgermeister, das ist nun ...»

Aber die andern: «Recht hat er. Du kannst Ostern zu Pfingsten feiern: Wenn wir Weihnachten haben, bist du auch so weit.»

«Seht ihr», sagt der Bürgermeister. «Manchmal hat man Glück, und manchmal hat man keins. Der Frerksen, der hat diesmal nass gepflügt, und es geht ihm doch glänzend, und ihr habt alles getan, wie es sich gehört, und sitzt im Schiet.»

Die Bauern betrachten ihn geruhsam, ihren Elefanten.

«Und weil ihr nun mal an den lieben Gott glaubt – ihr sagt's wenigstens euerm Pastor, wenn ich euch auch alle für olle Heiden halte –, weil ihr aber nun mal den lieben Gott habt, so müsst ihr euch damit trösten, dass der es dem Frerksen und dem ganzen altholmschen Babylon schon besorgen wird, wenn nicht anders, dann beim Jüngsten Gericht. Aber das versteh ich nicht, dass ihr zur Strafe für die Sünden von uns Bonzen auch noch die Eier und die Butter billiger verkaufen sollt.»

«Bürgermeister», sagt ein großer, finster aussehender Bauer. «Ich glaub keinen Augenblick, dass Sie für uns sind. Sie sind ein Schweinehund wie alle Roten. Aber Sie sind ein Schweinehund, mit dem man eine Sache bereden kann. Wenn es Ihnen wert ist, dann kommen Sie mal einen Abend zum Grog und wir bereden den Kram.»

«Tu ich. Mach ich», sagt der Bürgermeister.

«Aber bringen Sie keine andern mit. Kommen Sie allein. Wenn», sagt der Bauer und grinst, «Sie keine Angst vor uns haben.»

«Schrecklich», sagt der Bürgermeister und schüttelt all sein Fett.

«Ich sage weiter in den Dörfern Bescheid. Sie können ja 'ne Tour machen, und wir können bereden, was wir in der Sache verlieren und was Sie in der Sache verlieren.»

«Junge, Junge», sagt der Bürgermeister, «Sie haben aber Mut. Erlaubt denn das Ihr Reimers?»

«Ich bin der Gemeindevorsteher Menken», sagt der Bauer, «und ich weiß schon, wie viel Zentner ich auf den Boden tragen kann und was mir zu schwer ist. Der Reimers ist viel zu lange drin, der weiß nicht mehr, was hier draußen gespielt wird, wie die Herren auf der ‹Bauernschaft› üppig geworden sind. Wir reden mit Ihnen, Bürgermeister, und wenn wir zu was ja sagen, dann ist es ja.»

«Jungens», sagt der Bürgermeister und schaukelt vor Wonne den Bauch in der Hose, «nun kommt mit und trinkt im Krug einen Grog mit mir. Das ist hier ein betrübtes Stehen im Regen, und ich bin zufrieden, dass ich endlich mal wieder nach all dem Zank ein vernünftiges Bauernwort gehört habe.»

«Also trinken wir einen.»

Es wurden aber mehrere. Und als er dann durch die Dunkelheit nach Haus zurückstampfte, dachte der Bürgermeister: Ich zurücktreten? Ich meinen Posten aufgeben? Mit Zähnen und Krallen halte ich mich dran.

Andere haben viel mehr Mist gemacht, Manzow, Niederdahl, Frerksen, alle. Ich werd's aushalten, drei Wochen werden sie sich die Mäuler zerreißen, und dann haben sie's über, dann wird losgearbeitet, und zu Weihnachten haben wir keinen Boykott mehr.

8

Der Bürgermeister macht also nach acht die Tür zu seinem Arbeitszimmer auf.

Natürlich ist alles dunkel, um diese Stunde ist kein Mensch im Rathaus.

Aber er will sehen, was die Post gebracht hat. Vielleicht liegt auch ein Zettel von Piekbusch auf dem Schreibtisch, dass ihn das Gericht gewünscht hat. Dann wird er zum Vorsitzenden gehen, heute Abend noch, in die Wohnung von Fabrikbesitzer Thilse, und wird sich entschuldigen.

Auf der großen Eichenplatte des Schreibtischs liegt einsam und verlassen ein Brief. *Ein* Brief.

Während Gareis den Brief auffetzt, beginnen seine Nerven zu kribbeln. Er hat gestanden, nun setzt er sich.

Ein amtliches Schreiben:

«Stolpe, den 25. Juli. An den Herrn Polizeiverwalter der Stadt Altholm, Herrn Bürgermeister Gareis. *Persönlich. Geheimbefehl.* Mit dem morgigen Tage, morgens 9 Uhr, werden Ihnen zwei Hundertschaften der hiesigen staatlichen Polizei unter dem Kommando von Herrn Oberleutnant Wrede unterstellt mit der Maßgabe ...»

Der Geheimbefehl! Der verschwundene Geheimbefehl.

Bürgermeister Gareis liest nicht weiter. Er schmettert den Brief auf den Tisch, stürzt an die Tür, brüllt wie ein Wilder in das Dunkel des Vorzimmers, auf den Gang: «Piekbusch! Piekbusch!»

Dann besinnt er sich.

Er stampft schwer gegen den Schreibtisch zurück, fällt keuchend in seinen Sessel.

Der Geheimbefehl ...

Heute ausgesagt, in die Tinte gerast bis über die Ohren. Da liegt es nun, das wichtige Dokument.

Gareis versucht eine Zigarre in Brand zu stecken, aber seine Hände zittern, die Streichhölzer knicken, das Dings kohlt.

Mit mahlenden Kiefern kaut er auf der Zigarre herum, greift mit der bebenden Hand von neuem nach dem Befehl, liest ihn.

Geheimbefehl – es ist zum Lachen. Was für ein phantasievoller Idiot ist er gewesen, nicht gleich zu erraten, dass dies nichts war wie Verwaltungskram, Wichtigtuerei eines blöden Militärbürokratismus.

«... und werden Sie mit Nachdruck darauf hingewiesen, dass nach Möglichkeit vor etwaigem Gebrauch der Schusswaffen das hiesige Kommando unbedingt in Kenntnis zu setzen ist ...»

So siehst du aus! Nach Möglichkeit unbedingt in Kenntnis zu setzen ist ... Und ich habe an hohe Politik geglaubt! Ich habe an Sondermaßnahmen geglaubt! Ich habe nicht daran gedacht, dass die schon Sondermaßnahmen treffen, aber sie sicher mir nicht schriftlich geben.

Nach einer Pause, wutknirschend:

Und wie ein Affe habe ich vor denen gestanden und habe ihnen meine Doofheit vorgeplärrt! Klein gemacht habe ich mich. Weinerlich haben sie mich gesehen. Verlegen bin ich gewesen wie 'ne Jungfer, der einer in den Busen glotzt – o Gareis, Gareis, Gareis, ich bin zum Speien!

Er steht wieder auf, er rennt im Zimmer hin und her, er beglotzt wütend die Wände. Dann jagt ihn der Hunger nach einem Menschen, dem er alles über sich sagen kann, wieder auf den Gang, er reißt die Tür zu Assessor Steins Zimmer auf, brüllt: «Stein! Assessor! Mensch!»

Ruhe. Stille.

Er wendet sich zurück. Und sieht, auf dem Gang stehend, wie es im Treppenhaus hell wird, Stimmen werden laut.

Mit einem Satz ist er in seinem Zimmer, durch einen Türspalt späht er.

Drei Gestalten nahen.

Er schließt die Tür vorsichtig. Ist mit ein paar Schritten in seinem Schreibtischsessel. Stopft den Geheimbefehl mit Umschlag in die Tasche. Hat den Riesenbleistift in der Hand, weißes Papier vor sich. Drei, vier Bücher aufgeschlagen um sich gruppiert.

Als die klopfen, sagt er ruhig: «Herein!»

Sogar die Zigarre brennt jetzt.

9

Die drei, die eintreten, sind alte liebe Genossen von ihm: der Stadtverordnete Geier, der Parteisekretär Nothmann und am Ende das große Tier der Provinz aus Stettin, der Reichstagsabgeordnete Koffka.

Sie treten sehr sachte herein, und die Blicke, die sie auf ihn werfen, sind nicht so siegesbewusst, wie sie sein müssten.

«Nett, dass ihr kommt», sagt anerkennend Gareis. «Wollt ein altes Arbeitstier vom Schreibtisch lotsen. Mir ist's recht. Also trinken wir ein Bier im Tucher.»

Er sieht, wie sie schaudern bei dem Gedanken, öffentlich mit ihm heute im Lokal sitzen zu müssen, und grinst.

«Nee, Genosse Gareis», sagt der Abgeordnete Koffka, «nach

Bier ist uns nicht zumute, und nach Sitzen mit dir im Lokal ist uns auch nicht zumute. Aber eine Zigarre darfst du uns immerhin anbieten.»

Der Bürgermeister tut es und sagt beiläufig: «Blühend siehst du aus, Koffka. Die Schwatzbude in Berlin bekommt dir.»

«Du, Genosse Gareis», sagt der Abgeordnete grämlich, «sorgst schon dafür, dass das bisschen Gesundheit wieder vor die Hunde geht. Ich habe heute früh in eurer hübschen Turnhalle gesessen, ich habe dich da gesehen vor den Richtern, eine nette Figur hast du gemacht, Gareis!»

«Findest du?», sagt der Bürgermeister gleichmütig. «Du hast natürlich nie einen Brief verschusselt, Koffka, und dich dann hingestellt und getan, als wär er längst beantwortet.»

«Es handelt sich nicht um mich und was ich getan und was ich nicht getan habe», sagt verärgert der Koffka. «Es handelt sich darum, was du gemacht hast. Und einen schönen Mist hast du gemacht, Gareis, das kann man wohl sagen, und eine nette Schmach bist du für die Partei.»

«Ich», sagt der Bürgermeister und betrachtet nachdenklich den Brand der Zigarre, «bin der Ansicht, dass dies mein Amtszimmer ist. Und dass ich jeden, der mir hier dämlich kommt, eigenhändig achtkantig aus der Tür schmeiße.»

«Das kannst du, Gareis», sagt der andere nicht weniger ruhig. «Dazu bist du körperlich und seelisch völlig in der Lage. Es fragt sich nur, ob damit die Sache weitergedeiht. Immerhin bist du heute ziemlich dicht an einem fahrlässigen Falscheid vorbeigeschliddert – oder wie man das juristisch nennt –, und es kommt schließlich auf uns drei hier an, ob aus dem Vorbeischliddern nicht eine Anzeige wegen Meineides wird, wenn wir da den Zipfel vom Geheimbefehl aus deiner Tasche kommen sehen.»

Gareis hat sich sehr in der Gewalt, aber doch nicht so sehr, dass er jetzt nicht wütend nach der Jacketttasche greift. Er stopft den Zipfel zurück, besinnt sich, reißt den Brief vor und legt ihn auf den Tisch. Er sieht die drei herausfordernd an.

«Du kannst», sagt Koffka, «natürlich auf den Tisch hauen, du kannst uns mit den Köpfen aneinanderschlagen, aber du kannst uns nicht alle drei totschlagen. Ich will nicht einmal behaupten, dass dann morgen eine Anzeige bei der Staatsanwaltschaft einpassieren würde. Aber du müsstest dem Gericht doch eine verdammt komische und unglaubhafte Geschichte erzählen, wenn du morgen wieder über den Geheimbefehl vernommen würdest, und jetzt plötzlich kennst du ihn.

Ich denke mir so, die Geduld würde dann bei allen reißen. Staatsanwälte glauben nicht gerne an Märchen, und deine Geschichte klänge doch wie ein richtiges Märchen.»

«Was wollt ihr also?», fragt der Bürgermeister finster.

«Dass du abtrittst, Genosse Gareis, dass du völlig und lautlos abtrittst, dass du heute noch in unserer Gegenwart dein Abschiedsgesuch an den Magistrat unterschreibst. Das wollen wir, Genosse Gareis.»

«Ich trete nicht ab, ihr könnt mich anzeigen, meinethalben, aber ich trete nicht ab. Ich gehe nicht weg aus Altholm! So nicht.»

«Wie denn? Mit Handschellen?»

Der Bürgermeister lacht wütend. «Ihr denkt, ihr seid Schlauköpfe. Ihr denkt, ihr habt mich. Aber ich habe Zeugen für das, was ich gesagt habe. Piekbusch kann gehört werden, Stein kann gehört werden. Mir kann keiner was.»

«Ich glaube nicht, dass Piekbusch grade ein guter Zeuge für dich sein wird.»

Der Bürgermeister braust auf. «Ich kenne Piekbusch seit Jahren. Piekbusch ist treu.»

Die drei lachen, sie lachen jeder für sich, jeder auf seine Art, es klingt nicht sehr gut.

«Wir wollen weiter nicht darüber reden», sagt Koffka. «Wir

wollen uns überhaupt nicht streiten. Sei vernünftig, Gareis, überlege dir fünf Minuten deine Lage, ruhig, und sage dann, dass wir recht haben. Wir lassen dann auch mit uns reden.»

Der Bürgermeister sieht die drei an. Es liegt etwas Hoffnungsloses in seinem Blick. Dann steht er auf und beginnt hin und her zu wandern.

Die sitzen und rauchen.

Plötzlich bleibt der Bürgermeister stehen. «Koffka», sagt er, «oller Genosse, hör zu. Ich habe Mist gemacht. Ich habe immer gedacht, es ginge gut aus. Es ist schiefgegangen. Aber tausend Sachen gehen schief aus, darum kann man nicht jeden in die Wüste schicken.

Ihr kriegt keinen wieder her wie mich. Denke nach, was ich in den sechs Jahren für die Stadt und für die Partei geleistet habe. Was war Altholm, als ich kam? Ein Saustall. Heute, frage in der ganzen Provinz, lass dir sagen, wie viel Leute aus dem Reich gereist kommen, weil Altholm sozial mustergültig ist.

Denk an unser Altersheim mit dem großen Gutsbetrieb und der Schule zur Umstellung erwerbsloser Industriearbeiter auf die Landwirtschaft. Denk an unser Säuglingsheim. An das Kinderheim. An das Ledigenheim. An das Lehrlingsheim. Denke daran, dass es in der Stadt Altholm keine Fürsorgeerziehung mehr gibt, dass wir jetzt die Kinder behalten und Menschen aus ihnen machen.

Denk an die Badeanstalt, an das Stadion, an die neue Feuerwache. Und denke daran, dass wegen all dieser Dinge die Schulden der Stadt nicht so sehr viel größer geworden sind, dass ich das Geld, Mark für Mark, Hunderttausende, zusammengeschnorrt habe.

Wer kann das noch? Das fällt alles zusammen, wenn ihr mich absägt. Dann kosten plötzlich all die Anstalten wieder Geld, dann werden sie zugemacht, verkleinert, ich weiß das doch. Dann kommen die Kinder wieder in die Anstalten der Provinz oder zu versoffenen Vätern, schludrigen Müttern, in Pflegestellen, die nur den eigenen Beutel pflegen. Kannst du das verantworten, Koffka?»

«Wenn man dich so reden hört, Genosse Gareis, weiß man wieder, warum man dich so lange gehalten hat und deine Wippchen mitangesehen. Aber es hilft nichts, Gareis, es ist alle. Es geht nicht mehr.

Die kommunalen Wahlen stehen vor der Tür. Bleibst du hier, verliert die Partei mindestens fünfzig Prozent ihrer Stimmen.»

«Mehr. Siebzig», grunzt Geier.

«Auch möglich. Du hast ja keine Ahnung, Gareis, wie unbeliebt du bei den Genossen bist. Du bist groß und stark, du knöpfst dir einen Einzelnen vor und redest ihm ein Loch in den Bauch. Und weil der ja zu dir sagt, denkst du, er meint wirklich ja.

Dann gehen sie von dir weg, und hinter deinem Rücken schreien sie dreimal nein, zehnmal nein und nennen dich Mussolini.

Das geht, solange du erfolgreich bist. Aber es versagt in der Sekunde, wo sie dich mal schwach sehen. Hast du die Zeitungen von heute gelesen?»

«Nein. Noch nicht. Interessiert mich auch nicht.»

«Es ist ja eigentlich ganz überflüssig, dass wir heute gekommen sind. Du bist tot. Du hast dich selber abgekehlt. Wir wollen nur, dass du ohne Krach gehst. Also sei vernünftig, schreib um deine Entlassung.»

«Ich will dir was sagen, Koffka», sagt der Bürgermeister, «du siehst jetzt schwarz. Dir ist mies. Kann ich verstehen, mir war auch mies heute früh. Dann bin ich über Land gegangen, spazieren, mich auslaufen. Und da bin ich mit den Bauern ins Gespräch gekommen.

Die reden mit mir, Koffka. Ich bin heute der einzige Mann, der die Stadt aus dem Boykott retten kann. Die haben mir Verhandlungen direkt angeboten. Was soll aus Altholm werden, wenn der Boykott über den Winter geht?

Gib mir noch ein halbes Jahr. Dann will ich dir zeigen, was ich geschafft habe. Dann setzen wir uns wieder zusammen, und wenn du dann noch willst, dass ich gehe, dann hau ich ab ohne ein Wort.»

«Seht ihr», sagt der Abgeordnete und nickt den andern zu, «da habt ihr den ganzen Gareis. Eben im Gerichtssaal hat ihm der Vertreter der Bauern eins aufs Dach gegeben, hat ihn reingeritten, und da geht er fröhlich hin und knüpft Verhandlungen an mit denselben Bauern.

So solo. Ganz für sich. Die Partei fragen, das hat der Gareis doch nicht nötig.

Ich sage dir aber, die Bauern gehen uns einen Dreck an. Das ist uns piepe, ob die einen Boykott haben. Was geht das die Arbeiter an! Haben Arbeiter Läden, in denen die Bauern nichts mehr kaufen? Du besorgst die Geschäfte von den Bürgerlichen, von den Bauern, nächstens wirst du Nachtmärsche für den Stahlhelm organisieren und Hakenkreuzumzüge für Hitler, und dann wunderst du dich, wenn die Partei unzufrieden mit dir ist!»

«Du bist ein Arschloch», sagt Gareis grob, aber nicht unzufrieden. «Selbst in deinem Parteischädel hat es wohl schon gedämmert, dass, wenn es den Bürgern dreckig geht, auch die Arbeiter nichts zu lachen haben.»

«Wie wäre es, Gareis, wenn wir jetzt Schluss machten? Es hat alles keinen Sinn. Du schreibst dein Abschiedsgesuch. Entlassung aus den städtischen Diensten. Sofort.»

«Nein», sagt Gareis fest.

Koffka strafft sich. «Dann veröffentlichen morgen früh sämtliche Parteiblätter deinen Ausschluss aus der Partei.

Dann sorgen wir dafür, dass die Sache mit dem Geheimbefehl weiterverfolgt wird.

Dann wird die Fraktion der SPD im Stadtparlament deine Entlassung aus städtischen Diensten beantragen.

Dann wird von der Regierung ein Disziplinarverfahren gegen dich eingeleitet.

Dann bist du völlig erledigt.

Dann kriegst du überhaupt keine Arbeit im Leben wieder, die sich lohnt.»

Die vielen harten Dann klingen wie ebenso viel harte Hammerschläge, die sein Werk zerschlagen, in Gareis' Ohren.

Er steht auf und ruft verzweifelt: «Aber so bleibt mir auch keine Arbeit! Ich bin ja nutzlos! Was soll ich dann noch?»

«Ich habe den Auftrag», sagt der Reichstagsabgeordnete Koffka, «dir sofort nach Unterzeichnung deines Abschiedsgesuches deine Berufung zum Bürgermeister von Breda zu überreichen.»

«Was ist denn das?», sagt der Bürgermeister misstrauisch. «Breda? Nie gehört.»

«Breda ist eine Stadt an der Ruhr. Einundzwanzigtausend Einwohner. Nur Hütten- und Zechenarbeiter. Arbeit. Arbeit. Arbeit. Nichts ist bisher geschehen.»

«Und wer ist der erste Bürgermeister?», fragt Gareis.

«Du fällst die Treppe hinauf. Du bist der erste und der zweite und der dritte. Alles. Das Stadtparlament ist SPD und KPD und ein paar Zentrum, die keine Rolle spielen. Arbeiten kannst du da.»

Der Bürgermeister sieht beunruhigt aus. «Zeig den Wisch mal her.»

«Wenn du unterschrieben hast.»

Gareis geht auf und ab. Dann seufzt er schwer, setzt sich an den Schreibtisch und schreibt los. Er löscht sorgfältig ab und reicht den Brief an Koffka weiter.

«Schreib noch einen Umschlag, Gareis. Ich besorg dann morgen den Brief selbst, damit du es nicht vergisst.»

«So. Und nun gib die Berufung.»

«Hier. Morgen oder übermorgen bringen es die Parteiblätter. Wir stehen natürlich alle hinter dir. In den nächsten Tagen bekommst du auch einen Fackelzug von der Partei. Zum Abschied. Es wird alles seine Ordnung haben.»

«Na ja, schön», sagt der Bürgermeister. «Aber jetzt wär ich euch doch sehr verbunden, wenn ihr euch drücken wolltet. Für heute Abend hab ich euch lange genug gesehen.»

«Guten Abend, Genosse», sagen sie.

«Ach scheiß», sagt er.

10

Als sie gegangen sind, bleibt Gareis reglos in seinem Stuhl sitzen. Er denkt nach, er sieht die Stadt vor sich, in die er sechs Jahre Arbeit steckte. Die Häuser kommen, die er hat erbauen lassen. Er sieht den Schlafsaal vor sich im Säuglingsheim, mit den sechzig Kindern, die dort liegen in ihren Strampelsäcken, mit den Gesichtern, die so merkwürdig menschenähnlich sind und so erschütternd fremd.

Er erinnert sich, wie einmal ein Arzt zu ihm sagte: «Eigentlich alles unproduktive Arbeit, Bürgermeister. Das minderwertigste vom minderwertigen Material. Kinder von Trinkern, luetische Kinder, Krüppel, schwachsinnige Kinder. In Sparta hätte man sie alle totgeschlagen.»

Es fällt ihm ein, wie er monatelang nicht über die Worte hat fortkommen können: «Eigentlich alles unproduktive Arbeit, Bürgermeister.»

Er denkt an die fünfhundert Gesichter in dieser Stadt, die er angetrieben hat zu dieser und zu andrer Arbeit, die er aufgejagt hat aus ihren Sofawinkeln, von ihren Schlummerkissen.

Er weiß, wenn er hier fortgeht, er wird nie wieder so arbeiten können. Wo er auch anfängt, sein Jugendwerk hat er hinter sich, seine Illusionen hat er hinter sich, der Elan ist vorbei. Er ist kein junger Mann mehr, er ist ein Mann dann wie alle.

Die Tür hat geknarrt, er hebt den Kopf und blinzelt müde.

Der Jünger steht dort, Assessor Stein. Schwarz, mager, nervös.

«Ich wollte Ihnen noch gute Nacht sagen, Bürgermeister.»

Gareis grübelt trübe. Was will der? Gute Nacht sagen? Warum will er gute Nacht sagen?

Und er erinnert sich, dass dieser Stein im Gerichtssaal den Blick gesenkt hielt, seinem Blick auswich.

Zugleich fällt ihm ein, dass der Genosse Koffka nicht diesen Namen genannt hat, als er von unzuverlässigen Zeugen sprach.

Er sieht rasch auf die Schuhe des andern: Sie sind von Lehm beschmutzt.

«Waren Sie auch über Land, Assessor?», fragt er langsam.

«Ja. Ich bin Ihnen nachgelaufen. Aber Sie waren schon weg.»

Der Bürgermeister tritt nah an seinen späten Besuch. Mit der Hand biegt er den Kopf des andern zurück, dass die Augen in vollem Licht liegen.

«Gehen Sie mit mir, Stein, wenn ich hier fortgehe?»

«Sie gehen nicht fort!»

«Gehen Sie mit?»

«Immer.»

«Gute Nacht, Stein», sagt der Bürgermeister. «Gute Nacht, Assessor.»

Fünftes Kapitel

Zeugen und Sachverständiger

1

Neben der Turnhalle liegt ein kleines enges Zimmer: sonst die Garderobe, das Arbeitszimmer, der Zensurraum des Lehrers. Jetzt ist es Wartezimmer für die Zeugen geworden. Ein Dutzend Stühle hat man hineingesetzt, und da sitzen sie, Städter und Landleute, Polizisten und Bauern, und warten stundenlang.

Denn jetzt, am achten Verhandlungstage, ist die reinliche Disposition längst über den Haufen geworfen. Die Verteidigung stellt immer neue Anträge, der Staatsanwalt ist bösartig geworden und kämpft mit Ironie und Schärfe gegen die Stimmung im Saale an, die bauernfreundliche Stimmung.

Keine Verhandlung fängt mehr pünktlich an, das Gericht sitzt oft stundenlang vorher zusammen und berät über Anträge. Am ersten Tage waren die Pressevertreter um neun Uhr gekommen, am zweiten um neun Uhr fünfzehn, jetzt fahren sie abends nach Stettin und kommen erst mit dem Zehnuhrzuge, kommen oft auch dann noch zu früh.

Stuff freilich kommt nicht aus Stettin, er kommt aus Stolpe. Und nun bummelt er gemütlich dem Gericht zu. Er weiß, er braucht sich nicht zu beeilen, drüben auf der andern Straßenseite geht Assessor Meier, im eifrigen Gespräch mit dem Oberstaatsanwalt. Und kurz vor ihm marschiert der Justizrat mit Henning.

Manchmal bleiben die Leute stehen und sehen denen nach. Die halbe Stadt ist im Gerichtssaal gewesen und weiß, wie sie ausschauen, muss ihnen darum noch einmal nachsehen.

«Kiek, dat is de Henning.»

«Weet ick. Weet ick. Bün all den irsten Dag dor wesen.»

Kurz vor der Schule trifft Stuff den Polizeihauptwachtmeister Hart, und wenn er auch kein Interesse mehr für Lokales aus Altholm hat, schwatzt er doch immer noch gerne mit der Polizei. «Na, Hart, was macht ihr denn noch? Seid ihr noch nicht alle pensioniert?»

Hart ist gekränkt. «Wenn es auf dich ankäme, Männe, müssten wir ja wohl morgen schon alle wegen Blutrausch vor Gericht.»

Aber Stuff weiß Bescheid. «Habe ich ein Wort gegen *dich* geschrieben? Aber dass manche von deinen Kollegen nicht grade Engel sind, darüber brauchen wir doch wirklich nicht zu reden.»

Hart seufzt. «Weiß Gott. Und ich sage dir, jetzt, wo es raus ist, dass Gareis wegmacht, wird der Frerksen immer frecher. Der setzt Dienst an, dass es knackt. Wie viel Stunden wir auf den Beinen sind, das ist ihm egal.»

«Was der Mann für eine Stirn hat, kann einen bloß wundern.»

Und Hart, eifrig: «Meine Worte, Männe, ganz meine Worte. Wo er sich so lächerlich gemacht hat. Aber das sind die Rechten, nach oben lecken und nach unten treten.»

«Wohin gehst du eigentlich, Hart?»

«Zu ihm natürlich. Er ist doch von morgens bis abends bei euch, dass er auch kein Wort verliert, was die über ihn sagen.»

«Nee, weißt du, der ist da als der Berichterstatter für den Staatsanwalt. Gestern sagt der Justizrat: ‹Ich stelle fest, dass der Oberinspektor dem Staatsanwalt ständig Zettel schickt.›»

«Und er?»

«Lief wie immer rot an, riss aus und war nach einer halben Stunde wieder da und schrieb wieder Zettelchen.»

Sie sind in dem Vorraum der Turnhalle angelangt, und Hart sieht sich in dem Gedränge der Ankommenden nach Frerksen um. Stuff schaut schließlich in den Zeugenraum, aber der ist heute noch fast leer. Ein kleiner Mann mit dicken Händen sitzt dort und einem bissigen weißen Gesicht und eine ältere Dame.

«Ach, mein Herr», sagt die Dame, «ich bin zu neun bestellt. Ob es denn noch nicht anfängt?»

«Das ist hier nicht so genau», erklärt Stuff tröstlich, «das kann zwölf werden, das kann auch vier werden, Fräulein Herbert.»

«Sie kennen mich?»

«Natürlich kenne ich Sie. Ihr Vater hat mir noch in der Schule die Hosen strammgezogen. Ich werd mal mit dem Gerichtsdiener sprechen.»

Stuff entweicht überstürzt.

Auf seiner Schulter hat er einen ständig sich verstärkenden Druck verspürt, Hart hat sich eingekrallt in ihn und ihm schließlich Püffe ins Kreuz versetzt.

«Bist du verrückt geworden?», fragt Stuff empört. «Mit dir spielen sie wohl?»

«Wer war das? Mensch, Männe, wer war das?»

«Das war Fräulein Herbert, Tochter vom Lehrer Herbert aus der zweiten Volksschule. Starb vor fünf oder sechs Jahren. Nein, warte, das war grade das Jahr ...»

«Quatsch. Den Kerl meine ich ...»

«Welchen Kerl?»

«Der da bei der Herbert saß.»

Stuff glotzt den Hart nachdenklich an. «Den kenne ich nicht. Kennst du ihn denn?»

«Und ob ich den kenne. Das heißt, mit Namen kenn ich ihn nicht.

Aber sonst – als ich damals Verkehrsposten machte auf der Insel, fünf Minuten, ehe die Attacke losging, kommt der Kerl an, fragt mich nach der Viehhalle, grölt mich an, wir hätten von den Bauern Kloppe gekriegt, die Fresse gehörte uns lackiert.»

«Und warum hast du ihn dir nicht gelangt?»

«Erst können. Ich war doch Verkehrsposten. Aber nachher hatte ich dir eine Wut, sage ich dir, ich hab den Bauern nichts geschenkt von wegen Fresse lackieren.»

«Du», sagt Stuff langsam. «Dem ließe ich das nicht durch. Den legte ich rein.»

«Wenn ich nur seinen Namen wüsste, oder was er ist.»

«Ein Bauer», schlägt Stuff vor.

«Ausgeschlossen. Viel zu weiß ums Maul.»

«Dann ein Handwerker.»

«Möglich. Weißt du was, Stuff, wenn ich jetzt dem Frerksen meinen Brief gebe, sage ich ihm, er soll mich noch mal als Zeugen melden.»

«Nee», sagt Stuff langsam. «Nee. Tät ich nicht an deiner Stelle. Wenn du den Kerl reinlegst, hat er wieder den Ruhm davon. Weißt du, Hart, ich mach dir das.»

«Du?», fragt Hart misstrauisch.

«Ich. Jawohl. Ich sorge dafür, dass du heute noch drankommst. Ach, du meinst, weil ich für die Bauern bin? Aber doch nicht für solchen Kerl! Das ist doch auch gar kein Bauer. Der schadet unserer Sache doch nur. Das ist ein Schwein, das ist mir direkt ein Vergnügen, dem die Schwarte zu brühen.»

«Und du legst mich nicht rein?»

«Wie werd ich dich reinlegen, Hart, oller Junge. Alles in Butter, sag ich dir.» Und er klopft dem Polizisten gerührt auf die Schulter.

«Na ja. Bei dir, Stuff, weiß man nie ...»

«Bei mir weiß man immer. Nämlich, dass ich für ein durstiges Gemüt einen Schnaps und ein Bier spendiere. – Kannst du es machen, dass du um zwölf hier auf mich wartest?»

«Um zwölf? Nein. Vielleicht um halb eins.»

«Gut. Also um halb eins bestimmt. Dann weiß ich, wer das ist, und du kannst noch immer machen, was du willst.»

645

«Schön. Also um halb eins warte ich hier draußen auf dich.»
Und Hart entfernt sich auf der Suche nach Frerksen.

Stuff sieht ihm nachdenklich aus trübem blauem Auge nach. Junge, Junge, heute Abend lackierst du mir auch am liebsten die Fresse.

Und er stürzt fort, Justizrat Streiter zu finden.

2

Der Vorsitzende sagt: «Der Zeuge Kriminalkommissar Tunk ist aufzurufen.»

Ein kleiner, dicker, weißlicher Mann tritt in den Saal und stellt sich vor den Richtertisch.

Stuff sagt zu seinem Kollegen: «Jetzt schreib ich mit. Das wird interessant.»

«Wieso?», fragt der.

«Werden Sie beleben.»

Der Vorsitzende sagt eilig (es ist der einhundertdreiundzwanzigste Zeuge): «Sie heißen Josef Tunk? Sind dreiundvierzig Jahr alt? Sind Kriminalkommissar bei der Politischen Abteilung in Stolpe? Mit den Angeklagten nicht verwandt und nicht verschwägert?»

Als dies klargestellt ist, nicht weniger eilig: «Sie haben den Vorgängen am sechsundzwanzigsten Juli beigewohnt? Sie haben sofort am Abend dieses Tages einen ausführlichen Bericht erstattet? Wollen Sie uns erzählen, wann Sie von Stolpe gekommen sind und welche Beobachtungen Sie hier gemacht haben.»

Der Zeuge räuspert sich. Er stellt sich in Positur. Er beginnt mit einer bei einem so runden Mann überraschend knarrenden Stimme zu reden:

«Ich fuhr mit dem Neunuhrzuge von Stolpe nach Altholm. Ich hatte den strikten Auftrag der Regierung, mich auf Beobachtungen zu beschränken. Ich nahm deswegen keine Verbindung mit der hiesigen Polizei auf, sondern ging gleich vom Bahnhof aus in verschiedene Lokale.

Die Lokale waren alle voll von Bauern. Es fiel mir auf, dass die Stimmung sehr erregt war.»

«Einen Augenblick, bitte. Wieso erregt? Wollen Sie uns das erklären?»

«Nun, ich hatte den Eindruck, dass die Leute erregt waren. Das ist ein Eindruck, den man als erfahrener Kriminalbeamter nach fünf Minuten hat oder nicht hat.»

«An bestimmte Äußerungen erinnern Sie sich nicht?»

«Nein, es wurde geschimpft.»

«Worüber wurde geschimpft? Über die Polizei? Über den Bürgermeister Gareis?»

«Es wurde allgemein geschimpft. Die Leute waren eben erregt.»

Der Zeuge sagt langsam und knarrend aus. Jedes Wort entlässt er mit Nachdruck seinem Munde. Er steht da, eine vollgewichtige Persönlichkeit, etwa einen Zentner sechzig Lebendgewicht, ein Fachmann, der das Gericht aufklären wird, seines Wertes sich voll bewusst.

«Am Nachmittag kam ich dann in das größte Lokal, ins Tucher. Der Saal war zum Erdrücken voll. Die Stimmung schien mir außerordentlich bedrohlich. Ich sah dann den Angeklagten Henning, der mit dem Angeklagten Padberg zusammen an der Fahne herumbastelte.

Ich dachte gleich, dass ich mit diesem Manne noch zu tun bekommen würde. Ich stellte mich ihm vor, um seinen Namen zu erfahren.»

Justizrat Streiter bemerkt: «Ich möchte eine Frage an den Zeugen richten. – Woran sahen Sie, dass Sie mit diesem Mann, wie Sie sich ausdrücken, noch zu tun bekommen würden?»

Der Zeuge ändert seine Haltung. Er macht eine Wendung,

sieht den Verteidiger von oben bis unten an, wartet, wendet sich dann an den Gerichtshof und fragt: «Ist diese Frage zugelassen?»

Der Vorsitzende macht eine Handbewegung. «Jawohl.»

«Ich sah es daran», sagt der Zeuge mit Nachdruck, «weil es mir meine kriminalistische Erfahrung sagte.»

«Das ist keine Erklärung», sagt der Verteidiger. «Ich bitte, mir präzis zu antworten: Woran sahen Sie, dass Sie mit Herrn Henning noch zu tun bekommen würden?»

Der Kommissar sagt mitleidig: «Ein alter Kriminalbeamter bildet sozusagen einen sechsten Sinn aus. Wenn er einen Menschen auf der Straße sieht, sagt ihm plötzlich dieser Sinn: Das ist ein Verbrecher. So war es auch mit dem Angeklagten Henning.»

Henning springt empört auf. «Herr Vorsitzender, ich bitte, mich gegen die Unverschämtheiten des Zeugen in Schutz zu nehmen. Der Zeuge hat mich einen Verbrecher genannt.»

Der Staatsanwalt springt auf. «Ich stelle fest, dass das nicht der Fall ist. Der Zeuge hat von einem konstruierten Fall gesprochen. Ich bitte aber, den Angeklagten darauf hinzuweisen, dass er wegen Ausdrücken wie ‹Unverschämtheit› in Strafe genommen werden kann.»

Nach fünf Minuten hat der Vorsitzende den Sturm beruhigt.

Kommissar Tunk knarrt weiter: «Der Angeklagte nannte mir aber seinen Namen nicht. Wie ich feststellen konnte, warnte ihn der Angeklagte Padberg. Stattdessen entfaltete Henning die Fahne, die mit einem wilden Schrei begrüßt wurde. Ich sah, dass die Fahne im höchsten Grade provozierend und aufreizend war, sie brachte die Stimmung der Bauern zum Sieden.»

Der Verteidiger fragt: «Sie haben also die Fahne bereits im Tucher als provozierend und gefährlich empfunden?»

Der Kommissar erklärt mit viel Nachsicht: «Das habe ich eben gesagt.»

«Darf ich Sie fragen, Herr Kommissar, warum Sie dann der Polizei keine Mitteilung machten? Solange die Fahne noch nicht auf der Straße war, musste es doch verhältnismäßig leicht scheinen, ihre Zurückziehung zu erreichen.»

«Ich habe bereits erklärt, dass ich Spezialberichterstatter der Regierung war. Es war mir untersagt, Verbindung mit der Polizei aufzunehmen.»

«Sie ließen also lieber ein Unglück geschehen? Sie duldeten lieber etwas Ihrer Ansicht nach Gesetzwidriges?»

«Ich hatte meine Befehle zu befolgen.»

«Ich danke, Herr Kommissar. Das genügt mir.»

Der Beamte nimmt seinen Bericht wieder auf: «Als der Fahnenträger mit der Fahne auf die Straße trat, wurde ein Sturm des Unwillens laut. Das Publikum auf den Gehsteigen, gute, ehrliche Bürger, wie ich sah, konnte sich gar nicht beruhigen. Ich sah daraus, dass meine Ansicht, die Fahne wirke provozierend, richtig war.

Der Fahnenträger hatte sich zuerst an die Spitze des Zuges gestellt, aber als er diesen Sturm des Unwillens hörte, bekam er es mit der Angst und lief ins Lokal zurück.»

Der Vorsitzende bemerkt milde: «Es ist eine Annahme von Ihnen, dass er es mit der Angst bekam.»

«Keine Annahme, Herr Landgerichtsdirektor. Ich sah an der Verfärbung seines Gesichtes, dass er es mit der Angst bekam.»

Der Vorsitzende sagt: «Es ist durch Zeugen festgestellt, dass Herr Padberg zu Herrn Henning gesagt hat: ‹Du, die Sense wackelt aber›, und dass die beiden ins Lokal zurückgegangen sind, um die Sense fester zu machen.»

«Das stimmt nicht, Herr Landgerichtsdirektor. Er hat Angst gekriegt, ich sah es an seinem Gesicht.»

«Ich sagte bereits, es ist durch Zeugen festgestellt. Der Wirt des Lokals hat bezeugt, dass die beiden einen Schraubenschlüssel verlangt haben, um die Muttern fester zu drehen.»

«Das haben die doch nur gemacht, um ihren Rückzug zu bemänteln. Angst haben die gekriegt, Herr Landgerichtsdirektor.»

«Und warum haben sie, nach Ihrer Ansicht, die Fahne dann doch wieder vorgebracht?»

«Weil sich unterdes viel mehr Bauern angesammelt hatten. Nun hatten sie wieder Mut. Der Angeklagte Henning stellte sich an die Spitze des Zuges. Von der andern Straßenseite sah ich Herrn Oberinspektor Frerksen kommen.»

Der Vorsitzende hat den Kopf in die Hand gestützt. Die Beisitzer starren in den Saal und suchen nach Gesichtern von Bekannten. Der Verteidiger hört mit einem skeptischen Lächeln zu. Die Staatsanwaltschaft macht ernst und eifrig Notizen.

Stuff stöhnt: «Das ist ja ein bildschönes Schwein.»

Und Pinkus zischt: «Passt Ihnen nicht in Ihren Kram, was?»

Stuff wirft einen Blick durch seine Klemmergläser, und Pinkus duckt sich.

«Herr Frerksen ging ruhig und gehalten auf den Angeklagten zu und sagte zu ihm etwas, was ich nicht verstehen konnte, in höflichem Tone. Da sprang der Angeklagte Padberg wie eine Furie auf Herrn Frerksen los, packte ihn mit beiden Händen vor der Brust, schüttelte ihn, stieß ihn beiseite, und der Zug setzte sich in Bewegung.»

«Das ist vollkommen neu», sagt der Vorsitzende, «keiner der Zeugen hat bisher bekundet, dass Herr Frerksen hier schon geschlagen worden ist. Er selbst hat ausgesagt, dass er durch die losmarschierenden Bauern abgedrängt worden sei.»

Ungerührt sagt der Kommissar: «Herr Frerksen irrt sich. Seine Erinnerung täuscht ihn. Ich bin es gewohnt, exakte Beobachtungen anzustellen. Meine Beobachtungen stimmen. – Herr Frerksen sprach dann mit zwei Polizeibeamten und lief dem Zuge nach, der unterdes ungefähr sechzig Meter weitergekommen war. Als

Herr Frerksen dann neben dem Fahnenträger auftauchte, legte er die Hand auf die Fahne.

Ich erkannte, dass er sie beschlagnahmte. Sofort erhoben die Bauern die Stöcke, drehten sich um und schlugen auf Herrn Frerksen ein. Dieser zog den Säbel, doch der Angeklagte Henning entriss ihm den Säbel, setzte die Spitze auf die Erde und bog ihn krumm. Dann schlug der Angeklagte mit geballten Fäusten auf den Polizeioberinspektor los.»

Justizrat Streiter tritt dicht vor den Zeugen. «Ihre Darstellung stimmt auf keinen Fall. Von den zahlreichen Zeugen hat nicht einer bekundet, dass Henning die Fahne auch nur eine Minute losgelassen hat. Deswegen kann er auch nichts von dem getan haben, was Sie hier vor Gericht behaupten.»

Der Zeuge erklärt mit viel Ruhe: «Laienbeobachtungen sagen gar nichts. Laien können bei ihren Beobachtungen gar nicht unterscheiden, was an einer Handlung strafrechtlich wichtig und was unwichtig ist.

Ich habe genau gesehen, dass Henning die Fahne an einen Bauern abgegeben hat. Die Fahne ist dann noch durch drei oder vier Hände gegangen. Es ist hochinteressant, dass keiner der Zeugen beobachtet hat, was doch so klar zu sehen war.»

Der Vorsitzende bemerkt milde: «Ich muss Sie darauf aufmerksam machen, Herr Kommissar, dass Herr Henning bisher nichts beschönigt hat. Er hat ohne weiteres alles zugegeben, was ihm vorgehalten wurde. Herr Henning, haben Sie die Fahne etwa weitergegeben?»

«Ich habe die Fahne nie aus der Hand gegeben.»

Justizrat Streiter sagt nicht ohne Schärfe: «Es ist hochinteressant, die Aussagen des Herrn Kommissars zu verfolgen. Ich möchte Folgendes erklären: Ich kenne denjenigen, der dem Oberinspektor den Säbel entrissen hat. Man hat es mir unter dem Siegel meiner Amtsverschwiegenheit mitgeteilt. Henning war es bestimmt nicht.»

Der Kommissar steht unerschüttert. «Es gibt bewusste Täuschungen, und es gibt unbewusste Täuschungen. Ich habe deutlich gesehen, wie der Angeklagte Henning die Fahne weitergegeben hat, den Säbel krummbog, den Inspektor schlug.»

Die Staatsanwaltschaft regt an: «Herr Frerksen ist im Saal. Vielleicht kann er hierzu aussagen.»

Der Oberinspektor nähert sich sachte dem Richtertisch. Der Vorsitzende sagt: «Sie haben ja bereits ausgesagt, Herr Oberinspektor, dass Sie sich an bestimmte Personen in dem Getümmel nicht erinnern können. Aber vielleicht können Sie sich daran erinnern, ob Herr Henning die Fahne weitergegeben hat oder nicht?»

Der Oberinspektor sieht sich zögernd um. Er blickt von einem Gesicht zum andern. Schließlich sagt er zögernd: «Ich kann nichts Bestimmtes sagen. Möglich ist es ja schließlich.»

«Sie sehen», sagt triumphierend der Kommissar, «auch Herr Oberinspektor leugnet die Möglichkeit nicht. Wenn Sie scharf nachdenken, Herr Oberinspektor, müssen Sie sich daran erinnern, dass Henning Sie an der Brust gepackt hat und schüttelte.»

«Wir erheben Einspruch gegen derartige suggestive Fragen», erklärt die Verteidigung.

Und Frerksen sagt erschreckt: «Nein, das möchte ich nicht sagen. Ich weiß es nicht. Möglich ist es ja. Aber ich möchte es nicht sagen.»

Padberg hat sich auch bis an die Gruppe herangepirscht. Mit atemloser Spannung hat er von einem Gesicht zum andern gesehen. Nun sagt er erregt: «Herr Vorsitzender, es ist eine Riesendummheit von mir, aber das kann ich nicht anhören. Das ist ja unglaublich, was dieser Zeuge phantasiert.

Ich, Herr Kommissar, ich, kein anderer als ich habe dem Oberinspektor den Säbel entrissen. Und zwar habe ich das von hinten getan, von hinten habe ich ihm ums Handgelenk gegriffen, ihm das Handgelenk umgedreht, bis der Säbel aufs Pflaster fiel. Säbel entreißen! – Wer ist denn so dämlich und fasst in eine offene Säbelklinge?»

Allgemeine Erregung. Der Verteidiger hat sich auf Padberg gestürzt und redet tadelnd auf ihn ein. Unbewegt steht der Kommissar.

Der Vorsitzende sagt: «Es macht Ihnen alle Ehre, Herr Padberg, dass Sie sich nicht geschont haben. – Sie, Herr Kommissar, möchte ich doch bitten, bei Ihren Aussagen mit größter Vorsicht zu verfahren und dort, wo Ihre Erinnerung nicht ganz klar ist, lieber zu sagen: *Ich* weiß das nicht.»

Der Kommissar sagt ruhig: «Es sieht jetzt natürlich so aus, als wenn ich mich geirrt hätte. Aber ich habe mich natürlich nicht geirrt. Meine Darstellung des Sachverhaltes stimmt. Die Selbstbezichtigung des Angeklagten Padberg beweist gar nichts. Er hat sich dadurch eine milde Beurteilung gesichert, während sein Freund durch meine Aussage äußerst schwer belastet gewesen wäre.»

Der Vorsitzende erklärt etwas erregt: «Ich bitte Sie doch, Herr Kommissar, die Bewertung der einzelnen Aussagen dem Gericht zu überlassen. – Wollen Sie in Ihrer Darstellung fortfahren. Die Angeklagten bitte ich, ihre Plätze wieder einzunehmen.»

Stuff grinst über den Tisch zu Pinkus. «Feiner Vertreter, was? Sind Sie stolz drauf, wie?»

Und der, ganz erstaunt: «Auf den blöden Bluff von Padberg fallen Sie rein? Sie können einem ja leidtun.»

Der Kommissar sagt weiter aus. Jetzt erfährt man, dass er derjenige Zeuge ist, der den Dentisten Czibulla mit einem Schirm oder Stock gesehen hat, mit was von beiden, das kann er nicht genau sagen. Irrtum ausgeschlossen.

Czibulla fährt hoch. «Herr Präsident, ich habe nun beinahe das biblische Alter. Sehe ich aus, als wenn ich große Polizeibeamte mit Stöcken stieße?»

Der Vorsitzende wiegt lächelnd den Kopf hin und her. Dann verweist er dem Czibulla den Eingriff in die Verhandlung.

Der Kommissar ist weiter voll von Sonderbeobachtungen. Gewichtig sagt er aus, gegen Henning, gegen Padberg, gegen Czibulla, gegen Feinbube, gegen Benthin, gegen Banz, er sagt aus. Er sagt aus.

Schließlich atmet alles auf, als er den Mund zumacht. Selbst Pinkus hat die letzte halbe Stunde nicht mehr mitgeschrieben.

Der Kommissar steht da, der Zeuge par excellence, der Sachverständige, den nichts erschüttert.

Der Vorsitzende fragt gelangweilt, ob an den Zeugen noch Fragen zu stellen sind oder ob er entlassen werden könne.

Da erhebt sich – und alles ist überrascht – der Verteidiger und bittet, den Zeugen noch nicht zu entlassen, da eine wichtige Zeugenaussage bevorstehe, zu deren Bestätigung er notwendig sei. Der Zeuge wird nicht entlassen, darf aber im Zuhörerraum Platz nehmen. In der ersten Reihe. Da sitzt er nun, er sieht wichtig und zufrieden aus, und hört zu.

3

Als nächste Zeugin betritt Fräulein Herbert den Saal, Tochter des verstorbenen Volksschullehrers Paul Herbert. Sie ist siebenundfünfzig Jahre alt, eine energische Dame, die sich nicht geniert. Sie leistet den Eid in der religiösen Form.

«Zeugin», sagt der Vorsitzende, «Sie haben sich sowohl an den Herrn Verteidiger wie an mich schriftlich gewandt, Sie hätten wichtige Bekundungen zu machen. Wollen Sie uns mal erzählen, was Sie beobachtet haben? Sie wohnen ja wohl in dem Eckhaus Stolper Torplatz und Burstah?»

Die Zeugin ist ungeduldig hin und her getreten, jetzt ruft sie:

«Herr Präsident, ich bin ja so empört! Ich bin ja so empört! Ich habe die Zeitungen gelesen über Ihre Verhandlungen hier. Das ist ja alles nichts, Herr Präsident. Das ist ja nicht das.»

Sie holt Atem. Der Vorsitzende betrachtet sie mit schiefgelegtem Kopf, unentschlossen, von unten, der Herr Staatsanwalt beginnt sich wieder zu entrüsten, das Publikum stößt sich gegenseitig an und macht sich nachdrucksvoll auf das aufmerksam, was jeder vor Augen hat.

«Olle Schreckschraube», murrt Stuff.

Aber die olle Schreckschraube lässt sich nicht im Geringsten verwirren, sie weiß, was sie will.

«Herr Präsident, ich habe auf meinem Balkon gesessen, ich habe meine Handarbeit gemacht. An nichts Böses habe ich gedacht. Und plötzlich war es doch ... nein, Herr Präsident, und wenn ich in fünfzig Jahren sterbe, ich werde es noch vor Augen sehen ...

Ich habe gelesen, hier wird verhandelt, wie die Polizei vorgegangen ist, und ob sie erst eine Aufforderung an den Fahnenträger gerichtet haben oder gleich zugeschlagen und ob sie die Gummiknüttel oder Säbel benutzt haben. Ich habe gelesen, dass der Herr Frerksen hier gestanden und gesagt hat, er hat es richtig gemacht und er kennt die Gesetze und die Verordnungen. Ich kenne den Herrn Frerksen, seit er ein Junge ist.»

Sie dreht sich um, sie sieht suchend in den Zuschauerraum. In der ersten Reihe entdeckt sie Frerksen, und sie spricht ihn an.

«Herr Frerksen, ich kenne Sie ja als einen ruhigen Mann, ich kenne Sie als einen höflichen Mann. Aber was Sie den Nachmittag gemacht haben, das ist eine Schande, da hilft kein Drumreden, da müssen Sie sich schämen. Ewig müssen Sie sich schämen ...»

Frerksen hat sich erhoben, er sagt, rot begossen, flehend zu dem Vorsitzenden: «Herr Landgerichtsdirektor ...»

Und dieser: «Fräulein Herbert, Sie müssen zum Gerichtshof

reden. Sie dürfen nicht zu Zeugen und Zuschauern sprechen. Können Sie uns jetzt vielleicht ruhig erzählen, was Sie beobachtet haben?»

«Ja, natürlich. Ich fange sofort an. Ich musste es ihm nur einmal sagen, grade weil er sonst ein netter Mensch ist, wie schlecht er den Nachmittag gewesen ist. Ins Gesicht muss man ihm das sagen, Herr Vorsitzender, nicht immer hinter dem Rücken ...»

«Es ist ja gut. Es ist ja gut», beruhigt der.

«Famoses Frauenzimmer», erklärt Stuff. «Zehn solche, und nicht die Bauern, die Polizei säße auf der Anklagebank»

«Was das für ein Vorsitzender ist», meint Pinkus, «möchte ich auch wissen. Bei dem tut jeder, was er will.»

Die Herbert beginnt neu: «Ich saß auf dem Balkon, und da sah ich den Frerksen angelaufen kommen. Ich sah gleich, da war was nicht in Ordnung. Er ist doch sonst so geschniegelt, und wie sah der Mann aus. Und er lief so rücksichtslos, wer ihm nicht auf zehn Schritte aus dem Wege ging, den rannte er einfach an, da gab es gar nichts.

Dann stellte er sich auf die Verkehrsinsel und schickte den Schutzmann weg. Unterdes sah ich die Bauern kommen. Und von der andern Seite kam plötzlich Polizei, ein Riesentrupp, mindestens vierzig Mann.»

«Etwa zwanzig, ist festgestellt.»

«Ausgeschlossen. Ganz ausgeschlossen. Mindestens vierzig, vielleicht fünfzig. Und auf die beginnt er einzureden, mit den Händen fuchtelt er in der Luft herum, und plötzlich fangen sie alle an, gegen die Bauern vorzulaufen, Herr Frerksen an der Spitze. Und manche hatten die Gummiknüttel in der Hand und manche Säbel, und manche zogen erst während des Laufens den Säbel aus der Scheide.»

«Hat Herr Frerksen auch einen Säbel in der Hand gehabt?»

«I wo, Herr Präsident, das müssten Sie doch wissen. Das stand doch schon x-mal in jeder Zeitung, dass der hinter dem Denkmal steckte. Herr Frerksen hat nur mit den Händen gefuchtelt.

Und nun passen Sie auf, Herr Präsident. Ich habe doch alles gelesen in den Zeitungen von der Verhandlung, aber davon habe ich nichts gelesen. Wo ist der Herr Frerksen geblieben, als der Angriff losging? Seine Leute sind immer schneller gelaufen, je näher es an die Bauern heranging, und Herr Frerksen ist immer langsamer gelaufen. Und als die Mannschaften anfingen und hieben mit dem Säbel auf die Bauern ein, da war Herr Frerksen zehn Schritte hinter seinen Leuten. Und näher ist er die ganze Zeit nicht an den Kampf herangegangen.»

«Sie haben selbst gesagt, Zeugin, dass er keine Waffe hatte.»

«Dann hätt er sich von seinen Leuten einen Säbel geben lassen sollen», erklärt energisch Fräulein Herbert. «Wenn man so was anrichtet, dann darf man doch nicht zehn Schritte davon ab stehen bleiben, dann muss man doch mindestens mitmachen. Ich hätte es wenigstens so gemacht, Herr Präsident, ich bestimmt.»

Der Vorsitzende betrachtet sie, sein Gesicht strahlt von einer sanften Ironie. «Und was geschah dann, Fräulein Herbert?»

«Dann? Dann ging die Schlägerei los. Das haben Sie ja mindestens schon zwanzigmal gehört. Aber das sage ich Ihnen, Herr Präsident, wie die mit dem jungen Mann da», sie dreht sich um, sucht auf der Bank der Angeklagten, entdeckt Henning und sagt erfreut: «Da ist er ja. Das ist der Herr Henning ... Wie die mit dem umgesprungen sind, das war einfach grausam. Der lag doch auf der Erde und hatte seine Fahne festgehalten, und die haben auf ihn eingeschlagen. Ich habe gedacht: Altholmsche sind das? Das sind ja Wilde. Das sind ja Seeräuber.»

Sie holt Atem. Dann, auf den zusammengesunkenen Czibulla weisend: «Mit dem war es das schlimmste. Ich habe ihn ganz gut gesehen, er lief ewig rum, genauso wie ein Huhn vorm Auto. Der war doch ganz kopflos von dem Gedräng.

Und dass er einen Stock gehabt haben soll oder einen Schirm, wie Sie ihn am ersten Tag gefragt haben, das ist einfach nicht wahr. Der hatte genug mit seiner Reisetasche zu tun. Sehen Sie sich den doch an, Herr Präsident, der würde doch jeden Schirm überall stehenlassen. Da kann doch seine Frau froh sein, wenn er sich und seine Tasche dahin bringt, wo sie hin sollen.»

Der Vorsitzende sagt mühsam: «Sie sind also der Ansicht, dass Herr Czibulla den Wachtmeister nicht geschlagen hat?»

Die Zeugin ist ganz Verachtung. «Der Ansicht? Herr Präsident, der und schlagen? Der ist ja froh, wenn ihn keiner schlägt. Ich hab's doch in den ‹Nachrichten› gelesen, dass er gesagt hat, wie ein Mäuschen hat er gezupft. Gradeso ist es.

Und dann kriegte er den fürchterlichen Schlag. Das war das Grausamste von allem. Wie ich da das Gesicht sah und das Blut auf dem Gesicht, da habe ich mich umgedreht, da konnte ich nicht mehr. Da bin ich in mein Zimmer gegangen, und so schlecht war mir, entschuldigen Sie, dass ich mich erbrochen habe.»

Stille.

Stuff schmiert begeistert. «Die Stimme der Menschlichkeit und der Vernunft», schreibt er.

Der Vorsitzende sagt hastig: «Hat jemand noch Fragen an diese Zeugin? Wenn nicht ...»

Und verzweiflungsvoll, aber ergeben in sein Schicksal: «Bitte, Herr Justizrat ...»

«Fräulein Herbert, ich bitte, uns doch zu sagen, hatten Sie bei diesem Zusammenstoß den Eindruck, dass die Polizei angriff oder dass die Bauern angriffen?»

Die Zeugin ist voll Verachtung. «Und das fragen Sie nach allem, was ich erzählt habe? Die Polizei hat natürlich angegriffen. Wie die Wilden haben sie angegriffen.»

Justizrat Streiter sagt lächelnd: «*Ich* weiß das wohl. Aber es gibt noch immer einige im Saal, die es bezweifeln.»

Der Vorsitzende: «Bitte, Herr Oberstaatsanwalt.»

Der Oberstaatsanwalt fragt still und harmlos: «Ich bitte die Zeugin zu fragen, ob es ihrem Eindruck nach zu dem ganzen blutigen Zusammenstoß gekommen wäre, wenn die Bauern die Fahne freiwillig herausgegeben hätten?»

Justizrat Streiter sagt rasch: «Ich beanstande diese Frage. Es handelt sich dabei um eine reine Hypothese, während meine Frage nach dem Gesamteindruck zielte, den die Zeugin aufgrund ihrer eigenen Beobachtungen gewonnen hatte.»

Der Vorsitzende: «Ich habe keine Bedenken gegen diese Frage.»

Und der Oberstaatsanwalt: «Ich bitte den Herrn Vorsitzenden, die Frage aufzunehmen.»

Der Vorsitzende: «Also, Zeugin, glauben Sie, dass es auch zu dem blutigen Zusammenstoß gekommen wäre, wenn die Bauern die Fahne freiwillig herausgegeben hätten?»

Ehe noch die Zeugin antworten kann, sagt der Verteidiger rasch: «Ich beanstande diese Frage wiederum und bitte um Gerichtsbeschluss.»

Der Vorsitzende erhebt sich ergebungsvoll und verlässt, gefolgt von seinen Mannen, den Gerichtssaal. Allgemeine Unterhaltung setzt ein.

Fräulein Herbert wendet sich zu den Angeklagten und schüttelt erst Henning, dann Czibulla die Hand. Der Gerichtsdiener protestiert.

«Ein Staatsweib», erklärt Stuff.

«Ist ja gar keine Zeugin», erklärt Pinkus. «Die hat ja gar nichts beobachtet. Die spricht ja nur von Blut. Die ist ja hysterisch.»

«Junge, Junge», sagt Stuff. «Ich werde ihr mal erzählen, was Sie eben gesagt haben. Die wird Ihnen was beibringen von wegen hysterisch.»

«Um Gottes willen», sagt Pinkus und geht weiter nach hinten.

Der Gerichtshof erscheint wieder, und der Vorsitzende verkündet: «Die Frage des Herrn Oberstaatsanwalts wird in folgender Form vom Gericht zugelassen: Hat die Zeugin nach ihrer Beobachtung die Polizei für so erregt gehalten, dass sie selbst bei Herausgabe der Fahne zugeschlagen hätte?»

Fräulein Herbert will schon antworten, als der Oberstaatsanwalt sich erhebt und mühsam lächelnd erklärt: «Wir verzichten auf die Beantwortung der so formulierten Frage durch die Zeugin.»

«Wenn dann also keine weiteren Fragen an die Zeugin zu richten sind? Fräulein Herbert, Sie sind entlassen. Sie können aber, wenn Sie wollen, im Zuhörerraum Platz nehmen.»

Fräulein Herbert erklärt vernehmlich: «Nein, danke, habe genug davon», und verlässt den Saal.

Der Vorsitzende: «Gerichtsdiener, rufen Sie jetzt den Zeugen Polizeihauptwachtmeister Hart.»

Alles setzt sich ergeben zurecht, Polizeiaussagen sind weder interessant noch beliebt.

4

Der Vorsitzende sagt: «Wie uns die Verteidigung mitteilt, wünschen Sie Ihre Aussagen noch in einem Punkt zu vervollständigen.»

Doch der Hauptwachtmeister entgegnet: «Die Verteidigung? Nein.»

Er sieht sich argwöhnisch nach Stuff um, doch Stuff nickt ihm freundlich zu und zwinkert mit den Augen. Dem Polizeimann geht ein Licht auf, Stuff hat den Verteidiger irgendwie reingelegt, und er gibt zu: «Auch die Verteidigung. Meinethalben.»

Der Vorsitzende sieht den Mann prüfend an, er merkt, hier stimmt etwas nicht, hier spielt mal wieder einer, wie ewig in diesem Prozess, mit verdeckten Karten, und so fragt er nur: «Um was handelt es sich?»

«Ich habe vor ein paar Tagen bei meiner Vernehmung erzählt, wie ich auf dem Stolper Tormarkt als Verkehrsposten gestanden habe. Wie da ein Bauer gekommen ist und mich gereizt und getriezt hat, dass ich am liebsten alle Bauern verhauen hätte. *Den* Bauern habe ich heute früh im Zeugenraum sitzen sehen.»

«Einen Bauern?», fragt der Vorsitzende. «Da müssen Sie sich irren. Für heute ist nicht ein Bauer vorgeladen.»

«Aber ich habe ihn doch sitzen sehen, einen dicken, dunklen Mann mit weißem Gesicht.»

Der Vorsitzende denkt einen Augenblick nach. Er sieht den Verteidiger auf dem Sprunge zu reden, aber er weiß schon selber Bescheid. Ganz hübsch gemacht das, denkt er, der Streiter ist zehnmal so tüchtig wie die Suse von Staatsanwalt. Der Wachtmeister weiß gar nichts. Der ist ganz dumm und ahnungslos. Wie der Streiter das wohl hingekriegt hat?

Laut aber sagt er: «Nein, Bauern sind heute nicht vernommen. Aber vielleicht drehen Sie sich einmal um und sehen sich die Zuhörer an. Vielleicht sitzt dort Ihr Mann.»

Während Polizeihauptwachtmeister Hart seine Musterung beginnt, fasst der Vorsitzende einen Mann scharf ins Auge. Der Mann wendet erst den Kopf fort, dann greift er in die Tasche, holt ein Taschentuch hervor und beginnt ein ausdauerndes, leises Nasereinigen.

Was ihm aber nichts hilft, denn schnurstracks geht Hart auf ihn zu und erklärt laut (das Publikum ist aufs höchste gespannt): «Das ist der Mann.»

«Sind Sie sicher?», fragt der Vorsitzende, «ist das der Mann, der Sie geneckt, verhöhnt und provoziert hat?»

«Jeder Irrtum ist ausgeschlossen, Herr Landgerichtsdirektor», sagt der Wachtmeister. «Das ist der Mann. Damals hatte er Stulpenstiefel an, einen grünen Lodenanzug mit Joppe und einen grünen Hut mit Gamsbart. Der beste Beweis, dass er es ist: Er hat eben versucht, sein Gesicht vor mir zu verstecken.»

«Ich habe gar nicht mein Gesicht versteckt», sagt der Mann grob. «Ich habe einen Schnupfen, wenn ich einen Schnupfen habe, schnaube ich meine Nase. Ich bin Ihnen im Gegenteil dankbar, dass Sie mir Gelegenheit geben, meine Aussage zu ergänzen.»

«Na, na», sagt Hart, «dass Sie reden können, das habe ich ...»

Der Vorsitzende greift ein. «Die Zeugen haben nur zu sprechen, wenn ich sie frage. Herr Hart, dieser Herr ist aber kein Bauer, das ist Herr Kriminalkommissar Tunk aus Stolpe.»

«Der Teufel ...» Der Polizist spricht nicht weiter, er dreht sich um zum Pressetisch, er sieht auf Stuff.

Aber Stuff schreibt.

Hart dreht sich wieder zum Vorsitzenden. «Es ist so, wie ich gesagt habe. Und wenn der Herr Kriminalkommissar ist, dann verstehe ich gar nichts. Er hat mir gesagt: ‹*Wir* Bauern haben euch Polizisten niedergeschlagen – mach, dass du ausreißt, sonst lackieren *wir* euch die Fresse› ... Das verstehe ich nicht, nein, Herr Landgerichtsdirektor ...»

Der Kommissar ist wieder vollkommen ruhig. Ihn erschüttert nichts.

Der Vorsitzende fragt: «Ist die Schilderung, die Herr Hart uns von Ihrem Vorgehen gegeben hat, auch Ihrer Ansicht nach richtig?»

«Vollkommen, Herr Landgerichtsdirektor, vollkommen. Ich möchte sagen, ich habe ihn noch mehr zu reizen versucht, als aus seinen Worten hervorgeht.»

«Und warum das? Schien Ihnen das nicht bedenklich?»

«Es schien mir richtig, Herr Landgerichtsdirektor. Ich handelte nach reiflicher Überlegung. Ich hatte gesehen, dass die Polizeimacht klein, die Bauern sehr zahlreich waren. Die Bauern waren erregt und kampflustig. Die Polizei ruhig und scharfem Vorgehen abgeneigt.

Zudem hatte ich die etwas laxe Haltung des Polizeioberinspektors gesehen, da hielt ich eine Prise Pfeffer für angebracht.

Direkt durfte ich mich mit der Polizei nicht in Verbindung setzen. Da habe ich diesen Weg gewählt. Ich wollte die Polizei aufrütteln, kampflustiger machen, vor allem wollte ich erreichen, dass sie nicht von den Bauern vollkommen überrascht wurde.

Wie Herr Hart uns eben mitteilt, habe ich dieses Ziel erreicht.»

Im Zuschauerraum hat sich Oberinspektor Frerksen erhoben. Schritt für Schritt zog er dem Richtertisch näher, nun sagt er mehrmals rasch hintereinander: «Herr Landgerichtsdirektor! Herr Landgerichtsdirektor!»

«Ja bitte, Herr Oberinspektor? Haben Sie noch etwas zur Sache mitzuteilen?»

Mit vor Erregung zitternder Stimme erklärt Frerksen: «Der Herr Kommissar hat eben von meiner laxen Haltung gesprochen. Demgegenüber möchte ich feststellen, dass der Herr Kommissar in der Viehhalle mich zu meinem Vorgehen beglückwünscht hat. Er hat mir, ich weiß seine Worte noch genau, gesagt: ‹Sie haben den Laden geschmissen.›»

«Das habe ich gesagt, Herr Landgerichtsdirektor», sagt der unerschütterliche Kommissar. «Das ist richtig. Aber Sie hätten diesen Mann sehen sollen, als er sich auf mich stürzte – er kannte mich ja –, als er mich fragte, wie man in Stolpe das alles aufnehmen würde, ob er richtig gehandelt hätte und so weiter. Rein, um den Mann zu beruhigen, habe ich das gesagt, ganz privat natürlich, aus Freundlichkeit.»

«Herr Kommissar ...», beginnt Frerksen.

Aber der Vorsitzende greift ein. «Das ist ohne jedes Interesse für uns. – Hat noch jemand Fragen an den Zeugen Tunk? Sie, Herr Justizrat?»

«Danke, nein. Der Zeuge ist für mich erledigt.»

5

Am Schluss der Beweisaufnahme betritt der Sachverständige, Polizeimajor a. D. Schadewald, den Gerichtssaal.

Er ist ein dicker, kugeliger Herr mit blankpoliertem Rundschädel, auf dessen Wölbung drei Beulen, taubeneigroß, auffallen.

Der Vorsitzende sagt: «Der Sachverständige soll keinerlei Werturteil fällen. Er soll nur zur Instruktion des Gerichtes ausführen, wie er die Aufgabe, eine Fahne aus einem Demonstrationszug zu entfernen, gelöst haben würde. Dafür sind drei Fragen formuliert ...»

Aber zuerst schildert der Vorsitzende kurz die Lage. Er tritt an die Schiefertafel.

«Hier ist das Lokal: das Tucher. Hier über Marktplatz, Burstah, am Stolper Torplatz vorbei, unter der Bahn fort, durch Villenstraßen dann geht der Weg des Demonstrationszuges, der etwa dreitausend Mann stark ist. Ihnen, Herr Polizeimajor, stehen etwa zwanzig Beamte kommunaler Polizei, die mit Polizeiknüppel, Säbel und Revolver ausgerüstet sind, zur Verfügung. Die Lage ist klar?»

Der Polizeimajor Schadewald sagt vernehmlich: «Jawohl.»

Der Vorsitzende: «Ich stelle nun Frage Nummer eins: Scheint es notwendig und üblich, die Aufgabe der Wegnahme einer Fahne nach einem bestimmten Plane vorzunehmen?»

Der Polizeimajor Schadewald sagt vernehmlich: «Jawohl.»

Alles wartet mit Spannung, aber es erfolgt nichts weiter. Der

Sachverständige hat Frage Nummer eins bereits seiner Ansicht nach erschöpfend beantwortet.

Der Vorsitzende: «Ich stelle Frage Nummer zwei: Wird der Führer zur Durchführung dieser Aufgabe seinen Beamten bestimmte Anweisungen erteilen?»

Der Polizeimajor Schadewald sagt vernehmlich: «Jawohl.»

Und wieder ist Stille. Alles ist verzweifelt. Gott, ein Sachverständiger, der sich nicht selbst gern reden hört, gibt es denn so etwas?

Der Vorsitzende stellt die dritte Frage: «Wie wirkt das Verhalten des Führers, seine Ruhe und seine Erregung, seine klare oder unbestimmte Befehlsgabe auf die Truppe?»

Gutachter Polizeimajor Schadewald erklärt: «Je ruhiger der Führer, umso ruhiger die Truppe.»

Und verstummt wieder.

Die drei Fragen sind vorbei.

Der Vorsitzende lächelt, etwas verlegen, etwas hilflos.

Dann: «Herr Major, ich muss zu der Frage zwei nun doch noch eine Zusatzfrage stellen. In welchem Umfange würden Sie als Führer Ihrer Truppe Befehle erteilen? Welche Befehle würden Sie erteilen?»

Der Sachverständige tut seinen Mund auf und spricht: «Zuerst muss ich wissen, *wo* ich die Fahne wegnehmen will.

Natürlich an der schmalsten Straßenstelle, denn dort kann ich den Zug am leichtesten zum Halten bringen. Also niemals Stolper Tormarkt, sondern» – er zeigt auf die Tafel – «unterer oder oberer Burstah.

Dann teile ich meine Leute ein.

Acht Mann müssen eine Sperrkette über die Straße bilden. Sie haben den Zug aufzuhalten, aber möglichst den Fahnenträger, eventuell auch einige seiner Freunde, passieren zu lassen, damit er vom Zug isoliert wird.

Fünf weitere Beamte sind der Stoßtrupp. Zwei bekommen den Befehl, den Fahnenträger, wenn er auf meine Aufforderung hin die Fahne nicht herausgeben will, am rechten und am linken Arm zu fassen. Widersetzt sich der Fahnenträger, so haben sie von ihrem Polizeiknüppel Gebrauch zu machen. Sonst kommt Waffengebrauch nicht in Frage.

Die drei andern haben nur einzugreifen, wenn die mitpassierten Freunde des Fahnenträgers tätlich werden wollen.

Der Rest der Mannschaft ist meine Reserve.

Vorher habe ich mir ein Auto besorgt, mit dem die fortgenommene Fahne sofort den Demonstranten aus dem Auge geschafft wird.

Sobald ich die Fahne habe, kommandiere ich: Sammeln. Die Sperrkette rollt sich auf, und der Zug kann weitermarschieren.»

Schluss. Ende. Alles rückt zurecht.

Gewiss, das ist klar, jeder versteht es, so wäre nichts geschehen. Der Vorsitzende fragt nachdenklich: «Ist denn immer Zeit, so detaillierte Anweisungen zu erteilen?»

Und der Sachverständige: «Der Weg ist doch lang, die Leute marschieren fast eine Stunde, *ich* kann mir ja die Stelle aussuchen.»

«Noch eine Frage: Würden Sie mit Ihren Mannschaften dem Zuge entgegengehen oder sein Herannahen abwarten?»

Und der Sachverständige: «Abwarten. Unbedingt abwarten. Lieber später eingreifen, aber genau instruieren.»

Der Vorsitzende sagt: «Ich habe keine Frage mehr an den Herrn Sachverständigen.»

Weder Verteidigung noch die Staatsanwaltschaft rühren sich. Der Polizeimajor a. D. Schadewald verlässt, ehrfürchtig angestarrt, den Saal.

Sechstes Kapitel

Das Urteil

1

Der große Tag der Plädoyers, des Urteilsspruchs wahrscheinlich auch, ist gekommen. Die Turnhalle ist gesteckt voll, sogar auf den Gängen stehen die Leute.

Und noch immer schieben sich neue Massen herein.

«Hübsche Fülle habt ihr hier», sagt der Setzer Linke von der «Bauernschaft» zum Parteisekretär Nothmann, die sich in der dritten Reihe einen Platz erobert haben.

«Viel zu viel Karten ausgegeben.»

«Und an wen? Alles vollgefressene dicke Bourgeois.»

«Und da wundern die sich noch, wenn man nicht an unparteiische Richter glaubt. Nicht einmal Eintrittskarten können die unparteiisch verteilen.»

«Recht hast du, Genosse», sagt Linke.

«Sind sie denn anständig zu dir, wenn du vernommen wirst?»

«Ich lass mir schon nichts bieten. Der Untersuchungsrichter ist ja auch so einer. Ich habe ihm gesagt, der Padberg hat mich geschickt, die Papiere holen, hab ich gesagt, und wenn er jetzt sagt, er hat mir nichts gesagt, so lügt er eben, hab ich gesagt.»

«Recht hast du. – Jetzt geht's los. Der Oberstaatsanwalt fängt an.»

«Der beißt die Bauern auch nicht. Wir hätten so was tun sollen ...»

Der Oberstaatsanwalt steht da, Papiere in der Hand. Er ist ein kleines, weißliches Männchen, mit einem nach unten hängenden zerfaserten Bart. Auch die Klemmergläser hängen nach unten.

«Nichts Forsches», erklärt Medizinalrat Doktor Lienau. «Früher gab's noch zackige Staatsanwälte. Aber so was. Nee.»

«Recht haben Sie», sagt der Lokomotivführer Thienelt, der auch mit dem Stahlhelm auf der Rockklappe prunkt. «Sieht aus, entschuldigen Sie, ich denke an meinen Karnickelstall, wie ein schwangeres Kaninchen. So betrübt ...»

«‹Schwangeres Kaninchen› ist glänzend, das muss ich heute Abend ...»

Der Oberstaatsanwalt spricht schon. Über die wirtschaftlichen Folgen, über die Parteikämpfe hin kommt er zu dem mit Emphase hervorgestoßenen Satz: «Aber von dieser Schwelle bleibt die Politik fern.»

«Jetzt sagt er das», grunzt Graf Bandekow, «aber jeden Zeugen, der bauernfreundlich war, hat er gefragt, welcher Partei er angehört.»

«Ist ja sein Brot», erklärt Bauer Henke-Karolinenhorst, «er kann sich doch nicht hinstellen und rupps-stupps jeden auf fünf Jahre ins Zuchthaus schicken.»

«Das soll er wohl mögen», stimmt Bauer Büttner bei.

Aber der Oberstaatsanwalt ist schon bei der Auswertung der Beweisaufnahme. «Der Zeuge Kriminalkommissar Tunk ist in der Presse heftig angegriffen worden, weil er anderes beobachtet haben soll wie andere Zeugen. Der Zeuge hat nicht *anderes* beobachtet, der Zeuge hat als geschulter Kriminalist *genauer* beobachtet. Die Staatsanwaltschaft macht sich seine Beobachtung zu eigen.»

«Das ist doch eine Schande», erklärt Polizeihauptwachtmeister Hart, «dies Schwein, das mich einfach provoziert hat ...»

«Stille biste», sagt der ewige Kriminalassistent Emil Perduzke, «was wir von der Kriminalpolizei sagen, das geht den Herren Staatsanwälten doch noch über den lieben Gott.»

«Der Zeuge Tunk hat genau beobachtet, wie der Angeklagte Henning dem Oberinspektor den Säbel entrissen hat, ihn durch Darauftreten unbrauchbar machte. Dann auf den Oberinspektor einschlug ...»

«Ist denn das wirklich Henning gewesen?», fragt erstaunt Frau Frerksen ihren Mann. «Du hast doch mir immer erzählt, Fritz, es war Padberg. Er hat dich doch noch so wütend angefunkelt ...»

«Keine Namen, Änne! Um Gottes willen!», flüstert Frerksen. «Ich bin auf der Stelle ruiniert ...»

«Kein Zusammenstoß mit der Staatsautorität hat die Bauernschaft bisher von ihrer feindlichen Haltung gegen den Verwaltungsapparat abbringen können. Eine außerordentlich scharfe Sühne ist daher angebracht!», verkündet der Oberstaatsanwalt.

«Nee so was», wundert sich Landwirtschaftsrat Feinbube. «Jetzt soll die Liebe zur roten Republik durch Zuchthaussitzen gepflegt werden.»

«Freilich konnte den Angeklagten nicht widerlegt werden, dass sie auf dem Marktplatz noch das Vorgehen der Polizei für nicht rechtmäßig hielten. Das muss ihnen als Milderungsgrund angerechnet werden ...»

«Es ist nicht so schlimm», sagt Vadder Benthin. «Passt auf, der beantragt nur eine Geldstrafe.»

«Du bist wohl mall», sagt Bauer Kehding-Karolinenhorst, «wo

sie mir schon für meinen Offenen Brief in der verfluchten ‹Chronik› eine Woche aufgebrummt haben!»

«... die Art und Weise aber, wie sich die Angeklagten widersetzten, ist unbedingt strafverschärfend ...»

«Der Henning hätte sich Gummiabsätze unter die Hacken machen lassen sollen. Dann hätten den Stadtsoldaten seine Fußtritte nicht weh getan», sagt der Syndikus Plosch.

«Diese Juristen! Diese Juristen! Die haben Unterscheidungen!», erklärt Pastor Thomas und schüttelt mit dem Kopf. «Ich weiß da einen Fall, Herr Plosch ...»

«... der Staatsanwaltschaft liegt nichts an einer hohen Bestrafung der Angeklagten, aber ...»

«Das wird teuer», sagt Prokurist Trautmann von den «Nachrichten».

«Wieso?», fragt Heinsius, der sich wieder in seinen Winkel geklemmt hat.

«Ich kenne das als Geschäftsmann», versichert der Erzieher des Zeitungskönigs Gebhardt. «Wenn ich sage, mir liegt an einem Geschäft gar nichts, dann will ich besonders viel verdienen.»

«Der maßlose Hass gegen den Polizeioberinspektor Frerksen, einen fähigen und pflichttreuen Beamten, zeugt nicht von Erkenntnis der Schuld und Reue bei den Angeklagten.»

«Ich habe den Henning zuerst verbunden», sagt Doktor Zenker. «Ich habe seinen Arm gesehen. Wenn da einer zu bereuen hat ...»

«Man ist ein schlechter Staatsanwalt», meint trübe lächelnd Gefängnisdirektor Greve, «wenn man beide Seiten einer Sache sehen kann. Ich weiß das, ich habe selber einmal da gestanden, wo jetzt der Kollege Oberstaatsanwalt steht.»

«Es ist ganz unwichtig, ob die Polizei zuerst geschlagen hat. Denn die Polizei hatte ein Recht zu schlagen.»

«Siehmalsieh, pampig kann er also auch sein», sagt der gewichtige Manzow.

«Warum in aller Welt haben denn die Angeklagten die Fahne nicht gutwillig herausgegeben? Das war eine Kleinigkeit.»

«Nun muss ich sagen», erklärt Bahnhofsfriseur Punte, «wenn ich unser Banner von Eintracht achtundsiebzig trüge und sollte es dem Laffen Frerksen bei angetretenem Verein übergeben, vor den Schädel schlug ich es ihm.»

«Es kann erst wieder Ruhe werden, wenn das Urteil gefällt ist. Dann werden die Bauern einsehen, dass sie der Stadt Altholm mit ihrem Boykott unrecht getan haben. Wo die Schuld liegt, wo schwere Schuld liegt, darüber hat heute kein Mensch hier und im Lande mehr einen Zweifel. Und es ist bezeichnend, was die letzte Ursache dieser Schuld gewesen ist. Warum ist all dies namenlose Unglück geschehen? Weil man einem Mann Ehre erweisen wollte, der das Gesetz verletzt hatte, der im Gefängnis saß! War so etwas früher Sitte?»

Der Angeklagte Henning ruft laut: «Jawohl!»

Der Oberstaatsanwalt betrachtet ihn trübe und ungehalten durch seine Klemmergläser. «Nein, das war früher nicht Sitte.»

Henning protestiert durch Kopfnicken.

Der Oberstaatsanwalt gibt es auf. Er kommt zu den Strafanträgen.

«Gegen den Angeklagten Henning wegen qualifizierten Aufruhrs und Landfriedensbruchs, wegen gemeinschaftlicher Körperverletzung mittels gefährlichen Werkzeugs ...»

«Die Schuhabsätze», erklärt Plosch.

«... ein Jahr drei Monate Gefängnis ...

Gegen den Angeklagten Padberg wegen qualifizierten Aufruhrs und Landfriedensbruchs ein Jahr zwei Wochen Gefängnis ...

Gegen den Angeklagten Rohwer wegen der gleichen Straftaten und wegen öffentlicher tätlicher Beleidigung und Sachbeschädigung ...»

«Hat dem Wachtmeister einen Handschuh zerrissen ...», stöhnt Stuff.

«... ein Jahr Gefängnis.

Gegen den Angeklagten Czibulla wegen qualifizierten Aufruhrs und Landfriedensbruchs und öffentlicher tätlicher Beleidigung ein Jahr Gefängnis.»

«Wenn sie den Czibulla nur verknacken», sagt Stadtrat Röstel zu Assessor Meier, «sonst muss die Stadt dem Schmerzensgeld, Arztkosten und eine lebenslängliche Rente zahlen.»

«Ach, die werden schon», tröstet Assessor Meier, «die Strafanträge sind ja so mäßig, dass ich denke, sie werden glatt bewilligt.»

«Genosse, das hätten wir sein sollen», sagt der Funktionär der KPD Matthies. «Wir hätten Zuchthaus besehen. Und gleich die Höchststrafe.»

«Sicher», sagt der neugebackene städtische Gartenarbeiter Matz von Manzows Gnaden. «Da wagen sie nicht zuzufassen. Wenn es aber um erwerbslose Arbeiter geht ...»

«Diese Strafanträge sind phantastisch», erklärt Finanzrat Berg. «Ehrlich muss man doch sagen, die Bauern, wenn die gewollt hätten, die hätten die Polizei nach Noten vertobakt.»

«Der Henning ist nun ein Krüppel. Und darf auch noch ins Kittchen. Ein schlechtes Geschäft für den Jungen.»

Zwei Stunden später geht Justizrat Streiter mit Stuff heim in das Hotel Cap Arcona. Hinter den beiden marschiert Henning, auf Tod und Leben flirtend mit der Sekretärin seines Verteidigers.

Der große Berliner Rechtsanwalt ist noch durchglüht vom Feuer, von der Erregung seiner Rede. «Und Sie fanden mein Plädoyer wirklich gut, Herr Stuff? War es wirklich sehr gut?»

«Unübertrefflich, Herr Justizrat! Einfach glänzend! Wie Sie nachgewiesen haben, dass die Polizei selbst dann, wenn das Publikum an der Fahne Anstoß nahm, nicht die Fahne beschlagnahmen durfte, sondern den Fahnenträger schützen musste, nein, ich muss schon sagen ...»

«Ja», sagt der Justizrat zufrieden, «der arme Oberstaatsanwalt. Wenn er mir mit Reichsgerichtsentscheidungen kommen will oder mit Urteilen des Oberverwaltungsgerichtes, da muss er früher aufstehen. Da gibt es nicht viel Leute in Deutschland, die so beschlagen sind wie ich.»

«Da gehört doch ein enormes Gedächtnis dazu», sagt Stuff bewundernd.

«Gott ja. Natürlich. Fleiß, vor allem Fleiß. – Und wie ich es ihnen gegeben habe, mit der nicht umwickelten Sense? Da hat natürlich keiner daran gedacht, dass der Henning mit einer Blechschere die Schneide abgeschnitten hatte. Es war also gar keine Sense mehr!»

«Nein, Herr Justizrat, Sie haben das ja nicht so gesehen wie ich, aber das Gesicht vom Oberstaatsanwalt ...»

«Armer Kerl! Na ja, sonst hat er hier seine Provinzanwälte, da braucht er sich nicht viel Mühe zu geben ...»

«Nur eins ist Mist, Herr Justizrat, wenn heute Abend noch das Urteil gesprochen wird, ist Ihr ganzes schönes Plädoyer für die Katz.»

«Wieso? Warum meinen Sie das, Herr Stuff?»

«Weil dann die Zeitungen nur das Urteil bringen und nicht Ihr Plädoyer!»

«Da haben Sie recht. Da müsste man was machen, dass das Urteil heute nicht mehr kommt.»

«Wenn Sie krank würden?»

«Nee, sieht schlecht aus. Henning, mein Junge, hör mal ...»

Aber er muss zweimal rufen, ehe sich Henning von seiner Dame losreißt.

Stuff fragt: «Wie ist das, Henning, können Sie heute Abend nicht einen Nervenzusammenbruch bekommen? So einen richtigen, den ein Arzt bescheinigt und den ich in die Zeitung bringen kann?»

«Heute Abend noch? *Vor* dem Urteil? Nee, danke. Außerdem wollen wir uns heute Abend noch einmal gründlich die Nase begießen. Wer weiß, was morgen ist.»

«Du kannst ja auf deinem Zimmer saufen.»

«Ausgeschlossen! Ich sage euch: ausgeschlossen! Heute zeige ich mich noch dem Volk, dass die nicht denken, ich habe Angst.»

Ein dunkler Schatten ist neben ihnen aufgetaucht und bleibt stehen. «Entschuldigen die Herren, mein Name ist Manzow, demokratischer Stadtverordneter. Stadtverordnetenvorsteher. Herr Stuff kennt mich.»

«Tu ich! Kenne Sie. Jawohl.»

«Meine Herren, ich überfalle Sie hier auf der Straße. – Aber ich möchte noch vor dem Urteil ... Die Sache ist die: Schon einmal habe ich versucht, wegen des Boykotts mit der Bauernschaft Verhandlungen anzuknüpfen. Damals wollten die Herren nicht, haben uns böse durch den Koks geholt.

Nun komme ich noch mal. Vor dem Urteil, damit Sie sehen, unser Versöhnungswille ist ehrlich. Können wir uns heute nicht irgendwo zusammensetzen und die Geschichte aus der Welt schaffen?»

«Jawohl», knurrt Henning. «Ihr Versöhnungswille ist Angst, dass wir nach der glänzenden Rede von Herrn Justizrat freigesprochen werden. Dann muss die Stadt blechen, blechen, blechen!»

«Entschuldigen Sie, Herr Justizrat, dass ich Sie noch nicht beglückwünscht habe. Noch nie habe ich so etwas gehört wie Ihre Rede. Ich rede auch, ich muss sogar viel reden, ich bin hier so etwas wie ein Führer ...» Verlegen grunzend: «Unter Blinden ist der Einäugige König. Aber so etwas wie Ihr Plädoyer, nein, Herr Justizrat ...»

Manzow wird vor Begeisterung immer fassungsloser.

«Sagen Sie mal, meine Herren», meint der Justizrat, «warum wollen wir uns eigentlich die Vorschläge von Herrn Manzow nicht mal anhören? Das kann doch nichts schaden.»

«Nein. Nein. Auf keinen Fall», sagt Henning.

«Also, Herr Manzow», erklärt der Justizrat ungerührt, «wir erwarten Sie in etwa einer Stunde im Arcona. Wir werden wohl im Hinterzimmer sitzen. Ob freilich etwas Greifbares dabei herausschaut ...»

Manzow bedankt sich überströmend und verschwindet.

«Ob das richtig war?», zweifelt Stuff. «Sobald der Entgegenkommen sieht, wird er frech.»

«Ich setz mich mit dem Bruder nie an einen Tisch», erklärt Henning trotzig.

«Dann tu ich es», sagt der Justizrat ungerührt. «Wie denkt ihr euch das eigentlich? Ich will auch einmal mein Honorar haben. Lasst das doch die Altholmschen zahlen. Das ist zehnmal besser, als wenn ihr bei den Bauern sammeln müsst.»

«Na ja, von der Seite gesehen», erklärt Stuff.

«Und jetzt werde ich sofort das Gericht anrufen und bitten, dass das Urteil heute nicht mehr verkündet wird. Habe eine Konferenz. Die sind schließlich auch froh, wenn sie Feierabend machen können. Es würde doch mit der Urteilsverkündung Mitternacht werden.»

3

Es ist vormittags elf Uhr. In die Turnhalle fällt das fahle, trübe Licht eines regnerischen Oktobertages.

Trotzdem es jetzt endlich zur Urteilsverkündung kommen wird, ist der Saal zum ersten Male fast leer. In der Stadt weiß man noch nicht, dass es so weit ist, die Altholmer Blätter kommen ja erst am Nachmittag heraus.

Stuff sitzt trübe an seinem Pressetisch. Sein Schädel ist wolkig von Alkohol.

Es wurde gestern noch eine solenne Sauferei, und dies Schwein, der Manzow, hat endlose Pullen Sekt geschmissen, diese Weiberlimonade, die man saufen kann wie Wasser und die über Kreuz mit Schnaps und Bier genossen einen wütenden Kopfschmerz macht.

«Ich fühle jedes einzelne Haar», stöhnt er zu Blöcker.

«Gespannt bin ich doch, was kommt», sagt der. «Henning ist mächtig blass. Hat wohl Angst.»

«Angst?», fragt Stuff verächtlich. «Gekotzt hat er seit drei Uhr morgens, der war voll, sage ich dir.»

Der Gerichtshof erscheint.

Dieses Mal setzen sich die Angeklagten nicht, stehend erwarten sie ihr Urteil.

Der Vorsitzende bedeckt sein Haupt mit dem Barett und verkündet: «Im Namen des Volkes. Es wird für Recht erkannt: Es werden verurteilt:

Der Angeklagte Georg Henning wegen Widerstandes in zwei Fällen zu drei Wochen Gefängnis.

Der Angeklagte Heino Padberg wegen einmaligen Widerstandes zu zwei Wochen Gefängnis.

Der Angeklagte Herbert Rohwer wegen Widerstandes und Körperverletzung zu zwei Wochen Gefängnis.

Der Angeklagte Josef Czibulla wird freigesprochen.

Die Kosten fallen, soweit Verurteilung erfolgte, den Angeklagten, im Übrigen der Staatskasse zur Last.»

Der Vorsitzende holt Atem, durch den Saal geht ein leises Rauschen. Viele sehen einander an. Die Angeklagten, die Verurteilten, stehen unbewegt und sehen auf den Vorsitzenden.

Der beginnt mit der Urteilsbegründung. In dem väterlich-freundlichen Ton, den er durch die ganze Verhandlung beibehalten hat, sagt er:

«Es ist erfahrungsgemäß schwer, solche Vorgänge wie die am sechsundzwanzigsten Juli zu rekonstruieren …

Die wesentliche Frage ist die, befand sich die Polizeiverwaltung Altholm bei der Beschlagnahme und Wegnahme der Fahne in rechtmäßiger Ausübung ihres Amtes?

Das Gericht ist der Überzeugung, dass ihr Vorgehen *objektiv* nicht berechtigt war. Die Sense war keine Sense, auch keine Waffe, sondern ein Symbol. Die Demonstrationsteilnehmer hatten ein Recht, diese Fahne zu tragen, ein Recht, sie wegzunehmen, hatte die Polizei nicht.

Andererseits ist das Gericht der Überzeugung, dass Frerksen sich *subjektiv* in rechtmäßiger Ausübung seines Amtes glaubte, als er die Fahne beschlagnahmte. Er hat die Fahne für provozierend gehalten, er hat geglaubt, etwaige Zusammenstöße nicht verhindern zu können. Er ist durch die Fahne überrascht worden.

Aktiven Widerstand haben Henning und Padberg beim Tucher durch Festhalten der Fahne geleistet.

Die Frage, ob eine Zusammenrottung vorlag, muss verneint

werden. Im Gegenteil haben sowohl Padberg wie Henning für Beruhigung des Zuges und Weitermarsch gesorgt.

Rohwer hat einen gewissen Widerstand geleistet, und zwar über die Grenze der reinen Abwehr hinaus.

Wohl ist erwiesen, dass eine Anzahl von Landleuten beim Heldenmal sich am Kampf beteiligt haben, aber das wäre nur entscheidend, wenn die Bauern die Angreifer gewesen wären. Dagegen spricht das Verhalten der Polizei. Es besteht zum mindesten der Verdacht, dass Frerksen der Situation nicht gewachsen war, dass er den Kopf verloren hat und unplanmäßig handelte. Er hat den ungünstigsten Platz zum Aufhalten des Zuges gewählt. Er ist auch mit seinen Beamten vorgegangen, ohne ihnen irgendwelche genauen Instruktionen zu geben. Die Erregung der Beamten ist zu verstehen. Ohne Führung sind sie an den Zug gekommen. Sie haben gleich dreingehauen.

Erwiesen ist, dass Henning, als er auf der Erde lag, mit den Füßen stieß. Aber da befand sich die Polizei nicht mehr in rechtmäßiger Ausübung ihres Amtes. Sie hatte jede Selbstzucht verloren und schlug blindlings drauflos.»

(Starke Bewegung.)

«Der Angeklagte Czibulla musste freigesprochen werden, denn es hat sich nicht erweisen lassen, dass er in anderer Absicht, als um sich eine Auskunft zu holen, an die Beamten herangegangen ist. Der Aussage eines Zeugen, er habe den Beamten mit einem Stock oder Schirm gestoßen, stehen die Aussagen von mehreren anderen Zeugen gegenüber, dass er nur schüchtern mit der Hand am Rock des Beamten gezupft habe. Der fürchterliche Schlag, der gegen ihn geführt worden ist, erklärt sich nur durch die ganz kopflose Erregung der Polizei.»

(Erneute starke Bewegung.)

«Die Angeklagten haben Anspruch auf weitgehende Milde. Trotzdem war auf Gefängnis zu erkennen, weil ihr Verhalten außerordentlich gefährliche Folgen haben konnte. Im Übrigen sprach zu ihren Gunsten, dass sie sich in ihrem Rechte glaubten. Die Fahne war ihr Symbol. Und Henning hat sich für dieses Symbol zusammenhauen lassen, es war ihm ernst damit.

Die Bauern sind ruhig gewesen. Weder Polizei noch Bauernschaft haben provozieren wollen. Beide sind in diese Situation ohne Willen hineingeraten, beide waren ihr nicht gewachsen.

Auf Einziehung der Fahne ist aus den erwähnten Gründen nicht erkannt worden.

Den Verurteilten wird Bewährungsfrist auf zwei Jahre zugebilligt.»

4

«Gratuliere», flüstert Henning zu Padberg.

«Du hast lachen», sagt der. «Ich hänge wegen der Bomben. Türme nun man bald.»

«Heute noch», sagt Henning. «Ich bewähre mich lieber im Ausland.»

«Heil Bauernschaft, Kamerad.»

«Heil Bauernschaft.»

«Na, nun bist du doch zufrieden?», fragt Blöcker seinen Stuff.

«Zufrieden. Zufrieden», murrt der. «Das ist auch so ein Kompromissurteil, Schusterurteil, Einerseits-andererseits-Urteil. Objektiv ist die Polizei im Unrecht, aber subjektiv ist sie im Recht. Was fang ich mit so einem Urteil bei meinen Bauern an?»

«Dir wär's wohl lieber, die wären ordentlich verknackt?»

«Aber selbstverständlich, Jahre und Jahre müssten die brummen! Das wäre doch noch was für die Propaganda. Aber so was Pflaumenweiches …»

«Na, ich danke», sagt Stadtrat Röstel. «Nun kann ich mir nur gleich den Zahnschlosser, den Czibulla, ranholen und hören, welche Pension die Stadt ihm zahlen darf.»

«Geld ist noch nicht das Schlimmste», sagt Assessor Meier. «Aber mein Chef, Herr Regierungspräsident Temborius! Drei Wochen Gefängnis und eine Polizei ohne Selbstzucht. Das gibt noch was.»

«Die Staatsanwaltschaft legt doch unbedingt Berufung ein.»

«Und in einem halben Jahr käuen wir den ganzen Dreck noch mal. Ist das etwa schön?»

«Komm, Änne», sagt Oberinspektor Frerksen. «Die Leute glotzen so.»

«Mach dir nichts draus, Fritz, der Vorsitzende hat gesagt, du bist in deinem Recht gewesen. Du hast die Fahne zu Recht beschlagnahmt.»

«Na ja, na ja.»

«Und dass du den Kopf verloren haben sollst ... Der Herr sollte sich nur mal vor dreitausend Bauern hinstellen. Das ist keine Kunst, hinterher klug zu tun. Gut hast du es gemacht.»

«Na ja. Na ja. Wissen möchte ich nur, wer jetzt mein Vorgesetzter wird.»

«So was liebe ich», sagt Polizeioberst Senkpiel zu seinem Oberleutnant Wrede. «Dass so ein Jurist kein Gefühl dafür hat, was er für Schaden anrichtet, wenn er auf die Polizei schimpft. Ist ja nur städtische Polizei und der Frerksen eine Nulpe – kolossalen Mist hat er gemacht –, aber das vor den Leuten sagen, wo bleibt da die Autorität?»

«Drei und zwei Wochen, so was möchten wir auch, was, Genosse?», fragt der Funktionär Matthies. «Pass auf, ich kriege, weil ich dem Frerksen seinen Säbel geklaut habe, mindestens ein Jahr.»

«Kriegst du. Kriegst du.»

Der Oberstaatsanwaltschaftsrat: «Das sieht ihm wieder einmal ähnlich.»

Der Rat tröstet: «Es ist ja nichts Endgültiges, dieses Urteil.»

«Nein, natürlich nicht. Aber vorläufig sind *wir* die Geschlagenen.»

«Man müsste sofort etwas tun, um die Haltung der Staatsanwaltschaft zu fixieren.»

«Und das wäre?»

«Wir marschieren schnurstracks zur Polizei und beschlagnahmen die Bauernschaftsfahne von neuem.»

«Gut. Sehr gut. – Herr Assessor Meier, einen Augenblick, bitte! Wir haben vor, um unsere Stellung zu diesem Urteil darzulegen, das heißt, um erneute Zusammenstöße zu verhüten, sofort wieder die Bauernschaftsfahne zu beschlagnahmen.»

«Ein Lichtblick», strahlt Meier. «Das wird den Herrn Präsidenten freuen. Es gibt doch noch Männer.»

Nachspiel

Ganz wie beim Zirkus Monte

1

Eine Woche nach dem Urteilsspruch erschien in den «Nachrichten» und in der «Chronik», doch nicht in der «Volkszeitung», dieses ganzseitige Inserat:

«Zur Herbeiführung des Wirtschaftsfriedens mit der Bauernschaft!

Nachdem das Urteil im Prozess gegen die Bauernschaftsmitglieder gesprochen worden ist, auch im Prinzip eine Einigung besteht, sind wir dem Ziele, das allen Altholmern so sehr am Herzen liegt, der Herbeiführung des Wirtschaftsfriedens, um einen bedeutenden Schritt näher gekommen. Noch aber ist ein Hindernis aus dem Weg zu räumen, und dieses Hindernis besteht in der Notwendigkeit der Beschaffung von Mitteln zur Begleichung entstandener Schädigungen. Die Unterzeichneten wenden sich deshalb an die ganze Altholmer Bürgerschaft mit der Bitte, das Ihrige zur Erlangung dieser Mittel beizutragen. Erst, wenn aufgrund der beim ersten Unterzeichneten eingezeichneten Summe der Abschluss des Wirtschaftsfriedens mit den Vertretern der Bauernschaft gesichert ist, wird der Boykott aufgehoben. Der Ausschuss bittet, dass sich jeder nach Kräften beteiligen möge.

Altholmer, lasst eure Vaterstadt nicht im Stich!

Der Ausschuss zur Herbeiführung des Wirtschaftsfriedens. Stadtverordnetenvorsteher Manzow. Medizinalrat Doktor Lienau. Braun, Kaufmann. Dr. Hüppchen, Diplomvolkswirt. Stadtverordneter Meisel.»

So bereitwillig der Kinderfreund Manzow in jener Nacht vor dem Urteilsspruch die Vertreter der Bauernschaft gefunden hatte, seinen Sekt zu trinken, so unnachgiebig waren die Herren in ihren Forderungen gewesen. Aber was damals in der Auktionshalle nachts beim Kerzenstummelscheine noch ganz unmöglich erschienen war, heute war es schon irgendwie diskutabel geworden.

«Aber zehntausend Mark, meine Herren, das ist ja Wahnsinn.»

«Warten wir also noch ein bisschen», sagt Henning, «es muss ja nicht heute sein.»

«Und wenn Sie morgen verknackt werden?»

«Dann ist es auch noch so. Glauben Sie, die Bauern heben den Boykott auf, wenn wir ins Kittchen müssen?»

«Ich gebe auch zu bedenken», äußert sich der Justizrat, «dass außer der eigentlichen Zahlung von zehntausend Mark, mit der die Prozesskosten auch nicht annähernd abgegolten sind, eine ganze Anzahl verletzter Bauern entschädigt werden muss. Da ist Herr Henning, für sein Leben verkrüppelt, da sind Bauern, die Stockschläge erhielten, da ist Banz ...»

«Der hat ja einen Polizisten niedergeschlagen!»

«Und? War er nicht in Notwehr?»

«Also sagen Sie Ihr letztes Wort.»

«Fünfunddreißigtausend. Alles in allem.»

«Das ist ja Wahnsinn.»

Henning trinkt und erklärt: «Warten wir doch noch. Es muss ja nicht heute sein.»

«Meine Herren, nennen Sie mir irgendeine Zahl ...»

«Hundertdreiundzwanzigtausend», schlägt Stuff vor.

«Aber wollen Sie denn gar nicht nachgeben?»

Mit der Zahl der geleerten Flaschen steigen die Aussichten auf

Einigung. Gegen vier Uhr morgens wird auf einem Hotelbriefbogen ein vorläufiges Abkommen unterzeichnet:

Erstens: Ehrenvolle Rückgabe der Fahne durch einen prominenten Bürger der Stadt.

«Bist du nicht! Bist du nicht!», lallt hartnäckig Stuff zu Manzow.

Zweitens: Zahlung von fünfundzwanzigtausend Mark innerhalb zwei Wochen.

«Teuer seid ihr Brüder. Die reinen Räuber. Aber ich schmeiße die Sache schon.»

3

Sie ließ sich so leicht nicht schmeißen, die Sache.

Wo Manzow auch anfragte: «Ja, wir würden gerne etwas tun. Aber grade uns hat der Boykott so getroffen, dass wir wirklich kein Geld haben ...»

«Vielleicht die Bäckerinnung ...»

«Vielleicht die Detaillisten ...»

«Oder die Lehrerschaft? Die sind doch immer so fürs Ideale.»

Nach sechs Tagen hat Manzow vierhundertfünfundsechzig Mark zusammen. In weiteren acht Tagen müssen sie auf fünfundzwanzigtausend angeschwollen sein, oder sein Name als der große Versöhnungspolitiker ist kompromittiert. Und in zwei Wochen sind Kommunalwahlen.

Es ist dunkel, es ist finster, es steht kein Mond im Kalender und auch keiner am Himmel, als Manzow zum Bürgermeister Gareis in die Wohnung schleicht.

Gareis scheint gar nicht böse, Gareis ist ganz freundschaftlich, Gareis spendiert sogar Wein.

Dann, als Manzow sein Herz ausgeschüttet hat: «Du fängst es am falschen Ende an. Du kannst die Versöhnung haben ohne einen Pfennig. Fahr selber aufs Land und sprich mit den Bauern. Ich geb dir die Namen von den Vernünftigen, mit denen sich reden lässt.»

«Ich danke. Dass die mich rausschmeißen und verhauen! Da sind mir der Justizrat und Henning lieber.»

«Und du zahlst fünfundzwanzigtausend Mark.»

«*Ich* keinen Pfennig. Dafür mach ich doch all die Arbeit.»

«Und es ist sehr die Frage, ob die Bauern ihren Führern parieren werden, wenn die befehlen: Der Boykott ist alle.»

«Warum denn nicht? Wenn die Geld kriegen? Sage mir nur, wie ich das Geld zusammenkriege ...»

Aber wenn Gareis das weiß, so sagt er es nicht. Er spendiert mehr Wein, mehr Schnaps. Er ist in glänzender Stimmung. Er erzählt von der Stadt Breda, in die er berufen ist, von seinen Plänen ...

«Du bist wieder mal der Schlauste», stellt Manzow fest. «Du haust ab und lässt uns hier im Dreck sitzen.»

Gareis sagt: «Ja, ich hau ab. Ich lass euch sitzen. Wie oft ihr das nun noch sagen werdet in den nächsten Monaten und Jahren. Gareis, der ist schlau gewesen, den Mist hat er gemacht, und dann haut er ab.»

«Ist doch auch so», stellt Manzow fest.

«Wenn ihr nicht solche Idioten wärt», sagt Gareis, «könnte man wirklich weinen.»

4

Aber ganz umsonst ist der Nachtbesuch bei Gareis doch nicht gewesen. Auf dem Heimweg durch die Nacht, durch die Dunkelheit, kommt Manzow die Erleuchtung.

So geht es. – Er telefoniert mit der «Bauernschaft».

«Kann nicht einer von Ihnen mal rüberkommen, dass wir alles wegen der Übergabe besprechen? – Ja, wir müssen doch ein bisschen Tamtam machen. – Herr Stuff kommt? Dann ist ja alles in Ordnung. – Das Geld, ja das Geld ist auch da. – Glauben Sie doch nicht, was die Roten schreiben! Der Opfermut unserer Bürgerschaft hat sich wieder glänzend bewährt. – Nein, ganz leicht war es nicht, aber *ich* hab's geschafft. – Ich denke doch, bald. Nächste Woche noch, das wäre drei oder vier Tage vor den Wahlen. – Sagen wir Sonnabend, den siebzehnten Oktober? – Gut. Einverstanden. Ich erwarte Herrn Stuff.»

5

«Warum sind Sie eigentlich so misstrauisch, Herr Stuff?», sagt Manzow. «Wenn es jetzt nicht Abend wäre, ginge ich mit Ihnen zur Sparkasse und zeigte Ihnen die fünfundzwanzigtausend.»

«Ich glaube im Leben nicht, dass die hier das Geld aufgebracht haben. Ich kenne doch die Altholmschen! Sie wollen uns reinlegen. Wissen Sie was, lassen Sie mich mit dem Direktor sprechen oder mit dem Sparkassenrendanten.»

«Können Sie gerne. Wir rufen gleich mal an. Aber ich will Ihnen vorher was beichten ...»

«Na, denn los. Ich wusste doch, dass dieser Käse stinkt.»

«Ich habe den Gebhardt belämmert. Von den fünfundzwanzigtausend hat er allein zehntausend gegeben.»

«Glaube ich nie.»

«Wenn er protzen kann! Ich hab ihm stecken lassen durch den Meisel, Oberbürgermeister Niederdahl hätte gesagt: Der Gebhardt, der gibt doch nichts, der gibt doch höchstens fünfzig Mark. Da zeichnete er tausend. – Und da habe ich die Zahl schief angeguckt und hab gesagt: ‹Ich würde noch eine Null hinten dranmachen, Herr Gebhardt, Sie haben doch einen Rolls-Royce. Da passt tausend doch nicht dazu. Tausend wird wohl auch Niederdahl zeichnen.› Er hat mich angestöhnt, aber die Null hat er dazugemalt.»

Stuff grinst. «Wenn Sie es so gemacht haben, Manzow, glaub ich's. Was mich nur giftet, ist, der Kerl fährt deswegen doch an die Riviera, nur druckst er jetzt schon, wie er's wieder einsparen kann. Weihnachtsgratifikationen werden seine Leute nicht kriegen.»

«Also wir machen es so: morgens zehn Uhr Sammeln vor dem Tucher. Zug durch die Stadt zur Viehhalle. Übergabe der Fahne durch Medizinalrat Doktor Lienau. Sämtliche Kriegervereine sind aufmarschiert. Rückmarsch mit Fahne und Musik durch die Stadt. Gemeinsames Festessen in sämtlichen Lokalen.»

«Und das Geld?»

«Bekommen Sie auch in der Viehhalle.»

«Warum eigentlich nicht heute oder morgen?»

«Weil wir Ihnen auch nicht ganz trauen, Stuff. Wenn die Bauern nun nicht kommen, wenn die nicht Order parieren ...»

«Die kommen schon.»

«... dann bin ich blamiert. Drei Tage vor den Wahlen. Und dann darf ich das Geld ersetzen.»

«Die Bauern kommen.»

«Seien Sie doch nicht so misstrauisch. Wenn ich das Geld nicht zahlen kann, bin ich doch der Blamierte. Dann habe ich doch in Altholm ausgespielt. Dann bin ich doch meines Lebens nicht mehr sicher.»

«Recht haben Sie», sagt entschlossen Stuff. «So dumm sind Sie schließlich auch nicht, Herr Manzow.»

«Und jetzt, denke ich, setzen wir uns irgendwo zusammen hin und feiern die Versöhnung im Voraus. Im Arcona sind die Rebhühner glänzend. Er macht sie mit Wacholderbeeren und irgendwelchen fabelhaften Kräutersträußchen, eine Wonne, sage ich Ihnen, mit einem schönen schweren Bordeaux ...»

«Nee, danke», sagt Stuff. «Ich muss erst noch einen Weg machen. Aber so in zwei Stunden schau ich mal rein ...»

6

Stuff geht langsam durch die dunkle Stadt.

Eigentlich auch nicht besser, denkt er. Eigentlich schlimmer. Der Gareis war ein Schwein, aber er tat was. Der Manzow ist ein Schwein und tut nichts. Schlechter Tausch für Altholm.

In der trübe beleuchteten Stolper Straße sieht Stuff zwei kommen, er denkt: Wenn man den Esel nennt, kommt er schon gerennt.

Und laut: «Guten Abend, Herr Bürgermeister.»

Gareis bleibt stehen. «Guten Abend, Herr Stuff. Auch mal wieder in Altholm?»

«Man muss ja. Die Bauern ...»

«Wird es nun mit dem Frieden was?»

«Ja, nächste Woche schon.»

«Das Geld ist da?»

«Welches Geld?»

«Ich weiß Bescheid, Herr Stuff. Noch immer. Fünfundzwanzigtausend.»

«Sind da.»

«Macht Ihnen das eigentlich alles nun Spaß, Herr Stuff?»

Stuff hebt langsam seine rotgeäderten Augen zum Bürgermeister. «Spaß? Gott nee, Herr Bürgermeister. Aber man muss doch irgendwas tun. Nur saufen und huren kann man doch. nicht.»

«Und die Bauern gefallen Ihnen?»

«Die Bauern? Was weiß ich von Bauern? Im Grunde ist es genau derselbe Brezelladen wie hier. Nur dass mir noch mehr in meinen Kram reinreden.»

«Sie sollten doch mit mir mitkommen, Herr Stuff», sagt der Bürgermeister. «Ein kleines Industrienest, in dem noch nichts, nichts geschehen ist.»

«Ich bin zu alt und verbraucht», sagt Stuff. «Ich kapiere nicht mehr, dass es irgendeinen Sinn hat, alles. Ich bin nun mal gegen euch Rote. Das ist so mein Gefühl, ich lerne nicht mehr um. – Wann fahren Sie, Bürgermeister?»

«Nächsten Sonnabend.»

«Dann will ich Ihnen Lebewohl sagen.» Stuff streckt sachte seine fette Hand aus. «Lassen Sie es sich gutgehen, Bürgermeister.»

«Danke. Dank auch für damals, Herr Stuff. – Also auf Wiedersehen.»

«Kaum, kaum. Guten Abend, die Herren.»

«Guten Abend, Herr Stuff.»

7

Stuff macht die Gattertür auf. Stolper Straße 72.

Als er über den Hof geht, sieht er, dass die Fenster dunkel sind, und es ist noch nicht neun. In der Tasche sucht er nach Streichhölzern.

Die Tür ist unverschlossen, er tritt ein.

Eine Stimme fragt: «Wer ist denn da? Bleiben Sie doch draußen. Ich will niemanden sehen.»

«Mich doch», sagt Stuff und brennt ein Streichholz an. Dann entzündet er die Lampe.

Das Zimmer sieht wüst aus. Seit vielen Tagen ist hier nichts gemacht. Wirr, mit verzottelten Haaren, hockt die Frau am Fenster. Die Kinder schlafen, halb nur ausgezogen. Die Bettwäsche ist schwarz.

«Eigentlich schade um die Kinder», sagt Stuff und schmeißt einen Haufen Gelumpe aus einer Sofaecke, um sich Platz zu machen.

«Dass sie auch solche werden wie ihr Vater», sagt die Frau. Stuff ist geduldig. Nach einer Weile fragt er: «Haben Sie eigentlich noch Geld?»

«Weiß nicht. Doch, ja. Geld ist noch da. Über hundert Mark.»

«Und was soll werden, wenn die alle sind?»

«Weiß ich's. Es wird sich schon was finden.»

Wieder Pause.

Dann: «Geschrieben hat er also nicht?»

Und sie: «Der schreibt nicht.»

«Er will vielleicht erst was haben, dass er Geld schicken kann.»

«Der schickt kein Geld. Der holt sich lieber was.»

Lange Stille. Dann sagt Stuff energisch: «Also hören Sie zu, Frau Tredup. Ich habe mir in Stolpe eine Dreizimmerwohnung gemietet mit Gas, Elektrisch, Bad und allem. Zwei Zimmer sind schon eingerichtet. Ihre Sachen holt morgen der Möbelmensch.»

«Ich geh nicht fort von hier.»

Stuff fährt ungerührt fort: «Die Kinder nehm ich jetzt gleich mit. In der Schule hab ich sie heute Nachmittag schon abgemeldet. Wenn Sie wollen, führen Sie mir den Haushalt, wenn Sie nicht wollen, bleiben Sie hier. Aber die Sachen kommen weg.»

«Ich bleib hier.»

«Aufstehen, Hans, Grete!», sagt Stuff. «Wir fahren nach Stolpe. Wir gehen fort von hier.»

Die Kinder sind gleich wach und begeistert. Ungeschickt hilft ihnen Stuff beim Anziehen und Sachenpacken.

Die Frau sitzt am Fenster.

Plötzlich schlägt Stuff wütend auf den Tisch. «So ein gottverfluchtes Schwein! Meinen Sie denn, dass er das wert ist?»

Die Frau rührt sich nicht.

Stuff seufzt schwer. «Na, denn kommt man, Kinder. Sagt der Mutter adieu.» Und plötzlich ist er ganz Energie. «Also los, Frau Tredup. Mantel an und Hut auf. Ich denke gar nicht daran, Sie hierzulassen. Das bisschen Zeug packen die Möbelleute auch allein. Abmarsch!»

Unterdessen sitzt Manzow im Hotel Arcona.

Der Schuft, der Stuff, kommt doch nicht! Ob er noch zum Sparkassenrendanten gegangen ist? Dann bin ich geplatzt.

8

Am nächsten Morgen weiß er, dass er noch nicht geplatzt ist. Hoffnungsvoll sieht er auf die kommenden Wahlen. Er braucht keine Rede zu halten, er wird die beste Propaganda von der Welt haben: Die Versöhnung mit den Bauern hat er gemacht. Am siebzehnten soll der große Versöhnungstag sein.

Am sechzehnten morgens übergibt Manzow der Presse das Material: Programm und Schmus, alles ist fertig. Und er gar nicht mal übermäßig rausgestrichen.

Am sechzehnten mittags geht Manzow zum Stadtrat Röstel. Röstel hat das Polizeidezernat vom Bürgermeister Gareis übernommen.

Manzow begrüßt ihn freundschaftlichst.

«Na, Sie wissen ja schon, warum ich komme?»

«Nee, keinen Schimmer.»

«Nun, morgen die Bauerndemonstration. Der Umzug durch die Straßen. Ich will's doch wenigstens offiziell anmelden.»

«Keine Ahnung. Was ist das?!»

«Sie haben doch unsern Aufruf in den Zeitungen gelesen ...» Manzow berichtet.

Stadtrat Röstels Stirn verfinstert sich. «Jetzt? Direkt vor den Wahlen? Ich bitte Sie, Herr Manzow! Das ist doch gänzlich ausgeschlossen!»

«Wieso ausgeschlossen?» Manzow strahlt.

«Dass es wieder zu Zusammenstößen kommt! Wie denken Sie sich das? Die Bauern mit der Fahne durch die Stadt? Ganz unmöglich.»

«Das Gericht hat festgestellt, dass die Fahne zulässig und von der Polizei zu schützen ist.»

«Wennschon. – Außerdem hat die Staatsanwaltschaft die Fahne wieder beschlagnahmt.»

«Das macht nichts. Ich habe ein Duplikat machen lassen. Sie haben nicht die geringste gesetzliche Handhabe zum Verbot.»

Röstel wird immer aufgeregter. «Sie wollen ein Politiker sein? Das ist Wahnsinn, was Sie sich da ausgedacht haben!»

«Wieso Wahnsinn? Morgen ziehen die Kommunisten durch die Straße und das Reichsbanner und wir Demokraten. Und die Partei der Gastwirte, die Reichswirtschaftspartei, macht auch einen Umzug. Und die Nazis. Und ausgerechnet die Bauern dürfen nicht? Das gibt es doch gar nicht!»

«Sie wissen ganz genau, was da für ein Unterschied ist. Was sollen wir darüber noch groß reden.»

«Ich habe die Bauern bestellt. Die Bauern kommen um zehn. Und die Bauern demonstrieren, das sage *ich* Ihnen, Herr Stadtrat.»

«Und die Bauern demonstrieren nicht, das sage *ich* Ihnen, Herr Stadtverordnetenvorsteher.»

Manzow kommt noch grade rechtzeitig auf die Redaktion, um eine zündende Notiz zu inspirieren, dass die Stadtverwaltung Altholms nach so viel Opfern der Bürger den Wirtschaftsfrieden nicht zu wollen scheine. Der stellvertretende Polizeiverwalter Röstel usw. usw. Der verdienstvolle Stadtverordnetenvorsteher Manzow ...

9

Am Sechzehnten abends erhält Manzow den Bescheid, dass der Regierungspräsident die Bauerndemonstration verboten hat.

Es geht alles glänzend.

Manzow rafft seine Leute zusammen und fährt am nächsten Morgen um sechs Uhr mit dem gesamten Versöhnungsausschuss nach Stolpe.

Die Herren sind wild. «Wenn die Demonstration nicht erlaubt wird, dann läuft der Boykott bis in die Ewigkeit, noch mal kommen die Bauern uns nicht.»

«Und wenn sie nicht erlaubt wird, was machen wir da mit dem Geld?»

«Dann kriegt jeder das zurück, was er gezahlt hat», erklärt Manzow. «Natürlich nach Abzug unserer Unkosten.»

Um sieben Uhr hält das Auto vor der Villa des Präsidenten.

Die Wirtschafterin Clara Gehl erklärt es für unmöglich, den Herrn Präsidenten *jetzt* zu stören. Aber die Herren haben es eilig. Um zehn sind die Bauern schon in Altholm.

Immerhin müssen sie eine halbe Stunde auf dem Vorplatz warten. Dann erscheint schwitzend, noch unrasiert, Herr Assessor Meier. Aus dem Bett herbeitelefoniert, damit Herr Temborius einen Zeugen hat.

Die Unterhaltung zwischen den Herren ist kurz.

Manzow: «Zu unserer grenzenlosen Überraschung haben wir, Herr Präsident, gehört, dass Sie die geplante Versöhnung mit den Bauern verboten haben.»

Temborius, scharf: «Ja. Ich habe sie verboten. Ich denke nicht daran, solchen Wahnsinn zuzugeben. Staatsverbrecher.»

Manzow: «Aber sämtliche anderen Demonstrationen sind für heute erlaubt. Stehen die Bauern unter Ausnahmerecht?»

Temborius: «Die öffentliche Ruhe und Sicherheit ist durch diese Demonstration gefährdet.»

Manzow: «Ich übernehme als Vertreter der Stadt Altholm die Gewähr, dass kein Altholmer Bürger oder Arbeiter daran denkt, die Demonstration zu stören.»

Temborius: «Und wenn auswärtiger Zuzug Unbesonnenheiten begeht? Nein. Nein. Nichts. Gar nichts.»

Manzow: «Auswärtiger Zuzug? Die Polizei hat es ja in der Hand, die Zuzugsstraßen abzusperren.»

Temborius: «Ich kann doch keine öffentlichen Straßen sperren.»

Manzow: «Dann ist der Wirtschaftsfriede wieder in die Brüche gegangen und Altholm vor dem Ruin.»

Temborius: «Staatsbelange gehen vor.»

Manzow: «Aber die Bauern sind bereits unterwegs.»

Temborius: «Schupo empfängt sie auf dem Bahnhof und sorgt für sofortigen Rücktransport.»

Manzow: «Die Haltung der Regierung ist gesetzwidrig.»

Temborius, giftig: «Das überlassen Sie bitte mir.»

Manzow: «Guten Morgen.»

Temborius schweigt.

Draußen sagt Dr. Hüppchen erstaunt: «Sie waren ja mächtig scharf, Herr Manzow. Der Präsident hätte vielleicht mit sich reden lassen.»

«Der? I wo! Nur keine Schwäche. Nun kommt alles darauf an, dass wir sofort einen glänzenden Bericht an die Zeitungen geben, der unsere Arbeit rausstreicht. Noch eine Niederlage kann die Versöhnungskommission nicht ertragen.»

«Das macht sich leicht.»

«Ja, dann werden wir morgen alle gut abschneiden.»

«Wieso grade morgen?»

«Nun, soweit wir auf den Wahllisten stehen. Ich, Lienau und Meisel.»

«Ach so, selbstverständlich. Gehen Sie nun eigentlich noch zum Bauernempfang auf den Bahnhof?»

«Hat es Zweck? Vielleicht verlangen die dann nur das Geld? Und das kriegen sie *jetzt* nicht.»

Dr. Hüppchen fragt: «Und wird der Boykott weiterlaufen?»

«Glaube ich nicht. Wo die Bauern uns nun einmal gekommen sind. Ich habe mein Ziel erreicht.»

10

Es ist halb zehn Uhr morgens.

Gareis wird von Assessor Stein zur Bahn gebracht.

Die Frau ist schon voraus, die Sachen sind voraus. Nun bringt ihn der letzte, der einzige Getreue, der Freund, an die Bahn.

Wie sie so den sehr belebten Burstah entlanggehen, grüßen den Bürgermeister einige, viele sehen ihn und kennen ihn nicht, viele kennen ihn und sehen ihn nicht.

«Immer sagen die Leute», meint Gareis, «dass wir Politiker treulos sind. Die Menschen machen uns das ganz hübsch vor – na, in Breda wird es besser.»

«Wird es besser?»

«Natürlich wird es besser. Ich habe hier eine Masse gelernt. Das nächste Mal mache ich es anders.»

«Wie anders?»

«Überhaupt anders. Ich denke anders. Ich sehe alles anders. – Sie werden es erleben. Sobald ich klarsehe, hole ich Sie nach.»

«Es wäre schön», sagt der Assessor. Und nach einer Weile: «Was ich Sie immer schon fragen wollte, Herr Bürgermeister. Erinnern Sie sich noch an den Abend vom Demonstrationstag?»

«Leider», brummt Gareis.

«Eigentlich meine ich nicht den Abend, eigentlich meine ich die Nacht. Wir gingen spazieren. Eine Sternschnuppe fiel.»

«Möglich. Juli und August fallen eine Masse Sternschnuppen.»

«Und Sie haben sich was gewünscht. Sie wollten mir erzählen, was Sie sich gewünscht haben.»

«Ich mir was gewünscht, Steinlein? Unsinn! Ich habe mir im Leben nie was gewünscht wie Arbeit. Auch ohne Sternschnuppen. Höchstens, in ganz wahnsinnigen Stunden, reibungslose Arbeit. Aber das ist genauso, als wünschte man sich das Perpetuum mobile.»

«Sie haben sich was gewünscht», sagt der Assessor hartnäckig.

«Seien Sie nicht komisch. Wenn ich mir was gewünscht habe, habe ich es vergessen. Aber ich habe mir natürlich nichts gewünscht. Sie werden sich was gewünscht haben.»

«Das ist doch seltsam», sagt der Assessor, «Sie haben sich was gewünscht. Sie haben sich damals sehr was gewünscht. Und Sie werden nie wissen, ob Ihr Wunsch in Erfüllung gegangen ist oder nicht.»

«Ich werd 'ne Masse Sachen in meinem Leben nicht erfahren, Steinlein», sagt der Bürgermeister. «Das macht mir wenig Kummer. Viel mehr Kummer machen mir die Sachen, die ich erfahre.»

Sie kommen auf den Bahnhofsplatz. Einen aufgeräumten, geordneten Bahnhofsplatz. Alle Zugangsstraßen sind durch Schupo besetzt. Kordons vor den Bahnhofstüren. Wichtig auf und ab eilende Ordonnanzen. Auf einer Verkehrsinsel thront Polizeioberst Senkpiel im Stabe seiner Offiziere. Ihm zur Seite in untadeliger Haltung Polizeioberinspektor Frerksen.

«Was ist denn das?!», sagt der Bürgermeister elektrisiert. «Das muss ich doch mal hören ...»

Und er marschiert auf den Obersten zu.

«Sie versäumen Ihren Zug», ruft der Assessor.

«Guten Morgen, Herr Oberst. Ich bin hier zwar nicht mehr Bürgermeister, aber der Rummel interessiert mich doch noch. Was ist nun wieder los?»

«Guten Morgen, Herr Bürgermeister. Seien Sie froh, dass Sie fortgehen. Die Bauern wollen hier wieder demonstrieren.»

«Die Versöhnung, ja», sagt der Bürgermeister. «Und ...?»

«Die Regierung hat die Demonstration verboten. Wir sorgen für Empfang und Abtransport der Bauern.»

Der Bürgermeister steht nachdenklich da.

«Ja. Ja», sagt er schließlich. «Ja. Na, entschuldigen die Herren. Guten Morgen.»

«Glückliche Reise», ruft ihm der Oberst nach. Der unbeachtete Frerksen legt einen Finger an den Mützenrand.

Wortlos geht der Bürgermeister in den Bahnhof, löst sich seine Karte, geht durch die Schranken. Den Assessor hat er wohl vergessen.

Der geht stumm nebenher.

Auch auf den Treppen, auf den Bahnsteigen steht Schupo.

«Wann kommt eigentlich der nächste Stolper Zug?», fragt Gareis zerstreut.

«Neun Uhr sechsundfünfzig.»

«Und ich fahre neun Uhr neunundfünfzig. Ich steige in deren Stolper Zug ein.»

Auf dem Bahnsteig steht Manzow mit ein paar Herren. Dr. Hüppchen grüßt verstohlen herüber. Die andern sehen ihren ehemaligen Bürgermeister nicht.

Der Zug läuft ein. Er ist vollkommen überfüllt. Kaum sind die Bauern, ein paar hundert, raus aus ihren Abteilen, so setzt die

Schupo mit ihrem Sprechchor ein: «Weitergehen! Den Bahnsteig räumen! Weitergehen!» Zwischen zwei Reihen Schupo schieben sich wie eine Herde die völlig verblüfften, die fassungslosen Bauern gegen die Treppen. In ihrem Strudel sieht der Bürgermeister Stuff, Manzow, Dr. Hüppchen, Meisel, den fluchenden Medizinalrat.

«Sie müssen einsteigen, Herr Bürgermeister», mahnt der Assessor.

Sie entschwinden.

«Ach ja.» Der Bürgermeister seufzt.

Dann, aus dem Abteilfenster: «Natürlich ist es richtig, dass die Bauern hier nicht grade heute demonstrieren. Aber sie machen's wieder mit den falschen Gründen. Alle. Alle. Der Manzow. Der Temborius. Die Bauern selbst. Nichts um der Sache willen. Immer aus irgendwelchen miekrigen Interessen.»

«Ich habe», sagt der Assessor, «eben den Stuff gesehen. Wissen Sie, vor einem halben Jahr waren alle so wütend auf ihn, weil er einen kleinen Zirkus verrissen hatte. Die Vorstellung war Mist gewesen, aber nicht darum hatte Stuff sie verrissen, sondern weil der Zirkusdirektor nicht inseriert hatte.

Daran habe ich eben denken müssen.»

«Richtig», sagt der Bürgermeister. «Das ist es. Das ist genau die Sache. Und ich habe auch mitgemacht im Zirkus Monte und bin genauso gewesen wie die andern.»

«Nicht genauso, Bürgermeister. Nicht genauso.»

Der Zug fährt langsam an.

«Doch. Doch. Genauso.»

«Aber in Breda wird alles anders?»

«Hoffen wir», schreit Bürgermeister Gareis und ist schon zehn Meter weiter. «*Ich* hoffe stark.»

Nachwort
Ein kleiner Zirkus namens Belli
Michael Töteberg

«Sehr verehrter Herr Rowohlt, seit vier Monaten bin ich aus der Haft entlassen», wandte sich Hans Fallada im August 1928 an den Verleger, der vor etlichen Jahren recht erfolglos seine beiden ersten Romane herausgebracht hatte. Verurteilt wegen Unterschlagung – genauer: Beschaffungskriminalität, denn er war alkohol- und drogenabhängig –, hatte er zweieinhalb Jahre im Gefängnis, zuletzt in Neumünster, verbracht und stand nun auf der Straße. «Ich bin so ziemlich am Ende und weiß nicht mehr aus noch ein. Mein Wunsch geht dahin, irgendeine Stellung, und sei es die subalternste, sei es als Packer oder etwas derartiges, zu bekommen», schrieb Fallada und hoffte auf Vermittlung: «Vielleicht können Sie irgendwo einmal ein gutes Wort für mich einlegen, damit man mir noch einmal eine Chance gibt. Mit meinen schlechten Gewohnheiten von ehedem habe ich völlig Schluss gemacht, in diesem Punkt dürfen Sie völlig sicher sein.»

Ernst Rowohlt antwortete am 9. Oktober, er werde alles versuchen, ihm irgendwie in Berlin zu einer Stellung zu verhelfen, aber das erwies sich als schwierig und ging nicht schnell. Währenddessen saß Fallada in Neumünster fest, dem «Nest, in dem mich jeder Dritte aus meiner unglücklichsten Zeit kennt und sich beeilt, es den ersten beiden mitzuteilen», sodass das Leben dort «etwas von der Art eines Spießrutenlaufens» hatte. Am 20. Dezember konnte er Rowohlt mitteilen, dass er endlich eine Stellung gefunden hatte: «Ich bin ab 1. 1. 29 als Sekretär des hiesigen Wirtschafts- und Verkehrsvereins angestellt und habe nebenbei noch in einer hiesigen Zeitung zu arbeiten.» Der Start verlief verheißungsvoll – «Jetzt sind mir schon die Theater- und Vortrags-, leider Gottes auch die Kino-Kritiken übertragen, und ich finde einigen Anklang» –, doch die Freude über die Anstellung währte nicht lange. Wirtschaftlich ging es mit seiner Zeitung bergab, weshalb er mit einiger Besorgnis dem nächsten Kündigungstermin entgegensah. «Meinem lieben ‹Generalanzeiger› geht es immer schlechter, wir haben diesen ersten wieder über hundert Abonnenten verloren, und ich zweifele nicht daran, dass mein Chef, dem ja auch unser immer stärker werdendes Konkurrenzblatt gehört, über kurz oder lang unsern Laden schließen wird.» Der «Holsteinische Courier» erschien, ebenso wie der «General-Anzeiger», im Verlag von Karl Wachholtz, dem Zeitungszar von Neumünster.

«Augenblicklich haben wir ja hier ganz interessante Zeiten», meldete sich Fallada nach langer Pause wieder bei Ernst Rowohlt am 14. August 1929 aus Neumünster. «Ich weiß nicht, ob Sie in der Zeitung darauf geachtet haben, dass es hier anlässlich der Entlassung des Landvolksführers Hamkens aus dem Gefängnis zu einer Bauerndemonstration gekommen ist, bei der dann die Polizei mit blanker Waffe eingegriffen hat.

Die Bauern fühlen sich nun durch das Eingreifen der städtischen Polizei schwer gekränkt und strafen die ganze Stadt mit einem Boykott, der bisher belächelt wurde, jetzt aber schon so sehr in die Erscheinung tritt, dass die Regierung mit Telegrammen von allen Wirtschaftsverbänden überschüttet wird.

Meine Stellung ist dabei besonders verzwickt, denn auf der einen Seite bin ich für eine ganz rechts stehende Zeitung tätig, auf der andern Seite bin ich aber auch Angestellter des Wirtschafts- und Verkehrsvereins, dessen Vorsitzender der Bürgermeister Lindemann, der Polizeichef von Neumünster ist. Ich sitze also tatsächlich zwischen zwei Stühlen, bin vormittags gegen die Polizei und für Bürgertum und Bauern und nachmittags umgekehrt. Bisher habe ich noch ganz hübsch laviert, und das Interessanteste ist dabei, dass man auf diese Weise Einblicke in das Regiment so eines Nestes bekommt, Kämpfe um Macht, kleine Eifersüchteleien, Geldsackangst, Parteidisziplin, Geschrei, Drohungen, Lavieren, so viele bekehrte Saulusse, die umgehend wieder sich neu bekehren lassen – es ist schon wunderhübsch.»

Fallada bekam nicht nur Einblick in das innere Machtgefüge der Kleinstadt, er befand sich als Akteur mittendrin. Aufs Lavieren verstand er sich, das kann man einer unveröffentlichten, im Nachlass liegenden Sammlung von Zeitungsartikeln, versehen mit Kommentaren, eigenen Erlebnissen und Beobachtungen, entnehmen. Eines Tages bestellte der Bürgermeister ihn zum Rapport: «Lindemann lässt mich am Nachmittag zu sich kommen und stellt mir die Frage: ‹Was ist los mit euch auf dem General-Anzeiger?› Er ist empört über das von Kt. benutzte Wort ‹Polizeiterror› und erklärt mir, er habe diesen Artikel soeben der versammelten Polizeimannschaft verlesen. Ich berichte ihm vertraulich, dass Kt. die beiden Kundgebungen auf strikte Weisung von Wachholtz und Zacchi gebracht habe, während der H. C. die deutschnationale Kundgebung seinen Lesern vorenthalten habe.» («H. C.» steht für «Holsteinischer Courier», Kt. ist Willy Kahlert, Falladas Vorgesetzter beim «General-Anzeiger», Ferdinand Zacchi war der Chefredakteur des «Holsteinischen Couriers».) Die politische Auseinandersetzung war zugleich ein verdeckt geführter Kampf, ausgetragen über die örtliche Presse, in der Meldungen lanciert oder unterdrückt wurden. Der Bürgermeister tobte: Diese provozierenden Leserbriefe in der Rubrik «Eingesandt» müssten sofort aufhören und vermutete, wohl nicht zu Unrecht, dass viele davon nur fingiert seien. In diesen Intrigen mischte Fallada mit und versorgte Lindemann mit Material, so beschaffte er ihm – heimlich entnommen dem Stahlschrank der Redaktion – die notarielle Bescheinigung über die tatsächliche Auflagenhöhe des «General-

Anzeigers». Sie lag weit unter ihm, was man den Anzeigenkunden erzählte, und so hatte der Bürgermeister etwas in der Hand gegen seinen Widersacher Wachholtz.

235 Seiten umfasst diese Materialsammlung: Artikel aus der Lokalpresse, versehen mit Notizen und Anekdoten, eine jeweils tagesaktuell fortgeschriebene Chronik der Ereignisse. Bei der romanhaften Rekonstruktion der Ereignisse konnte Fallada sich darauf stützen, dieses Dossier nutzte er – leicht verfremdet – als Steinbruch für «Bauern, Bonzen und Bomben». Eine Zeitlang hatte er darauf spekuliert, er könne vielleicht «bei einer größeren Berliner Zeitung Gerichtssaalberichterstatter» werden, und quasi als Bewerbungsschreiben verfasste er Artikel über den «Bauern-Krieg gegen Neumünster» und den Landvolkprozess, die als authentische Stimme aus der Provinz in den Zeitschriften «Das Tage-Buch» und «Die Weltbühne» gedruckt wurden. Falladas Ehrgeiz ging jedoch über die journalistische Darstellung hinaus. Den bereits zitierten Brief an Ernst Rowohlt vom 14. August 1929 beendete Fallada nicht, ohne noch einmal auf seine literarischen Pläne zu sprechen zu kommen. «Diesen Winter soll mein neuer Roman nun Tatsache werden. Meine Frau übt schön eifrig auf der Schreibmaschine, der Titel ist fertig, ‹Ein kleiner Zirkus namens Belli›, und die Geschichte einer verkrachenden Kleinstadtzeitung wird's.»

Wieder vergingen Monate. Zwar traf man sich zufällig bei einem Ausflug auf Sylt, aber es wollte Ernst Rowohlt nicht gelingen, Fallada irgendwo, etwa bei der Ullstein-Zeitschrift «Tempo», unterzubringen. Am 5. November 1929 meldete sich Fallada erneut. «Diesmal nicht wegen einer Stellung, trotzdem das nötig wäre, denn ich bin zum 1. 11. stellungslos und ein Baby erwarten wir auch, auch nicht wegen Büchern, sondern weil ich angefangen habe, etwas zu schreiben. Der erste kleine Abschnitt meiner Gefängniserinnerungen liegt bei. Er leidet darunter, dass man während der U-Haft ja isoliert ist, nur von sich schwätzen kann, wichtig wird erst der Teil als Strafgefangener. Trotzdem sende ich es Ihnen schon heute. Als Kostprobe, mit der Frage, ob Sie es interessiert, ob Sie es evtl. haben wollen.»

Ob Ernst Rowohlt das Manuskript selbst gelesen oder nur an seinen Cheflektor Paul Mayer weitergegeben hat, ist nicht bekannt. Zum eingereichten Romananfang schrieb der Verleger kein Wort, er reagierte auf einen anderen Punkt in Falladas Schreiben: «Dass Sie ein Kindchen erwarten, ist natürlich an sich eine famose Angelegenheit, aber ich sehe ein, dass nun irgendetwas geschehen muss.» Obwohl der Verlag es sich eigentlich nicht leisten konnte, stellte Rowohlt Fallada ein. Am Donnerstag, den 16. Januar 1930 trat er seinen Dienst als Angestellter des Rowohlt Verlags an. Gehalt 250 Mark, Arbeitszeit von 9 bis 2 Uhr. Nachmittags hatte er frei – zum Schreiben, denn unausgesprochen erwartete Ernst Rowohlt von ihm einen großen Roman. Der Verleger glaubte an den Autor Fallada, obwohl er wenig von ihm und seinen Plänen wusste. Zwei Romanideen hatte er ihm skizziert, «Ein kleiner Zirkus namens Belli» (später «Monte») und «Drei Jahre kein Mensch». Keine verquasten Pubertätsromane mehr wie die beiden ersten Bücher Falladas, sondern erfahrungsgesättigte Stoffe – das Machtgefüge einer Kleinstadt, die Gefängniswelt, beides kannte Fallada aus eigenem Erleben.

Von beiden Themen hatte der Landvolksprozess mehr Brisanz, und so zog Fallada dieses Projekt vor. Als Vorabdruck konnte Rowohlt den Roman in stark gekürzter Form an die – überregional gelesene – «Kölnische Illustrierte» verkaufen, dabei wurde der ursprüngliche Titel «Ein kleiner Zirkus namens Monte», der einen sanft melancholischen Anklang hat, ersetzt durch den reißerischen Titel «Bauern, Bonzen und Bomben». Obwohl Fallada die Geschichte nach Pommern verlegt hatte, in dem fiktiven Städtchen Altholm spielen ließ und den Protagonisten andere

Namen gab, den zeitgenössischen Lesern war bewusst, dass der Roman die Ereignisse von Neumünster aufgriff. Sie hatten keine Mühe mit der Dechiffrierung: Der Regierungspräsident hieß Waldemar Abegg und nicht Temborius, er saß in Schleswig und nicht in Stettin, der echte Bauernführer hieß Hamkens und nicht Reimers. (In Neumünster las man «Bauern, Bonzen und Bomben» als Schlüsselroman. Für Aufregung sorgte speziell jene Szene im Roman, in der angesehene Bürger bei einem Saufgelage vorgeführt werden. Die realen Namen der porträtierten Personen waren leicht zu erraten, und eine entsprechende Liste machte in der Stadt die Runde.) Verglichen mit dem Roman hatte Fallada in seinem «Weltbühne»-Artikel ein weitaus positiveres Bild vom sozialdemokratischen Bürgermeister gezeichnet, der dort als «ein ganzer Kerl» beschrieben wird: «Unter dem Heer von Zeugen war er der Mann, der stets wusste, was er wollte, und stets eintrat für das, was er gewollt.» Sein literarisches Pendant Gareis ist nicht so gradlinig, ging es doch dem Autor darum, Parteiklüngel und Bonzentum darzustellen. Anders als der Titel vermuten ließ, war die Darstellung der Bauernnot und der terroristischen Anschläge nicht das Anliegen Falladas. «Es ist eigentlich die Geschichte von den kleinen Interessen, dem Kampf der Eigensucht mit der Eigensucht», erklärte er seinem Freund Johannes Kagelmacher. «Dutzende von Typen, ein bisserl Spannung, Anständige, die auch unanständig sind, Unanständige, die wider Willen auch mal anständig sein müssen. Was sie sogar auch fertigbringen.»

Der Verleger witterte ein gutes Geschäft, wie Fallada seiner Schwester mitteilte: «Rowohlt schwört auf 60 000, ich fände aber 20 000 verkaufte Exemplare schon sehr gut, 10 000 noch sehr befriedigend.» Rowohlt organisierte eine enorme (und kostspielige) Vorabpropaganda: Plakatwerbung an den Litfaßsäulen in den großen Städten, Dutzende von Zeitungen druckten den Romananfang ab, 200 000 Postkarten und Handzettel wiesen auf die Neuerscheinung hin. (Der Verlag, der kurz vor dem Konkurs stand, verfügte nicht über die Mittel für diese Werbekampagne. Rowohlt hatte deshalb mit Fallada vereinbart, dass der Autor sich daran beteiligte, indem er sein Honorar für die ersten 5000 Exemplare für Inserate zur Verfügung stellte.) Am 20. März 1931 wurde «Bauern, Bonzen und Bomben» an die Buchhandlungen ausgeliefert. Es waren gerade einmal 1100 Exemplare vorbestellt.

Ernst Rowohlt, bestens vernetzt, verstand sich auf Pressearbeit. Die erste wichtige Besprechung, die bis heute die Rezeption des Romans prägt, stammte von einem Rowohlt-Autor. «Ein politisches Lehrbuch der Fauna Germanica, wie man es sich nicht besser wünschen kann», mit diesem Diktum begann Kurt Tucholsky in der «Weltbühne» seine Rezension, die sich zu einem seitenlangen Essay auswuchs. Er lieferte Rowohlt ein paar Sentenzen, die dieser bestens für seine Prospekte gebrauchen konnte: «Falladas Buch ist die beste Schilderung der deutschen Kleinstadt, die mir in den letzten Jahren bekannt geworden ist» oder «Ich empfehle diesen Roman jedem, der über Deutschland Bescheid wissen will».

«Was vor allem auffällt, ist die Echtheit des Jargons. Das kann man nicht erfinden, das ist gehört. Und bis auf das letzte Komma richtig wiedergegeben: Es gibt eine Echtheit, die sich sofort überträgt, man fühlt, dass die Leute so gesprochen haben und nicht anders.» Ein großes Kunstwerk, dies zitierte Rowohlt nicht, war «Bauern, Bonzen und Bomben» in Tucholskys Augen nicht, aber ein politisch hochinteressanter Roman. Fallada begnüge sich «an keiner Stelle mit diesen schrecklichen Rednerphrasen, wie wir sie sonst in jedem politischen Roman finden: er trennt das Gewebe auf und zeigt uns das Futter. Riecht nicht gut, diese Einlage.» In den kleinen Städten sei der demokratische, der republikanische Gedanke niemals eingezogen. «Man sieht hier einmal deutlich, wie eben diese Politik nicht allein in wirtschaftliche Erklärungen aufzulösen ist; wie sich diese Menschen umeinander drehen, sich bekämpfen und sich verbünden, sich anziehen und abstoßen, sich befehden und verbrüdern ... als seien sie von blinden und anonymen Leidenschaften getrieben, denen sie erst nachher, wenn alles vorbei ist, ein rationalistisches Etikett aufkleben.» Am Schluss kam Tucholsky auf das Grimm'sche Märchen zu sprechen und warnte: «Wenn sie dich kriegen, Hans Fallada, wenn sie dich kriegen: sieh dich vor, dass du nicht hangest!»

In der renommierten «Frankfurter Zeitung» besprach Siegfried Kracauer die Neuerscheinung. «Allein schon die Sachkunde, mit der Fallada diese Verhältnisse kennzeichnet, ist zu bewundern. Er kennzeichnet sie eigentlich gar nicht, er lässt sie sich selber entfalten», lobte er. «Der ganze Roman wirkt beinahe wie das Selbstbekenntnis einer Provinzwelt, die man gezwungen hat, noch ihre geheimsten Sünden auszukramen.» Es herrsche in der zeitgenössischen Literatur kein Mangel an romanhaften Zeitreportagen, in denen zwar die sozialen Verhältnisse richtig geschildert würden, aber statt Menschen schematisierte Typen auftreten. Fallada dagegen habe es mit instinktiver Sicherheit fertiggebracht, Zustände und Personen zugleich zu verkörpern, leibhaftige Menschen zu gestalten, die nicht konstruiert wirken. «Und nur deshalb, weil sie volle Menschen sind, also die Verhältnisse bedingen und von ihnen bedingt werden, erlangen auch diese im Roman ein unmittelbar greifbares Dasein.» Was Kracauer störte, war die fehlende Tendenz: «Wo Fallada steht, ist kaum zu erkennen.» Trotz dieser Einschränkung erhebe sich der Roman über die Masse der Zeitliteratur. «Er enthüllt eine kleine Welt; er legt den Leuten die Sprache in den Mund, die sie wirklich sprechen; nicht zuletzt: er ist unerhört spannend.»

Im Hans-Fallada-Archiv sind rund 480 Rezensionen dokumentiert, meist kleine Schnipsel in der Rubrik «Bücher, über die man spricht», aber auch inhaltsreiche Besprechungen, z. B. von dem Schriftsteller Ernst Weiß oder dem Publizisten Erwin Topf, der 1932 bei Rowohlt das Sachbuch «Die grüne Front» herausbrachte. In der kommunistischen Zeitschrift «Die Linkskurve», dem Organ des Bundes proletarisch-revolutionärer Schriftsteller, sprach Karl August Wittfogel dem Werk jeglichen Bezug zur Realität ab: «Der Wirklichkeitswert der F'schen Bauernschilderung ist demgemäß gleich Null. An die Stelle einer wirklichen Erfassung der bäuerlichen Verhältnisse ist die faschistische Zwecklüge getreten.» Weniger ideologisch-doktrinär meldete sich auf der anderen Seite des Spektrums Hermann Hesse zu Wort. Er bekannte, dass der Naturalismus des Romans ihm keineswegs sympathisch sei, schon gar nicht die «dreckigen Redensarten» der Figuren. Gewöhnungsbedürftig, aber dann habe er doch in diesem «Knäuel von echtestem, blutigstem Leben» eine Ahnung von Idealen entdeckt. «Nicht nur als ausgezeichnete Wirklichkeitsschilderung macht diese Dichtung Eindruck, sie atmet auch, ihrer scheinbaren Kaltschnäuzigkeit zum Trotz, echte Liebe und echtes Menschentum. Komponiert und geschrieben ist das Werk mit einer Sorgfalt und Verantwortlichkeit, die mich sehr gewonnen hat.»

Doch was nützen die schönsten Besprechungen – die Verkaufszahlen blieben weit unter den Erwartungen von Autor und Verlag. 1934, drei Jahre nach Erscheinen, hatte man noch keine 10 000 Exemplare verkauft. Hans Fallada war nach «Kleiner Mann – was nun?» inzwischen ein bekannter Autor, so entschied sich der Verlag, um den stockenden Absatz anzukurbeln, eine verbilligte Ausgabe auf den Markt zu bringen. Rowohlt buchte für eine ganzseitige Anzeige das Titelblatt des «Börsenblatts für den Deutschen Buchhandel» und kündigte eine Neuauflage zu stark reduzierten Ladenpreisen an: kartoniert nur noch RM 4,50 (statt bisher RM 6,50), der Leinenband nur noch RM 5,50 (statt bisher RM 7,50). Doch auch diese Aktion erwies sich als Fehlschlag: 5000 Exemplare wollte Rowohlt eigentlich drucken, 4000 Exemplare wurden in der Anzeige angekündigt, doch nach der mageren Resonanz aus dem Buchhandel beließ man es bei 2000 Exemplaren (zumal im Lager noch 800 Exemplare der alten Ausgabe waren, die man nun zu dem neuen, günstigeren Preis abgeben musste).

1939 brachte der Vier Falken Verlag, lizenziert vom Rowohlt Verlag, «Bauern, Bonzen und Bomben» in einer Volksausgabe neu heraus, was den Autor besonders freute. «Schließlich ist es das Buch gewesen, das – nach längst, auch von mir vergessenen Erstlingen – meinen Eintritt in die Literatur bedeutet», schrieb Fallada dem Verleger Rolfbaldur Herzog, «das Buch, bei dem ich zum ersten Mal wirklich die Freude, zu schreiben, zu erfinden, eine unsichtbare Welt sichtbar zu machen, kennenlernte, das Buch, an dem ich am sorgfältigsten gearbeitet habe, bei dem ich mein Handwerk gelernt, und schließlich das Buch, von dem viele meiner Leser sagen, ich habe es in all meinen späteren Büchern nie wieder erreicht.»

Inhalt

Vorspiel
EIN KLEINER ZIRKUS NAMENS MONTE 9

Erstes Buch
DIE BAUERN

1. Eine Pfändung auf dem Lande 23

2. Jagd nach einem Foto 40

3. Die erste Bombe 61

4. Ein Gewitter zieht sich zusammen 86

5. Der Blitz ist in der Wolke 137

6. Das Gewitter bricht los 181

7. Die Regierung greift durch 210

Zweites Buch
DIE STÄDTER

1. Die Erfindung des Boykotts 255

2. Der Boykott wird Wirklichkeit 276

3. Die Versöhnungskommission arbeitet 293

4. Die Städter kämpfen – aber gegeneinander 342

5. Es kracht zum zweiten Mal 410

6. Gareis, der Sieger 474

Drittes Buch
DER GERICHTSTAG

1. Stuff verändert sich 513

2. Drei Tage Glück 533

3. Tredups Ende 566

4. Gareis in der Schlinge 603

5. Zeugen und Sachverständiger 642

6. Das Urteil 667

Nachspiel
GANZ WIE BEIM ZIRKUS MONTE 683

Nachwort
EIN KLEINER ZIRKUS NAMENS BELLI
Michael Töteberg 701

Hans Fallada
Kleiner Mann – was nun?

Warmherzig und voller Dramatik erzählt dieser Eheroman
von dem kleinen Angestellten Johannes Pinneberg und seiner Frau «Lämmchen», die ein Kind erwartet. Als Pinneberg
seine Stellung als Buchhalter verliert, geht das junge Paar
nach Berlin. Beide glauben an die Liebe, doch das Glück
will sich in Zeiten der Weltwirtschaftskrise nicht einstellen.
Und so nimmt Lämmchen ihr gemeinsames Leben energisch in die Hand: Sie kämpft der Not zum Trotz um ihr
zärtlich-idyllisches Glück.

Hans Fallada gehört zu den großen deutschsprachigen
Erzählern des zwanzigsten Jahrhunderts, dessen Werk im
21. Jahrhundert international eine Renaissance erlebt. Sein
Roman «Kleiner Mann – was nun?» wurde in zwanzig Sprachen übersetzt und mehrfach verfilmt.

432 Seiten

Ro 520/1

Weitere Informationen finden Sie unter www.rowohlt.de

Hans Fallada
Wer einmal aus dem Blechnapf frisst

Willi Kufalt wird nach fünf Jahren aus dem Gefängnis entlassen. Straffällig will er nie mehr werden, doch es gelingt ihm nicht, eine bürgerliche Existenz aufzubauen. Kufalt scheitert an den Vorurteilen seiner Umwelt, einer unehrlichen Gefangenenfürsorge und seiner eigenen Labilität. Am Ende ist er wieder da, wo er mit dem Leben zurechtkommt und sich deshalb zu Hause fühlt: im Gefängnis.

Mit einem Nachwort zur Entstehungsgeschichte des Romans.

688 Seiten

« Unter den Schriftsellern, die das heutige Leben nicht unbedeutend und idealisierend, sondern realistisch schildern, steht Hans Fallada ganz obenauf.»

Hermann Hesse

Hans Fallada
Ein Mann will nach oben

Ein sechzehnjähriger Waisenjunge kommt nach Berlin und will es hier zu Reichtum und Macht bringen. Kauzige und kernige, liebenswerte und fragwürdige Menschen kreuzen seinen Weg nach oben – und immer wieder sind es die Frauen, die zu ihm halten und denen er seinen Erfolg verdankt. Ein packender Roman, voll unverwüstlichem Berliner Humor, in dem sich zweieinhalb Jahrzehnte wechselvoller deutscher Geschichte spiegeln.

Mit einem Nachwort zur Entstehungsgeschichte des Romans.

768 Seiten

«In Falladas Büchern ist Menschengeruch. Das Leben zappelt in ihnen. Er entzückt durch seine Natürlichkeit.»
Robert Musil

Ro 529/1

Hans Fallada
Jeder stirbt für sich allein

Dieser nach Gestapoakten geschriebene Roman des volks-
tümlichen deutschen Erzählers schildert das Schicksal des
Berliner Arbeiterehepaars Quangel, das, vom Kriegstod des
Sohnes aufgerüttelt, Widerstand auf eigenen Faust wagt.
Die Maschinerie eines brutalen Totalitarismus zermalmt die
alten Leute schließlich.

Mit einem Nachwort zur Entstehungsgeschichte des Romans.

672 Seiten

«Das beste Buch, das je über den deutschen Widerstand
gegen den Nationalsozialismus geschrieben wurde.»

Primo Levi

Weitere Informationen finden Sie unter www.rowohlt.de